W0305173

Maja Schulze-Lackner

Was Liebe vermag

Ein Familienschicksal in Ostpreußen

BASTEI LÜBBE
TASCHENBUCH

BASTEI LÜBBE TASCHENBUCH
Band 60 844

MIX
Papier aus verantwortungsvollen Quellen
FSC® C014496

Dieser Titel ist auch als E-Book erschienen

Originalausgabe

Copyright © 2015 by Bastei Lübbe AG, Köln
Textredaktion: Marion Labonte, Wachtberg
Titelillustration: © akg-images; © shutterstock/Paul Aniszewski
Umschlaggestaltung: Tanja Østlyngen
Satz: hanseatenSatz-bremen, Bremen
Gesetzt aus der Stempel Garamond
Druck und Verarbeitung: GGP Media GmbH, Pößneck
Printed in Germany
ISBN 978-3-404-60844-7

1 3 5 4 2

Sie finden uns im Internet unter
www.luebbe.de
Bitte beachten Sie auch: www.lesejury.de

Ein verlagsneues Buch kostet in Deutschland und Österreich jeweils überall dasselbe. Damit die kulturelle Vielfalt erhalten und für die Leser bezahlbar bleibt, gibt es die gesetzliche Buchpreisbindung. Ob im Internet, in der Großbuchhandlung, beim lokalen Buchhändler, im Dorf oder in der Großstadt – überall bekommen Sie Ihre verlagsneuen Bücher zum selben Preis.

Sommer 1858

Es war noch früh am Morgen, nicht einmal fünf Uhr. Hubertus von Ehrenfeld saß auf seiner Terrasse, zu seinen Füßen Herr Schulze, sein neuer Jagdhund. Der weitläufige Park und das sich bis zur Angerapp ausbreitende Tal lagen im Morgennebel vor ihm. Aber er hatte keinen Blick für die herrliche Landschaft, über der in Kürze die Sonne aufgehen würde. Eine innere Unruhe raubte ihm zurzeit nicht nur den Schlaf, sondern auch die Freude an der Schönheit seines prachtvollen Besitzes.

Seit Wochen waren die Zeitungen voll mit Berichten über die Weltwirtschaftskrise und einen Börsenkrach. Schon vor Monaten hatte ihn sein alter Freund David Hansemann, Bankier und ehemaliger Finanzminister Preußens, gedrängt, seine Eisenbahnanteile an der Ohio Life Insurance and Trust Company schleunigst abzustoßen.

»Bist du sicher, dass das klug ist?«, hatte Hubertus entsetzt gefragt. »So ein Kreditinstitut kann doch nicht so plötzlich den Bach runtergehen.«

»Verkauf, alter Lorbas«, hatte Hansemann insistiert. »Du wirst mir für diesen Rat einmal sehr dankbar sein.« Und das war er. Mit Schaudern dachte Hubertus an die verheerenden Folgen, hätte er nicht auf seinen Freund gehört. Viele Aktien befanden sich im freien Fall. Einige seiner Bekannten waren inzwischen bankrott, sogar Selbstmorde hatte es gegeben.

Mit einem leisen Räuspern riss ihn sein Diener Kuno aus den trüben Gedanken. »Herr Baron. Darf ich das Frühstück draußen servieren, oder wollen der Herr Baron lieber …«

»Gern hier draußen«, unterbrach Hubertus den Diener. »Und bitte Lisa, mir ein paar Spiegeleier mehr zu machen. Geselchtes und etwas von ihrer herrlichen Pastete hätte ich auch gern.«

Allein der Gedanke ließ ihm das Wasser im Munde zusammenlaufen. Kunos Frau Lisa war wirklich eine hervorragende Köchin, und er war froh, ihre Kochkunst weiterhin Tag für Tag genießen zu können. Nicht auszudenken, was geschehen wäre, hätte er all seinen Bediensteten kündigen müssen. Allen voran Kuno und Anton, die ihm seit Jahren treue Dienste verrichteten, ebenso wie Fräulein Kollmann, die Hausdame, und Hanna, die Zofe seiner Frau Anneliese. Und natürlich Friedrich, der Kutscher, und Fräulein von Allhorn, in deren strenge und zugleich fürsorgliche Hände er die Erziehung seiner Tochter Josefine gelegt hatte.

Seufzend lehnte er sich zurück. Er war hungrig. Und er freute sich auf das Frühstück, das ihm die liebste Mahlzeit am Tag war. Nicht zuletzt, weil er sie meist allein einnahm. Anneliese würde zum Glück auch heute nicht vor zehn Uhr erscheinen. Dann war er bereits unterwegs mit seinem Forstmeister, Peter Gawellke, um den nahe gelegenen Wald zu inspizieren, also bestand vor dem späten Nachmittag keine Gefahr, sie zu Gesicht zu bekommen. Er liebte seine Frau nicht, und wenn er genauer darüber nachdachte, hatte er sie eigentlich nie jemals auch nur sehr gemocht. Er hatte sie geheiratet, weil er die Frau, die er liebte, nicht heiraten konnte. Er, der Baron, und sie, die Tochter eines Kohlenhändlers und der Putzmacherin, bei der seine Mutter ihre Hüte bestellte – diese Beziehung war einfach undenkbar! Das hatten sie beide von Anfang an gewusst, er und Lena Budzinski. *Ach, mein Lenchen*, dachte er und schloss voller Sehnsucht die Augen.

Der Geruch von Spiegeleiern mit Speck und frisch gebackenem Brot holte ihn in die Wirklichkeit zurück. Während er mit großem Genuss die Eier, mehrere Brote mit Butter, Geselchtem und Leberwurst verzehrte, ohne auch nur einen Gedanken an seinen »nervösen Magen« zu verschwenden, den Dr. Grüben ihm mehr als einmal attestiert hatte, ging über der Angerapp die Sonne auf. Wie ein riesiger gelber Ball schob sie sich hinter dem Horizont empor und ließ den in der Ferne fließenden Fluss glitzern wie mit Millionen Diamanten übersät. Mit einem Mal vernahm Hubertus das Zwitschern einzelner Vögel. Und dann erwachte um ihn herum alles zum Leben. Die Hähne begannen zu krähen, und aus den Stallungen war das erste Muhen der Kühe zu hören, deren pralle Euter gemolken werden mussten. Stallburschen pumpten geräuschvoll Wasser in Eimer und riefen sich unverständliche, allem Anschein nach fröhliche Dinge zu. Ein neuer Tag hatte begonnen.

»Wird man wieder janz schön heiß heute«, sagte Kuno, während er das Frühstücksgeschirr und die spärlichen Reste abräumte. »Soll ich dem Herrn Baron dat Leinenjackett holen?«

»Ne, ne, lass man.« Hubertus reichte dem Diener seine Strickjacke, die er gegen die morgendliche Kühle übergezogen hatte. »Ich reite im Hemd, aber bring mir bitte später meinen Strohhut. Lisa soll außerdem wie immer einen Imbiss herrichten für mich und Gawellke. Und sag meiner Tochter, dass ich anschließend auf einer Partie Bezique mit ihr bestehe, egal, ob sie Klavierstunde hat oder von meiner Frau zu irgendeiner anderen Beschäftigung angehalten wird.«

Josefine, genannt Finchen, war ihr einziges gemeinsames

Kind. Hubertus liebte sie mehr als alles andere auf der Welt. Jahrelang hatten er und Anneliese sich bemüht, einen Erben für Gut Haffingen und den Namen Ehrenberg zu bekommen. Hubertus schnaubte verächtlich. Das war wahrlich kein Vergnügen gewesen mit einer Frau, die er nicht liebte und die er des Nachts noch nie ohne Flanellnachthemd gesehen hatte. Und dann war Anneliese nach neun langen Jahren endlich schwanger geworden. Die Erleichterung, für die Zukunft von seinen ehelichen Pflichten entbunden zu sein, hatte Hubertus beinahe zu einem lieben, fürsorglichen Ehemann werden lassen.

Anneliese, die all die Jahre unter der Lieblosigkeit ihres Mannes gelitten hatte, blühte auf. Sie genoss die Zeit der Schwangerschaft und die Aufmerksamkeit, die Hubertus ihr schenkte. Täglich fragte er nach ihrem Befinden, gab ihr unvermittelt einen Kuss oder strich ihr über die Wange.

Annelieses Enttäuschung war grenzenlos, als das sehnlich erwartete Kind ein Mädchen war. Hatte sie doch so sehr gehofft, Hubertus den gewünschten Erben zu schenken. Doch Hubertus war selig. Nach der Geburt des Kindes war er weiterhin freundlich zu ihr, aber die monatelange Fürsorglichkeit schenkte er jetzt nicht mehr ihr, sondern dem Kind. Er liebte dieses kleine, weiche Wesen vom ersten Tag an geradezu abgöttisch.

Sie selbst genoss das Beisammensein mit ihrer Tochter, war fröhlich und ausgeglichen. Sie mühte sich, eine gute Mutter zu sein und stillte Josefine, bis ihre Brüste keine Milch mehr hatten. Doch je mehr Zeit verrann, desto größer wurde ihre Sehnsucht nach Hubertus. Jeden Abend wartete sie darauf, dass er sich wieder zu ihr in das gemeinsame Schlafzimmer gesellen würde, das er, wie er anfänglich betonte, während der Schwangerschaft aus Rücksicht auf sie verlassen hatte. Doch Hubertus kam nicht. Auch von einem männlichen Erben wurde nicht mehr gesprochen. So vergingen die Jahre, und zu guter Letzt gab sie die Hoffnung auf. Und dazu sich selbst, wie sie sich in Momenten der Verzweiflung mehr als einmal eingestanden hatte. Irgendwann belauschte sie ein Gespräch zwischen ihrer Zofe Hanna und einem der Hausmädchen, das keinen Zweifel daran ließ, dass ihr Mann schon seit Jahren eine Geliebte hatte. Annelieses Enttäuschung war grenzenlos. Von Stund an fraß sie ihren Kummer in sich hinein oder ließ ihn an Josefine aus, dem Menschen, den Hubertus am meisten liebte.

Dabei hatte vor mehr als zwanzig Jahren alles so vielversprechend begonnen. Ihre Väter, Konsul Hansum sowie Rüdiger Baron von Ehrenfeld, waren Geschäftsfreunde. Der Baron war häufiger bei ihnen in Hamburg zu Gast, und hin und wieder begleitete auch Hubertus seinen Vater auf diesen Reisen. Anneliese war in ihn verliebt, seitdem sie ihn mit fünfzehn Jahren das erste Mal gesehen hatte. Ein schöner, groß gewachsener Mann, elf Jahre älter als sie, mit blitzenden braunen Augen und dichten schwarzen Locken, das Gesicht bis auf schmale Koteletten glatt rasiert. Seine für einen Mann erstaunlich vollen Lippen entblößten beim Lachen eine Reihe blendend weißer Zähne. So sah für sie ihr Traumprinz aus.

Eines Abends belauschte Anneliese ein Gespräch der beiden alten Herren, die nach dem Essen in der Bibliothek wie so oft Cognac tranken und Zigarren rauchten. Die Tür zum anschließenden Biedermeierzimmer, in das sie sich zur Lektüre zurückgezogen hatte, war nur angelehnt. Sie horchte auf, als der Name ihres Traumprinzen fiel. »Bedauerlich, dass Hubertus dieses Mal nicht mitkommen konnte. Wie geht es ihm?«, fragte ihr Vater. »Ist er eigentlich inzwischen verlobt? Verheiratet vermutlich nicht, denn von einer Hochzeit hätten wir ja wohl erfahren.«

»Da schneiden Sie ein heißes Eisen an, alter Freund.« Der Baron seufzte. »Der Junge ist jetzt siebenundzwanzig. Es ist wirklich an der Zeit, dass er eine Familie gründet. Schließlich wollen meine Frau und ich unsere Enkel noch erleben. Aber immer, wenn ich ihn darauf anspreche, weicht er mir aus.« Seine Stimme wurde leiser, und Anneliese schlich zur Tür. Sie wollte auf keinen Fall etwas von der interessanten Unterhaltung verpassen. »Es gibt da eine unsägliche Geschichte.« Er räusperte sich, als sei es ihm unangenehm, darüber zu sprechen. »Man hat mir da was zugetragen ... eine Affäre mit einer jungen Frau aus Königsberg ... völlig indiskutabel ... soll schon länger gehen.« Er nahm einen Schluck aus seinem Glas. »Aber diese Liaison ist absolut unmöglich, die Dame befindet sich weit unter Stand, so eine Heirat kommt auf keinen Fall infrage.« Wieder seufzte er. »Apropos, mein lieber Hansum, wie wäre es denn mit Ihrer reizenden kleinen Tochter?«, fragte er in normaler Lautstärke. »Unsere beiden Familien nicht nur geschäftlich vereint, wäre das nicht in unser beider Sinne?«

Anneliese traute ihren Ohren nicht. Gespannt hielt sie den Atem an. Was würde ihr Vater darauf antworten? »Dagegen wäre wahrlich nichts einzuwenden«, vernahm sie schließlich seine Stimme. »Aber da hat mein Annelieschen ja wohl auch ein Wörtchen mitzureden.« Er lachte laut auf. »Und ich nehme an, ihr Sohn ebenso.«

In dem Moment betrat ein Hausmädchen das Biedermeierzimmer, und Anneliese huschte zurück in ihren Sessel. An ihrem Buch hatte sie kein Interesse mehr.

Bei seiner Rückkehr aus Hamburg nahm der alte Baron seinen Sohn ins Gebet. »Hör mal zu, mein Junge, du solltest nun langsam daran denken, eine Familie zu gründen.« Er füllte zwei große Gläser mit Schnaps und reichte Hubertus eines davon. Dann nahm er in einem Sessel Platz und blickte Hubertus liebevoll an. »Ehen werden nicht im Himmel geschlossen, das weißt du doch sehr wohl. Ich habe mit dem Konsul gesprochen. Die kleine Hansum ist schließlich recht hübsch. Wenn auch nicht von Adel, so doch aus bester Hamburger Familie.« Er nahm einen großen Schluck. »Und was unsere Beteiligungen an dem Hansumschen Handelskontor betrifft, so sind sie nicht unerheblich und äußerst ertragreich.«

Hubertus schwieg. »Aber Vater«, sagte er nach einer Weile. »Du weißt sicher nicht …«

»Doch, mein Junge, ich weiß: Du liebst eine andere Frau.«

Hubertus war sichtlich überrascht. »Aber woher … und seit wann hast du Kenntnis davon?«

Rüdiger von Ehrenfeld erhob sich und begann, unruhig auf und ab zu gehen. Dieses Gespräch fiel ihm nicht leicht, und er rang nach den richtigen Worten. Aber es musste geführt werden, nicht zuletzt, weil er es seiner Frau versprochen hatte. Wohlweislich verschwieg er Hubertus die Reaktion seiner Mutter, als die von der bereits seit Jahren andauernden Liebschaft ihres Sohnes erfahren hatte. Sie war außer sich gewesen.

»Was sagst du da? Hubertus verkehrt seit Jahren mit der Tochter meiner Putzmacherin! Und du meinst, er liebt sie?«

»Es sieht so aus.« Rüdiger von Ehrenfeld bedauerte bereits, seiner Frau davon erzählt zu haben.

»Jetzt stell dir das doch mal vor: Frau Budzinski bei unseren Abendgesellschaften, an einem Tisch mit den Troyenfelds und Delwitz! Und wie ihr Mann, ich glaube, er ist Kohlenhändler, die Braut zum Altar führt!« Gerda von Ehrenfeld war einer Ohnmacht nahe gewesen und hatte mit letzter Kraft nach ihrem Riechfläschchen gegriffen. Dann rief sie mit schriller Stimme: »Du hast Hubertus doch wohl hoffentlich klar gemacht, dass diese … diese …« Ihr war vor lauter Entsetzen nicht das passende Wort eingefallen, das einer solchen Verbindung Genüge getan hätte. »Dass diese Verbindung auf gar keinen Fall …«

»Hubertus hat keine Ahnung, dass ich es weiß«, hatte er den hysterischen Redefluss seiner Frau unterbrochen. »Und ich bitte dich, es auch sofort wieder zu vergessen.«

»Was soll ich?« Gerda hatte ihn fassungslos angesehen.

»Du sollst die Klappe halten!« Seine Stimme hatte einen drohenden Unterton.

»Bist du von Sinnen? Wie kann ich so etwas denn vergessen?« Erneut war das Riechfläschchen zum Einsatz gekommen.

Rüdiger von Ehrenfeld hatte seine Frau in den Arm genommen. »Versprich es mir, mein Marjellchen«, hatte er sie angefleht. »Und ich verspreche dir, dass ich mit Hubertus rede, sobald ich von meiner Reise nach Hamburg zurück bin.«

Und da stand er nun. Schließlich holte er tief Luft. »Ich weiß das schon sehr lange, und ich habe gehofft, dass es bloß eine kleine Affäre ist.« Wieder nahm er einen Schluck aus seinem Glas und tupfte sich mit einem großen Taschentuch die Stirn ab. »Du solltest dir deine Hörner abstoßen, das ist doch vollkommen normal. Aber dir muss auch klar sein, dass eine solche Verbindung nicht infrage kommt.« Seine Stimme duldete keinen Widerspruch.

Ein Jahr später fand auf dem Hansumschen Anwesen in Hamburg die Hochzeit statt. Alle außer Hubertus waren überglücklich.

Die Sonne stand bereits hoch am Himmel, als Hubertus von Ehrenfeld und sein Forstmeister von der Inspektion zurückkehrten.

»Du kommst doch noch auf einen Imbiss mit rein, Peter?«, fragte Hubertus. »Ein Nein lasse ich nicht gelten.«

»Wenn deine Frau sich nicht allzu sehr gestört fühlt, gern.« Peter Gawellke wusste, dass Anneliese von Ehrenfeld diese enge Freundschaft nicht besonders schätzte. Dabei kannten sich die beiden Männer schon so lange. Sie hatten in Insterburg gemeinsam die Volksschule besucht und waren seitdem die besten Freunde. Schon Peters Vater war Forstmeister bei den Ehrenbergs gewesen, und so war es selbstverständlich, dass sein Sohn einmal sein Nachfolger werden würde. Er war ein großer, kräftiger Mann mit leicht gewellten, blonden Haaren, einer großen geraden Nase und einem langen Backenbart, den er hin und wieder mit einer Bartschere stutzte. Unter buschigen Augenbrauen leuchteten auffallend blaue Augen. Er strahlte eine innere Zufriedenheit aus und konnte mit Stolz behaupten, dass man ihm nicht ansah, dass er auf die Fünfzig zuging. Im Gegensatz zu Hubertus, dessen dunkle Locken inzwischen mit grauen Strähnen versetzt waren. Peter betrachtete seinen Freund von der Seite. Das glatt rasierte, immer noch schöne Gesicht war vom häufigen Aufenthalt an der frischen Luft leicht gebräunt, aber um die Augen und entlang der Nase hatten sich tiefe Falten gebildet. Hubertus sah nicht glücklich aus. Peter kannte das Geheimnis seines Freundes, er war von Beginn an eingeweiht gewesen. Nie hatte Hubertus etwas vor ihm verheimlicht, und er hatte ihn immer getröstet, wenn ihn seine Verzweiflung ins Forsthaus getrieben hatte. Peter hatte volles Verständnis für Hubertus' Kummer. Es war für ihn unvorstellbar, mit einer ungeliebten Frau verheiratet zu sein. Wenn er an sein Gretchen dachte, mit der er schon seit fünfzehn Jahren glücklich war und die ihm mit Käthchen und Franz zwei wunderbare Kinder geschenkt hatte, wurde ihm warm ums Herz.

Hubertus lachte freudlos. »Red keinen Unsinn. Nun komm schon.«

Sie übergaben ihre Pferde einem Stallburschen, nicht ohne ihn zu ermahnen, diese ordentlich trocken zu reiben. Dann gingen sie hinüber zur Terrasse des Herrenhauses. Auf einer Korbliege im Schatten der Pergola lag Anneliese. Mit einem Fächer versuchte sie, sich etwas Kühlung zu verschaffen.

Peter begrüßte sie mit einer Verbeugung. »Guten Tag, Frau Baronin. Ich hoffe, es geht Ihnen gut.«

»Danke der Nachfrage, Herr Gawellke.« Sie trug einen leidenden Ausdruck auf dem Gesicht und sprach mit müder, leiser Stimme. »Nein, es geht mir nicht besonders. Die Hitze macht mir sehr zu schaffen.«

»Nun, meine Liebe, vielleicht solltest du ins Haus gehen und dir von Hanna kalte Umschläge machen lassen.« Hubertus' Stimme klang nicht besonders mitfühlend. An Kuno gewandt, der gerade große Platten mit Wurst, Schinken, Geselchtem und allerlei Käsesorten heraustrug, fuhr er fort: »Sag Hanna Bescheid: Meine Frau fühlt sich nicht wohl. Sie wird gleich in ihrem Boudoir sein.«

Anneliese blieb keine Wahl, sie hatte zu gehen. Ächzend erhob sie sich von ihrer Liege, aber Hubertus machte keinerlei Anstalten, ihr behilflich zu sein. Das enge Mieder zeigte dunkle Flecken, und ihr Gesicht war schweißnass. »Du hast Recht, ein paar kalte Wickel werden mir guttun. Dann bis später. Leben Sie wohl, Herr Gawellke.«

Hubertus würdigte seine Frau keines Blickes, als sie leise

stöhnend ins Haus ging. Sein Gesicht drückte nichts als Verachtung aus. »Mein Gott, ich kann sie einfach nicht ertragen.« Er vergrub seinen Kopf in den Händen. »Sieh doch bloß, was aus ihr geworden ist.«

Peter konnte seinem Freund nicht widersprechen. Aus dem ehemals hübschen Mädchen war eine Matrone geworden. Mit gerade einmal sechsunddreißig Jahren sah sie aus wie eine alte Frau. Sie war mehr als korpulent, ihre Wangen waren schlaff, und ihre Augen eingebettet in hängende Oberlider und dicke Tränensäcke. Peter legte seinem Freund die Hand auf die Schulter. »Lass man gut sein, alter Lorbas, sie hat es auch nicht gerade leicht mit dir. Sie ist unglücklich, und das seit Jahren, genau wie du.«

Hubertus wurde einer Antwort enthoben, als in diesem Moment Kuno mit einer Flasche Schnaps und zwei großen vollen Bierkrügen die Terrasse betrat. »Eisjekihlt, meine Herren«, sagte er, bevor er sich sofort wieder zurückzog. Er wusste: Wenn der Baron seinen Freund zu Besuch hatte, wollte er ungestört sein. Was aber nicht hieß, dass Kuno nicht des Öfteren und völlig unbeabsichtigt, wie er nicht müde wurde, seiner Frau zu beteuern, einige Gespräche mit anhörte.

»Na, denn man Prosit«, sagte Hubertus. »Und guten Appetit. Du musst unbedingt Lisas Geselchtes probieren. Es ist heute wieder fabelhaft.« Er nahm einen tiefen Schluck.

Aus dem Musikzimmer erklang leises Klavierspiel. »Hörst du mein Finchen?« Hubertus strahlte. »Ach Peter, wenn ich sie nicht hätte, ich glaube, ich könnte das alles nicht mehr ertragen. Sie und Lenchen sind die Einzigen, die mein Leben überhaupt lebenswert machen.«

»Nun übertreib man nicht, alter Junge!« Peter war ehrlich entrüstet. »Du hast einen wunderbaren Besitz, eine entzückende Tochter, keine finanziellen Sorgen und eine …«, er senkte seine Stimme, da ihm sehr wohl bewusst war, dass die Wände Ohren hatten, »… geduldige Geliebte. Also jetzt nimm dich mal zusammen.«

Hubertus musste lachen, wie immer, wenn sein alter Freund ihm die Leviten las. Sein Forstmeister war der Einzige, der so mit ihm reden durfte. »Ach Peter, wenn ich dich nicht hätte! Auch wenn du in Bezug auf die finanziellen Sorgen ausnahmsweise einmal Unrecht hast. Die Zeitungen sind jeden Tag voll mit Schreckensmeldungen über die Wirtschaftskrise.« Er leerte sein Glas und läutete anschließend mit der silbernen Tischklingel. Sofort erschien Kuno, sehr weit weg konnte er nicht gewesen sein. »Bring uns noch ein Bier, Kuno«, sagte er. Dann wandte er sich an Peter. »Wenn Hansemann mich nicht gedrängt hätte, meine Eisenbahnanteile rechtzeitig abzustoßen, wäre ich jetzt fast ruiniert. Die Ohio Life Insurance and Trust Company hat längst Konkurs angemeldet.«

»Und weshalb lamentierst du dann? Ist doch gut für dich ausgegangen.«

Hubertus wiegte nachdenklich den Kopf. »Ach, du hast ja keine Ahnung. Die Krise betrifft nicht nur die Eisenbahngesellschaften. Auch Banken gehen pleite.«

»Ja, davon habe ich schon gehört«, unterbrach ihn sein Freund. »Ich lese auch Zeitung, hin und wieder jedenfalls.«

»Und wahrlich schlecht sieht es bei der Hamburger Kaufmannschaft aus«, fuhr Hubertus fort. »Du weißt, ich bin erst gestern spät von meiner Geschäftsreise aus Hamburg zurückgekommen. Mein Schwager Hansum hat mich dort wissen lassen, dass sie in großen Schwierigkeiten stecken. Die Speicher sind voll, sie bekommen ihre Waren nicht los, und die Banken geben keine Kredite mehr.«

»Und was hast du damit zu tun?« Peter blickte seinen Freund verständnislos an.

»Ich habe Annelieses gesamte Mitgift und dazu noch einen beträchtlichen Teil meines Vermögens dort investiert. *Das* habe ich damit zu tun! Als Annelieses Vater noch lebte – Gott hab ihn selig –, schien es mir eine lohnenswerte Anlage. Jetzt werden die Geschicke des Hauses Hansum anderweitig gelenkt, dazu noch die Situation an den Weltmärkten ... die Sache sieht nicht gut aus, gar nicht gut. Der alte Hansum würde sich im Grabe umdrehen.«

»Oh Jott, oh Jott!«, war alles, was Peter über die Lippen kam.

»Verstehst du nun meine schlaflosen Nächte?«

»Ein bisschen. Aber gar so schlimm kann es ja nun nicht werden. Du wirst dieses Jahr eine gute Ernte einfahren, und wenn alle Stricke reißen, verkaufst du ein Stück Wald. Dein Baumbestand ist doch enorm.«

Mit hochgezogenen Augenbrauen blickte Hubertus seinen Freund an. »Du glaubst doch nicht im Ernst, dass im Moment irgendjemand Wald kaufen würde. Kaum einer hat Geld, nicht einmal die Banken!«

Das Klavierspiel verstummte, und kurz darauf stürmte Josefine nach draußen. Sie fiel ihrem Vater um den Hals. »Kuno hat es mir eben erst gesagt! Da bist du ja endlich wieder, Papachen. Ich hab dich so schrecklich vermisst.«

»Ich dich auch, Finchen, meine kleine Prinzessin, das weißt du doch. Nun begrüß Peter.«

Sie machte artig einen Knicks und reichte Peter die Hand. »Darf ich euch mal wieder besuchen, Onkel Peter?« Ihre großen Augen leuchteten. »Ich habe Tante Gretchen ja schon so lange nicht mehr gesehen. Und Käthchen und Franz auch nicht.« Die Zwillinge waren in Josefines Alter.

»Wann immer du willst. Du weißt doch, Gretchen hat dich sehr lieb, genau wie ich.« Er strich dem Kind über den Kopf. Sie war das Ebenbild ihres Vaters. Ihr zartes, ovales Gesicht war von dunklen Locken umrahmt, die mit einem Reif aus der Stirn gehalten wurden. Auch der volle Mund und die gleichmäßigen weißen Zähne hatte sie von ihrem Vater, nur die blauen Augen waren ein Erbe ihrer Mutter. Ihr Auftreten und ihre Art zu sprechen, zeugten von einer lebhaften Intelligenz, die für ein neunjähriges Mädchen durchaus bemerkenswert war. Und sie sah entzückend aus in ihrem weißen Mousselinkleid. Doch sosehr er die Anwesenheit der beiden genoss, war es Zeit für den Aufbruch.

»Ich muss los, ich habe noch eine Menge zu tun«, sagte Peter und zuckte bedauernd die Schultern. »Bis dann, Hubi, und komm vorbei, wenn du noch Fragen hast wegen des Baumschlags.«

»Mach ich, vermutlich morgen Vormittag.«

»Darf ich dann mitkommen?«, Josefine sah ihren Vater bittend an.

»Das geht leider nicht, mein Schatz. Käthchen und Franz sind doch vormittags in der Schule, und du hast Unterricht bei Fräulein von Allhorn. Du weißt, deine Mutter schätzt es gar nicht, wenn du ihn ausfallen lässt. Außerdem muss ich danach noch nach Königsberg und komme erst abends spät, vielleicht sogar erst übermorgen, zurück. Aber ich verspreche dir, dass wir in den nächsten Tagen gemeinsam das Forsthaus besuchen.«

Da wird sich Lenchen ja morgen freuen, dachte Peter, als er sein Pferd bestieg und nach Hause ritt.

»So, und wir beide spielen jetzt eine Partie Bezique«, sagte Hubertus fröhlich. »Kuno hat bereits die Karten gebracht. Mal sehen, ob du mich wieder schlägst.« Er wusste, dass Josefine dieses Kartenspiel liebte, vor allem die Partien mit ihm, der sie meistens gewinnen ließ. Nun aber blickte sie nachdenklich drein. »Ich bin noch nicht fertig mit Klavierüben, ich habe das nur unterbrochen. Mama wird immer sehr böse mit mir, wenn ich die Zeit nicht einhalte.«

Hubertus runzelte die Stirn. »Soso, wird sie das! Dann werde ich wohl mal mit deiner Mutter reden müssen.«

»Nun, was gibt es denn zu bereden?« Anneliese stand in der Tür, die Lippen zu einem schmalen Spalt zusammengepresst. »Willst du deine Tochter wieder zu Ungehorsam gegen mich anstiften?«

Hubertus sog tief die Luft ein. Er war kurz davor, zu explodieren und konnte förmlich spüren, wie die Ader auf seiner Stirn anschwoll. Die Zeichen standen wie so oft auf Sturm. Er bemerkte aus dem Augenwinkel, dass Josefine bedrückt zu Boden blickte. *Nicht schon wieder vor dem Kind*, dachte Hubertus und zwang sich zur Ruhe. »Wir reden später darüber, Anneliese, nach Tisch. Jetzt werde ich mit meiner Tochter Karten spielen.« Er begann, die Karten zu mischen, ohne seine Frau weiter zu beachten. Das leise Rascheln des Reifrockes verriet, dass Anneliese gegangen war. Josefine nahm die Karten, die Hubertus ihr hinhielt.

»Na, dann woll'n wir mal«, sagte er betont fröhlich. »Du fängst an.«

Kuno machte sich derweil auf den Weg zu Lisa in die Küche. Er sah seine Frau bekümmert an. »Ich brauch nen Schlubberchen. Is man wieder dicke Luft.«

Lisa goss ihm ein großes Glas Schnaps ein. »Wat is denn nu schon wieder?« Sie schüttelte verständnislos den Kopf. »Der jnädije Herr ist doch jerade mal zurick.«

Kuno nahm einen kräftigen Schluck. »Erst hat er mit Gawellke über de Krise jeredet, du weißt ja, dat ist ja nu ma seit Monaten das Thema bei jeder Jesellschaft. Und nu isset jans schlimm, sagt er. Keener hat keen Jeld nich mehr, och die Banken nich.«

Lisa schlug die Hände über dem Kopf zusammen. »Erbarmerche«, rief sie, wie immer, wenn sie entsetzt war, egal, ob die Herrschaften stritten oder sie sich über ein faules Küchenmädchen oder eine missglückte Pastete aufregte. Sie gebrauchte wie alle den in Ostpreußen üblichen Diminutiv, an alles ein *chen* zu hängen. »Die Banken haben keen Jeld nich mehr? Sowat jibt et doch nich.« Eine Bank sollte kein Geld mehr haben! Das war doch unvorstellbar.

»Na ja, und mit der Jnädijen hat's och schon wieder Stunk jegejen, wie immer wejen dem Finchen.«

Nun brauchte auch Lisa dringend einen Schnaps. Stumm prosteten die beiden sich zu. Seit über zwanzig Jahren waren sie nun schon auf Gut Haffingen, davon dreizehn Jahre verheiratet. Seitdem lebten sie unter einem Dach mit Kunos Mutter. Kuno hatte mit sechzehn als einfacher Diener angefangen und war vor einigen Jahren erster Diener geworden, als dieser aus Altersgründen ausschied, und Lisa hatte ihre Mutter als Mamsell abgelöst. Vorher war sie im Alter von 14 Jahren als Stubenmädchen für Hubertus' Schwester Alexa tätig gewesen. Sie waren von Beginn an Zeugen dieses Ehedramas, litten mit der jungen unglücklichen Baronin, aber auch mit dem Baron, der eine andere Frau liebte. Alle wussten es, in einem solchen Haus hatten die Wände Ohren. Anfänglich wurde viel darüber getuschelt, und so war es schließlich auch der Baronin zu Ohren gekommen. Aber als einmal bei einem gemeinsamen Abendessen der Dienerschaft ein neues Hausmädchen sich dazu äußerte, hatte Kuno sich das mit aller Schärfe verbeten. »Wenn ich noch einmal eine dermaßen unbotmäßige Bemerkung höre, wird das Konsequenzen haben.« Vor der Herrschaft und vor allem bei den Bediensteten bemühte er sich, Hochdeutsch zu sprechen, was ihm nicht immer gelang. Aber die Drohung zeigte Wirkung. Es gab zu dieser Zeit keinen Mangel an Personal. Bedienstete, vor allem wenn sie neu im Haus waren, waren leicht zu ersetzen, und das wussten alle.

Einige Stunden später hatte Josefine zusammen mit ihrer Gouvernante bereits ein frühes Abendessen eingenommen. Fräulein von Allhorn war von eher schmächtiger Statur, doch ihre hellen Augen waren sanft und drückten eine große Güte aus. Ihr blasses Gesicht mit den hohen Wangenknochen und der kleinen geraden Nase war von einer zarten Schönheit. Kleine Fältchen um Augen und Mund zeigten, dass sie nicht mehr ganz jung war. Seit einem Jahr war sie auf Gut Haffingen angestellt, um Josefine sittsames Benehmen, Sticken und Klavierspielen beizubringen. Zudem hatte sie auch die Aufgabe des täglichen Unterrichtens übernommen, seit der junge Hauslehrer nach dem Tod seiner Mutter plötzlich zurück nach Hause gerufen worden war. Außerdem leistete sie dem Mädchen auch bei gelegentlichen gemeinsamen Abendessen mit ihren Eltern Gesellschaft. Zufällig war sie am Nachmittag Zeugin des kurzen Streits zwischen dem Baron und seiner Frau geworden. Ihr war sehr wohl bewusst, dass diesem nach dem Abendessen ein weiterer folgen würde, zu oft hatte sie dies miterleben müssen. Um dem aus dem Weg zu gehen, hatte sie Kuno gebeten, sie für das gemeinsame Abendessen wegen eines leichten Unwohlseins zu entschuldigen.

Der Tisch war im kleinen Speisezimmer gedeckt. Mehrarmige Kerzenleuchter und zahlreiche Wandarme tauchten den Raum in ein warmes Licht. Hubertus, wie immer im Abendanzug, wartete bereits seit zehn Minuten auf seine Frau. Es gab kaum etwas, was er mehr hasste als Unpünktlichkeit.

Anneliese wusste das, aber Hanna, ihrer Zofe, war nur mit Mühe gelungen, das Mieder des neuen rosa Taftkleides zu schließen. Dann war noch ein Haken ausgerissen, und zu allem Überfluss hatte Hanna das passende Häubchen erst nach längerem Suchen gefunden.

»Sie sehen jeradezu umwerfend aus, Frau Baronin«, rief Hanna, als Anneliese endlich fertig war.

»Danke, das ist nett von dir!« Anneliese drehte sich noch einmal vor ihrem Spiegel. Die Ballonärmel und der Reifrock ließen sie noch fülliger erscheinen, als sie ohnehin schon war. »Was meinst du, Hanna, vielleicht sollte ich doch ein wenig abnehmen?«

Hanna, die zwar dieser Meinung war, widersprach. Zu oft schon hatte sie dieses Vorhaben aus dem Mund ihrer Herrin gehört, doch anstatt abzunehmen, war sie immer dicker geworden. »Nu ne nich, Frau Baronin. Lassen se man. Sie sehen fabelhaft aus, wirklich.«

»Nu lass den Honig mal im Topf.« Annelieses Blick fiel auf die kleine Porzellanuhr auf ihrem Schminktisch. »Oh Gott! Ich bin ja viel zu spät.« So schnell es ihre Körperfülle erlaubte, schritt sie die Freitreppe herunter. Blieb nur zu hoffen, dass die Anwesenheit von Fräulein von Allhorn Hubertus davon abhielt, ihr gleich wieder Vorhaltungen zu machen. Doch als sie das Speisezimmer betrat, sah dieser mit missbilligender Miene auf seine goldene Taschenuhr. Anneliese kam seinem Vorwurf zuvor: »Es ist ja nur für zwei gedeckt, Kuno. Was ist denn mit Fräulein von Allhorn?«

»Fräulein von Allhorn hat mich gebeten, sie zu entschuldigen. Ein leichtes Unwohlsein. Sie hat bereits mit Josefine gespeist.«

»Ach, tatsächlich.« Anneliese war zutiefst enttäuscht.

Schweigend nahmen sie und Hubertus ihre Mahlzeit ein. Auf ihre Frage, wie es ihrem Bruder und ihrer Schwägerin in Hamburg gehe, antwortete Hubertus nur recht einsilbig. »Es geht ihnen gut. Sie lassen dich grüßen«, brummte er, viel mehr erfuhr sie nicht. Sie spürte, dass er ihr etwas verschwieg, hakte aber nicht nach. Sie interessierte sich ohnehin nicht für seine Geschäfte. Geld hatte man, aber man sprach nicht darüber.

Als Kuno die Teller des Desserts abgeräumt hatte, erhob sich Hubertus.

»Meine Frau und ich nehmen noch einen Likör in der Bibliothek, Kuno«, sagte er. »Du kannst dann zu Bett gehen. Wir brauchen dich heute nicht mehr. Zum Auskleiden kannst du mir Anton schicken.«

»Sehr wohl, Herr Baron. Frau Baronin.« Mit einer Verbeugung hielt der Diener die Tür zur Bibliothek auf, welche direkt neben dem kleinen Speisezimmer gelegen war. »Soll ich den Herrschaften noch einschenken?«

»Danke, das übernehme ich selbst«, sagte Hubertus.

»Sehr wohl, Herr Baron, ich wünsche eine geruhsame Nacht.« Damit schloss Kuno die gepolsterte Tür, und zu seinem Bedauern war von der nun folgenden Unterhaltung kein Wort mehr zu hören.

Anneliese nahm in einem Sessel Platz. Sie fühlte sich unwohl, Hubertus wirkte wieder einmal sehr abweisend. Unruhig ließ sie ihren Blick durch das Zimmer wandern, das als Hubertus' Arbeitszimmer fungierte. Der Kamin, in dem das Feuer von Oktober bis Mai nie ausging, war rechts und links flankiert von bis zur Decke reichenden Regalen voll kostbarer, in feinstes Leder gebundener Bücher. Quer vor den großen Flügeltüren, die zur Terrasse hinausgingen, stand der mit safranfarbenem Leder bezogene Schreibtisch, auf dem Papiere, Stifte und aufgeschlagene Zeitungen verstreut herumlagen. Ein fünfarmiger Kerzenleuchter auf dem Kaminsims spendete mattes Licht.

Anneliese rutschte unruhig in ihrem Sessel hin und her. Sie beobachtete, wie Hubertus schweigend eine Havanna aus dem kleinen Ebenholzkasten nahm, der auf dem Rauchtisch stand, und umständlich mit dem Zigarrenabschneider das Ende abschnitt. Ihr Unwohlsein stieg mit jeder Minute, und sie spürte, dass sich auf ihrer Stirn bereits wieder Schweißperlen gebildet hatten. Sie musste mit Hanna sprechen, das Mieder war wohl doch ein wenig zu eng. Endlich brannte die Zigarre, und Hubertus schenkte beide Likörgläser voll. Er nahm ihr gegenüber Platz, und sogleich schienen seine dunklen Augen förmlich Blitze zu schießen.

»Unsere Tochter scheint Angst vor dir zu haben«, begann er das Gespräch. »Kannst du mir das erklären?« Sein Ton war eisig.

Daher wehte also der Wind. Er wollte tatsächlich weiter auf dem Gespräch am Nachmittag herumreiten. »Josefine hat wahrscheinlich übertrieben, wie immer«, stieß sie hervor.

»Warum sollte sie das tun?«

»Na, warum wohl!« Anneliese atmete schwer. »Sie weiß, dass du ihr kaum etwas abschlagen kannst. Ich versuche, sie zu erziehen, ihr Disziplin und Gehorsam beizubringen. Aber du untergräbst alle meine Bemühungen.« Ihre Stimme klang schrill.

»Red keinen Unsinn!« Hubertus nahm einen tiefen Zug von

seiner Zigarre. »Wie willst du dem Kind Disziplin beibringen, du, die du selber die Unpünktlichkeit in Person bist? Von deinen Ess- und Trinkgewohnheiten ganz zu schweigen.«

Anneliese erstarrte. Das war das erste Mal, dass Hubertus eine derartige Bemerkung machte, was ihre Figur betraf, und was meinte er in Bezug auf ihre Trinkgewohnheiten? Naja, sie hatte wohl hin und wieder ein Gläschen zu sich genommen, wenn er seine Ausflüge nach Königsberg machte, aber woher sollte er das wissen? Mit ihrem Spitzentaschentuch tupfte sie sich die Schweißperlen von der Stirn und aus dem Gesicht. »Was willst du damit sagen?« Ihre Stimme zitterte.

»Das ist mein Haus«, sagte er kalt. »Ich weiß, was hier vorgeht. Also nimm dich in Zukunft zusammen.«

Anneliese wusste nur zu gut, dass jeder Widerspruch zwecklos war. Sie beschloss, der Unterhaltung eine andere Richtung zu geben. »Wie du weißt, brauchen wir einen neuen Hauslehrer. Aber Josefine liegt mir schon wieder in den Ohren, dass sie mit den Gawellkekindern«, das Wort kam ihr nur schwer über die Lippen, »in die Volksschule in Insterburg gehen will.«

»Nun, was spricht denn dagegen? Ich habe diese Schule auch besucht.«

»Ich weiß, daher rührt ja dein intimer Umgang mit dem Forstmeister«, sagte sie spitz.

»Ach, und vor so einem *Umgang* willst du unsere Tochter bewahren?« Hubertus schüttelte ungläubig den Kopf. »Peter Gawellke ist einer meiner engsten Freunde. Es ist mir nicht entgangen, dass du das nicht standesgemäß findest, aber das ist mir vollkommen egal.« Er erhob sich aus seinem Sessel und ging aufgebracht hin und her. Eine Weile sagte niemand ein Wort, dann hielt Hubertus schließlich inne. »Ich bin selten mit dir einer Meinung«, sagte er, »aber vielleicht ist die insterburgsche Volksschule für eine angehende junge Dame wirklich nicht der geeignete Ort.« Er bedachte sie mit einem langen Blick. »Allerdings ist mir nicht entgangen, dass du auch versuchst, Finchens Freundschaft zu den Kindern der Gawellkes zu unterbinden.« Er stellte sich vor sie. »Und das, meine Liebe, wirst du gefälligst unterlassen. Das Kind hat ja kaum Spielgefährten. Käthchen ist ein reizendes kleines Mädchen und Franz bestimmt liebenswerter als manch kleiner adliger Rüpel.«

Anneliese presste ihre Lippen aufeinander. Der Umgang mit den Gawellkes passte ihr wirklich gar nicht, doch damit stieß sie bei Hubertus auf taube Ohren. Wenigstens einen kleinen Sieg hatte sie errungen: Das Thema Volksschule war vom Tisch, Gott sei Dank. »Wann wirst du dich um einen neuen Hauslehrer kümmern?«, fragte sie.

»Morgen bin ich in Königsberg.«

»Na, hoffentlich findest du dafür noch Zeit!«, unterbrach sie ihn und spürte, wie ihr die Zornesröte ins Gesicht schoss.

»Das lass mal meine Sorge sein«, stieß Hubertus kalt hervor, der offensichtlich verstanden hatte, worauf sie anspielte. Nach einigen Minuten eisigen Schweigens erhob sie sich schließlich und reichte ihm die Hand. »Ich werde jetzt zu Bett gehen«, sagte sie. »Gute Nacht.«

Er streifte ihre Hand mit einem flüchtigen Kuss. »Ich wünsche dir eine geruhsame Nacht.«

Nachdem Hanna ihr beim Auskleiden geholfen hatte, nahm Anneliese einige Baldriantropfen zur Beruhigung ein. Sie war außer sich. Vierzehn Tage war Hubertus unterwegs gewesen, und nun wollte er schon wieder nach Königsberg zu seiner Geliebten fahren. Auch noch an dem Tag, an dem sie ihren monatlichen *Jour fixe* abhielt! Natürlich würden die Gäste wissen wollen, wo der Hausherr war, was dem Klatsch neue Nahrung geben würde. Ihre Augen füllten sich mit Tränen. Wie immer, wenn ihr Kummer übermächtig wurde, hielt sie Zwiesprache mit ihrem toten Vater. *Ach, Papachen, würdest du noch leben, ich wäre längst zu dir geflohen.* Sie dachte an seine liebevollen Worte, als er sie bei ihrer Hochzeit zur Seite genommen hatte. »Wenn du nicht glücklich wirst oder meine Hilfe brauchst, komm wieder nachhause, meine Kleine. Dein Elternhaus steht dir immer offen.« Aber bald darauf war er gestorben, und als sie einmal versucht hatte, sich ihrem Bruder anzuvertrauen, hatte der sie nur verständnislos angesehen.

»Du willst deinen Mann verlassen, weil er eine Geliebte hat? Bist du noch bei Trost?« Mehr hatte er nicht dazu gesagt, und damit ihr weiteres Schicksal besiegelt.

Anneliese hatte wie so oft die ganze Nacht wachgelegen und die Decke angestarrt, die im Verlauf der Stunden immer neue Schattierungen von Schwarz zu Grau angenommen hatte. Als der Morgen kam, war sie für kurze Zeit in einen unruhigen Schlaf gefallen, und als sie sich gegen zehn Uhr erhob, fühlte sie sich wie erschlagen.

Sie nahm ihr Frühstück allein im Frühstückszimmer ein. Durch die weit geöffneten Fenster sah sie Josefine und Fräulein von Allhorn im Park mit Blumen und Gräsern in den Händen umhergehen. Anscheinend gab es Unterricht in Botanik. Von der Terrasse hörte sie Hubertus' Stimme und die seines Verwalters, Arndt von Beldow. Die beiden Männer waren seit ihrer gemeinsamen Studienzeit befreundet. Hubertus hatte seinem Vater zuliebe Land- und Forstwirtschaft studiert, aber schon während des Studiums bemerkt, dass er sich mehr für das Geschäftliche und die mit dem Geschäft verbundenen Reisen interessierte als für die Landwirtschaft an sich. Und so hatte er kurzerhand seinen Freund als Verwalter eingestellt, als die Stelle frei wurde. Arndt Baron von Beldow arbeitete nun schon seit Jahren zu Hubertus' vollster Zufriedenheit und hatte weitreichende Vollmachten. Hubertus ließ sich regelmäßig von ihm über den Viehbestand, die Ernteerträge, die Kosten für das Gesinde und alles Weitere Bericht erstatten. Ihn interessierte die Landwirtschaft an sich durchaus, nur sich täglich selbst von morgens bis abends darum zu kümmern, wie sein Vater es getan hatte, das wollte er nicht. Er hatte andere Interessen.

Anneliese lauschte dem Gespräch nur mit halbem Ohr. Ein Knecht war offenbar von einem herabfallenden Balken getroffen worden, und der Arzt musste geholt werden. Und der Pferdestall brauchte ein neues Dach. Plötzlich jedoch horchte sie auf.

»Hast du gehört, dass die Krise nun auch die Hamburger Kaufmannschaft erreicht hat?«, hörte sie Hubertus fragen. »Ich befürchte das Schlimmste für meine Beteiligungen bei den Hansums.«

»Das sind ja man gar keine guten Nachrichten«, sagte nun Arndt. »Wie konnte das denn bloß passieren?«

»Der Markt ist zusammengebrochen. Sie sitzen auf ihren Waren und können die Wechsel, die sie akzeptiert haben, nicht mehr bezahlen.«

»Und wie tief steckst du drin?« Arndts Stimme klang ernst.

»Ziemlich tief.«

»Nu mach dir man nicht allzu viel Sorgen, Hubi«, sagte Arndt. »Haffingen ist schuldenfrei, und die diesjährige Ernte wird all deine Erwartungen übertreffen.«

In diesem Moment betrat ein Dienstmädchen das Frühstückszimmer. Anneliese konnte der Unterhaltung nicht weiter folgen, aber was sie gehört hatte, reichte. *Das geschieht ihm recht, meinem sauberen Bruder*, dachte sie schadenfroh. *Soll er doch Bankrott gehen*! Hubertus würde dadurch zwar anscheinend viel Geld verlieren, aber ihnen in Ostpreußen konnte die Krise nichts anhaben, dessen war sie sich sicher.

Sie erhob sich mühsam, und sofort bildeten sich Schweißperlen auf ihrer Stirn. »Kannst du mir bitte meinen Fächer holen«, bat sie das Dienstmädchen. »Ich gehe hinaus auf die Terrasse.«

Beide Herren standen sofort auf und begrüßten sie mit einem Handkuss. »Wie geht es dir, Anneliese?«, fragte von Beldow.

»Danke der Nachfrage, Arndt. Es geht so. Es kühlt ja nachts kaum ab, das macht mir ein wenig zu schaffen.«

»Möchtest du dich setzen?«, fragte Hubertus hörbar gelangweilt.

»Nein danke. Ich wollte Arndt nur an meinen Jour fixe heute Abend erinnern. Du bist ja leider wieder nicht da«, bemerkte sie spitz. Dann zwang sie sich zu einem Lächeln und wandte sich an den Verwalter. »Ich hoffe doch, Lissy kommt auch mit.« Lissy Baronin von Beldow war eine der wenigen Frauen im Landkreis, mit der Anneliese sich angefreundet hatte. Ihr konnte sie ihr Leid klagen, ohne fürchten zu müssen, dass es die Runde machte.

»Aber wie könnten wir das vergessen, verehrte Anneliese«, sagte von Beldow ebenfalls lächelnd. Dann wandte er sich Hubertus zu. »Das ist aber schade, Hubi. Lissy würde sich sehr freuen, dich zu sehen. Und vor allem, dich mal wieder im Whist zu schlagen.«

»Ich habe in Königsberg zu tun und werde versuchen, rechtzeitig zurück zu sein.« Beide Männer wussten, dass das nicht stimmte.

»Mama, Papa!« Josefine stürmte auf die Terrasse. Ihr zartes Gesicht glühte vor Aufregung. »Ich habe heute sehr viel über Gräser gelernt. Und die hier habe ich für dich gepflückt, Mama.« Sie streckte ihrer Mutter einen dicken Strauß Levkojen entgegen.

»Das ist wirklich lieb von dir, mein Kind.« Für einen kurzen Moment empfand Anneliese tiefe Zuneigung für ihre Tochter. Aber als sie sah, wie Josefine sich an ihren Vater schmiegte und ihm die Arme um den Hals legte und wie Hubertus ihr liebevoll über das Haar strich, wich das Gefühl der Zärtlichkeit einer grenzenlosen Eifersucht.

Sie senkte den Blick. »Wir sehen uns heute Abend, Arndt«, sagte sie steif und wandte sich zum Gehen. »Ich werde mich noch ein wenig hinlegen.«

Kurz darauf verabschiedete sich auch Arndt von Beldow, nicht ohne seinem Freund zuzuflüstern: »Du bist wirklich unverbesserlich, alter Luntrus.«

Hubertus setzte sich wie verabredet mit Peter Gawellke in Verbindung und legte fest, welche Bäume geschlagen werden sollten. Anschließend nahm er den Mittagszug nach Königsberg. Er hatte Lenchen telegrafiert, dass er in der Stadt sein werde und sie sich doch bitte frei nehmen sollte. Als P. S. hatte er hinzugefügt: *Kann kaum erwarten, Dich zu sehen.* Und das stimmte. Er fühlte sich wohl in ihrer Gegenwart, schätzte ihre ruhige und besonnene Art. Und nicht zuletzt sah sie gut aus. Lena Budzinski war eine Schönheit, groß und schlank, mit ausdrucksvollen bernsteinfarbenen Augen unter fein gestrichelten Brauen, und ihre vollen schwarzen Haare, die mit Schildpattkämmen nach oben gesteckt waren, ließen ihre helle Haut wie Alabaster schimmern. Seit dem Tod ihrer Eltern lebte sie allein mit einem Dienstmädchen in der Wohnung über ihrem Geschäft. Sie hatte das Hutgeschäft ihrer Mutter übernommen, schließlich war sie gelernte Putzmacherin. Hubertus' Angebot, ihr eine monatliche Apanage zu zahlen, damit sie nicht arbeiten musste, hatte sie empört abgelehnt. »Ich liebe dich, Hubertus«, hatte sie gesagt. »Und ich werde dich immer lieben. Aber aushalten lasse ich mich nicht.« Die ersten Jahre wurde viel getuschelt, weil sie keinen einzigen der Anträge, die sie von den durchaus zahlreichen Bewerbern erhielt, annahm. Mit ihr stimme doch etwas nicht, sagten die Leute, aber irgendwann hörte das Gerede auf. Das Fräulein Budzinski, immer freundlich und in ihrem Beruf eine Koryphäe, wurde akzeptiert, sie war nur eben etwas wunderlich.

Lena hastete den Steindamm entlang, bog nach einigen Metern in die Heinrichstraße ein und verschwand im rückwärtigen Teil eines schlichten Mietshauses. Am Abend zuvor hatte sie die Depesche erhalten, dass Hubertus den Mittagszug nehmen würde. Sie war spät dran, weil eine Kundin sie aufgehalten hatte. Die Dame hatte sich partout nicht von einer Angestellten bedienen lassen wollen und war sehr wählerisch gewesen. Den einen Hut fand sie zu pompös, einen anderen zu schlicht. Als sie sich endlich entschieden hatte, setzte sie an, Lena in epischer Breite zu erzählen, wann und zu welchen Gelegenheiten sie das außergewöhnliche Model zu tragen gedenke. Doch Lena hatte sie höflich unterbrochen. »Es tut mir schrecklich leid, Frau Kommerzienrätin. Seien Sie mir bitte nicht böse, aber ich muss jetzt wirklich gehen. Meine Großtante feiert ihren neunzigsten Geburtstag und erwartet mich zum Mittagessen. Ihre Bestellung ist in einer Woche fertig, dann habe ich so viel Zeit für Sie, wie Sie wünschen.« Lena hatte eilig ihren

Strohhut und die Blumen gegriffen, die sie am Morgen besorgt hatte, und war aus dem Laden geschlüpft, bevor die Kommerzienrätin noch einmal hatte Luft holen können.

Die Wohnung im zweiten Stock, die Hubertus gemietet hatte, war seit mehr als fünfzehn Jahren ihr Liebesnest. Im Parterre befand sich die Kanzlei eines Winkeladvokaten und im ersten Stock eine Gesellschaft für Im- und Export. Beide hatten kaum Parteienverkehr, und so liefen sie kaum Gefahr, jemandem zu begegnen. Am Wichtigsten aber war, dass es keine neugierige Portiersfrau gab.

Hubertus hatte lange nach einer geeigneten Bleibe gesucht. Ursprünglich hatte er ein Haus in den Hufen, dem eleganten Villenviertel, mieten wollen, aber Lena war strikt dagegen gewesen. »Ich habe einen guten Ruf in Königsberg«, hatte sie gesagt. »Und den will ich nicht verlieren. Du weißt doch: Es gibt nur sittsame Frauen und gefallene Mädchen. Und bei einem gefallenen Mädchen kauft man keine Hüte.« Dann hatte sie schallend gelacht und ihn ins Schlafzimmer gezogen.

Nun hastete sie die Treppe hinauf. Mit zitternden Händen schloss sie die Tür auf. Hoffentlich war Hubertus noch nicht da. Als sie die Wohnung betrat, atmete sie erleichtert auf. Die schweren Vorhänge waren noch geschlossen. Es herrschte eine angenehme Kühle, doch die Luft war abgestanden. Eilig öffnete sie die Fenster und stellte die Blumen in eine Vase. Erst dann legte sie Hut und Leinenjacke ab, zog die Schuhe aus und fiel erschöpft in einen Sessel. Sie liebte diese kleine Wohnung, die Hubertus so geschmackvoll und mit viel Liebe ausgestattet hatte. In der ovalen Diele war der Fußboden mit weißem Marmor ausgelegt, in dessen Mitte ein Stern aus schwarzem Stein prangte. An der Stirnseite stand eine in Weiß und Gold gefasste Konsole, flankiert von zwei mannshohen, fünfarmigen Kandelabern, darüber ein großer Spiegel mit goldenem Rahmen. Rechts davon befand sich die Tür zu einer kleinen Küche, daneben die zum Schlafzimmer. Links führte eine Tür in den großen Salon, dessen Boden mit dicken pastellfarbenen Smyrnateppichen bedeckt war. Die drei großen Fenster waren gerahmt von Gardinen aus schwerer, lindgrüner Seide, dem Stoff, mit dem auch das Sofa und die Sessel bezogen waren. Lena liebte es, hier zu sitzen, im Schein der zahlreichen ein- und mehrarmigen Kerzenleuchter in Silber und umgeben von Beistelltischchen, auf denen allerlei Nippes herumstand, dessen Anzahl mit jeder von Hubertus' Reisen stieg. Immer brachte er ihr etwas mit, eine kleine, bunt bemalte Porzellanfigur, eine silberne Dose oder eine Schale aus Kristall. Kostbare Gemälde an den mit Holzpanelen verkleideten Wänden vervollständigten die erlesene Einrichtung. Welcher der anderen Mieter würde schon ein solches Schatzkästchen hinter der unscheinbaren Eingangstür vermuten?

Ein leises Geräusch ließ Lena aufschrecken. Und dann stand er auch schon vor ihr, ihr über alles Geliebter, in der Hand einen Strauß dunkelroter Rosen.

»Mein Lenchen«, sagte er leise. »Ich hab dich so schrecklich vermisst.«

»Ach, und wie freu ich mich nur.« All ihre Liebe lag in diesen Worten.

Zur gleichen Zeit besprach Anneliese noch einmal mit Fräulein Kollmann, der Hausdame, den Ablauf des abendlichen Jour fixe. Gemeinsam durchschritten sie die drei ineinander übergehenden Salons, die äußerst geschmackvoll eingerichtet waren. In den Räumen standen mehrere mit grünem Flanell bezogene Spieltische, an denen am Abend Whist und Baccarat gespielt werden würde. »Liegen überall die Karten bereit?«, fragte Anneliese noch während sie, ohne eine Antwort abzuwarten, auf die am Morgen frisch geschnittenen Blumenarrangements in prachtvollen chinesischen Vasen zeigte. »Hier, sehen Sie, einige Rosen lassen schon wieder die Köpfe hängen«, sagte sie missbilligend. »Und bitte sagen Sie Kuno, er soll nicht vergessen, die Zigarrenkästchen aufzufüllen.«

»Selbstverständlich, Frau Baronin. Ich werde mich sofort um alles kümmern.« Fräulein Kollmann verließ eilig den Raum und machte sich auf die Suche nach Kuno.

Sie traf ihn in der Küche an, wo er versuchte, Lisa zu beruhigen, die wegen einer missglückten Pastete zahlreiche verzweifelte »Erbarmerche« ausstieß und gleichzeitig auf das neue Küchenmädchen schimpfte, ein unscheinbares junges Ding, das heulend in der Ecke stand.

»Unjeheuerlich is dat! Dickkoppsch bist und keene Ahnung von nuscht nüscht hast.« Die Köchin wischte sich mit einem karierten Taschentuch den Schweiß aus dem hochroten Gesicht. »Und och noch dreibastich bist.«

»Aber ich hab doch man nur …«

Lisas üppiger Busen wogte, aber jetzt mischte sich Kuno ein. »Nu lass man jut sein, Lisachen, nu reg dir man nich so uff. Das nutzt ja nu nuscht nix.«

Dann wandte er sich dem leise schluchzenden Mädchen zu und ging ins Hochdeutsche über: »So was kann schon mal passieren, aber frech zur Mamsell wirst du nicht noch einmal sein.«

Das Küchenmädchen blickte ihn mit großen, rotgeweinten Augen dankbar an. »Janz bestimmt nie nich mehr.« Sie warf noch einen schüchternen Blick in Richtung der Mamsell, die immer noch vor Wut kochte, dann rollte sie weiter den Teig für einen Apfelkuchen aus.

»Haben Sie einen Moment für mich?«, fragte Fräulein Kollmann und erlöste damit den Diener, dem Lisa gerade ausführlich von der missglückten Pastete berichten wollte. Sichtbar erleichtert wandte Kuno sich ihr zu.

Anneliese blieb noch eine Weile allein im Salon zurück. Langsam schlenderte sie durch die Räume und betrachtete zufrieden die Einrichtung. Wieder dachte sie an den Tag vor vielen Jahren zurück, an dem sie es gewagt hatte, Hubertus darum zu bitten, den Salons neuen Glanz geben zu dürfen. Seine Eltern waren einige Jahre nach der Hochzeit gestorben, und zu ihrer Überraschung hatte Hubertus ihre Meinung geteilt, dass alles doch ein wenig verstaubt sei, und ihr freie Hand bei der Gestaltung gelassen. Sie war stolz auf ihr Werk, für das sie immer wieder Worte des Lobes zu hören bekam. Anneliese ließ ihren Blick über die mit Seide bespannten Wände gleiten, an denen Gemälde von Rembrandt, Watteau und Vermeer hingen. Zahlreiche versilberte Wandarme würden am Abend das prachtvolle Kristall und Silber funkeln lassen, unterstützt von verschiedenen mehrarmigen Leuchtern, die überall in den Räumen aufgestellt waren. Sie strich mit den Fingern über die kleinen, mit Brokat und Seide bezogenen Sitzgruppen, die verteilt auf den pastellfarbenen Teppichen standen, bevor sie sich im Musikzimmer, dem hintersten der drei Räume, wehmütig dem Steinwayflügel näherte. Er war ein ungeheuer wertvolles Stück und das letzte Geschenk ihres Vaters, kurz vor seinem Tod. Wie hätte er ahnen sollen, dass ihre Trauer ihr all ihre Freude an dem Klavierspiel nehmen würde!

In diesem Moment schlug die Fayenceuhr auf dem Kaminsims fünf Mal. Anneliese schreckte auf. Sie wollte sich noch ein wenig ausruhen, bevor Hanna ihr beim Ankleiden half. Sie eilte, so schnell sie konnte, hinauf in ihr Boudoir und ließ sich erschöpft auf ihr Bett fallen.

Um Punkt sieben fuhren die ersten Kutschen vor, unter ihnen die des Gutsverwalters und seiner Frau. Lissy Baronin von Beldow war eine eindrucksvolle Erscheinung. Gleichalt wie Anneliese wirkte sie wesentlich jünger. Das lag zum einen an ihrer schlanken Figur – sie achtete streng darauf, nicht zuzunehmen – und zum anderen an ihrem ausdrucksvollen Gesicht. Sie war nicht wirklich schön, aber ihre großen, veilchenblauen Augen, die hohen Wangenknochen und die gerade, ein wenig zu große Nase über der etwas zu kurzen Oberlippe verliehen ihr ein interessantes Äußeres. Außerdem war sie immer fröhlich, was sie zu einem beliebten Gast machte. Ihr Tischherr konnte noch so langweilig sein, sie fand immer etwas, worüber es sich gemeinsam zu amüsieren lohnte.

Arndt war noch Junggeselle gewesen, als er auf Gut Haffingen anfing. Er hatte von Anfang an von Hubertus' Liaison mit Lena gewusst, diese aber für eine kurze Affäre gehalten. Als Anneliese auf Gut Haffingen eingezogen war, eine so junge, hübsche und augenscheinlich sehr in ihren Mann verliebte Frau, hatte er gehofft, Hubertus würde zur Vernunft kommen. Im Verlauf der Jahre hatte er mehr als einmal Mitgefühl mit Anneliese empfunden, als ihr Unglück und die damit einhergehende körperliche Veränderung immer offensichtlicher und Hubertus' Art ihr gegenüber immer liebloser geworden waren. Einmal hatte Arndt seinen Freund darauf angesprochen, aber der hatte sich jede Einmischung verbeten. »Führ du dein Leben, und ich führe meins.«

Umso erleichterter war er gewesen, als Lissy sich auf Anhieb mit Anneliese verstand und ihr mit den Jahren eine echte Freundin wurde.

Nun stiegen die von Beldows aus ihrer Kutsche und wurden, wie jeder Gast, persönlich von Anneliese begrüßt und willkommen geheißen.

»Das macht sie wirklich gut«, sagte Lissy zu ihrem Mann. »Hubertus könnte wahrlich stolz auf sie sein. Sie führt ein großes Haus, hat einen erstklassigen Geschmack, und wenn sie etwas abnehmen würde, wäre sie auch immer noch recht hübsch. Aber leider ist sie süchtig nach Konfekt. Sie ernährt sich ja geradezu davon.«

»Du hast ja so recht, meine Liebe«, antwortete Arndt. »Sie liebt Hubertus immer noch und hat sich jahrelang bemüht, ihm zu gefallen. Aber er liebt nun mal eine Andere und wird sich nie von ihr trennen. Eine Tragödie ist das.«

Nach einer halben Stunde waren die meisten Gäste da, allesamt elegant gekleidete Damen und Herren. Sie schlenderten umher, begrüßten Freunde und tauschten Klatsch aus. Wie ein gleichmäßiges Summen erfüllten die Gespräche die Salons. Dazwischen waren freudige Ausrufe ebenso zu hören wie das etwas zu laute Lachen einer Dame. Livrierte Diener boten auf großen Silbertabletts Champagner, Wein, Liköre und üppig belegte Kanapees an. Auf einem großen Büffet würden später warme Speisen angerichtet werden, von der Mamsell und den Küchenmädchen in tagelanger Arbeit und begleitet von mehr als einem »Erbarmerche« zubereitet. Einige der Spieltische waren bereits besetzt. Auch Arndt entschloss sich, eine Partie zu beginnen.

»Ich sehe, Ihnen fehlt der vierte Mann«, sagte er zu Eberhard von Kaulitz, Sanitätsrat Dr. Grüben und Mathias Lackner, der mit seiner Frau Amalie von Gut Lindicken herübergekommen war.

»Sie kommen wie gerufen.« Sanitätsrat Grüben mischte bereits die Karten. »Unsere Frauen ziehen es offensichtlich vor, Klatsch auszutauschen«, bemerkte er fröhlich. Vergnügtes Lachen klang von einer Sitzgruppe zu ihnen herüber. »Meine Marike und Ihre Frau scheinen sich bereits bestens zu amüsieren.«

Arm in Arm, sich mit ihren Fächern Luft zufächelnd, schlenderten Aglaia von Kaulitz und Amalie Lackner zu den Damen. »Na, was gibt es denn zu lachen? Dürfen wir daran teilhaben, oder ist das Amüsement nur Schnapsdrosseln vorbehalten?« Amalie zeigte auf die gerade aufgefüllten Likörgläser.

»Wir sind aus dem Musikzimmer geflüchtet«, kicherte Lissy von Beldow. »Kommerzienrätin Gehlau hat uns mit ihrem grauenhaften Geklimper in die Flucht geschlagen.«

»Das kann man wahrlich nur mit Hochprozentigem ertragen«, fügte Marike Grüben hinzu. »Sie sieht auch noch so langweilig aus, dass man sie nicht einmal als unauffällig bezeichnen kann!«

»Gott, sind Sie gemein«, sagte Amalie Lackner mit gespielter Entrüstung. »Wo Frau Kommerzienrätin sich doch für eine begnadete Pianistin hält.«

»Ja, leider. Wo immer sie bei Einladungen ein Piano sieht, denkt sie, uns damit beglücken zu müssen.« Lissy rollte die Augen.

»Aber keiner wagt es, ihr das zu sagen, jeder fürchtet ihre spitze Zunge.«

»Was heißt hier spitze Zunge?« Marike Grüben lachte. »Eine gefährliche Giftspritze ist sie. Wo ist übrigens Baron von Ehrenfeld?« Sie sah sich suchend um. »Er sollte doch seit gestern aus Hamburg zurück sein.«

»O Gott, fragen Sie bloß nicht Anneliese.« Lissy senkte ihre Stimme. »Sie ist schon wieder am Boden zerstört. Gestern ist er zurückgekommen, und heute, an ihrem Jour fixe, ist er bereits wieder nach Königsberg gefahren.«

Carla von Harvich gesellte sich zu ihnen. Sie hatte nur den letzten Satz gehört. »Reden Sie von Baron von Ehrenfeld? Na, was meinen Sie wohl, wo er ist? Bei seiner Geliebten natürlich, das pfeifen doch die Spatzen von den Dächern.«

»Vielleicht pfeifen die uns auch mal zu, wer sie ist«, sagte Amalie Lackner. »Wissen Sie da Näheres?«

»Ne, das weiß niemand. Es ist mir wirklich ein Rätsel, wie man so etwas so lange verheimlichen kann. Nicht einmal Irina hat die blasseste Ahnung, und sie weiß sonst immer alles.« Irina von Nöthen, Carlas beste Freundin, versorgte sie stets mit dem neuesten Königsberger Klatsch.

»Ich bin mir sicher, dass mein Mann es weiß«, sagte Lissy. »Aber er verrät es mir nicht. Nicht einmal unter Androhung von Liebesentzug.« Sie kicherte. »Achtung!«, rief sie kurz darauf. Die Baronin näherte sich der Gruppe.

»Annelieschen«, rief Lissy. »Komm, setz dich zu uns. Was für ein wunderbarer Abend! Übrigens: Kommt Alexa heute nicht? Ich habe sie noch nicht gesehen.« Alexa Gräfin von Waldau, Hubertus' jüngere Schwester, lebte in Königsberg und nutzte für gewöhnlich jede Gelegenheit, um ihr Elternhaus und ihre über alles geliebte Nichte zu besuchen.

»Sie hat mir eine Note geschickt, dass sie sich nicht wohlfühlt. Sie kommt vorbei, sowie es ihr besser geht.« Alle taten ihr Bedauern kund. Alexa Gräfin von Waldau gehörte zu den elegantesten und vor allem interessantesten Damen des Landkreises und war ein Gewinn für jede Gesellschaft.

»Ich lasse Sie wissen, wenn sie das nächste Mal anreist. Vielleicht haben Sie dann Lust und Zeit, zum Tee zu kommen.« Ein »nichts lieber als das« und »natürlich, jederzeit«

war zu hören. »Ich vermisse auch die Donnersmarcks, Anneliese«, sagte nun Lissy. »Sie sind doch sonst immer bei deinem Jour Fixe.« »Sie haben abgesagt. Der Graf ist krank. Es soll aber nichts Ernstes sein.« Man plauderte weiter über belanglose Themen.

Einige Herren hatten sich nun mit bedenklichen Mienen in der Bibliothek zusammengefunden. Die Luft war geschwängert vom Rauch schwerer Zigarren. »Sagen Sie, Herr Kölichen, wie lange wird die Krise denn wohl noch dauern?«, fragte Kommerzienrat Gehlau. »Sie haben doch beste Verbindungen.« Horst Kölichen war Anwalt in Insterburg und beriet einige Klienten auch in finanziellen Angelegenheiten.

»Schwer zu sagen, Herr Kommerzienrat. Es geht ja nun schon seit einem Jahr. Wie man hören konnte, haben in Großbritannien große Handelshäuser Konkurs angemeldet, und nun sieht es auch bei den Hamburgern mehr als düster aus.«

»Wie Sie wissen, habe ich vor kurzem Klein Darkehmen, das Gut meiner Eltern, übernommen und wollte ein Darlehen aufnehmen, um neue Ställe zu bauen«, meldete sich jetzt Georg Henkiel zu Wort, ein junger, kräftiger Mann Anfang dreißig. »Aber keine Bank will mir einen Kredit geben. Das ist doch ungeheuerlich!« Sein rundes Gesicht lief vor Ärger rot an.

»Das wundert mich nicht«, sagte Rechtsanwalt Kölichen. »Die Banken haben einfach kein Geld. Letztes Jahr haben in Amerika über tausendvierhundert Banken schließen müssen, und hier kommt wohl auch noch einiges auf uns zu.«

»Das kann ja heiter werden!«, meinte nun Gustav Goelder, ein blendend aussehender Mann in Henkiels Alter. »Aber Gott sei Dank sind wir Bauern, was Georg?« Er prostete seinem Freund zu. »So schnell kriegt uns doch eine Krise nicht klein. Essen und Schnaps werden uns schon nicht ausgehen.« Er deutete grinsend auf Georg Henkiels beginnende Leibesfülle. »Das wäre für dich doch das weitgehend größere Problem als neue Ställe. Die kannst du auch später noch bauen.« Anton schenkte den Herren jetzt nach, und Gustav Goelder ergriff die Gelegenheit, dem Gespräch eine andere Richtung zu geben. »Friedrich-Wilhelm soll es ja inzwischen sehr schlecht gehen.«

»Ja«, sagte Eberhard von Kaulitz, der in diesem Moment die Bibliothek betrat. »Meine Tante korrespondiert mit Königin Elisabeth-Ludovica. Nach mehreren Schlaganfällen kann der König kaum noch sprechen. Es ist schrecklich. Sie haben ja keine Kinder, und sein Bruder wird wohl irgendwann die Regentschaft übernehmen müssen.« Das Klavierspiel hatte aufgehört, und der Kommerzienrat erhob sich. »Ich werde mich dann mal um meine Astrid kümmern.« Nach und nach machten sich auch die anderen Herren auf die Suche nach ihren Frauen.

Um Mitternacht herrschte im Haus wieder die gewohnte Ruhe. Lärmend hatten die letzten Gäste gegen elf Uhr ihre Kutschen bestiegen, nachdem sie sich überschwänglich bei Anneliese bedankt hatten.

»Wie immer, meine Liebste, ein wunderbarer Abend.«

»Grüße an den Baron, er wird doch hoffentlich beim nächsten Mal dabei sein.«

»Sagen Sie dem Baron, sein Port ist von einer außergewöhnlichen Qualität.« Davon war in der Tat reichlich getrunken worden, das war an dem bei einigen Herren schwankenden Gang deutlich zu erkennen.

Den ganzen Abend hatte Anneliese gehofft, dass Hubertus doch noch kommen würde. Auf ihren Wunsch hin brachte Hanna ihr noch ein Schälchen mit Konfekt, das sie in Windeseile leerte. Erschöpft und enttäuscht sank sie ins Bett. Eine weitere schlaflose Nacht lag vor ihr, wie so viele andere davor.

Hubertus fand Anneliese mit Lissy auf der Terrasse. Sein Hund, Herr Schulze, hatte ihn auf der Freitreppe freudig begrüßt und schwanzwedelnd begleitet. Ein heftiges Gewitter am frühen Nachmittag hatte die Luft abgekühlt und den sehnlich erwarteten Regen gebracht. Er war bester Laune. Das Zusammensein mit Lena hatte ihn für kurze Zeit seine finanziellen Sorgen und die unerfreuliche Auseinandersetzung mit Anneliese vergessen lassen. Auch war er erleichtert, Lissy vorzufinden. Das ersparte ihm neue Vorwürfe seitens seiner Frau, jedenfalls für den Moment. Er begrüßte die beiden Damen mit einem Handkuss.

»Kuno sagte mir, dass ich euch hier finde. Nun, Anneliese, ist dein Jour fixe zu deiner Zufriedenheit verlaufen?«

»Ja, sehr. Aber man hat dich vermisst.«

»Vor allem ich«, warf Lissy ein, die eine der üblichen unerfreulichen Szenen befürchtete. »Ohne dich macht Whist keinen Spaß. Aber ich kann dir versichern, dass es wirklich ein wunderbarer Abend war. Anneliese hat wie immer alles fabelhaft organisiert.« Ihre Freundin warf ihr einen dankbaren Blick zu. Lissy kicherte. »Nur das grauenhafte Geklimper von Kommerzienrätin Gehlau war nicht ganz so erbaulich. Übrigens fällt mir dazu etwas sehr Komisches ein.« Sie lachte laut auf. »Wir haben seit einiger Zeit ein neues Dienstmädchen. Sie ist fünfzehn und sehr unbedarft. Vorgestern hat Arndt auf seinem alten Cello geübt. Sie hat einen Moment zugehört und ihn dann gefragt: ›Warum machen Se dat, jnädjer Herr?‹ Arndt antwortete: ›Nun … zu meinem Vergnügen.‹ Darauf sie vollkommen erstaunt: ›Nu ne nich … und sowat macht Ihnen Freude?‹«

Anneliese prustete los. »Das ist ja wirklich zu komisch!«

»Und wie hat Arndt reagiert?«, fragte Hubertus lachend. »War er beleidigt?«

»Du kennst ihn doch!« Lissy grinste. »Wenn er etwas hat, dann ist das ein gesunder Humor.« Sie erhob sich. »So, meine Lieben, ich muss gehen. Es gibt nur eins, was Arndt auf den Tod nicht leiden kann, und das ist, wenn ich nicht pünktlich zum Abendessen erscheine.« Mit einem fröhlichen »Also bis bald, meine Lieben« verließ sie die beiden.

Hubertus und Anneliese schwiegen, während Kuno das Kaffeegeschirr abräumte. »Was kann ich den Herrschaften noch bringen?«, fragte er beim Hinausgehen.

»Mir einen Cognac und meine Zigarren«, sagte Hubertus. »Und dir, Anneliese?«

»Eine Limonade, bitte.«

Hubertus zog zwei kleine Päckchen aus der Tasche. »Ich habe dir eine Kleinigkeit mitgebracht.« Er reichte ihr das größere. Erstaunt sah Anneliese ihn an. Sie konnte sich nicht erinnern, wann er ihr zuletzt etwas geschenkt hatte, außer zu Weihnachten oder zum Geburtstag.

»Danke«, sagte sie erfreut. »Was ist es denn?«

»Nun … pack es aus.«

Mit zitternden Händen löste sie das goldene Band und öffnete den kleinen Karton. »Oh, ein Duftwasser! Danke, Hubi, wie lieb von dir.« Sie ahnte nicht, dass Lena ihrem Geliebten geraten hatte, etwas netter zu seiner Frau zu sein und ihr hin und wieder eine Kleinigkeit von seinen Ausflügen mitzubringen. »Du liebst sie nicht, das weiß sie. Und was du mir von ihr erzählst, muss sie eine sehr unglückliche Frau sein.« Dann hatte sie ihn geküsst und gesagt: »Manchmal plagt mich wirklich ein schlechtes Gewissen.«

»Ich habe übrigens deinem Wunsch entsprochen und bei der Hartungschen Zeitung eine Anzeige für einen Hauslehrer aufgegeben«, sagte Hubertus.

»Oh, das ist gut. Und hast du Alexa gesehen? Sie hat mir eine Note geschickt, dass sie nicht zu meinem Jour fixe kommen könne. Geht es ihr besser? Und hat sie erwähnt, wann sie uns besuchen wird?«

»Sie lässt dich grüßen. Sie war ein paar Tage in Zoppot und hat sich dort wohl eine Erkältung zugezogen. Aber sie ist schon wieder auf dem Wege der Besserung und wird in der nächsten Woche kommen.«

Anneliese strahlte. Die Besuche ihrer Schwägerin brachten immer eine willkommene Abwechslung in ihr doch recht eintöniges Leben.

Kuno servierte jetzt die Getränke und sah zu seiner Freude Anneliese seit langer Zeit wieder heiter. »Wo ist denn Josefine?«, fragte Hubertus.

»Fräulein von Allhorn hat vorgeschlagen, einen längeren Spaziergang zu machen«, sagte Kuno. »Heute is ja man nich so heiß.« In diesem Moment hörten sie schon die Stimmen der beiden, und bald darauf stürmte Josefine die Treppe hinauf, hinter ihr etwas langsamer die Gouvernante.

»Papachen, da bist du ja wieder.«

»Ja, mein Finchen, und morgen ist Sonntag, da besuchen wir Gretchen und die Kinder.« Er strich ihr zärtlich über die Wange. »Lass uns sehr früh, bevor es zu heiß ist, zusammen frühstücken, und dann reiten wir hinüber zum Forsthaus.« Dann wandte er sich an Anneliese. »Zum Mittagessen werden wir zurück sein. Bitte sag der Mamsell, ich hätte gern Königsberger Klopse.«

Josefine klatschte in die Hände. »Oh fein, mein Leibgericht.«

»Nun schau, was ich dir mitgebracht habe.« Hubertus reichte ihr das kleinere Päckchen.

Aufgeregt drehte und wendete Josefine das Päckchen und zog schließlich gespannt das Papier beiseite. »Danke, Papa, ein neuer Haarreif. Wie schön.«

»Ich habe auch etwas bekommen«, sagte Anneliese, und es klang lange nicht so schroff wie sonst, wenn sie mit ihrer Tochter sprach. »Möchtest du einmal daran riechen?« Josefine schnupperte an dem Parfüm, und dann legte Anneliese ihr den Haarreif an. Hubertus kraulte zufrieden das Ohr von Herrn Schulze und zog genüsslich an seiner Zigarre. Zu Josefines Erheiterung produzierte er beim Ausblasen große Ringe aus Qualm. Es war schon lange her, dass die Familie so harmonisch zusammengesessen hatte.

Am nächsten Morgen wachte Josefine bereits um sechs Uhr auf. Sie zog sich allein ihr Reitkleid an, welches das Dienstmädchen ihr am Abend bereitgelegt hatte, und streifte ihre Locken mit dem neuen Haarreif aus dem Gesicht. Dann nahm sie ihren kleinen Strohhut und ging leise die Freitreppe hinunter in die Halle, wo Herr Schulze sie schwanzwedelnd begrüßte. Sie strich ihm über den Kopf und flüsterte: »Guten Morgen, du lieber Hund. Hast du gut geschlafen?« Bis auf das entfernte Klappern von Geschirr aus dem Küchentrakt war kein Geräusch zu hören. Das Haus lag noch in tiefem Schlaf. Vorsichtig öffnete sie die schwere Tür und fragte leise: »Willst du mitkommen, Herr Schulze?« Mit einem Satz war er neben ihr. Es herrschte eine sonntägliche Stille. Nur das Krähen der Hähne und leise Muhen der Kühe war zu hören. Über die kiesbedeckte Einfahrt liefen sie hinüber zu den Ställen. Ein junger Knecht kam mit einem Eimer aus dem Stall und blieb erstaunt stehen. »Nanu, dat Baronesschen. So früh schon uffe Beine.«

»Ja, Papa und ich wollen zusammen ausreiten. Ich wollte nur sehen, ob unsere ...«

»Nanu man käine Sorje nich. Ich bring die Pferdchens um achte rüber. Anton hat jestern Bescheid jesacht.«

Erleichtert atmete Josefine auf. »Danke«, sagte sie höflich. »Komm, Herr Schulze, wir laufen zurück.«

»Da bist du ja schon«, begrüßte Hubertus seine Tochter, als er ein paar Minuten nach ihr das Frühstückszimmer betrat. Sie gab ihm einen Kuss auf beide Wangen. »Wie hübsch du aussiehst, meine Kleine.«

»Ich freu mich ja so, Papachen, dass wir zusammen ausreiten. Darf ich dich etwas fragen?«

»Aber natürlich, mein Kind.«

»Mama hat mir gestern gesagt, dass ich auf keinen Fall nach Insterburg in die Schule gehen darf und dass sie will, dass ein neuer Hauslehrer engagiert wird.« Sie zögerte einen Moment. »Weißt du«, fuhr sie fort, »mein letzter Hauslehrer, der Herr Schneider, hat mir lange nicht so viel beigebracht wie das Fräulein von Allhorn. Mit ihr macht Lernen jetzt so viel mehr Spaß. Wirklich, Papachen! Kann sie mich nicht weiter unterrichten? Sie ist sooo klug und sehr, sehr nett. Ich kann jetzt sehr gut lesen und auch rechnen, und ich weiß sogar schon alles über die Französische Revolution.« Ihre Stimme wurde immer aufgeregter, und ihre Worte überstürzten sich. »Und Französisch will sie mir auch beibringen, das interessiert mich nämlich.«

Hubertus lächelte. »Ich werde das mit deiner Mutter und

dem Fräulein von Allhorn besprechen und denke, dass sich eine Lösung finden wird.«

Josefine fiel ihrem Vater um den Hals. »Danke, Papachen, danke«, flüsterte sie.

»Nun greif zu, mein Liebling. Wir wollen los, bevor es zu heiß wird. Ich will noch am Vorwerk vorbei, um kurz etwas mit Onkel Arndt zu besprechen, bevor wir zum Forsthaus reiten.«

Es war kurz nach acht, als sie ihre Pferde bestiegen, die bereits seit einigen Minuten vor der Freitreppe standen und ungeduldig mit den Hufen scharrten. Josefine war eine ausgezeichnete Reiterin. Schon mit fünf Jahren hatte sie ihr erstes Pony bekommen. Zum achten Geburtstag endlich erfüllte Hubertus ihr ihren sehnlichsten Wunsch, ein »richtiges Pferd«, eine sanfte braune Stute mit dem Namen Lotte, nicht zu hoch, mit einer weißen Blesse auf Brust und Stirn.

Im Schritt ritten sie nun durch die alte Lindenallee, die vor mehr als hundert Jahren von Hubertus' Großvater gepflanzt worden war und deren dichte Baumkronen zu einem Schatten spendenden Dach zusammengewachsen waren. Am Ende machte die Allee einen kleinen Bogen, und als sie aus dem Schatten herausritten, waren beide für einen kurzen Moment von der noch tief stehenden Sonne geblendet. Sie ließen die Pferde anhalten. Schon bald hatten sich ihre Augen an das grelle Licht gewöhnt, und Hubertus ging das Herz auf. Er liebte diese wunderschöne Landschaft, mit ihren fruchtbaren Feldern und weiß umzäunten Koppeln mit kleinen Baumgruppen, unter denen die Pferde bereits Schatten suchten. Auf saftigen, zu beiden Seiten der Angerapp liegenden Weiden graste ein Teil der Kühe, andere lagen noch im Schatten der hohen Hecken, die an einigen Stellen des Ufers wuchsen. »All das wird einmal dir gehören und dann deinen Kindern.« Er lächelte seine Tochter an. »Aber bis dahin ist ja noch lange Zeit.« Er deutete jetzt auf ein nicht weit entfernt liegendes kleines Dorf. »Siehst du, da ist Piragienen. Insterburg kann man leider nicht sehen, es ist noch zu dunstig.«

»Fräulein von Allhorn besucht dort heute ihre Cousine«, sagte Josefine. »Sie will zu Fuß gehen, obwohl Mama ihr angeboten hat, die Kutsche zu nehmen.«

»Na ja, sehr weit ist es ja nicht. Ich bin früher oft mit Onkel Peter zur Schule gelaufen. Mehr als eine Dreiviertelstunde braucht man nicht. Aber jetzt müssen wir los.« Er gab seinem Pferd sanft die Sporen, und es verfiel in einen leichten Trab, vorbei an reifen, goldgelben Kornfeldern mit leuchtend roten Mohn- und kobaltblauen Kornblumen. Rechts und links der Wege wuchsen dichte Hecken, voll mit reifen Brombeeren. Hubertus machte sich im Geiste eine Notiz, dass die Küchenmädchen die Beeren gleich morgen pflücken sollten. Er liebte Brombeermarmelade, so wie er überhaupt diese Zeit des Jahres liebte, diese Wochen Ende August bis in den September hinein, wenn die Ernte eingefahren wurde. Gleich nächste Woche war es wieder so weit, und er war froh, rechtzeitig von seiner Reise zurückgekehrt zu sein.

Sie erreichten nun ein Feld, wo das Getreide bereits zu dicken Hocken zusammengebunden war. »Los!«, rief er übermütig. »Jetzt ein Stück im Galopp!« Seite an Seite jagten sie über das Stoppelfeld. Hubertus war glücklich, und schon kurz darauf erreichten sie das Vorwerk. Lissy empfing sie im Vorgarten ihres Hauses, wo sie gerade Rosen schnitt. »Was für eine Überraschung«, rief sie erfreut. »Wie schön, euch zu sehen. Kommt rein, Arndt ist in seinem Büro.« Sie legte Schere und Handschuhe in den Korb, der bereits voller Rosen war, gab

Hubertus die Hand und umarmte Josefine. »Du bist ja vollkommen erhitzt, meine Kleine. Jetzt bekommst du als Erstes eine kalte Limonade.« Dann rief sie laut: »Arndt! Besuch!«

Der so Gerufene erschien an der Haustür. »Schrei nicht so, Lissy. Ich hab euch doch längst gehört.« Aus dem nahe gelegenen Stall eilte ein Knecht herbei, der die Pferde zu einer Tränke führte und sofort begann, sie trocken zu reiben. »Wir haben kurz etwas Geschäftliches zu besprechen«, sagte Arndt zu seiner Frau. »Zeig Finchen doch unsere Welpen, wenn sie ihre Limonade getrunken hat.« Er wandte sich an Josefine. »Meine Paula hat vor vierzehn Tagen geworfen. Hast du Lust, Finchen?«

»Au ja, gern.« Sie strahlte.

»Na, dann komm.« Lissy zwinkerte ihr zu. »Wir lassen die beiden ollen Kerle am besten allein.«

In einem kleinen Schuppen in der Nähe des Hauses lag Paula, Arndts heiß geliebte Dackeldame, mit ihren sechs Jungen in einem Verschlag. In dem Halbdunkel konnte Josefine erst nichts erkennen, nur ein leises Knurren war zu hören. Beruhigend redete Lissy auf den Hund ein. »Hallo Paulchen, ich hab dir Besuch mitgebracht. Keine Angst, ich nehme dir keines von deinen Kindern weg. Wir wollen sie nur ansehen.« Mit einer Hand streichelte sie Paulas Kopf, während sie mit der anderen in den kleinen quiekenden Haufen griff. »Hier, halt es mal.« Sie legte Josefine das winzige Tier in die Hand.

»Gott, ist das süß.« Josefine war überwältigt und küsste es vorsichtig auf die winzige feuchte Schnauze. »Meinst du, ich darf es behalten?«

»Wenn dein Vater nichts dagegen hat, gern«, lächelte Lissy. *Bei deiner Mutter habe ich allerdings meine Bedenken*, dachte sie insgeheim.

Als hätte Josefine ihre Gedanken erraten, sagte sie traurig: »Und Mama? Meinst du, sie erlaubt es auch?«

»Ich denke schon«, sagte Lissy entgegen ihrer Überzeugung. »Aber es geht erst in ungefähr sechs Wochen, so lange müssen sie bei ihrer Mutter bleiben.«

Natürlich hatte Hubertus nichts dagegen. Und mit Anneliese, die Tiere im Haus nicht ausstehen konnte, würde er schon fertig werden.

Eine Stunde später erreichten sie das Forsthaus. Bei ihrer Ankunft wartete bereits das auf den ostpreußischen Gütern übliche »zweite Frühstück« auf sie. Das Erste nahm man morgens um sechs ein, wobei man Unmengen von Eiern, für gewöhnlich mindestens zehn pro Person, dazu Schinken, Wurst und Käse auf dick mit Butter bestrichenem Brot aß. Danach gab es den obligatorischen Verdauungsschnaps. Und natürlich hatte man um zehn Uhr bereits wieder einen brüllenden Hunger und aß das Gleiche noch einmal. »Ja, es wird gefressen und gesoffen in Ostpreußen«, hatte Hubertus am Anfang ihrer Ehe zu Anneliese gesagt, als sie sich auf überhebliche Hamburger Art über »diese widerlichen Fressorgien«, wie sie es nannte, mokiert hatte.

Der Tisch auf der nach Osten liegenden Terrasse, die bereits im Halbschatten lag, war gedeckt worden. In seiner Mitte standen Steinkrüge mit selbst gemachter Butter sowie Schmalz. Auf großen Brettern lagen Pasteten, Würste, ein ganzer Schinken und ein großer Laib Brot, der, frisch aus dem Ofen, verlockend duftete. Große scharfe Messer lagen bereit, so konnte sich jeder selbst bedienen.

»Das sieht ja wunderbar aus, Grete«, sagte Hubertus. »Was für eine Mühe aber auch, die du dir da gemacht hast.« Das war eine reine Höflichkeitsfloskel, er hatte gar nichts Anderes erwartet.

Grete lächelte erfreut. »Aber Hubertus, du und Finchen, ihr müsst ja vollkommen verhungert sein.« In diesem Moment stürmten die Zwillinge herbei. Franz hatte braune matschige Hände, und Käthchens Sonntagskleid klebte bis zu den Knien nass an ihren Beinen.

Grete schlug die Hände über dem Kopf zusammen. »Ach Jottchen, wie seht ihr denn wieder aus?«

»Wir wollten im See einen Fisch für dich fangen, Mamachen, aber er ist mir immer aus den Händen jeflutscht«, sagte Franz schuldbewusst und streckte Hubertus seine dreckige Hand hin. Sein fröhliches »Tachchen, Onkel Hubertus« wurde jäh von seinem Vater unterbrochen. »Wirst du dich wohl unterstehen! Geh dir sofort die Hände waschen.« Sein Grinsen strafte die strengen Worte jedoch Lügen.

»Ein Lorbas ist das man aber auch, der Junge. Und du, Käthchen, zieh dir was Trockenes an.« Er sah sich suchend nach seiner Tochter um. Aber die saß schon mit Josefine in ein Gespräch vertieft auf einer Bank in der Sonne. »Na ja, so trocknet es auch«, lachte Peter. »Setz dich, Hubi. Ich hoffe, du hast genau so einen Bärenhunger wie ich.«

»Worauf du dich verlassen kannst«, lachte Hubertus und lud sich den Teller voll mit Brot, Butter und Schinken.

Die Kinder hielt es nicht lange am Tisch. »Dürfen wir aufstehen, Tante Gretchen?«, fragte Josefine nach einer Weile höflich. »Wir würden gern mit dem Kahn auf den See fahren. Du erlaubst es doch, Papachen?«

»Aber natürlich, meine Kleine. Geht nur und habt Spaß.« Viel zu selten sah er seine Tochter so unbeschwert und vergnügt. Eigentlich schade, dass sie keine Geschwister hatte. Der Vormittag verging wie im Fluge, und allzu bald machten Hubertus und Finchen sich auf den Heimweg.

Wie versprochen waren sie pünktlich zum Mittagessen zurück. »Meine Güte, wie siehst du denn aus?«, rief Anneliese beim Anblick Josefines, deren weiße Schuhe und Kniestrümpfe übersät waren mit braunen Matschflecken. »Wo um Himmels willen hast du dich denn rumgetrieben? Sieht so eine junge Dame aus?«

»Nein, so sieht ein Kind aus, das mit seinen Freunden gespielt hat«, nahm Hubertus seine Tochter in Schutz. Er bemühte sich um einen freundlichen Tonfall, denn er wollte nicht schon wieder mit seiner Frau streiten. »Geh dich umziehen, mein Herz. Wir werden mit dem Essen auf dich warten.« Als Josefine außer Hörweite war, sagte er: »Ich bitte dich, Anneliese, sei doch nicht so streng mit ihr. Du hättest sehen sollen, wie glücklich sie war. Die Kinder haben am Wasser herumgetobt, da wird man eben ein bisschen schmutzig.«

Anneliese antwortete nichts darauf. Auch sie nahm sich zusammen, wollte die gerade aufgekommene gute Stimmung nicht schon wieder schwinden sehen.

»Josefine hat ja leider keine Geschwister«, fuhr Hubertus fort.

»Das willst du doch wohl hoffentlich nicht mir ankreiden!« Da war sie wieder, die schrille Stimme. Kuno am Buffet versuchte, sich unsichtbar zu machen.

»Nein.« Hubertus räusperte sich, das heikle Thema hätte er besser nicht angeschnitten. »Was ich damit sagen will, ist, dass das Kind fast nur mit Erwachsenen zusammen ist. Ihr fehlt eine Spielgefährtin. Sollten wir vielleicht ein gleichaltriges Kind zu uns nehmen, eine Waise vielleicht?«

Anneliese starrte ihn entsetzt an. »Bist du von allen guten Geistern verlassen? Irgend so ein Bankert, von dem wir nicht wissen, wo er herkommt? Womöglich von einem gefallenen

Mädchen oder einer ... einer Dirne!« Sie stampfte wütend mit dem Fuß auf. »Nur über meine Leiche.«

Hubertus' Gesicht versteinerte sich. »Gut, dann wird Josefine einen Tag in der Woche bei den Gawellkes verbringen. Und noch etwas. Sie hat sich einen Welpen von Arndts Dackel ausgesucht. Der kommt in sechs Wochen ins Haus. Und da ich gerade dabei bin: Vorläufig wird kein neuer Hauslehrer engagiert, Josefine wird weiterhin von Fräulein von Allhorn unterrichtet werden.« Seine dunklen Augen sprühten Funken. »Und ich dulde keine Widerrede, ist das klar?« Annelieses Königsberger Klopse blieben unberührt. Vor Wut brachte sie keinen Bissen runter. Am Nachmittag gingen Anneliese und Hubertus sich so weit als möglich aus dem Weg, man würde sich erst wieder am Abend gemeinsam zu Tisch begeben.

Die Stimmung beim Abendessen war ausgesprochen frostig, die Heiterkeit des Vortages war verflogen. Fräulein von Allhorn befürchtete wieder eine der zahlreichen Auseinandersetzungen, die in ihrer Anwesenheit nie laut wurden, aber von Seiten der Baronin immer voll von Vorwürfen und spitzen Bemerkungen waren. Man sprach kaum. Noch vor dem Nachtisch erhob sich Anneliese. »Bitte entschuldige mich, Hubi. Ich fühle mich nicht wohl. Kuno, würdest du Hanna Bescheid geben, dass ich zu Bett gehen möchte.« Sie knallte ihre Serviette auf den Tisch und rauschte mit einem »Gute Nacht allerseits« hinaus.

»Herr Baron, ich gebe Hanna Bescheid«, sagte Kuno, nachdem er den Nachtisch serviert hatte.

»Ist gut, Kuno, lass dir Zeit. Fräulein von Allhorn und ich haben noch etwas zu besprechen.«

Die Gouvernante erschrak. Wollte man ihr etwa kündigen? Die Baronin hatte es ihr oft genug angedroht, dauernd hatte sie etwas an ihr auszusetzen. Zu nachsichtig sei sie mit dem Kind. Gute Manieren, wozu auch Zucht, Ordnung und Pflichtbewusstsein gehörten, solle sie ihr beibringen, dafür sei sie schließlich da. Fräulein von Allhorn liebte Josefine, keiner ihrer vorherigen Zöglinge war ihr so ans Herz gewachsen wie sie, und sie wusste, dass auch Josefine sie mochte. Das bewies sie ihr täglich mit kleinen Gesten. Erst gestern hatte Fräulein von Allhorn ihrer Cousine von ihr vorgeschwärmt. »Du glaubst gar nicht, wie lieb ich das Kind inzwischen gewonnen habe. Sie ist einfach entzückend, ein Wunder bei dieser überaus schrecklichen Mutter. Es tut mir weh, zu sehen, wie sie das Kind behandelt.«

»Leg nicht zu viel Herzblut in deine Arbeit«, hatte ihre Cousine sie ermahnt. »Und stell dich gut mit der Baronin. Du bist sonst schneller ohne Arbeit, als du denken kannst, und das wäre doch wirklich schade, wo du jetzt in meiner Nähe lebst.«

Fräulein von Allhorn überlegte fieberhaft, was sie falsch gemacht haben könnte. »Ich freue mich, dass wir einmal ungestört miteinander reden können, Fräulein von Allhorn«, beendete Hubertus endlich sein Schweigen. Sie zerknüllte unter dem Tisch ihre Serviette, und ihr Magen verkrampfte sich. »Josefine würde gern weiter von Ihnen unterrichtet werden. Fühlen Sie sich dazu in der Lage?« Hatte sie richtig gehört, ihr wurde gar nicht gekündigt? Die Erleichterung ließ ihr das Blut in die blassen Wangen steigen. Hubertus sah sie fragend an. »Wenn ja, möchte ich, dass Sie wissen, dass das ganz in meinem Sinne ist«, fuhr er fort.

»Aber natürlich, Herr Baron«, rief sie erfreut. »Josefine ist so ein aufgewecktes und wissbegieriges Kind. Ich täte nichts lieber als das.« Sie zögerte. »Aber Sie wissen sicher, dass Ihre Frau lieber einen neuen Hauslehrer hätte.«

»Machen Sie sich darüber keine Gedanken. Das habe ich mit meiner Frau bereits geklärt. Josefine hat mir gesagt, dass sie Sie besonders gernhat und viel bei Ihnen lernt.« Wieder färbte sich das Gesicht der Gouvernante rot. »Wie schön, das zu hören. Ich habe Josefine auch ganz besonders gern.«

»Sie wissen, dass das Glück meiner Tochter mir sehr am Herzen liegt.« Hubertus trank einen Schluck Wein. »Also machen Sie weiter so, Fräulein von Allhorn. Und noch etwas: Einen Tag in der Woche soll Josefine bei den Gawellkes verbringen. Bitte sorgen Sie dafür, dass das nicht unterbunden wird, wenn ich nicht im Haus bin.« Er erhob sich. »Übrigens, ich werde Ihnen aus gegebenem Anlass eine Gehaltserhöhung gewähren. Sie haben sie verdient.«

»Danke, Herr Baron. Ich verspreche Ihnen, ich werde Sie nicht enttäuschen.« Voller Freude eilte sie in ihr Zimmer. Sofort wollte sie ihrer Cousine einen Brief schreiben.

Das ganze Jahr interessierte sich Hubertus mehr für Börsenkurse und die Erträge, die Gut Haffingen erwirtschaftete, als für die praktische Landwirtschaft. Aber immer im Spätsommer, wenn die Ernte eingefahren wurde, erwachte in ihm der Bauer. Jeden Abend klopfte er auf sein Barometer, voller Angst, es könnte fallen und einen Wetterumschwung anzeigen. Die kleinste Wolke am Himmel betrachtete er argwöhnisch, Regen konnte er auf keinen Fall gebrauchen. Aber dieses Jahr schien ihnen der Wettergott gewogen. Ein Tag glich dem anderen, die Sonne brannte von einem stahlblauen Himmel, und kein Lüftchen regte sich. Die Ernte war nun in vollem Gang. Jeden Morgen, gleich nach dem ersten Frühstück, ging Hubertus mit Herrn Schulze an seiner Seite zu seinem Braunen. Er liebte es, allein oder mit Arndt über die Felder zu reiten, seinen Arbeitern aufmunternde Worte zuzurufen und am Abend, wenn sie singend auf ihren Pferdewagen in den Gutshof einfuhren, einen Schnaps mit ihnen zu trinken. Hin und wieder begegneten ihm Leiterwagen, die von einem Pferd gezogen wurden, mit singenden Küchenmädchen, die zum Beerensammeln in die Wälder oder zu den Ufern der Angerapp auf der Suche nach Pilzen fuhren, eine willkommene Abwechslung zu der Küchenarbeit unter der Fuchtel der Mamsell. Das Geerntete musste am nächsten Tag verarbeitet werden. Die Pilze wurden auf Schnüren zum Trocknen aufgezogen, und aus den Beeren wurden Marmeladen gemacht. Wenn die Ergebnisse nicht so ausfielen, wie Lisa sich das vorstellte, konnte sie fuchsteufelswild werden, und ihr »Erbarmerche« war durch die geöffneten Fenster bis hinüber zu den Ställen zu hören. Ganze Batterien von Gläsern würden in Kürze die Regale der Speisekammer füllen, reserviert für die Herrschaft und von Lisa strengstens bewacht, schließlich mussten sie ein ganzes Jahr lang reichen.

An diesem Morgen kamen Hubertus Käthchen und Franz auf einem der Leiterwagen entgegen. Fröhlich winkten sie ihm zu. »Hallo, Onkel Hubi«, rief Franz. »Wir gehen wieder in die Pilze. Darf Finchen morgen vielleicht mitkommen?«

Hubertus schmunzelte. Er war sich sicher, dass Josefine von diesem Vorschlag begeistert sein würde, und er beschloss, das Thema bei der nächsten Gelegenheit anzuschneiden. Beim Abendessen, das Josefine, wenn keine Gäste im Haus waren, gemeinsam mit ihren Eltern und Fräulein von Allhorn einnahm, fragte Hubertus: »Sag, mein Kind, hättest du Lust, morgen mit Käthchen und Franz Pilze sammeln zu gehen?«

»Au ja, Papa. Das habe ich noch nie gemacht!« Josefine klatschte begeistert in die Hände.

Annelieses Augen funkelten. Sie holte Luft, aber Hubertus

kam ihr zuvor. »Deine Mutter hat sicher nichts dagegen, nicht wahr, meine Liebe?« Er sah seine Frau eindringlich an. »Und Fräulein von Allhorn bestimmt auch nicht. Wie ich höre, lernst du sehr fleißig. Da kann man auch mal einen Tag eine Pause machen. Was meinen Sie, Fräulein von Allhorn?«

»Aber natürlich, Herr Baron. Josefine ist ein so fleißiges Mädchen.« Sie wandte sich an ihren Schützling. »Weißt du was? Bring doch von jedem Pilz, den du findest, einen mit. Dann können wir sie uns übermorgen genau ansehen. Ich habe früher oft Pilze gesammelt und kenne mich mit den verschiedenen Sorten sehr gut aus.«

»Na fein.« Hubertus lächelte seine Tochter liebevoll an. »Dann lernst du ja sogar noch etwas und wir vielleicht auch.«

»Es gibt wohl nichts, was mich mehr interessiert«, sagte Anneliese spitz.

Am nächsten Morgen saß Anneliese allein im Frühstückszimmer und köpfte schlecht gelaunt ihr drittes Ei, als Kuno auf einem Silbertablett die Post brachte. »Ah, meine ›Gartenlaube‹«, sagte sie erfreut. Endlich war das sehnlich erwartete illustrierte Familienblatt gekommen. Und ihre Laune verbesserte sich noch mehr, als sie auf dem Tablett einen Brief mit der Handschrift ihrer Schwägerin entdeckte. Eilig riss sie das Kuvert auf und las die wenigen Zeilen.

»Meine Schwägerin kündigt ihren Besuch an, Kuno. Würdest du bitte der Hausdame Bescheid geben, dass ihr Zimmer hergerichtet wird.«

»Sehr wohl, Frau Baronin. Wann erwarten wir die Frau Gräfin?«

»Morgen mit dem Mittagszug aus Königsberg. Der Kutscher soll sie abholen. Und noch etwas, Kuno: Ich werde übermorgen einen Tee für meine Schwägerin geben und später einige Einladungen schreiben. Sorg doch dafür, dass sie morgen überbracht werden.«

»Sehr wohl, Frau Baronin.«

Wenig später machte Anneliese es sich auf der Terrasse im Schatten der Pergola bequem. Kuno brachte ihr eine kalte Limonade und eine Kristallschale Konfekt. Die mit Likör gefüllten Pralinen mochte sie am liebsten. Gleich zwei davon verschwanden kurz hintereinander in ihrem Mund. Einfach göttlich waren die.

»Haben die Frau Baronin noch einen Wunsch?«

»Nein danke, Kuno. Hat mein Mann gesagt, ob er zum Mittag zurück sein wird?«

»Nein, er kommt erst am Abend mit dem Baronesschen zum Nachtmahl.« Anneliese seufzte zufrieden. Fräulein von Allhorn hatte ihren freien Tag und besuchte ihre Cousine in Insterburg, sie würde also den ganzen Tag allein sein. Wunderbar, da konnte sie sich der Lektüre ihrer Gartenlaube hingeben, bevor sie sich an die Einladungen machte. Sie überblätterte eilig einige naturwissenschaftliche Aufsätze, bei dem Artikel »Über den menschlichen Körper im gesunden und kranken Zustande« schüttelte sie den Kopf. Wen interessierte denn so etwas? Endlich, auf Seite 12, fand sie den Fortsetzungsroman. Diese war die letzte Folge, jetzt würde sie erfahren, ob die Geschichte gut ausging! Doch sie hatte noch nicht einmal die Hälfte der Episode gelesen, als Lissy hereinplatzte. »Kuno sagte mir, dass ich dich hier finde«, rief sie aufgeregt. »Ich störe dich doch nicht bei deiner Lektüre?« Ohne eine Antwort abzuwarten sank sie in einen Korbstuhl und fächelte sich mit ihrem Strohhut Luft zu. »Puh, ist das wieder heiß. Stell dir vor, Anneliese, die von Harvichs verlassen Buchenhain und ziehen ins Ausland! Nach Rom! Hanno von Harvich ist an die dortige Botschaft versetzt worden.«

Anneliese, die sich im ersten Moment tatsächlich gestört gefühlt hatte, richtete sich jetzt neugierig auf. Sie mochte Carla von Harvich, die ihren Mann immer nach Berlin begleitete, wo er als Diplomat häufig zu tun hatte. Jedesmal kam sie mit dem neuesten Klatsch aus der Hauptstadt zurück, den sie bei den Damentees zum Besten gab. Erwartungsvoll schob sie sich das vorletzte Stück Marzipan in den Mund und sagte kauend: »Wie aufregend! Woher weißt du das? Und weißt du auch, wann?«

»Nein, keine Ahnung. Aber das werden wir sicher bald erfahren.«

Kuno servierte frische Limonade. »Bleiben die Frau Baronin zu einem kleinen Imbiss? Es ist bereits angerichtet.«

»Soll ich dir Gesellschaft leisten, Anneliese? Arndt kommt vor dem Abend nicht nach Hause. Er ist mit Hubi unterwegs.«

»Ich weiß, ich sehe Hubertus kaum noch. Ich bin allein und freue mich natürlich, wenn du bleibst.«

»Wo sind denn Josefine und Fräulein von Allhorn?«

»Stell dir vor, meine Tochter ist Pilze sammeln!« Annelieses angeekeltes Gesicht sprach Bände. »Mit den Gawellkekindern. Und Fräulein von Allhorn ist in Insterburg.« Sie streckte ihrer Freundin die Hand hin. »Komm, hilf mir auf.«

Lissy deutete auf die fast leere Pralinenschale. »Vielleicht solltest du ein bisschen weniger von dem Zeug da essen, meine Liebe!«

Am nächsten Mittag schlossen sich Hubertus und Alexa freudestrahlend in die Arme. »Willkommen, Schwesterherz. Wie schön, dich wieder wohlauf zu sehen. Wir haben uns Sorgen um dich gemacht.«

»Ach, so eine kleine Erkältung haut doch eine ostpreußische Landpomeranze nicht um«, lachte sie. Alexa von Waldau, zehn Jahre jünger als ihr Bruder, sah man ihr Alter nicht an. Sie war eine hochgewachsene, eindrucksvolle Erscheinung. Ihre dunklen Locken waren aus der Stirn gekämmt und im Nacken lose zusammengebunden. Sie hatte eine aristokratisch geschwungene Nase und die gleichen dunklen Augen wie Hubertus.

»Du siehst fabelhaft aus«, sagte Anneliese. »Und so elegant.« Das türkisfarbene Baumwollkleid, verziert mit allerlei Bändern und Rüschen, passte perfekt zu ihrem zarten Teint. »Hast du eine neue Schneiderin?«, fragte sie anerkennend. »Meinst du, sie würde auch für mich arbeiten?«

»Dieses Kleid ist von Gerson in Berlin. Ich habe dort vor einiger Zeit Freunde besucht. Aber natürlich kann ich dich bei meiner Schneiderin einführen, meine Liebe. Sie ist fabelhaft. Besuch mich doch mal in Königsberg.«

»Ja, vielleicht kann ich Hubertus einmal begleiten. Ich war ja schon ewig nicht mehr dort. Amalie Lackner hat mir auch von einer besonders guten Putzmacherin erzählt. Der Name ist mir leider entfallen. Butzi, oder so ähnlich. Ich werde sie morgen fragen. Ich brauche dringend etwas Neues zum Anziehen und passende Hüte dazu.«

Alexa bemerkte, dass Hubertus erstarrte, sein Gesicht war plötzlich aschfahl. *Was hat er denn bloß?*, dachte Alexa. *So schlimm wird es doch wohl nicht um seine Finanzen bestellt sein, dass er seiner Frau nicht ein paar neue Kleider und Hüte kaufen kann.*

Aber Hubertus hatte sich schnell wieder in der Gewalt. »Natürlich, meine Liebe. Du wirst dich aber noch eine Weile gedulden müssen. Wir sind mitten in der Ernte, und das Schlachtfest steht an.«

Alexa brach in lautes Gelächter aus. »Da hat sich ja wohl seit deiner Kindheit nichts verändert. Zum Entsetzen unserer Mutter bist du, wenn geschlachtet wurde, abends immer völlig verdreckt und blutverschmiert nach Hause gekommen. Sind die frischen Blut- und Leberwürste, eigenhändig gefüllt, immer noch deine Leibspeise?«

Auch Hubertus musste lachen. »Ja, neben Königsberger Klopsen. Aber das Rühren von frischem Blut in den großen Trögen überlasse ich jetzt den Jüngeren.« Tatsächlich ließ Hubertus, wenn möglich, keines der zweimal im Jahr stattfindenden Schlachtfeste aus. Er liebte es, danach die Kühl- und Speisekammern zu inspizieren, die frisch gefüllt waren mit Würsten, Schinken und Pasteten, Fleisch und geräuchertem Speck. Ständig waren Gäste da, die bewirtet werden mussten, da durfte es an nichts fehlen.

»Tante Alexa!« Josefine stürmte herein und fiel ihrer geliebten Tante um den Hals. »Sieh, was ich habe.« Stolz reichte sie ihr ein Körbchen, in dem einige Pilze lagen. »Die habe ich gestern gefunden, zusammen mit Käthchen und Franz. Ich weiß jetzt genau, welche man essen darf und welche giftig sind. Fräulein von Allhorn hat es mir heute Morgen erklärt.«

»Das ist ja wunderbar, was du so alles lernst.« Liebevoll streichelte Alexa ihrer Nichte die Wange. »Ich werde eine Weile hierbleiben, dann kannst du mir erzählen, was Fräulein von Allhorn dir noch alles beigebracht hat.« Wehmütig betrachtete sie das Kind, das sie so sehr an ihre einzige Tochter erinnerte, die mit acht Jahren gestorben war. Zehn Jahre war das jetzt her. Sie hatten damals in Berlin gelebt, ihr Mann war Kämmerer am preußischen Hof gewesen, und hatten ein großes Haus geführt. Harald Graf von Waldau war wesentlich älter als sie. Auch diese Ehe war von ihrem Vater arrangiert, aber sie hatte sich nicht dagegen aufgelehnt. Warum sollte es ihr anders gehen als Hubertus und den meisten ihrer Freundinnen? Schließlich war sie dazu erzogen worden, sich mit Handarbeiten, Klavierspielen und Literatur zu beschäftigen und sich irgendwann standesgemäß zu verheiraten. Alexa war nicht glücklich, allerdings auch nicht besonders unglücklich. Aber als Lydia geboren wurde, hatte ihr Leben plötzlich einen Sinn bekommen, war nicht mehr nur ausgefüllt von steifen Empfängen bei Hofe, langweiligen Abendgesellschaften und von oft noch langweiligeren Damentees.

Das Unglück geschah an einem kalten Wintertag. Lydia war mit ihrem Kindermädchen in den nahen Tiergarten zum Schlittschuhlaufen gegangen. Alexa hatte es erst nicht erlauben wollen, dem Betteln ihrer Tochter aber schließlich nachgegeben. »Seid vorsichtig«, hatte sie ihnen nachgerufen, als hätte sie eine Vorahnung gehabt. Zwei Stunden später kam die schreckliche Nachricht. Lydia war gestürzt und mit dem Kopf auf dem Eis aufgeschlagen. Sie lebte nur noch drei Tage. Drei Jahre danach starb auch ihr Mann, und Alexa hielt es nicht mehr in Berlin. Sie zog zurück nach Ostpreußen.

»Dein Elternhaus steht dir immer offen«, hatte Hubertus gesagt, aber sie hatte das Angebot entschieden abgelehnt. »Ich bin noch nicht alt genug, um als vertrocknete Witwe auf dem Land zu versauern«, lautete ihr Argument, und so zog sie nach Königsberg. Das Vermögen ihres Mannes sicherte ihr ein sorgenfreies Leben. Sie reiste viel, oft wusste Hubertus nicht einmal, wo sie war und wie lange sie fort bleiben würde. Hin und wieder kamen eine Karte oder ein Brief aus fernen Ländern, in denen sie von Gondelfahrten in Venedig oder einem Opernbesuch in Paris oder Wien berichtete. Aber wenn sie dann zurück in der Heimat war, führte der erste Weg nach Gut Haffingen zu ihrem Bruder und ihrer Nichte, die sie beide über alles liebte.

Der erste Tag verging wie im Fluge, und der zweite stand ganz im Zeichen des Tees, zu dem Anneliese am Vortag geladen hatte.

Das Wetter war angenehm warm, und so hatte man auf der Terrasse gedeckt. Der Tisch bog sich unter frischen, warmen Obstkuchen, feinstem Gebäck und köstlich duftenden Waffeln. Als Erstes kam wie immer Lissy, sie hatte ja auch den kürzesten Weg. Kurz darauf erschienen fast gleichzeitig Carla von Harvich, Amalie Lackner und Aglaia von Kaulitz. Bald war aufgeregtes Geschnatter zu hören. Alle begrüßten Alexa, die sie so lange nicht gesehen hatten.

»Wo haben Sie denn gesteckt?«

»Erzählen Sie, wo waren Sie denn?«

»Was, in Berlin und dann in Zoppot?«

»Wen haben Sie getroffen, und was trägt man denn jetzt so?«

»Nun mal langsam und nicht alle gleichzeitig«, lachte Alexa und begrüßte die letzten Ankömmlinge, Kommerzienrätin Astrid Gehlau und Legationsrätin Annita Spörer, eine ältere Matrone mit einem achtungsgebietenden Auftreten, wie immer dunkel gekleidet, sommers wie winters auf dem dünnen grauen Haar ein Häubchen.

»Was will denn diese vertrocknete alte Morchel hier?«, sagte Amalie Lackner zu Carla von Harvich. »Die ist weder interessant noch äußerlich eine Zierde.«

»Pst, nicht so laut. Sie hört nämlich für ihr Alter noch recht gut. Mir scheint, Kommerzienrätin Gehlau hat sie mitgebracht. Die beiden glucken unentwegt zusammen. Ihre Männer sind im gleichen Corps.«

Die Diener servierten jetzt Tee, und gleich darauf ging das

Geschnatter wieder los. »Nun erzählen Sie schon, wie war es in Berlin?«, fragte Amalie Lackner.

»Die Stadt ist immer interessant. Ich war in der Oper, Robert Kraus hat den Othello gesungen. Es war fantastisch! Und natürlich habe ich alte Freunde getroffen. Einmal war ich zum Mittagessen bei Bettina von Arnim.«

»Wie geht es ihr? Sie muss doch jetzt steinalt sein?«, unterbrach Lissy sie.

»Sie ist immer noch eine kämpferische Natur. Das Elend der Armen – und Sie müssen wissen, dass es davon Tausende in Berlin gibt – liegt ihr ja schon seit Jahren am Herzen, und sie versucht mit allen Mitteln, irgendwie zu helfen. Sie hat es aufgegeben, Eingaben an den König zu machen, er antwortet ihr schon lange nicht mehr. Aber sie hat immer noch gute Beziehungen. An dem Mittag war übrigens ihre jüngste Tochter Gisela da.« Alexa schlug die Augen gen Himmel. »Mein Gott, ich bin ja wirklich nicht kleinlich, aber erst kam sie eine halbe Stunde zu spät, war missgelaunt und ziemlich schlecht frisiert, und dann hat sie auch noch während des Essens eine dicke Zigarre geraucht.«

»Was?«

»Nein, das gibt es doch nicht!«

»Das ist ja unerhört!«

»Was hat denn die Mutter dazu gesagt?«, ertönte es von allen Seiten.

»Sie hat ihr schon immer alles durchgehen lassen, sagt man, schon in ihrer frühesten Jugend.«

»Haben Sie Elisabeth-Ludovica gesehen?«, fragte Aglaia von Kaulitz nun. Jeder wusste, dass Alexa bei Hofe verkehrt hatte und mit der Königin befreundet war.

»Nein, sie war mit ihrem Mann in Zoppot. Aber auch dort

habe ich sie nicht getroffen. Ich habe nicht gewagt, mich bei ihr zu melden, dem König geht es sehr schlecht.«

»Wie traurig!«

»Die arme Elisabeth-Ludovica.«

»Meinen Sie, es geht mit ihm zu Ende?«

Allgemeines Bedauern war zu hören.

»Erzähl weiter von Berlin«, bat Lissy. »Hier in der Provinz hören wir doch so selten etwas aus der Hauptstadt.«

»Also, ich war bei Fanny Lewald …« Doch bevor Alexa ihren Satz beenden konnte, richtete sich Frau Legationsrätin Spörer – auf diesen Titel legte sie besonderen Wert – zu voller Größe auf. Bisher hatte sie geschwiegen. »Ach, sprechen Sie von der aufmüpfigen Tochter dieses Königsberger Juden?«, fragte sie nun spitz. »Sie hat vor Jahren die Hochzeit mit einem Kollegen meines Mannes verweigert, das stelle man sich einmal vor! Nun soll sie ja Bücher schreiben und für die Rechte von Frauen eintreten.« Ihr Gesicht drückte tiefe Missbilligung aus. »Wirklich eine schauerliche Person!« Sie rümpfte die Nase. »Und mit so jemandem verkehren Sie, Gräfin Waldau?«

»Sogar mit dem größten Vergnügen.« Alexa lächelte nachsichtig. »Ich kenne kaum eine klügere Frau als Fanny Lewald. In ihrem Salon trifft man sehr interessante Menschen.« Ihr Ton wurde zunehmend schärfer. »An dem Abend traf ich dort unter anderen August Varnhagen und Prinz Alexander von Sachsen-Weimar. Wie Sie sehen, ein erlauchter Kreis. Oder sind Ihnen die Namen nicht bekannt, Frau Legationsrätin?« Sie sog tief die Luft ein. »Franz Liszt, den werden Sie ja vermutlich kennen, war übrigens auch da, und er gab zur Freude aller ein wunderbares Klavierkonzert.«

Annita Spörer hatte es für einen Moment die Sprache verschlagen, ihr Mund war zu einem schmalen Strich zusammengepresst. »Meine liebe Frau Kommerzienrätin«, stieß sie schließlich hervor. »Sie spielen doch so wunderbar Klavier. Wollen Sie uns nicht eine kleine Kostprobe Ihres Könnens geben?« Astrid Gehlau sprang sogleich auf und eilte in das Musikzimmer, gefolgt von Annita Spörer. Alle anderen blieben sitzen.

»So, die sind wir los«, sagte Alexa erleichtert. »Jetzt will ich endlich von dem herrlichen Kuchen probieren. Keiner kann besser backen als Lisa. Und dann müssen Sie mir erzählen, was hier in der letzten Zeit alles geschehen ist.«

»Wir ziehen demnächst ins Ausland«, sagte Carla von Harvich. »Mein Mann ist nach Rom versetzt worden.«

Sogleich redeten alle wieder wild durcheinander. »Wann soll es denn losgehen?« »Seit wann wissen Sie es?« »Wissen Sie schon, wie lange Sie dort bleiben werden?« »Freuen Sie sich denn?«

Carla von Harvich hob abwehrend die Hände. »Alles der Reihe nach. Ja, ich freue mich, obwohl ich Sie alle schrecklich vermissen werde.« Sie biss in eine Waffel und kaute genüsslich, dann fuhr sie fort. »Wir wissen es erst seit ein paar Tagen. Im Januar nächsten Jahres reisen wir ab, aber wie lange wir weg sind, das weiß ich nicht. Mein Mann lässt sich darüber nicht aus, Sie kennen ihn ja.«

»Vielleicht weiß er es selber nicht«, meinte Lissy.

»Das ist gut möglich. Ich weiß nur, dass ich eine neue Garderobe brauche für die südlichen Gefilde, und meine Pelze könne ich hier einmotten, hat mein Mann gesagt.«

Diese Antwort gab die Richtung des weiteren Gesprächs vor, die Damen plauderten fortan über die neueste Mode und darüber, welche Schneiderin wohl am besten geeignet sei. Anneliese wies Kuno an, die Fenster des Musikzimmers zu schließen, und kurz darauf war das Geklimper der Kommerzienrätin nicht mehr zu hören. Die Damen gingen zum Likör über, und bald trennten sie sich in bester Stimmung und mit dem Versprechen, spätestens zu Annelieses nächstem Jour fixe wieder zusammenzukommen.

Alexa zog sich zufrieden in ihr Zimmer zurück. Sie liebte ihr kleines privates Reich auf Gut Haffingen. Seit ihrer Hochzeit vor über zwanzig Jahren war auf ihren ausdrücklichen Wunsch dort nichts verändert worden. Auch durfte darin niemand außer ihr logieren, egal, wie viele Gäste im Haus weilten.

Das kleine, mit Biedermeiermöbeln eingerichtete Boudoir war in Weiß und Lindgrün gehalten, während das Schlafzimmer noch immer den Charakter eines Jungmädchenzimmers hatte. Das Bett war aus hellem Kirschholz und mit einem blumenbedruckten Baldachin aus Chintz überspannt, die Überdecke und Kissen waren aus dem gleichen Stoff geschneidert. Vor dem Frisiertisch stand ein mit Samt bezogener kleiner Sessel, dessen Bezug man das Alter ansah: Die weinrote Farbe war verblichen, und an den Armlehnen war der Samt leicht abgewetzt. Doch Alexa hing an dem Stück und würde es nicht aufhübschen lassen. Nur die Reifröcke, die verteilt auf dem Boden lagen, weil sie wegen ihres enormen Umfangs nicht in den kleinen Kleiderschrank passten, sowie die Utensilien auf dem Schminktisch, die Parfumflakons, das Puder und allerlei kostbarer Schmuck zeugten davon, dass hier kein junges Mädchen mehr wohnte.

Alexa hatte sich auf dem Bett ausgestreckt. Sie ließ die Zeit seit ihrer Ankunft Revue passieren. Weder gestern noch heute hatte sie eine ruhige Minute gehabt. Nach dem Mittagessen mit ihrer Familie am Vortag hatte sie Lisa in der Küche besucht.

Das tat sie immer, wenn sie hierher kam. Im Alter von vierzehn Jahren war ihr Lisa, die zwei Jahre jünger war als sie, als Stubenmädchen zugeteilt worden. Sie hatte das verschüchterte Mädchen sofort gemocht. Da Hubertus seinerzeit wegen seines Studiums selten zuhause war und sie ihre Gouvernante und den Hauslehrer nicht besonders mochte, hatte sie öfter mit Lisa geplaudert. Anfänglich war das Mädchen schüchtern, antwortete kaum auf Alexas Fragen und redete sie mit »Baronesschen« und in der dritten Person an, ihre Mutter hatte es lange mit ihr geübt. Aber nach einer Weile sagte Alexa lachend: »Nu lass das alberne Baronesschen weg, Lischen. Du kannst mich duzen und Alexa zu mir sagen.«

»Aber das jeht doch nich!« Lisa war erschrocken. »Wenn das die Baronin hört …«

Alexa wusste, was sie meinte. Ihren Eltern war zwar jeglicher Dünkel fremd, aber eine Freundschaft mit einem der Stubenmädchen war ihnen vielleicht doch ein wenig zu *erdverbunden*, wie ihre Mutter sagen würde. »Jetzt hör zu, Lisa. Wann sehen uns meine Eltern denn schon zusammen? So gut wie nie! Aber wenn, dann sagst du eben Baroness, und wenn wir allein sind, dann bin ich einfach Alexa.« Von diesem Tag an öffnete sich Lisa mehr und mehr. Sie erzählte von ihren fünf älteren Geschwistern, die überall in der Region verstreut Arbeit gefunden hatten, und von ihrer Mutter, die, sehr jung verwitwet, seit Jahren bei den Ehrenbergs Mamsell war und bei der sie schon sehr früh gut kochen gelernt habe. »Wenn ich siebzehn oder achtzehn bin, will se mir als Erste Küchenhilfe haben«, erzählte sie Alexa stolz.

»Und warum nicht schon jetzt?«, hatte Alexa neugierig gefragt.

»Ich bin noch zu mickrich, hat mein Muttchen jesacht. Küchenmädchen müssen stark sein und dolle anpacken können. Stubenmädchen is ja nich so firchterlich anstrengend.«

»Ach so«, war alles, was Alexa dazu einfiel. Sie dachte auch nicht weiter darüber nach, sie hatte keine Ahnung, warum ein Küchenmädchen nicht *mickrich* sein durfte, und es war ihr eigentlich auch ziemlich egal. Sie war froh, dass sie jemanden zum Reden hatte.

Die Herzlichkeit zwischen den beiden hatte sich über die Jahre gehalten. Auch gestern hatte Lisa sie strahlend begrüßt. »Schön, dass de ma wieder da bist. Hast dir ja man lange nich blicken lassen. Willste en Schlubberchen?«

»Wie immer, meine Gute.« Alexa lachte. »Hab ich jemals Nein gesagt? Erzähl: Wie geht es dir? Und Kuno? Ist alles in Ordnung bei euch?«

»Kann nich klagen. Is ja nu immer viel zu tun in diesen Tagen.«

»Und wie ist die Stimmung sonst?« Alexa machte mit ihrem Kopf eine Bewegung in Richtung der Herrschaftsräume. Auf Lisas sanftem Gesicht zeigten sich betrübte Falten. »Ach weeste, Alexa, äijentlich immer jleich. Nich schön, de Stimmung. Is man nur jut, dass dat Finchen das Freillein von Allhorn hat. Die Baronin … na ja … en Muttchen. Ich meine, so wie die alte Baronin oder och mein Muttchen, das is se man nich.«

»Ja, ich weiß, mein Bruder und seine Frau hätten nie heiraten dürfen. Aber du weißt ja, wie das bei uns ist. Man hat zu tun, was die Eltern sagen. Hast du was gehört? Ich meine, ist mein Bruder oft aushäusig?«

Alexa wusste, dass Lisa ihre Andeutung verstehen würde. »Nix jenauet weiß käiner. Aber wenn der Baron nach Königsberch fährt und ein paar Tage nich wieder kommt, is hier dicke Luft.« Sie seufzte. »Und leiden tut darunter immer dat Finchen.«

»Ach Lischen, wenn ich nur wüsste, was ich tun kann. Komm, gib mir noch einen.« Sie streckte Lisa ihr Glas hin. »Prösterchen, meine Gute. Schön, wieder zuhause zu sein.«

Sie redeten noch über dies und das, dann verabschiedete sich Alexa. »Ich muss mich umkleiden für das Abendessen. Sag Bescheid, wenn es Neuigkeiten gibt. Ich bleibe eine Weile.« Alexa wusste, dass ihr Bruder eine Geliebte hatte. Aber auch sie hatte keine Ahnung, wer genau die Frau war. Sie war sich allerdings sicher, dass es niemand aus ihren Kreisen war, eine solche Liaison wäre längst durchgesickert. Mit gemischten Gefühlen dachte sie an ein Gespräch zurück, dass sie vor langer Zeit mit Hubertus geführt hatte, nachdem Anneliese ihr einmal ihr Leid geklagt und gestanden hatte, dass sie kreuzunglücklich sei. Alexa hatte daraufhin das Gespräch mit Hubertus gesucht, doch er hatte sie nur erstaunt angesehen. »Jetzt hör mir gut zu, Schwesterherz. Erinnerst du dich noch, was unser Vater zu uns beiden gesagt hat? *Ehen werden nicht im Himmel geschlossen.* So war es ja auch, von Himmel ist hier keine Spur.« Es war ihr nicht gelungen, ihr Entsetzen zu verbergen, und so hatte er sie liebevoll in den Arm genommen. »Also, was ich tue, geht dich einen feuchten Kehricht an. Aber falls du einen Skandal befürchtest, kann ich dich beruhigen. Es bleibt alles, wie es ist.«

Und er hatte recht behalten, einen Skandal hatte es bis jetzt nicht gegeben. Trotzdem war Annelieses Unzufriedenheit allgegenwärtig, sie war ihr förmlich anzusehen. Seufzend richtete Alexa sich auf. Es gefiel ihr nicht, wie ihre Schwägerin sich gehen ließ. Sie würde nicht umhinkommen, Anneliese bei der nächsten Gelegenheit für ein ernstes Gespräch beiseite zu nehmen.

Herbst – Winter 1858

Die Ernte war eingefahren, und die Kornkammern waren bis unters Dach gefüllt. Bis zum letzten Tag hatte das Wetter gehalten, aber nun kündigte sich der Herbst an. Die Nächte wurden merklich kühler, und der Nebel über der Angerapp hielt sich bis in die späten Morgenstunden. An ein Frühstück auf der Terrasse war nicht mehr zu denken.

Eines Nachmittags Anfang Oktober saß die Familie beim Tee zusammen und genoss draußen die letzten warmen Sonnenstrahlen. Kuno servierte gerade den Tee, als Arndt von Beldow eilig die Terrassenstufen heraufkam, in der Hand ein Extrablatt.

»Der König hat abgedankt«, rief er aufgeregt. »Ich komme gerade aus Insterburg, die Menschen dort reden von nichts Anderem.« Er ließ sich von Kuno einen Schnaps eingießen. »Das war zu erwarten«, sagte er atemlos. »Schließlich siecht Friedrich-Wilhelm schon lange dahin, er kann kaum noch sprechen.«

»Aber trotzdem bin ich tief erschüttert.« Alexa war den Tränen nahe. »Er ist ein so netter Mensch, und die arme Elisabeth tut mir schrecklich leid. Sie waren sehr glücklich miteinander.«

»Was man ja leider nicht von jeder arrangierten Ehe sagen kann«, warf Anneliese spitz ein.

Alexa warf ihr einen langen Blick zu, ignorierte Annelieses Einwurf aber. »Und sie pflegt ihn schon seit Jahren aufopferungsvoll«, fuhr sie stattdessen fort. Für einen Moment herrschte betretenes Schweigen. Fräulein von Allhorn beugte sich tief über ihre Stickerei, und Josefine schmiegte sich an ihren Vater. Es war das erste Mal seit Alexas Ankunft, dass ein solcher Misston entstand. Arndt von Beldow rettete die Stimmung, indem er rief: »Wir sollten einen Toast auf den König ausbringen! Dieser 7. Oktober wird in die Geschichte eingehen.« Kurz darauf erschien Kuno mit einer Flasche gekühltem Champagner, von der sogar Josefine ein Gläschen erhielt.

Am nächsten Tag, als Hubertus und Alexa gemeinsam am Frühstückstisch saßen – Anneliese war wie immer zu spät –, brachte Kuno auf einem Silbertablett die Zeitungen und die Post herein. Die Zeitungen waren voll mit Berichten aus Berlin. Wilhelm, der Bruder des Königs, war erwartungsgemäß zum Prinzregenten ernannt worden. Auf allen Titelblättern prangten Fotos von König Friedrich-Wilhelm IV., seiner Frau Elisabeth-Ludovica und dem Prinzregenten. Das Wirken des Königs wurde in den höchsten Tönen gelobt.

Bei der Post erblickte Hubertus zu seiner großen Freude einen Brief von Rechtsanwalt Kölichen, mit dem er hin und wieder Geschäfte tätigte. Die finanzielle Lage der Hamburger Kaufmannschaft hatte sich erholt und bot nun Gelegenheit zu neuen Investitionen. Auch seinem Schwager war es möglich gewesen, die ihm gewährten Darlehen in voller Höhe zurückzuzahlen. Neugierig riss Hubertus den Brief auf und überflog die Zeilen. »Stell dir vor, Horst Kölichen hat sein Büro von Insterburg nach Königsberg verlegt«, rief Hubertus. »Er schreibt, ich solle ihn möglichst bald aufsuchen, es gäbe interessante neue Investitionsmöglichkeiten.«

»Ach, ist die Krise vorbei?«, fragte Anneliese, noch während sie den Raum betrat. »Ich hatte schon befürchtet, wir würden demnächst alle am Hungertuch nagen.«

»Das wäre dir vielleicht gar nicht so schlecht bekommen.« Hubertus' Ton war sarkastisch. »Aber es ist mir entgangen, dass du von der Krise überhaupt etwas bemerkt hast.« Anneliese ignorierte die Anspielung auf ihre Figur.

»Nun, ich bin schließlich nicht taub. Es wurde ja kaum noch von etwas Anderem geredet!«

»Meinst du, Kölichen hätte auch etwas für mich?«, mischte Alexa sich jetzt ein. »Ich hatte schon die schlimmsten Befürchtungen, dir als verarmte alte Witwe auf der Tasche zu liegen.«

»Du ... hier ... auf meiner Tasche?« Hubertus lachte. »Das würde mir sogar große Freude bereiten! Aber ich fürchte, dazu wird es nicht kommen.« Er erhob sich. »Ich werde Kölichen eine Note schicken, dass ich ihn heute Nachmittag in Königsberg aufsuche.«

»Nimmst du die Kutsche?«, fragte Alexa. »Ich würde gern mitkommen. Es wird langsam zu kalt für meine Sommergarderobe, und sonst schaffe ich es vor der Jagd gar nicht mehr.«

»Darf ich auch mitkommen?«, rief Anneliese aufgeregt. »Ich brauche ...«

Hubertus unterbrach sie jäh. »Nein, das geht nicht, Anneliese. Leider. Ein andermal gern.« Er stand auf. »Ich nehme den Zug, fahre morgen weiter nach Tilsit und weiß nicht, wann ich zurück bin. Ich möchte, dass du bei Josefine bleibst. Wir sehen uns später.«

Das ist die blödeste Ausrede, die ich jemals gehört habe, dachte Alexa und tätschelte Annelieses Hand. Ihre Schwägerin war den Tränen nahe.

»Siehst du, er will mich nie dabeihaben, wenn er nach Königsberg fährt.« Jetzt konnte sie ihre Tränen nicht mehr zurückhalten. »Ich weiß, dass ich mich allmählich daran gewöhnt haben sollte«, schluchzte sie. »Aber es geht nicht. Verstehst du, ich kann es einfach nicht. Er ist so lieblos. So kalt. Und wenn ich dann sehe, wie herzlich er sein kann ... mit Josefine und auch mit dir ...« Ihr versagte die Stimme.

Alexa verspürte tiefes Mitleid mit Anneliese. »Ich weiß nicht, wie ich dir helfen soll«, sagte sie sanft. »Man kann einen Menschen eben nicht zwingen, jemanden zu lieben.« Sie betrachtete ihre Schwägerin nachdenklich und gab sich schließlich einen Ruck. Dies war eine gute Gelegenheit, ihr Vorhaben in die Tat umzusetzen. »Weißt du«, fuhr sie schließlich fort, »vielleicht solltest du ein wenig mehr auf dich achten.«

Anneliese blickte sie irritiert an. »Was meinst du damit?«

Alexa zögerte. Wie sollte sie es am besten formulieren? »Also ich finde, du hast dich in den letzten Jahren sehr verändert, äußerlich meine ich. Versteh mich nicht falsch, aber seit meinem letzten Besuch hast du schon wieder stark zugenommen, vielleicht solltest du weniger von diesem Konfekt essen und den süßen Likör weglassen.« Anneliese warf ihre Serviette auf den Tisch. Sie zitterte vor Wut, als sie sich aus dem Sessel erhob. »Hat mein reizender Ehemann sich etwa bei dir beschwert, dass ich zu viel von seinem kostbaren Likör saufe? Und du willst mir raten, auf meinen einzigen Trost, die Süßigkeiten, zu verzichten? Hubertus hat mich nicht geliebt, als ich jung und vor allem schlank war. Du glaubst doch nicht ernsthaft, dass sich das plötzlich ändert, wenn ich wieder schlank bin.«

»Nein, Anneliese, so habe ich das nicht gemeint«, stieß Alexa erschrocken hervor, aber ihre Worte verhallten ungehört. Anneliese hatte bereits die Tür hinter sich zugeknallt.

Alexa legte ihre Serviette ab und lehnte sich enttäuscht im

Stuhl zurück. So hatte sie sich den Verlauf des Gesprächs nicht vorgestellt.

Nach Hubertus' Abreise blieb die Stimmung ausgesprochen angespannt, und Alexa entschloss sich noch vor dem Zubettgehen, am nächsten Morgen nach Hause zu fahren. Dabei hatte sie versucht, noch einmal mit Anneliese zu reden.

»Lass gut sein, Alexa«, hatte ihre Schwägerin gesagt. »Ich weiß, du meinst es gut, aber es ist, wie es ist. Du hast Recht: Liebe kann man nicht erzwingen. Ich werde mich endlich damit abfinden müssen. Aber bleib du mir wenigstens gewogen.«

Alexa hatte sie in den Arm genommen. »Aber natürlich, meine Liebe. Ich habe dich doch gern. Und entschuldige meine Kritik, es war wirklich nicht böse gemeint.«

»Ich weiß. Hab eine gute Reise. Und vielleicht gelingt es mir doch irgendwann, dich in Königsberg zu besuchen. Ich werde jetzt Hanna bitten, deine Sachen zu packen.«

Alexa ging in die Küche, um sich von Lisa zu verabschieden. Sie fand sie allein in der großen Speisekammer. Lisa freute sich sichtlich, sie zu sehen und stellte sogleich zwei Gläser und eine Flasche Schnaps auf den Tisch. »Hab schon jehört, is mal wieder dicke Luft.«

»Ja, das alte Lied«, sagte Alexa. »Meine Schwägerin tut mir leid, glaub mir, sie hat es nicht leicht mit meinem Bruder. Aber da kann man wohl nichts machen.« Sie prosteten sich zu.

»Und du haust ab, kann ich jut verstehn. Kuno hat mir erzählt, dass du versucht hast, mit der Jnädjen zu reden. Aber ehrlich, hat nuscht nix jenützt. Hanna hat schon wieder zwei Schisseln Konfekt wollen haben. Ich komm man jarnich nach mit dem Machen.«

Alexa lachte. »War eigentlich auch eine dumme Idee von

mir, denn was soll es nützen? Egal ob dick oder schlank, dadurch würde sich in diesem Haus und vor allem bei den beiden nichts ändern.«

»Wann kommste wieder?«

»Zur Jagd. Das sind nicht einmal zwei Wochen.«

»Ja, wir sin man schon schwer am Vorbereiten. Willste was von meiner Hasenpastete mitnehmen? Ein Jedicht, sach ich dir!« Sie verdrehte verzückt die Augen.

»Nein, um Gottes willen, danke.« Alexa hob abwehrend die Hände. »Ich werde die kurze Zeit in Königsberg nutzen, so viel wie möglich von dem wieder abzunehmen, was ich mir hier mit allen deinen Köstlichkeiten angefuttert habe.« Lachend umarmte sie ihre Freundin. Am nächsten Tag machte sie sich mit dem Morgenzug auf den Weg nach Königsberg.

Das Abteil der Ersten Klasse war leer. Erleichtert ließ Alexa sich auf die mit gemustertem Plüsch bezogene Bank fallen. Es roch nach Rauch, als hätte zuvor ein Gast eine schwere Zigarre geraucht. Ein Bediensteter leerte den vollen Aschenbecher, wischte verdächtig langsam das Mahagonitischchen ab und wienerte die Messingstangen der Gepäckablagen. Offensichtlich erwartete er ein Trinkgeld. Alexa reichte ihm ein paar Münzen, und sofort verabschiedete er sich mit einer tiefen Verbeugung. Alexas Gedanken schweiften zurück zu der hässlichen Szene zwischen Hubertus und Anneliese. Warum wollte ihr Bruder seine Frau nicht mitnehmen nach Königsberg? Anneliese hätte doch bei ihr logieren können, solange er in Tilsit zu tun hatte. Oder war Letzteres doch nur eine Ausrede? Sie würde Rechtsanwalt Kölichen fragen, vielleicht wusste er ja mehr. Bei der nächsten Haltestelle stieg eine ältere Dame zu, und Alexa verschanzte sich eilig hinter einem Buch, um nicht in ein Gespräch verwickelt zu werden. Ihr war wirklich nicht nach einer langweiligen Konversation mit einer unbekannten Person zumute.

Am Nachmittag machte Alexa einen Bummel den Steindamm entlang. Sie war für drei Uhr bei einer Freundin in der Wagnerstraße zum Tee angesagt. Als sie das Schaufenster eines Uhrengeschäftes betrachtete, bemerkte sie mit Schrecken, dass die Zeit bereits weit fortgeschritten war. Alexa beschloss, eine Abkürzung zu nehmen und bog in die Heinrichstraße ein. Plötzlich traute sie ihren Augen nicht. Da, ungefähr hundert Meter vor ihr … das war doch Hubertus! Sie wollte schon rufen, da verschwand er in einem Hauseingang. *Merkwürdig*, dachte sie, doch ihre Verwirrung stieg noch, als eine Frau, das Gesicht hinter einem Schleier verborgen, in dem gleichen Eingang verschwand. Alexa konnte gerade noch sehen, wie sie im ersten Hinterhof die Tür hinter sich schloss. Sie erstarrte und lehnte sich schwer atmend an die Hauswand. Ihr Herz klopfte bis zum Hals. Was sollte sie tun? Sie konnte doch nicht einfach zum Tee gehen und das Erlebte vergessen? Nein! Entschlossen richtete sie sich auf. Hubertus sollte ihr endlich die Wahrheit sagen. War das die Frau gewesen, die er offensichtlich seit Jahren liebte? Wenn ja, dann wollte sie die Dame unbedingt kennenlernen.

Alexa betrat den Hausflur und betrachtete das zerkratzte Schild neben der Tür im Erdgeschoss. Es sagte ihr, dass sich dort eine Anwaltskanzlei befand. Sie stieg die ausgetretenen Stufen hinauf. Im ersten Stock hatte ein Im- und Exporthandel seine Büros. Ein älterer Mann mit einer Aktentasche trat heraus und eilte ohne zu grüßen die Treppe hinunter. Die Tür einen Stock höher hatte weder ein Schild noch eine Klingel.

Alexa hörte gedämpfte Stimmen, dann erklang das Lachen einer Frau. Hier musste es sein. Sie holte tief Luft. *Sei kein Feigling, Alexa*, dachte sie und klopfte laut gegen die Tür. Für einen Moment war es still, dann näherten sich Schritte. »Wer ist da, und was wollen Sie?« Es war eindeutig Hubertus' Stimme.

»Ich bin es, Alexa. Willst du mich nicht hineinbitten, Hubertus?«

Langsam öffnete sich die Tür, dann stand Hubertus vor ihr, das Hemd geöffnet und die Haare zerwühlt. Wortlos, nur mit einer Handbewegung, bat er seine Schwester herein. Auf der Konsole lag der Hut mit dem Schleier. Immer noch schweigend ging Hubertus voran in den Salon. Alexa blieb wie angewurzelt stehen. »Fräulein Budzinski«, stieß sie erstaunt hervor. Ein vorwurfsvolles »Was machen Sie denn hier?« blieb ihr im Halse stecken, die Antwort auf die Frage war zu offensichtlich. Die Situation war eindeutig, so derangiert wie beide aussahen.

Fassungslos stützte Alexa sich an der Wand ab. Sie hatte keine genaue Vorstellung davon gehabt, was und wer sie hier erwarten würde, eine Person aus der *Demi Monde* vielleicht, aber ihre Putzmacherin wäre ihr niemals in den Sinn gekommen.

»Da ihr euch kennt, muss ich euch ja nicht mehr bekannt machen«, sagte Hubertus in beiläufigem Ton. »Darf ich dir eine Erfrischung anbieten, Alexa?« Ohne eine Antwort abzuwarten, goss er ihr ein Glas Champagner ein.

Lena Budzinski war leichenblass. »Ich werde dann wohl besser gehen«, sagte sie leise.

»Nein, mein Lenchen, bitte bleib. Ich möchte, dass meine Schwester dich nicht nur als die Person kennt, die ihre Hüte macht, sondern als die Frau, die ich seit fast fünfundzwanzig Jahren liebe.«

Alexa ließ sich in einen Sessel fallen, und Hubertus nahm neben Lena Budzinski auf dem Sofa Platz. Dann begann er, zu erzählen. Alexas Verwirrung stieg, nicht zuletzt angesichts der zärtlichen Blicke, die ihr Bruder und Fräulein Budzinski von Zeit zu Zeit austauschten. Seit seiner Jugend hatte Alexa ihren Bruder nicht mehr so entspannt, ja glücklich gesehen. Nach einer Weile schien auch das Fräulein Budzinski entspannter, bis sie schließlich plauderte und lachte, als wäre es selbstverständlich, mit ihrem heimlichen Liebhaber und seiner gräflichen Schwester Champagner zu trinken.

»Wie konntet ihr das bloß so lange geheim halten? Hast du niemanden ins Vertrauen gezogen? Und seht ihr euch nie außerhalb dieser vier Wände?«, fragte Alexa schließlich. Sie sah sich um. »Ich muss zugeben, es ist wirklich sehr elegant hier.«

»Die Einzigen, die davon wissen, sind Arndt und Peter.«

»Und die haben all die Jahre nichts verraten?« Alexa staunte

»Offensichtlich nicht!« Hubertus lachte. »Sie sind schließlich meine besten Freunde.« Er goss sich Champagner nach. »Arndt hatte damals auch eine sogenannte ›nicht standesgemäße Freundin‹, und wir haben viel zu viert unternommen. Einmal sind wir sogar an die See nach Cranz gefahren.« Er schwieg einen Moment. »Bis Papa es erfahren hat.«

»Willst du mir sagen, Papa hat es gewusst?« Alexa war entsetzt.

»Ja, er hat mich direkt darauf angesprochen. Kurz danach musste ich Anneliese heiraten, er ließ mir keine andere Wahl. Was dabei herausgekommen ist, weißt du ja.«

»Immerhin Josefine!«, entfuhr es Alexa.

Hubertus' Gesichtszüge wurden weich. »Ja, du hast Recht, mein Finchen. Ich fürchte, ohne sie wäre ich längst aus dieser Ehe ausgebrochen.« Er seufzte. »Aber wie du siehst, habe ich mich arrangiert. Ich wollte Lena ein Haus in den Hufen kaufen, und mir wäre es ziemlich egal gewesen, wenn man von uns erfahren hätte. Aber sie wollte es nicht.«

»Nein, ich wollte mich nicht aushalten lassen«, sagte Lena Budzinski mit fester Stimme. »Es hätte bedeutet, als Mätresse eines reichen Mannes zuhause zu sitzen und zu warten, bis er Zeit hat, sie zu besuchen. Meinen Beruf hätte ich dann nicht mehr ausüben können. Oder hätten Sie und Ihre Freundinnen weiter bei mir Ihre Hüte gekauft?«

»Ich glaube … hm … nein, ich denke nicht«, stotterte Alexa.

»Sehen Sie! So bin ich eine angesehene Person, habe meinen Beruf und …«, sie zögerte einen Augenblick, »… und ich habe einen Mann, der mich aufrichtig liebt.« Sie drückte Hubertus' Hand. »Ich bin ein gefallenes Mädchen«, fügte sie lachend hinzu. »Ich hoffe, Sie sind nicht allzu schockiert.«

Natürlich war Alexa schockiert, und wie! Ihre Gedanken überschlugen sich. Schlagartig wurde ihr klar, warum Hubertus Anneliese nie mit nach Königsberg nehmen wollte. Wie sollte sie bloß mit dieser neuen Situation umgehen, wie sich Anneliese gegenüber verhalten? Und konnte sie weiter ihre Hüte bei der Geliebten ihres Bruders kaufen?

Plötzlich fiel ihr ein, dass sie ja eigentlich zum Tee verabredet gewesen war. Eilig verabschiedete sie sich. Hubertus brachte sie zur Tür und nahm sie in den Arm. Er drückte sie an sich. »Kann ich mit deiner Diskretion rechnen?«, fragte er, als er sie losließ. »Nicht meinetwegen, sondern wegen Lena.«

Eine Welle der Zärtlichkeit durchfuhr Alexa. »Natürlich, was denkst du denn von mir? Ich bin deine Schwester, und ich liebe dich.«

Aufgewühlt machte sie sich auf den Heimweg. Es war ihr unmöglich, nach dem gerade Erlebten mit irgend jemandem zu reden. Zuhause angekommen sandte sie ihrer Freundin eine Note, dass sie sich unwohl fühle und leider nicht kommen könne, sie möge ihr bitte verzeihen. Dann fiel sie erschöpft in ihrem Boudoir auf ihre Récamiere und versuchte, das Geschehene in ihrem Kopf zu ordnen. Das Fräulein Budzinski war also die Geliebte ihres Bruders! Und das schon so viele Jahre. Ihre Gedanken wanderten noch weiter zurück. Wie aufregend war es gewesen, wenn ihre Mutter, was sehr selten vorkam, sie als Kind mit nach Königsberg genommen hatte. Sie hatten im »Berliner Hof« logiert, Einkäufe gemacht und waren abends in die Oper oder das Theater gegangen. Alexa konnte sich sehr genau an Lenchen erinnern, die Tochter der Putzmacherin. Sie war schon als junges Mädchen ihrer Mutter zur Hand gegangen. Sie war hübsch, immer fröhlich und hatte viele Verehrer gehabt. *Merkwürdig, dass mir das jetzt einfällt*, dachte Alexa. Ihre Mutter hatte nämlich genau das einmal bei Tisch in Hubertus' Gegenwart erwähnt, und sie, Alexa, hatte sich darüber gewundert – was ging ihre Familie die Tochter der Putzmacherin an? Jetzt war ihr klar, dass ihre Mutter von Hubertus' Affäre gewusst haben musste. Und einer solchen Verbindung niemals zugestimmt hätte.

Aber nun war sie da, die Verbindung, wenn auch nicht offiziell. In Alexas Kopf schlugen die Gedanken Kapriolen. Wie sollte sie mit diesem Wissen umgehen? Was erwartete Hubertus jetzt von ihr? Dass sie niemandem davon erzählen würde, war selbstverständlich. Aber wie sollte sie sich in Zukunft dem Fräulein Budzinski gegenüber verhalten? Natürlich würde sie weiter ihre Hüte bei ihr kaufen, aber konnte sie so unbefangen mit ihr umgehen wie bisher? Auf keine ihrer Fragen fiel ihr eine Antwort ein. Die Aufregung des Tages und der Champagner zeigten ihre Wirkung. Alexa fiel in einen unruhigen Schlaf, bis ihr Dienstmädchen klopfte, um ihr beim Auskleiden zu helfen.

Bereits drei Tage später kam es zur befürchteten Begegnung. Es war ein kühler Herbsttag, ein eisiger Ostwind fegte durch die Straßen. Alexa war unterwegs in der Stadt. *Ich sollte einen heißen Tee trinken*, dachte sie, als sie auf der anderen Straßenseite die Konditorei Plouda sah. *Und für Anneliese etwas von dem köstlichen Marzipan kaufen, als kleine Wiedergutmachung für meine unpassende Bemerkung über ihre Figur.* Fröstelnd betrat sie das Café. Der Raum war gut gefüllt mit meist älteren Damen, vor denen Teller mit riesigen Tortenstücken standen. Alexa sah sich suchend nach einem freien Platz um, als sie die Geliebte ihres Bruders bemerkte, die allein an einem kleinen runden Tisch saß. Alexas erster Impuls war, zu gehen. Aber in diesem Moment trafen sich ihre Blicke, und Fräulein Budzinski grüßte lächelnd mit einem Kopfnicken. Alexa zögerte, dann gab sie sich einen Ruck und ging auf sie zu. Eine Flucht würde das Problem nur verschieben, wenn nicht heute, dann würden sie sich an einem anderen Tag über den Weg laufen. Die Putzmacherin erhob sich.

»Guten Tag, Gräfin von Waldau, möchten Sie meinen Tisch haben? Ich wollte gerade gehen.«

Alexa ließ ihren Blick zu der vollen, dampfenden Tasse wandern. »Nein, Fräulein Budzinski, bleiben Sie nur. Wie ich sehe, haben Sie ja noch gar nichts getrunken. Aber wenn Sie nichts dagegen haben, würde ich mich gern zu Ihnen setzen.«

Als sie Platz genommen hatte, eilte eine Bedienung herbei, und Alexa bestellte einen Tee. Eine Weile sagte keine von beiden ein Wort. Dann gab sich Alexa einen Ruck. »Mein Bruder liebt Sie, Lena … ich darf doch Lena sagen?«, sagte sie leise.

Auf keinen Fall wollte sie die Aufmerksamkeit der anderen Gäste auf sich lenken.

»Ja, ja, natürlich.« Lenas Hand zitterte, als sie ihre Tasse zum Mund führte.

»Und das seit vielen Jahren, wie ich jetzt weiß.«

Lena nickte stumm.

»Sind Sie nicht traurig, dass Sie keine ... also keine richtige Familie haben?«

»Nun, natürlich hätte ich gern Kinder gehabt.« Sie stockte. »Wissen Sie, ich hatte viele Bewerber, aber meine große Liebe war und ist nun einmal Ihr ... hm ... Hubertus. Und wir fanden beide, dass es reicht, wenn einer von uns unglücklich ist.«

In diesem Moment betrat Innegrit Gräfin Delwitz, eine enge Freundin Alexas, das überfüllte Café und steuerte winkend auf ihren Tisch zu. »Ach, da kommt meine Freundin«, seufzte Alexa. So gern sie Innegrit hatte, im Moment hatte sie ihr gerade noch gefehlt!

Lena erhob sich eilig. »Ich gehe jetzt besser«, sagte sie. »Es war sehr nett mit Ihnen.«

»Besuchen Sie mich doch einmal, Lena«, flüsterte Alexa hastig. »Vielleicht morgen zum Tee? Um vier?«

Da stand schon ihre Freundin am Tisch. Lena knickste und murmelte ein »Gräfin Delwitz«, bevor sie mit einem freundlichen »Auf Wiedersehen, Gräfin von Waldau« hinaushuschte. Erstaunt fragte Innegrit: »Seit wann trinkst du Tee mit unserer Putzmacherin?«

»Es war nur noch ein Platz frei, und der war an Fräulein Budzinskis Tisch. Du siehst doch, wie voll es hier ist. Sie war so freundlich, mir den freien Platz anzubieten«, sagte Alexa so ruhig wie möglich, während sie im Stillen hoffte, dass ihre

Freundin die letzten Worte an Lena nicht gehört hatte. Aber ihre Angst war unbegründet.

Innegrit nahm Platz und bestellte eine Schokolade. »Erzähl, Alexa, wie geht es dir? Wir haben uns ja ewig nicht gesehen. Ich war lange verreist, was gibt es Neues in der Stadt?«

»Sehr viel Neues weiß ich auch nicht zu berichten. Ich bin erst vor kurzem aus Berlin und Zoppot zurückgekommen und war dann eine Weile zuhause auf Gut Haffingen. Kommst du denn dieses Jahr zur Jagd? Hubertus würde sich riesig freuen.«

»Ganz sicher. Aber bis dahin werde ich erst einmal mein Königsberg genießen, war ja lange genug aushäusig. Übrigens, der Fürst und die Fürstin Kropotkin geben heute Abend einen Empfang. Sehe ich dich da?«

»Natürlich! Ich freue mich, die Fürstin endlich wiederzusehen. Weißt du, ob Gustav und Mathias Goelder auch kommen?«

Die beiden Herren waren die Zwillingsbrüder von Charlotta Fürstin Kropotkin. Sie sahen blendend aus und waren im gesamten Landkreis als Herzensbrecher berüchtigt. Sie unterschieden sich lediglich in der Haarfarbe, Gustav Goelders Locken waren dunkel und die seines Bruders feuerrot. Alexa kannte die beiden seit ihrer Jugend. Das Gut der Goelders, Weischkehmen, lag nicht weit von Gut Haffingen entfernt.

»Ich weiß es nicht, aber ich bin mir ziemlich sicher, dass die beiden kommen«, sagte Innegrit. »Ist denn inzwischen einer von ihnen vergeben?«

»Soweit ich weiß, nicht.« Alexa lachte. »Ich weiß nur, dass Mathias Goelder fortlaufend seine Mägde schwängert und sie dann mit den Knechten verheiratet. Es laufen schon lauter kleine Rotschöpfe auf seinem Gut herum.«

Innegrit war sichtlich geschockt. »Das ist doch kaum zu glauben!«

»Und stell dir vor!«, prustete Alexa. »Zur Hochzeit spendiert er den Brautleuten jedesmal eine gesamte Einrichtung, immer die gleiche, aus dem Kaufhaus Glück. Kürzlich war ich dort, als Mathias Goelder hereinkam. Herr Glück hat nur gerufen: »Wat denn, Herr Joelder, schon wieder?« Alexa und Innegrit lachten so laut, dass sich einige Köpfe zu ihnen umdrehten.

»Das scheint in der Familie zu liegen«, sagte Innegrit leise, als sie sich beruhigt hatte. »Die Fürstin setzt zwar keine Bastarde in die Welt, aber was man so von ihr hört, geht in dieselbe Richtung. Sie scharmutziere hemmungslos herum und verschleißt angeblich einen Liebhaber nach dem anderen.«

»Tatsächlich?« Alexa lachte. »Na ja, du bist ja nun auch nicht gerade ein Kind von Traurigkeit.«

Innegrit schmunzelte. »Aber über mich redet jedenfalls nicht die ganze Stadt.«

Die beiden Freundinnen plauderten noch eine Weile, als die nahe Kirchturmuhr plötzlich fünf Mal schlug. »Um Himmels willen!« Alexa sprang auf. »Ich muss gehen. Mein Mädchen muss mir noch die Haare machen für heute Abend.« »Lauf nur. Ich zahle deinen Tee. Wir sehen uns später.«

Am folgenden Nachmittag ging Alexa unruhig in ihrem Salon auf und ab. Der Teetisch war mit ihrem prachtvollen Meißner Porzellan gedeckt. Kuchen und Kekse, frisch von der Köchin gebacken, dufteten köstlich, und um den silbernen Samowar standen die Teegläser bereit, gefüllt zu werden. Seitdem sie die Einladung ausgesprochen hatte, war Alexa von einer Stimmung in die nächste gefallen. Hatte sie mit der spontanen Einladung nicht eine gesellschaftliche Grenze überschritten? Und würde sie, spätestens nach einer solchen Einladung, in Zukunft Anneliese überhaupt noch unbefangen in die Augen schauen können? Sie war hin- und hergerissen. Andererseits mochte sie Lena, sie war so fröhlich, liebte Hubertus bedingungslos und machte ihn offensichtlich glücklich.

Es war bereits zehn Minuten nach vier, als Hilde, ihr Dienstmädchen, schließlich meldete: »Ihr Besuch ist da, Frau Gräfin.«

»Danke, Hilde.« Alexa straffte die Schultern und ging dann mit ausgestreckten Händen auf Lena zu. »Wie schön, dass Sie gekommen sind«, begrüßte sie ihren Gast.

»Entschuldigen Sie bitte meine Verspätung, Gräfin von Waldau. Eine Kundin hat mich aufgehalten.« Sie lächelte schüchtern. »Das passiert immer wieder.«

In diesem Moment trug Hilde eine Vase mit einem großen Blumenstrauß herein. »Der ist von Fräulein Budzinski«, sagte sie.

Alexa war überrascht, sie hatte nicht mit einem Geschenk gerechnet. »Was für herrliche Blumen! Wie aufmerksam von Ihnen!«

»Schön, dass die Blumen Ihnen gefallen.«

Schon nach einer kurzen Weile hatten sowohl Lena als auch Alexa ihre Befangenheit abgelegt. Lena plauderte fröhlich und erzählte Geschichten aus ihrem Geschäft. Alexa hörte ihr aufmerksam zu, während sie die Frau vor ihr zum ersten Mal mit anderen Augen betrachtete, wozu sie bei ihrer ersten Begegnung in der Heinrichstraße und auch in der Konditorei Plouda viel zu aufgeregt gewesen war. Was sie sah, beeindruckte sie. Vor ihr saß nicht die Putzmacherin, sondern eine elegante, nicht mehr ganz junge, aber noch immer sehr schöne Frau. Das grüne Samtkleid, verziert mit gleichfarbigen Ripsbändern, saß perfekt. Ihre bernsteinfarbenen Augen waren umrahmt von dichten dunklen Wimpern, und wenn sie lachte, was sie oft tat, zog sie dabei ihre kleine, gerade Nase kraus. *Sie ist wirklich reizend*, dachte Alexa. *Was für ein Unterschied zu Anneliese.* Lena lachte fröhlich, als Alexa von ihrer Kindheit auf dem Gut erzählte und von den Streichen, die Hubertus so manche Strafe eingebracht hatten. Als die Uhr auf dem Kaminsims halb sechs schlug, rief Lena entsetzt: »Oh Gott, Gräfin von Waldau! Jetzt habe ich Sie viel zu lange aufgehalten.«

Alexa schmunzelte. »Nein, Lena, das haben Sie in keiner Weise.« Sie lächelte ihr zu. »Ich bin sehr glücklich, dass ich Sie jetzt besser kenne.« Und dann sagte sie etwas, worüber sie im Nachhinein noch lange nachdachte. »Ich verstehe meinen Bruder«, hörte sie sich sagen. »Sie wären die richtige Frau für ihn gewesen. Aber Sie wissen ja: die verdammten gesellschaftlichen Konventionen.«

Zum Abschied nahm sie Lena in den Arm. »Ich hoffe, wir sehen uns jetzt öfter. Wenn auch nicht in naher Zukunft, denn ich fahre zurück nach Gut Haffingen. Die Jagd beginnt bald, Hubertus hat Ihnen sicher davon erzählt.

»Oh ja, ich weiß alles darüber.« Sie zögerte einen Moment. »Darf ich Sie vielleicht bitten, Hubertus herzliche Grüße auszurichten? Wir werden uns ja nun eine Weile nicht sehen.«

»Das werde ich tun. Leben Sie wohl.«

Glücklich eilte Lena nach Hause.

Auf Gut Haffingen liefen die Vorbereitungen zur Jagd auf Hochtouren. In der Küche und den Wirtschaftsräumen wurde von morgens bis in die Nacht gearbeitet. Kuno und Fräulein Kollmann führten ein strenges Regiment. Das Silber wurde auf Hochglanz gebracht und die Tischwäsche gebleicht und gebügelt. Im großen Speisesaal wurde der Tisch auf die volle Länge ausgezogen, sodass mehr als vierzig Personen Platz fanden, und die Kerzen an den Wandarmen und Kandelabern erneuert. Wenn auch nur eine Kerze schief oder ein Streifen auf einer der Silberplatten war, wurde von vorne begonnen. War eine Serviette nicht Kante auf Kante zusammengelegt oder an einer der Tischdecken noch ein winziger Fleck, wurde Fräulein Kollmann äußerst ungehalten. Noch schlimmer war Lisa in der Küche. Immer wieder tönte ein lautes »Erbarmerche« durch die Räume, sobald etwas nicht zu ihrer Zufriedenheit ausfiel. Abends dann, wenn die Bediensteten in dem neben der großen Küche gelegenen Raum gemeinsam speisten, war sie wieder die Seele in Person. Dann lobte sie manchmal die Arbeit des einen oder anderen Küchenmädchens, was diese mit vor Stolz geröteten Wangen aufnahmen. Vergessen waren in diesem Moment die Schimpftiraden, die tagsüber über sie herniedergeprasselt waren.

Die Gästezimmer wurden gelüftet und die Betten frisch bezogen. Man erwartete nicht nur Gäste aus der Nachbarschaft, sondern auch Übernachtungsgäste, von denen man nie wusste, wann sie wieder abreisten. Kein Hausherr in Ostpreußen wäre auf die Idee gekommen, zu fragen, wie lange ein Gast denn zu bleiben gedenke. Im Gegenteil: Der Winter war lang, die meiste Arbeit auf den Gütern getan, und man war froh über jede Gesellschaft an den langen Abenden. Die Dämmerung brach früh herein, und kurz darauf mussten Kerzen und Petroleumlampen angezündet werden. Alle Kamine im Haus brannten und würden bis zum nächsten Frühjahr nicht mehr erlöschen.

Kurz vor der Jagd nahte der Winter plötzlich mit großen Schritten, ziemlich früh in diesem Jahr. Noch hatte es nicht geschneit, aber das Barometer fiel schon seit Tagen. Die Temperaturen sanken mit jedem Tag mehr. An diesem Morgen zeigte das Thermometer bereits unter null Grad, bald würde der Schnee kommen. Kutscher Friedrich, der seit fünfunddreißig Jahren in den Diensten der Ehrenbergs stand, wartete auf dem zugigen Bahnhof, um Alexa abzuholen. Sein Mantel spannte über dem mächtigen Bauch, und auf dem Kopf trug er eine elegante Pelzmütze. Sie war sein ganzer Stolz, denn sie hatte einmal Rüdiger Baron von Ehrenberg gehört. Hubertus hatte sie ihm nach dem Tod seines Vaters geschenkt.

Um ihn herum herrschte dichtes Gedränge und lautes Stimmengewirr.

»Jrüß Muttchen und sach Fritzchen, er soll nich immer so frech sein.«

»Ach Jottchen, Jungchen, war ja wieder nur mal'n bissche kurz, dein Besuch bei Ohmchen.«

»Hallo'ch Herr Koslowski, fahrn se och nach Gumbinnen?«

»Ne, wieso?«

Und zwischendurch ertönte immer wieder ein jammerndes »Erbarrmung«.

Dann fuhr endlich die Bahn ein, laut prustend und dicke weiße Dampfwolken ausstoßend. Der Stationsvorsteher blies in seine Trillerpfeife und schrie »Iiiiinsterrburch!«

Um Kutscher Friedrich herum gab es noch ein paar letzte Umarmungen, begleitet von Rufen wie »Einsteigen, Mariellchen, das Schaffnerchen hat schon jepfiffen« oder »Verjiss nich, Vatdchen zu jrüßen …«, dann drängten die Fahrgäste in die Waggons, um wenn möglich einen Sitzplatz zu ergattern. Kutscher Friedrich ließ seine Augen suchend über den Bahnsteig wandern. Gerade als der Qualm der Lokomotive sich verzogen hatte, entdeckte er Alexa, die als Einzige dem Abteil der Ersten Klasse entstieg. Der Schaffner wuchtete ihre riesigen

Louis-Vuitton-Koffer auf den Bahnsteig, die sie sich auf ihrer Parisreise vor zwei Jahren gekauft hatte, um ihre ausladenden Reifröcke transportieren zu können, die in Mode waren, aber entsetzlich viel Platz brauchten.

Kutscher Friedrich lief auf sie zu, heftig seine Mütze schwenkend. Sein altes, liebevolles Gesicht strahlte. »Herzlich willkommen auch, Baronesschen Alexa«, sagte er. »Immer eine jrosse Freude, Sie jesund und munter zu sehn.« In ihrer Kindheit hatte er sie geduzt, sie aber später, als sie größer wurde, Baronesschen Alexa genannt und sich auch nach ihrer Hochzeit nicht davon abbringen lassen.

»Tachchen Friedrich«, sagte Alexa. »Ich habe, wie immer, schrecklich viel Gepäck! Hoffentlich bist du mit der großen Kutsche da.«

»Keene Sorje nich.«

Es dauerte nicht lange, da hatte Friedrich das Gepäck verstaut und Alexa in die Kutsche geholfen.

»Die Luft riecht nach Schnee, Friedrich«, sagte sie. »Was sagt denn das Barometer?«

»Kann nich mehr lange dauern. Ich spür das in meinen alten Knochen. Aber nu woll'n wer mal. Die Herrschaften erwarten Baronesschen zum Kleinmittach.«

Alexa kuschelte sich in die Felldecke, die ihr Friedrich vorsorglich übergelegt hatte, und ging ihren Gedanken nach. Hin und wieder blickte sie aus dem Fenster, aber die Landschaft, die sie so liebte, sah heute trostlos aus. Es wehte ein eisiger Wind, der das Laub am Wegesrand aufwirbelte und die kahlen Äste der Bäume und Sträucher schüttelte. Auf den abgemähten Feldern hockten Scharen von Krähen, und die Gehöfte, an denen sie vorbeifuhren, schienen bereits den Winterschlaf zu halten. Kaum ein Tier war zu sehen, außer hin und wieder ein

Hofhund, der laut kläffte, wenn das Geräusch der Pferdehufe ihn aufschreckte.

»Sie kommt! Tante Alexa ist da.« Josefine war die Erste, die die Kutsche hörte, und sogleich eilten alle in die Halle, um den Besuch zu begrüßen.

»Wie schön, dass du schon wieder da bist«, sagte Anneliese. »Lass dich umarmen.« Sie schloss Alexa in die Arme, und sofort meldete sich Alexas schlechtes Gewissen. Doch sie hatte sich fest vorgenommen, sich an das Versprechen zu halten, das sie ihrem Bruder gegeben hatte.

Dann nahm Hubertus sie in den Arm und drückte sie fest. »Fabelhaft siehst du aus. Ich freue mich wirklich, dich wiederzusehen, Schwesterherz.«

Kuno, der Alexa den Pelzmantel abgenommen hatte, fragte: »Wünschen die Herrschaften, gleich zu speisen?«

Hubertus sah sie fragend an. »Alexa?«

»Gern, ich habe brüllenden Hunger.«

Sie begaben sich ins kleine Speisezimmer, in dem für gewöhnlich nur Josefine und Fräulein von Allhorn ihre Mahlzeiten einnahmen, wenn das Haus erst einmal voll mit Jagdgästen war. Die Unterhaltung war lebhaft. Die Freude über Alexas Ankunft war allen anzumerken. »Übrigens, Lissy und Arndt kommen heute Abend zu einer Partie Whist vorbei«, sagte Hubertus. »Lissy kann es gar nicht erwarten, dich zu sehen. Wir sind unter uns, also kleine Garderobe.«

»Gott sei Dank.« Alexa lachte. »Wir werden uns in der nächsten Zeit noch oft genug in unsere engen Mieder quetschen müssen.«

»Nimmst du mit mir noch einen Mokka in der Bibliothek, Schwesterchen?«, fragte Hubertus, nachdem Anneliese sich zu einem Mittagsschlaf zurückgezogen hatte.

»Gern. Ich lege mich dann später ein wenig hin.«

Sie gingen in die Bibliothek, wo Kuno gleich mit dem gewünschten Mokka bereitstand. Hubertus hielt ihm seine Tasse hin, und er gab einen Schuss Cognac in den Kaffee. »Möchtest du auch, Alexa?«, fragte Hubertus.

»Bitte. Mich fröstelt.« Alexa hielt ihre klammen Hände an das Feuer des prasselnden Kamins. »Friedrich glaubt, es wird bald schneien.«

»Ja, das Barometer fällt seit Tagen.« Hubertus nahm eine Zigarre aus dem Ebenholzkästchen und schnitt sie umständlich an. Dann reichte der Diener ihm Feuer.

»Danke, Kuno. Du kannst jetzt gehen. Wir brauchen dich erst am Abend wieder. Und sei so gut und schließ die Tür.«

Nachdem Kuno den Raum verlassen hatte, sagte eine Weile keiner von beiden ein Wort. Schweigend tranken die Geschwister ihren Mokka, und es schien fast so, als wollte keiner mit einem Gespräch beginnen, obwohl beide wussten, was den anderen beschäftigte. Sie hatten seit dem verhängnisvollen Treffen in der Heinrichstraße vor weniger als zwei Wochen nicht mehr gesprochen.

»Nun, was hältst du von Lena? Kannst du mich jetzt wenigstens ein bisschen verstehen?«, platzte es schließlich aus Hubertus heraus.

Alexa lächelte liebevoll. »Ja, das kann ich, und ich habe sie in der kurzen Zeit getroffen, zwei Mal sogar.«

Hubertus sah sie erstaunt an. »Warst du bei ihr im Geschäft?«

»Nein. Das erste Mal traf ich sie zufällig in der Konditorei Plouda – du weißt schon, das sind die, die das gute Marzipan machen.«

»Und? Hast du mit ihr gesprochen?«

»Ja, das Lokal war gut besucht, nur an ihrem Tisch war noch ein Platz frei. Sie hat ihn mir angeboten, und wir haben eine Weile sehr nett geplaudert, bis Innegrit Delwitz hereinkam. Da ist sie gegangen.«

»Hast du etwa …?«

»Nun entspann dich, Bruderherz! Ich habe selbstverständlich nichts gesagt. Natürlich hat Innegrit sich gewundert, dass ich mit unserer gemeinsamen Putzmacherin Tee trinke, aber das konnte ich schnell aufklären.«

Hubertus atmete auf. »Da bin ich aber erleichtert. Doktor Grüben meint nämlich, ich soll jegliche Aufregung vermeiden. Sie ist pures Gift für meine Magenprobleme.«

Alexa sah ihn besorgt an. »Was meint er denn, was es sein könnte?«

»Ich soll etwas weniger Fett essen, aber wie soll das bei Lisas so fabelhafter Küche gehen? Aber wir schweifen ab. Du hast meine Fragen noch nicht beantwortet.«

»Lena war letzte Woche bei mir zum Tee.«

»Wie bitte?«

»Ja, nach unserem kurzen Gespräch bei Plouda wollte ich die Frau, die du nun schon so lange liebst, ein wenig besser kennenlernen. Ich wollte es einfach verstehen.« »Und? Verstehst du mich jetzt?«

»Ja, das tue ich, so leid es mir für deine Frau tut, und obwohl mich ein schlechtes Gewissen ihr gegenüber plagt. Lena ist ein reizendes und sehr liebenswertes Geschöpf.« Sie lächelte. »Es ist wirklich ein Jammer, dass Standesunterschiede so viele Menschen unglücklich machen«, fügte sie dann ernst hinzu. »Es mag kein Trost sein, aber vielleicht hilft es, zu wissen, dass ihr nicht die Einzigen auf der Welt mit diesem Schicksal seid.« Sie erhob sich und strich Hubertus liebevoll über den

Kopf. »Vielleicht gehört ihr beiden noch zu denen, die wenigstens ein kleines Glück gefunden haben. Halt es fest, großer Bruder. In mir hast du fortan eine Verbündete. Ich soll dich übrigens ganz herzlich von Lena grüßen.« Sie ging langsam zur Tür. »Mit meinem schlechten Gewissen werde ich schon fertig werden. Und nun muss ich mich ein wenig ausruhen, damit ich heute Abend beim Whist nicht verliere.«

»Schlaf gut«, stammelte Hubertus. Er war überwältigt. Was hatte er doch für eine fabelhafte Schwester!

Anneliese war gerührt, als Alexa ihr später am Tag das Ploudasche Marzipan übergab. »Eine kleine Wiedergutmachung für meine Bemerkungen neulich«, sagte Alexa. »Ich hoffe, du bist mir nicht mehr böse.«

»Natürlich nicht! Ich weiß ja, dass du Recht hast. Auch Lissy sagt mir immer wieder, ich sei zu korpulent. Zumindest indirekt.« Sie lachte ein freudloses Lachen. »Aber ich sehe einfach keinen Sinn darin, mich zu kasteien. Verstehst du das?«

»Ja, Anneliese, das tue ich.« Zum Glück ahnte ihre Schwägerin nicht, woher dieses plötzliche Verständnis kam.

In der Küche herrschte geschäftiges Treiben, als Alexa Lisa begrüßen wollte. Sie hatte auch ihr eine kleine Schachtel von Ploudas Marzipan mitgebracht. Lisa, die eben noch über irgendetwas laut geschimpft hatte, strahlte. »Ach Jottchen, wie lieb von dir.« Sie war gerührt und schob sich sofort ein Konfekt in den Mund. »Hab nich viel Zeit, du siehst ja, wat hier los is. Aber für'n Schlubberchen reicht's.« Sie nahm die Schnapsflasche und zwei Gläser und ging voran in den Aufenthaltsraum der Dienerschaft. Anton, der sich gerade eine Zigarette anzünden wollte, schickte sie mit einem barschen »Hast wohl nuscht zu tun?« hinaus. Das nächste Stück Konfekt wanderte in ihren Mund. »Die Jnädige hat mir schon durch das Hannchen verlautbaren lassen, ob ich nich so was könnt machen.«

Alexa lachte. »Das kann ich mir denken. Die Schachtel, die ich ihr vorhin gegeben habe, ist schon fast leer. Aber nun erzähl, Lischen, wie geht es dir?«

»Na dankschön, hab aasig zu tun.«

»Und zuhause?«

»Muttchen is en bisschen klabastrich. Hat so'n Zwicken im Jedärm, und mit de Winde klappt et ooch nich richtich. Das Dokterche hat ihr'n Pülverchen jejeben.«

»Na dann hoffe ich mal, dass es hilft. Und was gibt es hier so Neues in den letzten Tagen?«

Lisa machte eine Kopfbewegung in Richtung der Herrschaftsräume. »Hier? Gar nuscht.«

»Du meinst, alles wie immer?«

Lisa nickte. »Wird wohl auch so bleiben, was meinst?«

»Ich fürchte auch.«

Lisa füllte die Gläser nach. »Und dir … wie immer?«

»Danke, ich kann nicht klagen. Ich freue mich auf die Jagd, und vor allem, viele meiner alten Freunde zu sehen.« Sie plauderten noch kurz, dann kam eines der Küchenmädchen herein und flüsterte Lisa etwas ins Ohr. »Errbarrmerche«, rief die und sprang auf. »Ich muss los. Nuscht nix jeht …« Und schon war sie aus der Tür. Alexa hörte aus der Küche lautes Schimpfen. Sie lächelte, alles war wie immer.

Tags darauf trafen die ersten Hausgäste ein. Friedrich war beständig unterwegs, um Gäste, die von weiter her anreisten, von der Bahn abzuholen. Und der Stallmeister und seine Knechte hatten alle Hände voll zu tun, die Pferde derer zu versorgen, die mit Kutschen anreisten. Am nächsten Tag begann es, heftig zu schneien, und nun waren es nicht mehr Kutschen, sondern Schlitten, die in der großen Scheune untergestellt werden mussten. Am Abend schließlich waren fast alle Gästezimmer belegt. Im Haus herrschte ein reges gesellschaftliches Treiben. In den sonst so stillen Salons trafen sich die Gäste, tauschten Klatsch und Familienneuigkeiten aus oder spielten Karten und Schach. Die Mahlzeiten wurden nur noch im großen Speisesaal eingenommen, da der kleine nicht ausreichend Platz bot. Bis dahin war alles informell. Abendkleider, Cuts und Uniformen würden erst zu den festlichen Diners während der Jagd zum Einsatz kommen.

In den Räumen der Bediensteten wurde von früh bis spät gearbeitet. Kleider mussten aufgebügelt, Cuts und Smokings ausgebürstet und Hemdknöpfe angenäht werden. Die Gäste erwarteten, dass ihre Kleider und Anzüge in einem tadellosen Zustand in die Schränke kamen, ohne auch nur eine Knitterfalte oder einen Fleck. Die Schuhe, die abends verdreckt vor die Tür gestellt wurden, blitzten morgens wie neu. Nein, eine reine Freude war diese Zeit für die Bediensteten nicht, aber sie taten ihre Arbeit gern. Alle waren sie froh, eine so gute Stelle zu haben, und sie wussten, dass auch wieder ruhigere Zeiten kommen würden. Nur Lisa war hin und wieder reichlich gnaddrich. Trotz ihrer langjährigen Erfahrung als Mamsell wurde sie immer von der Angst befallen, den Ansprüchen der Herrschaft nicht zu genügen.

Am Nachmittag vor der ersten Jagd saß Alexa mit Anneliese, Lissy, Aglaia von Kaulitz und Carla von Harvich im kleinen Salon beim Tee. Im Kamin prasselte ein Feuer, und alle Lampen brannten. »Ist das nicht die Stimme von Gräfin Delwitz?«, fragte Carla von Harvich plötzlich.

Alexa sprang auf. »Ja, Sie haben Recht, ich werde nachsehen.« Eilig lief sie in die große Halle. Dort schälte sich ihre Freundin gerade aus ihrem bodenlangen Zobel und schüttelte die letzten Schneeflocken aus den Haaren, welche von der Pelzmütze unbedeckt geblieben waren. »Da bist du ja endlich!«, rief Alexa. »Du wirst schon sehnsüchtig erwartet.« Sie wandte sich an Anton: »Das Gepäck der Gräfin bitte in das blaue Zimmer.« Dann hakte sie ihre Freundin unter und zog sie mit sich. Innegrit rieb sich die klammen Hände. »Es ist ja wirklich kalt geworden. Ein Tee mit Rum wäre jetzt herrlich.«

»Den sollst du haben, alte Schnapsdrossel. Komm, die anderen warten schon auf dich.«

Innegrit wurde mit großem Hallo begrüßt.

»Wo waren Sie denn so lange?«

»Geht es Ihnen gut?«

»Fabelhaft sehen Sie aus. Wie machen Sie das bloß?«

Innegrit ließ sich in einen Sessel dicht am Kamin fallen. »Ich muss erst auftauen. Dieser eisige Wind hat meine Gesichtsmuskeln gelähmt.« Sie trank ihren heißen Tee, in den Kuno einen ordentlichen Schuss Rum getan hatte, in kleinen Schlucken. Dann stieß sie einen erleichterten Seufzer aus und sagte: »So, meine Damen, jetzt bin ich zu allem bereit. Übrigens, Alexa, ehe ich es vergesse: Fürstin Kropotkin hat mich gebeten, sie für das große Jagddiner anzusagen.«

Wieder redeten alle durcheinander.

»Kommt sie mit dem Fürsten?«

»Wo haben Sie sie getroffen?«

»Wie sieht sie aus?«

»Hat denn Alexa nicht erzählt, dass wir sie gemeinsam in Königsberg getroffen haben?«, fragte Innegrit erstaunt.

Alexa schüttelte den Kopf. »Ich bin noch nicht dazu gekommen. Also: Kommt sie allein oder mit ihrem Mann?«

»Der Fürst ist schon wieder abgereist nach Petersburg.« Sie kicherte. »Seine Frau treibt allein ihr Unwesen in Königsberg. Seit ein paar Tagen sieht man sie mit einem jungen Schauspieler.«

»Sie wird doch wohl nicht wagen …«, sagte Anneliese, doch Innegrit fiel ihr ins Wort.

»Da kennst du unsere alte Freundin aber schlecht. Die wagt so einiges …« Es folgte allgemeines Gelächter, und man unterhielt sich noch eine Weile blendend, als um sieben Uhr der Gong schlug.

»Abendessen, meine Damen«, rief Hubertus, der mit einigen Herren aus der Bibliothek trat.

Es war ein zwangloser Abend, die Kleidung informell. Es gab auch keine Tischordnung, man ließ sich einfach nieder, wo ein Platz frei war. Wie immer wurde unmäßig viel gegessen und noch mehr getrunken. Man unterhielt sich angeregt, aber gegen zehn Uhr löste sich die Gesellschaft auf. Schließlich würde morgen in aller Frühe die Treibjagd beginnen. Nur ein paar Herren waren »nicht tot zu kriegen«, wie Alexa sich passend ausdrückte. Deren lautes Lachen hörte Anneliese, die wie immer nicht schlafen konnte, bis weit nach Mitternacht aus der Bibliothek nach oben dringen.

Bereits um fünf Uhr am nächsten Morgen erwachte das Haus wieder zum Leben. Ein Diener ging von Zimmer zu Zimmer, um die Herrschaften zu wecken, und bald darauf war der Speisesaal voll mit munter plaudernden Menschen, die ein herzhaftes Frühstück zu sich nahmen. Immer wieder wurden neue Schüsseln mit weichgekochten Eiern und Platten voller Schinken, Würsten, Spickaal und Pasteten hereingetragen. Zwischendurch nahm man den obligatorischen Verdauungsschnaps zu sich.

Anneliese, die erst kurz zuvor in einen bleiernen Schlaf gefallen war, wurde aufgeschreckt von lauten Rufen der Jäger, die den Jagdgehilfen Anweisungen gaben, welche Büchsen wem gehörten und wer auf welchen Ansitz gebracht werden sollte. Schlitten fuhren vor, deren Pferde wieherten und schnaubten. Der Lärm schwoll noch an, als die Jäger die Schlitten bestiegen und sich »Waidmanns Heil« und »Guten Anlauf« zuriefen. Dann brüllte Friedrich: »Na, dann woll'n wer mal«, und kurz darauf herrschte wieder eine himmlische Ruhe. Erleichtert sank Anneliese in ihre Kissen. Bis zum Kleinmittag würde sie sich noch ein wenig erholen können.

Für Josefine waren die Jagden die aufregendsten Tage des Jahres. Die Gäste unterhielten sich mit ihr, behandelten sie wie eine junge Erwachsene, und von dem einen oder anderen bekam sie sogar ein kleines Geschenk. Der Unterricht fiel während dieser Tage aus, zum Missfallen von Anneliese. Aber Hubertus hatte sich durchgesetzt. »Nun lass dem Kind doch das Vergnügen«, hatte er gesagt. »Du weißt doch, dass Fräulein von Allhorn mit ihren Leistungen mehr als zufrieden ist.«

In diesem Jahr durfte Josefine zusammen mit Käthchen und Franz den Jägern am frühen Vormittag eine heiße Suppe und wärmende Getränke bringen. Unter der Aufsicht von Fräulein von Allhorn und in Begleitung einiger Küchenmädchen machten sie sich auf den Weg. Die Kälte war beißend, der Ostwind wehte rau über die kahle Landschaft, und es begann wieder, zu schneien. Eingehüllt in warme Mützen, dicke Schals, Handschuhe und große Felldecken saßen sie auf dem Schlitten. Zwischen ihren Beinen stand ein riesiger Kessel mit heißer Erbsensuppe, daneben eine große Milchkanne, gefüllt mit Tee mit Rum, oder, wie später einer der Jäger lachend sagte, »Wohl eher Rum mit Tee«. In einer Kiste klapperten Teller, Löffel sowie Tongefäße für die Getränke. Friedrich kutschierte sie zu einer Lichtung, auf der die Jagdgäste mit den Jägern und Jagdgehilfen eine Pause machten. Sie wurden mit großem Hallo empfangen.

»Da seid ihr ja endlich.«

»Das wird uns aber jetzt guttun.«

»Ach herrlich, eine heiße Suppe.«

Mit einer großen Kelle füllten die Mädchen die Teller, und die Kinder reichten sie voller Stolz den verfrorenen Jägern.

»Fein machst du das, mein Finchen«, sagte Hubertus, und Alexa, die als eine der wenigen Damen an der Jagd teilnahm, streichelte Josefines rote Bäckchen. »Doll, wie du das kannst. Ich bin sehr stolz auf meine kleine Nichte.«

»Es macht so viel Spaß, Tante Alexa«, rief Josefine und rannte zurück zum Schlitten, um einen weiteren Teller zu holen. Bereits nach einer halben Stunde waren Geschirr und Becher wieder eingesammelt. Friedrich rief: »Na, dann woll'n wir mal«, und schon setzte sich der Schlitten, begleitet von lauten Dankesrufen, in Bewegung. Die Küchenmädchen stimmten ein Lied an, sogar Friedrich brummte die Melodie mit, und Josefine drückte sich müde in die warmen Arme von Fräulein von Allhorn. Noch nie war sie so glücklich gewesen.

Zum Kleinmittag herrschte wieder großer Trubel im Haus. Die Jäger kehrten zurück, und es dauerte eine Weile, bis sich alle von ihren dicken Jacken, Stiefeln und Schals befreit hatten. Langsam füllte sich der Speisesaal. Auch Anneliese kam dazu und setzte sich neben David Hansemann, der gerade erst angereist war. »Wie schön, Sie wieder bei uns zu haben, David«, sagte sie erfreut. »Wie geht es Ihrer Frau? Warum haben Sie sie nicht mitgebracht?«

»Danke, es geht ihr gut. Ich war nur kurz geschäftlich in Königsberg und reise morgen schon weiter.«

»Was, Sie bleiben nicht zur Jagd?«

»Ach, wissen Sie, meine alten Knochen vertragen die Kälte nicht mehr so gut.« Eine Weile lauschten beide der Männerrunde, die über ihre ungeheuren Jagderfolge schwadronierte, als David Hansemann sich lächelnd zu Anneliese beugte. »Ich war letzte Woche bei Bismarck in Frankfurt. Soll ich Ihnen verraten, was er gesagt hat?«

Anneliese sah ihn fragend an.

»Es wird niemals so viel gelogen wie vor der Wahl, während des Krieges und nach der Jagd.«

Anneliese brach in schallendes Gelächter aus. »Das ist wirklich das Komischste, was ich seit langem gehört habe.«

Auch David Hansemann lachte. »Und ich kann Ihnen versichern, das ist die reine Wahrheit.«

»Sagen Sie, stimmt es, dass Bismarck so unmäßig viel isst?« Sie deutete auf die leeren Platten, die gerade durch neue ersetzt wurden. »Ich meine, mehr als hier in Ostpreußen gegessen wird, kann es doch wohl gar nicht sein.«

»Oh doch, meine Liebe. Wie gesagt, ich war gerade bei ihm zum Frühstück.« Er nahm sich noch ein Stück von der Hasenpastete. »Wie Sie sehen, bin ich selbst kein schlechter Esser – die Pastete ist übrigens ausgezeichnet –, aber Bismarck ... Also, er ist ja ein baumlanger Kerl, aber was der alles zu sich nehmen kann, dagegen sind die hier«, er zeigte in die Runde, »alles Waisenknaben, sozusagen schlechte Esser!«

Anneliese starrte ihn ungläubig an. »Um Himmels willen! Was isst er denn so zum Frühstück?«

Hansemann begann mit einer Aufzählung. »Austern, Spickaal, Unmengen von kaltem Fleisch, Kaviar, Eierspeisen, Pasteten …«

»Hören Sie auf«, rief Anneliese entsetzt. »Mir wird gleich übel.«

»Ach, was ich noch vergessen habe: Dazu trinkt er Champagner, vermischt mit Portwein.« Er lachte und nahm ein Stück Brot mit Pastete. »Und dann, der Verdauung wegen, spricht er mehreren Cognacs und einer schweren Havanna zu.«

»Redest du von Bismarck?«, fragte Hubertus.

»Ja, ich habe deiner Frau gerade von meinem Frühstück bei ihm erzählt.«

»Er muss wirklich unglaublich gefräßig sein«, lachte nun auch Hubertus. »Aber das interessiert mich weniger. Lass uns später reden. Hier ist es mir zu laut.« Tatsächlich wurde die Stimmung immer ausgelassener und die Geschichten immer abenteuerlicher.

Einige Herren machten es sich wenig später in der Bibliothek vor dem prasselnden Kamin gemütlich. Man wollte wie üblich Zigarre rauchen, diverse Verdauungsschnäpse trinken und von David Hansemann das Neueste von der politischen Front hören, darunter all die Dinge, die nicht in der Zeitung standen. Jeder wusste, dass Hansemanns Beziehungen bis in die allerhöchsten Kreise hatte. Kuno reichte das Ebenholzkästchen mit den Zigarren herum und gab den Herren Feuer, die den aufwändigen Vorgang des Anschneidens beendet hatten. Dann servierte er Schnäpse und Cognac. Schon nach kurzer Zeit war die Luft rauchgeschwängert.

»Danke, Kuno, du kannst jetzt gehen«, sagte Hubertus. »Wir schenken uns selber nach.« Dann wandte er sich an die anwesenden Gäste. »Hansemann war bei Bismarck in Frankfurt«, begann er die Unterhaltung. »David, stimmt es, dass Prinzregent Wilhelm mit vielem, was Bismarck vertritt, nicht einverstanden ist?«

Hansemann räusperte sich. »Wie Sie sicher alle wissen, hat der Prinzregent ein neues Kabinett gebildet. Und was ich so höre, geht Bismarck ihm mit seinem Gestänkere gehörig auf die Nerven.«

»Ja, was will er denn eigentlich?«, fragte Hofrat von Heidt, ein älterer Herr, leicht korpulent um die Taille und mit einem Spitzbart, der sein fliehendes Kinn kaschierte. »Wie man hört, hat er nicht einmal eine diplomatische Ausbildung.«

»Er ist besessen von seiner nationalen Mission«, sagte Hansemann. »Er träumt von einer Reform des Deutschen Bundes.«

»Ist das nicht ein wenig hochgegriffen für einen Gesandten in Frankfurt?«, meinte jetzt Rechtsanwalt Kölichen.

»Es kursiert das Gerücht, dass Wilhelm ihn versetzen will«, warf Legationsrat Spörer ein.

»Das habe ich auch gehört«, sagte Hansemann. »Aber es würde mir für die Bismarcks leidtun, vor allem für Johanna von Bismarck. Sie hat mir gerade noch versichert, dass sie sich in Frankfurt ausgesprochen wohl fühlt.« Er zog kräftig an seiner Zigarre. »Aber eines kann ich Ihnen versichern, meine Herren: Von Otto von Bismarck werden wir noch sehr viel hören.« Im Anschluss sprach man noch eine Weile über den Ablauf des kommenden Tages, an dessen Abend ein festliches Diner mit Tanz stattfinden würde, dann löste sich die Runde auf. Bereits um fünf Uhr würde man wieder geweckt werden.

Am nächsten Tag verzichteten die Damen auf die Jagd. Sie wollten ausschlafen und sich für den Abend rüsten. Alexa, die noch immer von ihrem schlechten Gewissen geplagt wurde, klopfte an Annelieses Tür. »Darf ich reinkommen?«

Anneliese stand vor ihrem offenen Kleiderschrank, um sie verstreut diverse Abendroben und dazwischen eine verzweifelt aussehende Hanna. »Ach, dich schickt der Himmel. Ich weiß einfach nicht, was ich heute Abend anziehen soll, Alexa. Alles ist schrecklich eng, und Anni, die mir immer die Haare macht, weil Hanna dazu ja leider zu ungeschickt ist, ist gestern nach Pillkallen gefahren.«

»Ihr Ohmche ist jestorben«, warf Hanna entschuldigend ein.

»Ja und? Hätte sie da nicht morgen fahren können?«

»Nei ne nich!« Hanna war sichtlich empört. »Heut is doch die Beerdijung.«

»Mein Gott!« Anneliese winkte ab. »An mich denkt hier ja sowieso niemand.«

»Nun übertreib nicht, Annelieschen.« Alexa nahm ihre Schwägerin in den Arm. »Wir werden uns jetzt gemeinsam ansehen, was du heute anziehst, und um deine Haare kümmere ich mich. Ich kann das recht gut.«

»Würdest du das wirklich tun?«

»Ja! Und nun lass uns anfangen.«

Anneliese zwängte sich nacheinander in verschiedene Kreationen. Am besten passte ein dunkelgrünes Taftkleid, dessen Rock in schweren Falten über die gusseiserne Krinoline gelegt war, deren Umfang fünf Meter betrug. Das Mieder ließ sich gerade noch schließen, betonte aber Annelieses immer noch schönes Dekolleté.

»Das sieht doch wunderbar aus«, rief Alexa. »Was sagst du, Hanna?«

»Find ich ooch.«

»Und wenn ich mich recht erinnere, hast du ein sehr schönes Smaragdcollier. Probier es mal an, Anneliese.«

Sie klatschte zufrieden in die Hände. »So, jetzt werde ich mich um meine Sachen kümmern. Hanna, kannst du mir später jemanden schicken, der mir hilft?«

»Mach ich.«

»Gut. Also Anneliese, ich komme dann um halb sechs und mache dir die Haare.«

Während die Herrschaften ihren Mittagsschlaf hielten, war ein Heer von Bediensteten damit beschäftigt, die Salons für den Abend herzurichten. Kerzen mussten ersetzt und alle Vasen mit frischen Blumen aus dem eigenen Treibhaus gefüllt werden. Auf den zahlreichen Beistelltischchen wurden Kristall- und Silberschalen mit Gebäck und Konfekt verteilt und an den Kaminen Holz aufgeschichtet, damit am Abend möglichst schnell nachgelegt werden konnte. Im großen Speisesaal wurde der Tisch gedeckt, der noch einmal verlängert worden war, man erwartete insgesamt vierundsechzig Gäste. Das kleine Speisezimmer, das immerhin sieben mal sieben Meter maß, wurde ausgeräumt. Dort würde eine sechsköpfige Kapelle aus Insterburg später zum Tanz aufspielen.

Die Tischordnung hatte Anneliese tags zuvor zusammen mit Alexa gemacht. Deren Vorschlag, einige Leutnants aus der Insterburger Garnison einzuladen, war von Anneliese begeistert begrüßt worden. Sie wusste, dass diese Einladungen bei den jungen Männern äußerst beliebt waren. Sie bekamen ein fabelhaftes Essen, eine erfreuliche Abwechslung zu ihrem »Kasinopamps«, wie sie ihre tägliche Kost nannten. Dafür mussten sie die Damen, egal welchen Alters, »betanzen«, wenn sich die Herren nach dem Pflichttanz zum Politisieren in die Bibliothek zurückzogen. Die jungen Männer waren alle wohlerzogen, sie zu platzieren war einfach. Aber wohin mit Fürstin Kropotkin, die noch dazu höchstwahrscheinlich mit ihrem neuen Liebhaber erscheinen würde? Und wohin mit Leopold von Troyenfeld, der sich ebenfalls mit Begleitung angekündigt hatte, wer auch immer das sein mochte. Über seine Feste auf Schloss Troyenfeld wurde nur hinter vorgehaltener Hand gesprochen, dort gingen angeblich Herren und vor allem Damen der *Demi Monde* ein und aus!

Alexa hatte nicht lange überlegt, neben wem sie sitzen wollte. »Ich will mich nicht den ganzen Abend langweilen«, hatte sie zu Anneliese gesagt. »Platzier mich zwischen einen der Leutnants und Rechtsanwalt Kölichen. Da habe ich bestimmt was zu lachen. Seine Frau Liselotte kann getrost am anderen Ende des Tisches Platz nehmen.«

»Ich muss ja wohl Landrat Kaldereit ertragen.« Anneliese hatte die Augen gen Himmel geschlagen. »Ja, und der arme Hubertus dessen Gattin«, sagte Alexa bedauernd. »Da müsst ihr leider durch.«

Am Spätnachmittag ging Anneliese noch einmal mit der Hausdame durch alle Räume. Die frischen Blumen verströmten einen betörenden Duft, und der Speisesaal erstrahlte in voller Pracht. Auf den bodenlangen weißen Tischtüchern aus Damast kamen ihr prachtvolles Meißen und die schweren Kristallgläser voll zur Geltung und würden am Abend zusammen mit dem Silberbesteck im Licht der unzähligen Kerzen erst den rechten Glanz entfalten. In kleinen Tischkartenhaltern aus Elfenbein steckten weiße Büttenkärtchen mit den Namen der Gäste. Auf Vorschlag von Fräulein von Allhorn hatte Josefine diese mit der Hand beschrieben. »Sehen Sie nur, Frau Baronin.

Ich habe das Baronesschen sehr gelobt. Sie hat eine wirklich schöne Handschrift.«

»Ja, ja, das hat sie wohl.« Mehr hatte Anneliese dazu nicht zu sagen. Zufrieden mit dem, was sie gesehen hatte, ging sie nach oben, um sich von Hanna beim Ankleiden helfen zu lassen.

Währenddessen inspizierte Kuno ein letztes Mal die Schar der Lakaien. Waren die weißen Handschuhe und Strümpfe ohne Flecken, saßen die Eskarpins und roten Samtjacken perfekt, und waren die Lackschuhe mit den goldenen Schnallen vorschriftsmäßig geputzt? Nur ein Paar Handschuhe hielt seinem kritischen Blick nicht stand und mussten ausgewechselt werden. Dann wies er ihnen kurz ihre Aufgaben zu und machte sich auf den Weg in die Küche, um Lisa zu beruhigen, die wie ein aufgeregtes Huhn zum wiederholten Male alle Soßen probierte und mehrmals ein ›Erbarmerche‹ ausstieß.

Pünktlich um halb sechs erschien Alexa in Annelieses Boudoir, in der Hand ein Körbchen mit einer Lockenschere, Haarnadeln und einigen Schminkutensilien. »So, dann woll'n wir mal!« Geschickt drehte sie Annelieses Haar zu Korkenzieherlocken und türmte diese dann mit Schildpattkämmen nach oben. An jeder Seite ließ sie jedoch eine Locke herunterhängen, sodass die zu dem Collier passenden Smaragdohrringe gerade noch zu sehen waren. Dann puderte sie Annelieses Gesicht, das vor Aufregung rote Flecken bekommen hatte, legte etwas Rouge auf und umrandete die Augen mit einem schwarzen Stift. »Jetzt noch etwas Rot auf die Lippen«, sagte sie und legte sofort Hand an. »Und nun sieh dich im Spiegel an.«

Anneliese war sprachlos. Sie erkannte sich kaum wieder. »Wo hast du das denn gelernt, Alexa?« Sie wandte sich Hanna zu. »Hoffentlich hast du genau hingeguckt. So möchte ich in Zukunft immer frisiert werden.«

»Ich werd mir bemüh'n«, stieß Hanna leise hervor, aber sehr glücklich sah sie nicht aus.

Alexa lachte. »Ich werde es vor meiner Abreise zusammen mit dir und Anni üben.«

Die Erleichterung war Hanna förmlich anzusehen. »Dankschön auch, Frau Jräfin.«

»Übrigens, Anneliese, um deine Frage zu beantworten: Ich war doch im Frühjahr in Paris, dort habe ich es mir bei Felix abgeguckt. Er ist dort *der* Meistercoiffeur, er frisiert sogar Kaiserin Eugénie. Aber jetzt muss ich mich sputen. Du weißt, mein Bruder hasst es, wenn man unpünktlich ist. Wir sehen uns später.«

Um Punkt sieben Uhr fuhren die ersten Schlitten vor, und schnell füllte sich die Halle mit elegant gekleideten Menschen. Die Damen steckten in großen Roben, die Herren in Frack und Uniform. Die livrierten Diener servierten auf großen Silbertabletts Champagner und üppig belegte Kanapees. Anneliese erschien ausnahmsweise pünktlich, um zusammen mit Hubertus die Gäste zu begrüßen. Erstaunt sah er sie an. »Du siehst fabelhaft aus«, sagte er dann.

Anneliese konnte sich nicht erinnern, wann sie so etwas zuletzt von ihrem Mann gehört hatte und stammelte ein »Danke«. Auch Lissy, die zusammen mit Arndt wie immer unter den ersten Ankömmlingen war, flüsterte ihr zu: »Toll siehst du aus.«

Immer mehr Menschen strömten herein. Die Gäste standen in Gruppen zusammen und plauderten angeregt. Lissy und Carla von Harvich lästerten über das Kleid von Landrätin Kaldereit. »Ich würde die Farbe als ›Couleur de Nuschel‹ bezeichnen«, sagte Lissy grinsend.

Carla von Harvich bemühte sich, ihr Lachen zu unterdrücken. »Sie erinnert mich an einen riesigen Kaffeewärmer.«

Lissy stupste sie in die Seite. »Sehen Sie bloß, da kommt Alexa. Das Kleid ist ja atemberaubend. Wo hat sie das wohl her?« Alexa sah tatsächlich hinreißend aus, wie sie die Freitreppe herunterschritt. Fast achtzig Meter Tüll lagen über der schwingenden Krinoline, darüber, schräg drapiert, violetter Taft. Die Korsage aus dem gleichen Stoff war eng, die Oberarme waren nur knapp durch angedeutete Ärmel bedeckt, dafür aber reichten die gleichfarbigen Handschuhe bis über die Ellbogen. Ein üppiges Collier aus Amethysten und Diamanten lag um Alexas schlanken Hals.

Hubertus nahm sie am Fuß der Treppe in Empfang. »Ein wenig zu spät«, flüsterte er ihr ins Ohr. »Aber dafür überaus elegant. Ich bin stolz auf dich.«

Alexa hatte die Aufmerksamkeit aller auf sich gezogen. Aber es war nicht nur Bewunderung, die sie erntete. Auch einige neiderfüllte Blicke streiften sie. »Ist das nicht ein wenig zu üppig für Ostpreußen?«, flüsterte Astrid Gehlau ihrer Busenfreundin, Legationsrätin Spörer, ins Ohr.

»In der Tat, meine Liebe. Reichlich übertrieben, finde ich.« In diesem Moment schlug Kuno den Gong, und die Türen des Speisesaals öffneten sich. Es dauerte eine Weile, bis alle den ihnen zugewiesenen Platz gefunden hatten, begleitet von bewundernden Ausrufen über den so prachtvoll gedeckten Tisch. Alexa hatte gleich den Arm von Horst Kölichen ergriffen. »Sie müssen nicht lange suchen, ich weiß, wo Sie sitzen. Ich habe mir Sie als Tischherrn gewünscht.« Sie lächelte ihn an. »Also enttäuschen Sie mich nicht und unterhalten Sie mich mit ein paar Schwänken aus Ihrem Leben.«

»Ich werde mir Mühe geben«, sagte er lachend. Alexa führte

ihn zu seinem Platz und studierte unauffällig das Tischkärtchen zu ihrer Rechten. »Leutnant Baron von Rechenhain« stand dort. Ein großer, gut aussehender junger Mann trat zu ihr und begrüßte sie mit einem Handkuss. »Darf ich mich vorstellen: Tilo von Rechenhain. Es ist mir eine Freude, neben Ihnen Platz nehmen zu dürfen.« *Gott, wie süß*, dachte Alexa, während sie freundlich antwortete: »Na, dann tun Sie das mal.«

Während die Speisen serviert wurden, nutzte Alexa die Gelegenheit, verstohlen den jungen Leutnant zu betrachten. Sein Gesicht war leicht gebräunt und bis auf ein Paar schmale Koteletten glatt rasiert. Der gerade Nasenrücken, die hohe Stirn und die mit Pomade nach hinten gebändigten dunklen Locken, im Nacken ein wenig zu lang, erinnerten Alexa entfernt an ihren verstorbenen Mann. Nur die Lippen waren voller, und die schlanken, schönen Hände zeugten von seinem jungen Alter. Aber wahrscheinlich würden auch sie eines Tages von Altersflecken übersät sein!

Das Essen war vorzüglich. Wie immer bestand das Menü aus mehreren Gängen. Als Vorspeise gab es Pilzsuppe, dann folgten Lamm mit Rotkohl, Räucheraal in Dill, diverses Geflügel mit Beilagen und als Abschluss eine Eisbombe. Alexa beschloss, Lisa vor ihrer Abreise in der Küche einen Besuch abzustatten und sie zu loben.

Wein und Schnaps flossen in Strömen. Kunos geschultem Blick entging kein leeres Glas, und auf einen Wink von ihm wurde sofort nachgeschenkt. Die Stimmung war ausgelassen. Alle schienen sich prächtig zu unterhalten. Die Begleitung von Leopold von Troyenfeld, eine bildhübsche junge Person mit tizianroten Locken und smaragdgrünen Augen, flirtete ungeniert mit Mathias Goelder. »Sehen Sie bloß, wie die beiden scharmutzieren«, sagte Amalie Lackner zu Carla von Harvich. »*Die* ließe sich mit Sicherheit nicht mit einer Einrichtung von Glück abspeisen.«

»Ne, garantiert nicht. Was meinen Sie, welche Haarfarbe würde wohl bei zwei solchen Rotschöpfen herauskommen?«

»Es ist müßig, darüber zu spekulieren«, sagte Carla von Harvich. »Sie ist scharf auf meinen Bruder. Sie will ihn nur eifersüchtig machen. Aber Leopold hat mir schon signalisiert, dass er kein sonderliches Interesse an ihr hat, leider! Ich finde, er sollte sich allmählich verheiraten.«

Währenddessen beobachtete Alexa amüsiert, wie ihr junger Tischherr zur Rechten mit großem Genuss von jedem Gang reichlich nahm. Allerdings trank er kaum. »Mögen Sie keinen Wein?«, fragte sie ihn. »Er ist hervorragend. Ein Rheinwein. Mein Bruder hat mir versichert, es sei eine Traube des Jahrhunderts.«

»Oh, doch ... selbstverständlich.« Dann senkte er seine Stimme. »Ehrlich gesagt: Ich liebe Wein. Aber wir haben Anweisung von unserem Kommandeur, nicht mehr als ein Glas zu trinken. Sollte ihm Gegenteiliges zu Ohren kommen ...«

Alexa lachte. »Ich verstehe. Sollte ihm Gegenteiliges zu Ohren kommen, sind solche gesellschaftlichen Einladungen gestrichen.«

»Sie sagen es!« Er führte ihre Hand an seine Lippen und küsste sie. Dann hob er den Blick und sah ihr direkt in die Augen. »Und es wäre doch wirklich jammerschade, wenn ich Sie heute nicht kennen gelernt hätte.«

Alexa war irritiert. Flirtete dieser Junge etwa mit ihr? »Ja, das wäre wirklich schade«, sagte sie mit bemüht fester Stimme und wandte sich dann Rechtsanwalt Kölichen zu. »Hubertus meint, Sie hätten ein paar neue lukrative Beteiligungen. Ist vielleicht auch etwas für mich dabei?«

»Mit Sicherheit, meine Liebe. Kommen Sie einfach in mein Büro, sobald Sie wieder in Königsberg sind, dann mache ich Ihnen einige Vorschläge.« Er nickte ihr kurz zu. »Aber sagen Sie, wollten Sie nicht etwas zum Lachen haben?«

»Sehr gern. Ich bin ganz Ohr.«

»Ich war vor kurzem in Insterburg im ›Alten Ochsen‹«, begann Horst Kölichen grinsend. »Es war schrecklich laut, und ich sagte zu der Bedienung: ›Die Akustik ist ja nicht gerade gut hier‹. Darauf antwortete sie: ›Jaz wo Se's sagen, riech ich's auch.‹« Alexa konnte sich nur mit Mühe beherrschen, nicht laut loszulachen, und hielt sich die Serviette vor den Mund.

»Das gefällt mir. Haben Sie noch mehr solcher Geschichten?«

»Oh ja, genügend! Am selben Tag saß am Nachbartisch ein Mann in einer blauen Uniform. Die gleiche Bedienung kam zu ihm und fragte ihn …« Kölichen hielt kurz inne, um sich auf den ostpreußischen Dialekt zu konzentrieren, den er dann perfekt imitierte: »›Sagen Se, mein Herr, was is das äijentlich fir 'ne scheene Uniform, was Se anhaben?‹ Darauf er: ›Ich bin Deckoffizier, mein Fräulein.‹ Und sie: ›Deckoff'zier? Ach … da stehn Se wohl in Trakehnen?‹«

Alexa führte erneut eilig die Serviette zum Mund, konnte aber ein Glucksen nicht verhindern. »Mein Gott, wie komisch! Das ist ja wirklich unbeschreiblich. Das muss ich morgen Hubertus erzählen. Er liebt solche Geschichten.«

Ihr Blick fiel auf Fürstin Kropotkin, die ihnen gegenüber platziert war. Alexa war nicht entgangen, dass sie seit einer Weile unverhohlen versuchte, mit Baron von Rechenhain zu flirten. Rechtsanwalt Kölichen stieß Alexa leicht in die Seite. »Sehen Sie auch, was ich sehe?«, fragte er leise.

»Die Fürstin hat offensichtlich schon wieder ein neues Opfer gefunden.«

»Das ist nicht zu übersehen. Dabei hat sie doch ihre neueste Eroberung dabei. Er soll Schauspieler sein in Königsberg.«

»Wenn Sie mich fragen, ist der nichts weiter als die Zierde eines jeden Parvenu-Salons«, sagte Kölichen abfällig. »Der junge Leutnant scheint ihr besser zu gefallen.«

Alexa wandte den Kopf in Richtung ihres Nachbarn. Der hatte den Blick gesenkt und schien damit beschäftigt, eine Gänsekeule zu verzehren. Leise sagte er: »Wer ist die Dame mir gegenüber? Sie beobachtet mich.«

»Das ist Fürstin Kropotkin«, lächelte Alexa. »Sie hat den Ruf, junge Leutnants zu verschlingen.«

»O Gott!« Der junge Mann atmete tief durch. »Darf ich höflichst um Ihren Schutz bitten.«

»Selbstverständlich! Es gibt nichts, was ich besser kann. Schreien Sie, wenn die Fürstin Ihnen zu nah kommt. Ich werde sie dann persönlich in die Flucht schlagen.«

Er lächelte amüsiert und küsste erneut Alexas Hand. »Ich bin entzückt, Gräfin.« Alexas Herz begann, heftig zu klopfen. Der Junge war ja hinreißend!

In dem Moment hob Anneliese die Tafel auf, und Alexa hoffte, dass niemand ihre Verlegenheit bemerkt hatte. Die Kapelle begann zu spielen, und pflichtgemäß forderten alle Herren als Erstes ihre Tischdamen auf. Horst Kölichen war ein miserabler Tänzer, er hasste es geradezu zu tanzen. Aber er hatte keine Wahl. Alexa kannte seine Abneigung, und kaum hatten sie einige Runden Walzer hinter sich, erlöste sie ihn. »Jetzt bringen Sie Ihre Pflicht bei Ihrer Frau und Anneliese hinter sich, und dann können Sie sich in die Bibliothek verdrücken. Wofür habe ich schließlich die jungen Leutnants organisiert?«

Dankbar sah er sie an. »Wissen Sie was, Gräfin von Waldau? Sie sind ein Schatz.« Da kam auch schon Baron von Rechenhain auf sie zu und walzte mit ihr davon. Sie sprachen kein Wort. Alexa war auf seltsame Art befangen, und als er sie auch bei dem dritten Tanz, einem langsamen Walzer, nicht loslassen wollte, sagte sie: »Ich glaube, ich muss jetzt eine Pause machen. Würden Sie mich bitte in den Salon begleiten?« Lächelnd drohte sie ihm mit ihrem Fächer. »Sie wissen doch, was Ihnen blüht, wenn Sie dieser Bitte nicht Folge leisten. Es gibt nur einen Grund, warum Sie hier sind, Leutnant: um *alle* Damen zu betanzen. Da haben sie viel zu tun, denn wie ich sehe, strömen die meisten älteren Herren bereits in die Bibliothek, um ihrer Lieblingsbeschäftigung nachzugehen.« Sie senkte leicht die Stimme. »Rauchen, Politisieren und Saufen.«

Baron von Rechenhain geleitete sie lächelnd in den Salon und zog sich dann nach einem Handkuss zurück. Es hatten sich einzelne Grüppchen gebildet, die sich angeregt unterhielten. In der Sitzgruppe um den Kamin fand Alexa Amalie Lackner, Carla von Harvich und Innegrit. Alle wedelten sich mit ihren Fächern Luft zu. »Diese Polka … meine Güte, die ist ja wirklich anstrengend«, rief Innegrit. Sie deutete mit dem Kopf in Richtung des jungen Leutnants, der ein Stück entfernt stand. »Na, Alexa, da bist du aber an einen Leckerbissen geraten. Hält sein Aussehen, was es verspricht?«

»Wie meinst du das denn?« Für einen Moment war Alexa irritiert, dann lachte sie. »Du bist einfach unmöglich, Innegrit. Der junge Mann könnte mein Sohn sein! Jedenfalls fast! Also was redest du da!«

Alexa ließ sich von einem Lakaien Champagner servieren und nahm mit einem kühlen Glas in der Hand auf einem Sessel Platz.

»Ihr Kleid ist einfach hinreißend«, sagte jetzt Carla von Harvich. »Ich will endlich wissen, woher Sie das haben.«

»Seit Sie in der Halle die Treppe heruntergekommen sind, platzt sie vor Neugier«, lachte Amalie Lackner.

»Der letzte Schrei in Paris sind die Modelle von Charles Worth«, begann Alexa.

»Von dem habe ich schon gehört«, unterbrach Innegrit sie. »Sag bloß, das ist ein Kleid von ihm?«

»In der letzten ›Gartenlaube‹ wurde über ihn berichtet«, rief Amalie Lackner aufgeregt.

»Wenn Sie mich ausreden lassen würden, bitte.« Alexa rollte leicht genervt die Augen. »Dann würden Sie es auch erfahren.« In diesem Moment trat Anneliese zu ihnen. »Dein Kleid, Alexa, es ist einfach toll! Woher …«

»Sie will es uns ja gerade erzählen!«, rief Carla von Harvich. »Setzen Sie sich, und hören Sie zu.«

»Also, ich war doch bei meiner Rückkehr von Marokko in Paris.«

»Mein Gott, du kommst vielleicht rum.« Lissy, die nur den letzten Satz gehört hatte, ließ sich neben Innegrit auf das Sofa fallen.

»Jetzt halt bloß die Klappe. Alexa will uns gerade erzählen, woher sie das Kleid hat«, zischte Innegrit. »Also«, begann Alexa erneut und lachte. »Wenn ich jetzt vielleicht mal ausreden dürfte. Im Januar hat in Paris dieser Charles Worth einen Salon in der Rue de la Paix eröffnet. Seine Modelle sind einfach unglaublich. Alle gehen zu ihm.«

»Verständlich«, sagte Innegrit. »So ein elegantes Kleid habe ich schon lange nicht mehr gesehen, und deine Krinoline erscheint mir irgendwie anders, so schwingend.«

Alexa lupfte vorsichtig die oberste Stoffschicht des Rockes. »Ja, es ist nicht das schwere Gusseisen, das alle anderen mit sich herumschleppen. Er nimmt ein anderes Material, ich glaube, es ist Stahl. In Paris redet man von nichts anderem.« Sie hielt einen Moment inne. »Und der Salon, oder besser gesagt, die Salons sind wirklich sehenswert! Einfach unbeschreiblich! Das Wort ›schlossartig‹ ist der richtige Ausdruck dafür.« Die Damen hingen an ihren Lippen. »Es sind drei große Salons, die ineinander übergehen. Sie sind die Verkaufsräume, und in einem vierten sind Schneiderpuppen mit den Modellen, die man bestellen kann. Sogar die Preise bekommt man vorher gesagt.«

»Das ist sicher grauenhaft teuer«, stöhnte Lissy. »Unsereins kann sich so etwas bestimmt gar nicht leisten.«

»Er ist sehr teuer!« Alexa nickte. »Ich muss zusehen, dass Rechtsanwalt Kölichen mir hilft, mein Geld zu vermehren.«

»Wat soll mein Horst?« Kölichens Frau Lieselotte, versehen mit der typischen Berliner Schnauze, hatte sich zu der Gruppe gesellt.

»Er soll Alexas Geld verdoppeln, damit sie sich noch ein paar von diesen Traumroben kaufen kann«, sagte Innegrit. »Wie Sie sehen, platzen hier alle vor Neid. Aber nun erzähl weiter, Alexa.«

»Ja, und dann gibt es noch einen fünften Salon, Worth nennt ihn den ›Salon de Lumière‹. Die Wände sind verspiegelt und beleuchtet mit dem gleichen Gaslicht wie der Ballsaal der Tuilerien.«

»Was is'n dat … Tui …«, fragte Lieselotte Kölichen.

»Das ist das kaiserliche Schloss.« Innegrit schüttelte den Kopf ob solch einer Unwissenheit, und Alexa fuhr fort. »Also die Idee von Worth ist, dass man dort sehen kann, wie man in seiner Traumrobe bei künstlichem Licht wirkt.«

»Unfassbar«, stammelte Amalie Lackner. In diesem Moment näherte sich Leutnant Baron von Rechenhain der Gruppe und verbeugte sich vor Alexa. »Darf ich um diesen Tanz bitten, Gräfin. Meine Kameraden und ich werden in Bälde aufbrechen. Um zwölf Uhr ist Zapfenstreich. Wie Sie sicher wissen, beginnt morgen das Herbstmanöver.«

Alexa entsprach seiner Bitte nur zu gerne und ließ sich von ihm zur Tanzfläche geleiten. Sie hörte nicht Innegrit, die meinte: »Na, da hat unsere Freundin ja wohl eine Eroberung gemacht.«

Auch bei den Herren in der Bibliothek war das kommende Manöver Gesprächsthema. Jeder der Herren hatte eine dicke Zigarre in der Hand, und Kuno und Anton waren unentwegt damit beschäftigt, Cognac und Port nachzuschenken. Dichte Rauchschwaden hingen in der Luft.

»Na, mein lieber Spörer, wer ist denn dieses Jahr bei Ihnen einquartiert?«, wandte sich Doktor Grüben an den Legationsrat. Alle wussten, dass er damit ein empfindliches Thema ansprach. Während des letzten Herbstmanövers hatte man bei den Spörers nur einen Feldwebel untergebracht, was seiner Frau einem grausamen Schicksalsschlag gleich kam. Hatte doch ihre Freundin Gehlau einen Stabsoffizier zu Gast gehabt, was sie selbst Monate danach noch bei jeder sich bietenden Gelegenheit zum Besten gegeben hatte.

»Einen Leutnant aus Berlin«, sagte der Legationsrat stolz. »Ein netter junger Mann, mit fabelhaften Manieren muss ich sagen. Meine Frau ist äußerst zufrieden.«

»Wie schön.« Hubertus lachte.

»Ja, ja, die Herbstmanöver haben es in sich. Die Dorfschönheiten können es kaum erwarten, dass die Manöverbälle beginnen. Sie haben das ganze Jahr lang noch vom Vorjahr geschwärmt«, sagte Arndt.

»Nun, die Manöverkinder, die sich immer äußerst pünktlich einstellen, gehören wohl zu den weniger geschätzten Andenken«, bemerkte Doktor Grüben trocken, was in der Männerrunde zu lautem Gelächter führte.

Dann wechselte Hofrat von Heidt das Thema. »Sagen Sie, verehrter Harvich, man munkelt, Sie verlassen Ostpreußen. Wohin verschlägt es Sie denn?«

»Meine Frau und ich ziehen für einige Zeit nach Rom. Im diplomatischen Dienst sind solche Versetzungen durchaus üblich.«

»Und vielleicht ja auch eine schöne Abwechslung«, fiel Kommerzienrat Gehlau ein. »Wenn ich an unseren langen Winter denke ...« Er schüttelte sich. »Immer ist mir schubbrich, und meine Gicht macht mir schon jetzt wieder mächtig zu schaffen.«

»Ja, das Klima dort ist sehr mild, aber Carla und ich sind uns noch nicht so sicher, ob wir unser Ostpreußen und vor allem euch, unsere Freunde, nicht doch sehr vermissen werden.« Allgemeines Bedauern wurde geäußert, man prostete sich noch mehrmals zu, und bald löste sich die Runde auf. Kuno hatte gemeldet, dass es wieder heftig angefangen hatte zu schneien, und man fürchtete, mit den Schlitten in einer Schneewehe steckenzubleiben.

Zwei Tage später waren die letzten Hausgäste abgereist. Nur Alexa hatte sich entschieden, noch ein paar Tage zu bleiben. Sie wollte noch ein wenig die Ruhe im Haus genießen und etwas Zeit mit Josefine verbringen, bevor sie nach Königsberg zurückkehrte. Sie liebte das Kind, als wäre es ihr eigenes und war der Meinung, Josefine sei, was ihre Zuwendung betraf, in den Tagen der Jagd wirklich zu kurz gekommen.

Vorher allerdings wollte sie noch Lisa für das fabelhafte Essen danken, auch im Namen von Hubertus. Anneliese würde sie von sich aus erwähnen. Doch als sie die Küche betrat, fand sie nur eines der Küchenmädchen vor.

»Ist die Mamsell nicht da?«, fragte Alexa erstaunt.

»Die is nur schnell rüberjejangen. Dem Muttche von Herrn Kuno is nich jut.«

Alexa beschied schöne Grüße und wandte sich zum Gehen, als Lisa, vor Kälte zitternd, die Küche betrat. »Ach Gottche«, rief sie. »Alexa. Schön, dass de da bist!« Sie schüttelte sich den Schnee aus den Haaren und setzte sich dicht an den großen Kachelofen. »Bin janz durchjeschubbert«, sagte sie. »Musste Muttche nur schnell en warmes Süppchen bringen. Dat Zwicken in de Jedärm hört man jar nich auf.« Sie griff nach der Schnapsflasche und goss zwei Gläser voll. »Willste dir verabschieden?«, fragte sie.

Alexa lachte. »Nein, ich bleibe noch ein paar Tage. Ich wollte dir nur im Namen aller sagen, dass das Essen fabelhaft war. Eigentlich wie immer.«

Lisa freute sich sichtlich über das Lob. »Dank och schön. Kuno hat mir schon berichtet, wer allet da war. Janz schön munter, vor allem die Herren.« Sie deutete auf einen Berg leerer Flaschen, die sich vor der großen Küchentür türmten.

»Ja, man ist trinkfest in Ostpreußen.« Alexa lachte. »Aber das kennst du doch, Lisa. War das nicht immer so?«

»Ja, und der Appetit is man och immer der jleiche. Nuscht nüscht is anders als friher, da haste Recht. Jegessen hab'n se mal wieder wie die Ortsarmen! Und fesche Leutnants war'n da, hab' ich jehört.«

Alexas Gedanken wanderten sofort zu Leutnant Rechenhain. Was für ein Mann! Aber sofort verbot sie sich weitere Gedanken an ihn und wechselte das Thema. »Ich will noch ein wenig Zeit mit meiner Nichte verbringen. Heute bekommt sie endlich ihren kleinen Hund. Ich fahre nachher mit ihr zu Arndt und Lissy, um ihn abzuholen. Wahrscheinlich hat sie vor Aufregung die ganze Nacht kaum geschlafen.«

»Und die Jnädje hat dat wirklich erlaubt?«, fragte Lisa erstaunt.

»Da hat sich mein Bruder wohl durchgesetzt«, sagte Alexa. »Schließlich ist ja schon Herr Schulze im Haus, warum also nicht auch ein zweiter Hund.«

Lisa begann zu kichern. »Hab ich dir schon erzählt, was dat Karlchen sich wieder jeleistet hat?« Karlchen war der Sohn von Lisas Freundin, der allerhand Unsinn im Kopf hatte.

»Er hatte wieder was ausjefressen, und sein Vatche hat ihm aijne Standpauke müssen halten und jesagt: ›Dass man dir aber auch dauernd ausstieben muss, du Lorbas.‹ Und was jlaubst, antwortet der Luntrus?« Wieder kicherte sie. »›Macht nuscht, Hauptsache, dass ich mir nuscht draus mach!‹«

Auch Alexa musste jetzt lachen. »Vielleicht sollte man ihm mal eins hinter die Ohren geben.« Aber vollkommen ernst meinte sie das nicht. Sie plauderten noch eine Weile, dann verabschiedete sich Alexa. »Ich muss los, Josefine wartet sicher schon. Nun erhol dich ein bisschen, Lisa. Bis hier wieder der nächste Trubel mit der Saujagd losgeht, ist ja noch eine Zeit lang hin.«

Lisa stieß ein Schnauben aus. »Ja, Gott sei's jelobt!«

Josefine wartete schon auf sie in der Halle. Sie war bereits fertig angezogen, hatte die Pelzmütze auf dem Kopf und die Hände in ihrem Muff. »Da bist du ja, Tante Alexa«, rief sie aufgeregt. »Friedrich hat schon angespannt. Hörst du die Pferde?«

»Ja, mein Liebling, ich kann sie hören. Gib mir eine Minute. Ich hole nur meinen Pelz und dann kann es losgehen.«

Kurz darauf bestiegen sie den Schlitten. Friedrich breitete

eine große Felldecke über ihren Beinen aus, und nach einem lauten »Hü! Hü!« setzte sich das Gefährt in Bewegung. Bis auf das leise Bimmeln der Pferdeglöckchen herrschte herrliche Stille. Nur hin und wieder war ein Krachen zu hören, wahrscheinlich von Ästen, welche die Last des Schnees nicht mehr tragen konnten. Das ganze Land war in den Winterschlaf gefallen. Die Gehöfte, die sie passierten, schienen im Schnee versunken. Nur ein paar qualmende Schornsteine zeugten dort von Leben. Die Sonne schien von einem wolkenlosen Himmel und ließ die weiße Pracht glitzern wie tausende Diamanten. Alexa drückte Josefine fest an sich. »Freust du dich, meine Kleine? Weißt du denn schon, wie dein Hündchen heißen soll?«

»Ja, Papachen hat mich schon zweimal zu Tante Lissy und Onkel Arndt mitgenommen, und es war herrlich. Ich habe mir schon ein Hündchen ausgesucht.«

»Ja, und wie wirst du es nennen?«

»Es ist ein Mädchen und heißt Susi. Findest du den Namen gut?« Sie blickte Alexa aus großen Augen fragend an.

»Ich finde ihn wunderbar. Also, dann bin ich gespannt auf Susi, unsere neue Mitbewohnerin.«

Bei ihrer Ankunft wurden sie fröhlich von Arndt und Lissy empfangen. »Schön, dass ihr da seid«, rief Lissy. »Ihr bleibt doch zum Kleinmittag?«

»Natürlich«, sagte Alexa. Jedem war klar, dass keine andere Antwort akzeptiert worden wäre. Alexa folgte Lissy ins Haus, und Arndt nahm Josefine an die Hand. »Komm, Finchen, wir holen jetzt deine neue Freundin.«

Zehn Minuten später kam Josefine glückstrahlend mit einem kleinen, braunen Langhaardackelweibchen auf dem Arm ins Haus.

»So. Ich lasse die vier Damen«, Arndt zwinkerte Josefine zu,

»eine Weile allein. Ich habe noch ein wenig im Büro zu tun, aber zu Kleinmittag bin ich zurück.«

Während Josefine auf dem Boden mit Susi spielte, saßen Lissy und Alexa vor dem prasselnden Kamin, tranken Likör und sprachen über den Ballabend. »Sag mal, Alexa, der fesche Leutnant, wie hieß er noch gleich?«, fragte Lissy neugierig. »Ich meine den zu deiner Rechten.«

»Was habt ihr nur alle mit diesem Leutnant?« Alexa war aufgebracht. »Innegrit hat gestern schon so eine blöde Bemerkung gemacht. Er war reizend, sah blendend aus und ich werde ihn bestimmt nie wieder sehen. Wie sollte ich auch!« Ihre Augen funkelten, als sie Lissy direkt ins Gesicht sah. »Was wollt ihr mir eigentlich unterstellen?«

»Um Gottes willen, Alexa, gar nichts«, versuchte Lissy ihre Freundin zu beruhigen. »Aber es war nicht zu übersehen, dass er nur Augen für dich hatte.«

»Ach wirklich?!«

»Ja, sogar Fürstin Kropotkin schien es bemerkt zu haben. Sie hat ihre Versuche aufgegeben, ihn für sich zu interessieren.«

»Aua«, schrie in diesem Moment Josefine. Die spitzen Zähnchen von Susi hatten ihr den Daumen aufgeritzt. Sie musste mit einem Pflaster versorgt werden, und zu Alexas Erleichterung kam direkt anschließend Arndt herein und bat die Damen zu Tisch.

Annelieses Hoffnung, dass Herr Schulze »das kleine Mistvieh«, wie sie den Dackel heimlich nannte, auf der Stelle verspeisen würde, erfüllte sich nicht. Herr Schulze, nur ein Jahr älter als Susi, adoptierte sie auf der Stelle, ließ sie in seinem Körbchen schlafen und tat gerade so, als wäre es sein Junges. Geradezu rührend leckte er den Welpen ab, wenn sie nach einem Spaziergang im Park hereinkamen, die Pfoten und das Fell verklebt mit kleinen Eisklumpen. »Sieh nur, Mama, wie lieb Herr Schulze zu meiner Susi ist«, rief Josefine immer wieder, und sogar Anneliese konnte sich diesem rührenden Bild nicht verschließen. Nach einer Weile hatte auch sie den neuen Hausbewohner ins Herz geschlossen und strich ihm einmal sogar zärtlich über das seidige Fell.

Fräulein Allhorn beobachtete die Szene erstaunt. *Es geschehen tatsächlich noch Zeichen und Wunder*, dachte sie.

Der Winter hatte das Land jetzt fest im Griff. Das Thermometer fiel zeitweise unter zwanzig Grad, die Fensterscheiben waren mit dicken Eisblumen bedeckt, und ein eisiger Ostwind fegte über das Land. Das gesellschaftliche Leben kam fast zum Erliegen, abgesehen von den wenigen Besuchen der von Beldows und einiger Nachbarn, die hin und wieder auf eine Partie Whist herüberkamen. Fehlte ein vierter Mann, sprang Peter Gawellke ein. Er kam allerdings stets ohne die Begleitung seiner Frau, die schon lange alle Einladungen ins Herrenhaus ablehnte. Sie fühlte sich in Annelieses Gegenwart nicht wohl.

Alexa war Anfang November nach Königsberg zurückgekehrt, nachdem sie sich ein paar Tage mit Josefine beschäftigt, mit ihr Spiele gespielt und ihr von ihren Reisen erzählt hatte. Sie hatte dem Kind hoch und heilig versprochen, bald wieder zu kommen. Auch Anneliese hatte sie innig gebeten, nicht so lange wegzubleiben. »Es ist wirklich schrecklich langweilig hier in diesen entsetzlich langen Wintern. Die Tage sind so kurz und die Nächte unerträglich lang. Bitte, Alexa, lass uns nicht allzu lange allein.«

Und doch sollte es bis Weihnachten dauern, bis sie zurückkehrte.

Eines Tages Mitte November erhielt sie Besuch von Hubertus und Lena. Sie hatte Lena in der Zwischenzeit drei Mal getroffen und sie von Mal zu Mal besser kennengelernt. Sie hatten sich sehr schnell angefreundet, und so hatte Alexa ihr schließlich das ›Du‹ angeboten.

An diesem Abend nun hatte Alexa die beiden zu einem frühen Abendessen eingeladen, da es unmöglich war, gemeinsam eines der Restaurants zu besuchen. Der Abend verlief sehr harmonisch. Lena machte sie mit ihrer ansteckenden Fröhlichkeit glücklich, ebenso wie Hubertus, der in Lenas Gegenwart wie ausgewechselt war und laut über ihre Geschichten lachte. Beide umarmten sie zum Abschied und bedankten sich überschwänglich.

»Ich bleibe noch bis morgen in der Stadt«, sagte Hubertus. »Dann fahre ich nachhause. Sehen wir dich dort noch vor Weihnachten?«

»Ich denke schon. Ich schicke euch rechtzeitig eine Note, damit man mich abholen kann. Schließlich kann ich schlecht von Insterburg nach Pieraginen laufen.«

Hubertus und Lena lachten und verschwanden winkend in der Dunkelheit. Alexa klingelte nach ihrem Dienstmädchen. »Du kannst mir noch schnell beim Auskleiden helfen, Hilde, und dann gehen. Du wolltest doch deine Mutter besuchen. Und sag auch der Köchin Bescheid, ich brauche sie heute nicht mehr.«

Hilde sah sie dankbar an. »Da wird sich mein Muttche aber freu'n.«

Nach wenigen Minuten war Alexa von ihrem engen Mieder befreit und der Reifrock im Schrank verstaut. Sie atmete tief durch. »Wie herrlich, das schreckliche Ding los zu sein«, sagte sie und schlüpfte in ihr Negligee. »Leg mir im Salon bitte noch etwas Holz auf, Hilde, und dann ab mit dir.«

»Is recht, Frau Jräfin. Dann bis morgen.«

Zufrieden kuschelte Alexa sich in den Sessel vor dem prasselnden Kamin. Plötzlich hörte sie den Türklopfer. Wer mochte das sein? Sollte Hubertus etwas vergessen haben? Das Klopfen wurde dringlicher. Alexa erhob sich und ging an die Tür.

»Wer ist denn da?«, fragte sie laut. »Bist du es, Hubertus?«

»Nein. Ich bin es, Gräfin von Waldau, Tilo von Rechenhain.«

Alexa erstarrte. »Was wollen Sie, um Gottes Willen? Es ist bereits nach zehn!«

»Ich weiß. Bitte, machen Sie auf. Ich erfriere.«

Alexa erstarrte. Für einen Moment konnte sie keinen klaren Gedanken fassen. Sollte sie ihn einfach wegschicken? Dann gab sie sich einen Ruck und öffnete die Tür. Da stand er, der junge Leutnant. Er war über und über mit Schnee bedeckt, seine Lippen waren blau gefroren, und in der Hand hielt er einen riesigen Strauß roter Rosen, von Millionen Schneeflocken wie mit Puderzucker bestreut. Der junge Mann zitterte am ganzen Körper, und seine Zähne klapperten vor Kälte. Alexa starrte ihn einen Moment lang fassungslos an, dann sagte sie energisch: »Nun kommen Sie schon rein. Ich will nicht schuld sein an Ihrem Tod.«

Mit zwei großen Schritten trat er ein. Alexa nahm ihm die Blumen ab, dann half sie ihm beim Ablegen des Mantels. »Mein Gott, Sie sind ja ganz durchnässt! Was ist denn bloß in Sie gefahren, sind Sie völlig verrückt geworden? Was haben Sie sich bloß dabei gedacht?« Sie zog ihn in den Salon vor den Kamin und reichte ihm eine weiche Decke. »So, jetzt tauen Sie erst mal auf«, sagte sie. »Ich gehe in die Küche und mache Ihnen einen heißen Grog, und dann können Sie mir erzählen, welcher Teufel Sie geritten hat.«

Als sie zehn Minuten später zurückkam, hatte sein Zittern bereits nachgelassen. Dankbar nahm er das heiße Getränk entgegen und trank langsam ein paar kleine Schlucke. Dann hob er den Blick und sah Alexa schuldbewusst an. »Ich stehe schon seit Stunden vor Ihrem Haus«, begann er. »Durch das Fenster habe ich gesehen, dass Sie Besuch hatten ... Ich wollte Sie nicht desavouieren, denn man hätte meinen Besuch vielleicht missverstehen können.« Alexa lachte laut auf. »Sie sind ja vielleicht drollig! Was ist daran denn wohl misszuverstehen? Ein mindestens fünfzehn Jahre jüngerer Mann macht mir, einer alleinstehenden Witwe, am Abend einen Besuch.« Sie rollte die Augen. »Noch dazu mit einem riesigen Strauß Rosen im Arm, auch noch roten. Wie naiv sind Sie eigentlich?«

»Ich bin nicht naiv.« Seine Stimme war leise, und er schwieg eine Weile. Ein Ruck schien durch ihn zu gehen, und er straffte die Schultern. Dann hob er den Blick und sah Alexa direkt in die Augen. »Nein, ich bin nicht naiv. Ich bin schlicht in Sie verliebt. Und das, seitdem ich Sie das erste Mal gesehen habe.«

Nun war Alexa, eben noch reichlich empört, sprachlos. Sie war verwirrt. Das konnte doch nur ein Scherz sein? Oder hatte sie sich gar verhört. Sie goss sich einen großen Cognac ein und leerte das Glas in einem Zug. Dann atmete sie tief durch. »Sie sind ja vollkommen verrückt«, sagte sie schließlich. »Sie haben doch hoffentlich nicht getrunken?«

»Ich war noch nie in meinem Leben so nüchtern wie in diesem Augenblick.« Der junge Leutnant lachte. »Und ich bin zutiefst erleichtert, dass ich es gewagt habe, Sie aufzusuchen. Ich schleiche schon seit Tagen hier herum.«

Alexas Verwirrung nahm zu. Die Sache begann, ihr zu entgleiten. »Sie scheinen ja viel Zeit zu haben!«, entfuhr es ihr, um irgendetwas zu sagen. Sie lief unruhig im Raum auf und ab.

Er lächelte. »Ich bin gerade zum Oberleutnant befördert und von Insterburg nach Königsberg versetzt worden. Das hat die Sache natürlich erleichtert.«

»Was für eine Sache?«

»Na, Sie ausfindig zu machen.« Er streckte ihr sein Glas entgegen. Seine Hand zitterte heftig. »Dürfte ich vielleicht noch einen Grog haben? Mir ist immer noch schrecklich kalt.«

Alexa bedachte ihn mit einem langen Blick und machte sich auf den Weg in die Küche. In der Tür drehte sie sich noch einmal um. »Ziehen Sie all Ihre nassen Sachen aus, auch die Schuhe und Strümpfe. Ich werde Ihnen einen Morgenrock meines Mannes bringen und eine Wärmflasche machen. Sie holen sich ja den Tod.« Während sie darauf wartete, dass das Wasser für den Grog und die Wärmflasche heiß wurde, rasten die Gedanken durch ihren Kopf. Was sollte sie bloß tun? Sie hatte seit ihrer letzten Begegnung immer wieder an den jungen Mann denken müssen, die Gedanken aber immer wieder verdrängt. Nicht weit genug, wie sie jetzt feststellen musste. Aber sie konnte sich doch unmöglich mit diesem »Kind« einlassen! Der Kummer wäre vorprogrammiert, ebenso wie der handfeste Skandal, sollte die Sache herauskommen. Nein, sie würde ihn aufwärmen und dann freundlich hinauskomplimentieren. Entschlossen griff sie nach dem Grogbecher und der Wärmflasche und machte sich auf die Suche nach dem Morgenmantel.

Er ist größer, als ich ihn in Erinnerung habe, war ihr erster Gedanke, als sie ihn vor dem Kamin stehen sah, die Hände über dem Feuer und nackt bis auf die Decke, die er sich um die Hüften gebunden hatte. Er wandte sich langsam zu ihr um, und wenige Sekunden später waren all ihre guten Vorsätze vergessen. Seine kräftigen Arme umschlangen sie, dann begann er, sie zu küssen, erst zart und hingebungsvoll, dann fordernd.

Dazwischen flüsterte er Worte, die sie kaum verstand, nur eines hörte sie deutlich heraus: Liebe. Er nahm ihre Hand und küsste sie. Seine Zunge leckte ihre Finger, einen nach dem anderen, saugte und knabberte daran. Er küsste die Innenseite ihres Handgelenks, wanderte mit der Zunge den Arm hinauf und legte seinen Kopf in ihre Armbeuge. »Du riechst so gut.« Seine Stimme klang rau. Eng umschlungen sanken sie auf das weiche Sofa. Die Decke glitt von seinen Hüften, und Alexa spürte sein hartes Glied an ihrem Bein. Tilo öffnete ihr Negligee, Schleife um Schleife, ohne Hast. Dann begann er, sie zu streicheln. Zärtlich glitten seine Hände langsam über ihren Körper, spielten mit ihren Brustwarzen, die steif emporragten. Er saugte daran und liebkoste sie mit den Lippen. Alexa entfuhr ein Stöhnen. Noch nie hatte sie etwas Derartiges erlebt. Schauer der Erregung durchfuhren sie, in ihrer Scham pulsierte das Blut. Seine Hände wanderten weiter, strichen über ihren Bauch, verharrten zwischen ihren Beinen. Sanft bewegten sich seine Finger, genussreich, zart, als streichele er eine Katze. Dann hielt er für einen Moment inne. »Wenn du willst, dass ich gehe …«

»Nein, nein, bitte bleib!« Alexas Stimme war mehr ein heiseres Krächzen. Sein Blick war voller Zärtlichkeit, als er sich über sie beugte. Er hielt ihren Blick mit dem seinen fest, als er mit einem lustvollen Stöhnen in sie eindrang, und wenige Sekunden später meinte Alexa, zu zerfließen.

Lange lagen sie dicht aneinandergeschmiegt auf dem Sofa. Tilo hatte fürsorglich die Decke über ihnen ausgebreitet. Sie sprachen kein Wort, vielleicht aus Angst, diesen magischen Moment zu zerstören. Erst als im Kamin das Feuer zu erlöschen drohte, stand Tilo auf. »Bleib liegen, Geliebte«, sagte er leise. »Ich lege nur Holz nach. Sonst holst *du* dir womöglich den Tod, und das würde *ich* nicht überleben.« *Wie schön er ist*, dachte Alexa beim Anblick seiner Silhouette gegen das Licht des auflodernden Feuers. Nie hatte sie einen schöneren Mann gesehen. Mit den breiten, muskulösen Schultern, schmalen Hüften und schier endlos langen Beinen schien er ihr wie ein Adonis. Doch als er wieder unter die Decke kroch, war der Bann gebrochen. »Wir sind verrückt! Nein, ich bin es«, stieß Alexa hervor. »Niemals hätte ich das zulassen dürfen.«

Tilo stützte sich auf einen Ellenbogen auf und strich ihr mit der anderen Hand eine Locke aus dem Gesicht. »Was hättest du nicht zulassen dürfen? Dass ich dich liebe? Wie willst du das denn verhindern?« Er küsste sie. »Seit dem Abend auf Gut Haffingen denke ich an nichts Anderes als daran, dich wiederzusehen. Nun habe ich dich gefunden.« Er lachte sein jungenhaftes Lachen. »Und nun sieh zu, wie du mich wieder loswirst.«

Alexa wusste nicht, ob sie lachen oder weinen sollte. »Du bist vollkommen verrückt.« Doch er erstickte jeglichen weiteren Protest mit seinen Küssen, und wieder versank die Welt um sie herum in einem Strudel aus Verlangen.

Es war eine Amour fou von beiden Seiten. Ein Sturm der Gefühle fegte in den nächsten Wochen über sie hinweg. Ein oder zwei Mal versuchte Alexa, dagegen aufzubegehren und die Sache zu beenden, aber es gelang ihr nicht. Sie war unsterblich verliebt in das »Kind«, wie sie Tilo insgeheim nannte. An den Tagen, an denen Tilo dienstfrei hatte, gab sie Hilde und der Köchin zu deren großem Erstaunen kurzfristig und außerplanmäßig frei. Die beiden hinterfragten das nicht. Eine bessere Stelle gab es nicht, und was ihre Herrin zu dieser Entscheidung veranlasste, ging sie nichts an.

An solchen Tagen hatten Alexa und Tilo einen ganzen Tag

und manchmal sogar eine Nacht das Haus nur für sich, liebten sich, spielten Karten oder saßen stundenlang vor dem Kamin und redeten. Nur die Zukunft war tabu, das hatte Alexa sich ausbedungen. »Wir leben im Hier und Jetzt«, hatte sie gesagt. »Was später ist, steht in den Sternen.« Manchmal, wenn sie nachts allein wach lag, überfielen sie Ängste. Was, wenn sich das »Kind« in eine Jüngere verliebte, oder sein Vater auf eine Heirat drängte? Sicherlich wollte er einen Erben, Tilo war schließlich sein einziger Sohn. Aber immer wieder gelang es ihr, die trüben Gedanken schnell wieder zu verdrängen. Noch nie in ihrem Leben war sie so glücklich gewesen. Erst durch Tilo hatte sie erlebt, wie wunderbar körperliche Liebe sein konnte. Das wollte sie auskosten, solange es ihr vergönnt war.

Manchmal, wenn Alexa an ihren Bruder und Lena dachte, musste sie lachen. Skandalöse Verhältnisse lagen offensichtlich in ihrer Familie. Bei einem der Besuche von Lena und Hubertus war Alexa für einen kurzen Moment versucht, ihr Geheimnis zu verraten, schreckte aber in letzter Sekunde zurück. Was würde ihr Bruder bloß von ihr denken? Ein Verhältnis mit einem so jungen Mann! Doch Hubertus kannte sie gut genug, als dass sie die Neuigkeit vor ihm geheim halten konnte. »Was ist mit dir, Schwesterherz?«, fragte er bei derselben Begegnung, als sie ihn zum Abschied umarmte. »Du wirkst mir irgendwie verändert. Wir hatten so gehofft, dich vor Weihnachten noch auf Gut Haffingen zu sehen, aber mir scheint, du bist sehr beschäftigt. Finchen fragt schon dauernd nach dir.«

»Was soll mit mir sein?« Hektisch suchte Alexa nach einer passenden Ausrede. »Hier ist im Moment schrecklich viel los … Einladungen. Bei den Delwitz', du weißt doch, wie beleidigt Innegrit immer ist, wenn man absagt … und bei den Alvenslebens … und kürzlich waren die Hohenlohes in der

Stadt ... Dann die Oper, ich liebe es, in die Oper zu gehen, das weißt du doch, und außerdem hatte ich auch kurzzeitig eine kleine Erkältung ...«

Hubertus hob beschwichtigend die Hände. »Ist ja gut! Ich wollte dir keine Vorhaltungen machen, ich wollte nur sagen, dass du schmerzlich vermisst wirst.«

Sie verabschiedeten sich, nicht ohne Alexa das Versprechen abzunehmen, Weihnachten auf Gut Haffingen zu verbringen.

Auf dem Heimweg hingen Hubertus und Lena ihren Gedanken nach. Auch Lena war eine Veränderung bei Alexa aufgefallen. Sie sprühte förmlich vor Lebensfreude und Energie, hatte kurzfristig eine Verabredung abgesagt und war bei der nächsten erst gar nicht erschienen, um sich dann wortreich zu entschuldigen. Als sie zuletzt bei Alexa zum Tee gewesen war, hing der Duft eines Herrenparfums in der Luft, und sie hatte Zigaretten und ein schweres goldenes Feuerzeug auf dem Kaminsims liegen sehen. Doch Alexa rauchte nicht, und Lena war schlagartig klar geworden, dass Alexa verliebt sein musste! Und offensichtlich in einen Mann, den sie nicht vorzeigen konnte. *Wahrscheinlich ist er verheiratet*, hatte sie gedacht! Aber all dies behielt sie für sich. Auf dem Heimweg sagte sie zu Hubertus: »Du hast Recht, irgendetwas ist mit Alexa passiert. Sie glüht ja direkt. Aber offensichtlich will sie nicht darüber sprechen. Also warten wir, bis sie dazu bereit ist.«

Weihnachten verbrachte Tilo bei seinen Eltern in Allenstein. Eine Absage wäre einem Affront gleichgekommen, nur ein Krieg hätte seine Abwesenheit entschuldigt. Schweren Herzens hatten sie sich am Bahnhof in Insterburg getrennt. Beide waren sich inzwischen sicher, nicht mehr ohne den anderen leben zu können. Alexa fuhr von dort aus nach Gut Haffingen, wo sie bereits sehnlichst erwartet wurde. Die Weihnachtsfeiertage verliefen harmonisch. Tagsüber tobten Josefine und sie mit den Hunden im Park, fuhren Schlittschuh auf dem Teich oder machten mit den Gawellkekindern Schneeballschlachten. Manch einer war insgeheim ein wenig verwundert angesichts ihres übermütigen Verhaltens, führte es aber auf ihre Freude zurück, endlich wieder bei ihrer Familie zu sein.

Lissy hingegen ließ das Thema nicht los. Eines Nachmittags saß sie mit Anneliese, die an einer Stickerei arbeitete, im Salon beim Tee. »Anneliese, findest du Alexa nicht auch irgendwie verändert?«

»Ich finde, dass sie Josefine ein wenig zu sehr verwöhnt, die beiden albern andauernd herum.« Sie deutete auf den Teich, wo die beiden laut lachend ihre Bahnen zogen. »Aber wenn sie nach der Hasenjagd zurück nach Königsberg fährt, beginnt für das Kind wieder der Alltag.«

»Nun, wahrscheinlich sehe ich Gespenster«, lachte Lissy. »Hier auf dem Land mit der schrecklichen Langeweile in dem endlosen Winter ist man diese Fröhlichkeit einfach nicht gewöhnt.«

Anneliese legte den Stickrahmen aus der Hand und trank einen Schluck Tee. »Du weißt, wie sehr ich Alexa schätze«, sagte sie ernst und senkte gleich darauf ihre Stimme. »Aber da ist doch etwas, was mich ein wenig stutzig macht. Seit ihrer Ankunft redet sie immer wieder über die Selbstbestimmung der Frau, auch in Gegenwart von Josefine. Das gefällt mir gar nicht! Sie spricht von den neumodischen Ideen dieser Rahel Varnhagen und von Fanny Lewald. Frauen sollen ihr Glück selbst in die Hand nehmen, sagt sie, und lauter solchen Unsinn.« Das hatte Lissy nicht gemeint, als sie von einer Veränderung bei Alexa gesprochen hatte. Soweit sie wusste, verkehrte Alexa seit ihrer Zeit in Berlin in den Salons dieser Damen. Lissy hatte keine Lust, das Thema weiter zu vertiefen und war froh, als sich kurz darauf Hubertus und Arndt zu ihnen gesellten und über die bald stattfindende Hasenjagd sprachen. Endlich würde wieder Leben im Haus herrschen, man erwartete Hausgäste, unter ihnen zum letzten Mal die von Harvichs, deren Abreise nach Italien in Kürze bevorstand.

Es war Anfang Januar. Die ersten Hausgäste trafen ein, als Alexa einen Brief von Tilo erhielt. Kuno brachte wie gewöhnlich beim zweiten Frühstück auf einem Silbertablett die Post und Zeitungen herein, darunter die von Anneliese sehnlich erwartete ›Gartenlaube‹. Alle vertieften sich sofort in ihre Lektüre.

»Sieh an, Bismarck ist nach Petersburg versetzt worden«, rief Hubertus und studierte den Leitartikel, während Anneliese den neuesten Klatsch aus der Hauptstadt verschlang. Deshalb fiel auch keinem auf, dass jegliche Farbe aus Alexas Gesicht wich, als sie die Handschrift Tilos erkannte. Das konnte kein gutes Zeichen sein. Sie hatten ausgemacht, sich nicht zu schreiben, außer wenn etwas Ungewöhnliches passiert war. »Bitte entschuldigt mich für einen Moment«, sagte sie, als sie sich wieder gefasst hatte. »Ich bin gleich wieder da.« Keiner nahm sonderlich Notiz von ihr, und so schritt sie langsam aus dem Zimmer. Kaum, dass sie die Tür hinter sich geschlossen hatte, rannte sie nach oben. In ihrem Zimmer sank sie aufs Bett und öffnete mit zitternden Fingern den Brief.

Königsberg, den 3. Januar 1859

Meine Geliebte,

verzeih, dass ich Dir schreibe. Ich weiß, ich sollte es nicht, aber ich wusste mir keinen anderen Rat. Nach der Rückkehr aus meinem Weihnachtsurlaub erhielt ich die Order meiner Versetzung nach Berlin, ich werde in Zukunft in Potsdam stationiert sein. Morgen schon muss ich reisen. Ich bin verzweifelt, meine über alles Geliebte.

Schreib mir sobald wie möglich, postlagernd Potsdam.

Immer Dein

Tilo

Alexa war wie erstarrt. Eigentlich hatte sie vorgehabt, unter einem Vorwand schon vor der Hasenjagd nach Königsberg zurückzukehren. Sie vermisste Tilo, seitdem sie sich das letzte Mal umarmt hatten, und nun würde er nicht mehr da sein, wenn sie zurückkam! Sie würde ihn womöglich monatelang nicht sehen! Was sollte sie jetzt bloß tun? Wie sollte sie das aushalten? Sie konnte keinen klaren Gedanken fassen und war kurz davor, in Tränen auszubrechen, als es leise klopfte.

»Tante Alexa, darf ich reinkommen, oder störe ich dich?« Hastig schob Alexa den Brief unter ihr Kopfkissen. *Nimm dich zusammen*, dachte sie. Sie schluckte einige Male hart und sagte dann mit lauter Stimme: »Aber natürlich, Finchen. Komm rein, du störst mich nie, das weißt du doch.«

Josefine trat ein und sah sie sogleich fragend an. »Bist du traurig, Tante Alexa?« Alexa schluckte noch einmal. Josefine war schon immer ein sehr einfühlsames Kind gewesen.

»Aber nein, meine Kleine«, log sie. »Ich habe nur nicht gut geschlafen, das ist alles.«

»Fahren wir dann heute nicht nach Insterburg ins Puppentheater?« Josefine sah schrecklich enttäuscht aus.

»Aber natürlich, mein Schatz. Es geht mir schon viel besser, wirklich! Und wir können doch Käthchen und Franz nicht enttäuschen. Die freuen sich sicher genauso wie du darauf.« Sie streichelte dem Kind sanft über die Wange. »Ich werde mich nur noch ein wenig ausruhen.«

Josefine fiel ihrer Tante um den Hals. »Ich hab dich ganz doll lieb«, sagte sie. »Von hier bis in den Himmel.« Dann rannte sie zur Tür. »Ich sag schon mal Bescheid, dass Friedrich auch ja nicht vergisst, den Schlitten anzuspannen.« Die Tür fiel hinter ihr ins Schloss, und nun konnte Alexa ihre Tränen nicht mehr zurückhalten.

Nach einer Weile zwang sie sich zur Räson. Sie wartete, bis der Strom an Tränen versiegt war, atmete mehrmals tief durch und sorgte dann dafür, alle Spuren der Trauer auf ihrem Gesicht zu beseitigen. Anschließend schrieb sie einen kurzen Brief an Tilo, den sie am Nachmittag in Insterburg einstecken wollte.

Tilo Baron von Rechenhain
Potsdam, postlagernd
Gut Haffingen, 5.1.1859

Mein Geliebter,

welch traurige Nachricht. Ich vermisse Dich bereits, seitdem wir uns zum letzten Mal umarmt haben. Eigentlich wollte ich schon morgen nach Hause fahren, aber Du wirst nicht dort sein! Der Gedanke, Dich womöglich monatelang nicht zu sehen, treibt mir die Tränen in die Augen.

Ich werde nun doch bis nach der Jagd hierbleiben. Ich muss nachdenken, wie es weitergehen soll, ohne Dich zu sehen, ob ich das ertragen kann. Schreib mir nach Königsberg, damit ich weiß, wie es Dir ergeht.

In Liebe

Deine Alexa

Irgendwie überstand Alexa die folgenden Tage, die lärmenden Jagdgäste und abendlichen Gelage – denn nur so war das unmäßige ostpreußische Essen zu bezeichnen, obwohl sie davon kaum einen Bissen herunterbrachte. Sie trank ein bisschen zu viel, doch das fiel niemandem auf, das taten alle. Es kostete sie fast unmenschliche Anstrengung, sich von ihrem Kummer nichts anmerken zu lassen. Sie zerfloss vor Sehnsucht nach ihrem geliebten »Kind«. Vor allem die Nächte waren qualvoll. Jeden Abend lag sie schier endlos lange wach, bis sie schließlich in einen unruhigen Schlaf fiel. Meist wachte sie gegen vier Uhr auf, und dann kreisten ihre Gedanken von Neuem um die Frage, was sie tun sollte. Es dauerte nicht lange, da wurden erste Spuren ihrer Qual sichtbar. Morgens hatte sie dunkle Ränder unter den Augen, und ihre ausgelassene Fröhlichkeit wirkte plötzlich ein wenig aufgesetzt. Wieder war es Lissy, der es als Erste auffiel. Diesmal sprach sie Alexa direkt an. »Alexa, was ist los mit dir? Ist irgendetwas passiert?«

Alexa sah sie überrascht an. »Nein, wie kommst du darauf?«

»Nun, ich sehe dir an, dass dich etwas bedrückt«, sagte Lissy sanft.

Alexa schüttelte heftig den Kopf. »Du irrst dich! Mir geht es blendend. Mach dir um mich keine Sorgen. Aber danke, dass du fragst.« Sie schwieg einen Moment. »Und Lissy … du bist ein Schatz«, fügte sie hastig hinzu. In dem Moment kam Anneliese dazu. Die abendlichen Whistpartien wurden eingeteilt.

In der folgenden Nacht fasste Alexa einen Entschluss. Sie würde wieder nach Berlin ziehen. Eine Begründung war nicht schwer zu finden und würde von allen akzeptiert werden: Sie hatte dort noch immer einen großen Freundeskreis, das kulturelle Angebot war ungleich größer als in Königsberg, und sie brauchte einfach einmal wieder eine Abwechslung.

Schon am nächsten Tag reiste sie ab. »Ich muss zuhause mal wieder nach dem Rechten sehen«, sagte sie, als Hubertus sie überreden wollte, noch eine Weile zu bleiben. »Warum denn so überstürzt?«

Josefine meinte traurig: »Wer soll denn jetzt mit mir Schlittschuh fahren?«

Der enttäuschte Gesichtsausdruck des Mädchens zerriss Alexa fast das Herz. Nur mit Mühe brachte sie die Worte »Der Winter ist noch lang, Finchen, und ich komme schon bald wieder« über ihre Lippen. Dass das nicht stimmte, würde sie ihrer Familie in einem Brief mitteilen. Im Moment fühlte sie sich dazu nicht in der Lage, sie war mit ihrer Kraft und ihren Nerven am Ende. Am Vortag war sie fast so weit gewesen, sich Lissy anzuvertrauen, vielleicht hätte sie es sogar getan, wenn Anneliese nicht dazugekommen wäre. Jetzt war sie froh, die Sache für sich behalten zu haben.

Alexa hatte gut daran getan, die Nachricht von ihrem Umzug nach Berlin nicht vor Ort preiszugeben. Ihr Entschluss traf bei ihrer Familie auf vollkommenes Unverständnis. »Was soll das denn nun wieder?«, fragte Hubertus, nachdem er ihren Brief gelesen hatte. »Hat Alexa dir etwas davon gesagt, Anneliese?«

»Nein, kein Wort!« Sie war genauso erstaunt wie ihr Mann. »Ich verstehe es einfach nicht. Sie schien mir so glücklich in Königsberg.«

Am traurigsten aber war Josefine. »Berlin ist so schrecklich weit weg. Meint ihr, sie besucht uns jetzt nie mehr?«, fragte sie.

»Ach, mein Liebling. Berlin ist weit weg, aber aus der Welt ist es auch nicht«, tröstete Hubertus sie. »Du wirst sehen, deine Tante besucht uns bestimmt sehr oft. Jedenfalls schreibt sie das in ihrem Brief. Schon zu Ostern will sie kommen.« Josefine nahm sich vor, fest daran zu glauben.

Der Winter schien wie immer endlos. Das gesellschaftliche Leben war nach der letzten Jagd fast vollständig zum Erliegen gekommen. Das Land versank im Schnee, die Temperaturen kletterten kaum über zwanzig Grad minus, und wer nicht vor die Tür musste, blieb im Haus, möglichst in der Nähe der Tag und Nacht brennenden Kamine. Wenn es eine Weile nicht geschneit und der Schnee sich gesetzt hatte, fuhren Anneliese und Lissy mit dem Schlitten nach Insterburg. Manchmal nahmen sie Josefine und Fräulein von Allhorn mit, die dann deren Cousine besuchten. Das war für alle eine wunderbare Abwechslung zu der täglichen Langeweile. Wenn die Sonne schien, war die Fahrt mit dem Schlitten durch die verschneite Landschaft, die einem Wintermärchen glich, für alle immer wieder ein Erlebnis. Bis auf das Klingeln der Pferdeglöckchen war kein Laut zu hören, das Land lag im Winterschlaf, schier endlos erschien die Zeit.

In Insterburg schlenderten Anneliese und Lissy für gewöhnlich Arm in Arm durch die Straßen und machten Besorgungen, meist Dinge für Lisa, die diese auf einer Einkaufsliste notiert hatte. Zum Abschluss tranken sie eine Schokolade im Café am Marktplatz. Dort trafen sie am Nachmittag immer Damen aus ihrem Bekanntenkreis, die Torte verspeisten und den neuesten Klatsch austauschten. Heute war das Café voll besetzt.

Auf der Suche nach einem Platz bemerkten sie Kommerzienrätin Gehlau und Legationsrätin Spörer, die ihnen zuwinkten. »Kommen Sie, setzen Sie sich zu uns!« Eilfertig brachte die Bedienung zwei weitere Stühle und nahm die Bestellungen auf. Man tauschte Nettigkeiten aus, fragte nach dem werten Befinden und dem der Ehemänner. »Wir haben gehört, dass Gräfin von Waldau wieder nach Berlin gezogen ist. Gibt es dafür einen besonderen Grund?«, fragte Astrid Gehlau plötzlich.

»Nun, sie hat uns keinen Grund genannt, jedenfalls keinen besonderen.« Anneliese hatte keine Ahnung, worauf die Frau hinauswollte.

»Na ja, man hört ja so einiges«, warf Annita Spörer spitz ein.

»So, was hört man denn so?« Lissy war gereizt. »Nun sagen Sie es schon. Wir sind wirklich gespannt!« Sie konnte diese beiden intriganten Weiber nicht ausstehen, Kommerzienrätin Gehlau schon gar nicht. Die »Giftspritze«, wie Marike Grüben sie nicht umsonst tituliert hatte, nahm ungerührt noch einen Bissen von ihrer Sahnetorte. »Mein Mann ist engstens befreundet mit dem Garnisonskommandeur von Königsberg.« Astrid Gehlau lächelte süffisant. »Einige der Leutnants, die bei der Jagd auf Gut Haffingen waren – Sie werden sich ja wohl erinnern –, sind überraschend nach Potsdam abkommandiert worden.«

»Ja. Und?« Anneliese und Lissy sahen sie verständnislos an.

»Unter ihnen ist auch Baron von Rechenhain.« Die Kommerzienrätin zog die Augenbrauen in die Höhe. »Sie erinnern sich sicher, das ist der Leutnant, der mit der Gräfin den ganzen Abend rumscharmutziert hat.« Sie blickte Legationsrätin Spörer vielsagend an. »Nicht wahr, liebe Freundin, da macht man sich schon so seine Gedanken!«

»Das ist ja wohl der Gipfel!« Lissy war jetzt außer sich. »Wie können Sie so etwas Ungeheuerliches behaupten?«

»Ich behaupte gar nichts«, sagte Astrid Gehlau ungerührt. »Ich kombiniere nur. Und nun regen Sie sich ab, liebe Baronin von Beldow, und trinken Sie Ihre Schokolade. Sie wird ja kalt, und das wäre jammerschade.« Sie warf demonstrativ einen Blick aus dem Fenster. »Wie ich sehe, hat es bereits wieder angefangen zu schneien. Kommen Sie, liebe Freundin, wir sollten uns schleunigst nach Hause begeben. Auf Wiedersehen. Kommen Sie gut heim.«

Eine Weile sprachen Anneliese und Lissy kein Wort. Fassungslos blickten sie den beiden nach, wie sie sich in ihren Reifröcken, taillenkurzen Pelerinen und Pelzhauben durch die engen Tischreihen quetschten. Dann brach Lissy in lautes Gelächter aus. »Sieh sie dir an, diese beiden Schreckschrauben. Sehen sie nicht wieder aus wie riesige Kaffeewärmer?«

»Ja«, sagte Anneliese. »Besser kann man es nicht beschreiben. Aber was sie da gerade angedeutet haben, grenzt wirklich an Rufmord. Man sollte ihre Sahnetorte vergiften.«

»Rattengift fände ich angebracht! Aber komm, Anneliese, wir sollten auch aufbrechen. Es dämmert bereits, und Friedrich ist sicher schon ungeduldig. Ebenso wie die Pferde.«

Innerhalb von Minuten war es dunkel geworden, und der Kutscher schien erleichtert, als er sie herannahen sah. »Is man schon reichlich spät«, sagte er, und es klang beinahe ein wenig vorwurfsvoll. Als sie kurz darauf Fräulein von Allhorn und Josefine abholten, war aus dem leichten Schneefall ein Schneesturm geworden. Der Ostwind blies eisig. Bis zu den Ohren in Felldecken gewickelt und dicht aneinander gedrückt saßen die vier hinten im Schlitten, während Friedrich die Pferde mit lauten Rufen zur Eile antrieb. Ab und zu hörte man das Heulen der Wölfe aus den nahe gelegenen Wäldern. In der Kutsche hing jeder seinen Gedanken nach. Nur Josefine gruselte sich schrecklich, die Wölfe machten ihr Angst. Aber das hätte sie nie zugegeben, sie wollte ja auch in Zukunft mitgenommen werden. Schweigend und verfroren erreichten sie endlich Gut Haffingen.

Anneliese nahm das Abendessen zusammen mit Josefine und Fräulein von Allhorn ein und ging dann gleich zu Bett. Hubertus war schon wieder in Königsberg und wurde erst am folgenden Tag zurückerwartet. Wäre er da gewesen, hätte sie sicher mit ihm über das Geschwätz im Café gesprochen. Zu sehr hatte sie das erbost. Aber als er dann schließlich vor ihr stand, wagte sie es nicht mehr. Sie fürchtete seine Reaktion, wusste sie doch, wie sehr er solchen Klatsch hasste. Sie selbst glaubte dieser Person kein Wort, ebenso wie Lissy.

»Hör zu, Anneliese«, hatte diese gesagt. »Wir werden dem Gerede dieser Giftspritze keine Bedeutung beimessen und mit niemandem darüber sprechen. Wenn Alexa Ostern kommt, erzählen wir es ihr, und dann kann sie dem Miststück gehörig die Meinung sagen.« In der Folge dachte Anneliese hin und wieder noch daran, vor allem in ihren schlaflosen Nächten malte sie sich aus, wie es wäre mit einem jungen Liebhaber. Aber es erschien ihr einfach undenkbar, und irgendwann geriet das Ganze mehr oder weniger in Vergessenheit.

Frühjahr – Winter 1859

Das Thermometer stieg von Tag zu Tag, und schließlich brach das Frühjahr über das Land herein. Es dauerte wie immer in Ostpreußen nur wenige Tage, in denen wilde Stürme den Schnee zum Schmelzen brachten. Die Wege weichten auf, und die Luft roch nach feuchter Erde. Täglich wurde es milder, Bäume und Büsche zeigten schon ein zartes Grün, und auf den Wiesen im Park steckten Krokusse ihre bunten Köpfe heraus. In Schwärmen kamen die Vögel zurück, bald würden die Kühe auf die Weiden getrieben, und das Land erwachte endlich wieder zum Leben.

Ostern stand vor der Tür, einige Hausgäste hatten sich angesagt, und man wartete gespannt auf Alexa und ihre Berichte aus der Hauptstadt. In ihrem letzten Brief hatte sie nichts von einem Besuch erwähnt, aber niemand zweifelte daran, dass sie Ostern auf Gut Haffingen verbringen würde, schließlich tat sie das seit Jahren. Josefine fragte fast täglich: »Wann kommt denn Tante Alexa endlich? Sie hat es doch versprochen.«

Irgendwann wurde Anneliese ärgerlich. »Nun gib endlich Ruhe! Sie wird schon auftauchen, deine geliebte Tante.« Aber Alexa kam nicht. Als Kuno am Karfreitag die Post brachte, lag obenauf eine Depesche. Das Haus war bereits voll mit Gästen, und man saß beim zweiten Frühstück beisammen. Gerade eben hatte Innegrit Delwitz, die am selben Morgen angereist war, gesagt: »Ich vermisse Alexa. Steckt sie etwa noch in den

Federn?« Doch niemand antwortete, alle starrten auf Hubertus, der hastig das Telegramm aufriss. »Unangenehme Nachrichten?«, fragte Rechtsanwalt Kölichen, dem Hubertus' enttäuschtes Gesicht nicht entgangen war. Der holte tief Luft. »Alexa kommt nicht«, sagte er. »Sie fühlt sich nicht wohl.« Kommerzienrätin Gehlau und Legationsrätin Spörer tauschten bedeutungsvolle Blicke aus. Anneliese, der das nicht entgangen war, nahm sich vor, Hubertus doch von dem unangenehmen Gespräch zu erzählen, das sie und Lissy mit den beiden in Insterburg geführt hatten. Auch Innegrit, die ein feines Gespür für Intrigen hatte, waren die Blicke zwischen den beiden befreundeten Damen nicht entgangen. Als sie am Nachmittag dieses wunderbar warmen Frühlingstages mit Lissy und Anneliese im Park spazieren ging, brachte sie das Thema zur Sprache. »Ist euch auch aufgefallen, wie die beiden Hexen sich angesehen haben, als Hubertus sagte, dass Alexa nicht kommt? Da ist doch was im Busch. Ich kann es förmlich riechen!«

Lissy lachte laut auf, doch dann blieb sie stehen und sah Innegrit eindringlich an. »Du bist doch unsere Freundin, nicht wahr? Und auch eine Freundin von Alexa?«

»Ja natürlich! Was soll diese Frage denn überhaupt?«

Lissy fing Annelieses Blick auf. »Sollen wir es ihr sagen?« Diese nickte heftig. »Aber Innegrit, du musst erst versprechen, dass du es für dich behältst«, sagte sie eindringlich. Innegrit schlug die Augen gen Himmel. »Jetzt wird es aber wirklich spannend! Natürlich sage ich nichts. Also los, raus damit.« Sie drohte lachend mit ihrem kleinen Sonnenschirm. »Wenn ihr mich weiter auf die Folter spannt, verhaue ich euch mit diesem Ding.«

Lissy holte tief Luft und erzählte dann alles, was sie wusste. Als sie geendet hatte, war Innegrit nicht mehr zum Lachen zumute. »Das ist eine hundsgemeine Anschuldigung«, sagte sie. »Ich frage mich nur, wie die beiden alten Hexen darauf kommen. So etwas zu erfinden, dazu gehört schon eine gehörige Portion Fantasie.« Im Stillen fügte sie hinzu: *Oder sie wissen irgendetwas, aber woher?*

In einiger Entfernung kamen jetzt mehrere Damen auf sie zu, unter ihnen auch die beiden, über die sie gerade gesprochen hatten. »Oh Gott, da sind sie. Lasst uns einen anderen Weg nehmen, sonst kommt mein Schirm doch noch zum Einsatz!« Innegrit kochte vor Wut und deutete auf den kleinen Pavillon am See. »Wir sollten uns dort ein wenig ausruhen. Ich muss nachdenken.« Sie schwieg einen Moment. »Was meint ihr, ist an dem Gerede etwas dran?«, fragte sie dann nachdenklich.

»Bist du verrückt?« Anneliese war empört. »Natürlich nicht!«

»Und du, Lissy, was denkst du?«

»Ehrlich gesagt: Ich weiß nicht, was ich denken soll. Natürlich macht man sich so seine Gedanken.«

Anneliese unterbrach sie erregt. »Also wirklich, Lissy, das kann doch nicht dein Ernst sein. Alexa und ein junger Mann … nein, das halte ich für ausgeschlossen.«

»Was macht dich da so sicher?«, fragte Innegrit. »Wer weiß schon, wo die Liebe hinfällt.« Gott sei Dank wusste niemand von ihren Gedanken. *Sie* hätte nichts gegen einen jungen Liebhaber, und wenn Alexa das Glück hatte, einen solchen ergattert zu haben, dann gönnte sie ihr das von Herzen. Sie kannte fast nur unzufriedene Ehefrauen, deren Männer eine oder mehrere Geliebte hatten. Einen kurzen Moment dachte sie an Hubertus und Anneliese, den klassischen Fall. Was für ein Drama sich da seit Jahren abspielte! Sie schüttelte den Gedanken ab. »Was gedenkt ihr denn zu tun?«

Anneliese und Lissy sahen sie ratlos an. »Ja … nichts«, sagte Anneliese zögerlich.

»Was meinst denn du?« Auch Lissy schien ratlos.

»Ich würde Stillschweigen bewahren. Jegliches Gerede darüber schürt nur das Feuer. Irgendwann wird Alexa schon wieder hier auftauchen, und dann könnt ihr sie ja fragen, wenn ihr euch traut.« Sie kicherte. »Vielleicht sagt sie dann ja die Wahrheit, wenn es denn überhaupt eine gibt.«

Ein paar Tage später war im Haus wieder Ruhe eingekehrt. Hubertus und Anneliese saßen im Salon. Hubertus las die Hartungsche Zeitung, und Anneliese war mit ihrer Stickerei beschäftigt.

»Es gibt da Gerüchte über Alexa, Hubi. Ich weiß nicht, wie ich es sagen soll …«

Hubertus ließ die Zeitung sinken. »Dann lass es!«

»Aber … vielleicht solltest du …«

Auf seiner Stirn schwoll eine Ader an, wie immer, wenn er ärgerlich war. »Ich hasse Klatsch, das weißt du. Also bitte verschone mich damit«, sagte er unwirsch und schob wieder die Zeitung vor sein Gesicht.

Anneliese war beleidigt. Wahrscheinlich wusste er längst Bescheid und wollte nur nicht darüber reden. Zumindest nicht mit ihr! »Nun, wie du meinst.«

Die Stimmung war wieder einmal frostig. Josefine war untröstlich, dass ihre geliebte Tante nicht wie versprochen gekommen war und wohl in der nächsten Zeit auch nicht kommen würde. Ihre Mutter wurde immer unleidlicher und ließ ihr Unglück an ihr aus. Josefine bemühte sich, konnte Anneliese aber nichts recht machen, und ihr geliebter Vater war nun noch öfter auf Reisen als früher. All ihre Zärtlichkeit schenkte sie Susi und Herrn Schulze, mit denen sie spielte und tobte, und die sie, wenn ihre Mutter nicht in der Nähe war, streichelte und sogar küsste. Wenn sie sehr traurig war, ließ sie Susi sogar bei sich im Bett schlafen. Das durfte nicht einmal Fräulein von Allhorn wissen, an die sie sich immer enger anschloss. Die Lehrerin nahm sie tröstend in die Arme, wenn Anneliese sie zum wiederholten Male wegen Nichtigkeiten ausgeschimpft oder sogar bestraft hatte. Als sie einmal versuchte, als Strafe den wöchentlichen Besuch bei Käthchen und Franz Gawellke zu verbieten, wurde die Gouvernante energisch, denn so etwas wagte Anneliese nur, wenn Hubertus nicht im Haus war. »Es tut mir Leid, Frau Baronin, aber ich habe dem Baron versprechen müssen, dass diese Besuche eingehalten werden.« Sie bedachte Anneliese mit einem langen Blick. »Wir wollen uns doch beide nicht den Zorn des Barons zuziehen«, fügte sie hinzu. Sie ahnte, dass sie damit eine Grenze überschritten hatte, aber es kümmerte sie kaum. Der Hausherr hatte hier das Sagen und nicht diese »schreckliche Frau«, wie sie Josefines Mutter heimlich nannte.

Anneliese kochte vor Wut. Das war nun wirklich der Gipfel! Was fiel dieser unverschämten Person eigentlich ein? Wenn es nach ihr ginge, würde sie sie sofort entlassen. Tags darauf beschwerte sie sich bei Lissy. »Stell dir vor, was dieses Fräulein von Allhorn sich wieder herausgenommen hat! Sie tut wirklich alles, um meine Erziehungsmethoden zu hintertreiben.«

Wie immer hörte sich Lissy alles geduldig an und versuchte dann, die Wogen zu glätten. »Jetzt lass die Kirche aber im Dorf, Anneliese. Du musst das Fräulein von Allhorn doch verstehen. Sie genießt Hubertus' vollstes Vertrauen. Sie ist offensichtlich eine fabelhafte Lehrerin, und Josefine mag sie sehr, sonst würde sie nicht so fleißig lernen.«

Aber das wollte Anneliese nun gar nicht hören. Sie wollte sich bestätigt fühlen in ihrem Zorn und erst recht nicht gesagt bekommen, wie fabelhaft diese überhebliche Person eigentlich war. »Ach, lassen wir das, Lissy«, sagte sie verärgert. »Mich versteht hier sowieso keiner.«

Als Lissy nach Hause kam, fand sie ihren Mann in seinem Büro. Sie gab ihm einen Kuss. »Liebling, hast du einen Moment für mich?«

»Aber natürlich. Was gibt es denn?«

Lissy ging erregt auf und ab. »Ich komme eben von Anneliese. Du weißt, ich mag sie, und ich habe auch ein gewisses Verständnis für ihre Situation, du weißt schon!« Arndt nickte verständnisvoll. »Aber allmählich kommt mir mein Verständnis abhanden.« Sie holte tief Luft. »Gut, ihr Mann ist fast nie zuhause, jeder weiß, oder vermutet zumindest, dass er eine Geliebte hat. Aber mein Gott, das ist schließlich kein Einzelschicksal.« Sie redete sich in Rage. »Sie hat ein wunderschönes Zuhause, Menschen, die nett zu ihr sind …«

»Du meinst zum Beispiel dich«, warf Arndt amüsiert ein.

»Ja, zum Beispiel! Und mach dich gefälligst nicht über mich lustig!«

Arndt stand auf und nahm sie in den Arm. »Das tue ich doch gar nicht. Aber jetzt setz dich hin, dein Hin- und Hergerenne macht mich nervös.« Er goss ihr einen Cognac ein. »Nun erzähl weiter. Was regt dich denn so auf?«

»Heute musste ich mir wieder eine Hasstirade auf das Fräulein von Allhorn anhören. Dabei tut diese Frau doch alles für Finchen. Sie liebt sie, im Gegensatz zu ihrer Mutter.« Sie leerte ihr Glas in einem Zug und hielt es Arndt hin, damit er es neu füllte. »Es ist mir unverständlich, wie man so lieblos zu seinem eigenen Kind sein kann. Finchen ist so nett und dazu noch hübsch, und sie tut alles, um Anneliese zu gefallen. Ach Arndt, das arme Kind tut mir einfach schrecklich leid. Es ist wirklich ein Drama.« Sie war den Tränen nahe. »Wenn wir Kinder hätten, ich würde sie erdrücken mit meiner Liebe.«

»Ich weiß, mein Herz.« Arndt umfasste sie liebevoll mit beiden Armen. »Ich weiß. Aber ich fürchte, du wirst Anneliese nicht ändern. Wir müssen sie wohl oder übel so nehmen, wie sie ist.«

»Ja, das fürchte ich auch.« Lissy blickte ihren Mann unglücklich an. »Aber verstehst du, dass ich manchmal die Geduld mit ihr verliere? Und eines kann ich dir sagen: Sollte Hubertus etwas zustoßen, dann Gnade Gott dem armen Kind!«

Arndt hob entsetzt die Hände. »Nun mal den Teufel nicht an die Wand! Noch erfreut sich mein Freund bester Gesundheit. Und du wirst sehen, Josefine wird eines Tages einen standesgemäßen jungen Mann heiraten und Hubertus viele Enkelkinder schenken.« Keiner von ihnen ahnte, welch weit größere Dramen sich noch abspielen würden.

Der Sommer ging ins Land. An manchen Tagen stieg das Thermometer auf achtunddreißig Grad. »Unerträglich heiß«, wie Anneliese bei jeder sich bietenden Gelegenheit lamentierte.

»Ach Anneliese, das ist doch jedes Jahr das Gleiche«, wagte Lissy einmal zu bemerken, was ihr einen wütenden Blick ihrer Freundin einbrachte.

Von Alexa kam regelmäßig Post. Sie schrieb begeisterte Berichte aus der Hauptstadt, über fabelhafte Gesellschaften, Opern- und Theateraufführungen, aber in keinem ihrer Briefe war die Rede von einem Besuch.

An Josefines zehntem Geburtstag traf ein Paket ein, mit einem persönlichen Brief von Alexa und einem entzückenden

Kleid von Gerson. »Darf ich euch den Brief vorlesen?«, fragte Josefine ihre Eltern aufgeregt.

»Aber natürlich, mein Kind. Deine Mutter und ich sind ebenso gespannt wie du zu hören, was deine Tante schreibt. Ist es nicht so, Anneliese?«

»Ja, ja, natürlich.«

Josefine begann laut zu lesen.

Mein kleiner Liebling,

nun wirst Du schon zehn, und bald darf ich Dich nicht mehr »klein« nennen. Ich habe schreckliche Sehnsucht nach Euch allen, aber vor allem nach Dir. Ich hoffe, das Kleid passt, mein Liebling, und ich möchte es an Dir sehen, wenn ich im Herbst zur Jagd nach Haffingen komme.

»Sie kommt! Tante Alexa kommt!«, jubelte Josefine. Dann las sie weiter.

Ich verspreche es ganz fest, sag das bitte auch Deinen Eltern. Ich hoffe sehr, Euch dann bei bester Gesundheit anzutreffen. Bitte grüße alle von mir, und geh auch zu Lisa in die Küche und sag, dass ich bald kommen werde.

Sei umarmt, mein Schatz,

von

Deiner Tante Alexa, die Dich sehr lieb hat.

Josefine strahlte. »Ich freue mich sehr. Ich habe Tante Alexa so lange nicht mehr gesehen.«

»Ich glaube es erst, wenn sie leibhaftig vor uns steht«, sagte Anneliese spitz, und das Strahlen im Gesicht des Kindes erlosch.

»Du meinst, sie kommt wieder nicht, Mama?«

»Natürlich kommt sie!« Hubertus warf seiner Frau einen

wütenden Blick zu. »Wenn meine Schwester etwas so fest verspricht, dann hält sie es auch.«

Die Ernte war eingefahren und zur großen Zufriedenheit von Hubertus und Arndt wie im Vorjahr äußerst ertragreich ausgefallen. Und wie jedes Jahr kam fast über Nacht der Herbst. Die meisten Vögel hatten sich bereits auf den Weg in den Süden gemacht, und wilde Stürme wehten die letzten Blätter von den Bäumen. Tagelang goss es wie aus Kübeln, die Wege weichten auf, und Annelieses und Lissys Ausflüge nach Insterburg mussten für eine Weile unterbleiben, zum großen Verdruss von Anneliese. Aber die Gefahr, dass die Räder der Kutsche im Schlamm stecken blieben, war einfach zu groß.

Alexa traf Anfang Oktober in Königsberg ein. Sie wollte sich zunächst um ihr Haus kümmern und gleich anschließend nach Haffingen weiterreisen. Sie fand alles in bester Ordnung vor. Als sie ankam, loderte das Feuer in den Kaminen, und in den Vasen standen frische Blumen. Im Samowar sprudelte bereits das heiße Wasser für den Tee, und es roch nach frischem Apfelkuchen. In zwei Stunden erwartete sie bereits Lena Budzinski. Auf Hilde war Verlass.

»Ach, Hildchen«, sagte Alexa. »Berlin ist wunderbar, aber mein richtiges Zuhause ist doch hier in Königsberg.«

Hilde war glücklich über das Lob, aber sie enthielt sich eines Kommentars. Natürlich hatten sie und die Köchin bemerkt, dass während ihrer zahlreichen Freizeiten ein Mann im Haus gewesen war, dafür hatte es nur allzu viele Anzeichen gegeben. Sie hatten ausführlich darüber gesprochen und nahmen an, dass der Umzug nach Berlin etwas mit diesem Mann zu tun haben musste.

Während Hilde die Koffer auspackte, machte Alexa sich frisch. »Ich werde jetzt eine Weile hierbleiben und zwischen Gut Haffingen und Königsberg hin- und herpendeln.« Sie lachte. »Also so schnell werdet ihr mich nicht wieder los.«

»Na näi nich.« Hilde sah sie vorwurfsvoll an. »Nu hab ich mich ja auch jenuch ausjemolscht, und es is ja man janz schön äinsam hier ohne Sie, Frau Jräfin.«

»Ja, Hildchen, jetzt ist Schluss mit Faulenzen«, sagte Alexa lachend.

In diesem Moment erklang der Türklopfer.

»Das ist das Fräulein Budzinski. Bitte sie herein, Hildchen. Ich bin gleich unten.«

Sie legte noch schnell etwas Puder auf und eilte dann die Treppe hinunter, wo sie ihre Freundin herzlich in die Arme schloss. Sie führte sie in den Salon, wo sie in den Sesseln vor dem Kamin Platz nahmen. Hilde servierte Tee und Kuchen und verließ dann den Raum.

»Schön, dass du wieder da bist! Du bist hier schmerzlich vermisst worden«, sagte Lena schließlich und nahm einen Schluck von ihrem Tee. »Nicht nur ich, auch Hubertus und deine kleine Nichte konnten es kaum erwarten, dich endlich wiederzusehen.«

»Ach Lenchen, glaub mir, ich habe euch auch vermisst.« Alexa seufzte. Sie hatte lange darüber nachgedacht, wie sie in Königsberg mit ihrem Geheimnis verfahren sollte. Sie sehnte sich danach, es jemandem zu erzählen und hatte sich schließlich entschieden, sich Lena anzuvertrauen. Doch nun, da der Moment gekommen war, fühlte sie sich mit einem Mal unsicher. Doch sie gab sich einen Ruck. »Lena, es gibt einen Grund dafür, dass ich nach Berlin gegangen bin. Einen Grund, der, wie soll ich sagen ...«, sie zögerte kurz. »Also: Es gibt da einen jungen Mann ... einen wirklich jungen Mann, er ist so viel jünger als ich. Ich weiß nicht, wie ich es dir erklären soll, aber es ist eine *Amour fou* oder ein Sturm der Gefühle. Und ich kann nichts dagegen tun.« Sie hielt inne. Nun war es heraus. Sie wusste um die Ungeheuerlichkeit dieser Nachricht und fürchtete sich vor Lenas Reaktion. Dennoch war sie erleichtert, sich ausgesprochen zu haben. »Ich habe noch nie mit jemandem darüber gesprochen, Lena. Du bist die Erste. Bitte behalte es für dich, versprich mir das.«

Zu ihrer Erleichterung lag nichts als Freundlichkeit in Lenas Blick. Beruhigend legte sie ihre Hand auf Alexas Arm. »Natürlich verspreche ich dir das.« Sie lächelte. »Aber du solltest dich nicht quälen, und ich habe den Eindruck, dass du das tust. Warum denn?«, fragte sie ernst. »Du liebst ihn! Das ist doch wunderbar, und offensichtlich liebt er dich auch. Also wo ist das Problem?«

Alexa war ihr dankbar für ihre Worte, sah die Sache aber nicht so entspannt. »Er ist fünfzehn Jahre jünger als ich! Das ist das Problem. Und wenn die Affäre bekannt wird, gibt es einen Skandal, der sich gewaschen hat.«

Lena lachte. »Skandalträchtige Beziehungen liegen offensichtlich in eurer Familie.«

»Ja, es scheint so. Das ist mir auch schon in den Sinn gekommen«, lachte nun auch Alexa. Sie beugte sich in ihrem Sessel vor. »Er ist Oberleutnant. Er wurde von Königsberg nach Potsdam versetzt, und ich alte Kuh bin ihm nachgereist!«

»Ja und? War es ihm etwa nicht recht?«

»Doch, natürlich. Er war überglücklich. Das ist es ja! Ich denke immer mal wieder, ich müsste die Sache beenden, auch wenn ich es nicht will. Außerdem fleht er mich an, bei ihm zu bleiben. Ça va mal finir … Das kann doch nur alles schrecklich enden. Ach Lenchen, was soll ich bloß tun?«

»Willst du einen ehrlichen Rat von mir hören?«, fragte Lena.

»Unbedingt! Ich selbst bin nämlich vollkommen ratlos.«

Lena nahm Alexas Hand und sah ihr in die Augen. »Hör auf, dir Vorwürfe zu machen. Das Einzige, was zählt, ist die Liebe, hat Hubertus immer gesagt. Man lebt nur einmal! Genieße es, solange es dauert. Lebe von einem Tag zum anderen. Alexa, denk nur an mich und Hubertus. Genau das haben wir uns am Anfang unserer Beziehung immer wieder gesagt. Und nun dauert sie schon fünfundzwanzig Jahre. Da siehst du, was Liebe vermag!«

Alexa war ihr dankbar für diesen Rat. Sie wusste, dass Lena Recht hatte mit dem, was sie sagte, auch wenn sie ahnte, dass es ihr schwerfallen würde, diesen in die Tat umzusetzen. Beinahe hätte sie Lena Tilos Namen verraten und dass er zu dem Herbstmanöver in Königsberg war, aber irgendetwas hielt sie davor zurück.

Die beiden saßen noch eine Weile beisammen und tauschten Neuigkeiten aus Königsberg und Berlin aus, bis Lena sich schließlich verabschiedete. Den Rest des Tages verbrachte Alexa in einer nachdenklichen Stimmung.

Schon Tage vor Alexas Ankunft auf Gut Haffingen redete Josefine von kaum etwas Anderem. »Mariechen«, wie sie ihre Gouvernante mittlerweile nannte, wenn niemand in der Nähe war, »ich bin so gespannt, was Tante Alexa wohl sagt, wenn sie sieht, wie groß ich geworden bin.« Tatsächlich war Josefine in den letzten Monaten ein gutes Stück gewachsen. »Und ob sie stolz auf mich ist, wenn sie hört, wie gut ich französisch spreche?« Sie hatte Anneliese kürzlich eine Kostprobe ihrer

Sprachkenntnisse geben wollen, aber die hatte sie bereits nach dem ersten Satz unterbrochen. »Lass das, Josefine«, hatte sie unwirsch gesagt. »Ich verstehe kein Wort und weiß auch nicht, wozu du das brauchst. Lern lieber anständig sticken. Das ist etwas, was eine junge Dame können muss.« Es war kein Geheimnis, dass Josefine sich mehr für Flora und Fauna interessierte als für Handarbeiten. Trotzdem hatte sie ihren Eltern im vergangenen Jahr zu Weihnachten ein Taschentuch mit ihrem Monogramm bestickt. Wochenlang hatte sie daran gearbeitet. »Das ist recht hübsch, Josefine, danke«, war alles, wozu Anneliese sich hinreißen ließ, während Hubertus begeistert die Meinung vertrat, das sei das schönste Taschentuch, das er jemals besessen hatte.

Im Haus herrschte wie jedes Jahr vor der Jagd rege Geschäftigkeit. Aus der Küche waren immer häufiger Lisas verzweifelte »Erbarmerche«-Rufe und die anschließenden Schimpftiraden auf eines ihrer Meinung nach unfähigen Küchenmädchen zu hören. Josefine hatte ihren Vater um Erlaubnis gebeten, mit Friedrich zum Bahnhof fahren zu dürfen, um ihre Tante abzuholen, und einen Jubelschrei ausgestoßen, als er es erlaubte. »Aber zieh dich warm an, mein Kind, es ist schon empfindlich kalt geworden.«

Und nun ging es endlich los. Josefine war selig. Als sie außer Sichtweite des Hauses waren, rief sie: »Friedrich, darf ich mit dir auf dem Kutschbock sitzen? Mir ist hier allein so langweilig.«

Friedrich brachte die Pferde mit einem lauten »Brrrr« zum Stehen. »Nei, möchst auch mal e bissche frieren?«, lachte er gutmütig.

»Mir ist überhaupt nicht kalt. Ich bin doch warm angezogen.«

»Nei, aber wird mich das Baronesschen auch nich verraten bei sein Muttche?«

»Nein, wo denkst du hin! Bestimmt nicht.«

»Nu, dann komm.« Er hob das Kind auf den Kutschbock und wickelte es fürsorglich in eine Decke. »So, dann woll'n wer mal das Tantje abholen.« Nach einem lauten »Hü, hü« ging die Fahrt weiter. Es wehte ein eisiger Wind, aber Josefine spürte die Kälte kaum. Auch hatte sie keinen Blick für die geliebte ostpreußische Landschaft, der sie, mochte sie noch so trostlos aussehen, immer etwas Schönes abgewinnen konnte, was sicher auch ein Verdienst von Fräulein von Allhorn war.

»Deine Lehrerin macht ja langsam eine kleine Biologin aus dir«, hatte Hubertus kürzlich scherzhaft bemerkt, woraufhin Anneliese bissig bemerkte: »Das braucht sie ja auch dringend, um später eine gute Haus- und Ehefrau zu werden.«

Nein, heute interessierte sich Josefine nur für eines: den Besuch ihrer geliebten Tante. »Na, freust dich wohl sehr, dein Tantche zu sehn?«, fragte Friedrich.

»Oh ja!« Josefine strahlte über das ganze Gesicht. »Sie war ja so lange nicht hier. Sie wohnt nämlich jetzt in Berlin.«

Friedrich nickte. Natürlich wusste die Dienerschaft Bescheid. »Hast wohl sehr jern, dein Tantche?«

»Ja, sehr. Sie ist immer so lieb zu mir.«

Friedrich nickte bedächtig mit dem Kopf. »Ich kann mir ja nich so richtich verlautbaren lassen, aber: Das Baronesschen Alexa is was janz Besonderes. Hat immer für jeden en nettes Wort. Und so jar keenen Dünkel hat se nich.« Ganz gegen seine Gewohnheit wurde er nun gesprächig. »Wäißt, wie die Mamsell sich hat jefräit, wie de bist jekommen in de Küch, um ihr Jrüsse auszurichten vom Tantche? Fast jewäint hat's, das Lischen.« Und für einen Moment vergaß er, dass neben ihm nicht seine Tochter, sondern die des Barons saß, und legte seinen Arm um sie. »Wäist was, kleinet Baronesschen?« Er drückte sie leicht an sich. »Bist jenau so wie dein Tantche.«

Dann wandte er seine Aufmerksamkeit wieder den Pferden zu, die er mit einem lauten »Hü, hü« zur Eile antrieb. Den Rest der Fahrt sprachen beide kein Wort.

Am Bahnhof angekommen verrieten ihnen ein lautes Tuten und das alles übertönende »Iiiiinsterrburch« des Stationsvorstehers, dass der Zug gerade eingefahren war. Josefine sprang vom Kutschbock und rannte vor Friedrich auf den Bahnsteig. Es wimmelte vor Menschen, die sich schnell verabschiedeten, und anderen, die sich freudig begrüßten. Es dauerte einen Moment, bis sie Alexa am Ende des Zuges entdeckte. Ein junger, hoch gewachsener Mann half ihr, das Gepäck aus dem Waggon der Ersten Klasse zu heben. Sie schienen sehr vertraut miteinander zu sein, gerade lachte er schallend über etwas, was Alexa gesagt hatte.

»Tante Alexa!«, rief Josefine laut. »Hier bin ich.« Sie drängte sich eifrig winkend durch die Menge und sah gerade noch, wie der junge Mann ihrer Tante die Hand küsste, ihr tief in die Augen blickte und sich dann eilig entfernte. Alexa breitete bei ihrem Anblick sofort die Arme aus. »Mein kleiner Liebling! Ma chère! Comment vas-tu?«, rief sie und drückte das Kind fest an sich. »Wie geht es dir, und was macht dein Französisch?« Sie wusste, wie stolz Josefine auf ihre Sprachkenntnisse war. »Je vais bien, ma chère tante«, antwortete sie mit stolzer Stimme. »Et Mademoiselle von Allhorn trouve que je parle déjà très bien.« Jetzt tauchte hinter ihr Friedrich auf. Sein stetig steigender Leibesumfang hinderte ihn daran, sich schneller zu bewegen, und er schnaufte heftig. Er nahm die Pelzmütze ab und drückte sie an seine Brust, dann begrüßte er Alexa strahlend.

»Auf dat Herzlichste willkommen, Baronesschen Alexa«, sagte er. »Is man lang her, dat se uns hab'n beehrt.«

Alexa lachte. »Tachchen Friedrich, nu sei man nich so förmlich. Bring uns lieber schnell nach Hause. Ich kann es kaum erwarten, mir Lischens Königsberger Klopse zu Gemüte zu führen.« Sie wusste, dass Lisa genau dieses Gericht gekocht hatte, wie jedes Mal bei Alexas Ankunft auf Gut Haffingen, und schließlich mochten es alle gern. Es dauerte eine Weile, bis alle Koffer und Reisetaschen oben auf der Kutsche verstaut waren. Dann trieb Friedrich die Pferde zur Eile an. »Ach, mein Finchen«, sagte Alexa und drückte ihre Nichte hinten in der Kutsche fest an sich. »Wenn du wüsstest, wie lieb ich dich habe und wie sehr ich mich freue, wieder bei euch zu sein. Erzähl: Wie geht es denn allen?«

Josefine berichtete begeistert von den Hunden. »Du glaubst ja gar nicht, wie süß sie sind.« Und von Käthchen und Franz erzählte sie. »Er ist ganz doll gewachsen, sogar noch mehr als ich!« Und von ihrem Vater, der leider so oft auf Reisen war. Und über Lissy sprach sie, die immer so nett zu ihr sei. *Nur über ihre Mutter spricht sie nicht*, dachte Alexa. »Wer war denn der junge Mann, der dir mit dem Gepäck geholfen hat?«, fragte Josefine plötzlich. »Ist er ein Freund von dir?«

Alexa war für einen Moment irritiert. »Oh, nein.« Sie lachte verlegen. »Ich kenne ihn gar nicht, ich habe mit ihm nur das Abteil geteilt.«

»Ach so. Er schien mir sehr nett zu sein.«

Kurz darauf hielt die Kutsche vor dem Herrenhaus, und Hubertus kam eilig die Freitreppe herunter, begleitet von Susi und Herrn Schulze, um seine geliebte Schwester in die Arme zu schließen. Die Hunde sprangen bellend an Josefine hoch. Herr Schulze hatte seine Pfoten auf ihre Schulter gelegt und leckte vor Freude ihr Gesicht, während die kleine Susi sie quiekend umkreiste, um dann an ihrem Oberschenkel hochzuspringen und ihre Hand zu lecken, mit der Josefine ihr liebevoll den Kopf kraulte. Anneliese, die zusammen mit Lissy und Arndt aus der Haustür getreten war, sagte angewidert: »Nun seht euch das an! Meine Tochter wird sich noch die schlimmsten Krankheiten holen, wenn sie so weitermacht.«

»Ach Anneliese, da mach dir man keine Sorgen.« Arndt lächelte nachsichtig. »Wenn Hundezungen gefährlich wären, müsste ich schon längst tot sein.«

»Anneliese, sieh dir doch bloß Alexas Kleid an«, rief Lissy begeistert. »Ist es nicht unglaublich?« Das Straßenkleid war aus violettem und grauem Samt geschneidert und verziert mit schwarzen Ripsbändern. Es brachte Alexas schlanke Figur besonders zur Geltung. Darüber trug Alexa einen knappen Bolero, der wirklich fabelhaft aussah.

Anneliese nickte staunend. »Wo sie den bloß wieder her hat?«

Während Hubertus Arm in Arm mit Alexa die Treppe hinaufschritt, fragte er leise: »Hast du Lena getroffen?«

»Ja, direkt nach meiner Ankunft. Ich berichte dir später.«

Nach dem Essen hatten sich die Herren unter dem Vorwand, etwas Geschäftliches besprechen zu müssen, in die Bibliothek zurückgezogen. Die Damen saßen bei ihrem Mokka im Salon beisammen. »Ich brauche auch einen Schnaps, Kuno«, sagte Alexa. »Ich fürchte, ich habe einen Klops … nein, eher zwei zu viel gegessen.« Sie lachte. »Und sag Lisa, sie waren wie immer vorzüglich. Ach nein, lass nur, ich werde es ihr später selber sagen.«

Annelieses Gesicht sprach Bände, aber niemand beachtete sie. Lissy, Josefine und Fräulein von Allhorn, die mit ihrer Stickerei still in einer Ecke saß, lauschten gespannt Alexas Berichten aus der Hauptstadt, von dem Schauspieler Josef Wagner, der den Hamlet so herrlich spiele, und von seiner Frau Berta, deren Paraderolle das Gretchen im Faust gewesen war. »Vor einigen Jahren habe ich sie noch als Gretchen gesehen«, erzählte Alexa. »Ich weiß nicht, ob ihr es gehört habt, aber die Arme ist letztes Jahr gestorben und hat ihm sechs Töchter hinterlassen.« Allgemeines Bedauern war zu hören.

Dann stieß Lissy einen Seufzer aus. »Ach, wie aufregend doch dein Leben ist, Alexa. Nicht wahr, Anneliese, hier ist es bisweilen ganz schön langweilig.«

»Vor allem während dieser schrecklich langen Winter.« Annelieses Lippen wurden zu einem schmalen Strich. »Und wenn man hier dauernd allein ist, weil der Ehemann immer wieder verreisen muss.«

Lissy wechselte eilig das Thema. Bewundernd sah sie Alexa an, die sich nach ihrer Ankunft noch nicht umgezogen hatte. »Sag: Dein Reisekleid, ist es von Gerson?«

»Nein, es gehört noch zu meiner sündhaft teuren Ausbeute der Parisreise im letzten Jahr. Es ist von Charles Worth. Ich habe euch doch von ihm erzählt, dem neuen Stern am Modehimmel.«

»Es wird ja jetzt überall über ihn berichtet«, bemerkte Anneliese. »Alle Modejournale und auch die ›Gartenlaube‹ sind voll von Berichten und Bildern von ihm und seinen Modellen. Sie sind aber auch wirklich außergewöhnlich.«

»Ja«, stimmte Alexa zu. »Auch Kaiserin Eugénie gehört inzwischen zu seinen Kundinnen. Übrigens habe ich gehört, dass sie sich ein ähnliches Kleid wie dieses hat schneidern lassen.«

Lissy blieb vor Staunen der Mund offen stehen.

»Und stellt euch vor, was man mir für eine Geschichte erzählt hat.« Alexa lachte laut auf. »Wollt ihr sie hören?« Wie aus einem Munde erklang ein begeistertes: »Ja!«

»Also, wo fange ich an?« Alexa überlegte einen Moment. »Nun, es gibt da eine Dame der *Demi-Monde* in Paris. Sie ist die Geliebte eines steinreichen Klavierfabrikanten, ich glaube, er heißt Hertz. Ich habe diese Frau einmal gesehen, als ich bei Worth zur Anprobe war. Sie fuhr in einer sechsspännigen Kutsche vor, und ich muss neidlos anerkennen, dass sie wirklich wunderschön ist.« Alexa nahm einen Schluck Mokka und fuhr dann fort. »Also dieser Herr Hertz gibt sie als seine Frau aus – man munkelt, dass sie bereits irgendwo verheiratet ist –, und wollte sie anlässlich eines Balles bei Hofe einführen. Aber dort war die *faux ménage* bereits bekannt, und man ließ beide auf Anweisung der Kaiserin nicht herein.«

»Wie? Obwohl Herr Hertz eine Einladung hatte?«, fragte Lissy erstaunt, und Anneliese sagte: »Mein Gott, wie peinlich!«

»Ja, das kann man wohl sagen«, fuhr Alexa fort. »Zumal das am nächsten Tag Stadtgespräch war. Also Madame soll gekocht haben vor Wut. Wie man mir weiter berichtete, hat sich diese Dame, sie heißt übrigens Thérèse, daraufhin dauerhaft eine Loge in der Pariser Oper reservieren lassen, und zwar genau gegenüber der Kaiserloge. Aber sie erscheint dort nur, wenn sich auch das Kaiserpaar angesagt hat.« Alexa kicherte. »Immer trägt sie eine traumhafte Robe von Worth und ist über und über mit den kostbarsten Juwelen geschmückt, die die Kaiserin arm aussehen lassen. Die soll jedes Mal vor Wut schäumen, der Kaiser hingegen ist angeblich amüsiert, und das Publikum guckt mehr in die Logen als auf die Bühne.«

»Woher weißt du das denn alles?«, fragte Anneliese.

»Ich habe Freunde in Paris, die kennen alle und wissen alles. Ihr könnt euch ja gar nicht vorstellen, wie viele reiche Menschen es dort gibt. Und fast jeder Mann …« Sie stockte. *Um Gottes willen*, schoss es ihr durch den Kopf, *was rede ich denn hier über die Männer und ihre Kurtisanen? Das ist ja, als würde ich Öl ins Feuer gießen! Jetzt ist es aber genug.* Sie fasste sich an den Kopf. »Entschuldigt, ihr Lieben, ich habe plötzlich schreckliche Kopfschmerzen. Außerdem bin ich sehr müde und muss mich ein wenig hinlegen. Mein Mieder zwickt, und ich habe viel zu viel geredet. Ihr seid ja gar nicht zu Wort gekommen.« Trotz heftiger Proteste erhob sie sich. »Ich bleibe ja noch eine Weile. Wenn ihr mehr hören wollt, dann gern ein andermal.«

Alexa ging nach oben, zog sich um und ließ sich erschöpft auf ihr Bett fallen. Sie dachte an Tilo, der sie bis nach Insterburg begleitet hatte und dann nach Allenstein weitergereist war, um ein paar Tage bei seinen Eltern zu verbringen. »Ich werde dich jeden Augenblick vermissen«, hatte er zum Abschied gesagt, »und zähle die Tage, bis ich dich wieder in meine Arme schließen kann.« In Kürze begann das Herbstmanöver, und erst danach würden sie sich wiedersehen. Tilo wollte ein paar Tage Urlaub nehmen und mit ihr irgendwohin fahren, wo man sie nicht kannte. »Warst du schon einmal im Winter am Meer?«, hatte er gefragt. »Ich kenne ein kleines Hotel in Cranz, das ganzjährig geöffnet hat. Es ist wunderschön dort. Kaum ein Mensch wird da sein.« Alexa dachte an das Gespräch mit Lena. Eigentlich hatte sie vorgehabt, in Cranz mit Tilo zu sprechen und die Affäre zu beenden. Aber hatte Lena nicht Recht? Man lebte nur einmal. Und eigentlich wollte sie ja auch gar nicht von der Beziehung ablassen, an ihren Gefühlen für Tilo bestand schließlich kein Zweifel. Aber sie hatte Angst vor dem Skandal und vor den gesellschaftlichen Konsequenzen, sollte die Liaison öffentlich werden. Ein leises Klopfen riss sie aus ihren Gedanken. »Darf ich reinkommen, Schwesterherz, oder störe ich?«

»Natürlich Hubertus, komm rein. Du störst doch nie.« Er setzte sich zu ihr auf die Bettkante. »Ich muss dich gar nicht fragen, wie es dir geht«, sagte er lächelnd. »Du siehst blendend aus. Berlin scheint dir gut zu bekommen.« Ohne eine Antwort abzuwarten, fuhr er fort. »Du sagst, du hast Lena getroffen. Ist sie wohlauf? Ich habe sie eine Weile nicht gesehen, ich konnte hier nicht weg. Und ehrlich gesagt habe ich mich auch nicht recht wohl gefühlt, mein Magen macht mir ein wenig Probleme.«

Alexa setzte sich auf. »Was ist mit deinem Magen?«, fragte sie besorgt. »Was sagt Doktor Grüben?«

»Er weiß es auch nicht so genau, gibt mir immer irgendwelche Medikamente, aber die helfen nicht so richtig. Na ja, wird schon nichts Schlimmes sein. Aber erzähl: Wie geht es meinem Lenchen?«

»Es geht ihr gut, und sie lässt dich herzlich grüßen. Weißt du, Hubertus, sie ist wirklich ein wunderbarer Mensch.«

»Ja, das ist sie. Sie ruht in sich, und immer wenn ich einen Rat brauche, frage ich sie. Und noch nie hat sie mir etwas Falsches geraten. Ist das nicht wunderbar?«

Alexa hörte seine Worte, und plötzlich war es, als würde ein Damm brechen. Sie spürte die Tränen kommen und konnte nichts tun, um sie aufzuhalten. Sie begann, hemmungslos zu weinen. »Um Gottes willen, Alexa, was ist denn mit dir?« Hubertus nahm sie in den Arm und strich ihr beruhigend über den Rücken. »Willst du mir nicht sagen, was dich bedrückt?«

»Ach Hubertus, wenn ich nur wüsste, wie ich es dir sagen soll.« Alexa schluchzte. »Lena hat mir auch einen Rat gegeben, aber ich bin hin- und hergerissen, ob ich ihn befolgen soll.« Tränen strömten über ihre Wangen, und ihr versagte die Stimme.

»Ich würde dir gerne helfen, Alexa, und vielleicht kann ich dir ja auch einen Rat geben, aber dazu müsste ich wissen, was dich so schrecklich bedrückt.« Er schob sie ein wenig von sich und sah ihr ins Gesicht. »Ich bin dein Bruder, und du weißt alles von mir. Ich liebe dich, und ich werde immer für dich da sein. Also, was ist los?«

Alexa lehnte sich an ihn. Seine Nähe tat ihr gut. Sie atmete tief durch. »Ich bin verliebt«, stammelte sie schließlich. »Zum ersten Mal in meinem Leben. Ich erkenne mich gar nicht wieder.«

Hubertus lachte. »Ist er verheiratet, oder was ist daran so tragisch?«

»Nein!« Wenn es doch nur so einfach wäre. »Er ist nicht verheiratet, es ist viel schlimmer!« Sie schluchzte noch einmal kurz. »Hubertus, er könnte mein Sohn sein … jedenfalls fast.« Hubertus sah sie verblüfft an. »Was? Du hast einen jugendlichen Liebhaber?« Er lachte schallend. »Es ist doch eigentlich das Privileg älterer Herren, junge Geliebte zu haben, die sie dann aushalten«, prustete er. »Und nun nimmt meine Schwester sich das Gleiche heraus.«

»Du hast wohl nicht alle Tassen im Schrank.« Alexa war ehrlich empört. »Ich halte ihn nicht aus. Er hat einen Beruf und ist außerdem noch sehr vermögend.«

»Dann muss ich mir ja wenigstens keine Sorgen machen, dass du eines Tages ruiniert vor meiner Tür stehst.« Hubertus grinste. »Und das mit dem Aushalten sollte übrigens ein Scherz sein.«

In diesem Moment erklang Josefines Stimme, die sich Alexas Boudoir näherte. »Ich weiß nicht, was mein Lenchen dir geraten hat«, sagte Hubertus leise. »Aber nimm ihren Rat an. Ich bin sicher, es gibt keinen besseren. Und noch etwas. Das Einzige, was zählt, ist die Liebe.«

Jetzt klopfte es an der Tür, und Josefine trat herein. »Ach hier bist du, Papachen«, sagte sie erfreut. »Ich habe dich überall gesucht. Du wolltest doch mit mir eine Partie Bezique spielen.« Ihr Blick fiel auf Alexa. »Hast du geweint, Tante Alexa?«, fragte sie erstaunt. »Nein, ich habe nur einen leichten Schnupfen, und dann bekomme ich immer rote Augen«, sagte Alexa. Sie klatschte in die Hände. »So ihr beiden, geht nur schon vor. Ich mache mich noch ein wenig frisch, danach besuche ich Lisa in der Küche. Wir sehen uns dann später.«

Zwei Tage darauf war das Haus voller Jagdgäste. Für Alexa war es die Gelegenheit für ein fröhliches Wiedersehen mit alten Freunden und eine wunderbare Ablenkung von ihrem Problem. Hubertus war nach ihrem Gespräch nicht mehr darauf zurückgekommen. Alexa war erleichtert, sich ihm anvertraut zu haben, und dennoch froh, dass Tilos Name noch immer ihr Geheimnis war.

Alexa war auf dem Weg in die Halle, wo gerade Herbert und Irina von Nöthen mit großem Hallo begrüßt wurden. Die Nöthens lebten in Königsberg und führten dort ein großes Haus. Herbert von Nöthen, ein großer, hagerer Mann Mitte fünfzig, immer ein wenig zu modisch gekleidet, mit eng taillierten Schnürgürteln, Vatermörderkragen, die den Hals abschnürten, und etwas zu bunt geblümten Westen, hatte mit einer Glasaugenfabrik ein Vermögen gemacht. Seine Geschäftsreisen führten ihn in die ganze Welt, und man munkelte, dass er nicht nur in Königsberg, sondern fast an jedem seiner Reiseziele eine Geliebte unterhielt. Sein verlebtes Gesicht und die dicken Tränensäcke zeugten von einem ausschweifenden Leben. Seiner Frau Irina, einer etwas fülligen Mittvierzigerin mit einem hübschen Gesicht, blieben seine Eskapaden nicht verborgen. Aber sie hatte, im Gegensatz zu Anneliese, ihren Humor nicht verloren und gab sein Geld mit vollen Händen aus. Hin und wieder lamentierte sie, nannte ihn einen Schwerenöter oder gar Schlimmeres, aber dann kaufte er ihr ein teures Schmuckstück, schlief mit ihr, und die Welt war für sie wieder in Ordnung. Jedenfalls für eine Weile. In ihrer Begleitung war Baron Heinrich von Harden, ein untersetzter Herr, der älter aussah als seine fünfunddreißig Jahre, mit schütterem Haar, einem teigigen Gesicht und bereits zur Fülle neigend. Immer wieder wischte er sich mit seinem Taschentuch, in das ein deutlich sichtbares Monogramm mit einer siebenzackigen Krone eingestickt war, die hohe Stirn.

»Was ist denn das für ein Parvenu?«, fragte Innegrit Delwitz ihre Freundinnen, als sie nach dem Abendessen zusammensaßen. »Fortwährend hat er mir bei Tisch mit seinem Taschentuch vor der Nase herumgewedelt. Offensichtlich sollte ich das eingestickte Krönchen sehen.« Sie rollte verächtlich mit den Augen. »Pah! Sieben Zacken, wen beeindruckt denn so was? Wer hat den eigentlich mitgebracht?«

»Na, wer schon!«, sagte Irina von Nöthen. »Mein Mann natürlich. Baron von Harden ist der Sohn eines reichen Tuchfabrikanten, und wenn ich es richtig verstanden habe, hat dieser meinen Mann gebeten, diese kleine Missgeburt ein wenig in die ostpreußische Gesellschaft einzuführen.«

»Na denn: Prost!«, sagte Innegrit. »Viel Erfolg dabei. Über meine Schwelle kommt er jedenfalls nicht.« Alexa lauschte amüsiert den kleinen Boshaftigkeiten, die ihre Freundinnen austauschten. Niemand ahnte, dass dieser Parvenu, wie Innegrit ihn nannte, in vielen Jahren eine tragische Rolle in ihrer Familie spielen sollte.

Im Musikzimmer malträtierte währenddessen Kommerzienrätin Gehlau wieder das Klavier, und Lissy stieß einen Seufzer der Erleichterung aus, als die Misstöne endlich verstummten. Dennoch war keine der Frauen begeistert, als die Musikerin sich kurz darauf mit Legationsrätin Spörer zu ihnen gesellte. »Ach, Gräfin von Waldau, wie schön, Sie auch wieder bei uns zu haben«, rief Astrid Gehlau übertrieben freundlich.

»Sagen Sie, Baronin von Ehrenfeld, nächste Woche beginnen doch die Herbstmanöver. Kommen dieses Mal wieder so fesche Leutnants zum Jagdball? Letztes Jahr waren sie ja überaus ansehnlich.« Das Gesicht der Legationsrätin war ausdruckslos, nichts darin deutete auf die Spitze hin, die sie gerade abgefeuert hatte. Anneliese und Lissy wechselten einen Blick. Wollten die beiden Hexen Alexa etwa aus der Reserve locken?

Alexa jedoch schien völlig unbeteiligt und unterhielt sich leise mit Irina von Nöthen. »Ja, Lissy hat mir geraten, wieder ein paar Leutnants einzuladen«, sagte Anneliese, und Lissy ergänzte süffisant: »Wir waren der Meinung, auch Sie«, sie blickte die beiden direkt an, »sollten mal wieder ein wenig Spaß haben und ordentlich betanzt werden.« Der Treffer zeigte sofort Wirkung, doch keine der beiden Damen erwiderte etwas. Kurz darauf erhoben sie sich. »Kommen Sie, werte Freundin«, sagte Kommerzienrätin Gehlau. »Wir sollten uns noch ein wenig bewegen, bevor wir zu Bett gehen. Ich habe wie immer zu viel gegessen.«

»Das sieht man«, zischte Amalie Lackner, und es war ihr egal, dass ihre Worte gehört wurden. Sie konnte die Frau Kommerzienrätin nicht ausstehen.

Aus der Bibliothek erscholl lautes Gelächter. Die Herren

sprachen ausgiebig dem alten Portwein zu, und Rechtsanwalt Kölichen gab zur allgemeinen Erheiterung wieder einige seiner Kalauer zum Besten. »Also, noch diesen einen, dann will ich hören, was der Gute von Nöthen uns aus Petersburg zu berichten weiß«, sagte er. »Folgendes geschah beim Schwof in Pillkallen: ›Freilein, hab'n Se auch all mit mein Kusäng jetanzt? Näi, das Schwein hatt ich noch nich.‹« Nachdem das laute Lachen verklungen war, sagte er: »Nun, mein lieber Nöthen, Sie sind doch gerade aus Petersburg zurück. Was gibt es denn dort Neues?«

Herbert von Nöthen zündete sich umständlich seine zweite Zigarre an und bat Kuno um ein neues Glas Port. »Tja, was wollen Sie denn hören?« Er grinste anzüglich. »Ich kann Ihnen sagen, die russischen Frauen …«

»Hören Sie auf, mit Ihren amourösen Abenteuern zu prahlen, werter Freund«, lachte Mathias Lackner. »Erzählen Sie lieber, was Otto von Bismarck so treibt. Man sagt, er sei an der Neva sozusagen kaltgestellt worden.«

»Anfänglich hat von Bismarck es wohl selbst so gesehen. Aber er nutzt diese Zeit, um seine diplomatischen Fäden zu spinnen.« Herbert von Nöthen zog genüsslich an seiner Zigarre. »Wie ich hörte, erfreut er sich des Wohlwollens des russischen Zarenpaares, was ich absolut verstehen kann.« Er nahm einen Schluck von seinem Port. »Dieser Mann ist nicht nur klug, sondern auch höchst amüsant.« Die leisen Gespräche der anderen Herren waren verstummt. Jeder hörte gespannt zu. »Eines Abends war ich in der Botschaft eingeladen«, fuhr er fort. »Otto von Bismarck und seine Frau sind fabelhafte Gastgeber, und die Geschichten, die er im kleinen Kreis erzählt, sind wirklich köstlich.«

»Was erzählt er denn so?«, fragte Baron von Harden, der

noch nie in solch einer illustren Runde gesessen hatte, in der jemand persönlich mit Otto von Bismarck bekannt war. Von Nöthen genoss die Aufmerksamkeit seiner Freunde und bat Kuno erneut um ein neues Glas, bevor er weitersprach. »Nun, es gibt dort kein Briefgeheimnis, die Dienerschaft bespitzelt alle, ohne einen Hehl daraus zu machen, und niemand scheint ihnen das übel zu nehmen. Und die Gastfreundschaft ist unbeschreiblich, sie grenzt geradezu an Verschwendungssucht.« Er musste lachen. »Aber der Gipfel der Letzteren ist folgende Geschichte: Im Sommergarten steht seit Jahrzehnten ein Wachposten. Keiner wusste eigentlich, warum, bis sich ein Veteran meldete, der berichtete, dass die 1796 gestorbene Zarin Katharina an dieser Stelle einmal ungewöhnlich früh im Jahr ein Schneeglöckchen entdeckt und daraufhin befohlen hatte, man möge dort einen Posten hinstellen, damit es nicht abgepflückt werde.« Die Männer lachten herzlich, und nachdem Horst Kölichen noch ein paar Kalauer zum Besten gegeben hatte, löste die Gesellschaft sich auf. Alle wollten am nächsten Morgen ausgeruht zum letzten Tag der Jagd erscheinen und den abendlichen Ball genießen.

Alexa hatte lange überlegt, was sie anziehen sollte. Von ihrer Königsberger Couturière hatte sie sich ein Kleid von Worth kopieren lassen, das sie während ihres Parisbesuchs an der Fürstin von Metternich gesehen hatte. Da es die Materialien, die Worth verwendete, nur exklusiv in dessen Salon gab, hatte sie sich bei Stoffhändler Gagelin einen Stoff gekauft, der dem der Robe der Fürstin sehr ähnlich war. Der Rock aus schwerem Goldbrokat war über und über mit kleinen goldenen Schleifen besetzt, und beim Laufen blitzte ein mit Rüschen besetzter Unterrock aus goldener Seide hervor. Das enge, tief ausgeschnittene Mieder und die Ballonärmel waren aus dem gleichen Stoff wie der Rock gefertigt. Zunächst hatte Alexa das Kleid als zu elegant für den heutigen Abend befunden. Aber dann beschloss sie, es doch anzuziehen. Anni, die ihr beim Ankleiden half, konnte sich gar nicht beruhigen ob der Pracht der Robe. »Näi, Frau Jräfin, so was hab ich ja noch nie nich jesehn. Wie'n Märchenkleid is das ja man.« Anni türmte Alexas Locken nach oben und steckte sie mit Kämmen, an denen kleine goldene Schleifen befestigt waren, fest. Alexa entschied sich für schwarze, tropfenförmige Perlen und trug ansonsten keinen Schmuck. Innegrit, die im Zimmer neben Alexa logierte, stockte der Atem, als sie ihre Freundin sah. »Mein Gott«, rief sie. »Wen willst du denn heute betören? Hoffst du wieder auf eine Eroberung?« Sie grinste. »Wie letztes Jahr der kleine Leutnant? Wie hieß er noch gleich?«

Alexa zuckte zusammen. »Red keinen Unsinn, Innegrit«, sagte sie dann. »Ich mache mich schön für mich selbst. Und natürlich für meine Freundinnen.« Sie blickte skeptisch an sich herunter. »Meinst du, es ist zu übertrieben? Soll ich doch etwas Einfacheres anziehen?«

Innegrit hakte ihre Freundin unter und zog sie aus dem Zimmer. »Ach Quatsch! Du kennst mich doch. Ich habe eben ein freches Mundwerk. Du siehst einfach umwerfend aus.« Auf dem Flur lief ihnen Amalie Lackner in die Arme. »Meine Güte, neben Ihnen komme ich mir ja richtig ärmlich vor«, stöhnte sie. »Gott sei Dank hab ich meinen Mathias, dem ist völlig wurscht, was ich anhabe«, fügte sie lachend hinzu.

Die Halle füllte sich bereits mit Gästen. Es herrschte lautes Stimmengewirr, und der Duft schwerer Parfüms hing in der Luft. Die drei Frauen verweilten einen Moment an der Balustrade und betrachteten die sich angeregt unterhaltenden

Menschen. Die Damen waren alle in lange, mehr oder weniger elegante Abendkleider, die Herren in Frack oder Uniform gekleidet. Hunderte von Kerzen tauchten den großen Raum in ein festliches Licht und ließen Schmuck und Orden blitzen. »Was eine gute Beleuchtung doch ausmacht«, sagte Amalie Lackner. »Sehen Sie sich Legationsrätin Spörer an. Wahrscheinlich fällt außer uns keinem auf, dass sie ihr scheußliches Kleid schon zum fünften Mal anhat.«

»Und ihre hängenden Mundwinkel sind auch kaum zu sehen«, fiel Innegrit ein.

»Und sehen Sie sich Landrätin Kaldereit an«, lästerte Amalie weiter. »Wer hat der bloß geraten, sich Rosen zwischen die Korkenzieherlocken zu stecken?«

»Sie sind ja geradezu bösartig«, sagte Alexa lachend.

»Du hast gut lachen«, sagte Innegrit. »Du bist wieder mit Abstand die Eleganteste.«

»Das mag ja sein. Aber ich finde, alle haben sich zumindest Mühe gegeben.« Sie deutete zur Tür. »Da kommen die von Donnersmarcks. Christina sieht wie immer blendend aus.«

Amalie Lackner und Innegrit nickten zustimmend. »Trotz ihrer drei Kinder hat sie wirklich eine fabelhafte Figur. Ich frage mich, wie sie das macht.«

»Disziplin, meine Liebe.« Innegrit stupste sie freundschaftlich in die Seite. »Essen Sie einfach die Hälfte.«

Amalie schlug die Augen gen Himmel. »Wenn das so einfach wäre!«

Christina von Donnersmarck war wahrlich eine auffallende Erscheinung. Anfang dreißig, groß und sehr schlank, war sie nicht nur bildschön, sondern hatte auch Charme und Witz. Sie gehörte zweifelsohne zu den elegantesten Frauen des Landkreises. Ihr Kleid war aus dunkelgrünem Samt, verziert mit lindgrünen Ripsbändern und in der Taille so eng geschnürt, dass man sie mit zwei Händen umfassen konnte. Die roten Haare waren zu Korkenzieherlocken gedreht, und um den Hals trug sie ein Collier de Chien auf taubeneigroßen Smaragden. »Ich muss sie fragen, woher sie das Kleid hat«, warf Innegrit ein. »Von Worth ist es bestimmt nicht, dazu ist ihr Mann zu geizig.«

»Du hast ein Schandmaul«, lachte Alexa, und Amalie Lackner rief: »Ah, da kommen ja die Leutnants. Wir sollten runtergehen.« Alexa blickte uninteressiert nach unten, als ihr der Atem stockte. Da war ja Tilo! Wie kam der denn hier her? Es waren doch ausdrücklich nur Leutnants und keine höheren Offiziere geladen worden. Alexas Knie zitterten, und sie fühlte sich einer Ohnmacht nahe. Sie hielt sich am Treppengeländer fest und war froh, dass Innegrit und Amalie Lackner bereits plaudernd vorausgegangen waren. Tilo stand bei Anneliese, die ihr nun zuwinkte. »Sieh nur Alexa, erinnerst du dich an Baron von Rechenhain? Er war bereits im letzten Jahr bei uns.«

»Ja. Ja, natürlich. Guten Abend, Baron«, stotterte sie. »Wie nett, Sie wiederzusehen.«

»Das Vergnügen liegt ganz bei mir, Gräfin«, sagte Tilo lächelnd und küsste ihr die Hand.

»Stell dir vor, Alexa, der Baron ist netterweise für seinen Cousin eingesprungen, der mit einer schweren Grippe das Bett hüten muss.«

»Ach, das ist aber wirklich reizend von Ihnen«, brachte Alexa hervor. Es gelang ihr nur mit Mühe, sich zu beherrschen. Ihre Bestürzung war einer rasenden Wut gewichen. Wie konnte er nur! »Ich hoffe, es hat Ihnen nicht allzu viele Umstände bereitet, Ihren armen Cousin zu vertreten«, sagte sie betont ruhig, während sie versuchte, ihn mit ihrem Blick zu töten. Seine Antwort indes hörte sie nicht mehr, da in diesem Moment Gustav Goelder ihren Arm ergriff und sie mit sich zog. »Was bin ich doch für ein Glückspilz. Die schönste Frau des Abends ist meine Tischdame«, sagte er fröhlich. »Kommen Sie, lassen Sie uns unsere Plätze suchen.«

Alexa konzentrierte sich während des gesamten Essens darauf, den Blickkontakt mit Tilo zu vermeiden. Kommerzienrätin Gehlau und Legationsrätin Spörer hatten schon zu Anfang die Köpfe zusammengesteckt und sie unverhohlen beobachtet. Sie würde sich hüten, den beiden alten Nebelkrähen Anlass zu Tratschereien zu geben und hoffte, dass auch Tilo sich daran hielt. Doch bisher hatte er sich vorbildlich benommen. Der Arme war zwischen Landrätin Kaldereit und Lieselotte Kölichen platziert, mit denen er artig Konversation betrieb. Fast bedauerte sie ihn. Im Anschluss an das Essen tanzte er mit seinen Tischdamen und forderte nach Anneliese noch mehrere Damen auf. Alexa saß mit ihren Freundinnen im Salon, wo die Diener Mokka und Petit Fours servierten. »Na, dein Verehrer vom letzten Jahr tut ja sehr eifrig seine Plicht«, sagte Innegrit. »Hat er dich etwa noch nicht entdeckt?«

»Doch, wir haben uns in der Halle begrüßt. Und du sagst es: Er tut das, wozu er eingeladen ist. Er betanzt die Damen.«

»Mein Gott, der Arme«, mischte sich Christine von Donnersmarck ein. »Ich habe ihn beobachtet. Mit Landrätin Kaldereit den Abend zu verbringen ist wahrlich kein Vergnügen.« Sie kicherte. »Perlen vor die Säue, würde ich das nennen. Diesen Leckerbissen hätte ich eher mir gegönnt.« Jetzt erklang ein langsamer Walzer, und Tilo näherte sich mit Lieselotte Kölichen am Arm der Gruppe. »Sieh an«, flüsterte Innegrit. »Wenn man vom Teufel spricht.« Galant küsste Tilo Lieselotte Kölichen die Hand und verbeugte sich dann vor Alexa. »Darf ich um diesen Tanz bitten, Gräfin?«

»Aber gern, Baron.«

Lieselotte ließ sich in einen Sessel fallen. »Wat für'n toller Kerl! Sowat von nett. Und charmant. Wussten Sie, dass er jetzt in Potsdam stationiert ist? So nah an Berlin … ach, einfach toll, mal wieder wat von meiner Heimat zu hören.« Lissy und Innegrit tauschten einen Blick. Sollte an der Sache mit Alexa und dem Baron doch etwas dran sein? Wenn, dann spielten die beiden ein perfektes Theater. »Wir reden später«, zischte Innegrit Lissy zu.

Während Lieselotte Kölichen in den höchsten Tönen von ihrem so reizenden Tischherrn schwärmte, sagte Alexa leise zu Tilo: »Bist du von allen guten Geistern verlassen?« Sie lächelte einem vorübergehenden Paar freundlich zu und raunte dann, ohne ihre Miene zu verändern: »Du bringst uns in Teufels Küche, wenn irgendjemand etwas merkt.« Sie deutete mit dem Kopf auf die Kommerzienrätin und deren Freundin, die auf einer Récamiere am Rand der Tanzfläche saßen und die Köpfe zusammensteckten. »Siehst du die beiden Giftnudeln? Wenn die auch nur das Geringste ahnen, streuen sie gleich Gerüchte aus.« Tilo, der bisher noch kein Wort gesprochen hatte, drückte ihre Hand. »Ich konnte es nicht aushalten«, flüsterte er. »Ich musste dich einfach sehen.« Er lachte. »Es hat mich einiges gekostet … und nicht nur Überredung … damit mein Cousin mit mir tauscht.«

»Du bist verrückt«, sagte Alexa, deren Wut mit jedem seiner Worte mehr verrauchte. *Aber vielleicht liebe ich dich deshalb so sehr.*

Den folgenden Walzer tanzten sie in Hörweite der beiden »Giftspritzen«, die sie hinter ihren Fächern unverhohlen beobachteten. »Ach, Sie sind jetzt in Potsdam stationiert, Baron von Rechenhain?«, fragte Alexa laut. »Wieso sieht man Sie dann nicht hin und wieder in Berlin?«

»Meine zukünftige Verlobte lebt in Potsdam, und dort verbringe ich den größten Teil meiner freien Zeit.« Auch Tilo sprach so laut, dass er nicht überhört werden konnte. Alexa sah, wie die beiden die Fächer sinken ließen und sich zweifelnd anblickten. Ob sie ihnen damit wohl ein wenig den Wind aus den Segeln genommen hatten? Alexa konnte es nur hoffen.

Sie tanzten noch eine Polka, dann brachte Tilo Alexa zurück in den Salon und erfüllte für den Rest des Abends den Zweck seiner Einladung. Er tanzte mit allen Damen, sogar mit Kommerzienrätin Gehlau und Legationsrätin Spörer. Alexa hielt dieses Verhalten für geradezu heroisch!

Im Haus herrschte wieder Ruhe. Die Gäste waren abgereist, nur von Donnersmarcks und Kölichens blieben noch einen Tag. Jedes Mal, wenn Lieselotte Kölichen von dem »überaus charmanten Baron von Rechenhain« schwärmte, hatte Alexa Angst, man könnte ihr etwas anmerken. Sie forschte in den Gesichtern der Anwesenden nach Anzeichen des Misstrauens, fand aber keine. Die arme Frau Kölichen wurde kräftig auf den Arm genommen, und Anneliese versprach ihr für die nächste Jagd wieder einen feschen Leutnant. Erst als Horst Kölichen energisch »Nu ist es aber gut, Lieselottchen! Willst du mich vielleicht eifersüchtig machen?« rief, wurde über Tilo nicht mehr gesprochen.

Alexa war froh, dass Tilos Erscheinen ansonsten keinerlei Staub aufgewirbelt hatte. Niemand, auch nicht ihre Freundinnen, hatte sie noch einmal darauf angesprochen, und so verbrachte sie noch eine geruhsame Zeit in ihrem alten Zuhause.

Sie beschäftigte sich mit ihrer Nichte, spielte viel mit ihr und besuchte mehrmals gemeinsam mit ihr die Gawellkes. Sie kannte Peter seit ihrer Kindheit und schätzte ihn und Gretchen sehr.

Eines Nachmittags bat Hubertus sie in die Bibliothek. »Ich möchte etwas mit dir besprechen«, sagte er ernst. »Du bist einer der wenigen Menschen, denen ich vorbehaltlos vertraue.« Er zögerte kurz. »Und die Einzige, die genau von meinem Doppelleben weiß.« Er reichte ihr ein Kuvert und blickte ihr ernst ins Gesicht. »Gib dies bitte Lena nach meinem Tod.«

Alexa war entsetzt. »Um Himmels willen, Hubertus! Bist du krank? Steht es so schlimm um deinen Magen?«

»Nein, nein, beruhige dich. Es geht mir gut. Aber du weißt, ich bin sehr oft geschäftlich auf Reisen.« Er ging jetzt unruhig auf und ab. »Und es kann schließlich immer etwas passieren. Außerdem werde ich bald fünfzig. Und ich möchte einfach, dass Lena versorgt ist … im Falle eines Falles.«

Alexa schwieg eine Weile. »Möchtest du mir sagen, was das Kuvert enthält?«, fragte sie schließlich.

»Es sind Papiere und Bankunterlagen. Ich habe für Lena ein Konto eingerichtet mit einer Vollmacht für sie. Bitte sorge du dafür, dass sie es annimmt. Ich möchte einfach nicht, dass sie sich im Alter noch mit diesen anstrengenden Frauen abgeben muss.« Er schüttelte den Kopf. »Was sie mir manchmal für Geschichten erzählt … die sind wirklich kaum zu glauben.« Er sah seine Schwester liebevoll an. »Du ahnst gar nicht, wie glücklich es mich macht, dass du dich mit ihr angefreundet hast. Wirklich.«

In diesem Moment klopfte es, und gleichzeitig trat Anneliese ein. »Mit wem hast du dich angefreundet, was meinen Mann so glücklich macht?« Ihre Augen funkelten. Alexa fuhr der Schreck in die Glieder, doch sie hörte sich geistesgegenwärtig sagen: »Oh, niemand Interessantes. Nur eine alte Studienkollegin von Hubertus, der es leider nicht besonders gut geht.«

»Soso!« Anneliese war anzusehen, dass sie kein Wort glaubte.

Bisweilen besuchte Alexa Lisa, die damit beschäftigt war, die Kühlkammern mit dem zerlegten Wild und daraus zubereiteten Pasteten zu füllen. Alexas Besuche waren ihr immer eine willkommene Abwechslung. Die beiden tranken ein Schlubberchen, und Alexa durfte etwas von den Köstlichkeiten probieren. Da in der Küche meistens viel Betrieb herrschte, gab Lisa den Mädchen bei Alexas Auftauchen genaue Anweisungen, was sie zu tun hatten, verbunden mit der Drohung, hinterher alles genau zu kontrollieren. Dann machten sich Lisa und Alexa auf den Weg in den Aufenthaltsraum der Dienerschaft, wo sie fast immer ungestört waren. Das Personal hatte schließlich zu arbeiten und nicht untätig herumzulungern, dafür sorgte Kunos strenges Regiment.

Wie immer in Ostpreußen war es über Nacht Winter geworden. Es schneite, dass man die Hand nicht vor Augen sah, und wilde Stürme fegten über das Land. Alexa entschloss sich, sofort nach Hause zu fahren. Sie fürchtete, dass hohe Schneewehen ihre Heimreise gefährden könnten, das hatte sie oft genug erlebt. Beim Abendessen mit Lissy und Arndt – man wollte später eine Partie Whist spielen – verkündete sie ihren Entschluss, bereits am nächsten Tag abzureisen. Allgemeines Bedauern war zu hören.

»Aber warum denn, was willst du bei diesem Wetter in Königsberg?«

»Schade, ohne dich wird es hier viel langweiliger.«

»Werden wir dich jetzt länger nicht sehen?«

Nur Josefine schwieg. Ihre Mundwinkel zuckten, und Alexa strich ihr liebevoll über den Kopf. »Sei nicht traurig, Finchen. Weihnachten komme ich ja wieder, versprochen.« Sie wandte sich an die anderen: »Ihr müsst verstehen, in Berlin ist jetzt die Ballsaison, und ich bin schließlich schon lange wieder auf dem Markt, man kann ja nie wissen.« Sie hörte selbst, wie unnatürlich ihr Lachen klang. »Und vorher will ich noch meine Freunde in Königsberg besuchen.«

»Auch deine neue Freundin?« Annelieses Stimme war schneidend.

»Natürlich«, sagte Alexa ruhig. »Ich habe meinem Bruder doch versprochen, mich um sie zu kümmern.«

Dankbar sah Hubertus sie an. »Das ist wirklich sehr nett von dir, Schwesterherz. Alte Freunde soll man nicht im Stich lassen.«

Lissy, die keine Ahnung hatte, worum es ging, aber ein feines Gespür für Spannungen hatte, wechselte sofort das Thema. »Habt ihr schon gehört: Gustav Goelder will heiraten!« Sofort redeten alle durcheinander.

»Das kann ja wohl nicht wahr sein!«

»Da werden aber einige Damen sehr traurig sein.«

»Weißt du denn, wer die Glückliche ist?«

»Angeblich eine Diplomatentochter aus Riga«, sagte Lissy.

»O Gott, die Arme.« Anneliese verdrehte die Augen. »Aus einer großen Stadt und einem Diplomatenhaus, wo immer was los ist, nach Weischkehmen – wenn das man gut geht.«

»Es muss wohl Liebe sein«, warf Lissy ein. »Jedenfalls ist es keine arrangierte Heirat. Gustav hat sie erst vor kurzem zufällig in Tilsit auf der Hochzeit eines Freundes kennengelernt.«

»Ja dann ...« Anneliese verzog das Gesicht. »Wir werden ja sehen. Hier bleibt doch für keinen auch nur irgendein Drama ein Geheimnis.« Kuno hatte den Nachtisch abserviert, und Fräulein von Allhorn erhob sich. »Ich werde Josefine jetzt zu Bett bringen und dann noch ein wenig lesen. Gute Nacht.« Josefine verabschiedete sich von ihren Eltern mit einem Kuss und mit einem Knicks von Arndt und Lissy. Vor Alexa blieb sie stehen und fragte mit trauriger Stimme: »Kommst du auch wirklich zu Weihnachten, Tante Alexa?«

Alexa nahm ihre Nichte fest in den Arm. »Aber natürlich, mein Liebling. Ich verspreche es.«

Josefines Miene hellte sich auf. »Ich freue mich jetzt schon«, flüsterte sie ihrer Tante ins Ohr. Anneliese erhob sich, und man schritt in den Salon, um sich dem Hauptvergnügen des Winters zu widmen: dem Kartenspiel.

Ende November verbrachten Alexa und Tilo eine Woche im Ostseebad Cranz an der Kurischen Nehrung. Tilo hatte eine Suite im Großen Logierhaus gemietet, das direkt am Strand lag und als einziges Hotel im Winter geöffnet hatte. Die Fahrt über die erst vor wenigen Jahren gebaute Chaussee dauerte über drei Stunden. Es schneite ununterbrochen, und zwei Mal blieb die Kutsche beinahe in einer Schneewehe stecken. Als sie endlich ankamen, hatte Alexa das Gefühl, zu einem Eisblock erstarrt zu sein.

Der Empfangschef begrüßte sie überschwänglich. »Baron und Baronin von Rechenhain, darf ich Sie herzlich willkommen heißen?« Er war äußerst beflissen. »Darf ich den Herrschaften einen heißen Grog servieren lassen? Es ist ja bitterkalt heute.«

»Eine große Kanne, bitte.« Alexa schlotterte vor Kälte. »Ich möchte so schnell wie möglich auftauen.«

»Oh, da kann ich Frau Baronin ein heißes Moorbad empfehlen, eine Spezialität unseres Hauses. Darf ich anordnen, dass man Ihnen eines bereitet?«

»Das wäre wunderbar.« Alexa lächelte dankbar. Sie hatte noch nie ein Moorbad genommen, eigentlich wusste sie gar nicht, was das war. Aber ihr war im Moment alles recht, was ihr half, wieder warm zu werden. Eine halbe Stunde später lag sie in einer Badewanne aus Holz in einer »schwarzen Brühe«, wie sie Tilo später erzählte. Nach ein paar Minuten wich die Kälte aus ihrem Körper, und eine wohlige Wärme durchströmte sie. »Das solltest du auch machen, Tilo« sagte sie, als sie zurückkam. »Es ist herrlich.«

»Mir ist nicht mehr kalt.« Er lachte. »Ich habe meine Füße vor den Kamin gehalten und fast den gesamten Grog ausgetrunken.« Er zog sie in das Schlafzimmer, und sie liebten sich, als gäbe es kein Morgen.

»Wir sollten etwas zu uns nehmen, Liebster«, sagte Alexa eine Ewigkeit später. »Mein Magen beginnt zu knurren, und ich möchte nicht, dass du vom Fleisch fällst.« Sie kicherte. »Vor allem möchte ich nicht, dass dich deine Kräfte verlassen.«

»Gut, dann lass uns nachsehen, was die Küche zu bieten hat.«

In dem großen Speisesaal waren nur zwei Tische besetzt. Wie sie vom Ober erfuhren, waren die beiden älteren Ehepaare die einzigen Gäste außer ihnen. Sie hofften, ihre Schmerzen, die von schwerer Gicht herrührten, mit Moorbädern zu lindern.

Alexa und Tilo genossen die Zeit. Es war das erste Mal, dass sie mehrere Tage hintereinander und ganze Nächte miteinander verbrachten, ohne Angst haben zu müssen, gestört und entdeckt zu werden. Tagsüber hüllten sie sich in ihre Pelze, machten lange Spaziergänge an den kilometerlangen weißen

Sandstränden und beobachteten von den hohen Wanderdünen aus das vom Sturm aufgepeitschte Meer. Hin und wieder spazierten sie über die Strandpromenade zu dem kleinen Hafen Cranzbeek und aßen frischen Fisch in einer winzigen Kneipe, wo sie neben einigen Hafenarbeitern und Fischern die einzigen Gäste waren. Wenn sie von ihren Ausflügen ins Hotel zurückkamen, nahm Alexa ein Moorbad. Dann ließen sie sich ihr Essen meistens in ihrer Suite servieren. Sie liebte den kleinen mit Biedermeiermöbeln eingerichteten Salon, in dem ein großer Kamin für eine wohlige Wärme sorgte. Vom Fenster aus konnte sie das Meer sehen, ein Anblick, von dem sie nicht genug bekommen konnte.

Die Woche verging wie im Flug, und als sie wieder in der Kutsche nach Königsberg saßen, sagte Alexa: »Diese Woche war das größte Geschenk, das du mir machen konntest, Tilo, mein Geliebter.« Noch nie in ihrem Leben war sie so glücklich gewesen.

In den folgenden Jahren pendelte Alexa weiter zwischen Berlin und Königsberg und verbrachte Weihnachten immer auf Gut Haffingen, ebenso wie sie allen gesellschaftlichen Ereignissen dort beiwohnte. Sie sah ihre Nichte zu einem bildhübschen jungen Mädchen heranwachsen und ertrug bei ihren Besuchen geduldig Annelieses Beschwerden über Hubertus' häufige Abwesenheit. Wenn sie in Königsberg war, traf sie Lena, mit der sie jetzt eine noch engere Freundschaft verband. Mit ihr konnte sie offen über ihre Sorgen und Kümmernisse sprechen und bekam immer einen guten Rat. Ihre Beziehung mit Tilo glich beinahe einer Ehe, wäre da nicht stetig die Heimlichtuerei gewesen und die Angst, entdeckt zu werden. Tilo war dies inzwischen ziemlich egal, aber Alexa fürchtete sich vor der gesellschaftlichen Ausgrenzung. Die wäre ihr gewiss, so wie vor ein paar Jahren der Witwe eines hohen Regierungsbeamten, die in Alexas Kreisen verkehrte. Sie hatte ein Verhältnis mit dem jungen Musiklehrer ihrer Tochter angefangen. Wochenlang wurde darüber gelästert. Alexa hatte sich die bösartigsten Kommentare über diese *ridicule liaison* anhören müssen. Die Dame war gesellschaftlich nicht mehr *acceptée*. Das wollte sie sich und Tilo ersparen.

Also führte sie weiter ihr Doppelleben, ging aus und pflegte ihre gesellschaftlichen Kontakte, während sie und Tilo sich so oft wie möglich sahen. Sie trafen sich in ihrer Wohnung, machten in einer geschlossenen Kutsche kleine Ausflüge in die Umgebung von Berlin und waren einfach nur glücklich. 1861 feierten sie Tilos Beförderung zum Hauptmann, betrauerten gemeinsam den Tod von König Friedrich Wilhelm und feierten die Krönung von Wilhelm I., der im Jahr darauf Otto von Bismarck zum Ministerpräsidenten von Preußen ernannte. So gingen die Jahre ins Land, bis schwere Schicksalsschläge ihr Leben und das Leben auf Gut Haffingen nachhaltig verändern sollten.

1864

In den ersten Tagen des neuen Jahres herrschte wie üblich Trubel auf Gut Haffingen. Das Haus war bis Mitte Januar voll mit Gästen zur alljährlichen Hasenjagd. Aber die Stimmung war gedrückt. Seit einigen Monaten munkelte man, es würde Krieg geben zwischen Preußen und Dänemark. Alle Soldaten hatten bereits seit Anfang Dezember Ausgangssperre, und die Reservisten warteten auf ihre Einberufung.

Alexa hatte wie in den letzten Jahren Weihnachten bei ihrer Familie verbracht. Sie war entsetzt gewesen, als Tilo, der inzwischen zum Major befördert worden war, ihr eröffnet hatte, dass sie sich vermutlich für eine Weile nicht sehen würden.

»Oh mein Gott, glaubst du wirklich, dass es Krieg gibt?«

»Ich fürchte ja. Bei uns herrscht höchste Bereitschaft.«

»Aber worum geht es denn eigentlich?«

»Es geht um die Herzogtümer Schleswig, Holstein und Lauenburg«, versuchte er, ihr zu erklären. »Sie gehören zwar staatsrechtlich zu Deutschland, stehen aber seit dem Krieg 1851 unter dänischer Hoheit.« Er hatte ihr außerdem von einem Londoner Protokoll und aufbegehrenden Holsteiner Ständen erzählt, welche die weitere Zusammenarbeit mit der dänischen Krone verweigerten. Aber das hatte sie kaum verstanden, und vor allem interessierte es sie nicht. Sie hatte einfach nur große Angst, ihn zu verlieren. Sie weinte, als sie sich beim Abschied umarmten. »Pass auf dich auf, mein Geliebter. Ohne dich hat mein Leben keinen Sinn.«

Inzwischen waren die Wochen ins Land gezogen, und Alexa hatte auch in dieser Nacht wieder kaum geschlafen. Als früh am Morgen der Diener an Alexas Tür klopfte, um sie zu wecken, entschloss sie sich, nicht mit auf die Jagd zu gehen. Es war das erste Mal in ihrem Leben, seit sie ein Gewehr halten konnte, dass sie keine Lust auf das fröhliche Treiben hatte. Während das Haus zum Leben erwachte, man laut nach Stiefeln und Pelzmützen suchte und unter Zurufen der Jäger Flinten verteilt wurden, kreisten ihre Gedanken um den drohenden Krieg und die Angst, dass Tilo fallen könnte. Außerdem machte sie sich große Sorgen um ihren Bruder. Hubertus' Magenbeschwerden waren schlimmer geworden, auch wenn er beständig versuchte, das herunterzuspielen. Aber seine fahle Gesichtsfarbe, die tiefen Falten um Augen und Mund und die mittlerweile schneeweißen Haare zeugten davon, dass er ernsthaft krank war. Dabei schien niemand genau zu wissen, was Hubertus wirklich fehlte. Doktor Grüben verschrieb ihm immer wieder neue Pulver, aber nichts half. Ob es Annelieses fortwährende Vorwürfe und Quengeleien waren, die ihm so zusetzten? Auch ihre Lieblosigkeit gegenüber Josefine machte ihm offensichtlich zunehmend zu schaffen. *Sie ist wirklich schwer zu ertragen*, dachte Alexa. Seit ihrer Ankunft war nicht ein Tag vergangen, an dem Anneliese nicht bemängelt hatte, dass Fräulein von Allhorns Unterricht für Josefine nicht mehr ausreichend sei und man nun endlich einen neuen Hauslehrer einstellen solle. Sie hatte sich bei Alexa beklagt, Hubertus damit schon seit Monaten in den Ohren zu liegen, ohne dass etwas geschehe. Vor ein paar Tagen, als die Gouvernante zu Besuch bei ihrer Cousine in Insterburg und Josefine bei den Gawellkes war, hatte sie wieder davon angefangen.

»Was ist jetzt, Hubi, wirst du dich nun endlich um einen Hauslehrer kümmern?«, hatte sie vorwurfsvoll gefragt.

Hubertus hatte von seiner Zeitung aufgeblickt und hörbar die Luft ausgestoßen. »Mein Gott, Anneliese. Wahrscheinlich herrscht demnächst Krieg, und du hast keine anderen Sorgen als einen neuen Hauslehrer!« Dann hatte er nach seinem Pulver gegriffen und es mit einem Glas Cognac hinuntergespült. »Jetzt lass uns doch erst einmal die Jagd hinter uns bringen und sehen, was in den nächsten Wochen so passiert.«

»Dann eben nicht!« Wütend war Anneliese aus dem Zimmer gerauscht.

Alexa hatte tiefes Mitleid mit ihrem Bruder empfunden und sich zum wiederholten Male den Kopf zerbrochen, wie die Situation für alle zu lösen sein könnte. Vergeblich.

Die Jäger hatten das Haus längst verlassen, als Alexa plötzlich fröstelte. Das Feuer im Kamin war fast erloschen, und so huschte sie schnell aus dem Bett und legte einige neue Scheite auf. Sie überlegte kurz, ob sie noch einmal unter das Plumeau kriechen sollte, aber nach einem Blick auf ihre Porzellanuhr beschloss sie, sich anzuziehen und hinunterzugehen. Es war bereits nach zehn, sicher würde sie noch jemanden im Frühstückszimmer antreffen. *Hoffentlich nicht Anneliese*, dachte sie. *Allmählich verliere ich wirklich die Geduld mit ihr.* Aber ihre Hoffnung erfüllte sich nicht. Anneliese saß mit Lissy, Irina von Nöthen und Innegrit am Tisch. Innegrit trug einen Eisbeutel auf dem Kopf. »Guten Morgen, Alexa«, stöhnte sie. »Hast du auch so einen Kater wie ich, oder warum erscheinst du erst jetzt? Wir wähnten dich bei den Jägern.«

Alexa lachte. »Nein, einen Kater habe ich nicht. Ich habe einfach nicht besonders gut geschlafen, und wenn ich jetzt hinausgucke, dann bin ich heilfroh, hier im Warmen zu sein.«

Draußen herrschte dichtes Schneetreiben, und ein eisiger Wind pfiff um das Haus und rüttelte an den Fensterläden. Kuno servierte ihr Kaffee und Rühreier mit Speck. Er fragte gar nicht erst nach ihren Wünschen, sie aß seit Jahren morgens das Gleiche. »Danke, Kuno.«

Sie nahm einen Schluck von dem heißen, starken Kaffee und wandte sich dann an Irina von Nöthen. »Haben Sie etwas aus Rom von den von Harvichs gehört?«

»Ja, Carla von Harvich schreibt mir regelmäßig. Es geht ihnen fabelhaft. Es scheint fast immer die Sonne, und es wird nie so richtig kalt. Das ist direkt beneidenswert!«

»Das kann man wohl sagen.« Annelieses missmutiges Gesicht sprach Bände. »Diese monatelange Eiseskälte hier ist wirklich furchtbar, einfach kaum zu ertragen.«

»Sie werden es nicht glauben, aber in ihrem letzten Brief schrieb sie, dass sie die ostpreußischen Winter manchmal vermisse. Können Sie sich das vorstellen?«

»Ja, das kann ich«, warf Innegrit ein. »Ich war einmal zwei Monate in Ägypten und bin dort vor Hitze fast umgekommen. Ich konnte es gar nicht erwarten, endlich wieder Schnee zu sehen.«

Anneliese schüttelte ungläubig den Kopf. »Ich fasse es nicht!«

»Na ja, du bist halt keine Ostpreußin«, meinte Innegrit ungerührt.

»Nein, und ich werde auch nie eine werden«, bemerkte Anneliese anklagend. »Manchmal denke ich, wäre ich besser da geblieben, wo ich herkomme.« Ihre Stimme troff vor Selbstmitleid. Und genau das war der Tropfen, der das Fass bei Alexa zum Überlaufen brachte. Sie schob ihren Teller von sich. Ihr war der Appetit vergangen. »Ja, genau das denke ich inzwischen auch. Ist dir eigentlich klar, dass dein ewiges Genörgel uns allen hier gehörig auf die Nerven geht?« Sie blickte Anneliese direkt ins Gesicht. »Deine Tochter kann dir nichts recht machen, dabei tut sie alles, um dir zu gefallen, ist dir das noch nie aufgefallen? Und das Fräulein von Allhorn feindest du immer wieder ohne Grund an. Dabei sieht man dieser Frau doch an, dass sie vor Mitleid vergeht, wenn du so unfreundlich zu dem Kind bist.« Ihr Ton war jetzt schneidend. »Und was mich außerdem schrecklich beunruhigt, ist, dass mein armer Bruder inzwischen schwer magenkrank zu sein scheint. Hast du jemals darüber nachgedacht, dass du daran mit Sicherheit nicht ganz unschuldig bist?« Zornig schmiss sie die Serviette auf den Tisch.

Einen Moment lang herrschte absolute Stille. Annelieses Gesicht war rot angelaufen, und sie schnappte nach Luft. »Was fällt dir ein, so mit mir zu reden«, brüllte sie schließlich. »Jetzt bin ich plötzlich an allem schuld? Mein Mann soll krank sein durch mich! Bist du verrückt geworden? Was weiß ich denn, was er alles so treibt auf seinen Reisen ...« Sie bekam kaum noch Luft, und ihre Stimme wurde noch lauter. »Ich bin es, die leidet. Es ist ein wahres Wunder, dass *ich* noch nicht krank bin! Ich lasse mir solche Anschuldigungen nicht bieten, schon gar nicht in meinem Haus!«

»Es ist das Haus meines Bruders«, unterbrach Alexa sie kalt. »Willst du mir vielleicht die Tür weisen?«

Anneliese stand so abrupt auf, dass ihr Stuhl mit einem lauten Knall nach hinten umfiel. »Was starrt ihr mich alle so an?«, schrie sie und rannte zur Tür, die sie hinter sich zuschlug. Einen Moment lang blickten alle betreten zu Boden. Niemand sagte ein Wort, bis Lissy schließlich den Blick hob und Alexa bewundernd ansah. »Ich bin froh, dass endlich jemand Anneliese die

Wahrheit gesagt hat. Ich kann gut verstehen, dass dir der Kragen geplatzt ist. Sie ist wirklich schrecklich lieblos zu dem armen Finchen. Und immer stänkert sie gegen die Gouvernante. Wie oft habe ich nicht versucht, zu vermitteln, mit Engelszungen habe ich geredet, aber eigentlich immer ohne Erfolg, leider.«

»Mich versucht sie fortwährend auszuhorchen, ob ich etwas über eine Geliebte weiß«, sagte jetzt Irina von Nöthen. »Ich sage ihr jedes Mal, dass ich nichts weiß, obwohl ich sicher bin, dass da was ist. Außerdem habe ich zu ihr gesagt, sie solle sich nicht so aufregen, mein Mann hat überall eine Mätresse. Mein Gott, daran gewöhnt man sich doch.« Sie blickte kichernd in die Runde. »Oder?« Nun mussten alle lachen, und damit wich die Spannung.

»Also, ich weiß nicht, wo mein Arndt hier eine Mätresse unterhalten sollte«, sagte Lissy lachend.

»Mein Mann ist schon so lange tot, Gott hab ihn selig«, rief Innegrit. »Ich habe keine Ahnung, ob er eine Geliebte hatte – aber wenn ich es rausgekriegt hätte …« Sie wedelte mit ihrem Messer in der Luft herum. »Dann wäre es ihm wahrlich nicht gut bekommen.«

Alexa war vollkommen durcheinander. Diese Auseinandersetzung mit Anneliese war längst überfällig gewesen, aber sie hatte sich eindeutig im Ton vergriffen. Sie wusste, dass sie recht hatte mit dem, was sie gesagt hatte, dennoch fühlte sie sich in keiner Weise erleichtert. Im Gegenteil, das Gespräch hatte sie so mitgenommen, dass sie das Gefühl hatte, alle Kraft sei von ihr gewichen. »Bitte entschuldigt mich«, sagte sie, »ich muss mich einen Moment zurückziehen und nachdenken. Wir sehen uns später.«

Sie ließ sich von Kuno die Tür aufhalten, der gleich darauf Anton Anweisung gab, das Frühstücksgeschirr abzuräumen.

Er selbst eilte in die Küche und sank auf die Ofenbank. Matt beobachtete er die Mädchen, die an dem großen Küchentisch damit beschäftigt waren, Gemüse und Fleisch für das Abendessen zu schneiden.

»Wat is'n, Kuno«, fragte Lisa und wischte sich die Hände ab. »Bist ja janz blass.«

»Haste en Momentchen?«, fragte er. »Vielleicht jehn wer besser riber.«

Lisa war beunruhigt. So hatte sie ihren Mann schon lange nicht mehr gesehen. Sie nahm zwei Gläser und eine Flasche Schnaps und folgte ihm in den Aufenthaltsraum. »Nu sach schon! Is was passiert?«

Kuno wischte sich mit seinem karierten Taschentuch den Schweiß von der Stirn, nahm das Glas, das sie ihm hinhielt, und leerte es in einem Zug. »Äinen riesjen Krach hat es jejeben! Die Jräfin hat die Jnädije anjeschrien. Weil se immer so lieblos is zum Finchen. Und dass ihr ewjes Jenörjele hier jedem auf die Nerven jeht.« Er holte kurz Luft. »Und der jnädje Herr wär krank wejen ihr.« Erschöpft hielt er inne.

Entsetzt schlug Lisa die Hände vors Gesicht und vergaß vor lauter Schreck ihr »Erbarmerche«. »Ja … und dann?«

»Dann hat die Jnädje zurick jeschrien, hochrot war se. Ich dacht, jläich trifft se der Schlag.« Nun kam es doch, das »Erbarmerche«.

In diesem Moment kam Fräulein Kollmann herein. »Was war denn da eben los? Das Geschrei war ja im ganzen Haus zu hören«, fragte sie besorgt.

»Stunk hat es jejeben«, antwortete Lisa für ihren Mann. »Und zwar äinen janz jehörijen.«

»Ja, um Gottes willen! Warum denn, und zwischen wem überhaupt?«

»Die Jräfin hat der Jnädjen die Mäinung jesagt. Wejen dem Finchen und iberhaupt.«

Fräulein Kollmann sank auf einen Stuhl. »Ehrlich gesagt war das längst überfällig.« Sie sah Lisa bittend an. »Könnte ich wohl auch einen Schnaps haben? Den brauch ich jetzt.« Lisa füllte schweigend alle drei Gläser bis zum Rand. Wortlos prostete man sich zu.

Alexa lag auf ihrem Bett. Sie machte sich große Vorwürfe, dass sie die Contenance verloren hatte. Natürlich hatte sie Anneliese all diese Dinge schon mehrfach sagen wollen, aber ihr war klar, dass sich nichts, aber auch gar nichts ändern würde in diesem Haus. Im Gegenteil, wahrscheinlich würde jetzt alles noch viel schlimmer werden. Tausend Gedanken wirbelten ihr durch den Kopf, und es fiel ihr schwer, sie zu ordnen. Eines war sicher: Anneliese konnte ihr das Haus nicht verbieten. Aber würden sie jemals wieder freundlich miteinander umgehen können? Oder wäre es vielleicht sogar besser, wenn sie Gut Haffingen so schnell wie möglich verließe und nicht mehr wiederkäme? Aber was wäre dann mit ihrem Bruder und mit Finchen? Der Gedanke, die beiden nicht mehr regelmäßig sehen zu können, trieb ihr die Tränen in die Augen. Irgendwann fiel sie in einen unruhigen Schlaf und wachte erst auf, als Anni kam, um ihr beim Ankleiden für das Diner zu helfen.

Alexa suchte Hubertus in seinem Zimmer, traf dort aber nur Anton an, der die Jagdkleidung in den Schrank hängte. »Sie finden den Herrn Baron in der Bibliothek, Frau Jräfin. Er wollte dort vor dem Essen noch etwas erledigen.«

»Ist mein Bruder schon im Abendanzug?«

»Jawohl, Frau Jräfin.«

Alexa eilte in die Bibliothek. Sie wollte Hubertus unbedingt vor ihrem Aufeinandertreffen beim Diner von dem Vorfall mit Anneliese berichten. Auf ihr Klopfen erklang ein lautes »Herein«.

»Ach du bist es, Schwesterherz. Lass bitte die Tür auf, die anderen werden auch bald kommen.« Hubertus erhob sich und verstaute etwas in der Schreibtischschublade, bevor er ihr entgegentrat.

»So spät noch bei der Arbeit?«, fragte sie scherzhaft.

»Nichts Wichtiges, nur Papierkram. Aber wie ich sehe, bist du auch schon angezogen für das Diner.« Er legte ihr den Arm um die Schulter. »Komm, lass uns ein Glas Champagner trinken. Bei dem Trubel der letzten Tage hatten wir ja kaum Zeit für ein persönliches Gespräch.« Er füllte zwei Gläser. »Prosit! Auf ein langes Leben.« Alexa meinte für einen Moment, Sarkasmus in seiner Stimme ausgemacht zu haben, verwarf den Gedanken aber schnell. »Anneliese ließ mir ausrichten, dass sie unpässlich sei und an dem abendlichen Diner nicht teilnehmen könne. Was hat sie denn bloß schon wieder?« Hubertus zog die Augenbrauen hoch. »Weißt du etwas?«

»Oh ja.« Alexa ließ sich seufzend in einem Sessel am Kamin nieder. »Ich muss dir etwas beichten, Hubertus. Ich habe vorhin gegenüber Anneliese die Contenance verloren.« Ihr Bruder sah sie erstaunt an. »Ausgerechnet du? Was ist passiert?«

»Ich habe mich schrecklich danebenbenommen. Ich habe mich im Ton vergriffen, wie ein Marktweib habe ich geschrien.«

»Sag bloß, du hast ihr endlich die Meinung gesagt?«

»Ich fürchte ja, und zwar unmissverständlich«, sagte Alexa zerknirscht. »Bist du mir jetzt böse?«

Hubertus lachte laut auf. »Ich dir böse? Du stellst vielleicht Fragen! Dankbar bin ich dir, und zwar unendlich dankbar.«

»Hubertus, so einfach ist das nicht. Was ist, wenn sie mich nicht mehr hier sehen will? Ich meine, ganz Unrecht hätte sie damit nicht, nach dem, was ich ihr alles an den Kopf geworfen habe, und dann auch noch in Gegenwart von Lissy, Innegrit und Irina von Nöthen.« In kurzen Worten berichtete sie ihm, was vorgefallen war. »Ach du liebe Zeit ...« Erschrocken hielt sie inne. »Ich fürchte, Kuno war auch noch im Raum.«

»Na, dann ist es ja kein Geheimnis mehr.« Hubertus schmunzelte. Er schwieg einen Moment, und plötzlich erhellte ein Strahlen sein Gesicht. Alexa beobachtete erstaunt, wie seine ganze Gestalt mit einem Mal zu strahlen schien. »Ich denke, ich werde Anneliese morgen um die Scheidung bitten«, sagte er fröhlich. »Eigentlich trage ich mich schon länger mit dem Gedanken, habe es immer wieder vor mir hergeschoben, du weißt ja ... der Skandal ... Aber ich denke, jetzt ist der richtige Zeitpunkt. Ich kann einfach nicht mehr länger warten.« Alexa traute ihren Ohren nicht und wollte gerade etwas erwidern, als sich Stimmen näherten. Dann standen auch schon Lissy und Arndt in der Tür. Immer mehr Gäste strömten herein, man war pünktlich in Ostpreußen, und niemandem fiel auf, dass Alexa stiller war als sonst. Ihre Gedanken überschlugen sich. Sie konnte gar nicht glauben, was sie da eben gehört hatte. Warum wollte er die Scheidung jetzt so plötzlich und nicht schon vor Jahren? Skandal hin oder her. Lissy mit ihrem Gespür für Stimmungen riss sie aus ihren Gedanken. Sie zischte ihr ins Ohr: »Was ist mit dir? Und Hubertus kommt mir so verändert vor, so fröhlich. Weiß er schon von eurem Streit?«

»Ja«, flüsterte Alexa. »Aber lass uns morgen drüber reden.« Sie verabschiedete sich an diesem Abend früh, entschuldigte sich ebenfalls mit Unwohlsein, was einen der Gäste zu der Vermutung veranlasste, Anneliese und Alexa hätten wohl beide etwas gegessen, das ihnen nicht bekommen sei. »So kann man das auch nennen«, sagte Innegrit leise zu Lissy.

Am nächsten Morgen herrschte Aufbruchsstimmung. Nach dem Frühstück würden alle Hausgäste abreisen. Nur Innegrit entschied, mit der Abreise auf Alexa zu warten. Ihr war klar, dass Alexa als Konsequenz aus dem gestrigen Streit abreisen würde, also konnten sie auch zusammen fahren. Natürlich war sie auch neugierig, wie das Ganze ausgehen würde.

Als Alexa schließlich erschien, saßen die letzten Gäste im Frühstückszimmer. Einige von ihnen waren leicht verkatert, was aber der Stimmung keinen Abbruch tat. Der Schneefall hatte aufgehört, und die Sonne schien von einem strahlend blauen Himmel. Man freute sich auf die Schlittenfahrt durch die verschneite Landschaft und war insgeheim froh, in Anbetracht des drohenden Krieges ein paar unbeschwerte Tage verbracht zu haben.

Alexa wurde freundlich empfangen. »Geht es Ihnen besser?«, fragte Rechtsanwalt Kölichen. »Was macht denn das Wohlbefinden der Baronin, geht es auch ihr besser? Ich habe sie heute noch nicht zu Gesicht bekommen.«

»Mir geht es wieder gut, danke«, sagte Alexa.

»Für Anneliese war wahrscheinlich die Portion, die sie gestern zu sich genommen hat, ein wenig zu viel«, warf Innegrit ein und tauschte einen bedeutungsvollen Blick mit Lissy. »Ich fürchte, sie wird noch eine Weile brauchen, das zu verdauen.«

Eine halbe Stunde später waren die drei Freundinnen allein. »Was ist mit Hubertus?«, fragte Innegrit sofort. »Hast du ihm von dem Streit erzählt?« Sie musterte Alexa eingehend. »Du hast ihm doch davon erzählt, oder?«

Aber statt einer Antwort wandte Alexa sich zunächst an Kuno, der sich mühte, sich möglichst geräuschlos am Frühstücksbuffet zu schaffen zu machen. »Kuno, würdest du uns für einen Augenblick allein lassen«, bat sie freundlich. »Und schließ bitte die Tür hinter dir.«

»Sehr wohl, Frau Jräfin«, erwiderte er hörbar beleidigt und verließ den Raum.

Innegrit lachte. »Wetten, dass sein Ohr an der Tür klebt?«

»Das fürchte ich auch.« Alexa zuckte mit den Schultern. »Nun sag schon, was hat Hubertus gesagt? War er wütend?«, fragte Lissy.

»Nein, im Gegenteil. Er war erleichtert, dass jemand es gewagt hat, Anneliese die Meinung zu sagen. Du kennst doch die schreckliche Stimmung in diesem Haus, vor allem, wenn keine Gäste da sind.«

»Ja, das kann man wohl sagen.« Lissy rollte die Augen. »Und dass du dir um Hubertus Sorgen machst, kann ich gut nachvollziehen. Er sieht aus wie ausgespuckt. Er leidet sehr, woran auch immer.« Sie sah ihre Freundin fragend an. »Was denkst du: Wie wird es jetzt hier weitergehen?«

Für einen Moment rang Alexa mit sich. Sollte sie Innegrit und Lissy sagen, dass Hubertus die Scheidung einreichen wollte? Dann entschied sie sich dagegen. Nein, sie würde ihm mit dieser Nachricht nicht zuvorkommen. »Ich weiß es nicht«, sagte sie ruhig. »Wir wurden gestern Abend durch die Ankunft der Gäste unterbrochen. Aber sicher ist schon mal, dass ich mit dir zurück nach Königsberg fahre, Innegrit.«

»Siehst du«, lachte die. »Und genau deshalb sitze ich hier und trinke die siebte Tasse Kaffee.«

Hubertus hatte eine schlaflose Nacht hinter sich. Obwohl ihn seine Magenschmerzen quälten, war er in einer geradezu euphorischen Stimmung. Er wollte Anneliese gleich heute um die

Scheidung bitten und ihr ein großzügiges finanzielles Angebot machen. Sie würde sicher einsehen, dass das die beste Lösung für sie beide war. Er hätte diesen Schritt schon viel früher machen sollen. Immer wieder hatte ihn der mit Sicherheit daraus resultierende Skandal davor zurückschrecken lassen. Aber da musste erst seine Schwester kommen und ihm den nötigen Anstoß geben!

Als Anton kam, um Hubertus beim Ankleiden zu helfen, fand er seinen Herren in bester Stimmung vor. Er pfiff ein Lied und fragte den Diener nach seinem Befinden. Der war erstaunt, verkniff sich aber eine Bemerkung. Dann bat Hubertus um eine Tasse Tee und Zwieback. »Ach, Anton, noch etwas. Bitte doch meine Frau in einer halben Stunde in die Bibliothek.«

Beschwingt stieg Hubertus die Treppen hinab. Er hatte sich genau zurechtgelegt, was er Anneliese sagen wollte. Er würde sich bemühen, freundlich zu ihr zu sein, und vorschlagen, doch in gegenseitigem Einvernehmen und aller Freundschaft auseinanderzugehen. Doch Anneliese ließ auf sich warten. Es war bereits eine halbe Stunde über der Zeit, als es endlich klopfte. Aber es war nicht Anneliese, sondern ihre Zofe Hanna, die in der Tür stand. »Tschuldjung, jnädjer Herr. Die jnädje Frau Baronin lässt ausrichten, dass se sich nich in der Lage fihlt, das Bett zu verlassen.« Hubertus traute seinen Ohren nicht. Das konnte doch nicht wahr sein! Er spürte, wie sich eine unbändige Wut in ihm Bahn brach. »So, was fehlt meiner Frau denn? Lässt sie mir auch den Grund für ihre Unpässlichkeit ausrichten?«, fragte er bissig.

»Näin, jnädjer Herr … lässt se nich.« Hanna fühlte sich sichtlich unwohl in ihrer Haut. »Ich jeh dann mal wieder.«

»Warte!« Hubertus' Stimme klang drohend. »Richte meiner Frau aus, wenn sie nicht in einer halben Stunde hier erscheint, werde ich sie in ihrem Boudoir aufsuchen.« Eilig verließ Hanna die Bibliothek. Auf dem Gang vor den Schlafzimmern traf sie auf Innegrit. »Was machst du denn für ein Gesicht, Hanna?«

»Ach Jottchen, hier is mal wieder dicke Luft. Die Jnädje soll inner halben Stunde zum jnädjen Herrn Baron kommen, aber se will man partout nich.« Sie schluckte. »Aber wenn se nich erscheint, hat der jnädje Herr jesagt, dann kommt er zu ihr. Ach Jottchen! Janz bossich war er.« Innegrit verspürte Mitleid mit Hanna. »Weißt du was, Hanna, ich werde mit der Baronin sprechen. Warte hier draußen, ich bin gleich wieder da.«

Entschlossen betrat Innegrit das Schlafzimmer. Die Luft war stickig, die schweren Vorhänge waren geschlossen, nur durch einen Spalt fiel etwas Licht herein. »Anneliese? Schläfst du?«, fragte sie leise. »Ich bin es, Innegrit.« Sie erhielt ein Stöhnen als Antwort und zog daraufhin energisch die Vorhänge beiseite und öffnete das Fenster. Jetzt sah sie Anneliese, die mit geschlossenen Augen auf dem Bett lag, die dünnen Haare strähnig und das Gesicht schweißnass. »Was willst du?«, fragte sie mit leidender Stimme. »Siehst du nicht, wie schlecht es mir geht?«

Innegrit enthielt sich einer Antwort. »Du solltest schleunigst aufstehen«, sagte sie stattdessen. »Oder willst du, dass dich dein Mann so sieht? Du siehst wirklich grauenhaft aus!« Entsetzt richtete Anneliese sich auf. »Wie kommst du darauf, dass er mich so sehen könnte?«

»Hanna sollte dir von Hubertus ausrichten, dass er zu dir kommt, wenn du nicht in einer halben Stunde in der Bibliothek erscheinst. Und er schien mehr als ärgerlich zu sein.«

Anneliese machte sofort Anstalten, sich zu erheben. »Wo ist Hanna?«

»Sie wartet draußen. Ich werde sie hereinschicken.« Mit diesen Worten verließ Innegrit den Raum.

Leidlich zurechtgemacht, auf dem Kopf eine Spitzenhaube, erschien Anneliese mit einer Viertelstunde Verspätung in der Bibliothek. »Was ist denn so dringend, dass es nicht bis morgen warten kann?«, stieß sie anstatt einer Begrüßung säuerlich hervor. »Darf ich jetzt nicht mal mehr eine Unpässlichkeit auskurieren?« Sie setzte sich stöhnend in einen Sessel. Hubertus bedachte sie mit einem langen Blick und begann dann, unruhig hin und her zu gehen. »Der Grund deiner Unpässlichkeit ist mir bekannt«, sagte er schließlich. Er bemühte sich um einen halbwegs freundlichen Ton.

»Ach, hat deine reizende Schwester dir berichtet, wie sehr sie mich gestern beleidigt hat? Unverzeihlich ist das! Und ich möchte, dass du sie bittest, nicht mehr hierherzukommen. Es ist mir unmöglich, auch nur eine weitere Nacht mit ihr unter einem Dach zu verbringen.«

Hubertus war fassungslos. Er kochte innerlich vor Wut, zwang sich aber zur Ruhe. Er wandte sich für einen Moment ab und blickte aus dem Fenster. Dann atmete er tief durch, drehte sich zu seiner Frau um und sagte mit mühsam beherrschter Stimme: »Das ist genau das, worüber ich mit dir sprechen wollte.«

Auf Annelieses Gesicht erschien sogleich ein triumphierendes Lächeln. »Dann ist ja alles geklärt«, sagte sie erfreut. »Ich bin froh, dass wir endlich einmal einer Meinung sind.« Sie wollte sich erheben, aber Hubertus gab ihr ein Zeichen, sitzen zu bleiben. »Ich fürchte, du hast da etwas missverstanden.«

»Was meinst du?«

»Ich verstehe, dass du mit Alexa nicht mehr unter einem Dach leben willst«, brachte Hubertus so freundlich wie möglich hervor. »Offensichtlich seid ihr äußerst heftig aneinandergeraten …«

»Ja, das kann man wohl sagen«, unterbrach ihn Anneliese. »Und welche Lösung schlägst du vor?«

Er holte tief Luft und blickte ihr direkt ins Gesicht. »Ich möchte dich um die Scheidung bitten.«

Anneliese wurde mit einem Schlag leichenblass. Dann lief sie rot an, ihr gewaltiger Busen bebte. »Was … was … sagst du da?«, keuchte sie. »Du willst dich scheiden lassen?« Ihre Stimme war jetzt schrill. »Nur über meine Leiche!«, schrie sie nun. »Hast du mich verstanden? Nur über meine Leiche.« Mühsam erhob sie sich aus dem Sessel, begab sich auf wackeligen Beinen zur Tür und riss sie auf. »So einfach wirst du mich nicht los, das verspreche ich dir.« Ihre Stimme überschlug sich und war überall im Haus zu hören. »Ich habe mir nichts zuschulden kommen lassen, im Gegensatz zu dir. Eine Scheidung kommt für mich nicht in Frage. Ich sage es noch einmal: nur über meine Leiche!«

Kuno hatte Alexa und Innegrit eben im Salon einen Tee serviert, als der Lärm aus der Bibliothek zu hören war. »Na, mir wird ja hier einiges geboten«, sagte Innegrit trocken. »Hast du eine Ahnung, was da los ist?«

Nun, da Hubertus offensichtlich selber mit Anneliese geredet hatte, sah Alexa keinen Grund mehr, ihrer Freundin gegenüber zu schweigen. »Ich denke, Hubertus hat Anneliese gerade um die Scheidung gebeten.«

»Grundgütiger Gott!« Innegrit schlug die Augen gen Himmel. »Nach dem, was wir da eben gehört haben, gibt es Krieg … nicht nur zwischen Preußen und Dänemark.«

Trotz der schrecklichen Situation musste Alexa lachen. »Du bist wirklich unschlagbar, Innegrit. Aber ich fürchte, du hast

Recht. So einfach wird sich meine Schwägerin wohl nicht geschlagen geben.« In dem Moment rauschte Anneliese, ohne sie eines Blickes zu würdigen, an ihnen vorbei. »Mein armer Bruder. Ich fürchte, das macht ihn alles noch viel kränker. Hätte ich gestern bloß den Mund gehalten.«

»Du bist wirklich die Letzte, die sich Vorwürfe machen kann. Hier liegt doch schon seit Jahren alles im Argen. Und ehrlich gesagt: Ich an deiner Stelle hätte Anneliese längst mit einem nassen Lappen erschlagen.« Sie stand auf. »Du gehst jetzt am besten zu deinem Bruder, und ich kümmere mich um unser Gepäck. Ich denke, wir sollten gleich abreisen.«

Alexa betätigte die silberne Klingel. Augenblicklich stand Kuno in der Tür. »Gräfin Delwitz und ich reisen ab«, sagte sie. »Würdest du bitte Friedrich Bescheid sagen, dass er uns in einer Stunde zum Bahnhof bringen möchte.«

»Selbstverständlich, ich kümmere mich sofort darum.«

Alexa fand Hubertus in der Bibliothek. Er saß zusammengesunken in einem Sessel, vor sich eine Flasche Cognac. Sein Gesicht war schneeweiß. »Hubertus, es tut mir so leid.« Sie strich ihm mitleidig über das Haar. »Das ist alles meine Schuld.«

»Du hast es also schon gehört?«

»Anneliese war ja nicht zu überhören. Ich fürchte, das wird sich wie ein Lauffeuer verbreiten. Was meinst du: Besteht irgendeine Chance, dass sie doch noch nachgibt?«

»Nein, ich fürchte nicht«, sagte er niedergeschlagen. »Ich habe schon vor einiger Zeit mit Rechtsanwalt Kölichen darüber gesprochen, und er meinte, eine Scheidung wäre nur in beiderseitigem Einverständnis möglich. Oder wenn man seiner Ehefrau eine Verfehlung nachweisen kann.« Er schnaufte. »Unleidlichkeit gehört leider nicht auf die Liste der Verfehlungen, und seine ungeliebte Ehefrau einfach zu verstoßen wie im

Orient geht hier leider nicht.« Er seufzte. »Was soll ich denn jetzt tun, Alexa? Ich hatte so sehr gehofft, dass Anneliese sich einsichtig zeigen würde.«

»Ich weiß es nicht, du Armer. Aber glaub mir, ich werde für dich da sein, wann immer du mich brauchst.« Sie strich ihm über die Wange. »Ach Hubertus, ich wünschte, ich hätte all das nicht in Gang gestoßen. Und bitte versteh, dass ich eine Weile nicht herkommen werde, bis die Wogen sich ein wenig geglättet haben. Grüß Finchen von mir, und sag ihr, dass ich sie sehr lieb habe. Ich werde mich ausnahmsweise nicht persönlich von ihr verabschieden, ich könnte jetzt keine tränenreiche Abschiedsszene ertragen.« Sie umarmten sich. »Halt die Ohren steif, mein lieber Bruder. Wir sehen uns sicher bald in Königsberg. Darf ich Lena von den unerfreulichen Vorfällen hier berichten?«

»Ja, natürlich. Und grüß sie herzlich. Nächste Woche sehen wir uns, wenn ich es hier überhaupt so lange aushalte.«

Anneliese verschanzte sich tagelang in ihrem Boudoir. Hubertus hatte Arndt sofort von den schrecklichen Szenen berichtet, und so kamen Arndt und Lissy fast jeden Tag vorbei, um ihrem Freund in seiner Verzweiflung beizustehen. Acht Tage nach der Auseinandersetzung saßen sie mit Hubertus im Salon und tranken Tee, als Anneliese plötzlich eintrat und so tat, als sei nichts geschehen.

»Ach, ihr seid zu Besuch. Wie nett.« Sie ließ sich von Kuno eine Tasse Tee reichen und wandte sich dann an Hubertus. »Du siehst aber gar nicht gut aus, mein Lieber. Macht dein Magen dir wieder zu schaffen?« Sie lächelte süßlich. »Du solltest vielleicht einen Spezialisten hinzuziehen.«

Lissy war sprachlos. Was dachte sich diese Frau bloß? Dass alles so weiterging, als sei nichts geschehen? Schließlich sprach inzwischen der ganze Landkreis darüber, dass Hubertus sie um die Scheidung gebeten hatte, sie den Wunsch aber abgeschlagen hatte. Aber Anneliese tat, als sei es das Normalste auf der Welt, mit ihrem Mann und Freunden Tee zu trinken und unbefangen zu plaudern. Arndt erlangte seine Fassung als Erster wieder. »Es ist erfreulich, zu sehen, dass es dir besser geht, Anneliese«, sagte er betont freundlich.

»Ja, es geht mir sehr gut. Die paar Tage Erholung haben mir gutgetan.« Nach einer Weile erhob sie sich. »So, meine Lieben, ich möchte meine Kräfte nicht überstrapazieren. Und Lissy, besuch mich doch recht bald wieder.« An der Tür drehte sie sich noch einmal um. »Ach Hubi, ich nehme an, du fährst demnächst wieder nach Königsberg. Würdest du bitte daran denken, dich dort nach einem Hauslehrer umzusehen.« Einen Moment herrschte ein betretenes Schweigen, dann sagte Lissy: »Die Frau hat wirklich Nerven! Sie tut ja tatsächlich so, als sei nichts geschehen.«

Ein paar Tage später eilte Hubertus gleich nach seiner Ankunft in Königsberg zu seiner Schwester. »Hast du schon gehört? Es herrscht Krieg.«

»Jetzt ist es also so weit«, sagte Alexa betrübt.

»Ja, Wrangel hat gestern mit seinen Truppen die Grenze von Holstein und Schleswig überschritten. Es soll große Verluste gegeben haben. Ich hoffe, dass du diesbezüglich keine traurige Nachricht erhältst.« Es war das erste Mal, dass er sie auf ihre heimliche Affäre ansprach.

»Danke, Hubertus. Du glaubst gar nicht, wie sehr mich das belastet. Ich schwebe in tausend Ängsten. Aber lass uns von etwas Anderem reden. Hast du noch einmal mit Anneliese gesprochen? Willigt sie vielleicht doch in die Scheidung ein?«

»Nein, das tut sie nicht. Ich habe es noch einmal in Ruhe versucht, aber sie droht mit Selbstmord und mit einem Skandal und was weiß ich noch was. Ich verstehe das nicht recht, denn eine Scheidung hätte doch auch für sie Vorteile, sie wird doch nicht müde, zu betonen, wie unglücklich sie mit mir ist. Aber vielleicht ist das immer noch besser, als ohne mich zu sein. Ich weiß es nicht, jedenfalls weicht sie keinen Millimeter von ihrem Standpunkt ab. Also führe ich mein Leben weiter wie bisher. Aber in einem bin ich hart geblieben: Ich lasse nicht zu, dass sie dir das Haus verbietet.«

»Und was sagt sie dazu?«

Hubertus lächelte. »Ich weiß nicht, ob ich dir erzählt habe, dass ich Gut Berschken gekauft habe.«

»Wirklich?« Alexa war ehrlich erstaunt.

»Ja, Arndt hatte mir dazu geraten. Die Berschkens sind kurz hintereinander gestorben, und da es keine Erben gab, wurde es mir zu einem sehr günstigen Preis angeboten. Für mich war das sehr reizvoll, weil das Gut direkt an unseren Besitz grenzt.«

»Ich weiß. Noch dazu hat es dieses prachtvolle Herrenhaus!«, rief Alexa begeistert.

»Ja, es ist wirklich besonders schön. Ich habe Anneliese also kurzerhand gesagt, dass ich in Erwägung ziehe, meinen und Finchens Lebensmittelpunkt und natürlich auch alle gesellschaftlichen Anlässe dorthin zu verlegen, da ich nicht gedenke, auf deine Gesellschaft zu verzichten. Da hat sie zähneknirschend nachgegeben.«

»Sie hat sofort eingelenkt?«

»Nein, ich musste noch stärkere Geschütze auffahren.« Er lachte laut auf. »Ich habe ihr gesagt, dass sie dort selbstverständlich unerwünscht ist und dass ich darüber nachdenke, die Gawellkes bei ihr einzuquartieren.«

Alexa stimmte in sein Lachen ein. »Das wäre vermutlich das Schlimmste für sie. Dann erträgt sie doch lieber mich.« Sie seufzte. »Ich habe keine Ahnung, wie ich mich ihr gegenüber verhalten soll. Sie weiß ja, wie ich über sie denke.«

»Mach dir darüber keine Gedanken. Seit eurem Streit ist sie überaus freundlich und tut so, als sei nichts geschehen. Genau so wird es auch sein, wenn du das nächste Mal kommst.«

»Meinst du wirklich?«

»Ja, und als Finchen neulich nach dir fragte, meinte sie, dass wir dich sicher Ostern bei uns sehen würden.«

Alexa konnte das kaum glauben.

»Ich habe übrigens noch ein Zugeständnis gemacht«, sagte Hubertus. »Du weißt, Anneliese liegt mir seit Monaten in den Ohren, einen neuen Hauslehrer für Finchen zu suchen. Ich werde morgen in der ›Hartungschen Zeitung‹ eine Annonce aufgeben. Könntest du dir die jungen Männer ansehen und den, der dir geeignet erscheint, engagieren? Ich vertraue auf deine Menschenkenntnis.«

»Aber das tue ich doch gern.«

Bereits in der folgenden Woche stellten sich die ersten Hauslehrer vor. Jeder versuchte, sich in einem besonders guten Licht darzustellen, einige hatten sogar hervorragende Empfehlungsschreiben. Aber an jedem war etwas, was Alexa missfiel. Der eine war zu alt, der andere erschien ihr zu betulich, und ein junger Student wollte sich nur nebenher etwas dazuverdienen. Sie war gerade dabei, Hubertus zu schreiben, dass seine Annonce leider ohne Erfolg gewesen war, als Hilde ihr meldete, ein Herr Kreuzner wünsche sie zu sprechen. »In welcher Angelegenheit?«, fragte Alexa.

»Der junge Mann kommt auf Grund der Annonce.« Alexa überlegte kurz, ob sie ihn überhaupt empfangen sollte. Eigentlich hatte sie keine Lust, sich eine weitere Lobeshymne auf die eigene Person anzuhören, aber dann beschloss sie, dass er der Letzte sein würde, den sie empfing. »Ich lasse bitten.« Ein hochgewachsener junger Mann, Alexa schätzte ihn auf Anfang zwanzig, betrat den Raum und begrüßte sie mit einem Handkuss. »Verzeihen Sie, Gräfin, dass ich mich erst heute auf die Annonce melde. Es war mir aus persönlichen Gründen leider nicht früher möglich.« Alexa bot ihm einen Platz an. Das war der erste Kandidat, der ihr auf Anhieb gefiel. Er hatte Manieren, und außerdem sah er blendend aus. »Wollen Sie mir diese Gründe vielleicht verraten?«

»Ich fürchte, dass ich das tun muss.« Er räusperte sich. »Leider habe ich keinerlei Zeugnisse, aber Sie können sich selbstverständlich über mich bei meinem Doktorvater Professor Kaminski erkundigen. Ich studiere hier in Königsberg baltische Sprachen, Deutsch und Orientalistik und stehe kurz vor dem Staatsexamen, außerdem schreibe ich an meiner Doktorarbeit. Natürlich bin ich in der Lage, in diesen Fächern und natürlich auch in Mathematik Unterricht zu geben.« Er sah sie mit seinen großen dunklen Augen offen an. »Leider kann ich aus finanziellen Gründen momentan nicht zu Ende studieren. Ehrlich gesagt fehlen mir die Mittel. Mein Vater hatte wohl etliche falsche Investitionen getätigt, jedenfalls ging sein gesamtes Vermögen und das meiner Mutter bei der Krise verloren.« Er sprach jetzt sehr leise. »Nun, mein Vater hat sich vor zwei Jahren erschossen.«

Alexa erinnerte sich dunkel, von so etwas gehört zu haben, auch von Spielschulden war die Rede gewesen. Mitleidig sah sie ihn an. »Und nun fehlen Ihnen die Mittel, Ihr Studium abzuschließen?«

»Ja. Ich muss dringend Geld verdienen. Meine Mutter hat

alles versucht, ihre Sorgen vor mir zu verbergen, aber nun ging es nicht mehr. Wir müssen unser Haus in den Hufen verkaufen, es ist vollkommen überschuldet, und ich war die gesamte letzte Woche damit beschäftigt, mit der Bank und eventuellen Käufern zu verhandeln.«

»Darf ich Sie fragen, wie alt sie sind?«

»Ich werde im April neunzehn.«

Er wirkt so erwachsen, dachte Alexa. Sie musterte ihn eingehend und versuchte, ihn sich zusammen mit Josefine im Unterricht vorzustellen. Doch, dieser junge Mann hier würde ihr und Hubertus gefallen. Ihre Entscheidung fiel schnell. »Wann könnten Sie anfangen?«

Der junge Mann freute sich sichtlich. »Ich würde meiner Mutter gern noch bei der Wohnungssuche und dem Umzug helfen. Das wird vielleicht noch einige Zeit in Anspruch nehmen. Bis Ende März aber müsste das geschafft sein … wenn es geht?« Er blickte sie flehend an.

Alexa lächelte. »Sie sind engagiert, Herr Kreuzner. Bitte nehmen sie am 1. April den Zug nach Insterburg, unser Kutscher wird Sie vom Bahnhof abholen. Und ich werde meinem Bruder, Baron von Ehrenfeld, heute mitteilen, dass ich den richtigen Mann für seine Tochter gefunden habe.« Nie hätte sie geahnt, welche Bedeutung dieser Satz einmal haben würde.

Tilo hatte geschrieben, endlich! Mit zitternden Händen riss Alexa den Brief auf.

7. Februar 1864

Geliebte Alexa,

schnell ein paar Zeilen, damit Du weißt, dass ich lebe. Es geht mir gut, nur Eis und Schnee machen uns schwer zu schaffen. Ich weiß im Moment nicht, was ich mir sehnlicher herbeiwünsche, den Frühling oder Dich zu sehen. Ich vermisse Dich so sehr, meine Geliebte.

Gestern haben wir die Schlei überschritten und rücken weiter vor Richtung Flensburg.

Ich muss Schluss machen. Sei umarmt von

Deinem

Tilo

P. S. Mach Dir keine Sorgen um mich. Unkraut vergeht nicht!

Der Brief war vierzehn Tage alt. Wo mochte Tilo wohl jetzt stecken? Jeden Tag erschienen Berichte in den Zeitungen über das Vorrücken der preußischen Armee und zahlreiche Verluste. In Alexas Freundeskreis betrauerten schon mehrere Familien den Tod eines Ehemannes oder Sohnes. Sie wartete jeden Tag auf Nachrichten von Tilo und erhielt noch zwei weitere kurze Briefe. Dann entschloss sie sich, über Ostern nach Gut Haffingen zu fahren.

Der März war weit fortgeschritten, ein Hauch von Frühling lag in der Luft, als Friedrich sie am Bahnhof abholte. »Baronesschen Alexa«, sagte er strahlend. »Was fir äine Freude, Sie wiederzusehen. Is ja man schon ne janze Weile her.«

»Ja, mein guter Friedrich, das ist es. Sind zuhause alle wohlauf?«

»Ja …« Er zögerte einen Moment. »Bloßig der jnädje Herr …

ich kann mir da nich so richtich verlautbaren lassen, aber der macht mir äin bisschen Sorjen … wenn ich mir erlauben darf: Äin bisschen sehr klabastrich kommt er mir vor.«

»Natürlich darfst du, Friedrich. Wie lange bist du jetzt bei uns?«

»Müssen jetzt wohl mehr als vierzig Jahre sein.«

Meine Güte, dachte sie, *da war ich gerade mal geboren.* »Du darfst dir alles erlauben, mein Guter. Und mach dir keine Sorgen, mein Bruder ist bei Doktor Grüben in den besten Händen.« Aber da war sie sich inzwischen gar nicht mehr so sicher. Lissy hatte ihr bei ihrem letzten Besuch erzählt, dass Hubertus schon seit zwei Jahren nicht mehr am Schlachtfest teilgenommen hatte. Er vertrug die fetten Würste nicht, und der Geruch des frischen Blutes verursachte ihm Übelkeit. »Ach noch etwas, Friedrich. Am 1. April kommt aus Königsberg der neue Hauslehrer meiner Nichte. Ein junger Mann namens Kreuzner. Würdest du ihn bitte vom Zug abholen.«

Alexa genoss die Fahrt in der offenen Kutsche. Die Sonne strahlte von einem tiefblauen Himmel, und der feuchte Boden roch nach Frühling. Noch waren die Wege aufgeweicht, aber in wenigen Tagen würden sie trocken sein. An den Bäumen und Büschen schimmerte das erste Grün, vereinzelte Krokusse steckten ihre Köpfe heraus, und die ersten Stare und Störche waren zurück. In den Vorgärten der Höfe arbeiteten die Bauersfrauen, und die Hofhunde bellten, als die Kutsche vorbeifuhr. Das Land war aus dem Winterschlaf erwacht.

Bei ihrer Ankunft auf Gut Haffingen war Alexa entsetzt, als sie ihren Bruder sah. Jetzt verstand sie, was Friedrich mit »klabastrich« gemeint hatte. Klapprich war die richtige Bezeichnung für seinen Zustand. In den vergangenen Wochen, seit sie ihn zuletzt gesehen hatte, war er körperlich offensichtlich immer schwächer geworden. Bei der Begrüßung ließ Alexa sich von ihrem Entsetzen nichts anmerken, beschloss aber, bei der nächsten Gelegenheit mit Doktor Grüben zu reden. Alexas Befürchtungen in Bezug auf Anneliese bewahrheiteten sich nicht. Anneliese benahm sich tatsächlich so, wie Hubertus vorausgesagt hatte. Sie war ausgesprochen freundlich, vielleicht ein wenig reservierter als sonst, aber das konnte Alexa sogar nachvollziehen.

Am Abend kamen Arndt und Lissy, um Alexa zu begrüßen. »Endlich bist du wieder da«, sagte Lissy, als sie einen Moment alleine waren. »Das ist der erste Lichtblick seit langer Zeit. Anneliese ist zwar wesentlich verträglicher als früher, aber auch irgendwie verändert seit eurem Streit. Ich weiß nicht genau, was das zu bedeuten hat, aber glaub mir, die kocht was aus.«

»Oh Gott.« Alexa rollte die Augen. »Hoffentlich mischt sie mir kein Gift ins Essen!« Aber gar so lustig war ihr nicht zumute. Sie wusste um Lissys Gespür für Stimmungen, eine solche Vorahnung sollte man nicht unbeachtet lassen.

Lissy schmunzelte und wechselte das Thema. »Hast du Josefine schon gesehen? Sie wird langsam eine kleine Dame.«

»Ja, sie ist ja bald fünfzehn, und jedes Mal, wenn ich komme, ist sie ein Stück gewachsen und noch hübscher.«

»Weißt du eigentlich, dass sie gar nicht begeistert ist, bald von einem Lehrer unterrichtet zu werden? Sie hat Angst, dass Anneliese ihre Gouvernante dann für überflüssig hält. Und Josefine will sich auf keinen Fall von ihr trennen.«

»Zutrauen würde ich Anneliese das, aber da hat Hubertus ja auch noch ein Wörtchen mitzureden. Als er in Königsberg war, hat er mir versichert, dass er Fräulein von Allhorns Bedenken diesbezüglich schon ausgeräumt hat und sie auf jeden Fall weiter auf Gut Haffingen bleiben würde. Schließlich kann man von einem jungen Mann nicht verlangen, Josefine sittliches Benehmen beizubringen und sie in Stricken und Sticken zu unterweisen, worauf Anneliese ja so besonderen Wert legt.«

Nach dem Abendessen nahmen die Herren ausnahmsweise den Mokka und ihren obligatorischen Cognac mit den Damen im Salon ein, um damit Alexas Ankunft gebührend zu würdigen.

»Ich habe gehört, dass du einen Hauslehrer für Josefine gefunden hast. Ich hoffe, dass er ein angenehmer Mensch ist, schließlich wird er mit uns bei Tisch sitzen«, warf Anneliese ein.

»Oh, da kann ich dich beruhigen.« Alexa lächelte nachsichtig. »Er ist ein äußerst wohlerzogener junger Mann mit fabelhaften Manieren. Und obendrein eine Augenweide.«

»Was meinst du denn damit?« Anneliese war sichtlich schockiert.

»Ich nehme an, er sieht besonders gut aus«, lachte Lissy. »Das sind doch schöne Aussichten.«

Anneliese schüttelte missbilligend den Kopf. »Wenn das die Kriterien sind, nach denen du ihn ausgesucht hast, wird er wohl nicht lange hier verweilen.«

Am 1. April holte Friedrich den neuen Hauslehrer wie vereinbart am Bahnhof ab.

Hubertus war nach einem ersten Gespräch angenehm überrascht von Alexas Wahl. »Ich wusste, dass ich mich auf deine Menschenkenntnis verlassen kann. Dieser junge Mann macht einen fabelhaften Eindruck.« Er schmunzelte. »Und du hast nicht übertrieben. Er sieht wirklich sehr gut aus. Lissy wird begeistert sein.«

»Hat er dir erzählt, dass er auch Schach und Whist spielt?«, fragte Alexa.

»Nein, aber das ist ja wunderbar. Dann kann er an Anneliese Stelle der vierte Mann beim Whist sein. Du weißt, was für eine lausige Kartenspielerin sie ist.«

Josefines anfängliche Ablehnung gegen den neuen Lehrer war nach wenigen Tagen verflogen, zumal Fräulein von Allhorn ebenfalls äußerst angetan von ihm war. »Er ist wirklich sehr gebildet«, vertraute sie Alexa an. »Und so geduldig, man könnte ihn fast sanft nennen. Ich bin ja dabei, wenn er Josefine unterrichtet und kann selbst noch viel von ihm lernen.« Als Fräulein von Allhorn Ähnliches Anneliese gegenüber erwähnte, beschränkte die sich auf einen bissigen Kommentar. »Wie schön, dass auch einmal etwas gewürdigt wird, was ich veranlasst habe.« Es klang nicht besonders freundlich.

Alle Gäste, die über Ostern zu Besuch gewesen waren, waren abgereist, außer Innegrit, die mit dem Nachmittagszug nach Tilsit weiterreisen wollte, um weitere Freunde zu besuchen. Man saß zusammen mit Lissy, die ihre Freundin verabschieden wollte, beim Kleinmittag, als Kuno die Post und die Zeitungen hereinbrachte. Hubertus las die Schlagzeile des obenauf liegenden Blattes laut vor. »18. April. Schlacht bei den Düppeler Schanzen. Sind die Dänen bald geschlagen?«

»Da kann man ja nur beten, dass der Krieg bald vorbei ist«, rief Innegrit. »Es ist einfach furchtbar. Jeden Tag bekomme ich Todesanzeigen.«

»Ja, es sind wieder einige unserer Jungen gefallen«, sagte Hubertus, der den Artikel überflog. »Meine Güte, wie schrecklich! Ich lese gerade den Namen Baron Tilo von Rechenhain. War er nicht …« Ein zunächst leises und dann immer lauter werdendes »Nein! Nein! Nein!« ließ ihn innehalten. Alle sahen Alexa an, die kreidebleich war. Sie versuchte aufzustehen, schwankte und sackte dann in sich zusammen. »Was hat sie denn?«, fragte Anneliese. »Ist ihr nicht gut?«

»Offensichtlich nicht«, sagte Innegrit scharf. »Kann mir bitte jemand helfen? Wir müssen sie in ihr Zimmer bringen.«

Als Alexa die Augen aufschlug, saßen Innegrit und Lissy an ihrem Bett. Für einen Moment schien sie nicht zu wissen, was geschehen war, doch dann schlug sie die Hände vors Gesicht und brach in haltloses Schluchzen aus. »Mir bricht es das Herz«, weinte sie. »Ich habe es geahnt! Die ganze Zeit habe ich es geahnt! Es ist einfach furchtbar.«

»Beruhige dich, Alexa. Was ist denn bloß los? Was hast du geahnt?« Doch in diesem Moment fiel es Innegrit wie Schuppen von den Augen. Sie tauschte einen vielsagenden Blick mit Lissy, der ihr sagte, dass auch die Freundin verstanden hatte. Trotzdem fragte sie: »Hast du denn den armen Baron von Rechenhain näher gekannt?«

»Ob ich ihn näher gekannt habe?«, stieß Alexa unter Tränen hervor. »Er war die Liebe meines Lebens! Oh mein Gott, wie soll ich bloß ohne ihn weiterleben?«

Die Freundinnen wussten keinen Rat. Insbesondere als Alexa, nun, da es heraus war, immer wieder von Weinkrämpfen geschüttelt, von den vergangenen fünf Jahren erzählte, die die glücklichsten ihres Lebens gewesen waren.

Innegrit blieb auch in der Nacht bei ihr. Am nächsten Tag reiste Alexa zusammen mit Innegrit ab, die darauf bestand, ihre Freundin zu begleiten. »Ich lasse dich auf gar keinen Fall alleine fahren«, hatte sie auf Alexas Einwände gesagt. »Ich habe meinen Freunden in Tilsit bereits ein Telegramm geschickt, dass ich dringend zurück nach Königsberg muss und sie ein andermal heimsuchen werde.« Hubertus, der sofort verstanden hatte, wer der geheimnisvolle Geliebte seiner Schwester war, zeigte volles Verständnis für ihre überstürzte Abreise. Nur Anneliese verstand gar nichts. »Was hat sie denn bloß? Wieso bricht sie bei der Todesnachricht eines Menschen zusammen, den sie kaum kennt?« Sie schüttelte den Kopf.

»Sie scheint mir im Wechsel zu sein, da hat man hin und wieder solche Anwandlungen«, bemerkte Lissy beschwichtigend.

»Ja, das scheint mir der Grund zu sein«, pflichtete Innegrit ihr bei, und danach wurde nicht mehr darüber gesprochen.

Alexa war untröstlich. Zuhause in Königsberg fand sie noch einen letzten Brief von Tilo vor, den er kurz vor seinem Tod geschrieben haben musste. Mit zitternden Händen riss sie ihn auf.

Meine Geliebte,

seit Wochen belagern wir die Düppeler Schanzen. Morgen wird es wohl zur entscheidenden Schlacht kommen. Gott sei Dank ist es nicht mehr so kalt, unsere Frostbeulen verschwinden langsam. Mein Vater hat mir über Feldmarschall Wrangel, den er seit seiner Jugend kennt, eine Nachricht zukommen lassen, dass meine Mutter schwer erkrankt ist, und ich hoffe, für ein paar Tage Urlaub zu bekommen. Auf der Rückreise an die Front werde ich für ein paar Stunden bei Dir vorbeikommen. Ich kann es kaum erwarten, Dich in meine Arme zu schließen.

In Liebe

Dein Tilo

Schluchzend reichte sie den Brief an Innegrit weiter, die darauf bestanden hatte, sie die nächsten Tage nicht allein zu lassen. Innegrit, der sonst zu jeder Gelegenheit etwas Passendes einfiel, fand keine Worte des Trostes. Schweigend saßen sie zusammen. »Wenn du zu seiner Beerdigung gehen willst, werde ich dich begleiten«, sagte sie schließlich.

»Nein, man würde Fragen stellen, was ich dort zu suchen hätte. Dem möchte ich mich nicht aussetzen. Aber wenn etwas Zeit vergangen ist, möchte ich gern sein Grab besuchen. Dann wäre es mir ein großer Trost, dich an meiner Seite zu sehen.«

An einem warmen Frühlingstag Mitte Mai entstiegen zwei tief verschleierte, in Schwarz gekleidete Damen in Allenstein dem Zug und machten sich Arm in Arm auf den Weg zum örtlichen Friedhof. Dort fanden sie schnell das rechenhainsche Familiengrab mit zwei frischen Gräbern, über und über bedeckt mit Kränzen und Blumengestecken, deren Blüten bereits die Köpfe hängen ließen. Eine kleine alte, ganz in Schwarz gekleidete Frau zupfte die braunen und verwelkten Blüten ab. Erstaunt sah sie sich nach den beiden Fremden um. »Sind Se Freundinnen von der Frau Baronin?«, fragte sie freundlich.

»Nein«, sagte Innegrit schnell. »Wir besuchen das Grab eines Freundes. Wann ist die Baronin denn gestorben?«

»Ach, als die Nachricht vom Tod von unserem Tilochen jekommen is.« Sie deutete auf das zweite Grab. »Da liegt er, das Armerchen. Fir's Vaterland is er jestorben.« Sie wischte sich die Augen mit ihrem Taschentuch. »Die Frau Baronin war ja man sehr krank, missen se wissen, hat die janze Zeit jewartet, dass er noch mal kommt. Und als sie jehört hat, dass er nich mehr is, da hat se jesacht, dann werd ich schnell zu ihm jehen, und is äinjeschlafen.«

»Und wer sind Sie?«, fragte Alexa leise. Ihre Stimme zitterte.

»Iber vierzich Jahre war ich Dienstmädchen bei Rechenhains. Ach, ich hab das Tilochen ja so lieb jehabt!« Sie begann jetzt, leise zu weinen, und Innegrit zog Alexa auf eine Bank unweit der beiden Gräber. »Komm, lass uns eine Weile ausruhen«, flüsterte sie.

Alexa blickte sie dankbar an. Bisher war es ihr unter Aufbietung all ihrer Kraft gelungen, sich zusammenzureißen, nun aber begann sie, haltlos zu weinen. »Ach Innegrit, wie soll ich bloß ohne ihn weiterleben«, schluchzte sie leise.

Innegrit wusste, dass in diesem Augenblick jedes Wort zu viel war. Sie war einfach nur da und streichelte den Arm ihrer Freundin, eine Geste, die Alexa ihr nie vergessen würde. Lange saßen sie auf der Bank, dann verweilten sie noch im stillen Gebet vor den beiden Gräbern, bis sie sich schließlich schweren Herzens auf den Rückweg zum Bahnhof machten.

Während der gesamten Rückfahrt sprachen sie kein Wort. Jeder hing seinen Gedanken nach. Alexa blickte aus dem Fenster und sah ihre geliebte ostpreußische Landschaft an sich vorbeifliegen. Plötzlich hatte sie wieder Augen für die blühenden Kastanienbäume, das Maigrün der Birken und Büsche und die mit Butterblumen und Gänseblümchen übersäten Wiesen. Das alles atmete Leben, und das alles würde ihr geliebter Tilo nie mehr sehen. Sie seufzte. Das Leben ging weiter, und sie gestand sich ein, dass diese fünf Jahre wie ein Traum gewesen waren. Aber auch ein Traum, der irgendwann aus einem anderen Grund schmerzlich zu Ende hätte gehen können. Tilo hätte nicht gewollt, dass sie nun aufhörte zu leben. Sie fasste einen Entschluss.

Als sie am Abend nach Hause kamen, machte Alexa eine Flasche Champagner auf. »Lass uns auf Tilo trinken und auf die wunderbare Zeit, die ich mit ihm hatte. Aber jetzt ist es vorbei, und ich will nach vorne sehen.« Sie prosteten sich zu. Innegrit lachte. »Das ist das richtige ostpreußische Marjellchen, was da aus dir spricht. Ich bin stolz auf dich, meine alte Freundin. Die Erinnerung kann dir keiner nehmen. Hüte sie wie einen Schatz. Und noch etwas: Lissy und ich haben dich fast ein bisschen beneidet um diese große Liebe. Gut, sie hat Arndt und ist glücklich mit ihm, aber sieh mich an. Ich bin seit acht Jahren verwitwet, und für mich interessieren sich nur alte Kerle, deren Gattin auch verblichen ist oder aber eine gehörige Macke hat.« Sie trank einen großen Schluck Champagner. »Und diese Herren brauche ich so dringend wie einen Kropf. Leider laufen junge und vor allem so schöne Männer ja kaum frei rum.«

Alexa schmunzelte. Sie redeten noch die halbe Nacht, kicherten und ließen ab und zu auch ein paar Tränen freien Lauf, bis sie um Mitternacht gehörig angetrunken ins Bett fielen.

Am nächsten Tag zog Innegrit nach dem Frühstück wieder in ihr eigenes Haus. Vier Monate später endete der Krieg mit dem Sieg Preußens. Alexa weigerte sich, an den anschließenden Siegesfeiern teilzunehmen.

Bernhard Kreuzner lebte sich schnell auf Gut Haffingen ein und wurde bald zu einem festen Bestandteil des Familienlebens. Seine Befürchtung, einer verwöhnten höheren Tochter Rechnen und Schreiben beibringen zu müssen, wich bald einer echten Begeisterung für seine wissbegierige kleine Schülerin. Er wunderte sich über ihr umfangreiches Wissen und war erstaunt, als er hörte, dass dieses ausschließlich aus dem Unterricht der Gouvernante stammte. Eines Tages, als man gemeinsam mit Lissy bei Tisch saß, fragte Hubertus: »Nun, Herr Kreuzner, wie kommen Sie voran mit meiner Tochter?« Er zwinkerte Josefine zu, die verschämt die Augen niederschlug. »Ist sie denn den Anforderungen eines Studiosus gewachsen?«

»Oh ja, Herr Baron, das ist sie. Und ich möchte betonen, dass sie eine hervorragende Vorbildung genossen hat. Wie ich hörte, wurde sie in den letzten Jahren ausschließlich von Fräulein von Allhorn unterrichtet.« Er nickte der Gouvernante lächelnd zu. »Darf ich Ihnen meine aufrichtige Bewunderung aussprechen.«

Fräulein von Allhorn errötete vor Freude. »Danke, Herr Kreuzner, das ist wirklich sehr freundlich von Ihnen.«

»Und die Aufsätze der Baroness sind druckreif«, fuhr Bernhard Kreuzner fort. »Manches hätte ich nicht besser formulieren können. Nur in Mathematik gibt es noch ein paar Lücken.«

»Ich muss zugeben«, lachte Fräulein von Allhorn, »dass Mathematik nicht gerade meine Stärke ist.« Man sah ihr an, wie gut ihr das Kompliment des jungen Lehrers getan hatte. Auch Josefine hatte jetzt ihre Verlegenheit überwunden und plapperte drauflos. »Was meinst du, Papachen, vielleicht sollte ich Schriftstellerin werden. Oder Malerin. Fräulein von Allhorn findet auch …«

»Was redest du denn da für einen Unsinn!«, unterbrach Anneliese sie. »Du wirst gar nichts werden! Schriftstellerin … dass ich nicht lache. Du wirst heiraten und Kinder kriegen, wie alle anständigen jungen Frauen.« Sie wandte sich an den Lehrer. »Verschwenden Sie nicht zu viel Zeit auf die Mathematik, Herr Kreuzner. Erstklassige Manieren und eine gute Allgemeinbildung sind die wichtigsten Voraussetzungen für junge Mädchen, einen passablen Ehemann zu finden.«

Diesmal war es Lissy, die kurz vor der Explosion stand. Nur der traurige Blick von Hubertus ermöglichte es ihr, die Contenance zu wahren.

An den Vormittagen unterrichtete Bernhard Kreuzner Josefine, die Nachmittage standen zu seiner freien Verfügung. Anfänglich zog er sich nach dem Mittag- und Abendessen sofort zurück, um an seiner Doktorarbeit zu schreiben, zu lesen oder bei längeren Spaziergängen die Gegend zu erkunden. Einmal, als er am Haus des Verwalters vorbeikam, traf er auf Lissy von Beldow. Sie goss im Vorgarten die Blumen, sah ihn schon von weitem und winkte ihm zu. »Kommen Sie doch herein, Herr Kreuzner«, rief sie. »Ich erwarte meinen Mann gleich zum Tee, und ich bin mir sicher, dass er sich genauso wie ich freut, wenn Sie uns dabei Gesellschaft leisten.« Sie lächelte ihn an. »So oft kommt hier nämlich niemand vorbei.« Arndt von Beldow war tatsächlich sehr erfreut und unterhielt sich so blendend mit dem jungen Mann, dass er ihn bat, doch öfter vorbeizukommen. »Wissen Sie«, sagte er, »wir haben leider keine Kinder, und es ist sehr erfrischend, sich hin und wieder mit jungen Menschen auszutauschen.« Und so entwickelte sich allmählich eine Freundschaft zwischen dem jungen Mann und dem doch bisweilen einsamen älteren Ehepaar. Bald wartete Lissy mit dem Tee auf ihn und war enttäuscht, wenn er nicht kam. Sie fand ihn einfach hinreißend und konnte mehr und mehr verstehen, dass Alexa sich auf die Affäre mit einem jungen Mann eingelassen hatte. Selbstverständlich mühte sie sich, ihre Schwärmerei zu verbergen, und es würde auch nie im Leben jemand erfahren. Arndt allerdings bemerkte es dennoch und zog sie manchmal damit auf. Dann lachte sie verlegen. »Ach mein Alterchen, dir kann doch niemand das Wasser reichen.«

Immer öfter bat Hubertus den jungen Hauslehrer, mit ihm eine Partie Schach zu spielen oder abends den vierten Mann beim Whist zu geben. Auch diskutierte er mit ihm über politische Ereignisse und fragte ihn nach seiner Meinung. Hubertus' Gesundheitszustand hatte sich etwas gebessert, nachdem Doktor Grüben auf Anraten von Alexa einen Spezialisten hinzugezogen hatte, und er besuchte Alexa und sein geliebtes Lenchen wieder regelmäßig. Manchmal begleitete ihn Bernhard Kreuzner nach Königsberg, um seine Mutter zu besuchen und ein paar Besorgungen für sie zu machen. Der Tod ihres Mannes mit den darauf folgenden finanziellen Sorgen hatte ihr schrecklich zugesetzt. Der Verlust des Hauses, in dem sie seit ihrer Hochzeit gelebt hatte und den Rest ihres Lebens verbringen wollte, hatte sie dabei nicht so sehr getroffen wie Bernhards Entschluss, sein Studium zu unterbrechen, um Geld zu verdienen. Alle diese Aufregungen hatten mehrere Herzanfälle nach sich gezogen, und Bernhard machte sich große Sorgen um sie. Aber wenn er ihr begeistert von seiner Lehrertätigkeit auf Gut Haffingen berichtete, von dem entzückenden Kind, ihrem reizenden Vater und den anderen netten Menschen, die er dort kennen gelernt hatte, dann lächelte sie glücklich und haderte nicht mehr allzu sehr mit ihrem Schicksal. Einmal fragte sie: »Du erzählst nie etwas von Josefines Mutter, lebt sie nicht mehr?«

»Doch, natürlich. Habe ich sie wirklich noch nie erwähnt? Nun, es tut mir leid, das zu sagen, aber sie ist kein besonders netter Mensch.«

Seine Mutter sah ihn erstaunt an. »So kenne ich dich ja gar nicht, mein Junge. Jeder Mensch hat doch irgendetwas Nettes.«

»Nein, Mamachen, glaub mir, sie nicht. Sie ist kalt und lieblos zu ihrem Kind, und es ist offensichtlich, dass es darunter leidet. Das mag ich nicht.«

Alexa hatte ihre Wohnung in Berlin aufgelöst und lebte wieder in Königsberg. Die Etikette verbat es, nach den Gründen zu fragen, und Alexa war froh, nicht darauf angesprochen zu werden. Sie hatte sich eng an Innegrit angeschlossen. Wenn die Trauer wegen Tilos Tod sie überfiel, konnte sie mit ihr darüber sprechen und ihren Tränen freien Lauf lassen. Oft gingen sie gemeinsam aus, besuchten Opern- und Theateraufführungen und die häufigen Jour fixes der Königsberger Gesellschaft. Nur Annelieses Jour fixes sagten beide regelmäßig ab. Hin und wieder fuhr Alexa nach Gut Haffingen, meist in Begleitung Innegrits. »Mit dir ertrage ich Anneliese leichter«, sagte sie, wenn ihre Freundin etwas Anderes vorhatte. »Außerdem hast du die Aufgabe, mir gegen das Schienbein zu treten, wenn meine Schwägerin mich wieder zur Weißglut treibt und ich versucht bin, sie umzubringen.«

»Das ist ein Argument, dem ich mich nicht entziehen kann!«, meinte Innegrit dann immer lachend.

Bald wurde Tilos Name kaum noch erwähnt. Innegrit war erleichtert, dass Alexa den schmerzlichen Verlust überwunden zu haben schien. Sie war unternehmungslustig und amüsant wie früher. Deshalb war sie beunruhigt, als Alexa ihr Anfang November, als das Land bereits im Schnee versank, eröffnete, dass sie gedenke, für eine Woche nach Cranz zu fahren. »Diese Reise mache ich allein. Die kurze Zeit mit ihm dort war die glücklichste in meinem Leben. Ich will mich endgültig von Tilo verabschieden.«

»Bist du sicher, dass du das alleine schaffst?« Innegrit war beunruhigt. »Versprichst du mir, dich nicht von einer Klippe ins Meer zu stürzen?«

»Nein, das werde ich ganz bestimmt nicht tun.« Alexa lachte. »Ich sehe dir an, dass du dir Sorgen um mich machst. Aber das brauchst du nicht.« Sie deutete hinaus auf das heftige Schneetreiben. »Es besteht eher die Gefahr, dass ich in einer Schneewehe stecken bleibe und erfriere.«

»Na, dann bin ich ja beruhigt!« Nun lachte auch Innegrit.

Als Alexa in dem Hotel in Cranz ankam, wurde sie vom Geschäftsführer wie im Vorjahr freundlich begrüßt. Sie hatte sich bewusst in Schwarz gekleidet, und es wurden keine Fragen gestellt. Vielleicht wusste man, dass Tilo gefallen war, schließlich war davon in der Zeitung berichtet worden, vielleicht schwieg man aus Höflichkeit – Alexa war es egal, sie war froh, nicht auf seine Abwesenheit angesprochen zu werden. »Ich habe für die Frau Baronin ein Moorbad vorbereiten lassen«, sagte der Geschäftsführer. »Es ist ja wieder so bitterkalt.«

»Das ist ja wunderbar.« Alexa lächelte dankbar. »Wie aufmerksam, dass Sie sich daran erinnern.« Als sie auf ihr Zimmer kam – es war das gleiche wie im Vorjahr –, stand auf dem Tischchen vor dem Kamin eine Kanne mit heißem Grog. Später im Speisesaal war nur ein Tisch besetzt, mit dem älteren Ehepaar vom letzten Jahr.

In den folgenden Tagen besuchte sie alle Plätze, an denen sie mit Tilo gewesen war, hielt Zwiesprache mit ihm, wenn sie auf den Dünen saß und betrachtete das aufgewühlte Meer. Manchmal weinte sie, und dann musste sie wieder lachen über Dinge, die er gesagt hatte. Sie aß frischen Fisch in dem kleinen Hafen von Cranzbeck, wo der Wirt sie wie eine alte Bekannte begrüßte, und nahm ein Moorbad, wenn sie vor Kälte zitternd von ihren Ausflügen zurück ins Hotel kam. Nach einer Woche reiste sie ab. Zum Abschied verteilte sie fürstliche Trinkgelder. Sie wusste, dass sie nie wieder hierher zurückkommen würde.

Weihnachten verbrachte sie wie immer auf Gut Haffingen. Ende des Jahres erfuhr sie von Hubertus, dass er Gut Berschken verpachtet hatte. »Der Graf und die Gräfin von Anhausen sind reizende Leute. Sogar Anneliese ist sehr angetan von ihnen. Zur Hasenjagd wirst du sie kennen lernen.«

»Und sie haben einen heiratsfähigen und vor allem standesgemäßen Sohn«, raunte Lissy ihr später ins Ohr.

Alexa schüttelte ungläubig den Kopf. »Du meinst, sie denkt jetzt schon daran, das arme Finchen zu verkuppeln? Sie ist ja noch nicht einmal sechzehn. Was sagt denn Hubertus dazu?«

»Nichts, ich glaube er hat davon keine Ahnung. Außerdem habe ich den Eindruck, dass es ihm wieder schlechter geht. Der Spezialist hat ihm wohl auch nicht lange helfen können.«

»Ja, das habe ich auch bemerkt. Aber Doktor Grüben meint, er bekäme demnächst ein vielversprechendes neues Medikament auf das er große Hoffnungen setzt.«

»Nicht nur er.« Lissy seufzte. »Der Gedanke, hier ohne Hubertus …«

»Hör auf!« Alexa hob abwehrend die Hände. »An so etwas will ich gar nicht denken.«

1865

Zu Beginn der Hasenjagd bedauerte Alexa, Lissy nicht umfänglicher über die von Anhausens ausgefragt zu haben. Gunther Graf von Anhausen, das musste sie zugeben, war ein reizender Mann von stattlicher Größe. Zwar sah er nicht besonders gut aus mit seinen kurzsichtigen Augen und dem gewaltigen, fast nackten Schädel, dem er versuchte, mit ein paar dünnen Strähnen von seinem Haarkranz etwas von seiner Kahlheit zu nehmen. Aber er war charmant und lustig, und mit seinen Kalauern und Witzen konnte er die gesamte Gesellschaft unterhalten. Gräfin von Anhausen war ein Ebenbild von Anneliese. Sie war nicht besonders groß, genauso rundlich, verfügte über einen ungeheuren Busen und trug auf dem dünnen mausgrauen Haar immer ein Häubchen. Sie war betulich, rümpfte bei jeder kleinen Anzüglichkeit, wie man sie bei ostpreußischen Gesellschaften wahrlich nicht selten zu hören bekam, die Nase und beschwerte sich fortwährend über das Personal. Als Anneliese sie mit »meine liebe Nofretete« begrüßte, konnte Innegrit, die ebenfalls zur Jagd angereist war, ein Lachen nur mit Mühe unterdrücken. »Nofretete! Ich fasse es nicht! Die Eltern der Dame können doch nicht bei Trost gewesen sein.«

Der einzige Sohn des Paares hieß Harald und war ihr ganzer Stolz. Groß und schlaksig machte er trotz seiner zwanzig Jahre den Eindruck eines zu schnell gewachsenen Jungen. Auf seinem Kopf zeigten sich bereits die ersten lichten Stellen, anscheinend hatte er von seinem Vater den Ansatz zur Glatze geerbt. Er bemühte sich unentwegt, zu gefallen, rückte den Damen die Stühle zurecht oder bot sich an, ein Getränk zu holen, wenn kein Diener in der Nähe war. »Der wird ja langsam zu einer lästigen Fliege«, sagte Innegrit eines Nachmittags, als er zum wiederholten Male um sie herumschwarwenzelt war. Einige Herren diskutierten laut über Politik, andere hatten sich an die Spieltische verzogen. »Kann man ihn nicht verscheuchen? Er soll doch spielen gehen.« Alexa beobachtete, wie er sich auf den Weg zu Josefine machte, die etwas weiter entfernt bei Fräulein von Allhorn saß, und begann, auf sie einzureden. »Sehe ich das richtig?«, fragte sie. »Der arme Junge versucht verzweifelt, Finchen zu gefallen.«

»Mir scheint, mit mäßigem Erfolg«, bemerkte Irina von Nöthen. »Das Gebalze kenne ich von meinem Mann, und ich kenne auch sein Gesicht, wenn er damit nicht den rechten Erfolg hat. Genau so sieht der arme Kerl gerade aus.« Tatsächlich hatte Josefine sich bereits wieder der Gouvernante zugewandt. Harald stand da wie ein begossener Pudel. »Da gefällt ihr der Herr Kreuzner wesentlich besser«, rutschte es Lissy heraus.

»Ist das der neue Hauslehrer?«, fragte Mareike Grüben. »Er soll ja blendend aussehen.«

Eine Weile drehte sich das Gespräch um Bernhard Kreuzner, der noch nicht aus dem Weihnachtsurlaub zurück war, und Lissy bedauerte bereits, eine derartige Bemerkung gemacht zu haben. Als Alexa sie am Abend fragte, was sie damit gemeint habe, war sie zerknirscht. »Das war wirklich zu dumm von mir. Einfach unbedacht. Nun ja, du warst ja eine Weile nicht da. Das Finchen himmelt ihn an, das sieht wirklich ein Blinder mit Krückstock.« Sie kicherte. »Kein Wunder, er ist ja auch ein Leckerbissen.«

»Sei nicht albern, Lissy.« Auch Alexa musste lachen. »Ist das sonst noch jemandem aufgefallen?«

»Hubertus, glaube ich nicht, er ist ja selbst vollkommen vernarrt in ihn, aber bei Anneliese bin ich mir nicht sicher. Sie ist nicht besonders freundlich zu dem armen Herrn Kreuzner.«

»Ach, wir wollen das Ganze nicht überbewerten«, sagte Alexa. »Finchen ist ja fast noch ein Kind.«

Als Alexa unmittelbar nach der Hasenjagd abreiste, war Bernhard Kreuzner noch nicht zurück. Ostern spätestens würde sie wieder hier sein, und dann wollte sie der Sache auf den Grund gehen.

Ostern war spät in diesem Jahr. Die Sonne schien seit Tagen von einem wolkenlosen Himmel, und das Thermometer versprach eine längere Schönwetterperiode. Überall im Park blühten Schneeglöckchen. Tulpen und Narzissen säumten die Wege, und auf der Wiese vor der Terrasse waren Tore für das Kricketspiel aufgestellt. Einige Damen flanierten plaudernd auf den gepflegten Kieswegen mit Sonnenschirmen gegen die schon recht warmen Sonnenstrahlen, ein paar Herren saßen im kleinen Pavillon am See und lachten laut über die Kalauer von Graf von Anhausen. Alexa hatte sich mit Innegrit, Lissy und Irina von Nöthen auf der Terrasse niedergelassen. Etwas entfernt unter einer blühenden Kastanie saßen Anneliese und Gräfin von Anhausen. »Seht nur: Nofretete.« Innegrit grinste, über diesen Namen konnte sie sich nicht oft genug lustig machen. »Da haben sich ja zwei gefunden. Sie schnattern und kichern ja ununterbrochen. Wenn Anneliese mit uns zusammensitzt, redet sie kaum.«

»Und wenn, dann nur dummes Zeug«, meinte Irina von Nöthen.

»Oder sie lässt eine Bösartigkeit fallen«, warf Lissy ein, die heilfroh war, dass Anneliese eine neue Freundin gefunden hatte.

»Wer redet nur dummes Zeug und ist auch noch bösartig?«, fragte Amalie Lackner, die sich hinzugesellte.

»Na, Sie bestimmt nicht!«, sagte Lissy. Sie musterte Amalie eingehend. »Aber sehe ich das richtig: Sind Sie schon wieder schwanger?«

Amalie seufzte. »Sie sehen ganz richtig. Wieder den gesamten Sommer zu brüten … das wird kein Vergnügen, kann ich euch sagen. Aber Mathias freut sich so, also bemühe ich mich auch. Und hoffentlich wird es diesmal ein Mädchen nach den vier kleinen Rabauken.«

Alexa sah sich nach Kuno um, der zusammen mit Anton ein Kuchenbuffet aufbaute. »Kuno, weißt du eigentlich, wo die jungen Leute sind? Wollten sie nicht Kricket spielen?«

»Man ist ausgeritten. Der Herr Kreuzner ist übrigens auch dabei. Danach erst ist das Kricket geplant.«

»So, der Herr Kreuzner«, sagte Alexa nachdenklich. Inzwischen war es nicht mehr zu übersehen, dass Josefine über beide Ohren in den jungen Mann verliebt war. Wenn wieder Ruhe im Haus einkehrte, würde sie mit ihrer Nichte darüber reden.

»Hat Hubertus es dir nicht erzählt?«, unterbrach Lissy ihre Gedanken. »Er hat Herrn Kreuzner ein Pferd geschenkt. Der junge Mann ist ein exzellenter Reiter, und wenn Arndt oder Peter Gawellke nicht da sind, begleitet er Hubertus bei seinen Ausritten.« Zu Alexas großem Kummer hatte sich Hubertus' Gesundheitszustand rapide verschlechtert. Er hatte stark an Gewicht verloren, sein Gesicht war bleich und eingefallen, und beim Gehen musste er sich auf einen Stock stützen. Er war mittlerweile sogar zu schwach, um allein auszureiten.

Heute Morgen erst hatte Alexa mit Doktor Grüben gesprochen, aber der war inzwischen auch ratlos. »Das neue Medikament hat leider nicht angeschlagen. Und ich bin mit meinem Latein am Ende. Wie du weißt, war er vor vier Wochen noch einmal bei dem Professor in Königsberg, aber er hat ihm nur geraten, Aufregungen zu vermeiden und äußerste Enthaltsamkeit bei fettigen Speisen und Alkohol empfohlen. Offensichtlich weiß er auch nicht weiter.« Alexa war es bis zuletzt nicht gelungen, den Kloß im Hals herunterzuschlucken.

In diesem Moment betrat Baron von Harden die Terrasse. »Oh, eine Ansammlung so schöner Damen.« Er verbeugte sich tief. »Wünschen Sie vielleicht männliche Gesellschaft? Darf ich mich zu Ihnen setzen?« Er machte Anstalten, sich einen Stuhl heranzuziehen.

»Das ist überaus reizend von Ihnen«, sagte Innegrit eilig. »Aber unsere Gespräche über Kochrezepte und Kindererziehung können wir Ihnen unmöglich zumuten.« Sie deutete auf den Pavillon. »Dort sitzen die Herren, da sind Sie mit Sicherheit besser aufgehoben als bei unserem Damenkränzchen.«

»Ja, dann will ich nicht weiter stören.« Mit leicht säuerlicher Miene eilte er auf seinen kurzen Beinen in Richtung Pavillon. »Ein grässlicher Parvenu.« Innegrits Gesicht sprach Bände. »Kann Ihr Mann ihn nicht einfach zuhause lassen?«

»Sie wissen doch, sie machen Geschäfte zusammen.« Irina von Nöthen zog geringschätzig die Augenbrauen hoch. »Da kennt mein Herbert nichts! Solange Baron von Harden sich nicht unbotmäßig aufführt, sieht er keinen Grund, ihn nicht mitzunehmen.«

»Na ja, ich muss ihn ja nicht heiraten«, meinte Innegrit, und man wandte sich wieder anderen Themen zu.

Josefine himmelte Bernhard Kreuzner geradezu an. Alexa hatte mehrfach beobachtet, wie er verzweifelt versuchte, darüber hinwegzugehen. Er war immer freundlich, aber sehr distanziert. Vielleicht fürchtete er Annelieses Zorn, denn ihr zu einem Strich zusammengepresster Mund und die vor Zorn funkelnden Augen, wenn Josefine den jungen Mann verklärt ansah, verhießen nichts Gutes. Alexa beschloss, mit Josefine zu reden, nicht zuletzt, um drohendes Unheil abzuwenden. Auch im Hinblick auf Hubertus. Sie erinnerte sich, was Doktor Grüben gesagt hatte: bloß keine Aufregungen für Hubertus.

»Wollen wir nachher zusammen ausreiten, Finchen?«, fragte sie eines Tages beim Mittagessen beiläufig. »Es ist so herrliches Wetter, und bei dem Trubel der letzten Tage habe ich kaum etwas von dir gehabt.«

»Aber gern, Tante Alexa. Kann Herr Kreuzner vielleicht mitkommen? Er ist ein unglaublich guter Reiter.« Bevor Alexa antworten konnte, ergriff der junge Mann eilig das Wort. »Es tut mir leid, Baroness. Ich bitte Sie, mich zu entschuldigen. Meine Doktorarbeit … ich habe sie in der letzten Zeit zu sehr vernachlässigt.« Josefine senkte enttäuscht den Blick, sagte aber nichts. Man unterhielt sich noch eine Weile, und kurz darauf hob Anneliese die Tafel auf. Alle begaben sich auf die Terrasse, um dort den Mokka zu nehmen, nur Bernhard Kreuzner verabschiedete sich mit einer Verbeugung. »Wenn Sie mich bitte entschuldigen wollen. Wir sehen uns dann am Abend.«

Direkt nach dem Mokka brachen sie auf. Sie waren bereits über eine Stunde geritten, die letzten zehn Minuten in gestrecktem Galopp, als Alexa rief: »Finchen, deine alte Tante braucht eine Pause.« Sie deutete auf eine Rotbuche am Rand eines kleinen Weihers. »Dort ist Schatten. Los, wer zuerst da ist.« Sie gab ihrem Pferd die Sporen, aber Josefine flog an ihr vorbei und saß bereits auf einem großen Stein unter dem Baum, als Alexa außer Atem von ihrem Pferd stieg. »Nicht übel, Finchen. Du reitest ja wie der Blitz. So sind dein Vater und ich früher auch immer um die Wette geritten.« Sie lachte. »Aber ich muss zugeben, er hat fast immer gewonnen.«

»Früher, wenn ich mit Papachen ausgeritten bin, hat er mich immer gewinnen lassen.« Ein Schatten huschte über ihr Gesicht. »Aber jetzt geht er höchstens im leichten Trab. Er fühlt sich in letzter Zeit gar nicht mehr gut.« Sie schwieg einen Moment, dann schien ein Ruck durch sie zu gehen. Gleich darauf strahlte sie wieder. »Jetzt reite ich oft mit Herrn Kreuzner aus. Du glaubst gar nicht …«

Alexa unterbrach sie. »Darüber wollte ich gerne mit dir reden«, sagte sie sanft. »Ich habe den Eindruck, dass du in ihm mehr siehst als deinen Lehrer.« Sie nahm Josefines Hand. »Du bist in ihn verliebt, stimmt's?«

Josefines Gesicht lief rot an. Einen Augenblick schwieg sie betreten. »Ja, Tante Alexa, ich glaube, ich bin in ihn verliebt. Er ist so schön und so schrecklich nett.«

Alexa legte den Arm sie und drückte ihr einen Kuss auf die Locken. »Finchen, du weißt, wie sehr ich dich liebe und dass ich immer hinter dir stehe. Verliebt zu sein ist etwas Wunderbares, aber du bist erst fünfzehn.«

»In zwei Monaten werde ich sechzehn!«

»Nun gut.« Alexa lächelte. »Trotzdem. Wir alle sind der Meinung, dass Herr Kreuzner ein sehr netter Mann ist. Aber er ist nun einmal keine standesgemäße Partie, und deine Mutter …«

»Ach Mama!«, rief Josefine aufgebracht. »Die hätte am liebsten, dass ich Harald von Anhausen heirate. Aber der gefällt mir überhaupt nicht.«

»Wie kommst du denn darauf?« Alexa war ehrlich erstaunt.

Josefine zuckte die Schultern. »Ich habe gehört, wie sie mit seiner Mutter darüber geredet hat.«

»Mach dir keine Sorgen.« Alexa strich ihr beruhigend über den Kopf. »Dein Vater würde dich niemals zwingen, einen Mann zu heiraten, den du nicht liebst. Aber Doktor Grüben sagt, im Moment sollte man jede Aufregung von ihm fernhalten. Also tu mir den Gefallen, und zeig deine Zuneigung für Herrn Kreuzner nicht zu sehr. Du machst sonst nur die Pferde scheu, wenn du verstehst, was ich meine.«

»Ach Tante Alexa, du bist so lieb und schimpfst mich nicht. Mama ist immer so schrecklich unfreundlich zu Herrn Kreuzner, dabei ist er so nett, auch zu ihr.«

»Ich weiß. Schließlich bin ich hin und wieder dabei.« Sie zwinkerte ihr zu. »Wahrscheinlich hat sie Angst, dass du mit ihm durchbrennst.«

Josefine erschrak. »Ach du liebe Zeit! Aber ich glaube, er interessiert sich gar nicht für mich. Er behandelt mich immer noch wie ein keines Mädchen.« Alexa zog es vor, sich einer Antwort zu enthalten.

Eine Weile hingen beide ihren Gedanken nach, während sie ihre Blicke über die vor ihnen liegende Landschaft schweifen ließen. »Ich bin immer wieder fasziniert von der Natur nach dem endlos langen Winter«, wechselte Alexa das Thema. »Sieh nur, die Kormorane sind schon zurück.« Ein großer Vogel stürzte kopfüber in den Teich und tauchte mit einem Fisch im Schnabel wieder auf. »Ja, der Frühling ist herrlich«, sagte Josefine verträumt. »Aber ich freue mich noch mehr auf den Sommer. Dann darf ich mit Fräulein von Allhorn an die See reisen. Wir werden zwei Wochen in Cranz verbringen. Willst du nicht mitkommen, Tante Alexa?«

Alexa hielt kurz den Atem an. Tilo … mein über alles Geliebter … »Nein, mein Schatz, das geht leider nicht«, sagte sie langsam. »Ich bin schon mit Innegrit verabredet. Wir werden gemeinsam mit Freunden vier Wochen in Zoppot verbringen.« Dann klatschte sie entschlossen in die Hände und hielt Josefine ihre Hand hin. »Wir sollten zurückreiten. Du kennst ja das Gesicht deiner Mutter, wenn ich dich von deinem nachmittäglichen Unterricht abhalte. Hilf deiner Tante auf die Beine.«

Alexa suchte vor ihrer Abreise das Gespräch mit Fräulein von Allhorn. Die Gelegenheit bot sich am selben Nachmittag. »Ich will gerade einen kleinen Spaziergang machen, Fräulein von Allhorn, haben Sie nicht Lust, mich zu begleiten?«, fragte sie die Gouvernante nach dem Tee.

»Aber gern, Gräfin«, sagte sie fröhlich. »Ich hole mir nur noch einen Schal.«

Als sie eine Weile schweigend nebeneinanderher gegangen waren, fasste Alexa sich ein Herz. »Ich muss mit Ihnen über Josefine sprechen. Es ist Ihnen sicher nicht entgangen, dass sie, wie soll ich sagen … ein wenig für Herrn Kreuzner schwärmt.«

Fräulein von Allhorn blieb jetzt stehen. »Ach Gräfin von Waldau, ich bin so froh, dass Sie dieses Thema ansprechen. Natürlich weiß ich es! Josefine hat ja keine Geheimnisse vor mir.« Sie sah Alexa bekümmert an. »Sie ist bis über beide Ohren in ihn verliebt. Sie redet von nichts Anderem, wenn wir allein sind.« Obwohl niemand in der Nähe war, senkte sie ihre Stimme. »Aber Sie wissen ja, hier haben die Wände Ohren! Ich fürchte, auch der Baronin ist das nicht verborgen geblieben.«

»Das befürchte ich auch.« Alexa sah die Gouvernante ernst an. »Wie verhält sich überhaupt der Herr Kreuzner?«

»Oh, der junge Mann benimmt sich fabelhaft. Er lässt sich nicht das Geringste zuschulden kommen.«

Alexa war erleichtert. »Und was denken Sie: Was sollen wir tun?«

Fräulein von Allhorn zuckte die Schultern. »Ich weiß es nicht, ich bin eigentlich mit meinem Latein am Ende. Ich habe Josefine erklärt, dass diese Liebe keine Chance hat. Ihre Eltern, und vor allem ihre Mutter, würden einer solchen Verbindung niemals zustimmen!«

»Das Gleiche habe ich ihr auch gesagt. Außerdem weiß sie, dass man jede Aufregung von ihrem Vater fernhalten sollte, vielleicht nimmt sie sich das ja zu Herzen.« Alexa seufzte. »Ich mache mir übrigens große Sorgen um meinen Bruder.«

»Ja, der Baron ist sehr krank.« Die Stimme der Gouvernante drohte zu brechen. »Ich bete jeden Abend für ihn. Und für Josefine. Sie müssen wissen, ich liebe dieses Kind, als wäre es mein eigenes.«

Alexa war gerührt. »Ich weiß, Fräulein von Allhorn, und ich bin sehr glücklich, dass meine Nichte Sie hat.« Langsam setzten sie sich wieder in Bewegung und schlenderten zurück zum Haus. »Lassen Sie mich wissen, wenn Sie Hilfe brauchen, Fräulein von Allhorn, egal, welcher Art. Sie können immer auf mich zählen. Und versuchen Sie, meine Nichte zur Vernunft zu bringen.« Alexa lächelte. »Die erste Liebe endet meistens tragisch. Aber das ist ja nun wirklich nicht das Ende der Welt.«

An einem heißen Tag im August saß Alexa mit Innegrit auf der Terrasse des Grandhotels in Zoppot beim Frühstück. Sie überlegten, ob sie einen Strandspaziergang machen oder lieber auf der Promenade die Neuankömmlinge begutachten sollten, als ein Bediensteter des Hotels Alexa ein Telegramm brachte. »Telegramme bringen immer Unheil«, rief Innegrit und rollte die

Augen. »Verdirb uns nicht den Tag, mach es erst heute Abend auf.«

Aber da hatte Alexa es bereits gelesen. »Oh mein Gott!« rief sie, und alle Farbe wich aus ihrem Gesicht. »Hubertus ist tot!«

»Ich hab's doch gesagt. Telegramme bringen Unglück«, murmelte Innegrit. »Verzeih, Alexa, ich bin unmöglich.« Sie nahm ihre Freundin in den Arm. »Es tut mir so leid. Der arme Hubertus.«

Alexa begann zu weinen. »Ja. Mein geliebter Bruder. Und das arme Finchen! Ich muss sofort nach Haffingen.« Sie sah ihre Freundin hilfesuchend an. »Kannst du dich bitte nach einem Zug erkundigen? Ich muss packen. Und depeschieren. Mein Gott ... und den Donnersmarcks für heute Abend absagen ... wo fange ich bloß an?« Schluchzend hielt sie sich ihr Spitzentaschentuch vor das Gesicht, während Innegrit sie auf ihr Zimmer brachte. »Leg dich einen Moment hin«, sagte sie beruhigend. »Ich kümmere mich um alles.«

Bereits zwei Stunden später saßen die beiden Freundinnen im Zug nach Königsberg. Innegrit hatte darauf bestanden, ihre Freundin zu begleiten. »Ich kann doch nicht Champagner trinken und mich amüsieren, während meine beste Freundin weinend am Grab ihres Bruders steht, also keine Widerrede.« In Königsberg packten sie die Koffer um und fuhren gleich am nächsten Morgen weiter nach Insterburg. Friedrich erwartete sie am Bahnhof. Am Arm trug er eine schwarze Binde, und sein sonst so fröhliches Gesicht war traurig. »Tachchen, Frau Jräfin«, begrüßte er die beiden. »Mein tiefempfundenes Beileid, Baronesschen Alexa. Wir sind man alle janz firchterlich traurich.«

»Danke, Friedrich. Das bin ich auch. Ist meine Nichte schon aus Cranz zurück?«

»Ja, seit jestern Abend.« Als die Kutsche beladen war, bestieg Friedrich den Bock und fuhr los, ohne sein sonst so fröhliches ›Na, dann woll'n wer mal‹.

Alexa saß schweigend in der Kutsche und ließ die herrliche Landschaft an sich vorüberziehen, ohne sie wirklich zu sehen. Ihre Gedanken kreisten um ihren Bruder und um ihre Nichte, deren Leben ohne die schützende Hand des Vaters mit Sicherheit fortan anders verlaufen würde. Sie beschlich ein Unwohlsein. Wie Anneliese sich wohl verhalten würde? »Was denkst du, wie wird Anneliese Hubertus' Tod aufnehmen?«, fragte sie Innegrit nach einer Weile, die ebenfalls ihren Gedanken nachhing.

»Das kann ich dir sagen. Sie wird für kurze Zeit die trauernde Witwe spielen. Ich hoffe, sie stürzt sich dabei nicht ins Grab ... und dann wird sie ihre Umwelt tyrannisieren. Vor allem das arme Finchen.«

»Den gleichen Gedanken hatte ich auch ...« Plötzlich kam ihr ein Gedanke. »Oh Gott!« Sie schlug sich entsetzt die Hände vor das Gesicht. »Ich muss ja Lena Bescheid geben.« Wie hatte sie das nur vergessen können!

Innegrit sah sie erstaunt an. »Wer in aller Welt ist Lena?«

Wie sollte sie das jetzt erklären? Alexa flüchtete sich in eine Ausrede. »Das erzähle ich dir später, das dauert länger, und wir sind ja gleich da.«

Innegrit knuffte sie freundschaftlich in die Seite. »Dann spann mich bloß nicht zu lange auf die Folter. Du weißt, wie sehr ich spannende Geschichten liebe.«

»Du bist unmöglich!« Alexa schmunzelte. »Kannst du nicht einmal ein bisschen ernst sein, dem Anlass entsprechend?«

Sofort nach ihrer Ankunft verfasste Alexa eine Depesche, die Friedrich in ihrem Auftrag für sie aufgab. Dann machte sie sich auf den Weg zu Anneliese, die sie im großen Salon in Gesellschaft von Lissy und Nofretete von Anhausen erwartete. Sie war ganz in Schwarz gekleidet, auf dem Kopf ein Häubchen aus schwarzer Spitze. Mit ausgebreiteten Armen lief sie Alexa entgegen. »Meine Liebe«, rief sie schluchzend. »Ist es nicht furchtbar! Mein geliebter Hubertus, so plötzlich aus dem Leben gerissen! Wie soll ich bloß ohne ihn weiterleben?« Alexa hauchte ihr angewidert rechts und links einen Kuss auf die Wange, doch ehe sie antworten konnte, kündigte Kuno weitere Beileidsbesucher an, die von Anneliese mit den gleichen Worten begrüßt wurden. Immer mehr schwarz gekleidete Menschen traten ein, bekundeten leise ihr Beileid und bedienten sich dann gern an den Tabletts mit Kanapees und alkoholischen Getränken.

»Was habe ich dir gesagt?« Innegrit grinste. »Genau so habe ich es mir vorgestellt. Ich bin gespannt, wie lange sie das durchhält.« Alexa zog sie auf das Sofa zu Lissy. »Halt dich mit deinen Bosheiten zurück«, zischte sie. »Zumindest, solange Nofretete in der Nähe ist.«

Sie legte einen Arm um Lissy, deren Trauer echt war. Ihre Augen waren vom Weinen gerötet, und als sie von Hubertus' letzten Tagen erzählte, musste sie ihren Bericht immer wieder schluchzend unterbrechen. »Vor einer Woche ging es ihm noch recht gut. Wir haben abends Whist gespielt, und Hubertus freute sich, dass Finchen bald aus Cranz zurück sein würde. Und als der Herr Kreuzner kam, hat er noch eine Partie Schach mit ihm gespielt.« Sie schluchzte leise. »Und dann wurde es von Tag zu Tag schlimmer. Er konnte kein Essen mehr bei sich behalten und ist gar nicht mehr aufgestanden. Er war einfach zu schwach. Und vorgestern hat Anton ihn morgens tot in seinem Bett gefunden.«

Alexa schluckte schwer. Eine Weile sagte niemand ein Wort. Dann kam Alexa ein Gedanke, und sie sah sich suchend um. »Wo ist eigentlich Finchen? Ich habe sie noch gar nicht gesehen.«

Sofort füllten sich Lissys Augen wieder mit Tränen. »Ach Gott, ihr wisst ja noch gar nicht, was passiert ist. Das arme Kind!« Sie schluchzte. »Josefine kam gestern Abend völlig aufgelöst hier an. Sie fiel ihrer Mutter weinend um den Hals, und wisst ihr, was die gesagt hat?« Lissy schüttelte den Kopf, als könnte sie es immer noch nicht glauben. »Es ist wirklich unfassbar! ›So, meine Liebe‹, hat sie gesagt, ›nun gibt es hier nur noch uns beide. Ich werde jetzt andere Saiten aufziehen. Und damit du es gleich weißt, den Herrn Kreuzner habe ich entlassen. Er ist bereits abgereist.‹ Josefine ist vollkommen zusammengebrochen.«

»Das ging ja schneller mit ihrer Bösartigkeit, als ich gedacht habe«, sagte Innegrit nachdenklich. Alexa hingegen war sprachlos. Sie hatte Lissys Worten mit zunehmender Fassungslosigkeit gelauscht. Nun stand sie entschlossen auf. »Ich werde mich jetzt um Finchen kümmern. Entschuldigt mich bitte.«

Innegrit blieb mit Lissy zurück. »Warum hat Anneliese denn den armen Kreuzner entlassen?«, fragte sie leise. »Er war doch ganz besonders nett.«

»Das war er auch. Aber Josefine hat sich wohl ein wenig in ihn verliebt, und das hat Anneliese natürlich überhaupt nicht gepasst. Es klingt vielleicht schrecklich, aber ich bin mir sicher, dass sie einen solchen Schritt zu Lebzeiten von Hubertus nie gewagt hätte.«

»Das glaube ich auch. Habt ihr den armen Mann vor seiner Abreise noch gesprochen? Alexa erwähnte einmal, dass ihr euch ein wenig mit ihm angefreundet habt.«

Lissy seufzte. »Ja, er war verzweifelt. Er braucht das Geld ja dringend. Und er hat uns beteuert – natürlich auch Anneliese gegenüber –, dass er sich nichts hat zuschulden kommen lassen. Arndt hat noch versucht, Anneliese umzustimmen. Aber sie ist hart geblieben.« Lissy schniefte in ihr Taschentuch. »Er wird uns fehlen. Arndt hatte ihn nämlich sehr gern, von mir ganz zu schweigen.«

Alexa fand Josefine in ihrem Zimmer. »Tante Alexa!« Das Mädchen sprang sofort auf und fiel seiner Tante weinend um den Hals. »Endlich!«

Alexa strich ihr beruhigend über das Haar. »Bist du allein? Wo ist denn Fräulein von Allhorn?«

»Sie hat sich einen Moment hingelegt. Sie hat die ganze Nacht bei mir am Bett gesessen … wollte mich nicht allein lassen.« Josefine brach in heftiges Schluchzen aus.

»Beruhige dich, mein armes Kind.« Alexa hielt sie fest im Arm und strich ihr immer wieder zärtlich über den Kopf. Nach einer Weile wurde Josefine ruhiger. »Mein liebes Papachen«, sagte sie leise. »Er ist nicht mehr da, um mich zu beschützen …« Sie hob den Blick und sah Alexa ins Gesicht. »Hast du schon gehört, was Mama gemacht hat?« Ihr versagte die Stimme. »Sie hat den armen Herrn Kreuzner entlassen«, stieß sie nach einer Weile hervor. »Einfach so! Er hat doch gar nichts getan.« Ihre Stimme wurde lauter und sie stampfte heftig mit dem Fuß auf. »Ich hasse diese Frau! Ich hasse sie!«

Alexa war jetzt selber den Tränen nahe. Ihr fiel kein Wort des Trostes ein. Was hätte sie dem armen Kind auch sagen sollen? Dass es seiner Mutter auf Gedeih und Verderb ausgeliefert war? »Hat sie dir denn gesagt, wie es jetzt weitergehen soll?«, fragte sie vorsichtig.

»Oh ja!« Energisch wischte Josefine sich die Tränen ab. »Sie will mich nach Hamburg auf eine Schule für höhere Töchter schicken!« Ihre Augen blitzten wütend. »Damit ich später eine folgsame Ehefrau werde wie sie. Stell dir das nur vor! Das sagt sie mir ein paar Stunden, nachdem ich erfahren habe, dass mein Vater tot ist.« So hatte Alexa ihre Nichte noch nie gesehen. Plötzlich stand nicht mehr das junge, folgsame Kind vor ihr, sondern eine junge Erwachsene, bebend vor Zorn. »Aber ich will nicht. Ich will hier bleiben bei Susi und Herrn Schulze. Der Arme sitzt seit zwei Tagen vor Papachens Tür und wartet auf ihn. Was soll aus ihm werden, wenn ich dann auch nicht mehr da bin?« Erneut stampfte sie mit dem Fuß auf. »Verstehst du jetzt, warum ich hier nicht weg will?«

Alexa war versucht, ihr zu sagen, dass sie vermutlich keine andere Wahl haben würde, schob das aber auf. »Und was ist mit Fräulein von Allhorn?«, fragte sie stattdessen.

»Das weiß ich nicht. Ich hoffe, dass Mama sich überreden lässt, dass ich hier bleiben kann und sie mich weiter unterrichtet. Aber wenn nicht … Papa hat mir gesagt, dass er sie in seinem Testament bedacht hat, mit einer Apanage auf Lebenszeit.«

Eine Welle der Zärtlichkeit durchfuhr Alexa. Das war typisch für Hubertus. Er wollte, dass es den Menschen, die ihm am Herzen lagen, an nichts mangelte. »Das beruhigt mich. Und nun komm, wir müssen nach unten gehen. Das sind wir deinem Vater schuldig.«

Hubertus wurde an einem heißen Tag im August zu Grabe getragen. Ein endlos langer Trauerzug schwarz gekleideter Menschen bewegte sich vom Haus durch die Lindenallee zu dem hauseigenen Friedhof. Alle waren gekommen, um Baron Hubertus von Ehrenfeld die letzte Ehre zu erweisen. Als Erste folgte Anneliese, gestützt von Arndt, laut schluchzend dem Sarg. Hinter ihr gingen Alexa und Lissy, mit der leise weinenden Josefine zwischen sich. Dann folgten Freunde und Bekannte und danach das gesamte Gesinde, die Frauen in ihren Kirchgangkleidern und die Männer in schwarzen Überröcken. Der alte Pastor Klingsor hielt eine bewegende Trauerrede. Er sprach davon, welch besonderer Mensch Hubertus gewesen war, wie vielen Menschen er Gutes getan habe und dass er nun nach seinem schweren Leiden bei dem lieben Herrgott seine Ruhe gefunden habe. »Er war ein treusorgender Ehemann und liebender Vater. Sie, liebe Baronin, und du, Josefine, ihr werdet euch gegenseitig in inniger Zuneigung ein großer Trost sein.«

»Hätte man den Mann nicht vorher aufklären können?«, zischte Innegrit Lissy zu. Der Pastor verharrte noch kurz in stillem Gebet, dann gab er einer Gruppe Musiker ein Zeichen, die ein Stück von Mozart anstimmten. Zum Abschluss sang die gesamte Trauergemeinde unter musikalischer Begleitung das Lied *So nimm denn meine Hände, und führe mich, bis an mein selig Ende und ewiglich. Ich kann allein nicht gehen, nicht einen Schritt, wo du wirst geh'n und steh'n, dann nimm mich mit.*

Stunden später, nachdem die meisten Trauergäste das Haus verlassen hatten, nahm Rechtsanwalt Kölichen Alexa zur Seite. »Haben Sie eine Ahnung, wo Hubertus sein Testament aufbewahrt hat?«, fragte er.

Alexa war erstaunt. »Nein. Haben Sie Anneliese schon gefragt?«

»Ja, sie sagt, sie wüsste es nicht.«

»Das ist merkwürdig. Ich weiß, dass er ein Testament gemacht hat. Josefine hat es mir gesagt, und einmal kam ich in die Bibliothek, als er gerade daran schrieb. Damals hat er es in die Schreibtischschublade gelegt. Haben Sie da schon nachgesehen?«

»Ja, da habe ich zuerst nachgesehen. Ich bin mir auch sicher, dass es ein Testament gibt, denn als ich vor einigen Tagen von einer Reise zurückkam, fand ich einen Brief des Barons vor, in dem er mich bat, schnellstmöglich hierherzukommen, er hätte noch einige Fragen zu seinem letzten Willen. Aber da kam schon die Nachricht von seinem Ableben.«

Alexa beschlich eine böse Ahnung. Sie schalt sich ihrer Gedanken, beschloss aber dann, den Rechtsanwalt ins Vertrauen zu ziehen. »Halten Sie es für möglich ... ich wage es gar nicht zu Ende zu denken ... aber halten Sie es für möglich, dass Anneliese etwas damit zu tun hat? Ich meine, ein Testament kann doch nicht einfach so verschwinden!«

Kölichen bedachte sie mit einem langen Blick und atmete dann tief ein. »Es fällt mir schwer, der Baronin das zu unterstellen, aber bei dem schwierigen Verhältnis der beiden zueinander halte ich alles für möglich.«

»Und was schlagen Sie vor? Was können wir überhaupt unternehmen?«

»Ich muss erst mal herausfinden, ob eine Gütertrennung oder eine Gütergemeinschaft bestanden hat. Bei einer Gütertrennung steht Anneliese ein Viertel des Vermögens zu, und bei Gütergemeinschaft bekäme sie die Hälfte des Vermögens, der Rest fällt jedes Mal an Josefine. Es sei denn, es gäbe ein anders lautendes Testament. Aber darüber habe ich ja leider mit dem Baron nicht mehr sprechen können. Ich werde mich baldmöglichst darum kümmern.« »Und was ist mit den Bediensteten und dem armen Fräulein von Allhorn? Josefine hat mir gesagt, dass Hubertus ihr in seinem Testament eine Apanage auf Lebenszeit vermacht hat.«

Kölichen schüttelte bedauernd den Kopf. »Kein Testament … keine Apanage … kein Legat … leider.« Er schwieg einen Moment. »Übrigens, der Baron hat mir gesagt, dass Sie über Lena Budzinski Bescheid wissen. Mich hat er übrigens erst vor noch gar nicht langer Zeit eingeweiht. Er sagte, dass Sie sich sogar mit ihr angefreundet haben.« Alexa war überrascht, ließ es sich aber nicht anmerken.

»Ja, das stimmt. Sie ist ein unglaublich liebenswerter Mensch, und mit ihr war Hubertus immer glücklich.« Sie seufzte. »Ich habe ihr eine Nachricht geschickt zum Tod von Hubertus. Sowie ich zurück bin in Königsberg, werde ich sie aufsuchen. Hubertus hat mir etwas in Verwahrung gegeben, das ich ihr geben soll, wenn er nicht mehr ist.«

Kölichen betrachtete sie nachdenklich. »Würden Sie dann mit ihr zu mir in die Kanzlei kommen?«

Alexa sah ihn überrascht an. »Warum?«

Kölichens Blick war jetzt sanft. »Weil der Baron mich schon vor einiger Zeit beauftragt hat, für Lena Budzinski in Ihrer Nähe ein kleines Haus zu kaufen. Alle erforderlichen Unterlagen liegen zur Unterschrift bei mir bereit.«

Alexa stiegen die Tränen in die Augen. »Wie lieb von Hubertus. Ach, ich vermisse ihn jetzt schon so schrecklich.«

»Das tun wir alle, meine Liebe, glauben Sie mir. Wir alle.«

Trotz intensiver Suche fand man kein Testament. Natürlich wagte niemand, Anneliese zu beschuldigen, aber der Verdacht lag nahe, dass sie es hatte verschwinden lassen. Auch ansonsten entwickelten sich die Dinge zu Annelieses Gunsten. Alexa ließ nichts unversucht, ihre Schwägerin zu überreden, Josefine in der Obhut von Fräulein von Allhorn zu lassen, aber Anneliese bestand auf dem Besuch der Schule für höhere Töchter in Hamburg. »Warum denn unbedingt in Hamburg? Es gibt doch auch sehr gute Institute dieser Art in Königsberg«, warf Alexa ein.

»In Hamburg ist sie gut aufgehoben. Dort lebt schließlich meine Familie. Außerdem habe ich sie bereits angemeldet. Glaube mir, ich will nur das Beste für meine Tochter.«

»Ach!« Alexa sah sie wütend an. »Ich habe den Eindruck, dass du sie nur möglichst weit von hier weg haben willst.«

»Die Gründe dafür dürften dir ja wohl bekannt sein«, sagte Anneliese süffisant. »Und was das Fräulein von Allhorn anbetrifft, so werde ich sie weiter in meinen Diensten lassen, als Gesellschafterin. Übrigens werde ich Josefine nächste Woche nach Hamburg begleiten. Ich habe meinen Bruder und meine Schwägerin schon seit Jahren nicht mehr gesehen, und meine Nichten und Neffen kenne ich überhaupt noch nicht. Und nun entschuldige mich bitte. Ich muss die zahlreichen Kondolenzbriefe beantworten.«

So leid es Alexa für Josefine tat, sie sah keine Möglichkeit, Anneliese von ihrem Entschluss abzubringen. Sie selbst würde Innegrits Drängen nachgeben und am nächsten Tag abreisen. Die Atmosphäre in dem Haus, hatte sie zu Alexa gesagt, und das Getue von Anneliese, die jedes Mal, wenn Besucher kamen, in tiefster Trauer versank, strapazierten dermaßen ihre Nerven, dass sie es keinen Tag länger aushielt.

Alexa machte sich auf den Weg zu Lisa in die Küche. »Ja, Lischen«, sagte sie nach dem ersten Schnaps am Küchentisch traurig, »jetzt werden wir uns wohl eine Weile nicht sehen. Mein Bruder ist von uns gegangen, und Finchen wird nach Hamburg verbannt. Bleibt nur noch meine Schwägerin ... na, du weißt ja, die zieht mich nun wirklich nicht hierher.«

»Erbarmerche!« Lisa schlug die Hände über dem Kopf zusammen. »Wirst mir fehlen, Alexachen.« Sie rief einem Küchenmädchen zu, es möge einen Korb frischer Eier und fünf Gläser Brombeermarmelade holen für die Frau Gräfin. Dann sagte sie mit leiser Stimme: »Das Testament, is es denn nu jefunden?«

»Nein, leider nicht.« Sie sah die Mamsell bedeutungsvoll an. »Eigenartig, findest du nicht?«

»Und was denkste?«

»Was ich denke, will ich lieber nicht sagen. Aber eines ist sicher: Ich koche vor Wut.« Sie prosteten sich zu und redeten noch über dieses und jenes. Dann verabschiedete Alexa sich. »Bleib nich zu lange weg«, rief Lisa ihr nach und zückte ihr kariertes Taschentuch, um ihre Tränen zu trocknen.

Der Abschied von Josefine war auf beiden Seiten tränenreich. »Wirst du mir schreiben, Tante Alexa?«, schluchzte das Mädchen unglücklich. »Ich weiß nicht, wie ich es so lange aushalten soll in dieser fremden Stadt und so schrecklich weit weg von zuhause, von Käthchen und Franz und der lieben Tante Lissy.«

»Du wirst neue Freunde finden«, versuchte Alexa, sie zu trösten. »Und dein Onkel mit seiner Familie lebt doch dort. Sie werden sich um dich kümmern. Bestimmt.« Nachdem sie sich gegenseitig versichert hatten, in Briefkontakt zu bleiben, drückte Alexa sie noch einmal an sich und ging dann, um sich von Anneliese zu verabschieden. Doch sie konnte sie nirgends finden. Angespannt läutete sie nach Kuno. »Weißt du, wo meine Schwägerin ist?«

»Die Frau Baronin ist zum Tee bei der Jräfin von Anhausen. Sie hat mir aufgetragen«, stotterte er, »falls sie die Frau Jräfin nicht mehr antreffen sollte … der Frau Jräfin eine gute Reise zu wünschen.« Das war eindeutig ein Affront. Alexa sah Kuno an, wie unangenehm ihm diese Aufgabe war, doch sie ließ sich ihren Ärger nicht anmerken.

»Wie ich sehe, wartet Friedrich schon mit der Kutsche«, sagte sie lächelnd.

»Ja, die Frau Jräfin Delwitz erwartet sie auch schon.«

»Dann leb wohl, Kuno. Wahrscheinlich sehen wir uns jetzt eine Weile nicht.« Kuno machte eine tiefe Verbeugung. »Alles Gute, Frau Jräfin. Hoffentlich, wenn ich mir das erlauben darf zu sagen, doch auf bald.«

Innegrit war außer sich. »Was erlaubt sich diese Person eigentlich!«, schnaubte sie. »Na ja, sie wird schon merken, dass sie nicht viele Freunde hat. Recht langweilig wird es werden für sie auf Gut Haffingen, nur mit Nofretete!«

»Lissy wird sich ihr notgedrungen nicht vollständig verweigern können«, sagte Alexa. »Schließlich ist Arndt jetzt ein Angestellter von Anneliese.«

Als sie im Zug saßen und eine Weile schweigend den Blick auf die Landschaft genossen hatten, sagte Innegrit: »Nun will ich aber endlich wissen, wer Lena ist und was sie mit Hubertus zu tun hat. Bisher hast du dich ja erfolgreich vor einer Erklärung gedrückt.«

Alexa war nicht wohl bei der Sache. Sie hatte gehofft, dass Innegrit das Thema vergessen hatte. Aber nun musste sie wohl raus mit der Sprache. Schließlich war Innegrit ihre Freundin, und sie vertraute ihr. »Versprich mir, dass du es niemandem erzählst«, sagte sie ernst. »Und dass du nicht in Ohnmacht fällst.«

»Ach Quatsch, nun leg schon los!«

Alexa holte tief Luft. »Du kennst doch Lena Budzinski?«

»Ja natürlich, unsere kleine Putzmacherin. Was hat sie denn mit Hubertus …« Sie stockte. »Nein! Sie ist …«

»Ja, sie ist oder besser war Hubertus' heimliche Geliebte. Über dreißig Jahre lang.«

Innegrit starrte ihre Freundin fassungslos an. »Wie konnten sie das nur so lange geheim halten? So groß ist Königsberg doch auch nicht.«

»Ja, das grenzt an eine Meisterleistung. Allerdings sind sie öfter gemeinsam verreist an Orte, an denen sie sicher sein konnten, dass man sie nicht kennt. Hubertus hat sie über alles geliebt. Sie ist übrigens eine reizende Person.«

»Ich fasse es nicht!« Innegrit war sprachlos, und das kam weiß Gott selten vor.

Gleich am Nachmittag machte Alexa sich auf den Weg zu Lena. Ihr sanftes Gesicht war blass, und die Augen vom Weinen rot und geschwollen. »Ich habe geahnt, dass er nicht mehr lange zu leben hat«, sagte sie schluchzend. »Die letzten Male, als wir uns gesehen haben, war er schon sehr schwach. Er konnte kaum noch etwas essen … Ach Alexa, es ist so furchtbar, dass es ihn nicht mehr gibt. Ich habe nur für diese Liebe gelebt.«

Alexa zerriss es fast das Herz. »Ich weiß, Lenchen, und genauso ging es Hubertus. Nur die Liebe zu dir und zu seiner Tochter hat ihn überhaupt so lange am Leben gehalten. Das Einzige, was im Leben zählt, ist die Liebe, das waren stets seine Worte.«

Sie zog ein Kuvert aus ihrer Tasche und reichte es Lena. »Das hat mir Hubertus schon vor längerer Zeit gegeben, mit der Bitte, es für dich aufzubewahren. Und ich musste ihm versprechen, dafür zu sorgen, dass du sein Geschenk annimmst.« Lena blickte sie mit großen Augen an, sagte aber nichts. Dann öffnete sie mit zitternden Händen den Umschlag und zog einen Brief heraus. Schweigend begann sie, zu lesen. »Kennst du den Inhalt, Alexa?«, fragte sie schließlich schluchzend.

Alexa nahm sie in die Arme. »Ich habe den Brief nicht gelesen, aber ich weiß, dass Hubertus ein Konto für dich eingerichtet hat.«

»Ja, genau das steht hier. Meine Güte, er war so großzügig!« Sie schwieg einen Moment. »Kann ich das denn annehmen?«, fragte sie schließlich leise.

»Du musst!«, rief Alexa. Sie schob Lena auf Armlänge von sich und sah ihr dann fest in die Augen »Es ist Hubertus' letzter Wille. Er wollte, dass es dir gut geht, vor allem, wenn du einmal nicht mehr arbeiten kannst. Und er hat noch eine Überraschung für dich. Morgen haben wir einen Termin bei unserem Anwalt.«

Alexa blieb noch lange bei Lena. Sie tranken Tee und redeten über Dinge, die sie mit Hubertus erlebt, und Gedanken, die sie mit ihm geteilt hatten. Das Gespräch tat beiden gut, und Alexa empfand nichts als Dankbarkeit, diese Frau als Freundin zu haben, als sie sich schließlich auf den Heimweg machte.

Am nächsten Vormittag erwartete Rechtsanwalt Kölichen sie in seiner Kanzlei. »Frau Budzinski, erlauben Sie mir, Ihnen mein Beileid auszusprechen.« Er lächelte sie freundlich an. »Mein Freund Baron von Ehrenberg hat mir anvertraut, dass Sie die Liebe seines Lebens waren.«

Lenas Augen füllten sich mit Tränen, und sie schluckte schwer. Mehr als ein leises »Danke« brachte sie nicht heraus.

Horst Kölichen führte sie in sein Büro. »Bitte, setzen Sie sich doch.« Alexa und Lena nahmen Platz, während er sich an einigen Papieren zu schaffen machte. Dann räusperte er sich und begann zu sprechen. »Wie mir Baron von Ehrenfeld bei unserem letzten Gespräch noch einmal eindringlich versichert hat, wollte er Sie nach seinem Ableben versorgt wissen. Zu seinen Lebzeiten wollten Sie ja nichts annehmen.« Er lächelte Lena freundlich an. »Ich habe hier nun mehrere Dokumente, die ich Sie bitten möchte, zu unterschreiben.« Er breitete einige Papiere vor ihr aus.

»Worum geht es denn?« Lena zog mit zitternden Händen ihre Brille aus der Tasche und blickte dann fragend zu Alexa.

Die konnte sich ein Lachen nicht verkneifen. »Es ist ein Haus, Lenchen!«, rief sie fröhlich. »Noch dazu in meiner Nähe, ist das nicht wunderbar? Er wusste genau, wie gern auch ich dich habe.«

Lena starrte sie mit offenem Mund an, dann war es um ihre Fassung geschehen, und sie wurde von einem Weinkrampf geschüttelt. Alexa nahm sie in die Arme, und Rechtsanwalt Kölichen eilte hinaus, um ein Glas Wasser zu holen. »Trinken Sie das, Fräulein Budzinski.« Lena tat, wie ihr geheißen, und allmählich kam die Farbe zurück in ihr Gesicht. »Ich möchte Ihnen noch einmal versichern«, sagte der Anwalt, als sie sich wieder beruhigt hatte, »dass es der ausdrückliche Wille des Barons war, dass Sie dieses Haus annehmen und bewohnen.« Er nickte ihr auffordernd zu.

»Wo soll ich unterschreiben?«, fragte Lena schließlich leise.

Horst Kölichen lächelte. »Hier. Wenn ich bitten darf.«

Eine halbe Stunde später standen die beiden Damen auf der Straße vor der Anwaltskanzlei. Lenas Beine drohten, den Dienst zu versagen, und sie hatte sich bei Alexa untergehakt. Die zeigte auf die Konditorei Plouda auf der gegenüberliegenden Straßenseite. »So, Lenchen, jetzt trinken wir ein Likörchen oder auch zwei auf Hubertus, und dann besichtigen wir dein neues Zuhause.« Es brauchte tatsächlich vier Gläser Holunderlikör, bis Lena endlich verstanden hatte, was soeben geschehen war. Sie besaß ein eigenes Haus, fertig eingerichtet mit den Möbeln aus der Wohnung in der Heinrichstraße, wie ihr Rechtsanwalt Kölichen beim Abschied versichert hatte, als er ihr die Schlüssel überreichte, und zusätzlich ein Bankkonto mit einer hohen Summe. Nie wieder würde sie sich wegen der stetig wachsenden Konkurrenz oder einer unzufriedenen Kundin Sorgen machen müssen.

»Ich werde jetzt ein wenig kürzertreten«, sagte sie nach einer Weile. »Das gebeugte Sitzen beim Nähen macht mir mehr und mehr zu schaffen, und leider werde ich auch schneller müde als früher.« Sie lächelte. »Aber was soll man auch anderes erwarten mit fünfzig.«

Alexa tätschelte Lenas Hand. »Siehst du, Hubertus wollte immer, dass du weniger arbeitest. Ich bin sicher, dass er uns beide jetzt hier sitzen sieht und höchst zufrieden ist mit dem, was er sich für dich ausgedacht hat.« Sie bestellte die Rechnung. »So, und nun lass uns aufbrechen. Ich bin genauso gespannt wie du auf dein neues Zuhause.«

Anfang Oktober erhielt Alexa eine Einladung zur Jagd nach Gut Haffingen. Anneliese schrieb, es wäre doch nett, wenn sie sich wiedersehen würden, und sie möge doch Innegrit mitbringen. »Zu dieser Hexe, die Testamente verschwinden lässt, kriegen mich keine zehn Pferde«, sagte Innegrit empört. »Außerdem hat mich schon Heribert Delwitz – du weißt, der Vetter meines Verblichenen – nach Abschruten zur Jagd eingeladen. Dich natürlich auch.«

»Ach, sieh an, der schöne Heribert. Ich habe ihn ewig nicht gesehen. Ist seine Frau nicht kürzlich gestorben?«

»Ja. Wie du weißt, haben sie ihr zuliebe in London gelebt, sie war ja Engländerin. Aber nach ihrem Tod hat es ihn zurück in sein geliebtes Ostpreußen gezogen.«

»Ich kenne seinen Besitz. In meiner Jugend waren wir dort sehr oft eingeladen.«

»Also, kommst du nun mit, oder ziehst du es vor, dich mit deiner Schwägerin zu langweilen?«, fragte Innegrit.

Alexa lächelte. »Es tut mir zwar sehr leid für Lissy, die so sehr hofft, uns bei der Jagd zu sehen, aber ich werde Anneliese schreiben, dass wir bereits eine andere Einladung angenommen haben.«

»Wunderbar!« Innegrit strahlte.

Die nächsten Wochen verliefen ohne bemerkenswerte Ereignisse. Anfänglich erhielt Alexa regelmäßig Post von Josefine. Ihre ersten Briefe waren traurig. Sie habe schreckliches Heimweh nach ihr, Gut Haffingen, ihren Hunden und Fräulein von Allhorn, schrieb sie. Ihre Mutter erwähnte sie nie. Aber bald wurden die Briefe fröhlicher. Die Familie Hansum habe sie sehr herzlich aufgenommen, ihre Tante Ilse sei besonders nett, und ihre Cousins und Cousinen, alle zwischen dreizehn und achtzehn Jahre alt, sehr lustig. Da ihre Cousine Karin die gleiche Schule wie sie besuche, verbrächten sie jedes freie Wochenende bei den Hansums. Nur einmal erwähnte Josefine ihren ehemaligen Hauslehrer. *Was hier unterrichtet wird, weiß ich alles schon von Herrn Kreuzner. Meine Lehrerinnen sind sehr erstaunt über meine Kenntnisse. Ich frage mich manchmal wirklich, was ich hier eigentlich noch lernen soll. Was mir Herr Kreuzner nicht beibringen konnte, nämlich das dämliche Sticken und höfliches Benehmen, habe ich bereits bei Fräulein von Allhorn gelernt. Aber was soll's, die Hälfte der Verbannung ist ja schon rum.*

Ein andermal schrieb sie:

Harald von Anhausen ist plötzlich hier aufgetaucht. Er macht ein Volontariat im Kontor von Onkel Hansum, das hat offensichtlich Mama arrangiert!!! Jeder mag ihn, und man lädt ihn zu allen gesellschaftlichen Anlässen ein. Er ist recht nett und ausgesprochen höflich, und er macht mir ein wenig den Hof. Für mich bedeutet er ein bisschen ›Ostpreußen‹.

Am Abend las Alexa Innegrit den Brief vor. »Deine Schwägerin arbeitet ja mit allen Mitteln. Sie will das arme Kind offenbar tatsächlich mit dieser Nervensäge verkuppeln.«

»Ja«, sagte Alexa nachdenklich. »Aber vielleicht ist es wirklich das Beste. Finchen schreibt doch sehr nett über ihn, und allmählich scheint sie ihre erste Liebe auch zu vergessen. Jedenfalls erwähnt sie Kreuzner nicht mehr.«

»Na, einfacher wäre es. Wenn ich da an deinen Bruder denke … und erst recht an dich, na, du weißt schon … In eurer Familie muss man ja auf alles gefasst sein.«

Alexa schüttelte lachend den Kopf. »Du bist wirklich unmöglich, Innegrit.«

»Ich weiß, du erwähntest es schon mal.«

Innegrit war jetzt immer öfter in Abschruten bei Heribert Delwitz. Anfänglich hatte Alexa sie oft begleitet, aber als sie merkte, dass sich zwischen den beiden etwas anbahnte, erfand sie immer öfter eine Ausrede, die von ihrer Freundin auch nicht hinterfragt wurde. Und so war sie auch nicht sonderlich überrascht, als Innegrit ihr kurz vor Weihnachten eröffnete, dass Heribert ihr einen Antrag gemacht habe. »Stell dir vor, Alexa«, erzählte sie aufgeregt. »Er ist vor mir auf die Knie gegangen und hat mich gefragt, ob ich ihn heiraten will. Ist das nicht süß?«

»Und? Hast du angenommen?«, fragte Alexa, obwohl sie die Antwort kannte, Innegrits strahlendes Gesicht ließ gar keinen anderen Schluss zu. »Ich habe ihm gesagt, dass nichts dagegen spräche, da ich ja Gott sei Dank meinen Namen nicht ändern muss.«

Alexa lachte laut. »Du bist einfach unmöglich!«

»Ich weiß. Und überglücklich.«

1866

Wieder befand Preußen sich im Krieg. Seit Juni kämpften die preußischen Truppen gegen Österreich. Die Zeitungen waren voll mit Todesanzeigen von jungen preußischen Offizieren. Eines Nachmittags im Juli waren Innegrit und ihr Mann Heribert zu Besuch bei Alexa, nachdem sie zuvor der Beerdigung des Sohnes von Freunden beigewohnt hatten. »Ist es nicht schrecklich«, sagte Alexa, »dass die Menschen nicht einfach in Frieden miteinander leben können? Was meinst du, Heribert, wird dieses Gemetzel noch lange andauern?«

»Nein, ich glaube nicht. Was ich so höre, will Bismarck im Gegensatz zu Moltke keinen langen Krieg. Anfänglich sah es ja so aus, als würde Österreich gewinnen, aber nach der Schlacht bei Königgrätz hat sich das Blatt gewendet. In den nächsten Tagen wird es wohl vorbei sein. Gott sei Dank.«

»Noch eine Beerdigung könnte ich auch nicht ertragen.« Innegrit schlug die Augen gen Himmel. »Schwarz macht mich schrecklich alt. Man sollte ab einem gewissen Alter überhaupt nur noch Farben tragen.« Sie kicherte. »Aber erklär das mal den Frauen.«

Heribert strahlte sie an. »Ich finde dich auch in Schwarz schön.«

»Na, das beruhigt mich aber kolossal!« Innegrit lachte. »Der Mann scheint wirklich in mich verliebt zu sein!«, sagte sie zu Alexa.

Es war fast ein Jahr her, dass Alexa zuletzt in Haffingen gewesen war. Eines Tages im August bekam sie einen Brief von Anneliese.

Liebe Alexa,

das Trauerjahr ist nun vorbei, und in wenigen Tagen erwarte ich Josefine zurück aus Hamburg. Harald von Anhausen hat bei mir um ihre Hand angehalten, und ich habe mit großer Freude eingewilligt. Ich bin mir sicher, dass dies auch im Sinne meines geliebten Hubertus ist. Harald ist nach Hamburg gereist, um Josefine zu bitten, seine Frau zu werden und sie auf ihrer Rückreise zu begleiten. Als Verlobte konnte ich das gestatten. Am kommenden Wochenende findet auf Gut Haffingen die Verlobungsfeier statt. Ich würde mich sehr freuen, wenn Du daran teilnehmen würdest. Es ist ein wenig kurzfristig, aber der überglückliche Bräutigam kann es kaum erwarten, Josefine als seine Braut vorzustellen. Von Lissy hörte ich, dass Innegrit einen Vetter ihres Mannes geheiratet hat. Ich habe dem Paar eine Einladung nach Abschruten geschickt.

Bitte gib mir schnell Antwort, damit ich Dein Zimmer für dich herrichten lassen kann.

Ich verbleibe mit den besten Grüßen

Anneliese von Ehrenberg

Dem Brief beigelegt war die offizielle Einladung.

Alexa las den Brief mehrfach und goss sich dann einen großen Cognac ein. Diese Nachricht musste sie erst einmal verdauen. Doch als Lena, die ihr Geschäft an eine Mitarbeiterin übergeben hatte und nur hin und wieder nach dem Rechten sah, wie jeden Tag zum Tee kam, wusste sie immer noch nicht, was sie davon halten sollte. Sie las Lena den Brief vor.

Lena schwieg eine Weile. »Und, was meinst du? Nimmt Josefine den Antrag an?«, fragte sie schließlich.

Alexa zuckte die Schultern. »Ich weiß es nicht. Aber ich fürchte, sie hat keine Wahl. Sie ist siebzehn. Und sie weiß, dass diese Verbindung der größte Wunsch ihrer Mutter ist.« Sie sog hörbar die Luft ein. »Und sie weiß auch, dass ihr, wenn sie ablehnt, die Hölle auf Erden droht.«

»Das arme Kind! Hoffentlich ereilt sie nicht das gleiche Schicksal wie ihre Eltern – ein ganzes Leben lang miteinander unglücklich zu sein.«

»Das will ich wirklich nicht hoffen. Aber sie hat Harald in ihren Briefen immer als sehr nett beschrieben. Vielleicht kann sie mit ihm wenigstens halbwegs glücklich werden, auch wenn es nicht die große Liebe ist.« Nachdenklich nahm Alexa einen Schluck Tee. »Ich werde natürlich hinfahren, Finchen zuliebe. Ich möchte von ihr selber hören, dass sie diese Verbindung nicht als Strafe empfindet.«

Am nächsten Tag kam überraschend Innegrit zu Besuch. »Ich muss einfach mit dir reden«, sagte sie und fächerte sich mit Annelieses Einladung Luft zu. »Mein Gott, diese Hitze. Im Zug war es unerträglich heiß, und in meinem Abteil saß eine alte Schnepfe, die nicht erlaubte, dass man die Fenster öffnete.«

Alexa schüttelte ungläubig den Kopf und deutete auf das große Kuvert aus weißem Bütten. »Meine Schwägerin ist sich offensichtlich sehr sicher, dass ihre Tochter den Antrag annimmt. Als sie die Einladung drucken ließ, hatte Finchen von ihrem Glück nämlich noch keine Ahnung.«

»Wie bitte?« Fassungslos sah Innegrit ihre Freundin an. »Diese Hexe hat ja vielleicht Nerven! Was ist denn, wenn Josefine nein sagt? So etwas soll ja schon mal vorkommen.« Sie kicherte. »Jetzt bin ich doppelt froh, dass wir zugesagt haben.«

»Oh, ihr kommt auch! Das ist ja wunderbar!«

»Ja! Ich wusste, dass du Finchen zuliebe hingehen würdest und wollte mir das nicht entgehen lassen. Jetzt bin ich eher gespannt auf Annelieses Gesicht, falls ihre Tochter sich weigert, den Antrag dieser Nervensäge anzunehmen.«

Alexa lachte. »Nun sei nicht so streng mit dem armen Harald. Finchen hat immer sehr nett über ihn geschrieben. Vielleicht ist er ja nicht die schlechteste Wahl.«

»Also ich habe da so meine Zweifel.«

Hilde servierte kalte Getränke und einen kleinen Imbiss, und Innegrit ließ sich den neuesten Klatsch aus Königsberg berichten.

Friedrich holte Alexa am folgenden Samstag am Bahnhof in Insterburg ab. Sein liebes altes Gesicht strahlte, als er sie entdeckte. »Baronesschen Alexa! Was fir äine Freude auch, Sie wiederzusehn.«

»Die Freude ist ganz auf meiner Seite.« Alexa lächelte ihn an. »Wie geht es denn? Ist alles in Ordnung?«

»Ja … schon. War ja ein ruhijes Jahr. Keine Jäste nich, und das Baronesschen nich da.« Er verstaute das Gepäck auf dem Landauer und rang dann für einen Moment nach Luft. »Aber nu is wieder janz wie friher«, sagte er schnaufend. »Wie friher, als der jnädje Baron noch lebte. Lischen is in heller Aufrejung wejen der Verlobung und der vielen Jäste.«

»Das kann ich mir vorstellen. Ich werde sie später begrüßen.«

Alexa genoss die Fahrt. Wohin ihr Auge blickte, wogten reife Kornfelder, durchsetzt mit rotem Mohn und dem leuchtenden Blau der Kornblumen. Die Zweige der Brombeerbüsche am Wegesrand bogen sich unter überreifen Früchten. *Ich muss Lisa bitten, mir ein paar Gläser ihrer köstlichen Brombeermarmelade mitzugeben*, dachte Alexa. Sie hatte ihren Hut abgenommen, und der leichte Wind milderte die Hitze angenehm. Was würde sie wohl auf Gut Haffingen erwarten? Der Landauer fuhr jetzt aus der Allee die Kiesauffahrt auf das Haus zu. Oben auf der Freitreppe stand eine große, schlanke Frau in einem weißen Mousselinekleid, an ihrer Seite der Dackel Susi und Herr Schulze. War das etwa Josefine? In diesem Moment setzte die Frau sich in Bewegung und lief eilig die Treppe hinunter, neben sich die kläffenden Hunde. »Tante Alexa«, rief sie strahlend. »Endlich! Ich hab dich so vermisst!«

»Ich dich auch, mein Liebling.« Sie umarmten sich lange, und Alexa bemerkte verwundert, dass aus dem Mädchen eine wunderschöne junge Frau geworden war. Arm in Arm gingen sie ins Haus.

»Wo ist deine Mutter? Ich möchte sie begrüßen.«

»Mama lässt sich entschuldigen, sie hält ihren Mittagsschlaf. Zum Tee wird sie herunterkommen.« Josefine drückte Alexas Arm. »Auch Tante Lissy will herüberkommen. Sie kann es kaum erwarten, dich zu sehen.« Sie senkte ihre Stimme. »Ich bin froh, dass ich dich erst einmal ein wenig für mich habe. Darf ich mit zu dir hinaufkommen?«

»Aber natürlich, mein Kind. Du musst mir alles erzählen.« Während das Gepäck hereingebracht wurde und Kuno kalte Getränke servierte, sprachen sie nur über belanglose Dinge, und Alexa hatte Gelegenheit, ihre Nichte eingehend zu betrachten. Die Ähnlichkeit mit Hubertus war frappierend. Sie hatte sie als ein etwas ungelenkes, sehr hübsches Kind in Erinnerung gehabt, doch nun war sie in diesem einen Jahr, in dem sie sie nicht gesehen hatte, zu einer Schönheit herangewachsen. Ihre Haltung war anmutig, und ihr Hals glich einem zarten Blütenstängel. Ihr schmales, blasses Gesicht war umrahmt von dunklen Locken, die mit einem Haarreif aus der hohen Stirn gehalten wurden. Wenn sie lachte, kräuselte sich die kleine gerade Nase, und ihre vollen Lippen entblößten eine Reihe perlweißer Zähne. In ihren großen tiefblauen Augen, umrahmt von dichten schwarzen Wimpern, meinte Alexa eine Spur von Trauer zu entdecken. Endlich verließ Kuno den Raum, und sie waren allein. »So, mein Schatz, jetzt erzähl. Bist du nun eine glückliche Braut?«

Josefine zuckte mit den Schultern. »Eine Braut ja … aber glücklich? Wenn du wissen willst, ob ich in Harald verliebt bin, dann lautet die Antwort Nein. Verliebt war ich in Bernhard Kreuzner, aber das weißt du ja.«

Alexa hatte genau diese Antwort erwartet, dennoch war sie entsetzt. »Hättest du Haralds Antrag nicht ablehnen können?«

»Ach, du kennst doch Mama. Sie will diese Verbindung unbedingt. Und Harald ist wirklich recht nett.« Sie schluckte. »Er ist sehr verliebt in mich … und er wird in einer Firma seines Vaters in München arbeiten … herrlich weit weg von meiner Mutter.«

Alexa strich ihrer Nichte zärtlich über das Haar. »Ich hoffe so sehr, dass du glücklich wirst. Vielleicht kommt die Liebe ja noch. Es wäre zu schrecklich, wenn du das gleiche Schicksal wie deine Eltern durchleiden müsstest. Sie waren beide Zeit ihres Lebens kreuzunglücklich miteinander.«

Josefine war an das Fenster getreten und blickte in den Park hinaus. »Ich weiß.« Dann wandte sie sich an Alexa. »Man sagt, Papa habe sein ganzes Leben eine Geliebte gehabt. Hast du das gewusst?«

Alexa bedachte sie mit einem sanften Blick. »Ja«, sagte sie ruhig. »Anfänglich habe ich es nur geahnt, aber dann sind wir uns zufällig begegnet.« Sie zögerte. »Und inzwischen bin ich sehr eng mit dieser Frau befreundet. Dein Vater hat sie sehr geliebt.«

Josefine starrte sie an. »Du kennst sie …?«, brach es aus ihr heraus. »Warum hat Papa sie denn nicht geheiratet, wenn er sie so sehr geliebt hat, wie du sagst.«

»Lena Budzinski, das ist übrigens ihr Name, war nicht *gesellschaftsfähig*, wie es so schön heißt. Sie war die Tochter der Putzmacherin unserer Mutter, ihr Vater war Kohlenhändler! Kannst du dir den Skandal vorstellen, wenn Hubertus darauf bestanden hätte, sie zu heiraten? Meine Mutter war einer Ohnmacht nahe, als sie von der Liaison erfuhr. Also arrangierte unser Vater die Ehe mit deiner Mutter … na ja, und dann kamst du.« Alexa lächelte. »Dein Vater war vom ersten Augenblick an vernarrt in dich. Er hat dich über alles geliebt. Aber das weißt du ja.«

»Aber er war doch zutiefst unglücklich mit Mama. Warum hat er sich dann später nicht scheiden lassen?«

»Deinetwegen! Er wollte dich nicht verlieren. Er hat einmal den Versuch gemacht, aber deine Mutter hat ihm gedroht. Mit einem Skandal, und dass sie dich ihm wegnehmen würde und mit was weiß ich was noch allem. Aber da war er schon krank und hatte nicht die Kraft, eine Scheidung und den Skandal durchzustehen.« Sie stieß einen tiefen Seufzer aus. »Ehen werden nicht im Himmel geschlossen, hat mein Vater damals gesagt, aber dass es die Hölle werden würde, hat er sicher nicht gewollt.«

»Nicht gesellschaftsfähig …« Josefine lachte freudlos. »Das war wohl auch der Grund für meine Mutter, Bernhard Kreuzner zu entlassen und mich für ein Jahr nach Hamburg zu schicken. Dabei war ich es, die verliebt war, und nicht er.«

Alexa erhob sich. »Ich meine, Lissys Stimme zu hören. Aber bevor wir nach unten gehen, möchte ich dir noch etwas sagen.« Sie nahm Josefines Hände in ihre. »Ich werde immer für dich da sein«, sagte sie ernst. »Egal, was passiert. Wir werden für alles eine Lösung finden, was auch immer geschieht.«

Josefine gab ihrer Tante einen Kuss auf die Wange. »Danke, Tante Alexa. Mach dir keine Sorgen, so schlimm wird es schon nicht werden.«

Harald von Anhausen hatte sich in dem Jahr, in dem Alexa ihn nicht gesehen hatte, wirklich zu seinem Vorteil verändert. »Aus der Nervensäge ist ja ein passabler Jüngling geworden«, sagte sogar Innegrit später beim Tee. »Aber wie eine verliebte Braut sieht das Finchen nicht gerade aus.«

»Nein.« Alexa schüttelte den Kopf. »Sie liebt ihn nicht, ist aber auch nicht unglücklich, wie sie mir selbst versichert hat. Sie mag ihn recht gern, und das ist immerhin beruhigend und bei einer arrangierten Ehe nicht immer der Fall.«

»Dafür ist ihre Mutter umso glücklicher«, warf Lissy ein. »Sie hat erreicht, was sie wollte: Josefine standesgemäß unter die Haube zu bringen und auch noch mit den von Anhausens verwandt zu sein.«

»Mein Gott, was manche Menschen bloß für erstrebenswert halten …« Innegrit verdrehte die Augen und flüsterte Alexa leise ins Ohr: »Ich kann nur hoffen, dass das gut geht. In dieser Familie muss man ja auf alles gefasst sein.« Alexa drohte ihrer Freundin mit dem Finger. »Nun mal man den Teufel nicht an die Wand!«

Während des festlichen Diners am Abend klopfte Harald an

sein Glas und erhob sich. Als alle Gespräche verstummt waren, setzte er zu einer kleinen Rede an.

Geliebte Josefine, liebe Eltern, liebe Anneliese und verehrte Gäste. Bitte gestatten Sie mir ein paar Worte anlässlich unserer Verlobung. Als Erstes möchte ich dir, Josefine, sagen, wie überaus glücklich du mich gemacht hast, dass du meinen Antrag angenommen hast.

Er nahm ihre Hand und führte sie an seinen Mund. Seine Augen strahlten. Dann fuhr er fort.

Du bist die schönste Frau, die ich kenne. Ich liebe dich von ganzem Herzen und freue mich über alle Maßen, dass du unserer baldigen Vermählung zugestimmt hast. Ich darf Ihnen, meinen verehrten Gästen, also sagen, dass unsere Hochzeit bereits Ostern nächsten Jahres stattfinden wird und wir uns freuen würden, Sie alle an diesem Tag wieder hier zu haben.

Er nickte in die Runde und setzte sich wieder. Jetzt erhob sich Graf von Anhausen. »Liebe Freunde«, rief er. »Lassen Sie uns alle das Glas erheben auf unser glückliches Brautpaar.« Und dann erklang ein dreifaches *»Sie leben hoch … hoch … hoch«*. Während Anneliese mit ihrem Spitzentaschentuch ihre vor Rührung feuchten Augen tupfte, fiel Alexas Blick auf Fräulein von Allhorn. Sie war die Einzige, die nicht von der allgemeinen Fröhlichkeit angesteckt war, sondern still und in sich gekehrt dasaß. Ihr entging nicht der Blick, den die Gouvernante mit Josefine wechselte, während sie ihr beruhigend zunickte, als wolle sie ihrem Schützling signalisieren: »Alles ist gut.« Alexa beschloss, vor ihrer Abreise mit Fräulein von Allhorn zu sprechen.

Doch dazu sollte es nicht kommen. Am nächsten Tag erhielt die Gouvernante eine Nachricht, dass es ihrer Cousine nicht gut ginge und eilte überstürzt nach Insterburg.

Alexa war ein paar Tage länger als geplant geblieben. Ihr Besuch war zu ihrer Erleichterung nicht so unerfreulich verlaufen, wie sie befürchtet hatte, da Anneliese dank Josefines Gefügigkeit äußerst milde gestimmt schien. Auch wenn Josefine keine strahlende Braut war, so schien sie in der Tat nicht unglücklich zu sein. Harald kam fast täglich nach Gut Haffingen. Die beiden ritten dann zusammen aus, und wenn sie erhitzt und lachend zurückkamen, keimte bei Alexa die Hoffnung auf, dass doch noch alles gut werden könnte. Eines Nachmittags, Alexa würde am nächsten Tag abreisen und Lissy war gekommen, um sich von ihr zu verabschieden, kam das Gespräch auf das Brautkleid.

»Darf ich es dir schenken?«, rief Alexa aufgeregt. »Meine Couturière in Königsberg ist fabelhaft. Komm mich doch so bald wie möglich besuchen, dann suchen wir gemeinsam etwas für dich aus.«

»Was für eine wunderbare Idee!« Josefine strahlte. »Darf ich, Mama?« Sie sah ihre Mutter fragend an. Die zögerte kurz, stimmte dann aber zu. »Natürlich, wenn Fräulein von Allhorn dich begleitet.«

»Und wenn sie nicht kann, weil es ihrer Cousine ja immer noch nicht gut geht, dann begleite ich dich«, rief Lissy. »Ich könnte auch mal wieder etwas Großstadtluft gebrauchen.«

»Wunderbar.« Alexa war hocherfreut. »Selbstverständlich logiert ihr beide bei mir. Und kommt bald, bevor der Winter wieder über uns hereinbricht. Ihr wisst, das geht rasend schnell in Ostpreußen.«

Schon Ende September kündigte Josefine ihren Besuch an. Sie käme allein, schrieb sie. Fräulein von Allhorn pflege immer noch ihre Cousine, und Lissy sei schwer erkältet und liege darnieder und sei den Strapazen der Reise nicht gewachsen. Sie aber wolle nicht länger warten und habe sich endlich einmal bei ihrer Mutter durchgesetzt. Schließlich sei sie kein kleines Kind mehr und könne doch wohl eine kurze Bahnfahrt ohne Aufsicht überstehen.

Alexa holte Josefine vom Bahnhof ab. Wieder war sie beeindruckt von der Schönheit ihrer Nichte und ihrer frappierenden Ähnlichkeit mit Hubertus. Sie war ihm wirklich wie aus dem Gesicht geschnitten. Hinreißend sah sie aus in dem grünen Samtkleid mit dem weiten, schwingenden Rock und der taillenkurzen, engen Jacke, verziert mit weinroten Bändern. Ihre dunklen Locken waren versteckt unter einem gleichfarbigen kleinen Hut, besetzt mit weinroten Blumen. »Wie schön, dass ich dich endlich einmal ganz für mich allein habe«, sagte Alexa, nachdem sie sich herzlich begrüßt hatten. »Was hältst du davon, wenn wir erst dein Gepäck nach Hause bringen und dann einen Bummel machen, Geschäfte ansehen und bei Plouda eine Schokolade trinken?«

»Das klingt wunderbar, Tante Alexa.« Sie lächelte. »Ich darf übrigens eine Woche bleiben. Harald behauptet, er könne es länger nicht ohne mich aushalten.«

Sie brachten das Gepäck nach Hause und genossen dann einen ausgiebigen Spaziergang durch die Französische Straße und den Steindamm, bevor sie beschlossen, die Schokolade bei Plouda zu trinken. Die Konditorei war wie immer voll besetzt, hauptsächlich mit weiblichen Gästen jeden Alters, die neben Kaffee-, Tee- und Schokoladenkännchen auch Teller mit Torten und dem hauseigenen Konfekt vor sich stehen hatten. Alexa grüßte nach allen Seiten, und man konnte den Gesichtern einiger Damen ansehen, dass sie zu gern gewusst hätten, wer die junge Schönheit in ihrer Begleitung war. Unter einer großen Palme erblickte Alexa Irina von Nöthen und Christina von Donnersmarck, die ihnen zuwinkten und auf zwei freie Plätze an ihrem Tisch deuteten. »Was für eine Überraschung, Sie zu sehen, Baroness«, sagte Irina von Nöthen fröhlich. »Seit wann sind Sie denn in Königsberg?«, fragte Christina von Donnersmarck. »Bleiben Sie länger?«

»Wir sind auf der Suche nach einem Brautkleid für Josefine, und sie hat mir versprochen, mindestens eine Woche bei mir zu bleiben.« Der Stolz in Alexas Stimme war nicht zu überhören. »Wir werden Sie also sicher noch einige Male treffen. Aber nun brauche ich unbedingt etwas Heißes zu trinken. Der Wind ist heute eisig und geht einem ja durch und durch.«

Alexa hatte die Zeit vor Josefines Besuch genutzt, Brautkleider aus verschiedenen Modejournalen herauszusuchen. Ein besonders ausgefallenes Modell von Worth hatte sie in dem Heft ›Der Bazar‹ gefunden. Als Josefine es sah, war sie begeistert. »Das ist wunderbar, Tante Alexa. Ich will gar nichts Anderes mehr sehen. Meinst du, deine Couturière kann diesen herrlichen Stoff bekommen?«

»Da bin ich mir sicher. Es wird bestimmt eine Weile dauern, aber bis Ostern ist ja noch lange Zeit.« Am nächsten Tag besuchten sie Madame Yvette in ihrem Salon am Münzplatz. Alexa hatte ihr bereits vor Tagen eine Note geschickt und den Grund ihres Besuches angekündigt. Madame Yvette begrüßte sie überschwänglich. »Gräfin von Waldau, Baroness von Ehrenberg. Wie schön, Sie zu sehen.« Sie streifte Josefine kurz mit Kennerblick. »Was für eine Freude, eine so schöne junge Braut einkleiden zu dürfen! Wenn Sie mir bitte folgen würden.« Der Salon bestand aus drei ineinander übergehenden und überaus elegant eingerichteten Räumen. Dicke Teppiche bedeckten die Böden, an den Wänden hingen hohe Spiegel mit Goldrahmen, daneben standen große Palmen in chinesischen Übertöpfen. In den beiden ersten Salons saßen Kundinnen in kleinen Sitzgruppen, deren zierliche Sessel mit gestreifter Seide bezogen waren, und ließen sich Stoffe zeigen. Sie wurden freundlich von Madame Yvette gegrüßt. Der dritte Raum war noch prachtvoller, und Josefine kam aus dem Staunen nicht heraus. Das war wirklich etwas Anderes als der Salon ihrer Insterburger Schneiderin! Die hohen Fenster waren eingerahmt von schweren roten Samtvorhängen, und auf Marmorsäulen weilten dicke Farne und üppige Blumengestecke, die einen betörenden Duft verströmten. Ein großes Sofa und zwei Sessel, bezogen mit dem gleichen Stoff wie die Vorhänge, boten die einzigen Sitzgelegenheiten. Auf einem Tisch standen ein Tablett mit Kaffee und Gebäck. Die gegenüberliegende Wand bestand aus einem großen Spiegel, davor waren drei lebensgroße Puppen, bekleidet mit Brautkleidern, drapiert. »Bitte nehmen Sie doch Platz, meine Damen«, sagte die Couturière. Als die beiden ihrer Aufforderung nachgekommen waren, deutete sie auf die Puppen. »Wie Sie sehen, habe ich mir schon ein paar Gedanken gemacht. Vielleicht trifft ja eines der Modelle Ihren Geschmack.« Sie sah Josefine fragend an.

»Das ist wirklich reizend von Ihnen, Madame Yvette«, kam Alexa ihrer Nichte zuvor. »Alles, was Sie machen, ist wunderschön. Aber meine Nichte hat sich bereits ein Modell von Worth ausgesucht.« Sie zog die Abbildung aus der Modezeitung aus ihrer Tasche. »Hier, sehen Sie. Ist es nicht fabelhaft?« Madame Yvette hob ihr Lorgnon, das an einer schweren Goldkette vor ihrem üppigen Busen baumelte, an die Augen und betrachtete interessiert die Abbildung. »In der Tat, sehr elegant. Ein Brokat von Gagelin … wirklich prachtvoll.« Sie sah Josefine über den Rand ihres Lorgnons an. »Sie haben wirklich einen erstklassigen Geschmack. Aber es wird eine Weile dauern, bis ich den Stoff bekomme. Wann wird die Hochzeit denn stattfinden?«

Josefine errötete leicht. »Ostern nächstes Jahr«, sagte sie. »Meinen Sie, dass es bis dahin fertig sein kann?«

»Das wird kein Problem sein. Die Bestellung geht heute noch raus. Ich werde jetzt Ihre Maße nehmen und danach eine Puppe anfertigen lassen. Könnten Sie in einigen Tagen …« Sie überlegte kurz. »Heute ist Mittwoch … sagen wir kommenden Montag noch einmal vorbeischauen? Dann könnten wir bereits eine Korsage und eventuell den Unterbau des Rockes probieren. Die entsprechenden Materialien haben wir im Haus.«

Josefine sah ihre Tante fragend an. »Passt dir das, Tante Alexa?«

»Natürlich, mein Kind. Du weißt doch, diese kurze Woche gehört allein dir.« Mit diesen Worten erhob sie sich, und Madame Yvette begleitete sie an die Tür. Sie verabschiedete sich von Josefine und bat Alexa noch um ein kurzes Gespräch. Josefine trat aus dem Laden, als sie plötzlich auf der anderen Straßenseite Bernhard Kreuzner entdeckte. Für einen Augenblick trafen sich ihre Blicke, dann war er in der Menge der Passanten verschwunden. Josefine erstarrte. Mit einem Schlag waren alle Gefühle, die sie über ein Jahr unterdrückt und mit aller Kraft versucht hatte zu vergessen, wieder da. *Ich muss mich zusammenreißen*, dachte sie. *Ich darf mir nichts anmerken lassen, es darf einfach nicht sein.*

In diesem Moment trat auch schon Alexa neben sie. »Nun, mein Schatz, bist du zufrieden mit deiner Wahl?« Sie hakte Josefine unter und plauderte weiter, ohne eine Antwort abzuwarten. Offensichtlich hatte sie nichts bemerkt. »Was möchtest du jetzt tun? Vielleicht ein leichtes Mittagessen im Berliner Hof einnehmen? Ich habe jedenfalls einen Bärenhunger.«

Es kostete Josefine viel Kraft, die Contenance zu wahren. »Ja, ich bin sehr zufrieden, und Hunger habe ich auch«, sagte sie betont fröhlich. Sie hoffte, dass sie im Restaurant Freunde von Alexa treffen würden und diese dadurch abgelenkt wäre. Doch plötzlich sah ihre Tante sie an. »Du bist so blass. Ist irgendwas?«

»Nein, mir geht es gut. Ich habe nur leichte Kopfschmerzen. Die Blumen in dem Salon, sie haben sehr stark geduftet, fandest du das nicht auch?«

»Oh ja, Madame Yvette übertreibt immer ein bisschen. Aber das vergeht schnell.«

Zu Josefines Erleichterung trafen sie im Restaurant tatsächlich mehrere Bekannte von Alexa, die sie an ihren Tisch baten, und so fiel Alexa nicht auf, dass Josefine besonders still war. Ihre Gedanken schlugen Kapriolen. *Ich muss ihn wiedersehen. Nur einmal*, dachte sie, und dann wieder: *Es darf nicht sein … Oh Gott, was soll ich nur tun? Und wie kann ich ihn bloß finden? Und was, wenn er gar nichts für mich empfindet? Und was, wenn doch?*

»Du isst ja kaum etwas, Kind, hast du denn überhaupt keinen Appetit?« Josefine schreckte aus ihren Gedanken hoch und fasste sich dann an den Kopf. »Sei mir nicht böse, Tante Alexa, aber ich möchte schon einmal allein nach Hause laufen. Mein Kopf schmerzt sehr, und die frische Luft wird mir guttun, bestimmt.« Sie gab Alexa einen Kuss auf die Wange und verabschiedete sich mit einem »Auf Wiedersehen, meine Damen. Es hat mich sehr gefreut«. Dann eilte sie hinaus und schlug den Weg in Richtung Münzplatz ein. Der Wind war stärker geworden, und es hatte zu regnen begonnen. Fröstelnd zog sie den Kragen ihres Umhangs enger um den Hals. Sie wollte gerade die Straße überqueren, als vor ihr Bernhard Kreuzner aus einem Haus trat. »Baroness! Was machen Sie denn hier, allein, und auch noch bei diesem Wetter?«

Josefine war vollkommen durcheinander. »Ich habe Sie gesucht«, sagte sie, als wäre das ganz normal. Gleich darauf schalt sie sich ihrer Ehrlichkeit, doch in diesem Moment öffnete der Himmel seine Schleusen. Hilflos sah der junge Mann sie an. »Hier können wir unmöglich bleiben. Sie sind ja schon völlig durchnässt, Sie werden sich noch den Tod holen.« Er zog sie in den Hauseingang. »Ich weiß, es ist absolut unschicklich«, sagte er entschuldigend. Aber bitte kommen Sie herein, wenigstens bis der Regen aufhört.« Er trat ein und stieg vor ihr die Treppen hinauf. Im ersten Stock schloss er die Tür auf und bat sie herein. »Dies ist die Wohnung meiner Mutter. Sie ist vor kurzem gestorben, und ich bin nur hier, um alles zu regeln und die Wohnung aufzulösen.«

Josefine trat unsicher ein. Sie zitterte am ganzen Körper, und um ihre Schuhe hatte sich bereits eine Pfütze gebildet. »Das tut mir schrecklich leid«, sagte sie leise.

Er blickte sie freundlich an. »Darf ich Ihnen den Mantel abnehmen? Und Ihre Schuhe sollten Sie auch ausziehen.«

»Ja. Ja, natürlich.«

Anschließend führte er sie in das Wohnzimmer. »Bitte nehmen Sie Platz, Baroness. Ich werde Ihnen jetzt erst einmal einen heißen Tee machen, und wenn es aufgehört hat zu regnen, hole ich eine Droschke und bringe Sie nach Hause.« Folgsam setzte sich Josefine in einen Sessel. Sie zitterte. Alle ihre Gefühle für ihn waren wieder da, als hätte es das letzte Jahr nicht gegeben. »Würden Sie mich bitte Josefine nennen«, fragte sie leise. »Und darf ich Bernhard sagen?«

Sein Gesicht war ausdruckslos. »Natürlich. Gern … wenn Sie es wünschen.« Er machte sich auf den Weg in die Küche, und schon bald war das leise Klappern von Geschirr zu hören, dann pfiff ein Wasserkessel.

Josefine schloss die Augen. *Was mache ich hier?*, schoss es ihr durch den Kopf. *Ich sollte sofort gehen! Mein Benehmen ist unerhört, ich bringe mich und ihn in größte Schwierigkeiten.* Aber sie war wie gelähmt. Mehrere Minuten später kam er mit einem Tablett mit Tee und einer Schale Keksen herein. »So, das wird Sie ein wenig wärmen.« Josefine entging nicht, dass er vermied, sie mit ihrem Namen anzusprechen. Sie schlug die Augen auf und setzte sich aufrecht hin. »Es tut mir furchtbar leid, Bernhard, dass ich Ihnen Unannehmlichkeiten bereite«, begann sie. »Ich hoffe, dass ich Sie nicht zu sehr belästige. Ich bin zu Besuch bei meiner Tante und weiß selbst nicht genau, was ich hier tue, denn ich hätte doch merken müssen, dass Sie nichts für mich empfinden. Ich bin so kindisch …« Plötzlich verlor sie die Beherrschung und brach in Tränen aus.

»Um Himmels willen, Josefine. Bitte nicht weinen.« Bernhard kniete vor ihr nieder und küsste ihre Hände. »Wie kommen Sie denn darauf, dass ich Sie nicht mag? Ich liebe Sie!« Er hob den Kopf und blickte ihr in die Augen. »Wenn Sie wüssten, wie sehr!« Erneut küsste er ihre Hände. »Aber Sie wissen doch eben so gut wie ich, dass es nicht sein kann«, sagte er traurig. »Ihre Mutter wird einer Verbindung mit mir niemals zustimmen. Ich bin Lehrer an einer Schule in Allenstein und kann Ihnen nichts bieten. Rein gar nichts.«

Josefine traute ihren Ohren nicht. Wie hatte sie sich nur so täuschen können? Sie sah den Schmerz in seinen Augen und strich ihm sanft über das Haar. Er richtete sich auf und zog sie in seine Arme. »Wenigstens einmal will ich dich umarmen. Du bist so schön und so süß.« Er küsste sie sanft. Dann schob er sie auf Armeslänge von sich. »Anfänglich habe ich in dir wirklich nur das entzückende Kind gesehen«, sagte er lächelnd. »Aber nach einer Weile habe auch ich mich in dich verliebt. Wie alle Menschen, die dich kennen.« Josefine war überwältigt und unfähig, einen klaren Gedanken zu fassen. Sanft schob er sie zurück in ihren Sessel und goss ihnen beiden Tee ein. Dann nahm er auf dem Sessel ihr gegenüber Platz. Sein Gesicht war ernst. »Ich habe gehört, du bist verlobt«, sagte er leise.

»Ja, das stimmt«, brachte Josefine mühsam hervor. Sie räusperte sich. »Mit Harald von Anhausen, dem Sohn unserer Nachbarn. Er ist sehr nett, aber ich liebe ihn nicht. Meine Mutter will diese Verbindung unbedingt. Ihr ist es egal, ob ich damit glücklich werde. Aber du kennst sie ja.« Sie nahm einen Schluck Tee. Ihre Hände zitterten. »Ich werde mich einfach bemühen müssen, mit ihm glücklich zu sein. Aber ich weiß wirklich nicht, wie das gehen soll, jetzt, wo ich … wo wir …« Sie brach ab. »Und … bist du schon gebunden?«, fragte sie schließlich leise.

»Nein.« Er lächelte. »Nein, ich hatte immer nur dich im Sinn. Und ich werde mich wohl erst einmal anstrengen müssen, dich aus meinen Träumen zu vertreiben und langsam zu vergessen. Außerdem hätte ich gar keine Zeit zum Suchen gehabt. Ich habe mit Hilfe meines Doktorvaters vor einigen Monaten promoviert und durch ihn eine Anstellung an dem Gymnasium gefunden.«

Josefine lächelte. »Weißt du eigentlich, dass mein Vater sein Leben lang eine Geliebte hatte? Noch dazu ein und dieselbe?«

»Nun, es war wohl kein Geheimnis. Aber natürlich weiß ich keine Details.« Er sah sie erstaunt an. »Seit wann weißt du es?«

»Tante Alexa hat es mir erzählt. Mein Großvater hat die Ehe mit meiner Mutter arrangiert, da seine Geliebte nicht standesgemäß war. Aber mein Vater hat nicht aufgehört, diese Frau zu lieben, und über dreißig Jahre heimlich so etwas wie ein Doppelleben geführt.« Sie sah ihn mit ihren großen Augen traurig an. »Da sieht man, was Liebe vermag.«

Eine Weile sagte keiner von beiden ein Wort, sie genossen einfach die Nähe des anderen und wussten doch beide, dass es das letzte Mal war, dass sie sich sehen würden. Schließlich brach Josefine das Schweigen. »Ich glaube, ich möchte diese Frau, die mein Vater so geliebt hat, kennenlernen. Sie ist mit meiner Tante Alexa befreundet und soll sehr nett sein. Ich finde, das bin ich meinem Vater, der sein Leben lang unglücklich war, schuldig.«

Bernhard war sichtlich beeindruckt. Er zog sie in seine Arme. »Das nenne ich wahre Größe«, murmelte er an ihrer Schulter.

Für einen letzten Moment verharrten sie in der kostbaren Zweisamkeit. Doch schließlich löste sich Bernhard von ihr. »Du solltest jetzt besser gehen, Josefine. Deine Tante wird sich Sorgen machen.« Er nahm sie noch einmal in den Arm und küsste sie zärtlich. »Josefine, auch wenn dein Vater in dem einen Teil seines Doppellebens glücklich war, ist das für uns keine Lösung. Versprich mir, dass du vernünftig bist. Wir dürfen uns nicht wiedersehen.«

»Ja, du hast Recht. Natürlich werde ich vernünftig sein, auch wenn sich alles in mir dagegen sträubt.« Sie küsste ihn auf die Wange, bevor sie in Mantel und Schuhe schlüpfte. »Es hat aufgehört zu regnen. Ich höre Pferdedroschken auf der Straße, du musst mich nicht begleiten. Leb wohl.«

Sie spürte einen riesigen Kloß im Hals. Jetzt bloß nicht weinen. Also hauchte sie ihm noch einen flüchtigen Kuss auf die Wange, dann schlüpfte sie aus der Tür.

Josefine war erleichtert, dass Alexa ihren Mittagsschlaf hielt, als sie nach Hause kam. »Die Frau Jräfin hat sich jroße Sorjen um Sie jemacht«, begrüßte sie das Dienstmädchen. »Sie wollte sich man erst jar nich hinlejen.« »Das tut mir wirklich leid, Hilde. Es hat schrecklich geregnet, und ich musste mich eine Weile unterstellen. Ich werde mich umkleiden und pünktlich zum Tee erscheinen.« Sie zögerte kurz. »Und, Hilde, würden Sie mir einen Gefallen tun?«

»Aber natirlich.«

»Sie kennen doch das Fräulein Budzinski, oder? Wären Sie bitte so freundlich, sie zu uns zum Tee zu bitten? Ich würde sie gern kennenlernen.«

»Ja. Sicher …« Hildes Gesicht sprach Bände. Sie wusste offensichtlich Bescheid.

Völlig aufgewühlt ließ Josefine sich auf ihr Bett fallen. Bernhard hatte Recht. Sie musste vernünftig sein. Sie durften sich nicht wiedersehen. Aber würde sie das durchhalten? Ihre Gefühle für ihn, die sie ein Jahr lang versucht hatte zu verdrängen, waren wieder da und jetzt, da er sich ihr offenbart hatte, stärker als je zuvor. Wie sollte sie es aushalten ohne ihn? Noch dazu die Anwesenheit eines Mannes, den sie nicht liebte und der nicht einmal im Ansatz die Gefühle bei ihr heraufbeschwor, die Bernhard in ihr weckte. Ihre Gedanken wurden durch leises Klopfen unterbrochen, und gleich darauf stand Alexa in der Tür. »Hilde sagte mir, dass du zurück bist. Endlich! Ich habe mir schreckliche Vorwürfe gemacht. Ich hätte dich nicht allein gehen lassen dürfen.«

»Wie du siehst, waren deine Sorgen völlig unbegründet.« Josefine zwang sich zu einem Lachen. »Der Regen hat mich aufgehalten, aber nun bin ich ja wohlbehalten wieder da.«

»Hilde sagte mir gerade, dass du Lena kennenlernen möchtest. Ich halte das für eine ausgezeichnete Idee.«

»Ja. Ich habe in der letzten Zeit viel über Papa und sein Leben nachgedacht. Sie hat darin offensichtlich eine wesentliche Rolle gespielt, und ich möchte mehr über ihn erfahren.« Sie begann, sich für den Tee umzukleiden. »Findest du es vielleicht seltsam, dass ...«

»Nein, ich freue mich darüber. Ich bin mir sicher, dass ihr euch mögen werdet.« Sie hielt inne. »Ich höre die Glocke. Es wird Lena sein. Ich gehe schon vor nach unten. Bis gleich, mein Kind.«

Alexa sollte Recht behalten. Josefine und Lena verstanden sich auf Anhieb. Erst nannten sie sich bei ihren Vornamen, aber schon bald gingen sie über zum vertrauten Du. Es war, als ob sie sich schon ewig kennen würden. »Weißt du eigentlich, dass du deinem Vater unglaublich ähnlich siehst?«, fragte Lena nach einer Weile. »Nur deine blauen Augen sind nicht von ihm.«

»Nein, die sind von meiner Mutter.«

»Und das ist zum Glück das Einzige, was du von ihr hast«, unterbrach sie Alexa. »Ich sage so etwas ungern über einen Menschen, aber sie ist wirklich keine besonders liebenswerte Person.«

»Nein, das ist sie nicht. Ich habe das schließlich siebzehn Jahre lang am eigenen Leib erfahren. Aber bald bin ich ja weg.«

»Ja, ich habe gehört, dass du dich verlobt hast. Wohin verschlägt es dich denn?«, fragte Lena.

»Nach München.« Josefine schluckte schwer. Plötzlich war er wieder da, der Kloß in ihrem Hals. Das Kennenlernen der Geliebten ihres Vaters und die Erkenntnis, dass sie diese lieber zur Mutter gehabt hätte als Anneliese, hatte sie die Begegnung mit Bernhard Kreuzner für kurze Zeit vergessen lassen.

Aber nun war alles wieder da, und ihre Augen füllten sich mit Tränen. »Um Gottes willen, was ist mit dir?«, fragte Alexa besorgt.

»Ich habe doch hoffentlich nichts gesagt, was dich verletzt hat?«, beeilte Lena sich zu sagen.

Josefine schloss die Augen und versuchte, die Tränen zurückzuhalten. Für einen kurzen Moment war sie versucht, den Widerstand aufzugeben und Lena und Alexa von ihrem Dilemma zu erzählen. Wer, wenn nicht diese beiden Frauen, würde sie verstehen können? Doch dann entschied sie sich dagegen. Sie würde Bernhard nicht wiedersehen, und damit war das Problem aus der Welt. Sie musste sich jetzt zusammenreißen. Auf keinen Fall durfte sie sich verraten. »Nein, natürlich nicht. Aber jetzt, wo ich dich kenne, Lena, ist die Erinnerung an Papa plötzlich übermächtig. Ihr glaubt ja gar nicht, wie sehr er mir fehlt. Ich vermisse ihn ganz schrecklich.« Das war nicht einmal gelogen, und nun brach Josefine in haltloses Schluchzen aus. Niemals würde sie die wahre Liebe erfahren! Und noch dazu würde sie ihr Leben bald weitab von ihrem geliebten Ostpreußen mit einem ungeliebten Mann verbringen müssen. Sie ließ sich von Alexa in den Arm nehmen und trösten, und bald darauf versiegten die Tränen. Keiner der beiden Frauen kam die Idee, dass Josefines Kummer einen ganz anderen Grund haben könnte.

Die nächsten drei Tage verbrachte Josefine wie in Trance. Sie unternahm gemeinsam mit Alexa und Lena, die nun täglich vorbeikam, Spaziergänge im nahen Schlosspark, bummelte durch die Straßen und betrachtete die Auslagen der Geschäfte. Auf Fragen nach ihrer Aussteuer antwortete Josefine stets einsilbig mit »Mama wird das schon machen. Ich habe keine besonderen Wünsche«. Zum Abschluss tranken sie stets Schokolade bei Plouda. Doch Josefine kam nicht zur Ruhe. Sie war wie aufgedreht, unterhielt die anderen mit Geschichten aus ihrer Hamburger Zeit und erwähnte hin und wieder, wie reizend Harald doch sei. Es war schlicht unmöglich zu ahnen, dass ihre Gedanken um nichts Anderes kreisten als um Bernhard Kreuzner. Ihre Stimmung schwankte von himmelhoch jauchzend bis zu Tode betrübt. Sollte sie versuchen, noch ein paar Tage länger in Königsberg zu bleiben oder doch die Stadt so schnell wie möglich verlassen und Bernhard Kreuzner aus ihrem Herzen verbannen? Bald konnte sie keinen klaren Gedanken mehr fassen.

Lissy hatte sich für die Dauer ihres restlichen Aufenthaltes angesagt. Sie war wieder einigermaßen genesen und wollte in der Stadt einige Besorgungen machen. Dann sollte sie auf Annelieses Bitte Josefine nach Hause begleiten.

Ich kann leider nicht bei Dir logieren, Alexa, schrieb sie. *Als ich meiner Cousine Karin mitteilte, dass ich für einige Tage in Königsberg sein und sie gern sehen würde, bestand sie darauf, dass ich bei ihr nächtige.*

Sie trafen sich am Sonntag zum Mittagessen im Hotel de Prusse. Alexa und Josefine hatten vorgehabt, zu Fuß dorthin zu gehen, aber der eisige Ostwind hatte sie schließlich bewogen, das letzte Stück in einer Droschke zurückzulegen. Alexa schüttelte sich. »Mir ist schrecklich kalt. Bevor ich etwas Anderes zu mir nehme, brauche ich einen steifen Grog.« Sie saßen bereits eine Weile an ihrem Tisch, als Lissy hereinstürmte. Ihre Wangen waren gerötet von der eisigen Kälte, und sie rieb sich ihre klammen Hände. Aber ihre Augen blitzten fröhlich. »Ach, ist das herrlich, wieder in einer großen Stadt zu sein, eleganten Menschen zu begegnen und, vor allem, euch wiederzusehen. Wie ist es euch ergangen? Habt ihr das Kleid schon bestellt? Wie sieht es aus?«

Alexa lachte. »Nun mal langsam! Eins nach dem anderen, du Landpomeranze. Also: Morgen hat Josefine ihre erste Anprobe. Aber wie das Kleid aussehen wird, wirst du wohl nicht vor der Hochzeit erfahren. Es dauert eine Weile, bis der Oberstoff hier eintrifft. Er kommt aus Paris.«

»Oh! Vornehm geht die Welt zugrunde«, lachte Lissy. »Übrigens, Finchen, ich soll dir von deinem Verlobten ausrichten, dass er dich schrecklich vermisst.«

»Danke. Na ja, er wird mich ja bald für immer haben.« Das klang nicht sehr begeistert. Irritiert blickte Lissy zu Alexa, die hilflos mit den Schultern zuckte. Aber da plauderte Josefine schon wieder in freundlichem Ton von den wunderbaren Tagen in der Stadt und wie schön es bei ihrer Tante sei. Sie erkundigte sich nach ihren Hunden und sagte, dass sie die beiden auf jeden Fall mit nach München nehmen würde. »Ohne sie gehe ich nirgends hin.«

»Wisst ihr eigentlich schon, dass Käthchen Gawellke sich mit Robert Bialluch verlobt hat.«

»Na endlich! Solange ich denken kann, sind die beiden ineinander verliebt.« Josefines Gesicht bekam einen merkwürdig träumerischen Ausdruck. »Wie schön, dass es auch mal eine Ehe gibt, die nicht arrangiert ist, sondern aus wahrer Liebe geschlossen wird.« Lissy, die bekannt war für ihre Ahnungen, beschlich ein sonderbares Gefühl. Sollte mit Josefine und Harald von Anhausen wirklich alles in Ordnung sein? Sie war sich plötzlich nicht mehr so sicher.

Das Dessert war noch nicht serviert, als Alexa plötzlich anfing, heftig zu husten. Ihre Zähne schlugen laut aufeinander, und auf ihrem Gesicht zeigten sich rote Flecken. »Ich fürchte, ich habe mir eine Erkältung zugezogen«, sagte sie ächzend. »Finchen, würdest du mir bitte eine Droschke bestellen. Ich muss sofort ins Bett. Du kannst gern noch mit Lissy hierbleiben.«

»Kommt überhaupt nicht infrage, Tante Alexa. Ich begleite dich selbstverständlich.« Sie winkte dem Ober. »Würden Sie bitte die Rechnung bringen und uns eine Droschke bestellen. Meine Tante fühlt sich nicht wohl.« Sie wandte sich an Lissy. »Komm doch morgen Nachmittag zum Tee zu uns. Ich fürchte, Tante Alexa kann für ein paar Tage nicht aus dem Haus gehen.«

Am Abend hatte Alexa hohes Fieber, und der eilig herbeigerufene Arzt verordnete ihr strenge Bettruhe. »Ihre Tante hat eine schwere Bronchitis und noch dazu eine beginnende Lungenentzündung«, erklärte er Josefine, nachdem er Alexa eingehend untersucht hatte.

Josefine erschrak. »Sie … wird doch nicht sterben?«

»Nein, das wollen wir nun nicht hoffen.« Der Doktor lächelte beruhigend. »Ich werde Ihnen eine Krankenschwester schicken, die sich mit der Pflege in diesen besonderen Fällen auskennt.«

»Kann ich das nicht machen?«, fragte Josefine verzweifelt.

»Nein. Erstens besteht die Gefahr einer Ansteckung, und außerdem muss ihre Tante mit einer speziellen Lösung inhalieren, deren Mischung eine gewisse Fachkenntnis voraussetzt. Ich denke, dass sie in zwei bis drei Tagen das Schlimmste überstanden hat. Aber es wird sicher zur Heilung beitragen, wenn Sie hin und wieder nach Ihrer Tante sehen und auch ein Auge darauf haben, dass sie genug Flüssigkeit zu sich nimmt.«

Josefine überlegte nicht lange. »Ich sollte eigentlich in Kürze abreisen, aber unter diesen Umständen könnte ich selbstverständlich auch länger hierbleiben.«

Sie beschloss, keine Depesche nach Hause zu schicken, sondern Lissy einen Brief an ihre Mutter und an Harald mitzugeben. Sie würde ihnen schreiben, dass sie sofort nach Alexas Genesung wieder nach Haffingen komme und man sich um sie keine Sorgen machen solle.

Bald darauf erschien die Krankenschwester, eine ältere freundliche Person, die sich als Schwester Else vorstellte und sofort das Kommando übernahm. Hilde wurde angewiesen, frische Bettwäsche und Tücher für kalte Umschläge bereitzulegen und für die Inhalationen immer heißes Wasser auf dem Herd zu haben. Josefine war den Tränen nahe. »Kann ich irgendetwas tun?«, fragte sie hilflos. »Näin, Kindchen. Machen Se sich man keene zu jroßen Sorgen, das Tantchen wird schon wieder.«

Doch das war leichter gesagt als getan. Josefine wurde die ganze Nacht von Albträumen geplagt. Zudem wurde sie immer wieder von den heftigen Hustenanfällen Alexas aus dem Schlaf gerissen. Dann hörte sie, wie die Krankenschwester leise nach unten eilte, vermutlich um heißes Wasser zu holen. Gleich darauf fiel sie immer wieder in einen bleiernen Schlaf, in dem sich das Gesicht von Bernhard Kreuzner mit dem von Harald vermischte und sie zum Schluss nicht mehr wusste, mit wem sie nun eigentlich verlobt war. Ihre Verzweiflung ließ sie schreiend aufwachen. »Is Ihnen nich jut Kindchen?« Schwester Else war leise hereingekommen.

»Nein, es ist nichts. Wirklich. Ich hatte nur einen Albtraum.« Die Schwester legte kurz ihre Hand auf Josefines Stirn. »Jott sei Dank, käin Fieber nich. Dann versuchen Se man wieder zu schlafen.« Geräuschlos huschte sie hinaus.

Als Josefine gegen halb elf erwachte, war sie wie gerädert. Doch wenn sie pünktlich zur Anprobe kommen wollte, musste sie sich beeilen. Für einen Moment war sie versucht, die Verabredung abzusagen, schließlich konnte Alexa sie nicht begleiten. Aber dann entschloss sie sich, allein zu gehen. Es war schließlich niemand da, der es ihr verbieten konnte. Und plötzlich überkam sie ein vollkommen unbekanntes Gefühl von Freiheit. Trällernd zog sie sich an. Noch nie hatte sie sich so unbeschwert gefühlt.

Sie fand Schwester Else bei Hilde in der Küche. »Wie geht es meiner Tante? Ist es möglich, dass ich ihr Guten Morgen sage?«

»Näin, die Frau Jräfin schläft. Das Fieber ist etwas runterjegangen, und ich hab ihr äin leichtes Beruhigungsmittel jejeben. Fir die nächsten drei bis vier Stunden sollte se besser nich jestört werden. Schlaf is das beste Heilmittel.«

»Gut, ich werde kurz das Haus verlassen und so bald wie möglich zurück sein.«

Es war ein warmer Herbsttag. Die Sonne strahlte von einem stahlblauen, wolkenlosen Himmel, und der eisige Wind hatte sich gelegt. Josefine winkte einer Droschke. »Zum Münzplatz bitte.«

Bei Madame Yvette führte eine Angestellte sie gleich in den hinteren Salon. »Sind die Baroness allein, oder erwarten wir noch die Gräfin von Waldau?«, fragte die junge Bedienung. »Nein, ich bin allein. Meine Tante ist erkrankt.«

»Das tut mir leid zu hören, Baroness. Ich werde Madame Yvette Bescheid sagen. Sie wird gleich bei Ihnen sein.« Ein paar Minuten später erschien die Couturière, gefolgt von einer Schneiderin, die eine Puppe trug, bekleidet mit einem Mieder und einem Reifrock, über und über besetzt mit Rüschen aus weißem Tüll. »Wie ich höre, ist Gräfin von Waldau erkrankt«, sagte Madame Yvette bedauernd. »Ich hoffe, es ist nichts Ernstes.«

»Eine Lungenentzündung. Aber meine Tante befindet sich bereits auf dem Wege der Besserung.« Josefine hatte keine Lust, über Alexas Gesundheitszustand zu plaudern.

Madame Yvette zeigte auf einen bunt bemalten Paravent. »Dort können Sie sich entkleiden.« Sie deutete auf die Schneiderin. »Betty wird Ihnen beim Aus- und natürlich auch beim Ankleiden behilflich sein.« Betty knickste und machte sich sogleich an die Arbeit. Es dauerte nicht lange, da hatte Josefine sich in Mieder und Rock gezwängt. Beide passten wie angegossen. »Hervorragend. Sie können sich jetzt wieder umziehen. Die nächste Probe wird wohl nicht vor Januar sein«, sagte Madame Yvette. »Ich werde Ihnen rechtzeitig Bescheid geben.«

Kurz darauf verließ Josefine das Geschäft, versehen mit den besten Genesungswünschen für ihre Tante. Den Vorschlag, ihr eine Droschke zu holen, hatte sie freundlich abgelehnt. »Es ist so ein herrlicher Tag. Ich werde ein paar Schritte gehen.«

Wie von Geisterhand geführt zog es sie in Richtung der Wohnung von Bernhard Kreuzners Mutter. *Wenn er nicht da ist, dann soll es nicht sein. Dann ist es Schicksal*, dachte sie, um im nächsten Augenblick zu beten: *Lieber Gott, lass ihn da sein. Nur noch einmal möchte ich ihn umarmen.*

Und dann stand sie vor dem Haus. Ihr Herz schlug bis zum Hals. Sie blickte sich kurz um, bevor sie schnell hineinhuschte. Kein bekanntes Gesicht war zu sehen. Im ersten Stock betätigte sie mehrmals den Türklopfer und wollte gerade wieder gehen, als sie die Stimme von Bernhard hörte. »Ich komme ja schon, Herr Kaschke«, rief er. »Sie sind viel zu früh. Ich bin noch lange nicht fertig mit …« Das letzte Wort blieb ihm buchstäblich im Halse stecken. »Josefine! Was machst du denn hier?« Er war nur mit einem offenen Hemd und einer Hose bekleidet. »Ich … ich … wollte dich noch einmal sehen«, stotterte sie. »Darf ich eintreten?«

Er trat einen Schritt zur Seite. »Natürlich. Bitte.«

Die Wohnung war bereits halb leer, im Wohnzimmer standen nur noch der Tisch und ein Schrank, dessen Türen geöffnet waren, davor Kisten, in die Bernhard offensichtlich gerade Geschirr einpackte. Durch eine große Flügeltür sah Josefine in ein Zimmer, in dem nichts als ein ungemachtes Bett stand. Bernhard deutete hilflos auf das Durcheinander. »Ich kann dir nicht einmal einen Stuhl anbieten. In ein paar Stunden wird der Rest abgeholt, und dann verlasse ich die Stadt.«

Josefine stand vor ihm und wagte nicht, ihm in die Augen zu sehen. Seine Worte bereiteten ihr geradezu physische Schmerzen. »Verzeih, Bernhard … es war dumm von mir, herzukommen. Ich werde besser wieder gehen.«

»Nein … bitte bleib.« Und plötzlich lagen sie sich in den Armen. Er bedeckte ihr Gesicht mit Küssen, die Augen, die Nase, die Wangen. Mit seiner Zunge öffnete er zart ihre Lippen. Der Kuss war sanft und sinnlich, dann wurde er wilder, leidenschaftlicher. Bernhards Hände wanderten ihren Oberkörper hinab, während er begann, ihre Bluse aufzuknöpfen. Zärtlich ließ er seine Finger über ihre Brüste gleiten. »Ich liebe dich, Josefine! Ich liebe dich so sehr«, stöhnte er. Er hob den Blick und sah ihr direkt in die Augen. »Ich begehre dich, mehr als alles auf der Welt. Aber sag mir, wenn ich aufhören soll.«

»Nein … nein … nicht aufhören.« Josefine war wie von Sinnen. Sie wollte nichts, als ihm nahe sein. Ihre Hände berührten seine Brust. Die Haut war warm und mit Haaren bedeckt. Als sie seine Brustwarzen berührte, stöhnte er auf. Er küsste sie leidenschaftlicher und öffnete die Knöpfe ihres Rockes, der sogleich zu Boden glitt. Bernhard hob sie hoch, trug sie in das

Schlafzimmer und legte sie sanft auf das Bett, ohne den Blick von ihr zu wenden. »Sag mir, wenn ich aufhören soll … bitte«, sagte er leise.

»Nein.« Josefines Stimme klang heiser. Sie zog ihn zu sich hinunter. »Ich will nicht, dass du aufhörst.« Ihr Geschlecht pulsierte unter dem süßen Anschwellen der Erregung. Eine nicht gekannte Wärme strahlte von diesem Punkt aus durch ihren gesamten Körper. Es war ein berauschendes und erregendes Erwachen. Mit wenigen Handgriffen entkleidete er sie ganz, und nach einem kurzen Augenblick lag sie nackt vor ihm. Josefine hielt ihre Augen geschlossen und atmete stoßweise. Bernhard streichelte ihr Gesicht, fuhr mit dem Finger über ihre kleine Nase und die vom Küssen geschwollenen, rosigen Lippen. Seine Hände wanderten weiter, strichen sanft über ihre Brüste, liebkosten ihre Brustwarzen, die sich steif aufrichteten. Ein Schauer der Erregung lief durch ihren Körper. »Darf ich dich küssen … dort?«, fragte er leise. Josefine nickte, die Augen immer noch geschlossen. Er streichelte die erigierten Knospen mit seiner Zunge, spielte mit ihnen, saugte mal die eine, mal die andere. Josefine hörte sich selbst aufstöhnen. Sie spürte etwas in ihrem Schoß, verwirrend, süß, wundervoll. Sie hörte, wie Bernhard jetzt Hemd und Hose abstreifte. Vorsichtig strich er über die Innenseiten ihrer Schenkel, seine Finger wanderten weiter, über ihren Venushügel, öffneten ihre Schamlippen. Zärtlich, spielerisch mit kreisenden Bewegungen suchte er den Punkt der Lust. Josefine stöhnte. »Nicht aufhören, bitte.«

»Nein, meine Geliebte«, flüsterte er. Seine Finger streichelten ihren feuchten Schoß. Hitzewellen überfluteten ihren Körper, und sie drängte sich ihm entgegen. Sanft spreizte er ihre Beine und drang in sie ein. Er kam sofort und stöhnte laut auf, während sie ihre Zähne in seine Schulter grub, ihren Schrei erstickte, als der Orgasmus kam. Wellen durchfluteten sie, wollten nicht aufhören.

Nach einer ganzen Weile sank Bernhard mit einem Stöhnen zur Seite. Beide sprachen lange kein Wort, genossen erschöpft die Nähe des anderen.

»Ich hätte das nicht tun dürfen«, sagte Bernhard schließlich leise. »Das war unverzeihlich.« Sanft strich er ihr die Locken aus dem erhitzten Gesicht.

Josefines Augen standen voller Tränen. »Nein, du musst dir keine Vorwürfe machen. Ich hätte nie gedacht, dass es so schön sein würde.« Sie nahm sein Gesicht in beide Hände und küsste ihn zärtlich auf den Mund. »Ich liebe dich und werde dich immer lieben, vergiss das nicht.« Dann lehnte sie ihre Stirn an seine und ließ ihren Tränen freien Lauf. Lange saßen sie so da. Schließlich löste sie sich schweren Herzens und kleidete sich an. An der Tür umarmten sie sich lange und inniglich.

»Nun leb wohl, mein Geliebter. Wir werden uns wohl nie wiedersehen.«

Alexa schlief bei ihrer Rückkehr noch, und so fragte auch niemand, wo sie so lange gewesen war. In zwei Stunden würde Lissy zum Tee kommen, bis dahin musste sie versuchen, sich zu beruhigen und ihre aufgewühlten Gefühle unter Kontrolle zu bringen. Sie war wie in Trance. Auf dem Bett ausgestreckt, wanderten ihre Gedanken zurück zu den Geschehnissen des Tages. Als Kind hatte sie manchmal gelauscht, wenn sich ihre Mutter mit Freundinnen unterhalten hatte über die »eheliche Pflicht«, wie sie es nannten. Die Worte »lästig« und »einfach furchtbar« waren gefallen, und eine der Damen sagte einmal: »Ich bin immer froh, wenn es vorbei ist.« Josefine hatte sich auf das Schlimmste gefasst gemacht. Aber was sie eben erlebt hatte, war wundervoll gewesen, auf eine Weise beglückend, wie sie es wohl nie wieder erfahren würde.

Sie war offensichtlich eingeschlafen, denn sie wurde von einem leisen Klopfen geweckt. Hilde steckte den Kopf durch die Tür. »Baroness, die Baronin von Beldow is eben anjekommen.« Josefine sprang aus dem Bett. »Sagen Sie ihr, ich bin gleich unten.«

»Was hat dich denn so erschöpft, dass du tagsüber schläfst?«, fragte Lissy, nachdem sie sich begrüßt hatten. »Hilde sagt, sie hat zwei Mal nach dir gesehen, weil sie fragen wollte, ob du vielleicht Hunger hast, aber du hast tief und fest geschlafen.«

»Nach der Anprobe habe ich einen langen Spaziergang gemacht«, log Josefine. »Es ist so ein herrliches Wetter. Und wer weiß, wann ich wieder die Gelegenheit habe, allein durch Königsberg zu laufen.« Sie erzählte von ihrem Besuch bei Madame Yvette und den Dingen, die sie danach angeblich gesehen hatte.

Lissy betrachtete sie aufmerksam. Irgendetwas war anders an dem jungen Mädchen. Sie glühte ja förmlich. Sollte es die Begeisterung über das Brautkleid sein? Und war Josefine etwa gar nicht so unglücklich, so bald Harald von Anhausens Frau zu sein? Lissy hegte in dieser Hinsicht immer noch Zweifel. Nun unterbrach sie Josefines Redeschwall. »Wie geht es denn überhaupt Alexa? Nimmt sie den Tee mit uns ein?«

»Nein, ich fürchte nicht. Es ging ihr gestern Abend sehr schlecht. Wir mussten den Arzt holen. Eine Krankenschwester ist da und kümmert sich um sie. Ich wollte es tun, aber der Doktor hielt mich nicht für erfahren genug.« Sie klingelte nach dem Dienstmädchen. »Wie geht es meiner Tante, Hilde? Als ich nach Hause kam, schlief sie noch, und Schwester Else war nicht bei ihr im Zimmer.«

»Die Schwester hat nur kurz in der Küche etwas gegessen. Aber der Frau Jräfin jeht es viel besser. Ihre Temperatur is fast wieder normal.« Es klopfte, und die Krankenschwester kam herein. »Ich hab Stimmen jehört und wollt man nur Bescheid sagen, dass die Frau Jräfin schon auf dem Wege der Besserung ist. Sie lässt herzlich jrüßen und bedauert, nich den Tee mit den Damen nehmen zu können. Aber die Baroness möchte doch später zu ihr reinschauen.«

»Danke sehr. Das mache ich gerne.«

Bereits am nächsten Tag reisten Lissy und Josefine zurück nach Gut Haffingen. Alexas Zustand hatte sich stündlich gebessert, und so hatte Josefine sich doch entschieden, mit Lissy zusammen zurückzufahren. Keinen Tag länger hielt es sie in der Stadt, die auch Bernhard an diesem Tag verlassen würde. Die Bahnfahrt verlief schweigend. Lissy versuchte ein paar Mal, ein Gespräch anzufangen, aber Josefine antwortete nur einsilbig und entschuldigte sich mit großer Müdigkeit. »Tante Alexa hat letzte Nacht einige Male schrecklich gehustet, und ich bin jedes Mal aufgeschreckt. Aber am Morgen war sie schon fieberfrei und meinte, den Husten könne sie auch ohne mich auskurieren.« Sie wandte ihren Blick zum Fenster und verfiel wieder in Schweigen.

Irgendetwas ist mit ihr, dachte Lissy. *Wenn ich nur wüsste, was.* Während der Fahrt hatte es zu schneien begonnen, und bei ihrer Ankunft in Insterburg empfing sie Friedrich weiß wie ein Schneemann. Er drückte seine Pelzmütze zur Begrüßung an die Brust. »Das Barometer is seit Tagen jefallen. Es wird aasig kalt werden. Ich schubber man bloß so.«

Josefine lachte. »Ich sehe, dass du frierst. Setz hurtig deine Mütze wieder auf und lass uns losfahren.« Das wenige Gepäck war schnell verstaut, und mit seinem üblichen »Dann woll'n wer mal« trieb der Kutscher die Pferde an.

Josefines erster Weg führte sie nicht zu den von Anhausens, sondern zu Gawellkes. Die plötzliche Verlobung von Käthchen hatte sie überrascht, obwohl sie eigentlich längst überfällig war, schließlich waren die beiden schon seit einer gefühlten Ewigkeit ein Paar. Nun wollte sie Käthchen unbedingt gratulieren.

»Finchen, wie schön dich zu sehen.« Käthchen Gawellke fiel ihrer Freundin um den Hals. Sie war groß und ein wenig füllig, ohne dick zu sein. Ihre blonden Locken hatte sie zu einem Pferdeschwanz zusammengebunden, und ihr rundes hübsches Gesicht mit den roten Bäckchen strahlte eine innere Zufriedenheit aus.

»Ich muss dich ja wohl nicht fragen, ob du glücklich bist«, sagte Josefine lachend. »Du strahlst ja aus allen Knopflöchern. Hier.« Sie reichte ihr ein kleines Päckchen. »Das habe ich dir aus Königsberg mitgebracht.«

Mit zitternden Händen löste Käthchen das Band. Zwei wunderschöne Schildpattkämme, besetzt mit farbigen Halbedelsteinen, kamen zum Vorschein. »Danke, Finchen, danke. Die sind wunderschön.«

»Komm, ich stecke sie dir ins Haar.« Josefine löste den Pferdeschwanz und zauberte mit wenigen Handgriffen mithilfe der Kämme eine Hochsteckfrisur. Sie zog ihre Freundin vor den Spiegel. »Na, was sagst du? Meinst du, dass es Robert gefällt?«

»Was soll mir gefallen?« Käthchens Verlobter, Robert Biallluch, frischgebackener Polizeimeister von Insterburg, trat ein.

»Sieh nur, was Josefine mir zur Verlobung geschenkt hat.« Sie drehte sich, damit er das kostbare Geschenk betrachten konnte. »Donnerlüttchen, Baroness Josefine. Das nenn ich aber jroßzüjig.« Josefine reichte ihm die Hand. »Jetzt lass man die Baroness weg, Robert. Ich bin die Josefine.«

Roberts Gesicht überzog eine feine Röte. »Dann woll'n wer mal en Schlubberchen darauf trinken, was meinst du, Käthchen?«

»Nur zu gern.«

Es war kurz vor Weihnachten, als Josefine merkte, dass etwas nicht stimmte. Ihre Regel war ausgeblieben, aber da das gelegentlich vorkam, hatte sie sich keine Gedanken darüber gemacht. Aber nun spürte sie Veränderungen an ihrem Körper. Ihre Brüste spannten, und Anni, die wegen ihrer Geschicklichkeit inzwischen zu ihrer Zofe aufgestiegen war, hatte Schwierigkeiten, das Mieder zu schließen.

Auch Lissy war die Veränderung aufgefallen. »Irgendetwas ist mit Josefine«, sagte sie zu Arndt nach einem Kaffeebesuch bei Anneliese. »Wenn ich nicht wüsste, dass es unmöglich ist, würde ich denken, das Mädchen ist schwanger.«

»Bist du noch bei Trost?« Arndt sah sie fassungslos an. »Das könnte ja wohl nur der Heilige Geist gewesen sein. Niemals würde Harald von Anhausen sie vor der Ehe anrühren.«

»Aber irgendetwas ist mit ihr«, wiederholte Lissy. »Ich hab da so eine Ahnung ...«

»Nun orakel hier nicht rum!« Arndt wurde richtig ärgerlich. »Gieß mir lieber einen Schnaps ein. Manchmal kannst du mich mit deinen *Ahnungen* ganz schön auf die Palme bringen.«

»Ist ja gut!« Sie gab ihm den gewünschten Schnaps und beschloss im Stillen, Josefine weiter zu beobachten. Sie überlegte kurz, ob sie bei ihrem nächsten Besuch in Insterburg bei Fräulein von Allhorn, die seit einigen Monaten bei ihrer Cousine wohnte, verbeischauen und sie auf ihre Beobachtung ansprechen sollte. Aber dann kam sie zu dem Schluss, dass das bis Weihnachten warten konnte. Sie war froh, dass Alexa sich für die Feiertage angesagt hatte. Mit ihr würde sie darüber reden können, und vielleicht sah sie ja auch nur Gespenster. Seit Hubertus' Tod gab es keine großen Gesellschaften mehr auf Gut Haffingen, die fanden jetzt bei den Anhausens auf Gut Berschken statt. Rüdiger Graf von Anhausen war ein beliebter und großzügiger Gastgeber, und so war sein geräumiges Haus fortwährend voll mit Gästen. Zu diesem Weihnachten hatten sich aber auch bei Anneliese wieder einige alte Freunde angesagt. Kölichens wurden erwartet, sowie die von Nöthens mit dem unvermeidlichen Baron von Harden im Schlepptau, Innegrit und Heribert Delwitz und ab dem zweiten Feiertag die von Donnersmarcks und einige Honoratioren aus Insterburg.

Seit Tagen herrschte große Geschäftigkeit im Haus. Die so lange nicht benutzten Gästezimmer mussten geputzt und gelüftet, Betten bezogen und alle Kamine angeheizt werden. Anneliese war in ihrem Element. Endlich konnte sie wieder beweisen, dass ihr Talent als gute Gastgeberin nicht mit Hubertus gestorben war. Tagelang hatte sie mit Fräulein Kollmann die Verteilung der Räume besprochen und mit Lisa die Speisefolgen, nur um diese am nächsten Tag wieder umzuschmeißen und neue Vorschläge machen zu lassen. Mehr als einmal erklang ein lautes »Erbarmerche« der Mamsell aus der Küche. Anneliese hatte im Laufe des letzten Jahres stark an Gewicht zugenommen, und ihr Gesicht war aufgeschwemmt von übermäßigem Genuss diverser Liköre. Zwar hatte keiner sie jemals betrunken gesehen, aber wenn Lissy sie besuchte, und das geschah mehrmals in der Woche, stand immer ein Likörglas neben ihr, und wenn es leer war, schenkten Kuno oder Anton sofort nach. Einmal hatte Lissy vorsichtig gefragt: »Bekommt dir das süße Zeug denn eigentlich?«

»Es ist schließlich das Einzige, was ich noch von meinem Leben habe«, hatte Anneliese spitz geantwortet, woraufhin Lissy jede weitere Bemerkung in diese Richtung unterlassen hatte.

Das Land versank im Schnee. Tagelang hatte es geschneit, und das Thermometer war unter 20 Grad minus gefallen. Für heute hatte sich Alexa angesagt, sehnlich erwartet von Josefine und Lissy, sogar Anneliese schien sich auf den Besuch ihrer Schwägerin zu freuen. Arndt und Lissy waren zum Kleinmittag herübergekommen, und mit mehr als zwei Stunden Verspätung war dann auch Alexa endlich da, völlig verfroren. Nachdem sie ihre Sachen abgelegt hatte, berichtete sie, dass der Zug mehrfach in Schneewehen steckengeblieben war. »Es hat jedes Mal endlos lange gedauert, bis wir weiterfahren konnten. Ich bin ein Eisblock, trotz meines Pelzes und der warmen Stiefel.« Unaufgefordert servierte Kuno ihr einen heißen Grog. »Danke, Kuno, das wird mich schnell auftauen.«

Alle nahmen am Esstisch Platz, und kurz darauf wurden Königsberger Klopse serviert. Während des Essens tauschte man Neuigkeiten aus, die Unterhaltung war lebhaft, nur Josefine schien in sich gekehrt und aß kaum einen Bissen. »Du bist ja so still, Kind. Fühlst du dich nicht wohl?«, fragte Alexa.

»Doch, doch. Mach dir keine Sorgen, mir geht es gut. Harald wollte gestern trotz der Eiseskälte unbedingt mit mir eine Schlittenfahrt über Land machen, und jetzt kratzt es ein wenig in meinem Hals.«

Sofort begann Anneliese, in den höchsten Tönen von ihrem zukünftigen Schwiegersohn zu schwärmen. »Du glaubst ja gar nicht, was für ein Glück Josefine hat, so einen reizenden

Mann zu bekommen, Alexa.« Sie tupfte sich mit der Serviette den Mund ab. »Er findet sie in der letzten Zeit ein wenig blass und sorgt dafür, dass sie jeden Tag an die frische Luft kommt, ist das nicht rührend? Er erkundigt sich fortlaufend nach ihrem Befinden, geht mit ihr und den Hunden«, bei dem Gedanken an die Tiere verzog sie angeekelt das Gesicht, »in den Park und macht Pläne für die Zeit nach der Hochzeit. Du weißt, dass sie in München leben werden?«

»Ja, Finchen hat es mir erzählt. Ich finde das ja schrecklich weit weg.« Sie lächelte ihre Nichte an. »Aber da ich München noch nicht kenne, werde ich euch bestimmt einmal besuchen. Ihr werdet doch sicher ein Gästezimmer haben.«

»Ja …«

Anneliese schnitt Josefine das Wort ab. »Aber natürlich werden sie Gästezimmer haben. Harald hat bereits jemanden beauftragt, ein großes Haus für sie zu finden. Ich soll sie so oft wie möglich besuchen. Für mich will er deshalb ein eigenes Boudoir einrichten, hat er gesagt. Ist das nicht reizend?«

»Ach, will er das?« Josefine, die sich bisher kaum an der Unterhaltung beteiligt hatte, sah ihre Mutter mit blitzenden Augen an. »So wie du redest, könnte man fast auf die Idee kommen, dass du in ihn verliebt bist. Warum ziehst *du* nicht mit ihm nach München, und ich bleibe hier?« Alle Farbe war aus ihrem Gesicht gewichen, und sie erhob sich schwankend. »Würdet ihr mich bitte entschuldigen. Mir ist nicht gut.«

Anneliese knallte ihre Serviette auf den Tisch. »Hat man dazu noch Töne?«, brüllte sie. Ihr Atem ging stoßweise. »Das ist ja wohl der Gipfel der Undankbarkeit!« Sie schnaubte. »Möchte noch jemand von dem Nachtisch? Nein? Dann nehmen wir den Mokka im Salon.« Wütend rauschte sie hinaus, und die Gäste folgten ihr betreten. Im Salon wollte keine rechte Unterhaltung mehr aufkommen, und nach einigen Likören verabschiedete sich Anneliese. »Ich brauche dringend meinen Mittagsschlaf. Wir sehen uns zum Tee.« Auch Arndt erhob sich. »Ich werde euch allein lassen, ich habe noch einiges an Büroarbeit zu erledigen.« Er küsste Alexa die Hand und lächelte seine Frau liebevoll an. »Außerdem habt ihr euch sicher viel zu erzählen, da störe ich sowieso nur. Zum Tee bin ich wieder zurück, damit du nicht in der Dunkelheit allein nach Hause laufen musst.«

»Danke, Arndt, du bist lieb.«

Die beiden Frauen schwiegen, während Kuno die Kerzen anzündete und im Kamin Holz nachlegte. »Brauchen die Damen noch etwas?«, fragte er dann.

»Nein, Kuno, danke«, sagte Alexa. »Bitte sag Lisa, dass ich sie morgen begrüßen komme.«

Kuno verließ den Raum, und Lissy zog hörbar die Luft ein. »Lieber Himmel, war das ein Auftritt! Hast du Finchen schon einmal so erlebt?«

»Nein.« Alexa schüttelte den Kopf. »Meinst du, wir müssen uns Sorgen machen? In Königsberg schien sie mir recht zufrieden zu sein, ich meine, mit Harald und dem, was auf sie zukommt.«

Lissy brannte darauf, endlich mit ihrer Freundin über ihre Beobachtungen zu sprechen. Alexa würde es sicher selbst auch bald bemerken. »Also in diesem Ton habe ich sie noch nie mit ihrer Mutter reden hören. Allerdings nimmt Annelieses Schwärmerei für Harald schon groteske Formen an. Vielleicht war das heute einfach der Tropfen, der das Fass zum Überlaufen gebracht hat.« Sie zog die Augenbrauen hoch. »Ist dir eigentlich aufgefallen, dass Finchen zugenommen hat?«

»Ach, hat sie das?« Alexa war erstaunt. »Aber das passiert

manchmal bei jungen Mädchen.« Sie lächelte. »Wenn ich da an mich denke … ich war in ihrem Alter recht pummelig, und bei den Hochzeitsvorbereitungen bin ich dann so dünn geworden, dass zwei Mal das Brautkleid enger gemacht werden musste.« Vielleicht hatte Alexa ja recht und Lissy lag vollkommen falsch mit ihren Vermutungen. Sie beschloss, erst einmal abzuwarten. Sie war sicher, es konnte nicht lange dauern und Alexa würde selbst die Veränderungen bei ihrer Nichte bemerken.

Zum Tee war auch die Familie von Anhausen herübergekommen, um Alexa zu begrüßen. Zu Haralds Enttäuschung ließ Josefine sich mit Unwohlsein entschuldigen. Er schien beunruhigt. »Was ist mit ihr? Sollen wir vielleicht den Arzt kommen lassen?«

»Nun übertreiben Sie mal nicht.« Anneliese, die unter Hitzewallungen litt, tupfte sich die Stirn mit ihrem Spitzentaschentuch. »Sie machen sich wirklich unnötig Sorgen. Aus irgendeinem Grund ist meine verwöhnte Tochter heute übel gelaunt. Morgen ist das mit Sicherheit vorbei.« Alexa und Lissy tauschten einen Blick, und Alexa beschloss, den Dingen in den nächsten Tagen auf den Grund zu gehen. Normal fand sie Josefines Benehmen zwar nicht, war aber auch nicht allzu beunruhigt. Was sollte denn auch sein? Nicht für einen Augenblick kam ihr in den Sinn, was Lissy schon seit einiger Zeit beschäftigte.

Graf von Anhausen begann, die Gesellschaft mit seinen Kalauern zu unterhalten, und die etwas angespannte Stimmung lockerte sich bald. *Was ist er doch für ein amüsanter Mann*, dachte Alexa. *Da sieht man wieder, wie unwichtig gutes Aussehen ist.* Auch Harald trug zur Unterhaltung bei, und Alexa empfand allmählich Mitleid mit ihm. Wie schön wäre es doch, wenn Josefine ihn zumindest ein wenig lieben könnte. Als Arndt kam, um Lissy abzuholen, legte Graf von Anhausen lautstark Protest ein. »Was, Sie wollen schon gehen?« Er wandte sich an Anneliese. »Meine Liebe, haben Sie etwas dagegen, wenn ich unsere Freunde zu einer Partie Whist überrede?« Er wusste, dass Lissy eine begeisterte Kartenspielerin war.

»Nein, natürlich nicht. Was ist mit dir, Alexa, willst du dich mit Lissy abwechseln?«

»Nein, ich werde nach Josefine sehen und dann bald zu Bett gehen. Die Reise hat mich doch etwas erschöpft.«

Sie verabschiedete sich und machte sich auf den Weg zu Josefines Zimmer. Vorsichtig klopfte sie an die Tür. Sie bekam keine Antwort und schaute leise in das Zimmer. Nur das Knistern des Kamins war zu hören, und gleichmäßiges Atmen verriet ihr, dass ihre Nichte schlief.

So beschloss sie kurzerhand, Lisa doch schon heute zu begrüßen. Sie fand sie in der Küche auf der Ofenbank, mit einer Flasche Likör und einer Schachtel Pralinen vor sich. Niemand sonst war im Raum, aber aus dem Gesindezimmer klang das Lachen des Personals. Lisa sah erschöpft aus. »Alexachen!« Sie lief Alexa mit ausgestreckten Armen entgegen. »Was fir äine Freude auch. Kunochen hat jesagt, dass de morjen kommst, um mich zu bejrüßen.«

»Die Anhausens und Beldows spielen Karten, und ich wollte nach meiner Nichte sehen, aber sie schläft bereits. Da habe ich gedacht, ich nehme mit dir noch einen Schlummertrunk.« Lisa goss ein zweites Glas ein. »Hab schon jehört, is mal wieder dicke Luft.«

»Ja, leider.« Alexa nahm einen großen Schluck. Sie wusste, der Dienerschaft blieb nichts verborgen, und so wagte sie sich einen Schritt vor. »Was redet man denn so?«

Lisa druckste herum. »Hier, probier mal«, lenkte sie ab. Offensichtlich wollte sie nicht so recht mit der Sprache heraus.

»Das mach ich immer fir die Jnädje. Kiloweise kann se davon verdrücken.«

Alexa lachte. »Das sieht man.« Sie steckte sich ein Stück Marzipan in den Mund und verdrehte verzückt die Augen. »Donnerwetter, Lischen, damit kannst du ja dem Plouda Konkurrenz machen.«

»Meinste?« Lisas liebes Gesicht lief vor Stolz rot an. »Du wirst es nich jlauben, aber sogar die Jnädje hat mich dafir jelobt.« Alexa hörte, wie Kuno nach einem der Küchenmädchen rief, es möge der Mamsell helfen, noch etwas zu essen herzurichten. Dann stand er auch schon in der Küche. »Tut mir leid, wenn ich störe. Aber man verlangt noch nach Essen.«

Lisa stöhnte leise. »Dann werd ich mal …« Sie wandte sich an das Küchenmädchen: »Hol Pastete und Schinken aus der Speisekammer … und Leberwurst. Nu mach schon.« Sie war wieder in ihrem Element. Nachdenklich ging Alexa auf ihr Zimmer. Lisa wusste etwas, aber was war es bloß? Sie musste der Sache auf den Grund gehen.

Am nächsten Tag trafen bereits die Ehepaare Kölichen und Delwitz ein. Man hatte sich lange nicht gesehen und deshalb reichlich Gesprächsstoff zu bewältigen, und so kam Alexa wieder nicht dazu, mit Josefine allein zu sprechen. In den Weihnachtstagen versuchte sie es noch ein paar Mal, aber immer fand Josefine irgendwelche Ausflüchte. Harald würde sie gleich zum Schlittschuhlaufen abholen, oder ein Brief an ihre Hamburger Cousine musste geschrieben werden, der längst überfällig war. Da auch die anderen Gäste inzwischen angereist und die Feierlichkeiten in vollem Gange waren, fand Alexa auch keine Zeit, erneut mit Lisa zu sprechen, die am ersten Tag so merkwürdig herumgedruckst hatte.

An einem Nachmittag Ende Dezember, man hatte gerade

das Essen zu sich genommen, herrschte im Haus eine gelöste Stimmung. Die meisten Herren vergnügten sich im Salon an den Spieltischen mit Whist und Baccara, ein paar tranken in der Bibliothek ein paar Schnäpse und diskutierten wie üblich über Politik. Kommerzienrätin Gehlau hatte schon wieder über eine Stunde das Klavier malträtiert und endlich, nach einem müden Applaus, den Deckel heruntergeklappt. Sie und ihre wenigen Zuhörer verließen das Musikzimmer und verteilten sich in den anschließenden Salons. »Kommt«, sagte Innegrit leise zu Alexa und Lissy. »Lasst uns das Musikzimmer besetzen, bevor die alten Schnepfen auf die Idee kommen, sich zu uns zu gesellen. Wie ich sehe, steuern sie schon auf uns zu.« Sie verdrehte die Augen. »Ein Albtraum, mit der Frau Hofrat und der Frau Kommerzienrat und … wen haben wir da noch … ach ja, mit der Frau Landrat den Nachmittag verbringen zu müssen.« Doch in diesem Moment winkte Anneliese, die mit Nofretete von Anhausen unweit von ihnen in der Sitzgruppe vor dem Kamin saß, den Damen bereits zu. »Setzen Sie sich doch zu Tete und mir«, rief sie. »Hier ist es angenehm warm.«

Innegrit stutzte. »Wie hat Anneliese ihre Busenfreundin gerade genannt? *Tete*? Habe ich richtig gehört?«

»Ja.« Lissy konnte sich ein Lachen nicht verkneifen. »Das hat Anneliese von Graf von Anhausen übernommen. Dem war Nofretete wohl zu lang.«

»Oder auch zu unpassend, wie vermutlich jedem, der diese Frau sieht«, zischte Innegrit. Sie schlenderten langsam in Richtung Musikzimmer, blieben hier und dort stehen und plauderten ein paar Worte. Auf keinen Fall sollte ihr Ortswechsel wie eine Flucht aussehen. Erfreut stellten sie schließlich fest, dass das Musikzimmer leer war. Aus den angrenzenden Salons klang leises Stimmengewirr herüber, hin und wieder auch ein lautes Lachen. Innegrit und Lissy wechselten einen Blick. »Wir wollten mit dir reden, Alexa … allein«, sagte Lissy dann. Alexa war erstaunt. »Mit mir allein? Was ist denn los? Ist etwas passiert?«

Innegrits Miene war ernst. »Ist dir an Josefine irgendetwas aufgefallen?«

»Nun, sie ist ein wenig rundlicher geworden … und ja, manchmal habe ich den Eindruck, dass sie mir aus dem Weg geht.«

»Ist das alles?«, fragte Lissy.

Alexa überlegte noch einen Moment. »Eigentlich ja … Aber jetzt mal raus mit der Sprache. Was wollt ihr mir eigentlich sagen?«

Erneut tauschten Innegrit und Lissy einen Blick. »Wir fürchten, dass Josefine schwanger ist!«, platzte Lissy heraus.

Alexa traute ihren Ohren nicht. »Waaaas??? Wie kommt ihr denn darauf?«

»Sie hat sich in den letzten Wochen verändert, Anni bekommt das Mieder immer schlechter zu, und morgens ist ihr ständig übel …«

»Woher weißt du das, Lissy?«

»Anni ist doch die Schwester meines Hausmädchens, und du kennst ja die Bediensteten, sie können nichts für sich behalten.«

Alexa war geschockt. Das konnte doch nicht wahr sein! Doch wenn sie genauer darüber nachdachte, ließen die Veränderungen tatsächlich diesen Schluss zu. »Oh Gott! Das arme Finchen. Meint ihr, Anneliese hat auch schon etwas bemerkt?«

»Nein, das glaube ich nicht. Erst gestern erwähnte sie, dass es mit einem Enkelkind ja wohl noch eine Weile dauern würde«, warf Innegrit ein.

Das war ja immerhin eine gute Nachricht. Josefine hatte auch so sicher schon genug Sorgen. Was für eine missliche, wenn auch nicht aussichtslose Lage. »Na ja, ein so schreckliches Drama ist es ja eigentlich auch nicht«, lachte Alexa. »Schließlich sind die beiden schon verlobt. Man muss die Hochzeit einfach etwas vorziehen, und dann spricht man anstandshalber von einer Frühgeburt. So was kommt in den besten Familien vor.« Sie lachte.

Lissy hingegen schien der Gedanken nicht aufzuheitern. »Und wenn das Kind gar nicht von Harald von Anhausen ist?«, fragte sie ernst. »Arndt ist sich tausendprozentig sicher, dass der Junge Josefine niemals vor der Hochzeit anrühren würde.«

Alexa sprang auf. »Seid ihr von allen guten Geistern verlassen?« Aufgeregt lief sie auf und ab. »Wer soll denn sonst der Vater sein?«

Lissy und Innegrit blickten sie ratlos an. »Wir dachten, du wüsstest es vielleicht.«

Alexa war fassungslos. »Ich werde sofort mit Josefine sprechen«, sagte sie. »Hat eine von euch eine Ahnung, wo sie steckt?« Beide schüttelten den Kopf. »In den letzten Stunden habe ich sie nicht gesehen«, sagte Lissy. Harald hat vorhin auch schon nach ihr gefragt.«

»Gut, ich werde sie suchen. Und ich kann nur inständig hoffen, dass ihr euch irrt.« Eilig verließ sie das Musikzimmer.

»Ehrlich gesagt, das hoffe ich auch. Im Sinne aller Beteiligten«, sagte Innegrit leise.

Alexa fand Josefine in deren Zimmer, wo sie mit geschlossenen Augen auf ihrer Récamiere lag. Es war dunkel, nur eine kleine Petroliumlampe auf dem Beistelltisch neben dem zierlichen Sofa spendete spärlich Licht. »Ich muss mit dir reden«, sagte Alexa sanft.

»Ich fühle mich heute gar nicht gut, Tante Alexa. Können wir das nicht auf morgen verschieben?«

»Nein, das können wir nicht!« Alexa zog einen Stuhl heran. »Ich fürchte, morgen ist es auch nicht besser. Willst du mir nicht sagen, was los ist, Finchen?« Josefine schwieg eine Weile, Tränen rannen aus ihren Augen, und sie begann, leise zu schluchzen. Sie wandte sich ab. Alexa streichelte ihr zärtlich über den Kopf. »Nun, mein Kind, was bedrückt dich denn so sehr? Vielleicht kann ich dir ja helfen.« »Nein!« Das Schluchzen wurde heftiger. »Mir kann niemand helfen, Tante Alexa.«

»Ach, so schlimm wird es schon nicht sein. Es gibt immer eine Lösung.«

»Wenn es doch nur so einfach wäre!« Josefine holte tief Luft und wandte sich dann ihr zu. »Ich bin schwanger, Tante Alexa … ich erwarte ein Kind«, sagte sie schließlich leise.

Alexa lachte. Innegrit und Lissy konnte so leicht keiner was vormachen. Sie nahm Josefine in die Arme. »Aber was ist denn daran so schrecklich?«, sagte sie sanft. »Ihr seid verlobt … mein Gott, das wird sicher nicht das erste Siebenmonatskind in der feinen Gesellschaft. Hast du es Harald schon gesagt?«

Josefine zuckte zusammen. »Harald? Um Gottes Willen, nein!«

»Und warum nicht? Ich bin sicher, er wird überglücklich sein.«

Josefine löste sich aus der Umarmung und richtete sich auf. Sie hatte aufgehört zu weinen. »Harald ist nicht der Vater«, sagte sie leise.

Alexa war, als würde ihr der Boden unter ihren Füßen weggezogen. Wie sehr hatte sie gehofft, dass diese Vermutung sich nicht bewahrheiten würde. »Um Himmels willen, wer ist es denn dann?«

»Bernhard Kreuzner.«

Alexa schluckte schwer, und es dauerte eine Weile, bis sie ihre Sprache wieder fand. »Und wie denkst du, soll es jetzt weitergehen? Willst du Harald glauben machen, dass er der Vater ist?«

»Nein, natürlich nicht.« Wieder strömten Tränen aus ihren Augen. »Ich habe keine Ahnung, wie es weitergehen soll. Ich weiß nur, dass ich Harald auf keinen Fall heiraten kann.«

Alexa war unfähig, einen klaren Gedanken zu fassen. Sie brauchte Zeit zum Nachdenken. Sie fasste ihre Nichte bei der Schulter und blickte ihr ernst in die Augen. »Finchen, ich habe dir gesagt, dass ich immer für dich da sein werde. Und dabei bleibt es, auch wenn die Situation wirklich mehr als verworren ist. Du kannst dich auf mich verlassen. Aber ich muss erst in Ruhe nachdenken, was zu tun ist. Bleib heute auf deinem Zimmer, ich werde dich für das Abendessen entschuldigen. Aber du kannst dich nicht auf ewig verstecken, irgendwann müssen wir es sagen, auch deiner Mutter, sie soll es ja nicht von den Dienstboten erfahren.« Josefine nickte stumm. Alexa strich ihr zum Abschied leicht über die Wange und verließ dann leise das Zimmer.

Im Musikzimmer servierten die Butler gerade Champagner und frische Kanapees. Kaum waren die drei Freundinnen wieder allein, fragte Innegrit: »Nun, hast du Josefine gefunden? Was hat sie gesagt?«

Alexa ließ sich in einen Sessel fallen und nahm einen großen Schluck aus ihrem Glas. »Was ich euch jetzt sage, muss unter uns bleiben, jedenfalls vorläufig.« Verzweifelt blickte sie an die Decke. »Ihr hattet Recht, Josefine ist schwanger«, sagte sie leise.

»Oh Gott. Auch auf die Gefahr hin, dass ich mich wiederhole«, sagte Innegrit, »aber in dieser Familie muss man wirklich auf alles gefasst sein! Kein Grund zur Verzweiflung, dann freuen wir uns einfach auf ein Siebenmonatskind. Weiß Harald es denn schon?«

»Harald ist nicht der Vater.«

»Herr im Himmel!« Lissy hielt sich entsetzt die Hand vor den Mund. »Wer ist es denn dann? Hat sie es dir gesagt?«

Alexa nickte. »Ja, das hat sie. Das Kind ist von Bernhard Kreuzner.«

»Du liebe Zeit!« Lissy war sichtlich geschockt. »Wie haben sie das denn geschafft? Irgendwo müssen sie sich schließlich begegnet sein. Hast du sie gefragt ...« Plötzlich fasste sie sich an den Kopf. »Ich weiß es! Erinnerst du dich, Alexa, als ich in Königsberg war, um Josefine abzuholen? Du warst krank und konntest sie nicht zur Anprobe bei Madame Yvette begleiten. Als ich am Nachmittag zu euch zum Tee kam, war Josefine irgendwie verändert. Hilde erzählte mir, dass sie erst spät zurück war und nach ihrer Rückkehr zwei Stunden geschlafen habe. Ich weiß noch, dass ich mich darüber wunderte, dass sie förmlich glühte. Aber nie im Leben wäre ich auf so etwas gekommen.«

»Wie denn auch! Dazu braucht es nun wirklich eine noch blühendere Fantasie, als du sowieso schon hast.« Man sah Innegrit, die eigentlich jeder Situation etwas Lustiges abgewinnen konnte, an, dass sie mehr als beunruhigt war. »Und wie soll es nun weitergehen? Will sie Harald das Kind unterschieben? Das wäre ja wohl die beste Lösung.«

»Zu so einer Gemeinheit wäre Anneliese fähig«, warf Lissy ein, »aber nicht Josefine.«

»Da hast du Recht.« Alexa stieß ein freudloses Lachen aus. »Sie sagt, sie kann Harald jetzt nicht mehr heiraten.«

»Auch das noch! Das Gesicht von Anneliese möchte ich sehen, wenn sie das erfährt.« Innegrit schlug die Augen gen Himmel.

Alexa schwieg einen Moment. »Es wird in jedem Fall einen Skandal geben, das ist sicher«, sagte sie ernst. »Aber wir sollten versuchen, erst den Jahreswechsel hinter uns zu bringen, vielleicht fällt uns bis dahin eine Lösung ein.« Plötzlich kam ihr eine Idee. »Bevor wir irgendetwas unternehmen, werde ich Doktor Grüben ins Vertrauen ziehen. Vielleicht ist Finchen ja nur scheinschwanger. Ich habe gehört, so etwas soll es geben.«

Innegrit tippte sich an die Stirn. »Du glaubst wohl, Hoffnung versetzt Berge?« Der Gong zum Abendessen ertönte, und sie begaben sich in den Speisesaal. Keine der drei Damen hatte großen Appetit.

Als Alexa am nächsten Morgen in Josefines Zimmer kam, war es eiskalt. Das Fenster stand weit offen, und Josefine lag zähneklappernd in ihrem Bett. Doktor Grüben diagnostizierte später eine schwere Erkältung mit hohem Fieber und starkem Husten und ordnete strenge Bettruhe an. Ein Gutes hatte die Sache: Damit waren keine weiteren Lügen erforderlich, um Josefine bis zur Abreise der Gäste ans Bett zu fesseln. Alexa bat den Arzt um eine Unterredung. Sie kannte ihn seit ihrer Kindheit und hatte volles Vertrauen zu ihm. »Ich möchte dich bitten, unser Gespräch streng vertraulich zu betrachten.«

»Das ist doch selbstverständlich. Erstens bin ich Arzt, vor allem aber bin ich dein Freund. Also, was ist das Problem?«

Alexa war ihm dankbar für seine Offenheit. »Josefine behauptet, schwanger zu sein, das ist das Problem. Ist dir eben etwas bei ihr aufgefallen? Oder hat sie etwas gesagt?«

»Nein, sie war kaum ansprechbar.« Er sah Alexa ernst an. »Weiß Harald es schon?«

»Nein.« Alexa zögerte. »Sie sagt, es ist nicht von ihm«, fügte sie schließlich hinzu.

»Ach du meine Güte, auch das noch! Ich würde vorschlagen, dass ich sie erst einmal gründlich untersuche, bevor wir die Pferde«, er lachte, »und vor allem ihre Mutter scheu machen. Ich fürchte, sie wird der Schlag treffen.« Er schwieg einen Moment. »Wer weiß denn noch davon?«

»Innegrit Delwitz und Lissy Beldow, aber sie verraten nichts. Und Josefines Zofe Anni, leider. Zumindest scheint sie etwas zu ahnen.«

»Ich wollte sowieso noch einmal nach Josefine sehen. Ich schlage vor, wir treffen uns anschließend in der Bibliothek.«

Aufgeregt ging Alexa auf und ab. Sie hatte bereits den zweiten Cognac getrunken, als der Arzt mit besorgter Miene die Bibliothek betrat. »Nun, was ist?« Angsterfüllt sah sie ihn an.

»Es stimmt, leider«, sagte er und schenkte sich auch ein Glas Cognac ein. »Josefine ist schwanger. Ich denke, so im dritten Monat.«

»Dann hat Lissy also Recht mit ihrer Vermutung.« Alexa ließ sich in einen Sessel fallen.

»Könntest du vielleicht nicht in Rätseln sprechen? Was vermutet sie denn schon wieder?« Lissys *Ahnungen* waren berüchtigt.

»Wir vermuten, dass Josefine Bernhard Kreuzner Anfang Oktober in Königsberg begegnet sein muss.«

Der Arzt nickte. »Das kommt zeitlich hin. Ist er der Vater?« Er zögerte. »War er nicht vor ein paar Jahren ihr Privatlehrer?«

»Ja, und sie war schrecklich verliebt in ihn.« Alexa schlug verzweifelt die Hände vor das Gesicht. »Was machen wir denn jetzt bloß?«

»Ich weiß es nicht. Aber irgendwann müsst ihr es der Baronin sagen. Haltet am besten ein Riechfläschchen bereit.«

Auf Alexas Bitte verbot Doktor Grüben für die nächsten Tage jegliche Krankenbesuche. Vor allem Harald sollte von Josefine ferngehalten werden. Aber zu ihrer Erleichterung musste er gleich nach dem Jahreswechsel nach München reisen, um sich verschiedene Häuser anzusehen und wurde nicht vor Ende Januar zurückerwartet. Als es Josefine etwas besser ging, bot Alexa ihr an, mit Anneliese zu sprechen. »Danke für das Angebot, Tante Alexa, aber ich werde das selber tun, und zwar allein, sobald ich wieder ganz zu Kräften gekommen bin. Aber erst muss ich mir darüber klar werden, wie mein Leben nun weitergehen soll.«

Erstaunt betrachtete Alexa das zarte blasse Wesen, das da im Bett vor ihr lag, offenbar wild entschlossen, sich nicht unterkriegen zu lassen. Aus dem jungen Mädchen schien über Nacht eine erwachsene junge Frau geworden zu sein. »Willst du, dass ich so lange hierbleibe und dir beistehe? Du weißt, es wird nicht leicht werden.«

»Oh ja, dessen bin ich mir durchaus bewusst. Aber es ist mein Leben, und ich allein muss das entscheiden.«

»Du willst das also wirklich alleine durchstehen?«

Josefine lächelte. »Ja, das will ich. Ich bin stärker, als du vielleicht glaubst.«

Alexa strich ihr zärtlich über den Kopf. »Meine Kleine. Ich weiß, dass du das schaffst. Und mein Angebot gilt: Du kannst dich immer an mich wenden, ich werde immer für dich da sein. Lass mich wissen, wenn du Hilfe brauchst.«

1867

Es dauerte fast zwei Wochen, bis Josefine sich von ihrer schweren Grippe erholt hatte. Eines sonnigen, eiskalten Januartages fasste sie einen Entschluss. Sie bat Anni, ihr beim Ankleiden zu helfen. »Hast du meine Mutter heute schon gesehen?«, fragte sie.

»Ja, die jnädje Frau Baronin is im Frühstückszimmer.«

»Allein?«

»Ja, kain Besuch is nich da. Aber Doktor Grüben wird erwartet.«

»Gut, dann werde ich hinuntergehen und mit ihr frühstücken.« Entschlossen machte sie sich auf den Weg ins Frühstückszimmer. Sie spürte eine innere Ruhe, die sie selbst fast überraschte.

»So, du bist also von den Toten auferstanden«, begrüßte Anneliese sie spitz.

»Ja, Mama, wie du siehst.« Nachdem Kuno ihr Tee und frischen Toast serviert hatte, sagte sie freundlich: »Würdest du uns bitte einen Moment allein lassen, Kuno? Wir läuten, wenn wir dich brauchen.«

Anneliese sah erstaunt von ihrem Teller auf. »Was gibt es denn so ungeheuer Geheimnisvolles?«

Josefine wartete, bis Kuno die Tür hinter sich geschlossen hatte. Dann blickte sie ihre Mutter an. »Ich bin schwanger, Mama«, sagte sie ruhig.

Anneliese fiel die Tasse aus der Hand, und der Kaffee hinterließ einen hässlichen braunen Fleck auf der weißen Tischdecke. Entsetzt starrte sie ihre Tochter an. »Und das sagst du mir so einfach frech ins Gesicht!« Ihre Stimme überschlug sich. »Bist du von allen guten Geistern verlassen?« Sie rang nach Luft, ihr Atem ging stoßweise. »Weiß Harald es schon?«, stieß sie keuchend hervor. »Nein.« Josefines Stimme war fest und ruhig, als sie hinzufügte: »Harald ist nicht der Vater.«

»Wie bitte?« Annelieses Gesicht verlor alle Farbe, und für einen Moment sah es aus, als würde sie das Bewusstsein verlieren. Aber dann begann sie zu kreischen: »Eine Hure bist du! Aber das wundert mich nicht. Der Apfel fällt nicht weit vom Stamm. Du gerätst nach deinem Vater ... sein Leben lang hat er rumgehurt ...«

Josefine erhob sich. »Ich werde jetzt gehen«, sagte sie ruhig. »Wir können ein andermal weiterreden. Auf diesem Niveau unterhalte ich mich nicht mit dir.«

»Du wagst es, zu mir von Niveau zu sprechen? Bist du völlig übergeschnappt?« In diesem Moment klopfte es an der Tür, und bevor ein »Herein« ertönte, stand schon Doktor Grüben in der Tür.

»Sie kommen gerade recht«, keuchte Anneliese. »Du bleibst!«, befahl sie Josefine, die im Begriff war, zu gehen. »Dann können wir gleich alle weiteren Schritte besprechen.«

Der Arzt sah sie fragend an. »Von welchen *weiteren Schritten* sprechen Sie?«

Anneliese schnaubte. »Meine reizende Tochter ist schwanger, und das nicht von ihrem Verlobten. Und dagegen muss schleunigst etwas unternommen werden. Es darf und wird keinen Skandal geben! Sie sind schließlich Arzt, also, was schlagen Sie vor? Wie können Sie die Sache aus der Welt schaffen?«

Entgeistert sah Doktor Grüben sie an. »Ich bin Arzt, aber doch kein Engelmacher! Außerdem hat Josefine da ja wohl auch noch ein Wörtchen mitzureden. Josefine …« Er blickte zu Josefine, die zitternd neben ihrem Stuhl stand. Alle Farbe war aus ihrem Gesicht gewichen.

»Dieses … dieses Früchtchen wird nicht gefragt«, unterbrach ihn Anneliese schrill. »Sie wird tun, was ich ihr sage. Und wenn *Sie* nicht dazu bereit sind, werde ich …« Den Rest hörte Josefine nicht mehr. Sie schlüpfte leise durch die Tür. Ihr war schlecht, und kaum, dass sie auf ihrem Zimmer angekommen war, musste sie sich heftig übergeben. Sie war wie betäubt. Die Reaktion ihrer Mutter hatte sie bis ins Mark getroffen. Sie selbst hatte nie infrage gestellt, das Kind zu behalten, im Gegenteil, sie war sich sicher, dass sie es bekommen wollte. Aber sie kannte ihre Mutter gut und hätte wissen müssen, dass sie keine andere Lösung als die von ihr vorgeschlagene gutheißen würde. Was sollte sie bloß tun? Wenn doch bloß Tante Alexa hier wäre, sie hätte sicher einen Rat gewusst.

Drei Stunden später hatte Josefine einen Entschluss gefasst. Sie überlegte eine Weile, bis sie die richtigen Worte für eine kurze Note an ihre Mutter fand.

Ich habe das Haus verlassen und werde nie mehr hierher zurückkehren. Es tut mir leid, dass ich Dir Schande bereite, aber ich will nicht mein Leben lang unglücklich sein wie mein armer, über alles geliebter Vater.

Leb wohl

Josefine

P. S. Lass nicht nach mir suchen, es wäre sinnlos.

Harald erwähnte sie nicht. Sie würde ihm nach München schreiben, er hatte ein Recht darauf, es so schnell wie möglich zu erfahren. Eilig packte sie ein paar Sachen zusammen und rief die Hunde. In der Halle begegnete ihr Kuno. »Ich werde einen längeren Spaziergang machen«, beschied sie ihm. Sie lächelte ihn freundlich an und sagte: »Leb wohl, Kuno.« Später sollte er zu Lisa sagen, dass ihn das hätte stutzig machen müssen.

Josefine ging schnell. Auf keinen Fall durfte sie den letzten Zug nach Allenstein verpassen. Die Straße nach Insterburg war frei von Schneeverwehungen, doch es begann schon wieder, leicht zu schneien. Und die Dämmerung setzte bereits ein, bald würde es dunkel sein. Brav liefen die Hunde neben ihr her, sie waren lange Spaziergänge gewöhnt, auch bei Eis und Schnee.

Der Bahnsteig war voller Menschen, und zu ihrer Erleichterung entdeckte sie kein bekanntes Gesicht. Niemand beachtete sie, als sie eilig ein Billett Dritter Klasse löste. Und da fuhr auch schon mit einem lauten Pfeifen der Zug ein, dicke weiße Dampfwolken ausstoßend, und der Stationsvorsteher schrie »Iiiiiinsterrburch«. Sofort herrschte ein heilloses Gedränge, jeder wollte einen Sitzplatz ergattern. Josefine nahm Susi auf den Arm. Herr Schulze hatte bereits mehrmals laut aufgeheult, wenn jemand ihn versehentlich getreten hatte. Sie fand einen Platz im hintersten Wagon. Susi auf dem Schoß und Herrn Schulze dicht an sich gedrückt, fuhr sie ihrem neuen Leben entgegen.

Nachdem Doktor Grüben gegangen war, ließ Anneliese nach Lissy schicken. Sie musste mit jemandem reden, musste ihrer Erregung Herr werden, und dafür war Nofretete von Anhausen, die sonst für alle ihre Klagen immer ein offenes Ohr hatte, in dieser Situation sicher nicht die richtige Person. Vor einem

Gespräch mit ihr musste erst einmal Josefine zur Vernunft gebracht werden. Dann würde man weitersehen.

Als Lissy die Nachricht von Anni bekam, suchte sie Arndt in seinem Büro auf. »Anneliese will mich sprechen. Es ist dringend, sagt Anni.« Sie seufzte. »Und Anneliese sei furchtbar aufgebracht … ich ahne, warum.«

»Meinst du, sie weiß es endlich?«

»Ich wüsste nicht, was sie sonst so aufregen sollte.«

Arndt sah seine Frau sorgenvoll an. »Bitte, Lissy, versprich mir, dass du besonnen vorgehst. Anneliese ist unsere Arbeitgeberin. Du hast von nichts gewusst, hörst du!«

»Ja, mein Alterchen. Nun reg dich man nicht auch noch auf. Ich werde schön den Mund halten und die Ahnungslose spielen. Ich hoffe nur, sie hat das arme Finchen noch nicht erwürgt oder sonst etwas Schreckliches mit ihr gemacht.«

»Sie ist zwar ziemlich schrecklich, aber so schrecklich nun auch wieder nicht«, lachte Arndt.

»Na, da wäre ich mir nicht so sicher.« Sie gab ihrem Mann einen Kuss. »Vielleicht kommst du ja später nach?«

»Nein danke, das erspare ich mir.«

Lissy fand Anneliese in ihrem Boudoir auf ihrer Récamiere liegend. Sie war in einem desolaten Zustand. Ihr Mieder war halb geöffnet, und das Gesicht übersät mit roten Flecken. Neben ihr stand ein halbleeres Riechfläschchen, und Hanna fächelte ihr mit besorgter Miene Luft zu.

»Gut, dass du kommst«, sagte Anneliese schwach. »Hanna, du kannst uns allein lassen. Baronin von Beldow wird sich um mich kümmern.«

Nachdem die Zofe das Zimmer verlassen hatte, fragte Lissy: »Um Gottes willen, Anneliese, was ist mit dir? Bist du krank oder ist etwas mit Finchen?«

Annelieses Augen funkelten böse. »Oh ja! Es ist was mit Fiiiinchen.« Sie zog den Kosenamen in die Länge und machte ein Gesicht, als würde sie in eine saure Zitrone beißen. »Meine reizende Tochter hat mir heute eröffnet, dass sie schwanger ist.«

»Wie bitte?«

Misstrauisch sah Anneliese Lissy an. »Hast du das etwa gewusst?«

»Ich? Um Himmels willen, nein! Wie kommst du darauf?« Lissy war stolz, dass ihre Stimme überzeugend klang.

Anneliese griff nach ihrem Riechfläschchen. »Du musst mir helfen, Lissy, du bist doch meine Freundin. Wir müssen diesen Skandal verhindern. Wir müssen jemanden finden, der den Bankert wegmacht. So schnell wie möglich, bevor der arme Harald zurückkommt.«

»Warum regst du dich denn so auf, Anneliese? Harald wird überglücklich sein.« Sie erinnerte sich an Innegrits Worte. »Also dann freuen wir uns doch einfach auf ein Siebenmonatskind. So etwas kommt schließlich in den besten Familien vor.« Lissy war der Meinung, dass sie ihre Rolle hervorragend spielte.

»Das ist es ja!«, schrie Anneliese. »Harald ist nicht der Vater.«

»Oh Gott, wer ist es denn dann?« Lissy schwieg einen Moment, um sich zu sammeln.

»Ich weiß es nicht. Ich habe Josefine nicht gefragt, und es interessiert mich auch nicht. Ich will nichts weiter, als dass die Angelegenheit aus der Welt geschafft wird.«

Lissy hatte keine Ahnung, wie sie dabei behilflich sein könnte, eine solche *Angelegenheit* aus der Welt zu schaffen, und war froh, dass Hanna sie unterbrach. »Kuno hat den Tee in der Bibliothek angerichtet. Er lässt fragen, ob die Herrschaften herunterkommen.«

»Hilf mir beim Ankleiden, Hanna.« Anneliese erhob sich keuchend. »Ich habe Hunger.«

»Und ich werde mal nach Finchen schauen«, sagte Lissy. »Wir sehen uns gleich unten.« Bevor Anneliese etwas erwidern konnte, war Lissy schon zur Tür herausgeschlüpft. Sie klopfte mehrmals an Josefines Tür, bekam aber keine Antwort. *Das arme Kind wird sich doch hoffentlich nichts angetan haben*, dachte sie besorgt und trat ein. Das Zimmer war leer. Auf dem Bett lag unübersehbar ein blauer Umschlag, darauf stand in großen Lettern *FÜR MAMA.* Lissy schwante Böses. Sie nahm das Kuvert und ging nach unten. Es schien, als erledigte sich die *Angelegenheit* von allein.

Es war stockdunkel, als Josefine in Allenstein aus dem Zug stieg. Eine Gaslaterne warf ein spärliches Licht auf den kleinen Bahnhof. Ihr war kalt, und ihr Magen knurrte, da sie den ganzen Tag nichts gegessen hatte, selbst beim Frühstück hatte sie nichts angerührt. Sie hoffte inständig, dass wenigstens ihre Hunde am Morgen ihren Napf geleert hatten, vor allem Susi war manchmal etwas mäkelig, was das Fressen anging. Josefine drückte sich an die Wand des kleinen Bahnhofsgebäudes und wartete, bis die letzten Fahrgäste den Bahnsteig verlassen hatten und der Zug sich zischend und dampfend wieder in Bewegung setzte. Dann trat sie aus dem Dunkel in den Lichtkegel der Laterne. »Herr Stationsvorsteher«, sagte sie schüchtern. »Kennen Sie Herrn Doktor Kreuzner? Er ist Lehrer am hiesigen Gymnasium.«

»Näin, Marjellche, den kenn ich nich. Aber der Schnäideräit, der wo mäin Schwager is, der müsst ihn kennen, der is da der

Hausmeister.« Er schüttelte mitleidig den Kopf. *Was waren das bloßig für Elterchens, die so ein zartes junges Ding alleinig mit zwei Hundchens in eine fremde Stadt fahren ließen?* Josefine fing heftig an, zu zittern. »Ach Jottchen«, sagte er. »Ihnen is ja janz schubbrig. Ich werd Se hinbringen, liegt fast auf meinem Heimweg.« Josefine sah ihn dankbar an. »Das ist wirklich sehr nett von Ihnen.« Sie folgte ihm zitternd durch die Dunkelheit. Bereits nach wenigen Minuten hatten sie das Gymnasium erreicht. »Schnäideräit!« Der Stationsvorsteher trommelte an die Tür des Nebeneingangs. Es dauerte einen Moment, dann wurde ein Fenster geöffnet, und eine verschlafene Stimme rief: »Was jibt, Schimkat?« »Hier is äin Marjellche, das sucht äin Doktor Kreuzner … kennst?«

»Ja, wohnt drei Häuserchens weiter, Nummer 24.« Mit einem lauten Knall flog das Fenster wieder zu.

»Is manchmal en bisschen gnaddrig, der Schnäideräit«, sagte Schimkat ungerührt. »Dann geh'n Se mal. Wird Zeit, dass Se ins Warme kommen.« Josefine reichte ihm die Hand. »Ich danke Ihnen, Herr Schimkat. Ohne Sie wäre ich verloren gewesen.«

»Näi nich doch. War mir äin Vergnüjen.«

Schnellen Schrittes machte Josefine sich mit den Hunden auf zum Haus mit der Nummer 24. Hinter einem Fenster flackerte ein schwacher Lichtschein. Josefine fiel ein Stein vom Herzen. Bernhard war zuhause! Sie öffnete das kleine Gartentor, aber als sie vor der Haustür stand, wurde sie plötzlich von einer Welle von Panik erfasst. Sie zitterte am ganzen Körper. Was, wenn Bernhard nicht mehr allein war, wenn er eine Frau hatte und sie gar nicht haben wollte? Was, wenn er das Kind gar nicht wollte? Josefine spürte, wie ihre Kräfte schwanden, und mit einem Mal war ihr schwarz vor Augen. Ohnmächtig sank sie zu Boden.

Als sie wieder zu sich kam, lag sie auf einem Sofa, eingehüllt in eine warme Decke und mit einem heißen Ziegelstein an ihren Füßen. Als Erstes sah sie ihre Hunde, die fest schliefen, zusammengerollt vor einem flackernden Kamin. Bernhard beugte sich über sie. »Josefine, mein Liebling, was machst du denn für Sachen? Wenn die Hunde nicht angefangen hätten, zu jaulen, wärst du erfroren.« Er bedeckte ihr Gesicht mit Küssen. »Was ist denn passiert? Was machst du hier? Und wie hast du mich denn überhaupt gefunden?«

Der Morgen graute bereits, als Josefine ihren Bericht beendete. Dicht aneinandergeschmiegt hatten sie die ganze Nacht vor dem Kamin gesessen, die schlafenden Hunde zu ihren Füßen. Nur hin und wieder war Bernhard aufgestanden, um frischen Tee zu machen oder Kaminholz nachzulegen. Sie erzählte, dass sie trotz ihrer Liebe zu ihm, die während ihres Jahres in Hamburg keinen Tag aufgehört hatte, entschlossen war, Harald zu heiraten. »Weißt du, er ist wirklich ein reizender und sehr netter Mensch. Ich empfinde große Sympathie für ihn und dachte, dass die Liebe vielleicht noch kommt. Aber als wir beide uns in Königsberg zufällig wiedertrafen, war plötzlich alles anders. Von dem Tag an warst nur noch du in meinem Kopf und meinem Herzen, da war einfach kein Platz für jemand anderen.«

»Ach Josefine. Ich kann dir doch gar nichts bieten. Schau dich doch einmal um, das hier ist mein Zuhause. Mein Gehalt ist mehr als bescheiden.« Bernhard war verzweifelt. »Ich liebe dich mehr als alles auf der Welt, aber du solltest zurückkehren in deine Welt.«

Sie legte ihm lächelnd den Finger auf den Mund. »Hör mir zu, bis ich fertig bin mit meiner Geschichte. Dann kannst du entscheiden, wie und ob es mit uns weitergehen soll. Ich werde deine Entscheidung akzeptieren.« Sie erzählte von den Hochzeitsvorbereitungen, von Haralds rührender Freude. Und davon, dass es ihr plötzlich morgens immer übel war. »Und irgendwann wusste ich, dass ich schwanger war. Von dir.«

Bernhard sah sie entsetzt an und vergrub dann den Kopf in seinen Händen. »Mein Gott, was habe ich dir bloß angetan!«

Josefine brach in lautes Lachen aus. »Angetan? Du hast mich gerettet. Ein Leben ohne Liebe ist kein Leben. Alles, was zählt, ist die Liebe. Das hat mein Vater mal zu mir gesagt.«

»Er war ein weiser Mann, dein Vater.« Bernhard küsste sie sanft. »Weiß es deine Mutter?«

»Oh ja. Aber sie weiß nicht, dass du der Vater bist. Sie hat natürlich erst angenommen, dass das Kind von Harald ist. Dann hätte man einen Skandal wahrscheinlich vermeiden können, aber als ich ihr sagte, dass nicht er der Vater ist ...« Für einen Moment versagte ihr die Stimme. »Da ist sie furchtbar ausfallend geworden. Sie hat schreckliche Sachen gesagt. Auch über meinen Vater.« Ihre Augen füllten sich mit Tränen. »Solche Worte habe ich noch nie gehört.« Sie schluckte ein paar Mal, bevor sie weitersprechen konnte. »Aber als sie gesagt hat ...« Wieder zögerte sie. »Als sie gesagt hat, der *Bankert* muss weg, wusste ich, dass ich ....« Sie brach in haltloses Weinen aus. Bernhard zog sie fest an sich. »Beruhige dich, mein Liebling.« Er wiegte sie sanft hin und her. »Ganz ruhig! Du bist ja jetzt bei mir.«

»Verstehst du, dass ich da nicht mehr bleiben konnte?«, fuhr sie schluchzend fort. »Sie hätte mir unser Kind weggenommen! Das konnte ich doch nicht zulassen.«

Bernhard wischte ihr mit seinem Taschentuch die Tränen ab. »Nein, das konntest du nicht. Aber man wird sich Sorgen machen und nach dir suchen.«

»Das glaube ich nicht. Ich habe meiner Mutter eine Nachricht hinterlassen, dass ich weggehe, ihr aber nicht gesagt, wohin. Und dass sie nicht nach mir suchen soll. Es wäre sinnlos.« Die nahe gelegene Kirchturmuhr schlug sieben Mal.

Bernhard erhob sich. »In einer Stunde beginnt mein Unterricht. Ich werde dich jetzt ins Bett bringen, damit du dich ausschläfst. Wenn ich zurückkomme, werden wir besprechen, wie es weitergeht.«

»Darf ich denn bei dir bleiben?«, flüsterte Josefine. Bernhard hob sie hoch und trug sie ins Schlafzimmer. »Was ist das denn für eine Frage! Natürlich! Wir werden so schnell wie möglich heiraten.«

»Josefine ist nicht auf ihrem Zimmer«, sagte Lissy, als sie in die Bibliothek kam. »Aber das hier lag auf ihrem Bett. Für dich.« Sie reichte Anneliese das Kuvert.

»Weißt du, was drinsteht?«

Lissy schüttelte empört den Kopf. »Nein, wie sollte ich? Es ist verschlossen!«

Anneliese wandte sich an den Diener. »Kuno, weißt du, wo meine Tochter ist?«

»Die Baroness ist ausgegangen, mit den Hunden«, stotterte er. »Für einen längeren Spaziergang, hat sie gesagt.«

»Na, dann wird sie ja auch irgendwann wieder zurückkommen.« Ungerührt nahm Anneliese sich ein weiteres Stück Kuchen. Sie schien in keiner Weise beunruhigt.

Im Gegensatz zu Lissy. »Aber es ist bereits dunkel«, warf sie ein. »Willst du nicht wissen, wo sie ist? Und vor allem, was sie dir schreibt?«

Anneliese bedachte sie mit einem langen Blick und aß in aller Ruhe ihren Kuchen auf. Erst dann öffnete sie den Umschlag. Ihr Lorgnon dicht vor den Augen, überflog sie kurz die wenigen Zeilen. »Ha! Meine Tochter hat das Haus verlassen! Für immer, schreibt sie.« Sie schnaubte verächtlich. »Na, weit wird sie ja nicht kommen mit ihren zwei Kötern und ohne Geld.«

Lissy starrte sie fassungslos an. »Mein Gott, Anneliese, machst du dir denn überhaupt keine Sorgen um sie? Vielleicht tut sie sich etwas an!« Sie wandte sich an Kuno. »Würden Sie bitte mal nachsehen, ob sie nicht inzwischen doch zurückgekommen ist?«

»Sehr wohl, Frau Baronin.«

Lissy wartete, bis der Diener sich entfernt hatte, und schlug dann all ihre guten Vorsätze in den Wind. »Wenn *du* dir keine Sorgen um deine Tochter machst, Anneliese, *ich* mache mir welche«, rief sie aufgebracht. »Draußen herrscht eine Eiseskälte, womöglich hat sie sich in der Dunkelheit verlaufen und ist bereits erfroren.«

»Nun werd bloß nicht melodramatisch.« Anneliese nahm einen großen Schluck von ihrem Eierlikör. »Sie schreibt übrigens, wir sollen nicht nach ihr suchen, das sei sinnlos.«

In diesem Moment ging Lissy auf, dass sie von Anneliese in dieser Hinsicht tatsächlich keine Hilfe erfahren würde. Lissy würde die Sache selbst in die Hand nehmen müssen. Sie lief aufgeregt auf und ab. »Und sie sagt nicht, wo sie hinwill? Vielleicht ist sie in Insterburg bei Fräulein von Allhorn.«

»Das ist schlecht möglich. Die ist mit ihrer Cousine irgendwo im Süden zur Kur.«

»Dann bleiben nur die Gawellkes.«

Kunos Rückkehr unterbrach ihre Überlegungen. »Ich kann die Baroness nirgends finden. Auch die Hundchens sind nicht da.«

»Das ist gar nicht gut.« Lissy wandte sich zum Gehen. »Ich werde bei den Gawellkes nachfragen, ob sie dort ist oder ob sie etwas wissen.«

»Tu dir keinen Zwang an.« Anneliese ließ sich von Kuno ein weiteres Glas Eierlikör einschenken und schloss die Augen.

Gawellkes wussten nichts, und auch die Befragung der Dienerschaft ergab keinerlei Hinweise auf Josefines Verschwinden.

»Ein Skandal muss unbedingt vermieden werden«, sagte Anneliese am nächsten Tag zu Lissy, die fast krank war vor Sorge um Josefine. »Wer weiß noch von ihrem Fehltritt? Du hast doch hoffentlich Gawellkes nichts gesagt.«

»Nein, natürlich nicht. Außer Arndt und mir weiß vermutlich niemand etwas.« Sie hielt es für ratsam, Alexa und Innegrit nicht zu erwähnen. »Gut, dann werde ich die Hochzeit absagen mit der Begründung, dass meine Tochter sich auf Grund einer plötzlichen schweren Erkrankung für längere Zeit in der Schweiz aufhält.«

Lissy war fassungslos. Anneliese lag die Vermeidung des Skandals offensichtlich mehr am Herzen als das Wohl ihrer Tochter! Wahrscheinlich war sie auch noch froh, so an das ganze Erbe zu kommen. »Ja, willst du sie denn nicht suchen lassen?«

»Was regst du dich so auf?« Anneliese war erbost. »Sie schreibt doch, dass sie das nicht will. Außerdem verbitte ich mir von dir jegliche Kritik.«

Mit einem Schlag fühlte Lissy sich vollkommen leer. Sie würde Arndt noch heute bitten, sich eine andere Stellung zu suchen. Mit dieser Frau wollte sie nichts mehr zu tun haben.

Auf Arndts Drängen veranlasste Anneliese schließlich halbherzig eine Suche. Die Schneefälle waren am gestrigen Abend heftiger geworden, man fand keinerlei Spuren, und auch in Insterburg konnte sich niemand an eine junge Frau mit zwei Hunden erinnern. Josefine war und blieb verschwunden.

Als Bernhard mittags nach Hause kam, schlief Josefine noch. Er versorgte die Hunde und stellte dann das Essen auf den Herd, das Frau Schneidereit am Tag zuvor für ihn vorgekocht hatte. Er deckte so leise wie möglich den Tisch, aber plötzlich stand Josefine in der Tür. Verschlafen rieb sie sich die Augen. »Bin ich hier vielleicht im Paradies? Ein herrlicher Geruch hat mich geweckt. Ich habe schrecklichen Hunger.« Sie sank auf einen Stuhl und aß mit großem Appetit. »Wunderbar, dass du kochen kannst«, sagte sie lächelnd.

»Ich fühle mich geschmeichelt, dass du mir das zutraust, aber ich kann das überhaupt nicht«, lachte Bernhard. »Das Kochen übernimmt Frau Schneidereit, sie versorgt drei Tage in der Woche meinen Haushalt. Mehr kann ich mir leider nicht leisten.«

»Einen Haushalt führen, das kann ich. Das habe ich neben vielen anderen unnützen Dingen in Hamburg gelernt. Aber das Kochen, das muss sie mir dann noch beibringen«, rief Josefine aufgeregt.

Bernhard war gerührt von Josefines Begeisterung. Aber würde die Realität sie nicht eines Tages einholen? Würde sie nicht bald des einfachen Lebens überdrüssig werden? »Übrigens wusste man in der Schule bereits, dass ich heute Nacht Besuch bekommen habe. Der Mann von Frau Schneidereit ist unser Hausmeister.«

»Ach, der Schwager von Herrn Schimkat.« Josefine lachte. »Der hat ihn aber anders genannt … Schnaiderait oder so ähnlich.«

Auch Bernhard musste lachen. »So sprechen die Ostpreußen den Namen aus. Aber woher weißt du denn, dass Schimkat sein Schwager ist?« Nun erfuhr er, wie sie ihn mitten in der Nacht gefunden hatte, und er nahm sich vor, sich in den nächsten Tagen bei dem Stationsvorsteher mit einer Flasche Schnaps zu bedanken.

Zwei Tage war Josefine damit beschäftigt, Briefe zu schreiben.

Als Erstes schrieb sie an Alexa. Sie entschuldigte sich, ihr Kummer zu bereiten, und bat sie, das Brautkleid abzubestellen.

Mach dir keine Sorgen um mich, Tante Alexa. Ich bin meinem Herzen gefolgt und habe mein Elternhaus für immer verlassen. Bernhard und ich werden heiraten und gemeinsam unser Kind groß ziehen. Ich spüre, dass er noch ein wenig Angst hat, dass ich all dem nicht gewachsen bin. Aber er weiß noch nicht, was Liebe vermag. Ich bin mir sicher, Papachen sieht vom Himmel auf mich herunter und ist stolz auf mich. Aber ich fürchte mich vor meiner Mutter! Sie ist zu allem fähig. Deshalb darf auch niemand wissen, wo ich bin. Und deshalb hat mein Brief auch keinen Absender. Aber ich werde Dir schreiben und Dir berichten, wie es uns geht.

Liebe Grüße an Lena, und sei herzlich umarmt von
Deinem überglücklichen Finchen

P. S. Bernhard lässt herzlich grüßen.

Dann schrieb sie an Fräulein von Allhorn, Lissy und Gawellkes. Sie sagte nicht, warum und wohin sie gegangen war, nur, dass es ihr gut gehe, sie jetzt ein neues Leben führe und man sich um sie keine Sorgen machen solle. Auch diese Briefe versandte sie ohne Absender.

Am schwersten fiel ihr der Brief an Harald. Sie wusste, dass er in dem gerade neu eröffneten Hotel Bellevue in München residierte, und wollte den Brief so bald als möglich per Express abschicken. Es brauchte mehrere Stunden und einen randvoll mit zerknüllten Briefbögen gefüllten Papierkorb, bis sie die richtigen Worte gefunden hatte.

Lieber Harald,

ich hoffe, dass dieser Brief Dich erreicht, bevor Du nach Hause zurückkehrst. Als Erstes möchte ich Dir versichern, dass Du ein Mensch bist, dem ich von Herzen zugetan bin. Ich weiß, dass Du mich sehr liebst, aber meine Gefühle für Dich sind nicht so stark, wie Du es verdient hättest.

Es ist kein Geheimnis, dass unsere Verbindung von unseren Müttern arrangiert wurde. Als du in Hamburg um meine Hand anhieltest, habe ich vor allem Ja gesagt, weil meine Mutter ein Nein nicht akzeptiert hätte, sie selbst hat mich nie gefragt, was ich davon halte. Nun ist etwas eingetreten, was unsere Verbindung unmöglich macht, und ich habe mein Elternhaus für immer verlassen. Ich folge nur meinen Gefühlen.

Vielleicht werden wir uns nie wiedersehen, aber Du wirst immer einen Platz in meinem Herzen haben. Bitte vergiss das nie.

Ich hoffe, Du kannst mir eines Tages verzeihen, und ich bin sicher, auch Du wirst eines Tages Dein Glück finden.

Deine Josefine

Josefine fühlte sich in ihrem kleinen neuen Zuhause von Anfang an heimisch. Bernhard hatte es liebevoll mit den Biedermeiermöbeln seiner verstorbenen Mutter eingerichtet. Den

Holzfußboden im Wohnzimmer bedeckte ein pastellfarbener Smyrnateppich, und die niedrigen Fenster waren eingerahmt von gestreiften Vorhängen, passend zu den Polstermöbeln. »Sieh dich überall um«, hatte er gesagt. »Und wenn du etwas geändert haben willst, lass es mich wissen. Ich werde alles tun, was in meiner Macht steht.« Aber es gab nichts, was Josefine missfiel. Es gab sogar einen kleinen Raum neben ihrem Schlafzimmer, der sich ideal als Kinderzimmer eignete.

Nachdem sie die Briefe abgeschickt hatte, streifte Josefine erneut durch das Haus. Im ersten Stock entdeckte sie in einem Schrank, den sie als den aus Königsberg erkannte, Silberbesteck, mehrere silberne Kerzenleuchter, schöne Tischwäsche und ein komplettes Meißner Service. Sie bat Frau Schneidereit, das schwarz angelaufene Silber zu putzen. Anschließend brachten sie die Kostbarkeiten in dem großen Schrank in der Küche unter. Als Bernhard nach Hause kam, war der Tisch schön gedeckt, sogar Kerzen brannten, und auf dem Herd brutzelte das von Frau Schneidereit vorgekochte Essen. Wortlos nahm Bernhard Josefine in die Arme und hielt sie fest. »Es ist so schön, dass du da bist«, flüsterte er nach einer Weile. »Wie hast du das bloß geschafft?«

»Ohne Frau Schneidereit wäre ich wahrscheinlich zu Ostern noch nicht fertig«, lachte sie. »Das meiste hat sie gemacht. Aber stell dir vor: Ich kann nun Silber putzen. Jetzt weiß ich erst, was unsere Dienstboten bei diesen Unmengen von Silber bei uns zuhause geleistet haben.« Frau Schneidereit hatte sofort erkannt, »dass dat Marjellchen wat Besseres is, jenau wie das Doktorche«, berichtete sie ihrem Mann. »Käine Ahnung von nuscht hat se. Aber janz lieb is se. Und alles will se lernen, och kochen. Wenn de mich fragst, hat se noch nie nich ne Küche von innen jesehen.« Zu ihrer Beruhigung hatte Bernhard ihr gleich am ersten Tag gesagt, dass er wünsche, dass sie von nun an vier Mal in der Woche kommen solle. Er wolle nicht, dass seine Braut, die er am kommenden Samstag heiraten würde, sich überanstrenge.

Drei Tage später fand die Trauung statt. Als Trauzeuge waren Günther Mendel, ein Kollege von Bernhard, und Frau Schneidereit vorgesehen. Als Josefine sie gefragt hatte, ob sie ihr diesen Dienst erweisen würde, da sie außer ihr keinen Menschen in der Stadt kenne, hatte die Frau Tränen in den Augen. »Nu nei nich … wie könnt ich das abschlagen? Was fir äine Ehre denn auch, Freilein Ehrenberg.« Das »von« hatten sie ihr wohlweislich verschwiegen. Dann aber erkrankte Günther Mendel über Nacht schwer, und auf Vorschlag von Josefine baten sie Herrn Schneidereit, einzuspringen. Eilig bürstete seine Frau seinen schwarzen Gehrock aus, versetzte noch ein paar Knöpfe – er hatte schon wieder zugenommen – und hängte das Gewand neben ihr Kirchgangkleid zum Lüften ans offene Fenster. Schließlich waren das Dokterche und das Marjellche was Besseres, wie sie nicht müde wurde, zu betonen, und man wolle sich doch nicht blamieren. Die kurze Zeremonie wurde von dem alten Pastor in der Lutherischen Kirche vorgenommen. Nach ein paar salbungsvollen Worten und einem schnellen »Bis dass der Tod euch scheidet« waren Josefine und Bernhard Mann und Frau. Offensichtlich hatte der alte Mann Eile, aus der eiskalten Kirche schnell wieder in seine warme Wohnung zu kommen. Josefines Glück tat das keinen Abbruch. Sie strahlte, als sie nach der Trauung ihr Haus betraten und ihnen auch schon der herrliche Geruch eines Gänsebratens entgegenwehte. Frau Schneidereit hatte darauf bestanden, als Hochzeitsgeschenk das Menü zu bereiten, und die Gans bereits zwei Stunden zuvor ins Rohr geschoben. Als Herr Schneidereit den prachtvoll gedeckten Tisch sah, verschlug es ihm die Sprache. Mehrarmige Leuchter tauchten den Raum in festliches Licht und ließen Silber, Kristallgläser und das Meißen um die Wette glänzen. Noch nie in seinem Leben hatte er etwas Derartiges gesehen.

Zur Feier des Tages hatte Bernhard eine Flasche Champagner kalt gestellt. Eingeschüchtert von all der Pracht, brachte Herr Schneidereit nur mit Mühe einen Toast auf das Brautpaar aus. »Schnäideräit, blamier uns nich«, hatte ihm seine Frau vorher eingebläut. »Die Herrschaften sin was Besseres!« Nach mehrmaligem Anlauf und einem gezischten »Nu mach schon« seiner Frau, begann er. »Sie wissen ja, Doktorche, dass ich mich nie nich so richtig kann verlautbaren lassen«, stotterte er. »Aber nu möchte ich doch dem Brautpaar alles Jute wünschen, Jlück und viele Kinderchens. Ja, das wünsch ich Ihnen. Prosit dann auch.« Erleichtert leerte er sein Glas, ohne mit dem Brautpaar anzustoßen. Das tat dann Frau Schneidereit mit ein paar wohlgesetzten Worten. Sie wusste schließlich, was sich gehörte!

Die offensichtliche Verlegenheit ihres Mannes änderte sich schlagartig, nachdem er dem Gänsebraten kräftig zugesprochen und mehrere Schnäpse getrunken hatte. Ungeniert öffnete er erst den Hemdkragen, dann den obersten Knopf seiner Weste. Er lachte zu laut, und als er Anstalten machte, seinen Gehrock auszuziehen, sprach seine Frau ein Machtwort. »Schnäideräit! Nu is aber jenug! Wir jeh'n.« Schwankend erhob er sich, und Bernhard begleitete sie zur Tür.

»Danke für das wunderbare Essen, Frau Schneidereit«, sagte er. »Und danke, dass Sie so nett zu meiner Frau sind.«

»Ach Doktorche, is mir doch ein Verjnügen.« Leise fügte sie hinzu: »Feiern Se noch schön. Ich komm morgen und räum auf.« Als Bernhard und Josefine sicher waren, dass man sie nicht mehr hören konnte, brachen sie in schallendes Gelächter aus. »Deine Mutter hätte bei dieser Hochzeitsgesellschaft mit Sicherheit der Schlag getroffen«, lachte Bernhard.

Seine junge Frau strahlte ihn an. »Das glaube ich auch. Aber für mich war es der schönste Tag in meinem Leben.«

Als Frau Schneidereit am nächsten Tag kam, um abzuwaschen und die Küche aufzuräumen, bat sie Josefine, sie doch in Zukunft Annchen zu nennen. Sie hieße zwar Anni, aber alle Welt rufe sie Annchen. Beinahe hätte Josefine ihr gesagt, dass ihre Zofe genauso geheißen hatte.

Josefine war glücklich. Nicht einen Tag vermisste sie den Wohlstand, der zeit ihres Lebens für sie so selbstverständlich gewesen war. Sie hatte ja auch nichts Anderes gekannt. Aber ihr gefiel das einfache Leben. Frau Schneidereit, die keine Ahnung hatte, dass Josefine noch vor Kurzem von einem Heer von Bediensteten umgeben gewesen war, konnte nicht aufhören, sich zu wundern, »dass das Marjellche nu wirklich von nuscht nix eine Ahnung hatte«, wie sie dem Schneidereit jeden Abend berichtete. Und so brachte sie Josefine täglich etwas Neues bei. Sie lernte, dass man eine Zwiebel schälte, bevor man sie klein hackte, und wie man eine Mehlschwitze, Königsberger Klopse und einen guten Bortsch machte. Frau Schneidereit ging mit ihr einkaufen und stellte sie in den Geschäften als »die junge Frau Kreuzner« vor. »Ihr wisst doch, die Frau von unserm Doktorche am Gymnasium.« Kurzum: Sie wurde für Josefine unentbehrlich. Wenn Bernhard mittags nach Hause kam, empfing ihn eine vor Glück strahlende Frau, und bald waren seine anfänglichen Bedenken verflogen. Nachmittags, wenn er die Arbeiten seiner Schüler korrigierte oder an den letzten Seiten seines Buches über Karl den Großen schrieb, machte sie lange Spaziergänge mit den Hunden. Danach kochte sie Tee und saß still vor dem Kamin, las ein Buch oder machte kleine Zeichnungen, die Bernhard rahmte und überall im Haus aufhängte. Hin und wieder dachte sie an ihr altes Zuhause und an ihre unglückliche Mutter. Jeden Tag aufs Neue bewies sich der Satz ihres Vaters: »Nur die Liebe zählt.« Und nicht einen Tag bereute sie ihren Entschluss, ihr Elternhaus verlassen zu haben. Sie konnte nicht glücklicher sein.

Bald war Josefines Schwangerschaft nicht mehr zu übersehen. Wenn Frau Schneidereit sich darüber wunderte, so ließ sie sich das nicht anmerken. Josefine, die von Fräulein von Allhorn gelernt hatte, wie man Hohlsäume und feine Kreuzstickerei anfertigte, begann unter der Anleitung von Frau Schneidereit, Strampelhöschen zu stricken und Windeln zu nähen, und bald war der Schrank in dem kleinen Kinderzimmer, das Bernhard mit viel Liebe eingerichtet hatte, voll mit allem, was ein Neugeborenes brauchte.

Auch in diesem Jahr löste der Frühling den endlosen kalten Winter innerhalb weniger Tage ab. Die Nächte wurden kürzer, und die Tage länger. In Scharen kehrten die Vögel zurück, und auf dem Turm der nahe gelegenen Kirche nistete bereits wieder ein Storchenpaar. Innerhalb kürzester Zeit tauten Eis und Schnee, und Straßen und Wege verwandelten sich in unpassierbaren Morast. Zu ihrem großen Bedauern musste Josefine auf Bernhards fürsorgliche Bitte hin ihre Spaziergänge mit den Hunden für kurze Zeit unterlassen. Zu groß war die Gefahr, im Matsch auszurutschen und zu fallen.

An einem sonnigen Tag Ende März saßen Bernhard und Josefine in ihrem kleinen Garten und tranken Tee. Sie unterhielten sich über das Buch, das Bernhard vor wenigen Wochen an einen Verleger in Königsberg geschickt hatte. Plötzlich klopfte es laut an der Haustür.

»Erwartest du jemanden?«, fragte Josefine.

»Nein. Ich werde mal nachsehen.« Begleitet von der laut kläffenden Susi ging Bernhard zur Tür.

»Äin Äilbriefche für den Herrn Doktor!« Der Postbote hielt Bernhard einen dicken Umschlag entgegen. »Aus Keenichsberch.« Man sah ihm an, dass er zu gern gewusst hätte, was in diesem Äilbriefche wohl stand.

»Danke, Kaldereit«, sagte Bernhard. Mit einem »Scheenen Juß och an die Frau Jemahlin« schwang sich der Postbote auf sein Rad und fuhr davon.

Bernhard atmete tief durch und ließ seinen Blick zum Absender wandern. Der Verleger! Mit geschlossenen Augen drückte er den Umschlag an sich. Was er wohl enthielt? Sollten zwei Jahre Arbeit womöglich umsonst gewesen sein?

»Was ist, Liebling?« Josefines Stimme riss ihn aus seinen Gedanken.

»Nichts ... ich komme ja schon.« Wortlos legte er das Kuvert auf den Tisch. Josefine sah ihn ratlos an. »Von wem ist der Brief? Willst du ihn nicht aufmachen?«

»Er ist vom Verlag. Und ich habe schreckliche Angst, dass man mir absagt.«

Josefine schenkte ihm ein aufmunterndes Lächeln. »Das glaube ich nicht. Und wenn schon, davon geht die Welt auch nicht unter. Nun lies endlich.«

Er seufzte und öffnete den Umschlag. Schnell überflog er die ersten Zeilen, und sein eben noch ängstliches Gesicht war mit einem Mal von einer feinen Röte überzogen. »Sie wollen es drucken!«, rief er aufgeregt. »Und sie zahlen mir mehr, als ich hier im gesamten Jahr verdiene.«

Josefine fiel ihm um den Hals. »Oh, wie wunderbar.«

»Ja, das ist es.« Ihm war deutlich anzusehen, wie erleichtert er war. Als er den Brief zu Ende gelesen hatte, bekam sein Gesicht einen sorgenvollen Ausdruck.

»Was ist?«

»Sie wollen, dass ich möglichst bald nach Königsberg komme, um die Bedingungen zu besprechen.«

»Ja und wo ist das Problem?«

»Ich lasse dich nur sehr ungern allein ... in deinem Zustand.«

»Nun mach aber mal einen Punkt!« Josefine war ehrlich empört. »Erstens bin ich in keinem Zustand, ich bin schwanger. Zweitens bin ich kein Kind mehr, und außerdem habe ich Annchen. Sie ist ja wie eine Glucke! Also mach dir um mich keine Sorgen!«

In einem kurzen Antwortschreiben kündigte Bernhard seinen Besuch bei dem Verlag an, und einige Tage später reiste er nach Königsberg, nicht ohne Frau Schneidereit eindringlich zu bitten, gut auf seine Frau aufzupassen. »Ich werde versuchen, den Abendzug zu erreichen, und spät in der Nacht zurück sein«, sagte er zum Abschied zu Josefine.

»Ich finde, jetzt übertreibst du es aber wirklich«, meinte sie kopfschüttelnd.

Als Bernhard das Verlagsgebäude erreichte, teilte man ihm mit, dass der Herr Verleger bedauerlicherweise gerade das Haus zu einem wichtigen Termin verlassen habe und erst morgen zurückerwartet wurde. Enttäuscht verließ Bernhard das Gebäude. Er entschied, über Nacht zu bleiben und sein Glück sofort am nächsten Morgen erneut zu versuchen. Plötzlich kam ihm eine Idee. Vielleicht könnte er Gräfin Waldau einen Besuch abstatten. Er rang kurz mit sich. Was, wenn sie ihm ablehnend gegenüberstand? Andererseits hatten er und Josefine so oft über sie gesprochen, und Josefine hatte nur Gutes über sie zu berichten und schrieb ihr des Öfteren. Entschlossen machte er sich auf den Weg.

Alexa freute sich sichtlich über seinen Besuch. Sie kam ihm mit ausgebreiteten Armen entgegen, als das Dienstmädchen ihn in den Salon führte. »Herr Kreuzner! Was für eine Freude, Sie zu sehen.« Sie hielt ihm die Hand hin, entschloss sich aber kurzerhand anders und nahm ihn in die Arme. »Oder darf ich Bernhard sagen? Jetzt, wo du ja praktisch zur Familie gehörst? Bitte nenn mich Alexa.«

Mehr als ein Nicken zur Antwort brachte Bernhard nicht zustande.

»Sag, was führt dich nach Königsberg? Wie geht es Finchen?« Sie schob ihn auf die Terrasse. »Innegrit, Lenchen, seht nur, wer hier ist!« Die beiden nickten ihm freundlich zu.

»Meine Freundin Innegrit Delwitz kennst du ja.«

»Natürlich. Guten Tag, Gräfin.« Er begrüßte sie mit einem Handkuss.

»Und das ist Lena Budzinski. Ich glaube, ihr kennt euch noch nicht.«

Bernhard beugte sich über ihre Hand. »Nein, nicht persönlich«, sagte er lächelnd. »Aber ich habe schon so viel von Ihnen gehört, dass ich fast glaube, Sie zu kennen.« Die Putzmacherin lächelte ihn freundlich an.

»Wir essen gerade zu Mittag. Du leistest uns doch hoffentlich Gesellschaft.« Ohne seine Antwort abzuwarten, bat Alexa Hilde, noch ein Gedeck aufzulegen.

»So, und nun wollen wir alles wissen. Du glaubst gar nicht, wie oft wir über euch sprechen. Wie geht es Finchen?«

»Ihr geht es gut. Ich glaube, sie ist wirklich glücklich.« Er lachte leise. »Stell dir vor, sie hat inzwischen sogar Kochen gelernt.«

»Von wem denn?«, fragte Lena.

»Wenn das Anneliese wüsste … ihre Tochter am Küchenherd«, sagte Innegrit lachend. »Chapeau! Toll das Finchen. Da sieht man mal, was Liebe vermag.«

Bernhard erzählte von Frau Schneidereit, die Josefine vom ersten Tag an unter ihre Fittiche genommen hatte. »Sie hat natürlich sofort gemerkt, dass Josefine von Hausarbeit und allem, was dazugehört, keine Ahnung hat, und ihr mit Engelsgeduld alles beigebracht.« Er schwieg einen Moment. »Anfänglich hatte ich ehrlich gesagt große Bedenken, ob Josefine das durchhält.« Er zögerte kurz. »Ich meine, das einfache Leben mit mir. Aber inzwischen weiß ich, dass sie wirklich glücklich ist.« Er bekam einen verklärten Gesichtsausdruck. »Wir freuen uns so sehr auf unser Kind.«

»Das klingt ja wunderbar«, sagte Alexa. »Ich würde Finchen so gerne einmal besuchen. Warum dürfen wir denn nicht wissen, wo ihr lebt?«

»Ich auch«, fügte Innegrit hinzu. »Außerdem könnten wir Ihnen doch auch finanziell ein wenig unter die Arme greifen.«

»Nein, das will ich auf keinen Fall«, sagte Bernhard bestimmt. »Wir kommen schon klar. Aber Josefine hatte einfach Angst, ihre Mutter würde sie finden und mit Gewalt nach Hause zurückholen.«

»Ha! Die Gefahr bestand wirklich zu keiner Zeit. Weiß der Himmel, was in dieser Frau vorgeht.« Innegrits Gesicht spiegelte ihre Verachtung.

»Sie wollte ja nicht einmal an dem Abend, als Finchen verschwand, nach ihr suchen lassen«, warf Alexa ein. »Lissy hat sich schrecklich darüber aufgeregt. An dem Abend wusste doch keiner, wo sie war. Draußen herrschte ein fürchterliches Schneetreiben, und es war eisig kalt. Lissy war krank vor Sorge um Finchen und sah sie schon erfroren in einer Schneewehe stecken. Sie war so wütend, dass sie kurz darauf sogar Arndt dazu überredet hat, sich eine andere Stelle zu suchen. Sie wollte mit Anneliese nichts mehr zu tun haben, vor allem nicht mehr von ihr finanziell abhängig sein.«

»Tatsächlich? Die beiden waren doch glücklich auf Gut Haffingen«, fragte Bernhard erstaunt.

»Ja, bis zum Tod meines Bruders. Sie hat sich immer wieder beklagt, dass Anneliese danach immer unerträglicher wurde. Sie leben jetzt in der Nähe von Tilsit und fühlen sich dort sehr wohl.«

Hilde servierte den Nachtisch, und für einen Moment schwiegen sie. »Lissy hat mich kürzlich besucht und mir ausführlich Bericht erstattet«, fuhr Alexa fort. »Anneliese hat gleich nach Finchens Verschwinden die Hochzeit abgesagt mit der Begründung, ihre Tochter sei schwer erkrankt und weile zur Genesung für unbestimmte Zeit in der Schweiz. Natürlich hat ihr das keiner geglaubt, aber Lissy meinte, das wäre Anneliese egal gewesen. Hauptsache, der Schein war gewahrt.«

Innegrit lachte. »Ich hätte zu gern Mäuschen gespielt bei Frau Legationsrätin Spörer und der Kommerzienrätin Gehlau, den beiden alten Schreckschrauben. Die werden sich die Mäuler zerrissen haben.«

»Ich fürchte, nicht nur die!« Alexa zog die Augenbrauen hoch.

»Wie gut, dass wir von all dem nicht gewusst haben«, sagte Bernhard. »Wir haben wie in einem Kokon gelebt, waren einfach nur glücklich. Aber eins interessiert mich noch: Wie hat

Harald von Anhausen es aufgenommen? Er muss Josefine sehr geliebt haben.«

»Ja, das hat er. Anfänglich war er wohl furchtbar verzweifelt. Aber Lissy hat mir auch erzählt, dass er immer regelrecht explodiert ist, wenn Anneliese über Finchen hergezogen ist, er hat sich das vehement verbeten. Inzwischen redet sie gar nicht mehr über ihre Tochter. Sie schweigt sie sozusagen tot.«

Bernhard schüttelte verständnislos den Kopf. »Ich verstehe nicht, wie eine Mutter sich so verhalten kann. Und dieser Harald muss wirklich sehr nett sein. Josefine hofft so sehr, dass er eine Frau findet, die ihn so liebt, wie er es verdient.«

»Oh, das hat er wohl schon. Lissy hat mir erzählt, dass er sich vor Kurzem verlobt hat mit einer jungen Frau aus München.«

»Das wird Josefine aber freuen.« Man sah Bernhard seine Erleichterung an. »Sie hatte lange ein schlechtes Gewissen, und auch mir tat er wirklich schrecklich leid.« Er wandte sich jetzt an Lena. »Josefine hat mir von der Beziehung zwischen ihrem Vater und Ihnen erzählt. Ich hoffe, Sie verzeihen mir, dass ich das so offen erwähne, aber diese Beziehung war ungeheuer wichtig für sie. Sie sagt, das hat ihr die Kraft gegeben, ihr altes Leben hinter sich zu lassen. Sie wollte nicht ihr ganzes Leben unglücklich sein.« Er lächelte. »Ich verdanke sozusagen Ihnen mein Glück, Fräulein Budzinski.« Lenas sanftes Gesicht überzog eine feine Röte, und ihre Augen füllten sich mit Tränen. »Was gibt es denn da zu verzeihen? Es macht mich sehr glücklich, das zu hören.« Sie legte ihre Hand auf die von Bernhard. »Darf ich du sagen, bitte? Ich bin Lena.«

Bernhard führte ihre Hand an ihre Lippen. »Aber natürlich.«

»Das wird mir jetzt zu rührselig«, sagte Innegrit lachend.

»Also mein lieber Bernhard, ich möchte dir auch das Du anbieten. Ich kenne Finchen seit ihrer Geburt, und du gehörst ja jetzt zur Familie.« Sie erhob sich. »Aber nun muss ich leider gehen, mein Heribert wartet sicher schon ungeduldig auf mich. Grüß bitte Finchen herzlich von mir und sag ihr, dass ich mächtig stolz auf sie bin. Nicht jede höhere Tochter wagt einen solchen Schritt.« An der Tür drehte sie sich noch einmal um. »Und bitte schickt mir doch eine Geburtsanzeige.«

»Nun erzähl, mein lieber Junge, was führt dich nach Königsberg, und wie lange bleibst du?«, nahm Alexa das Gespräch wieder auf.

»Oh je!« Bernhard sah auf seine Taschenuhr. »Ich hatte eine Verabredung, aber die hat sich auf morgen verschoben. Eigentlich wollte ich heute mit dem Abendzug wieder nach Hause fahren, aber nun muss ich mir noch eilig ein Quartier suchen.« Er machte Anstalten, sich zu erheben.

»Das kommt ja überhaupt nicht infrage!« Sie drückte ihn sanft zurück auf seinen Stuhl. »Du logierst selbstverständlich bei mir. Keine Widerrede!« Sie läutete nach dem Dienstmädchen. »Hildchen, richte doch bitte das Gästezimmer für Herrn Kreuzner.« Hilde nickte und zog sich zurück.

»Nun erzähl endlich, Bernhard. Lenchen und ich wollen alles wissen.« Gespannt lauschten sie seinem Bericht und gratulierten ihm überschwänglich zu seinem Buch. Es dämmerte bereits, als Bernhard sagte: »Ihr glaubt gar nicht, wie glücklich ich bin, dass ich den Mut gehabt habe, herzukommen. Josefine wird selig sein, und es ist sicher auch in ihrem Sinn, wenn ich euch bitte, Paten unseres Kindes zu werden.« Lena brach vor Rührung in Tränen aus. »Wenn das mein Hubi noch erlebt hätte«, schluchzte sie. »Er wäre überglücklich.«

Alexa war nicht weniger gerührt. »Das ist wirklich die

größte Freude, die du uns machen konntest«, sagte sie. »Nicht wahr, Lenchen? Wir können es gar nicht erwarten, unser Finchen wiederzusehen und euer Kindchen in den Armen zu halten.«

Als Bernhard am nächsten Tag in den Zug stieg, mit einem hohen Scheck im Portemonnaie und beladen mit Geschenken von Alexa und Lena für seine Frau, war er der glücklichste Mann der Welt.

Bernhards Buch wurde schneller gedruckt als erwartet und verkaufte sich schon in den ersten Wochen mit großem Erfolg. Neben seiner Lehrtätigkeit schrieb er regelmäßig für verschiedene Magazine Artikel über geschichtliche Themen, sodass sie bald zu einem bescheidenen Wohlstand kamen. Mitte Juni zogen sie in ein größeres Haus mit einem wunderschönen verwilderten Obstgarten und einem Stall mit zwei Pferdeboxen und einer Remise, wo der Vorbesitzer seine Kutsche hinterlassen hatte. Bernhard kaufte eine Stute für Josefine und einen Wallach für sich. Josefine war hochschwanger und wagte sich nicht auf das Pferd, und so konnten sie zwar nicht wie früher gemeinsam ausreiten, machten aber hin und wieder einen kleinen Ausflug mit der Kutsche. Das restliche Geld legte Bernhard auf Alexas Rat in Eisenbahnaktien an, die tatsächlich später einen großen Gewinn abwerfen sollten.

Mit zunehmender Dauer ihrer Schwangerschaft hatte Josefine immer öfter das Verlangen nach frischem Gemüse gehabt. Doch das war schwer zu bekommen. Sie versuchte es zuerst auf dem Markt, aber dort gab es nur Blumen und Setzlinge. »Jemüse ziehen wir nur für das Schloss«, erklärte ihr eine Marktfrau. Auch der Kolonialwarenhändler hatte nichts dergleichen und meinte, sie solle es einmal beim Hausfrauenverein versuchen. Tatsächlich, in dem winzigen Laden gab es Gemüse. Josefine wählte etwas Wirsingkohl und ein wenig Spinat, damit aber war die Auswahl auch schon erschöpft. »Haben Sie vielleicht noch Salat?«, fragte sie die kleine, dicke Verkäuferin.

»Salat? Näin, der verwelkt hier bloß.«

Josefine zückte enttäuscht ihr Portemonnaie. »Was bin ich Ihnen schuldig?« Aber so einfach entließ sie die Dame nicht. Sie wollte offensichtlich wissen, mit wem sie es zu tun hatte. »Sie sind wohl nich von hier?«

»Nein.«

»Dann vielleicht aus Abschruten?«

»Nein. Den Namen kenne ich gar nicht.«

»Na, dacht ich's mir doch. Vielleicht zu Besuch?«

»Nein, ich wohne erst seit kurzem hier.«

»Dann sind Sie wohl die junge Frau Kaldereit?«

»Nein, wirklich nicht.«

»Ich hab doch gleich jedacht, ich kannt Ihnen nich.«

Josefine überlegte kurz, ob sie sich vorstellen sollte, unterließ es aber. Sie hatte nicht vor, sich häufiger hier aufzuhalten oder gar dem Hausfrauenverein und dem Kirchenchor beizutreten. Bernhard hatte bereits mehrfach versucht, sie zu überreden, doch bei der einen oder anderen Sache mitzumachen. »Vielleicht findest du da ja neue Freunde und bist nicht so oft allein.« Aber sie hatte sich bisher standhaft geweigert. »Ich bin nicht allein. Ich habe doch dich und demnächst auch das Baby. Das genügt mir … auch wenn du es nicht glaubst.« Hin und wieder lud Bernhard Kollegen mit ihren Frauen zu ihnen nach Hause ein. Dann war Josefine eine perfekte Gastgeberin, beeindruckte die Gäste mit ihrer Bildung und ihrem Charme, aber eine echte Freundschaft entstand mit keiner der Frauen.

Und so bat sie Frau Schneidereit gleich am ersten Tag nach ihrem Umzug, ein großes Gemüsebeet anzulegen mit verschiedenen Gemüsesorten, Salat und Kräutern. So wie sie das von zuhause kannte. Letzteres aber erwähnte sie nicht.

An einem Sonntag Anfang Juli setzten bei Josefine die Wehen ein. Voller Panik rannte Bernhard zum Gymnasium und betätigte wie wild den Türklopfer an der Wohnung des Hausmeisters. Es dauerte eine Weile, bis Frau Schneidereit den Kopf aus dem Fenster steckte. »Was is?«

»Das Kind kommt! Meine Frau hat schreckliche Schmerzen.« Aufgeregt rannte Bernhard hin und her.

»Wie lang schon?«

»Schon seit zehn Minuten … ungefähr«, rief er, obwohl es ihm vorkam wie Stunden. »Na … wird noch äin Weilchen dauern. Ich jeb dem Schnäideräit noch sein Sonntachsbraten, sonst wird er jnaddrich. Dann hol ich die Hebamme, is die Witwe vom Baldruschat, meinem Bruder. Wohnt um de Ecke.« Ungerührt schloss sie das Fenster. *Mein Gott, sind hier denn alle verwandt?*, dachte Bernhard und rannte zurück nach Hause. Die Abstände zwischen den Wehen waren tatsächlich noch recht groß, aber Bernhard fiel ein Stein vom Herzen, als Frau Schneidereit endlich mit der Hebamme erschien. Noch nie in seinem Leben hatte er sich so hilflos gefühlt. »Na, was hab ich jesagt? Dauert noch«, meinte sie, während sie alle verfügbaren Töpfe mit Wasser füllte und auf den Herd stellte. Frieda Baldruschat, die Hebamme, eine kleine, rundliche Frau mit roten Apfelbäckchen und blitzenden, blauen Augen bereitete derweil Josefine auf die Geburt vor. Bernhard war im Schlafzimmer fortwährend im Weg. Schweißperlen standen auf seiner Stirn, und bei jedem Schrei von Josefine raufte er sich verzweifelt die

Haare. »Wie lange dauert das denn noch?«, fragte er alle fünf Minuten. »Kann ich denn gar nichts tun?«

»Näin!!« Jetzt wurde die Hebamme ungeduldig. »Was Sie hab'n tun können, hab'n Se schon vor langem erledigt.« Dann rief sie: »Annchen, kannst nich mal kommen?«

Frau Schneidereit erschien sofort in der Schlafzimmertür. »Was is?«

»Vielleicht jibste dem Doktorche en Schlubberchen Weißen. Kann ihn hier nich jebrauchen.«

»Na dann kommen Se, Doktorche. Ich trink einen mit.« Frau Schneidereit ging vor ihm die Treppe herunter in das Wohnzimmer, wo schon ein Tablett mit zwei Gläsern und einer Flasche mit dem Selbstgebrannten ihres Mannes stand. »Den Weißen hat mir der Schnäideräit mitjejeben, fir alle Fälle«, sagte sie. »Denn man Prost auf dat Kleinerchen.« Kurz darauf erfüllten immer wieder Schreie das Haus, in immer kürzeren Abständen. Bernhard hielt sich die Ohren zu. Sein Gesicht war kreideweiß, und er sah aus, als würde er gleich umfallen. »Glauben Sie, meine Frau stirbt?«

Frau Schneidereit schüttelte ungeduldig den Kopf. »Nu nei nich! Kinderchens kriegen is immer so. Tut halt en bisschen weh. Am besten machen Se mit den Hundchens äinen langen Spazierjang, und wenn Se zurick kommen, is alles vorbei.«

Fluchtartig verließ Bernhard mit den beiden Hunden das Haus. Nach einer halben Stunde, für ihn eine gefühlte Ewigkeit, war er bereits wieder zurück. Aus dem Haus war kein Laut zu hören. Zwei Stufen auf einmal nehmend, stürmte er die Treppe hinauf. Da kam ihm Frau Schneidereit entgegen, im Arm ein kleines Bündel, eingewickelt in ein weißes Handtuch. Oben schaute ein schwarzes Büschel Haare heraus. »Es is ein strammes Jungchen«, sagte sie leise und legte ihm seinen Sohn in den Arm. Sie gaben dem Kind den Namen Klaus Hubertus, nach seinen beiden Großvätern.

Kläuschen, wie der Kleine von allen genannt wurde, entwickelte sich prächtig. Er war Josefine wie aus dem Gesicht geschnitten. Auch hatte er ein sonniges Gemüt und wurde von allen geliebt. Josefine spielte mit ihm und las ihm vor und tat auch sonst all die Dinge, die ihre Mutter nie mit ihr gemacht hatte. Er liebte es auch, mit den Hunden im Garten herumzutoben, und streichelte den alten Herrn Schulze mitleidig, wenn er, des Herumjagens müde, hechelnd unter einem Baum Zuflucht suchte.

Alexa und Lena kamen seit seiner Geburt regelmäßig zu Besuch, schließlich wollten sie ihr Patenkind aufwachsen sehen. Als sie das erste Mal nach Tilos Tod wieder auf dem Allensteiner Bahnhof gestanden hatten, fragte Innegrit: »Willst du erst auf den Friedhof gehen?«

»Nein«, sagte Alexa bestimmt. »Das reißt nur alte Wunden auf.« Stattdessen machten sie sich direkt auf den Weg zu Kläuschen. Vom ersten Augenblick an vergötterten und verwöhnten sie ihn geradezu sträflich, wie Bernhard fand. Auch Frau Schneidereit, die aus dem Kreuznerschen Haushalt nicht mehr wegzudenken war, verwöhnte ihn nach Strich und Faden. Wenn er mit seinen kurzen Ärmchen dankbar ihre Beine umklammerte, weil sie ihm mal wieder eine Süßigkeit zugesteckt hatte, nahm sie ihn hoch, drückte ihn an ihren großen Busen, was ihr einen feuchten, klebrigen Kuss auf die Wange eintrug.

1870 – 1874

Gut drei Jahre später hatte Kläuschen sich prima entwickelt. Er lachte häufig und zeigte dabei seine Zähnchen, mit denen er liebend gerne am Gemüse aus dem eigenen Garten knabberte. Josefine liebte es, ihm dabei zuzusehen, wie er die Welt erkundete. Heute, an diesem warmen Nachtmittag Mitte September, lief er auf seinen kleinen Beinchen durch den Garten und suchte Regenwürmer. Sie selbst saß mit Bernhard, Alexa und Lena im Garten und genoss die letzten warmen Strahlen der Septembersonne. Das Gesprächsthema indes war nicht ganz so heiter.

»Ist es nicht schrecklich? Schon wieder ist Krieg«, sagte Alexa. »Das ist schon der dritte in den letzten sechs Jahren, seit Bismarck Ministerpräsident ist.«

Bernhard zuckte die Schultern. »Du musst das verstehen. Bismarck hat ein großes Ziel: die Vereinigung aller deutschen Staaten unter der Führung Preußens. Frankreich will das verhindern. Seit der Schlacht bei Königgrätz hat es immer wieder Spannungen zwischen Preußen und Frankreich gegeben. Und nun hat Frankreich vor acht Wochen Preußen den Krieg erklärt.«

»Wer wem den Krieg erklärt hat, ist mir ziemlich egal«, sagte Alexa unwirsch. »Aber wieder sterben unsere jungen Männer, ich finde es einfach nur schrecklich.«

»Gott sei Dank wird Bernhard nicht eingezogen«, sagte Josefine. »Da sieht man, dass schlechte Augen auch zu etwas gut sein können.«

Bernhard lachte. »Da hast du Recht. Ich bin sowieso überzeugter Pazifist und wäre als Soldat ein fürchterlicher Reinfall. Aber trotzdem muss ich sagen, dass ich Bismarck bewundere. Wenn unsere Truppen siegen, und was man so hört, sieht es danach aus, hat Bismarck sein Ziel erreicht, und ich bin mir ziemlich sicher, dass es vorläufig keinen Krieg mehr geben wird.«

»Dein Wort in Gottes Ohr!« Alexas Herz bekam einen Stich, als sie an Tilos Grab auf dem nahen Friedhof dachte. Es sah nicht so aus, als schenke sie Bernhard Glauben, doch er sollte Recht behalten. Der Krieg endete mit dem Sieg Preußens. König Wilhelm I. wurde am 18. Januar 1871 in Versailles zum deutschen Kaiser gekrönt.

Ende Mai des folgenden Jahres saßen die vier Freunde wieder beisammen. »Siehst du, Alexa, was habe ich dir gesagt?« Bernhard konnte nicht umhin, ein wenig zu triumphieren. »Seit Januar schweigen die Waffen. Und nun ist der Frieden endgültig besiegelt. Das Deutsche Reich ist gegründet, Bismarck hat sein Ziel erreicht.«

»Hoffentlich ist jetzt auch wirklich Schluss mit diesen schrecklichen Kriegen.« Alexa sah hinüber zu Kläuschen, der in seinem Sandkasten eine Burg baute. »Wenn ich mir vorstelle, dass euer Sohn später in den Krieg ziehen muss …« Sie schüttelte sich. »Ich könnte es einfach nicht ertragen.«

»Vielleicht hat er ja Bernhards schlechte Augen geerbt«, sagte Lena augenzwinkernd.

Josefine lachte. »Bis jetzt haben wir davon noch nichts gemerkt.«

Bernhard meinte: »Bis der Junge ins kriegstaugliche Alter kommt, ist ja noch lange hin. Wir wollen doch nicht schon jetzt den Teufel an die Wand malen.«

»Nun mal was anderes«, sagte Alexa. »Ich habe von den Donnersmarcks gehört, dass der Kaiser den Grafen Bismarck zum Fürsten ernannt und ihm den Sachsenwald zum Geschenk gemacht hat. Ihr wisst schon, dieses riesige Stück Land in der Nähe von Hamburg. Von Donnersmarcks sagen, Bismarck sei jetzt ein Großgrundbesitzer.«

»Ich habe auch davon gehört.« Bernhard zündete sich umständlich eine Zigarre an. »Und ich finde, er hat es mehr als verdient. Da Frankreich uns den Krieg erklärt und nun auch noch verloren hat, muss es eine gewaltige Summe an uns zahlen. Reparationen nennt man das.« Er zog genüsslich an seiner Zigarre. »Man spricht von vier Milliarden Goldmark! Eine wahrlich gewaltige Summe.«

Lena starrte ihn an. »So viel Geld kann ich mir überhaupt nicht vorstellen.«

»Ich verfolge schon lange die Karriere dieses Mannes. Er ist ein hervorragender Politiker, alles, was er macht, hat Hand und Fuß. Aber jetzt lasst uns von etwas Anderem reden.«

Josefine war ihm dankbar für diesen Einwurf. Sie interessierte sich nicht sonderlich für Politik, dafür aber umso mehr für Nachrichten aus der alten Heimat – eine Neugier, die Alexa zu ihrer großen Freude bei ihren Besuchen immer befriedigen konnte. Josefine selbst war seit dem unsäglichen Weihnachten vor mehr als vier Jahren nicht mehr dort gewesen und hatte jeglichen Kontakt mit Anneliese vermieden. Natürlich dachte sie immer noch an ihr altes Zuhause. Aber an manchen Tagen ertrug sie es kaum, wenn die Rede auf ihre Mutter kam, und verließ dann wortlos das Zimmer. Nachrichten von den anderen Menschen auf Gut Haffingen waren ihr allerdings immer willkommen. »Stell dir vor, Käthchen Gawellke ... ach, ich vergesse immer, sie heißt ja nun Bialluch, wohnt jetzt in Insterburg. Sie hat vor einiger Zeit Zwillinge bekommen, das liegt ja wohl in der Familie. Ich habe sie zufällig in Insterburg auf der Straße getroffen. Sie hat mir erzählt, dass das Fräulein von Allhorn damals von ihrer Kur gar nicht mehr zurückgekommen ist. Sie hatte während ihres Aufenthaltes dort einen Schlaganfall und ist ein paar Tage später gestorben.« Josefine stiegen Tränen in die Augen. »Mein liebes Mariechen.« »Übrigens, noch eine Neuigkeit«, sagte Alexa, um Josefine von ihren traurigen Gedanken abzulenken. »Die Harvichs sind für ein paar Jahre nach Neuseeland gegangen.« »Du liebe Zeit, ist das nicht schrecklich weit weg, und was wollen sie denn da?« fragte Josefine erstaunt. »Das Deutsche Reich errichtet dort einige Konsulate, und Hanno wird eines als Konsul übernehmen. Carla war überhaupt nicht begeistert, aber sie hatte keine Wahl, sie musste mit.« Ein andermal erzählte Alexa, dass Harald von Anhausen groß Hochzeit auf Gut Berschken gefeiert hatte. »Lissy und Arndt waren eingeladen. Sie haben mir geschrieben, dass die Braut sehr nett und Anneliese ihnen gegenüber sehr kühl gewesen sei.«

Zu seinem fünften Geburtstag bekam Klaus von Alexa ein Pony und von Lena einen kleinen Leiterwagen, der von dem Pony gezogen werden konnte. »Ist das nicht ein wenig zu üppig? Der Junge verliert ja das Maß aller Dinge, wenn ihr so weitermacht«, warf Bernhard ein.

»Ach, nun lass uns doch machen.« Alexa lachte. »Es macht uns bestimmt nicht arm.« Und Lena meinte: »Bernhard, du siehst doch, was für eine Freude das Kind hat.« Sie saßen im Garten im Schatten einer großen Eiche bei Kaffee und Kuchen.

Kläuschen machte seine ersten Reitversuche und fiel sogar ab und zu hinunter, was seiner Begeisterung aber keinen Abbruch tat. Sofort stieg er wieder auf und trieb bald das Pony zu einem höheren Tempo an.

Dann wurde Alexas Miene mit einem Mal ernst. »Außerdem planen Lena und ich eine längere Reise. Betrachte es also auch als ein vorgezogenes Weihnachtsgeschenk«, sagte sie ruhig. »Ende November wollen wir für ein Jahr Afrika bereisen. Die Vorbereitungen laufen bereits auf Hochtouren.«

Josefine sah sie entgeistert an. »Was? Ein ganzes Jahr werdet ihr weg sein? Ich weiß gar nicht, wie ich das finden soll …« Sie schluckte. »Wie organisiert man denn so was?«

»Das macht alles das Reisebüro Thomas Cook für uns. Kennst du das?«

Josefine schüttelte den Kopf, und Bernhard sagte: »Nie davon gehört.«

»Eine englische Freundin hat mir davon erzählt. Die Angestellten dort kümmern sich um alles. Wir werden die Pyramiden besichtigen und eine Nilkreuzfahrt machen.« Sie schloss verzückt die Augen. »Das wird einfach wunderbar.«

Bernhard lächelte. »Ich freue mich für euch. All diese Orte würde ich auch gerne einmal sehen. Aber ein ganzes Jahr ist doch ziemlich lang. Können wir euch zwischendurch denn irgendwie erreichen?«

»Nein, das wage ich zu bezweifeln. Natürlich kennen wir die einzelnen Stationen, aber ob uns da eine Nachricht erreicht, das ist doch sehr fraglich.« Sie lachte. »Aber was soll denn schon groß passieren!« Dann tätschelte sie Lenas Hand. »Bis zur Abreise musst du aber wieder zu Kräften kommen, hörst du, Lenchen.«

Josefine und Bernhard wechselten einen besorgten Blick.

Schon bei ihrem letzten Besuch war ihnen aufgefallen, dass Lena nicht gesund aussah und stark an Gewicht verloren hatte. »Willst du uns nicht sagen, was dir fehlt, Lenchen?«, fragte Josefine sanft.

Lena hob abwehrend die Hände. »Alexa übertreibt, wie immer. Macht euch um mich keine Sorgen. Ihr wisst doch, Unkraut vergeht nicht.« Ihr Tonfall war eine Spur zu fröhlich und ließ keinen Zweifel daran, dass sie nicht darüber reden wollte. Einen Moment herrschte betretenes Schweigen.

»Ich soll euch übrigens von Innegrit grüßen. Die Arme ist im Moment vollkommen am Boden zerstört«, sagte Alexa ernst.

»Warum? Ich habe bisher noch keine Situation erlebt, in der ihr der Humor abhanden gekommen ist«, warf Josefine ein.

»Jetzt schon. Ihr Mann ist gestorben, ganz plötzlich. Am Abend hatten sie noch gefeiert – fragt mich nicht, was, Innegrit findet dafür ja immer einen Grund. Jedenfalls lag Heribert am nächsten Morgen tot in seinem Bett.«

»Das tut mir schrecklich leid für sie«, sagte Josefine betreten.

»Ja, sie ist sehr traurig. Aber ich glaube nicht, dass sie dadurch ihren Humor verliert. Der ist ihr angeboren.« Alexa grinste. »Und den setzt sie sogar ein, wenn sie jemanden nicht leiden kann, dann wird sie auf ihre komische Art richtig bösartig.«

Nun musste auch Josefine lachen. »Ich erinnere mich. Weißt du noch … Mit den von Nöthens kam doch immer dieser … wie hieß er noch? Baron von Harden, genau, das war es. So ein Kleiner, Dicker. Er hat immer schrecklich geschwitzt und mich so komisch angesehen.«

»Ja«, unterbrach sie Alexa lachend. »Ein schrecklicher Parvenu. Den konnte Innegrit gar nicht verknusen. Er hat übrigens vor zwei oder drei Jahren, genau weiß ich es nicht, eine sehr junge Frau geheiratet, und die Arme soll sich vor kurzem in seinem hauseigenen See in den Masuren ertränkt haben.«

Josefine war entsetzt. »Du liebe Zeit. Das ist ja schrecklich!«

»Ja, das stimmt. Aber willst du Innegrits Kommentar dazu hören? Sie meinte, sie hätte nicht sich selbst ertränkt, sondern den Ehemann.«

»Was habt ihr bloß für Freundinnen!« Bernhard schüttelte mit gespieltem Entsetzen den Kopf.

»Innegrit möchte übrigens im Laufe des Jahres wieder nach Königsberg ziehen. Das Gut wird sie zwar behalten, das war Heriberts ausdrücklicher Wunsch. Aber allein ist es ihr dort zu langweilig. Der Verwalter wird sich darum kümmern.«

Kläuschens Gebrüll unterbrach die Unterhaltung. Er war beim Überspringen eines Hindernisses vom Pony gefallen und hatte sich wehgetan. Josefine eilte sofort zu ihm, und nach einem kurzen »Heile, heile Segen« war der Schmerz vorbei, und er ritt wieder los, als wäre nichts gewesen.

»Übrigens, Bernhard, was ich dich noch fragen wollte: Hast du meinen Rat beherzigt und dein Geld in die gleichen Papiere angelegt wie ich?«, fragte Alexa. Bernhard nickte zur Antwort. »Das ist gut. Ich habe nämlich gerade unsere Reise von der saftigen Dividende bezahlt.«

»Na, dann wollen wir hoffen, dass das so weitergeht«, lachte Bernhard. »Von Geld verstehe ich nämlich so viel wie die Kuh vom Singen. Unsere Dividende reicht aber dazu, wieder eine Woche an die See zu fahren.«

Als Alexa und Lena sich verabschiedeten, ahnten Bernhard und Josefine nicht, dass sie Lena zum letzten Mal gesehen hatten. Vier Wochen später erhielten sie eine Depesche von Alexa.

Lenchen letzte Nacht gestorben-stop-bin verzweifelt-stop-Beisetzung kommenden Montag in der Tragheimer Kirche-stop-Alexa

Es war eine kleine Trauergemeinde, die Lena Budzinski auf ihrem letzten Weg begleitete. Josefine und Bernhard hatten Kläuschen in die Obhut von Frau Schneidereit gegeben und waren direkt vom Bahnhof zur Kirche geeilt. Dort hatten sie in der ersten Reihe neben Alexa und Innegrit Platz genommen. Außer einer entfernten Cousine, die irgendwo in der Nähe von Tilsit lebte, hatte Lena keine Verwandten. An Lenas Hutsalon hatte die neue Besitzerin ein Schild mit der Aufschrift *Wegen Todesfall geschlossen* aufgehängt und war mit ihren Näherinnen erschienen, ebenso wie ein paar von Lenas ehemaligen Kundinnen. Der alte Pastor, der Lena schon als Kind gekannt hatte, hielt eine anrührende Rede, und als der Sarg in die Erde gelassen wurde, brach Alexa in haltloses Schluchzen aus. Innegrit nahm sie tröstend in den Arm. »Jetzt ist sie bei Hubertus. Da, wo sie immer sein wollte«, flüsterte sie. »Vielleicht tröstet dich das ein wenig.«

Im Anschluss an die Beerdigung zerstreute sich die Trauergesellschaft. »Meine Köchin hat einen kleinen Imbiss vorbereitet«, sagte Alexa, immer noch schniefend. »Und wie ich dich kenne, Innegrit, brauchst du einen Schnaps.« Sie wandte sich an Josefine und Bernhard. »Ihr kommt doch mit?«

»Josefine kommt natürlich mit«, sagte Bernhard. »Aber ich habe noch eine Verabredung mit meinem Verleger, es geht um ein neues Projekt. Ich hole meine Frau später ab, damit wir noch den Abendzug erreichen.«

»Ach Finchen, könnt ihr denn nicht ein wenig länger bleiben?«, fragte Alexa, als sie auf ihrer Terrasse saßen und Hilde ihnen den Imbiss servierte.

»Bernhard konnte sich nur heute frei nehmen.« Sie lächelte. »Ich bin gar nicht so unglücklich darüber. Ich vermisse nämlich mein Kläuschen.«

»Nun übertreibst du aber!« Innegrit schien sie tatsächlich für übergeschnappt zu halten. »Man kann einen Fünfjährigen doch auch mal ein paar Tage allein lassen, solange er in der Zwischenzeit gut betreut ist. Meine Eltern waren manchmal wochenlang nicht da.«

»Bei uns war das auch nicht viel anders«, warf Alexa ein. Doch plötzlich wechselte sie das Thema. »Oh Gott, Finchen, fast hätte ich es vergessen. Ich hab schon seit ewiger Zeit ein Kuvert von Lena für dich in Verwahrung. Sie bat mich seinerzeit, es dir nach ihrem Tod zu geben. Da war sie noch kerngesund ...« Wieder stiegen ihr Tränen in die Augen. »Und an ein so frühes Ableben war ja überhaupt nicht zu denken.« Sie schluchzte. »Wir hatten doch noch so viel vor! Meine Güte, unsere Reise – was wird denn jetzt damit?« Sie schlug die Hände vors Gesicht. »Darum muss ich mich ja jetzt auch noch kümmern. Was soll ich nur machen?«

Innegrit legte ihr die Hand auf die Schulter. »Ich wundere mich schon die ganze Zeit, warum du mich nicht fragst, ob ich mitkomme.« Innegrit spielte die Beleidigte. »Vielleicht habe ich ja Lust dazu!«

Alexa fiel ihrer Freundin um den Hals. »Warum hast du mir das nicht gleich gesagt? Du hast doch gesehen, in was für einem Zustand ich in den letzten Tagen war.« Die Tränen waren versiegt, und sie lachte. »Hab ich dir nicht schon hundertmal gesagt, dass du unmöglich bist?«

»Ich wollte gefragt werden! Schließlich bin ich sensibel«, sagte sie schmunzelnd. Dann griff sie zur Schnapsflasche. »Was dem einen sein Uhl, ist dem anderen sein Nachtigall«, rief sie. »Traurig für das arme Lenchen, fabelhaft für mich. Jetzt komme ich zu einer Nilkreuzfahrt. Wer hätte das gedacht.«

»Habe ich nicht immer gesagt, meine Freundin ist unmöglich?«, sagte Alexa zu Josefine. Dann fasste sie sich an den Kopf. »Ich muss das Kuvert suchen. Ich habe keine Ahnung, wo ich es hingetan habe, das ist ja schon ewig her.« Sie wollte aufstehen, aber Josefine zog sie wieder auf ihren Stuhl. »Lass gut sein, Tante Alexa. Das hat doch keine Eile. Schick es mir, wenn du es gefunden hast. Ich sehe euch beide so selten. Ihr seid wirklich urkomisch zusammen, und ich will euch genießen an diesem eigentlich doch so traurigen Tag. Lasst uns noch ein bisschen über das liebe Lenchen sprechen.«

»Ja«, sagte Innegrit trocken. »Es ist üblich, die Leiche zu begießen und über sie zu reden. Auf dem Land wird dann sogar getanzt, was ja nun nicht geht, mangels Tanzpartnern.« Sie goss jedem einen großen Schnaps ein und kicherte. »Als der Mann unserer Köchin gestorben war und sie nach der Beerdigung von einem nicht Ortsansässigen gefragt wurde, wie sie denn bei so etwas Traurigem bloß tanzen könne, meinte sie: ›Langsam Tanzen trauert och!‹« Sie lachte und drehte noch mehr auf. »Sagt einer beim Garnisonsball zu einem Marjellchen: ›Schöne Toiletten hier.‹ Sagt sie: ›Bin noch nich jewesen.‹« Alle drei kicherten, und so ging es immer weiter. Und als Bernhard kam, um Josefine abzuholen, hörte er schon auf der Straße das laute Lachen der drei und sah seine Frau zum ersten Mal ein wenig beschwipst.

Der eisige Oktoberwind fegte um das Haus und rüttelte an den Fensterläden. Er riss die letzten Blätter von den Büschen und Bäumen und ließ den sonst so prachtvollen Garten trostlos aussehen. Eines frühen Nachmittags saß Josefine in ihrem gemütlichen Wohnzimmer vor dem prasselnden Kamin, zu ihren Füßen ihre beiden Hunde. Kläuschen spielte mit seinen Bauklötzen und summte leise vor sich hin. Josefine war ein wenig schläfrig. Sie hatte einen langen Spaziergang mit Susi und Herrn Schulze gemacht und erwartete jeden Moment Bernhard von seiner Lehrerkonferenz zum Nachmittagstee zurück.

Plötzlich schreckte ein lautes Klopfen sie auf. Wer mochte das sein? Sie öffnete die Tür, und vor ihr stand ein junges, halb verhungertes Mädchen, fast ein Kind noch. Sie sagte, sie käme aus Pusberschkallen – Josefine konnte sich den Namen auch nach Jahren noch nicht merken –, hieße Franzi Balzuhn und ihr Muttche hätte sie losgeschickt, sich eine Stelle als Dienstmädchen zu suchen.

»Wie alt bist du denn?«

»Vierzehn, jnädje Frau.«

Josefine fühlte sich hilflos. Das arme Mädchen zitterte vor Kälte, aber ohne Bernhard ... Was sollte sie bloß tun? »Also ... ich meine ... was kannst du denn?«, fragte sie, während sie ihr Schultertuch gegen die Kälte fester um sich zog. »Ich bin das älteste von fünf Kinderchens. Ich kann waschen und putzen, auf Kinderchens aufpassen ...« In diesem Moment trat Bernhard durch das Gartentor. »Wen haben wir denn hier?«, fragte er erstaunt.

Josefine blickte ihn hilfesuchend an. »Das ist Franzi. Sie sucht Arbeit.«

»Na, dann komm man mit rein, Franzi.« Er wandte sich an Josefine. »Das Mädchen soll sich in der Küche erst mal aufwärmen. Vielleicht gibst du ihr eine Tasse Tee und etwas zu essen. Dann sehen wir weiter.«

Als Frau Schneidereit am nächsten Morgen kam, fand sie die Küche sauber vor. Das Geschirr des Vorabends war abgewaschen, der Herd blank geputzt und der Boden gewischt. »Das ist Franzi«, stellte Josefine ihr das neue Dienstmädchen vor. »Sie stand gestern Abend vor unserer Tür und suchte Arbeit, und mein Mann meinte, Sie könnten gut ein wenig Unterstützung gebrauchen.«

»So, meinte er das?« Frau Schneidereit war offensichtlich nicht begeistert.

»Ja. Und ich finde das auch. Sie arbeiten wirklich hart für uns, liebes Annchen. Das große Haus, die Hunde und dann noch Kläuschen ...« Frau Schneidereits Gesicht wurde zusehends freundlicher. »Sie sollen uns doch noch möglichst lange erhalten bleiben.«

Frau Schneidereit atmete hörbar auf und sah Franzi streng an. »Na, Marjellchen, dann zeig mal, was de kannst. Wo kommst iberhaupt her?« Josefine zog sich leise zurück. Das Eis schien gebrochen, und nach ein paar Tagen war auch Franzi aus dem Kreuznerschen Haus nicht mehr wegzudenken.

»Du hast Post von Alexa«, sagte Bernhard ein paar Tage später und reichte Josefine ein dickes Kuvert. »Ist sie nicht bereits auf ihrer großen Reise?«

»Ich weiß es nicht.« Josefine öffnete den Brief und las ihn laut vor.

Mein liebes Finchen,

in wenigen Tagen geht es los auf unsere lange Reise. Innegrit und ich sind schon sehr aufgeregt und freuen uns auf das große Abenteuer. Natürlich überkommt mich immer wieder die Trauer um Lenchen, sie hatte sich so sehr auf die Reise gefreut. Wir sprechen viel von ihr, und deshalb ist sie auch immer irgendwie bei uns. Du weißt ja, dass Innegrit wieder nach Königsberg übersiedeln will, und sie würde gern in Lenchens

Haus einziehen. Aber Rechtsanwalt Kölichen, der über alle Belange Lenchens Bescheid weiß, ist auf einer längeren Geschäftsreise und wird nicht so bald zurückerwartet. Aber es hat ja nun auch Zeit, bis wir wieder zurück sind. Anbei das Kuvert, ich habe es endlich gefunden. Was wohl Geheimnisvolles drinsteht? Ich werde mich ein Jahr gedulden müssen, bis ich es erfahre. Dann sind wir hoffentlich unversehrt zurück, und mein erster Weg wird mich zu Euch führen, meine Lieben.

Liebe Grüße an Deine beiden Männer.

Es umarmt Dich liebevoll

Deine Tante Alexa

»Was denn für ein Kuvert?«, fragte Bernhard.

»Ach, das habe ich vollkommen vergessen.« Sie kicherte. »Bei Lenchens Beerdigung, da hatte ich ja tatsächlich ein paar Schlubberchen zu viel …«

Bernhard unterbrach sie grinsend. »Das kann man wohl sagen!«

»Egal, also jedenfalls hat Tante Alexa da gesagt, sie hätte schon seit langem ein Kuvert von Lenchen für mich. Sie wusste in dem Moment nicht, wo es war, und da habe ich ihr gesagt, es sei ja nicht eilig, sie soll es mir einfach schicken, wenn sie es findet.« Sie hielt den versiegelten Umschlag hoch. »Hier ist er.«

»Na, dann lies doch vor.«

Josefine brach das Siegel auf und nahm einen Brief und ein verschlossenes Kuvert heraus, auf dem in großen Buchstaben »MEIN TESTAMENT« stand. Sie erstarrte.

Ihre Stimme zitterte, als sie zu lesen begann.

Liebes Finchen,

ich bin krank und weiß nicht, wie viel Zeit ich noch habe auf dieser Welt. Alexa und ich planen eine lange Reise, und ich hoffe so sehr, dass ich das noch erleben kann. Alexa ahnt, dass ich nicht ganz gesund bin, aber sie weiß nichts von der Schwere meiner Krankheit. Sie ist so rührend und aufgeregt, dass ich ihr die Freude nicht nehmen will.

Es war mir versagt, eigene Kinder zu haben, aber Du, liebes Finchen, Tochter meines über alles geliebten Hubertus, bist mir ans Herz gewachsen wie ein eigenes Kind. Du hast Dein Glück gefunden mit Bernhard, das erfüllt mich mit großer Freude. Dein Vater hat mich posthum sehr gut versorgt, und so finde ich es nur rechtens, Dir nach meinem Tod alles zu hinterlassen, was ich besitze.

Josefine war blind vor Tränen und konnte für einen Moment nicht weiterlesen. Sie schluckte, dann fuhr sie leise fort.

In beiliegendem Testament steht alles Nötige. Geh damit zu Rechtsanwalt Kölichen, er wird sich darum kümmern, dass es umgesetzt wird.

In großer Liebe und Verbundenheit

Deine Lena Budzinski

Einen Augenblick war es vollkommen still, nur das Knistern des Kaminfeuers war zu hören.

Dann nahm Bernhard sie in den Arm. »Ich bin wirklich zu Tränen gerührt. Wie lieb von Lena«, sagte er leise.

»Ja, das ist es. So eine Mutter habe ich mir immer gewünscht.« Sie sah Bernhard fragend an. »Was machen wir jetzt mit dem Testament?«

»Ich muss in der nächsten Zeit nicht nach Königsberg. Und

Rechtsanwalt Kölichen ist laut Alexa ja auch nicht da. Meinst du nicht auch, wir sollten die Rückkehr von Alexa und Innegrit abwarten, dann können wir auch die Sache mit Lenas Haus gleich klären. Es ist dir doch sicherlich auch recht, wenn Innegrit es übernimmt?«

»Aber natürlich. Ich finde die Idee wunderbar.«

Der Winter hatte das Land fest im Griff. Jetzt, im Februar, fiel das Thermometer häufig noch unter 20 Grad minus, und Kläuschen musste die meiste Zeit im Haus verbringen. Zu seiner Lieblingsbeschäftigung gehörte, mit seinem warmen Atem die Eisblumen an den Fenstern zum Schmelzen zu bringen, um dem wilden Schneetreiben zuzuschauen. Zwei Mal am Tag zog er sich warm an und führte mit Franzi die Hunde aus. Dann tobten sie durch den Schnee, bewarfen sich mit Schneebällen, und wenn sie, für Josefine nach einer gefühlten Ewigkeit, wieder nach Hause kamen, hatte er leuchtend rote Bäckchen, und seine blauen Augen strahlten. Kläuschen hatte zu Weihnachten einen großen Schlitten bekommen. Wenn die Sonne schien, spannten sie das Pony davor, und Kläuschen fuhr mit Franzi zum Einkaufen auf den Markt. Die Hauptstraße ging ein Stück bergab, und wenn Kläuschen das Pony zu noch mehr Eile antrieb und sie schier dahinflogen, schrie Franzi mit gespieltem Entsetzen: »Erbarmerche! Willst, dass ich nie mehr mein Muttche seh in Pusberschkallen?«

Franzi erwies sich als wahrer Glücksfall. Sie ging Frau Schneidereit zur Hand, wo sie konnte, lernte Silber zu putzen und einfache Gerichte zu kochen. Sie putzte, wusch die Wäsche, bügelte und fand immer noch Zeit, mit Kläuschen zu spielen. Josefine hatte ihr eine Dienstmädchenuniform gekauft, und wenn Gäste kamen, trug sie dazu voller Stolz noch ein weißes Häubchen und eine weiße Schürze. Als Frau Schneidereit Franzi das erste Mal in diesem Aufzug sah und hörte, wie Josefine ihr Anweisungen gab, wie sie den Tee oder das Essen zu servieren habe, waren ihre letzten Zweifel ausgeräumt. »Ich sach dir was, Franzi, die Jnädje is was Bessres!«

Franzi war glücklich. Im besten Fall hatte sie gehofft, irgendwo als Küchen- oder Putzhilfe unterzukommen. Und nun war sie in einem feinen Haushalt, trug eine eigene Uniform und bekam auch noch ein kleines Gehalt, das sie eisern sparte. Im Frühjahr wollte sie versuchen, ein paar Tage frei zu bekommen und ihr Muttche besuchen, mit Geschenken für die Geschwister und ihre Mutter. Na, die würden sich vielleicht wundern!

Von Alexa und Innegrit waren schon zwei Briefe gekommen. Begeistert berichteten sie von all den neuen Eindrücken, von Ausflügen in die Wüste auf dem Rücken von Kamelen und davon, wie herrlich es sei, dem endlosen ostpreußischen Winter entkommen zu sein.

Josefine las den letzten Brief noch einmal, während Bernhard mit gerunzelten Brauen über dem Wirtschaftsteil seiner Zeitung saß. »Was ist, Liebling? Du machst so ein merkwürdiges Gesicht.«

Bernhard hob den Blick. »Es geht das Gerücht, dass mit den Börsen etwas nicht stimmt. Vor allem in Paris scheint es Schwierigkeiten zu geben. Na ja, kein Wunder bei den Unsummen, die Frankreich an uns zahlen muss.«

»Und was bedeutet das für uns?«

»Eigentlich nichts. Die Wogen werden sich schon wieder glätten.« Aber ein Rest von Unruhe blieb. Bei dem letzten Börsencrash, der in Amerika ausgelöst und in rasender Eile auf Europa übergesprungen war, hatte sein Vater sein ganzes Geld verloren. Bernhard hatte keine hohen Beträge an der Börse investiert, aber es ermöglichte ihnen doch ab und zu ein wenig Luxus, mal ein neues Kleid für Josefine, ein kleines Spielzeug für Kläuschen und einen neuen Wintermantel für ihn selbst. Aber er wusste, dass Alexa und Innegrit fast ihr gesamtes Vermögen in Aktien angelegt hatten. Er konnte nur hoffen, dass diesmal alles gut ausging, und so beschloss er, Ruhe zu bewahren und die Sache einfach weiter zu beobachten. Außerdem hatte er sowieso keine Möglichkeit, in Alexas und Innegrits Geldangelegenheiten irgendetwas zu unternehmen. Rechtsanwalt Kölichen würde schon wissen, was zu tun war.

Doch es sollte noch schlimmer kommen. Ende April verkaufte die Österreichische Kreditanstalt Aktien im Wert von 20 Millionen Gulden. Entsprechend fielen die Kurse. Hatte der durchschnittliche Wert bis dahin bei 180 Gulden gelegen, fiel der Kurs nun auf 10 Gulden. Innerhalb von wenigen Tagen gingen mehr als 300 österreichische Firmen pleite, die Banken gaben keine Kredite mehr, und man hörte von zahlreichen Selbstmorden. Bald berichteten die Zeitungen, dass auch die Börsen in New York und London in Schwierigkeiten gerieten. Im Mai begannen weltweit die Kurse zu fallen, und Bernhard wurde angst und bange. Aber sein Bankberater beruhigte ihn. Die Krise würde bald vorbei sein, man brauche sich hierzulande keine Sorgen zu machen.

Dann ließ bei Familie Kreuzner ein anderes Ereignis die Weltwirtschaftskrise für eine Weile in den Hintergrund treten. Kläuschen kam in die Schule! Hefte, Stifte und ein Ranzen mussten gekauft werden, und Bernhard versuchte, seinem Wildfang beizubringen, dass jetzt der Ernst des Lebens für ihn begann. Still sitzen müsse er und nur sprechen, wenn der Lehrer ihn etwas frage. »Auch wenn dir langweilig ist.« Bernhard machte ein ungewohnt strenges Gesicht. »Dann darfst du nicht herumzappeln, wie gerade eben bei Tisch. Mach uns bitte keine Schande.«

Kläuschen hörte sich alles mit großen Augen an. »Nein, Papachen, ich werde brav sein. Ich freu mich doch schon so sehr auf die Schule.« Gleich neben dem Gebäude des Gymnasiums befand sich die Grundschule, und von nun an verließ Klaus – er bestand darauf, jetzt nicht mehr Kläuschen genannt zu werden – an der Hand seines Vaters morgens um kurz vor acht das Haus. Josefine hatte ihm in den langen Wintermonaten bereits das Alphabet beigebracht, auch konnte er schon einfache Rechenaufgaben lösen, und so war er von Anfang an ein begeisterter und guter Schüler. Auch ließ er seine Sitznachbarn bereitwillig abschreiben und fand schnell Freunde. Klaus' bester Freund war Heinz Baldruschat, der Enkel der Hebamme, die ihm auf die Welt geholfen hatte. Frau Schneidereit, seine Großtante, hatte ihn vor einiger Zeit einmal mit zur Arbeit gebracht.

»Das Heinzche is man immer so viel allain«, hatte sie zu Josefine gesagt, »und ich hab mir jedacht, vielleicht könnten die Jungchens ain bisschen zusammen spielen.« Heinz' Eltern waren vor einiger Zeit gestorben, und nun wuchs er bei seiner Großmutter auf. Es gab nicht viele Hebammen in und um Allenstein, und so kam es oft vor, dass Frau Baldruschat nachts aus dem Bett geholt wurde und Heinz den ganzen Tag allein blieb. Die beiden Jungen hatten sich auf Anhieb verstanden, und beim Abschied hatte Kläuschen gefragt: »Mamachen, darf der Heinz nicht öfter mal kommen? Es war so lustig mit ihm.« Bald waren die beiden unzertrennlich. Und nun wurden sie gemeinsam eingeschult. Heinz hatte einen wilden roten Haarschopf, sein blasses Gesicht war übersät mit Sommersprossen, und seine Statur extrem dünn. Oft kam er ohne Frühstück oder ein Pausenbrot in die Schule, und manchmal fiel sogar das Mittagessen aus. Als Klaus das merkte, teilte er mit seinem Freund das Brot, und es dauerte nicht lange, dass er ihn nach der Schule mit nach Hause brachte.

»Na, Heinzchen«, sagte Frau Schneidereit mitleidig, nachdem sie ihnen die Tür geöffnet hatte. »Ohmche wieder nich da? Siehst ja ganz mickrich aus. Komm mit inne Küche, ich jeb dir was zu essen.« Der Junge blickte verlegen zu Boden.

»Du weißt doch, Tante Annchen, Ohmche muss immer viel arbeiten.«

Währenddessen stürmte Klaus zu Josefine ins Wohnzimmer. »Mamachen«, rief er aufgeregt. »Darf Heinz mit uns essen?« Dann fügte er flüsternd hinzu: »Ich glaube, er hat schrecklichen Hunger.«

»Aber natürlich, mein Liebling. Wir bitten Franzi einfach, noch ein Gedeck aufzulegen.« Sie erhob sich. »Und ich werde unseren Gast begrüßen. Wo ist er denn?« Sie fanden Heinz in der Küche, wo Frau Schneidereit ihm gerade einen Teller mit Suppe füllen wollte. »Is es Ihnen recht, wenn ich dem Heinzchen …?«

»Natürlich wäre es mir recht, Annchen«, unterbrach sie Josefine. »Aber Heinz ist heute unser Gast. Franzi legt gerade noch ein Gedeck auf.« Sie reichte dem Freund ihres Sohnes die Hand. »Ich freue mich sehr, dass du da bist, Heinz«, sagte sie. »Kläusch …« Sie verbesserte sich sofort. »Klaus hat recht gehabt, dich mitzubringen. Aber jetzt wascht ihr beide euch erst einmal die Hände und kommt dann in den Salon.« Sie wandte sich an Frau Schneidereit: »Wir essen, sobald mein Mann kommt. Die Kinder haben bestimmt Hunger.«

Heinz war überwältigt. Noch nie war er in einem so feinen

Haus gewesen, bedient von einem Dienstmädchen in einem sauberen blauweiß gestreiften Kleid und einer blütenweißen Schürze. Klaus, der bei Tisch neben ihm saß, flüsterte ihm immer zu, welches Besteck er benutzen sollte und was er mit dem großen weißen Tuch machen sollte, das er *Serviette* nannte. Er wagte kaum, aus dem feinen dünnen Glas zu trinken, aus Angst, es zu zerbrechen. Zum Nachtisch gab es einen Schokoladenpudding, und dann fragte Klaus: »Mamachen, dürfen wir aufstehen? Ich möchte mit Heinz mein Pony füttern.«

»Und was ist mit Schulaufgaben?«, fragte Bernhard.

»Bitte, Papachen, dürfen wir die später machen?«

»Nun lauft schon!« Josefine lächelte ihren Mann beruhigend an. »Ich passe auf, dass sie rechtzeitig wieder hereinkommen.« Die beiden Jungen waren bald unzertrennlich, und es dauerte nicht lange, da war Heinz Baldruschat ständiger Gast im Hause Kreuzner. Schnell lernte er, wie das Besteck zu benutzen war, wischte sich nach dem Essen den Mund mit der Serviette ab und bedankte sich artig, bevor er abends zurück in sein bescheidenes Zuhause ging. Er lernte Hochdeutsch zu sprechen, doch den ostpreußischen Singsang sollte er sein Leben lang nicht verlieren. Er war ein aufgeweckter Junge, aber in Gegenwart von Klaus' Eltern schüchtern und ängstlich, etwas falsch zu machen. Er war kleiner als Klaus und spindeldürr, und so erbte er bald die Kleidung, aus der sein Freund herausgewachsen war. Begeistert kürzte Frau Schneidereit Hosen oder Jackenärmel. Sie war glücklich für das arme Kind, ihren Großneffen, das so früh seine Eltern verloren und bisher nicht viel Freude in seinem Leben gehabt hatte.

Die Kreuzners wollten die Sommerferien wie jedes Jahr an der See verbringen. Bernhard und Josefine überlegten, ob sie wieder nach Cranz oder zur Abwechslung vielleicht nach Rossitten an die Kurische Nehrung reisen sollten. Aber zum ersten Mal schien Klaus nicht sonderlich begeistert. »Was ist denn, mein Liebling? Du freust dich ja gar nicht.«

»Doch, schon. Aber der Heinz …«

»Ach, du möchtest wohl, dass dein Freund mitkommt?«, unterbrach ihn Josefine. »Soll ich Papa mal fragen?«

Klaus fiel ihr um den Hals. »Oh Mamachen, du bist ja so lieb.« Und dann sprudelte es aus ihm heraus. »Weißt du, der Heinz war noch nie irgendwo, er weiß gar nicht, wie das Meer aussieht! Er ist ab und an furchtbar traurig, weil er keine Eltern mehr hat. Seine Oma muss so schrecklich viel arbeiten, manchmal sogar in der Nacht, und trotzdem haben sie für gar nichts Geld.«

»Ich weiß, mein Schatz.« Liebevoll strich sie dem aufgeregten Kind die Locken aus der Stirn. »Vielleicht kann ich Papa ja überreden.«

Bernhard war nicht sonderlich begeistert. »Muss das denn sein? Eigentlich wollte ich meinen Sohn eine Weile für mich haben.« Aber schließlich gab er nach, und als Heinz vor Freude fast anfing zu weinen, schämte er sich ein wenig für sein Zögern. Die Entscheidung fiel schon bald für Cranz. Das war mit der Bahn einfacher zu erreichen, und in der Pension, in der sie bereits mehrmals logiert hatten, bestand die Möglichkeit, in Klaus' Zimmer ein zweites Bett aufzustellen. Der Junge war in den letzten Monaten regelrecht in die Höhe geschossen, und so mussten eilig ein neuer Matrosen- sowie Badeanzug gekauft werden. Heinz wurde für die Reise mit dem ausgestattet, aus dem Klaus herausgewachsen war.

In der Nacht vor der Abreise tat Heinz vor Aufregung kaum ein Auge zu. Wenn, dann wachte er immer wieder auf, und als es dämmerte, stand er alle zehn Minuten am Bett seiner

Großmutter und flüsterte: »Ohmche, nich verschlafen, hörst!« Irgendwann wurde sie wütend. »Nu nei nich! Wirst mich wohl noch schlafen lassen, Jungchen. Sonst kannst sehn, wie de kommst zum Bahnhof.« Als sie endlich gähnend in der Küche erschien, saß das sechsjährige Kind bereits seit zwei Stunden fertig angezogen auf seinem Stuhl, neben ihm ein kleiner abgeschabter Koffer, darauf die Matrosenmütze. Er zitterte vor Aufregung.

»Jungchen, Jungchen ... was siehst aber piekfein aus!« Frau Baldruschat rührte einen Löffel Zucker in ein Wasserglas und kämmte damit seinen wild abstehenden roten Haarschopf. »So Jungchen, nu siehst richtich ordentlich aus. Wir wollen uns doch nich blamieren bei den feinen Herrschaften.«

Heinz, der dieses Prozedere jeden Sonntag zum Kirchgang meist nur unter lautem Protestgeheul über sich ergehen ließ, tat heute keinen Mucks. Alles, wirklich alles würde er ertragen, wenn sein Ohmche ihn doch nur schnell zum Bahnhof brächte. Um zehn sollte er dort sein, doch um acht stand er bereits an der Tür, die Mütze auf dem Kopf und den Koffer in der Hand. »Können wir nicht gehen, Ohmche?«, flehte er. »Erbarmeche!« Frau Baldruschat schlug die Hände über dem Kopf zusammen. »Is ja noch viel zu frih. Aber wennst unbedingt willst, dann komm. Aber warten musst am Bahnhof allein.« Auf dem Weg gab sie Heinz noch jede Menge Verhaltensmaßregeln an die Hand. »Wirst dich auch anständig benehmen, Jungchen? Immer artig dankschön sagen und natirlich auch bittschön. Und nich vorlaut sein darfst.«

»Ja, Ohmche, ja«, war alles, was Heinz herausbrachte. Noch immer fürchtete er, dass das alles nur ein Traum war, der plötzlich zerplatzen könnte.

Am Bahnsteig herrschte gähnende Leere. »Siehst, Jungchen,

noch viel zu frih«, sagte Frau Baldruschat unwirsch. Große Zärtlichkeit war ihre Sache nicht, aber plötzlich nahm sie das Kind fest in den Arm, drückte es an sich und strich ihm liebevoll über den Kopf. »Hab es schön, mein Jungchen, und komm jesund wieder.« Dann drückte sie ihm noch einen Kuss auf die Wange und verschwand ohne ein weiteres Wort.

Heinz setzte sich auf eine Bank und ließ die Beine baumeln. Bald darauf erschien Herr Schimkat, der Bahnhofsvorsteher. »Ja, Heinzchen, was machst denn hier schon so frih? Wo willst denn hin?«

»An die See, nach Cranz.«

»Was? So janz allein?« Herr Schimkat tat erstaunt. Natürlich hatte sich in der Familie längst herumgesprochen, dass das Heinzchen von der Familie Kreuzner eingeladen war, die Ferien mit ihnen zu verbringen. Aber da kam der Fahrkartenverkäufer, dem Herr Schimkat die Tür aufschloss, und es blieb keine Zeit für eine Antwort. Langsam füllte sich der Bahnsteig, und dann erschien endlich Familie Kreuzner. Heinz fiel ein Stein vom Herzen. Er würde tatsächlich mit der Bahn fahren und das Meer sehen! Er schluckte schwer, um nicht zu weinen. Kurz darauf fuhr der Zug prustend in den kleinen Bahnhof ein, und Herr Schimkat rief laut: »Aaaallllenstein!!« Plötzlich fühlte Josefine eine kleine kalte Hand in der ihren. Es war die von Heinz, der sie mit weit aufgerissenen Augen ansah und leise sagte: »Danke, Frau Kreuzner.«

Die Ferien verliefen harmonisch. Es war eine Freude mit anzusehen, wie Heinz aufblühte. Seine blasse Gesichtsfarbe wich einer gesunden Bräune, er nahm an Gewicht zu und verlor bald seine Schüchternheit gegenüber den Kreuzners. Josefine hätte nicht glücklicher sein können. Tag für Tag schien die Sonne von einem wolkenlosen Himmel, und ein beständig leichter Wind machte die Hitze erträglich. Gleich am ersten Tag hatte Bernhard begonnen, den Jungen das Schwimmen beizubringen, und nach ein paar Tagen schwammen sie wie kleine Wasserratten. Wenn Josefine nicht mit Bernhard am Strand spazieren ging, saß sie vor ihrem kleinen hölzernen Badehaus, mit einem großen Schirm als Schutz vor der Sonne. Keinesfalls wollte sie braun werden, das galt als absolut unfein für eine Dame. Sie beobachtete die beiden Jungen, wie sie in den Wellen herumtobten, und trocknete erst den einen, dann den anderen sorgfältig ab, wenn sie nach einer Ewigkeit und vor Kälte schlotternd zurück zum Badehäuschen kamen. War der Wellengang zu hoch, nahm Bernhard die beiden an die Hand und passte auf, dass ihnen nichts passierte. Meistens aber saß er neben Josefine im Schatten und las, Bücher waren seine große Leidenschaft. Am Abend fielen die Kinder müde ins Bett. Bevor Josefine die Kerzen löschte, sprach sie mit ihnen ein Nachtgebet, und dann bekam Heinz genauso wie Klaus einen Gutenachtkuss. Heinz ließ seine Händchen noch einen Moment gefaltet und betete im Geheimen zum lieben Gott, dass dieses Glück nie aufhören möge.

»Ist es nicht schön, wie die Kinder miteinander spielen?«, fragte Josefine Bernhard nach ein paar Tagen. »Sieh nur die Sandburg, die sie gerade bauen.« Sie lächelte ihn an. »Bedauerst du immer noch, dass wir Heinz mitgenommen haben?«

»Nein, Liebes, das tue ich wirklich nicht. Er ist so ein netter Junge, und wie man sieht, haben wir nicht nur ihn, sondern auch Klaus glücklich gemacht.« Beide wussten, dass ihr Sohn sich schon lange sehnlichst ein Geschwisterchen wünschte. Nur leider schien es ihnen trotz aller Bemühungen nicht beschieden zu sein, ein zweites Kind zu bekommen. Aber wenn Bernhard an die Geburt seines Sohnes dachte, an die Schmerzen, die seine Frau hatte aushalten müssen und die Ängste, die er dabei ausgestanden hatte, dann war er nicht allzu traurig darüber. Und seitdem Klaus in der Schule und Heinz in sein Leben getreten war, sprachen sie nicht mehr von einem Geschwisterchen.

Wenn die Kinder nicht im Wasser waren, spielten sie Federball oder sammelten Muscheln und Seesterne, die dann von Josefine und Bernhard bewundert werden wollten. Als Heinz einmal ein besonders ausgefallenes Exemplar einer Muschel gefunden hatte, rief Josefine: »Die ist ja wirklich wunderschön!« Heinz hielt sie ihr strahlend hin. »Bitte, Frau Kreuzner, darf ich sie Ihnen schenken?« Josefine war gerührt. »Danke, mein Junge, wie lieb von dir. Ich werde sie zuhause auf meinen Nachttisch legen. Da wird sie mich immer an unsere schönen Ferien erinnern.« Am Tag vor ihrer Abreise, kein Lüftchen regte sich, das Meer war glatt, und keine Wellen schlugen an den Strand, fand Heinz eine Muschel, die so groß war, dass er sie mit beiden Händen halten musste.

»Drück sie fest an dein Ohr«, sagte Bernhard. »Dann kannst du das Meer rauschen hören.«

Tatsächlich! Es rauschte aus der Muschel wie an den Tagen, wenn die Wellen an den Strand peitschten. »Die schenke ich Ohmche«, sagte Heinz aufgeregt. »Sie war noch nie an der See. Dann weiß sie wenigstens, wie das Meer sich anhört.«

Die Zeit verging wie im Fluge, und viel zu schnell stand die Rückfahrt an, schon in zwei Tagen sollte die Schule beginnen. In Allenstein wurden sie von Frau Schneidereit auf dem Bahnhof erwartet. Sie war ganz in Schwarz gekleidet, ihre Augen waren vom Weinen gerötet. Während die beiden Jungen Bernhard halfen, das Gepäck aus dem Abteil zu heben, zog Josefine sie zur Seite. »Um Gottes willen. Annchen, was ist passiert? Ist jemand gestorben? Doch hoffentlich nicht ihr Mann?«

»Näin. Gott bewahre, nich der Schnäideräit.« Sie wischte sich mit ihrem Taschentuch die Tränen ab. »Aber das Friedachen.« Sie schluchzte. »Vorjestern hat man se jefunden. Tot lag se in ihrem Bett … einfach so.« Josefine überlegte fieberhaft, wer dieser Friedachen sein konnte, dann kam ihr plötzlich ein fürchterlicher Gedanke. »Doch nicht die Großmutter von Heinz, die Frau Baldruschat?«, fragte sie entsetzt.

»Doch! Das Ohmche von dem armen Heinzchen.« In diesem Moment kamen Bernhard und die Jungen auf sie zu. Sie lachten laut und alberten herum, und Bernhard hieß sie, kurz stehen zu bleiben, und ermahnte sie, sich etwas gesitteter zu benehmen.

Josefine atmete tief durch. »Sie nehmen sich jetzt zusammen, Annchen, und sagen kein Wort zu dem Kind. Wir müssen Heinz das schonend beibringen.« In diesem Moment trat Franzi mit den beiden Hunden auf den Bahnsteig, und es gab eine stürmische Begrüßung, und so fiel den Kindern gar nicht auf, dass Annchen irgendwie anders war als sonst. Nur Bernhard fragte leise: »Was ist los, ist jemand gestorben?«

Josefine nickte. »Ich erzähle es dir später.« Sie wandte sich an Heinz, der bereits vor ihr stand, um sich zu verabschieden. »Ich habe gerade gehört, dass deine Großmutter nicht zuhause ist. Was hältst du davon, wenn du heute Nacht bei uns schläfst?«

»Juhu!«, schrie Klaus, und auch Heinz war mehr als erfreut.

»Aber gern, Frau Kreuzner«, sagte er artig. Und schon rannten die beiden Kinder voran, begleitet von den wild kläffenden Hunden. Frau Schneidereit brach sogleich in Tränen aus, und

Bernhard sagte scharf: »Kann mir endlich jemand sagen, was hier los ist?«

»Heinzchens Großmutter ist tot, das ist los.« Josefine sah Bernhard verzweifelt an. »Das arme Kind. Was soll denn nun bloß werden?«

»Ich hab an sein Onkelche in Pillkallen jeschrieben, den Bruder von Heinzchens Vater«, schluchzte Frau Schneidereit. »Vielleicht möcht der ihn nehmen.«

»Und wenn nicht?«, fragte Josefine.

»Dann muss er wohl in äin Waisenhaus. Wir haben nich jenuch Platz. Und och nich die Nerven fir ein Jungchen in dem Alter.«

Der Rest des Heimwegs verlief schweigend, jeder hing seinen eigenen traurigen Gedanken nach. Am Gymnasium verabschiedete Josefine sich von Frau Schneidereit. »Sie müssen nicht mehr mitkommen zu uns. Franzi kann uns ein kleines Abendbrot zubereiten.« Frau Schneidereit nickte kurz, dann brach sie wieder in Tränen aus.

»Wann ist die Beerdigung?«, fragte Josefine.

»Ibermorgen um zehne, da, wo schon der Baldruschat liegt bejraben.«

»Ich werde mit Heinzchen kommen.«

»Ich kann leider nicht mitkommen, ich habe den ersten Tag wieder Unterricht und kann unmöglich fehlen. Aber mein herzliches Beileid zum Tod Ihrer Schwägerin, richten Sie das bitte auch Ihrem Mann aus.«

An diesem Abend ging Josefine tief betrübt ins Bett. Lange konnte sie nicht einschlafen. Der Gedanke, dass das arme Kind, das ihr so ans Herz gewachsen war, womöglich seine Kindheit in einem Waisenhaus verbringen sollte, ließ sie nicht zur Ruhe kommen. Am nächsten Morgen beim Frühstück, die Kinder waren bereits im Stall und versorgten das Pony, sagte Bernhard: »Der arme Junge! Kannst du es ihm sagen?«

»Ja. Einer muss es wohl tun.«

»Ich geh dann mal nach den Pferden sehen.« Bernhard erhob sich und gab seiner Frau einen Kuss. »Weißt du eigentlich, wie sehr ich dich liebe?«

»Ich ahne es!« Josefine lächelte. »Und schick mir bitte Heinzchen. Ich will es hinter mich bringen.«

Als Bernhard den Stall betrat, begrüßten ihn die beiden alten Hunde schwanzwedelnd. »Heinz«, rief er. »Geh bitte rein, meine Frau möchte mit dir sprechen.«

Erstaunt ließ der Junge, der gerade den Stall des Ponys ausmistete, die Mistgabel fallen. Klaus fragte sofort: »Soll ich nicht mitkommen?«

»Nein. Du bleibst hier.« Bernhards Stimme duldete keinen Widerspruch.

»Was ist denn? Was will Mamachen von ihm?«, fragte Klaus, als sie allein waren. »Hat er etwas angestellt?«

»Um Himmels willen, nein!« Bernhard zog seinen Sohn auf eine Holzbank. »Es ist etwas sehr Trauriges passiert. Heinz' Großmutter ist gestorben«, sagte er sanft.

Klaus starrte ihn mit großen Augen an. »Und wo soll Heinz jetzt wohnen?«

»Annchen hat an seinen Onkel in Pillkallen geschrieben, ob der ihn vielleicht aufnimmt.«

»Ist Pillkallen weit weg?«

»Ich fürchte ja.«

Klaus schwieg einen Moment und stand dann auf. »Ich werde dann weiter das Pony bürsten«, sagte er steif. Bernhard war irritiert. Reagierte so ein Kind, wenn es von dem Tod eines Menschen hörte? Er wollte später mit Josefine darüber sprechen.

Währenddessen hüpfte Heinz, einen Ball vor sich her kickend, auf das Haus zu. Artig zog er sich die schmutzigen Schuhe aus und lief in den Salon. »Der Herr Kreuzner hat gesagt, ich soll reinkommen.«

»Ja, Heinzchen, setz dich zu mir.« Josefine zog ihn neben sich auf das kleine Sofa. »Ich muss dir etwas sehr Trauriges sagen.« Sie nahm ihn in den Arm. »Dein Ohmchen ist gestorben.«

Das eben noch fröhliche Kind blickte plötzlich starr zu Boden, seine Schultern waren nach vorn gefallen, die kleinen Hände ineinander verkrampft, bis die Knöchel weiß hervortraten. Von einer Sekunde zur anderen war der Junge zu einem Häufchen Elend zusammengesunken. Eine Weile war es vollkommen still, auch Josefine fehlten die Worte. Plötzlich sagte Heinz leise: »Dann muss ich wohl in ein Waisenhaus.«

»Wie kommst du denn darauf?«

»Mein Ohmche hat immer gesagt, wenn ich nicht artig bin, komme ich in ein Waisenhaus.«

Josefine atmete tief ein. »Aber Heinzchen, niemand sagt, dass du nicht artig warst! Du kannst doch nichts dafür, dass dein Ohmchen gestorben ist.« Voller Mitleid strich sie ihm über die wilden roten Locken. »Nun warte erst mal ab. Vielleicht gibt es ja noch einen anderen Weg. Annchen hat an deinen Onkel in Pillkallen geschrieben, möglicherweise kannst du ja zu ihm ziehen.«

»Den kenn ich doch gar nicht.« Seine Stimme war nur ein Flüstern.

»Aber vielleicht ist er ja recht nett.« Josefine fühlte sich hilflos. Dann zog sie ihn an sich und hielt ihn fest im Arm. »Erst einmal bleibst du bei uns, bis eine Lösung gefunden ist«, sagte sie sanft, während sie ihm immer wieder über den Kopf strich.

»Morgen früh gehen wir gemeinsam auf die Beerdigung. Dann werden wir weitersehen. Und nun lauf wieder raus zu Klaus.«

Langsam erhob sich der Junge vom Sofa. Josefine beobachtete durch das Fenster, wie Heinz mit gesenktem Kopf langsam zum Stall ging. Auf halbem Weg traf er auf Bernhard, der ihm über den Kopf strich und ein paar tröstende Worte sagte.

»Nun, wie hat er es aufgenommen?« Bernhard goss sich einen Cognac ein. »Willst du auch einen?«

»Ja, den brauche ich jetzt.« Josefine war den Tränen nahe. »Heinz denkt, er muss in ein Waisenhaus, weil er nicht brav war. Hast du dafür Worte?«

»Wie kommt er denn darauf?«

»Damit hat seine Großmutter ihm gedroht, und das war offensichtlich die schlimmste Strafe, wenn er nicht brav war.

»Der arme Junge!« Bernhard leerte sein Glas in einem Zug und schenkte sich gleich nach. »Nun warten wir einfach die Antwort aus Pillkallen ab. Dann sehen wir weiter.« Er erzählte Josefine von der eigenartigen Reaktion von Klaus. »Er hat nur gefragt, ob Pillkallen weit weg ist. Dann ging er ohne ein weiteres Wort wieder das Pony bürsten. Verstehst du das?«

»Ich denke, er wollte nicht weiter darüber reden. Und hat sich dafür in die Nähe des Ponys geflüchtet. Er hat wahrscheinlich Angst, seinen ersten und inzwischen besten Freund zu verlieren. Pillkallen bedeutet Trennung, und zwar für immer.«

Am nächsten Tag wollte Klaus seinen Freund unbedingt zur Beerdigung begleiten, aber Bernhard bestand darauf, dass er am ersten Tag nach den Ferien die Schule besuchte. Heinz war in seinem Matrosenanzug zum Frühstück erschienen und nicht dazu zu bewegen, eine schwarze Hose und ein weißes Hemd von Klaus anzuziehen. »Mein Ohmche fand mich damit piekfein«, war alles, was er sagte. Dann setzte er sich auf die Bank vor dem Haus, auf dem Schoß die große Muschel, und wartete. Um Viertel vor zehn trat Josefine vor das Haus. »Komm, Heinzchen, wir gehen jetzt.« Sie nahm ihn an die Hand. »Willst du die Muschel nicht hierlassen?«

Traurig sah er sie an. »Nein, die ist für mein Ohmche. Sie hat doch noch nie nich das Meer gehört.« Josefine hatte einen Kloß im Hals. Sie konnte nichts sagen, drückte nur fest seine kleine Hand. Je näher sie der Kirche kamen, desto mehr schwarz gekleidete Menschen begegneten ihnen. Aus allen Richtungen strömten sie herbei. Man grüßte leise, einige tuschelten, jeder kannte Josefine Kreuzner und Frieda Baldruschats Enkel. Die Kirche war schon fast voll besetzt, als Josefine mit Heinz an der Hand den Gang hinunterging und in der ersten Reihe neben Annchen Schneidereit und ihrem Mann Platz nahm. Der Sarg war umgeben von Kränzen und Blumengestecken. Frieda Baldruschat war eine hochgeachtete Frau gewesen. Langsam wurde es still in dem Gotteshaus, dann erklang Orgelmusik, während der Pastor im stillen Gebet vor dem Sarg verharrte. Als die Musik verklang und der Pfarrer sich umdrehte, um seine Trauerrede zu beginnen, stand Heinz plötzlich auf und ging auf ihn zu. »Herr Pastor«, sagte er mit klarer Stimme. »Das ist eine Muschel, in der das Meer rauscht. Die habe ich meinem Ohmche von der See mitgebracht. Sie hat nämlich noch nie nich das Meer rauschen hören.« Vereinzelt waren Schluchzer zu hören, aber Heinz sprach weiter. »Können Sie das meinem Ohmche bitte geben.« Damit reichte er dem Pastor die Muschel, drehte sich um und setzte sich wieder auf seinen Platz. Josefine legte den Arm um ihn. »Das war sehr lieb von dir, Heinzchen«, flüsterte sie mit tränenerstickter Stimme.

»Dein Ohmchen kann wirklich stolz auf dich sein.« Ein leises Raunen ging nun durch die Kirche und setzte sich von Reihe zu Reihe leise nach hinten fort. »Das Jungchen hat dem Ohmche von der See eine Muschel mitjebracht, in der man das Meer kann hören.« Und als der Pastor seine bewegende Trauerrede damit beendete, dass Frieda Baldruschat nun in die Ewigkeit übergehe, begleitet von dem Rauschen des Meeres, und dann die Muschel auf das Blumengesteck des Sarges legte, hatte selbst der Hartgesottenste Tränen in den Augen.

Heinz' Leistungen in der Schule verschlechterten sich rapide. Er war unaufmerksam und schien mit seinen Gedanken nie bei der Sache zu sein. Er war wie gelähmt vor Angst, zu Menschen zu müssen, die er gar nicht kannte, oder noch schlimmer, in ein Waisenhaus gebracht zu werden. Er aß kaum noch, obwohl Frau Schneidereit seine Leibgerichte kochte, und verlor schnell an Gewicht. Seine kindliche Unbekümmertheit war dahin, und oft hörte Klaus ihn nachts im Schlaf weinen.

Es dauerte zwei Wochen, bis die Antwort aus Pillkallen kam.

Frau Schneidereit war völlig aufgelöst, als sie Josefine den Brief brachte, der voll von Rechtschreibfehlern war. Er könne das Kind zwar bei sich aufnehmen, schrieb Heinz' Onkel, das sei er seinem Bruder ja wohl schuldig. Das ginge aber nur, wenn der Junge kräftig genug sei, auf dem Hof mitzuarbeiten. Er hätte die Mäuler sieben Minderjähriger zu stopfen, es reiche hinten und vorn nicht, und ein Schulbesuch käme auf keinen Fall in Frage. »Feldarbeit soll es machen, das arme Jungchen!«, rief Frau Schneidereit aufgebracht. »Das Friedachen dreht sich ja im Jrab um.« Sie rang verzweifelt die Hände. »Da isses ja noch besser, das Heinzchen kommt ins Waisenhaus.«

»Nun beruhigen Sie sich doch, Annchen«, sagte Josefine.

»Wenn mein Mann nach Hause kommt, werden wir besprechen, wie es mit Heinz weitergehen soll. Wir werden sicher eine Lösung finden.« Sie hatte längst für sich einen Entschluss gefasst, aber noch nicht gewagt, mit Bernhard darüber zu sprechen. Als die Jungen nach dem Mittagessen auf ihrem Zimmer Hausaufgaben machten, gab Josefine Bernhard den Brief zu lesen. Wortlos goss er Cognac in zwei Gläser. »Das bringe ich nicht fertig«, sagte er schließlich. »Wie soll der arme Junge das denn verkraften?« Er nahm einen kräftigen Schluck. »Jemand, der seinen Kindern *die Mäuler stopft*«, er schüttelte sich angewidert, »der prügelt sie wahrscheinlich auch.«

»Und die Alternative Waisenhaus, wie verkraftest du das?«, warf Josefine ein.

Bernhard sah seine Frau mit einem schiefen Grinsen an. »Ich kenne dich, du führst doch was im Schilde! Nun sag schon, was brütest du aus?«

Josefine nahm all ihren Mut zusammen. »Was hältst du denn davon, wenn *wir* Heinz bei uns aufnehmen?« Nun war es heraus! Bernhard lachte laut auf. »Du wirst es nicht glauben. Den gleichen Gedanken trage ich seit Tagen mit mir herum.«

Sie flog in seine Arme. »Weißt du eigentlich, wie sehr ich dich liebe?«

Er lächelte. »Ich ahne es.«

Josefine war nach dieser Aufregung vollkommen erschöpft und legte sich für eine Weile hin. »Weißt du, wo die Jungens sind, Franzi?«, fragte sie, als sie später wieder herunterkam.

»Sie sind unterwegs mit den Hundchen. Soll ich den Tee im Garten servieren? Der Herr Doktor sitzt schon draußen.«

»Ja, gern. Und wenn die Kinder zurück sind, schick sie doch bitte gleich zu uns.« Schon ein paar Minuten später stürmten die beiden, gefolgt von den hechelnden Hunden, in den Garten. »Franzi sagt, wir sollen zu euch kommen«, sagte Klaus atemlos.

»Ja, setzt euch bitte.« Bernhards Stimme war ernst. »Wir möchten etwas mit euch besprechen.« Jegliche Farbe wich aus Heinz' Gesicht. Zusammengesunken saß er auf der Stuhlkante, die kleinen Hände ineinander verschränkt, und es war offensichtlich, wie sehr er sich bemühte, nicht zu weinen.

Josefine räusperte sich. »Klaus, was hältst du davon, wenn Heinz bei uns bleibt?«

Das Kind riss die Augen auf und blickte von einem zum anderen. »Ihr meint, für immer? Er kann bleiben, hier bei uns, und muss nicht nach Pillkallen oder in ein schreckliches Waisenhaus?«

»Nein, das muss er nicht«, sagte Bernhard lachend. »Deine Mutter und ich haben nämlich beschlossen, dass Heinz bei uns bleiben soll.«

Klaus sprang auf und umarmte ihn stürmisch. »Oh, ich freue mich so! Ist Heinz dann jetzt mein Bruder?« Er blickte Bernhard aus seinen großen blauen Augen fragend an. Bernhard schmunzelte. »Ja, ich glaube, so könnte man das nennen.«

»Ich habe einen Bruder, ich habe einen Bruder.« Klaus tanzte begeistert um seine Familie herum, während Heinz wie erstarrt auf seinem Stuhl saß. Dann füllten sich seine Augen mit Tränen. »Darf ich wirklich bei Ihnen bleiben?«, fragte er leise.

»Ja, Heinz, das darfst du. Sehr gerne sogar. Und nun komm mal her.« Josefine nahm das zitternde Kind in die Arme. »Es ist alles gut.« Beruhigend strich sie ihm über den Rücken. »Du brauchst keine Angst mehr zu haben.«

»Danke«, schluchzte er. »Danke, Frau Kreuzner.«

Es verbreitete sich wie ein Lauffeuer in der Stadt, dass der Enkel von Frieda Baldruschat selig von den Kreuzners aufgenommen worden war und dem armen Kind, das bei der Beerdigung alle mit seiner Muschel zu Tränen gerührt hatte, damit das Waisenhaus erspart blieb. Frau Schneidereit sorgte dafür, dass es wirklich jeder erfuhr. »Hab'n Se schon jehört …?«, erzählte sie beim Metzger, den Marktfrauen und im Hausfrauenverein. »Von den juten Menschchens, den Kreuzners?« Und die Zuhörer erzählten es natürlich weiter. Annchen Schneidereit zerfloss vor Dankbarkeit und Erleichterung. Bis zuletzt hatte sie das schlechte Gewissen geplagt, weil sie sich nicht dazu hatte entschließen können, den Jungen bei sich aufzunehmen. Der Direktor des Gymnasiums sprach Bernhard im Beisein des gesamten Lehrerkollegiums seine Hochachtung aus. Überall schlug ihnen Freundlichkeit und Anerkennung entgegen. Josefine genoss es, von den Frauen in der Stadt freundlich gegrüßt zu werden. Ihr Ansehen hatte stark gelitten, nachdem sie seit Jahren keinem Verein beigetreten war und sich auch an sonst keiner karitativen Veranstaltung beteiligt hatte, wie zum Beispiel dem Keksebacken für den jährlichen Weihnachtsbazar.

Es dauerte ein paar Tage, bis Heinz begriff, dass er jetzt tatsächlich ein richtiges Zuhause hatte und ihn niemand mehr wegschicken würde. Er wurde wieder so fröhlich wie zuvor, und seine schulischen Leistungen waren sogar noch besser. Er tobte mit Klaus im Garten, sie alberten herum, und hin und wieder stritten sie auch. Die Trauer der letzten Wochen geriet langsam in den Hintergrund. An einem Abend, an dem Josefine die Kinder wie gewöhnlich ins Bett brachte und ihnen einen Gutenachtkuss gab, fragte Heinz sie leise: »Frau Kreuzner, willst du jetzt auch mein Muttche sein?«

»Ja«, flüsterte Josefine. »Das will ich, und nun schlaf gut, mein Junge.« Bald waren Josefine und Bernhard für Heinz ›Mama‹ und ›Papa‹, als wäre es nie anders gewesen.

An dem Abend hatte Josefine, was ganz selten vorkam, mit Bernhard über ihre Kindheit gesprochen. »Weißt du, ich war ja kein allzu unglückliches Kind, schließlich hat mein Vater mich sehr geliebt und es mir auch gezeigt. Aber wenn ich an meine Mutter denke, was ihr alles an Freude und Glück entgangen ist ... ich meine ... was ich alles jetzt habe ... dich und die Kinder ... ach, mein Geliebter, was bin ich doch für ein Glückskind.« Bernhard hatte sie in die Arme genommen. »Nicht nur du, mein Herz. Du und die Kinder, ihr seid das Glück meines Lebens.«

Von Alexa kamen ab und an begeisterte Reiseberichte. Sie und Innegrit würden noch vier Wochen in Ägypten verbringen und dann durch den 1869 eröffneten Suezkanal mit dem Schiff weiter an die südliche Spitze des afrikanischen Kontinents reisen. Sie schrieb:

Von dort geht es mit einem Schiff von Cook bis nach Liverpool. Eigentlich wollten wir dann direkt nach Hause kommen, aber Innegrit meinte, so bald würden wir alten Schachteln uns nicht wieder zu einer längeren Reise aufraffen. Sie hat mich also überredet, noch einen Abstecher nach Paris zu machen. Wir haben ein reizendes französisches Ehepaar kennengelernt – die beiden müssen sehr vermögend sein –, das uns eingeladen hat, in seinem Pariser Stadtpalais zu logieren. Den Rest unseres Reisegeldes werden wir also bei Worth verprassen. Wir hoffen, dass dieser werte Herr inzwischen aus seinem Londoner Exil zurückgekehrt ist, wohin er während des Krieges mit Kind und Kegel in einem Heißluftballon geflohen ist – ihr erinnert euch sicher. Gegen Mitte Dezember werden wir dann zurück sein. Ihr werdet es nicht glauben, aber nach der manchmal unerträglichen Hitze freuen wir uns wirklich auf den ost-

preußischen Winter. Macht Euch darauf gefasst, dass wir Euch Weihnachten auf die Pelle rücken. Wir können es kaum erwarten, Euch alle wieder in die Arme zu schließen, vor allem Kläuschen. Wahrscheinlich erkenne ich ihn gar nicht wieder, so groß wird er inzwischen sein.

Ich muss aufhören, es erklingt der Gong zum Abendessen, und der Brief soll noch abgeschickt werden.

In Liebe

Eure Tante Alexa

Josefine hatte den Brief während des Frühstücks laut vorgelesen, und Heinz fragte: »Was sind denn alte Schachteln, Mama?«

Bernhard grinste. »Jetzt bin ich aber gespannt, wie du dem Kind das erklären willst.«

Josefine zuckte hilflos mit den Achseln. Doch da kam Klaus ihr zu Hilfe. »Tante Alexa und Tante Innegrit sind ziemlich alt, jedenfalls furchtbar viel älter als Mama. Das nennt man dann alte Schachteln. Aber auch wenn sie alte Schachteln sind: Sie sind ganz schrecklich lieb und bringen immer tolle Geschenke mit. Das Pony hab ich von Tante Alexa.« Die Erklärung schien Heinz zu genügen, und Bernhard trieb die Kinder zur Eile an. In einer halben Stunde begann der Unterricht.

In den Ferien an der See hatte Bernhard bewusst vermieden, den Wirtschaftsteil der Zeitung zu lesen, und auch in der dramatischen Zeit nach ihrer Rückkehr hatte er andere Dinge im Kopf gehabt, als die Börsenkurse zu beobachten. Aber im November war es nicht mehr zu übersehen, die Krise hatte Berlin erreicht. Die Zeitungen berichteten, dass amerikanische Eisenbahnobligationen im Wert von über zweihundert Millionen

Dollar über Nacht wertlos geworden waren. Panik brach aus. Deutsche Investoren versuchten, ihre Wertpapiere so schnell wie möglich loszuschlagen, und täglich fielen die Kurse. Als Bernhard sich endlich entschloss, seine Papiere zu verkaufen, bekam er nur noch einen Bruchteil ihres ehemaligen Wertes. Aber wenigstens war nicht alles weg! Einige Tage später schloss seine Bank die Schalter, als eine der ersten von einundsechzig Kreditanstalten, die während der Krise in Deutschland pleitegingen. Noch Tage danach standen verzweifelte Menschen vor den geschlossenen Türen, und erwachsene Männer brachen in Tränen aus in der Gewissheit, alles verloren zu haben. Bernhard bedauerte zutiefst, dass er keine Möglichkeit hatte, Alexa zu erreichen. »Hätten sie bloß nicht die verrückte Idee gehabt, noch einen Abstecher nach Paris zu machen«, sagte er zu Josefine. »Dann wären sie rechtzeitig zurück gewesen und hätten sich um ihre finanziellen Angelegenheiten kümmern können.«

»Vielleicht haben sie Rechtsanwalt Kölichen vor ihrer Abreise die entsprechenden Vollmachten gegeben«, meinte Josefine hoffnungsvoll. »Vielleicht hat er ihre Papiere rechtzeitig verkaufen können.«

»An diesen Gedanken klammere ich mich schon die ganze Zeit.«

Die Berichte in den Zeitungen wurden immer dramatischer. Bald hieß es nicht mehr der »Börsenkrach«, sondern nur noch der »Krach«. Täglich wurde von Bankenschließungen und Konkursen eben noch solventer Firmen berichtet und über Selbstmorde von Menschen, die von einem Tag auf den anderen ihr gesamtes Vermögen verloren hatten. Bernhard wurde schmerzlich an das Schicksal seiner Familie erinnert.

Der Winter hatte das Land fest im Griff. Klaus war schon wieder gewachsen und brauchte neue warme Sachen. Bernhard war froh über seine kleine finanzielle Reserve, nicht auszudenken, was geschehen wäre, wenn er einen Tag später zu seiner Bank gegangen wäre. Man sprach von nichts Anderem mehr als von der Krise, und natürlich war sie auch Thema im Hause Kreuzner. »Wir werden uns in Zukunft ein wenig einschränken müssen«, sagte Bernhard zu Josefine. »Schließlich haben wir jetzt ein ›Mäulchen mehr zu stopfen‹.« Er zwinkerte ihr zu. Die Formulierung aus Onkel Heinz' Brief war inzwischen zu einem geflügelten Wort geworden.

»Ach, so schlimm wird es schon nicht werden«, lachte Josefine. »Ich glaube nicht, dass wir verhungern müssen.« Plötzlich kam ihr ein Gedanke. »Mein Gott, Bernhard! Wir haben ja noch das Testament von Lena!« Sie lief zu ihrem Sekretär, in den sie es vor mehr als einem Jahr hineingelegt und dann völlig vergessen hatte. »Ich werde jetzt nachsehen, was drinsteht«, sagte sie energisch und öffnete das Kuvert. Sie las laut vor.

Mein letzter Wille

Hiermit vermache ich alles, was ich besitze, Josefine Kreuzner, geb. Josefine Baronin von Ehrenberg.

Mein Haus in Königsberg mit dem gesamten Inventar,
mein Bankkonto bei der Deutschen Bank in Königsberg
sowie die dort hinterlegten Eisenbahnobligationen.

Testamentsvollstrecker ist Rechtanwalt Horst Kölichen, Königsberg

Lena Budzinski
Königsberg, den 15. April 1869

Bernhard seufzte. »Die Aktien und das Geld sind weg«, sagte er resigniert. »Darum hätten wir uns eher kümmern müssen.«

»Ja, da hast du Recht. Es ist wirklich schrecklich. Aber das Haus wird ja wohl noch da sein. Innegrit möchte es doch haben. Vielleicht kauft sie es uns ja ab.«

»Ich befürchte, dass sie dazu nicht mehr in der Lage sein wird.« Plötzlich brach er in lautes Lachen aus. »Wahrscheinlich besitzt sie jetzt nicht viel mehr als die sündhaft teuren Kleider von Herrn Worth.«

Josefine erschrak. Sollte Innegrits Lage wirklich so ernst sein? Sie selbst konnte gut in bescheideneren Verhältnissen leben, das hatte sie bewiesen, aber ihre Freundin würde sich sicher schwer tun damit. »Ach Liebling!« Josefine legte den Arm um Bernhard. »Hoffen wir, dass es für Innegrit und auch Tante Alexa nicht allzu schlimm ausgeht. Du weißt, ich mache mir nichts aus Geld. Wir haben uns und die Kinder. Das ist viel mehr, als andere Menschen besitzen.« »Ja, ich weiß. Geld macht nicht glücklich, aber ein wenig davon zu haben beruhigt kolossal.« Und mit gespielt strenger Miene und Grabesstimme fügte er hinzu: »Vergiss nicht, ich habe mehrere Mäuler zu stopfen.«

Kurz darauf starb Herr Schulze, was nicht nur große Trauer bei der gesamten Familie auslöste, sondern auch bei der Dackeldame Susi. Sie verkroch sich unter dem Sofa, verweigerte das Fressen und ließ sich nur schwer zu Spaziergängen bewegen. Der Familienrat tagte, wo im Garten der geliebte Herr Schulze seine letzte Ruhe finden sollte, und man einigte sich auf eine Stelle unter der großen Eiche. Herr Schneidereit wurde zu Hilfe gerufen, um gemeinsam mit Bernhard in dem gefrorenen Boden ein Grab auszuheben, während die Kinder den Auftrag bekamen, aus zwei Holzlatten ein Kreuz zu sägen. Heinz stellte sich dabei wesentlich geschickter an als Klaus. Mit einer Laubsäge rundete er kunstvoll die Ecken, und mit seinem Taschenmesser schnitzte er »Hier ruht unser Freund Herr Schulze« hinein, was ihm von allen Seiten großes Lob eintrug. Klaus hatte gleich zugegeben, zu diesem Kunstwerk nichts weiter beigesteuert zu haben, als Heinz die Nägel zu reichen. Jeder wusste, dass Klaus lieber ein Buch las, während Heinz immer an etwas schnitzte oder schraubte. Der Boden war wirklich knochenhart, und Bernhard musste Herrn Schneidereit mehrmals mit seinem besten Cognac bei Laune halten, aber endlich war das Loch tief genug. In seine Lieblingsdecke gewickelt, legte Bernhard Herrn Schulze in das ein Meter tiefe Grab und bedeckte ihn mit Erde, begleitet von lautem Schluchzen. Alle weinten, sogar Bernhard hatte Tränen in den Augen. Nur Herr Schneidereit wischte sich nicht die Augen, sondern die Schweißperlen aus dem Gesicht und verstand überhaupt nicht, wie man ein solches Getue um einen alten Hund machen konnte.

Als Alexa und Innegrit Mitte Dezember von ihrer Reise zurückkamen, mussten beide feststellen, dass sie zwar nicht völlig verarmt, aber bei Weitem auch nicht mehr reich waren. Alexa war zuerst wie gelähmt. Sie gab Rechtsanwalt Kölichen die Schuld, die dieser aber weit von sich wies. »Ich habe Sie zwar beraten, und ich möchte doch sagen, sehr viele Jahre gar nicht schlecht, aber Sie haben mir keine Verfügungsgewalt über Ihre Konten dagelassen«, sagte er ruhig. »Das gilt auch für Sie, Gräfin Delwitz, nur für den Fall, dass auch Sie gedenken, mir Vorwürfe zu machen. Wenn ich irgendeine Möglichkeit gehabt hätte, Sie zu erreichen, hätte ich etwas unternehmen können. Aber so?« Er zuckte bedauernd die Schultern. »Glauben

Sie mir, ich war Tag und Nacht auf den Beinen, bin überall herumgefahren und habe meine Klienten gewarnt.« Die Erschöpfung war ihm deutlich anzusehen. »Bei einigen war ich mit meinen Ratschlägen erfolgreich, bei anderen nicht. Man kann nicht jeden zu seinem Glück zwingen.« Er schloss für einen Moment seine müden Augen. »Was glauben Sie, wie verzweifelt diejenigen sind, die sehenden Auges in ihr Unglück geschlittert sind!«

»Er hat Recht, Alexa«, sagte Innegrit. »Es war wirklich unsere eigene Dämlichkeit.«

Rechtsanwalt Kölichen lachte. »Ganz so drastisch möchte ich es nun doch nicht ausdrücken. Vor über einem Jahr konnte niemand ahnen, dass eine derartige Krise eintreten würde.

»Und was ist mit dem Vermögen von Lena Budzinski?«, fragte Alexa.

»Das weiß ich nicht.«

»Sie erwähnte einmal, dass sie Sie zu ihrem Testamentsvollstrecker machen wollte.«

Der Anwalt war erstaunt. »Ich hörte, sie sei gestorben. Aber ich hatte auch von ihr keine Verfügungsgewalt über Konten oder Depots, und bisher ist mir kein Testament vorgelegt worden.«

»Na ja, wenigstens steht ihr Haus noch, das habe ich gesehen«, sagte Innegrit trocken. »Kaufen werde ich es wohl nicht mehr können, aber vielleicht vermietet es mir ja der Erbe, wenn es denn einen gibt.«

»Wie geht es übrigens Anneliese?«, fragte Alexa. »Haben Sie sie in der letzten Zeit gesehen?«

»Selbstverständlich, sie ist ja auch eine Klientin von mir.«

»Und – hat sie auf Ihren Rat gehört?«

»Ja, das hat sie.«

Innegrit sprach nicht mehr, bis sie draußen auf der Straße standen. Dann brach es aus ihr heraus. »Der Teufel scheißt immer auf den dicksten Haufen.«

Es dauerte ein paar Tage, dann hatte Alexa den Schock dank Innegrit überwunden. »Wir sind zwei alte Schachteln …«

»Kannst du nicht aufhören, uns als alte Schachteln zu bezeichnen?«, unterbrach Alexa ihre Freundin, musste aber gleich darauf wieder lachen.

»… Die gerade noch eine sündhaft teure Reise gemacht haben«, fuhr Innegrit ungerührt fort. »Die Erinnerung kann uns ja wohl auch die größte Krise nicht nehmen. Wir bekommen beide eine anständige Witwenpension, die allemal für Essen und Trinken reicht. Also werden wir nicht verhungern. Außerdem habe ich noch das Gut, das wirft auch einiges ab. Also hör auf, zu lamentieren.«

»Ist ja gut!« Alexa rollte die Augen. Natürlich gab es viele Menschen, denen es schlechter ging als ihnen. »Dann werde ich uns für Weihnachten bei Josefine und Bernhard anmelden und meine Berge von Post durchsehen. Ich bin gespannt, was es alles für Neuigkeiten gibt.« Auf ihrem Schreibtisch lag ein Haufen Briefe.

»Und ich mache auf dem Weg nach Allenstein Station in Abschruten. Nach einem Jahr sollte ich meinem Verwalter vielleicht mal auf die Finger sehen. Außerdem plündere ich die Speisekammer, die Mamsell macht die besten Pasteten.«

»Dann bring auch eine Weihnachtsgans mit. Wer weiß, wie schwer es Bernhard finanziell getroffen hat. Er scheint mir mehr ein Gelehrter zu sein als ein Finanzgenie.«

Am Tag vor Heiligabend trafen die beiden Damen aus verschiedenen Richtungen in Allenstein ein. Zweimal musste Bernhard mit der Kutsche zum Bahnhof fahren, da Alexa angekündigt hatte, dass sie und auch Innegrit reichlich Gepäck dabeihätten. »Wo ist Kläuschen?«, fragte Alexa sofort, nachdem sie Josefine umarmt, sich aus ihrem Pelz geschält und Mütze und Stiefel ausgezogen hatte. »Er ist in dem einen Jahr sicher ordentlich gewachsen.« Bevor Josefine antworten konnte, rief Innegrit nach ihr, die bereits im Salon am Kamin saß und das dritte Glas Punsch vor sich hatte. »Da bist du ja endlich! Bernhard und Josefine haben ein Geheimnis, das sie erst lüften wollen, wenn du da bist. Noch eine Stunde, und ich wäre wahrscheinlich sturzbetrunken und bekäme von dem Geheimnis gar nichts mehr mit.«

Alexa ließ sich in einen Sessel fallen. »Könnt ihr euch das vorstellen? Mit dieser Frau habe ich es über ein Jahr lang Tag und Nacht ausgehalten!«, stöhnte sie. »Also dann erzählt mal: Was gibt es denn so Interessantes?«

Bernhard goss auch ihr ein Glas ein. »Erst einmal herzlich willkommen«, sagte er lachend. »Schön, dass ihr wieder heil zurück seid!«

»Noch dazu völlig verarmt«, unterbrach Innegrit ihn. »Geht es euch vielleicht genau so? Ist es das, was ihr uns gestehen wollt?« Sie nahm einen kräftigen Schluck. »Solange es genug zu essen und zu trinken gibt, will ich nicht jammern.«

»Leider hat auch uns die Krise nicht verschont«, sagte Bernhard. »Aber das ist es nicht, was wir euch …« Laute Kinderstimmen waren aus der Diele zu hören, und zwei kleine aufgeregte Jungen stürmten herein, hinter ihnen der Dackel Susi. »Mamachen, da sind wir wieder«, rief einer und der andere: »Papa, wir sind mit Franzi Schlittschuh gelaufen. Das war so …« Als er die beiden fremden Damen sah, blieb er abrupt stehen. Die blickten fassungslos von einem zum anderen. Wie gewöhnlich fasste Innegrit sich als Erste. »Wie habt ihr das denn geschafft?«, fragte sie trocken. »Ein zweites Kind in einem Jahr so groß zu kriegen?« Bernhard lächelte. »Das wollte ich euch ja gerade erklären. Klaus, sag bitte Tante Alexa und Tante Innegrit guten Tag. Du erinnerst dich doch an sie?« Dann legte er Heinz die Hände auf die Schultern und sagte: »Und das ist unser zweiter Sohn. Er heißt Heinz. Wie lange und warum er bei uns ist, erzählen wir euch später. So, Heinz, nun begrüß du auch die Damen, und dann geht euch umziehen zum Abendessen.«

Heinz gab den beiden artig die Hand. Beim Hinausgehen fragte er leise: »Sind das die alten Schachteln?«

Alexa lachte laut auf. »Wo hat das Kind das denn her?«

Nun musste auch Josefine lachen. »Aus deinem letzten Brief. Den habe ich Bernhard im Beisein der Kinder vorgelesen, und Heinz war vollkommen fasziniert davon. Das Wort hatte er noch nie gehört.«

»Das hast du nun davon!« Alexa sah ihre Freundin mit zusammengekniffenen Augen an. »Nun sind wir wohl für immer die alten Schachteln.«

»Stimmt doch!« Ungerührt prostete Innegrit ihr zu.

Nach dem Abendessen erfuhren die beiden die ganze Geschichte. Sogar Innegrit, die so leicht nichts erschüttern konnte, war gerührt. »Wie lieb von euch«, sagte sie ergriffen. »Was hat der Junge doch für ein Glück, nicht im Waisenhaus gelandet zu sein.«

Bernhards gütiges Gesicht strahlte. »Ach, weißt du, das Glück ist gegenseitig. Wir lieben ihn wie unser eigenes Kind, und Klaus hat das Geschwisterchen, das er sich immer gewünscht hat.«

»Apropos Wünsche. Wie ihr wisst, würde Innegrit gern das Haus von Lena mieten«, wechselte Alexa das Thema. »Aber

Rechtsanwalt Kölichen hat keine Ahnung, wem sie es vermacht hat.«

»Mir«, sagte Josefine sofort. »Erinnerst du dich an das Kuvert, das du mir geschickt hast? Da war das Testament drin.«

Alexa klatschte begeistert in die Hände. »Na, dann könnt ihr ja keine allzu großen finanziellen Sorgen haben.« Sie zögerte kurz. »Ihr habt doch hoffentlich rechtzeitig …?« Als Innegrit die Gesichter von Josefine und Bernhard sah, unterbrach sie ihre Freundin: »Sie haben nicht!« Sie hielt Bernhard ihr Likörglas hin. »Geteiltes Leid ist halbes Leid! Dann mal: ›Frohe Weihnachten‹. Was hast du denn mit dem Haus vor, Josefine? Leider habe ich nicht mehr die Mittel, es zu kaufen, aber wenn du es mir vermieten würdest … das wäre wirklich toll.«

»Natürlich, Tante Innegrit. Das habe ich schon mit Bernhard besprochen.«

Am Heiligen Abend bereitete Frau Schneidereit die von Innegrit mitgebrachte Weihnachtsgans auf das Köstlichste zu. Dazu servierte sie Butterkartoffeln, Rotkohl und Bratäpfel. Bernhard hatte einen wunderbaren Bordeaux aufgemacht, von dem sogar die Jungen jeder einen Schluck bekamen. Frisch gebadet, in schwarzen Samtanzügen und die Locken mit Zuckerwasser gebändigt, saßen sie bei Tisch. Vor Aufregung sprachen sie kaum ein Wort. Für Heinz war es das erste richtige Weihnachtsfest in einer Familie. Bei seiner Großmutter war der Höhepunkt des Heiligen Abends der Besuch der Mitternachtsmesse gewesen, und auch dieser war einige Male ausgefallen, wenn die Geburt eines Kindes dazwischenkam. Dieses Jahr aber hatte er in den Nächten vorher kaum geschlafen. Josefine hatte die Kinder schon vor Wochen aufgefordert, ihre Wunschzettel zu schreiben, und auf dem seinen stand ganz oben ein scharfes Schnitzmesser, während Klaus sich einen neuen Hund wünschte. Ob ihre Wünsche wohl erfüllt würden? Bereits am Morgen hatte Bernhard den Salon abgeschlossen und darin mit Hilfe von Franzi den Baum geschmückt. Innegrit und Alexa, die nicht gewusst hatten, dass nun plötzlich ein zweiter Junge beschenkt werden musste, hatten noch in der Nacht alle für Klaus bestimmten Geschenke verpackt und mit Bernhard besprochen, diese unter den Baum zu legen und die Kinder sich abwechselnd eines davon nehmen zu lassen. Später konnten sie dann tauschen. Nach dem Dessert – Frau Schneidereits Eisbombe war ein Gedicht – erhob sich Bernhard. »Ich werde mal nachsehen, ob der Weihnachtsmann schon da war«, sagte er ernst. Es dauerte eine Weile, dann ertönte ein leises Klingeln aus dem Salon. Die große Flügeltüre öffnete sich, und ein großer, bunt geschmückter Weihnachtsbaum mit unzähligen Kerzen tauchte den Salon in ein festliches Licht. Darunter lagen zahllose Päckchen mit großen Schleifen. Bernhard saß am Klavier und begann »Stille Nacht, heilige Nacht« zu spielen, und die ganze Familie stimmte mit ein. Heinz erschien es wie ein Wunder. Mit weit aufgerissenen Augen drückte er sich an Josefine. Noch nie hatte er etwas Ähnliches gesehen. Das Lied war verklungen, und Bernhard sagte: »Ich höre draußen ein Geräusch. Der Weihnachtsmann scheint noch einmal zurückgekommen zu sein.« Da ging die Tür auf, und Franzi führte einen Hundewelpen hinein. »Der ist eben für Kläuschen abjejeben worden.« Mit einem Jubelschrei stürzte das Kind sich auf das Tier. »Danke! Danke!«

»Nun, Heinz«, sagte Josefine. »Wollen wir mal sehen, was dir der Weihnachtsmann gebracht hat?« Sie ging zu dem Baum und hob ein kleines Paket auf. »Sieh nach, was es ist.« Die kleinen Hände zitterten, als Heinz die Schleife löste und das Papier entfernte. Ein Karton lag darin, und in dem Karton befand sich genau das Messer, das er sich gewünscht hatte. »Danke«, stammelte er. »Vielen Dank.«

In der Folge tauschte die Schar Geschenke aus. Zahlreiche »Ah«, »Oh« und begeisterte »Vielen Dank auch, das ist ja wunderschön« waren zu hören. Auch die Diensboten wurden beschert. Frau Schneidereit bekam einen Wollschal und Fellstiefel, und Franzi ein Flanellnachthemd und eine weiße Rüschenbluse. Dann stießen alle mit einem Glas Champagner an und wünschten sich »Frohe Weihnachten«, bevor Frau Schneidereit sich verabschiedete, um ihrem Mann den Weihnachtsbraten zu machen, und Franzi in der Küche verschwand, beide überglücklich, so reich beschenkt worden zu sein.

Während Innegrit und Alexa von ihrer Reise berichteten, beschäftigten sich die Kinder mit dem kleinen Hund, für den noch ein Name gefunden werden musste. Und natürlich mit den exotischen Geschenken der beiden Tanten, alles Dinge, von denen sie noch nie gehört und die sie noch nie zuvor gesehen hatten, darunter Masken, Pfeile oder ein Buch mit Abbildungen afrikanischer Tiere. Neben seinem Messer war Heinz hingerissen von einer kleinen Djembetrommel. Als er gar nicht aufhören wollte, mit seinen kleinen Fäusten darauf herumzuhauen, fasste Innegrit sich an den Kopf. »Die lieben Kleinen sind wirklich reizend, und ich weiß, dass wir die Trommel selber verbrochen haben. Aber wenn ich den Krach noch zehn Minuten länger ertragen muss, bekomme ich einen Nervenzusammenbruch. Könnten die Kinder nicht woanders spielen?«

Bernhard, der aus der Schule wesentlich mehr Lärm gewöhnt war, lachte. »Kinder, ich bin sicher, das Hundchen muss raus. Franzi soll euch warm anziehen, und dann geht ein bisschen in den Garten.«

»*Du* bist von uns beiden die alte Schachtel«, sagte Alexa daraufhin bissig. »*Mich* hat das Trommeln überhaupt nicht gestört.« So ging das noch einige Male hin und her, bis Josefine das Geplänkel lächelnd unterbrach. »Nun hört schon auf, ihr beiden! Erzählt lieber weiter von eurer Reise. Wie war Paris? Ist Herr Worth zurück aus England?«

»Oh ja!«, stöhnte Innegrit. »Von dem, was wir bei ihm an Geld gelassen haben, könnte eine fünfköpfige Familie ein Jahr lang leben.«

»Nun übertreib nicht.« Alexa schüttelte den Kopf. »Aber stellt euch vor: Justine Montpellier, bei der wir in Paris logiert haben, hat mir vor unserer Abreise anvertraut, dass sie ihr herrliches Palais verkaufen und demnächst in ihr Landhaus ziehen müssen. Alle ihre Aktien sind nur noch Makulatur. Sie sind vollkommen verzweifelt.«

»Das nenne ich Jammern auf hohem Niveau«, warf Innegrit ein. »Der Weinkeller ist immer noch bis oben hin voll, den kriegen sie in zehn Jahren nicht leer. Und wenn Justine sich überwindet, einige von ihren Klunkern zu verkaufen, werden sie schon nicht verhungern.« Sie kicherte. »Justine war wirklich immer dermaßen behangen mit Juwelen, da wäre sogar Kaiserin Eugénie vor Neid erblasst, stimmt's, Alexa?«

Die nickte. »Einmal hat eine mitreisende Dame sich bei mir darüber mokiert. ›Jetzt sehen Sie nur dieses riesige Collier und die vielen Ringe … wie vulgär!‹«

Alexa unterbrach sie kichernd. »Jetzt kommt's. Hört euch an, was meine reizende Freundin ihr geantwortet hat.«

Innegrit grinste. »Ich sagte: ›Ach, wissen Sie, meine Liebe, das habe ich auch immer gesagt, als ich noch keinen Schmuck hatte.‹« Bernhard und Josefine konnten gar nicht aufhören zu lachen, während Alexa trocken meinte: »Manchmal ist Innegrit wirklich unmöglich.«

Bernhard und Josefine genossen den Besuch »aus der großen Welt«, wie Bernhard es ausdrückte. Tag für Tag schien die Sonne von einem stahlblauen Himmel, und sie machten zusammen mit den Kindern und Hunden – der Welpe hatte inzwischen den Namen Nero bekommen – lange Spaziergänge im Schnee. Wenn sie dann verfroren nach Hause kamen, gab es heißen Punsch, und Frau Schneidereit verwöhnte sie mit all den ostpreußischen Gerichten, die Alexa und Innegrit auf ihrer langen Reise vermisst hatten. Amüsiert lauschten Bernhard und Josefine den Erzählungen der beiden Frauen. Josefine hing förmlich an ihren Lippen. Sie hatten selten so amüsante Gäste. Meistens waren es Kollegen von Bernhard mit ihren Frauen. Dann saßen die Männer zusammen, sprachen über Probleme in der Schule, Bismarcks Politik und seit einiger Zeit auch über die Weltwirtschaftskrise. Bei den Frauen ging es hauptsächlich um die Kinder, Probleme mit faulen Dienstmädchen und harmlosen Klatsch aus der Kleinstadt. Nichts, was Josefine wirklich interessierte.

Das Thema Krise hatte Innegrit sich gleich am zweiten Tag verbeten. »Wir wissen jetzt, dass wir alle eigentlich bankrott sind, weil wir so blöd waren, fast all unser Geld in Aktien anzulegen«, hatte sie gesagt. »Aber wir sind nicht völlig verarmt, und du, Bernhard, hast eine Arbeit mit einem monatlichen Gehalt. Also lassen wir das Lamentieren. Sagt mir, was ihr für Lenas Haus haben wollt, damit habt ihr dann noch ein kleines Zubrot.« Sie einigten sich auf eine Summe, die Innegrit dankbar akzeptierte, und damit war das Thema Krise vom Tisch.

Alexa hatte bei ihrer Rückkehr Berge von Post vorgefunden und berichtete nun jeden Tag von den Neuigkeiten in und um Königsberg herum. »Erinnerst du dich an Gustav Goelder?«, fragte sie Josefine.

»Natürlich, Gustav und Mathias, die Zwillinge, die nie heiraten wollten, und dann hat es Gustav doch getan.«

»Ja, und er war sehr glücklich mit Agathe. Stell dir vor, sie ist kürzlich im Kindbett gestorben. Jetzt sitzt er da mit zwei kleinen Jungen, die ungefähr im Alter von Klaus sein müssen, und einer Tochter von ein paar Monaten.«

»Wie traurig.« Josefine war ehrlich bestürzt. »Hast du etwas von den Harvichs gehört? Sind sie noch immer im Ausland?«

»Nein, sie sind schon seit einiger Zeit wieder zurück.«

Fast wäre ihr ein »kurz nach deiner Flucht« entfleucht. »Hanno von Harvichs Vater ist gestorben, deshalb hat er seinen Abschied vom Diplomatischen Dienst genommen und verwaltet jetzt Gut Buchenhain.«

»Und wie geht es ihrem Bruder, Leopold von Troyenfeld? Ist er immer noch Junggeselle?«

»Nein, er hat Natascha Orlowskaja, eine russische Fürstentochter, geheiratet.«

»Bildschön, aber kalt wie eine Hundeschnauze.« Innegrit verzog das Gesicht. »Sie haben eine kleine Tochter.«

»Von Troyenfeld soll vollkommen vernarrt sein in die Kleine«, sagte Alexa.

»Und die gute Frau Orlowskaja immer noch verrückt nach ihrem russischen Liebhaber, wie unsere Freundin Irina von Nöthen mir unter dem Siegel der Verschwiegenheit anvertraut hat!«

»Nun ist es aber genug, Innegrit.« Alexas Augen funkelten wütend. »Das ist übelster Klatsch.«

»Du weißt doch, dass sie wochenlang in Petersburg war, während von Troyenfeld im Krieg gekämpft hat. Carla von Harvich hat sich die ganze Zeit um Feodora, das arme Kind, gekümmert. Sie hasst ihre Schwägerin.«

»Na ja, Carla findet vor allem, dass ihr Bruder seiner Frau zu viele Freiheiten lässt.«

»Ha!«, unterbrach Innegrit sie erneut. »Wisst ihr übrigens, was ich gehört habe? Leopold von Troyenfeld ist auch einer von denen, die nicht auf Rechtsanwalt Kölichen gehört haben. Er ist quasi bankrott. Das wird seine Natascha nicht besonders erfreuen. Sie gehörte zu den besten Kundinnen von Worth.« Bernhard empfand tiefes Mitleid mit dem Mann. Auch er lauschte immer amüsiert den Klatschgeschichten, wenn er nicht über seinen Büchern saß. Die meisten der Leute kannte er kaum oder nur vom Hörensagen, aber er freute sich für seine Frau, die aufgeregt alle Neuigkeiten über Menschen, die zu ihrem früheren Leben gehörten, aufsaugte. Das zeigte ihm, dass es sie immer noch beschäftigte, genau wie die seltenen Bemerkungen, die sie über ihre Mutter machte, obwohl sie fast nie über sie sprach. Einmal, als Josefine nicht im Zimmer war, fragte er: »Habt ihr etwas von Josefines Mutter gehört?«

»Ja!« Innegrit lachte freudlos. »Sie ist eine der wenigen, die auf Rechtsanwalt Kölichen gehört und die Krise unbeschadet überstanden haben.«

»Aber sie ist nicht sehr glücklich, wie ich aus Haffingen höre«, warf Alexa ein.

»Das war sie doch nie!« Innegrit konnte es nicht lassen.

»Hin und wieder höre ich von Lisa«, fuhr Alexa unbeirrt fort. »Es kommen kaum noch Gäste. Alle alten Freunde, wie die Lackners, Henkiels, von Donnersmarcks, und wie sie alle heißen, sagen fast immer ab, wenn Anneliese einlädt. Nur die sogenannte ›Insterburger Hautevolee‹ oder jedenfalls die, die sich dafür halten, wie Landrat Kaldereit, Hofrat von Heidt und Kommerzienrat Gehlau mit ihren reizenden Gattinnen, kommen regelmäßig. Und natürlich Nofretete. Also die früheren fabelhaften Jour fixes gibt es nicht mehr.« In dem Moment kam Josefine wieder herein. Bernhard legte schnell den Finger auf den Mund, und Innegrit verkniff sich einen bösartigen Kommentar.

Die Tage vergingen wie im Fluge. Die Familie konnte nicht genug bekommen von den Geschichten über wilde Tiere, bunt bemalte schwarze Menschen mit Pfeil und Bogen und Ritten durch die Wüste auf schwankenden Kamelen. Abends, wenn die Kinder im Bett waren, spielten die Erwachsenen eine Partie Whist und schmiedeten Pläne für den Sommer. »Wir sind ja alle ein bisschen klamm«, sagte Innegrit eines Abends. »Ich jedenfalls kann mir Zoppot in diesem Jahr nicht leisten. Warum verbringen wir die Sommerferien nicht alle auf meinem Gut in Abschruten? Es gibt einen kleinen See zum Schwimmen, und die Kinder könnten reiten und viele andere spannende Dinge machen. Na, was sagt ihr dazu?«

»Wunderbar! Danke!« Josefine strahlte, und auch Bernhard war begeistert. »Das ist eine fabelhafte Idee. Wir nehmen die Einladung mit großer Freude an.«

Anfang Januar reisten die beiden Damen ab. Sie waren bei Freunden zur Hasenjagd eingeladen, und im Hause Kreuzner kehrte wieder Alltag ein.

1881 – 1886

Von diesem Sommer an verbrachten sie zu Innegrits und Alexas Freude beinahe alle Ferien gemeinsam auf dem Delwitzschen Gut. Sie waren inzwischen wie eine Familie, und es war den beiden Damen ein großes Vergnügen, die Kinder aufwachsen zu sehen. »Das hält uns alte Schachteln jung«, war Innegrits beständige Rede, und Alexa hatte es längst aufgegeben, ihr zu widersprechen. Beide Jungen waren begeisterte Reiter, schwammen wie die Fische und tobten mit den Kindern der Bediensteten auf dem weitläufigen Gut herum. Als sie älter wurden, begann Klaus, sich für die Landwirtschaft zu interessieren, trieb sich in den Ställen herum und half, die Pferde zu versorgen, während Heinz in der hauseigenen Schreinerei mit Hand anlegte. Er war inzwischen von Bernhard offiziell adoptiert worden, trug den Namen Kreuzner, und bald war seine Herkunft für ihn nur noch eine vage Erinnerung. Die beiden Jungen waren unzertrennlich. Bernhard, mittlerweile zum Direktor der Schule aufgestiegen, ging auf in seinem Beruf, während Josefine ihre Söhne zu kleinen Herren erzog. Sie brachte ihnen bei, wie man Damen die Hand küsste, die Türen aufhielt, Polka und Walzer tanzte und sich erhob, wenn ein Erwachsener das Zimmer betrat. Sie waren ausgesucht höflich und hatten exzellente Tischmanieren, was nicht hieß, dass sie sich nicht hin und wieder benahmen wie Rabauken.

Einmal sagte Innegrit: »Übertreibst du es nicht manchmal mit deiner Erzieherei?«

»Ach weißt du, Geld kann man verlieren, aber eine gute Erziehung verlernt man nie«, hatte Josefine lächelnd geantwortet.

Mit ungefähr vierzehn Jahren stand bei beiden Jungen bereits der Berufswunsch fest. Eines Tages fragte Klaus seinen Vater nach einer gewonnenen Partie Whist: »Papachen, was hältst du davon, wenn ich später studiere?« Erstaunt sah sein Vater ihn an. »An was für ein Studium hast du denn gedacht?« »Ich würde gerne Land- und Forstwirtschaft studieren. Würdest du das erlauben?«

Bernhard war erfreut. »Natürlich erlaube ich das, mein Junge. An der Königsberger Universität gibt es eine anerkannte Fakultät für dieses Fach.« Er wandte sich an Heinz. »Hast du denn auch schon überlegt, was du werden willst?« Die Antwort kam wie aus der Pistole geschossen. »Ich möchte Möbel bauen.« Bernhard lächelte. Er hatte gar nichts Anderes erwartet. Heinz' handwerkliche Begabung war hinreichend bekannt. »Soso, du möchtest also Möbel bauen. Dem sollte nichts im Wege stehen«, sagte er. »Aber dazu musst du ja nicht auf eine Universität. Ich denke, wir werden dir zu gegebener Zeit eine Lehrstelle bei einem ordentlichen Schreiner suchen. Ich bin sicher, dass wir hier in Allenstein eine geeignete Werkstatt finden.« Josefine streichelte Heinz die Wange. »Dann habe ich wenigstens eines meiner Kinder etwas länger bei mir.« Bernhard mischte schon wieder die Karten. »Das ist wirklich ganz in meinem Sinne. Aber bis dahin ist es ja noch lange hin. Jetzt sollen die beiden erst mal die Schule hinter sich bringen. Wer weiß, vielleicht haben sich ihre Berufswünsche ja bis dahin geändert. Und nun los. Ich will eine Revanche.« Eilig verteilte er die Karten.

Die Jahre zogen ins Land. Bernhards Vorhersage, dass es unter Bismarck keinen Krieg mehr geben würde, hatte sich zu Alexas großer Freude erfüllt. Sie vergötterte Klaus und Heinz und verwöhnte sie im Rahmen ihrer Möglichkeiten nach Strich und Faden. Der Gedanke, dass ihre Lieblinge in den Krieg ziehen müssten, war für sie unerträglich.

Heinz hatte Klaus an Körpermasse längst eingeholt, und von »mickrich«, wie Frau Schneidereit ihn früher bezeichnet hatte, konnte nicht mehr die Rede sein. Beide hatten inzwischen Gardemaß, waren über einen Meter achtzig groß, Klaus sogar ein paar Zentimeter länger als sein Bruder, was Heinz jedoch durch seine breiten Schultern und kräftigen Muskeln ausglich. Äußerlich konnten sie nicht unterschiedlicher sein. Klaus mit seinen schwarzen Locken wurde von Jahr zu Jahr immer mehr zum Abbild seines Großvaters, die leicht gebogene Nase und etwas vollere Unterlippe hatte er aber von seinem Vater. Er war ein schöner Mann, der alle Menschen bezauberte mit seiner Höflichkeit und lieben, herzlichen Art. Heinz dagegen war nicht schön im landläufigen Sinne. Aber mit seinen wild abstehenden roten Haaren, dem von Sommersprossen übersäten Gesicht und seinem umwerfenden Charme stand er Klaus in der Gunst der Weiblichkeit in nichts nach. Die Brüder Kreuzner waren im gesamten Landkreis bekannt wie bunte Hunde. Zu ihrem sechzehnten Geburtstag hatte Innegrit jedem ein Pferd geschenkt, und so ritten sie oft über Land und erkundeten die Gegend. Kein Dorffest ließen sie aus, wo sie tanzten wie entfesselt, manchmal ein Glas zu viel tranken und oft ein unglücklich verliebtes Marjellchen zurückließen.

Alexa und Innegrit kamen trotz ihrer mehr als sechzig Jahre immer noch regelmäßig zu Besuch.

An einem heißen Augusttag saßen sie gemeinsam mit Bernhard und Josefine unter der Eiche im Garten. Kein Lüftchen regte sich, und Innegrit versuchte, sich mit ihrem Fächer etwas Luft zu verschaffen. Franzi servierte Kaffee und verschiedene Kuchen. »Was darf ich der Frau Jräfin geben?« Innegrit beugte sich nach vorne und betrachtete mit glänzenden Augen die prächtigen Torten.

»Tu ihr gleich von allem auf«, sagte Alexa spitz. »Das spart dir einige Mühe.«

»Danke, meine Liebe.« Innegrit war wie immer ungerührt. »Du hast mir das Wort aus dem Mund genommen.« Sie wandte sich an Josefine und Bernhard. »Versteht ihr meine Freundin? Sie zählt mir jeden Bissen in den Mund, wo Fressen und Saufen doch das Einzige ist, was einem in unserem Alter noch bleibt.«

»Nun übertreibst du aber!« Alexa schüttelte unwillig den Kopf.

»Na, stimmt es etwa nicht?« Innegrit redete sich in Rage. »Die meisten unserer alten Freunde sind entweder tot, senil, schwerhörig oder so klabastrich, dass es wirklich kein Vergnügen mehr ist, mit ihnen zu verkehren.«

»Deshalb muss man sich trotzdem nicht so gehen lassen und zu einer fetten Wachtel werden.«

Innegrit hatte es aufgegeben, auf ihre Figur zu achten, war »aus dem Leim« gegangen, wie sie das so treffend nannte, während Alexa immer wieder betonte, sie wäre noch nicht bereit, endgültig als dicke alte Schachtel durch die Gegend zu rollen.

Amüsiert lauschte Bernhard den Sticheleien der beiden. Er sah hinüber zu Josefine, die lächelnd über einer Stickerei saß. *Wie hübsch sie noch immer ist*, dachte er liebevoll. Tatsächlich hatte sie sich kaum verändert in den Jahren ihrer Ehe. Sie war immer noch gertenschlank, nur ein paar Fältchen um die Augen und winzige graue Strähnen in ihren dunklen Locken zeugten davon, dass sie nicht mehr ganz jung war. Aber ihre immer fröhliche Art und das Glück, das sie ausstrahlte, hatten ihn das bisher nicht bemerken lassen.

»Habe ich euch schon gesagt, dass Lissy und Arndt wieder auf Gut Haffingen sind?«, wechselte Alexa jetzt das Thema. Josefine blickte erstaunt von ihrer Arbeit hoch. Seit langer Zeit dachte sie wieder einmal an ihr altes Zuhause. »Seit wann denn? Und was hat sie dazu bewogen?«

Alexa zögerte kurz, dann sprach sie den Namen aus, der fast zwanzig Jahre im Hause Kreuzner tabu gewesen war. »Anneliese hatte sie immer wieder gebeten, doch zurückzukommen. Sie hatten all die Jahre über Kontakt, und als Arndt vor kurzem seine Arbeit verlor, haben sie Annelieses Angebot angenommen.«

»Na, wenn das mal gut geht!« Innegrit wischte sich die schweißnasse Stirn mit ihrem Spitzentaschentuch. »Übrigens, Finchen …« Die Tatsache, dass Alexa ihre Nichte mit ihrem Kosenamen ansprach, verhieß nichts Gutes. »Findest du es nicht an der Zeit, dass Klaus von seiner Herkunft erfährt und seine Großmutter kennenlernt?«, fragte sie vorsichtig.

Josefine legte die Stickerei zur Seite und stand auf. Ihr Gesicht war wie versteinert. »Nein, das finde ich nicht. Würdet ihr mich bitte entschuldigen? Ich muss mit Franzi das Abendessen besprechen.« Bernhard zuckte bedauernd mit den Schultern, während Innegrit bemerkte: »Da bin ich ausnahmsweise mal mit dir einer Meinung, Alexa.«

Es war kein Problem, für Heinz in Allenstein eine Lehrstelle in einer großen Möbeltischlerei zu finden, schließlich war Doktor Kreuzner ein hoch angesehenes Mitglied der Gemeinde. Kurz darauf schrieb sich Klaus an der Königsberger Universität ein.

Immer wieder war die Rede davon gewesen, dass Klaus während des Studiums bei Alexa oder Innegrit logieren könnte, aber je näher der Zeitpunkt kam, umso weniger war dieser davon begeistert. Er liebte die beiden wirklich, aber der Gedanke, täglich von ihnen betütelt zu werden und womöglich jedes Mal erklären zu müssen, warum er in der Nacht so spät oder womöglich gar nicht nach Hause gekommen war, erschien ihm wie ein Albtraum. Er wollte frei sein, wollte etwas erleben. Am Tag nach seiner Einschreibung bat er Bernhard um ein Gespräch. »Hast du einen Moment Zeit für mich, Papa?«

»Aber natürlich, mein Junge. Setz dich.« Er deutete auf ein Tablett mit Tee. »Möchtest du eine Tasse, oder bevorzugst du einen Cognac?«

»Ein Cognac wäre mir lieber.«

Bernhard lächelte. »Ist es so schlimm?«

»Nun.« Klaus zögerte kurz. »Du weißt ja, dass Tante Innegrit und Tante Alexa unbedingt wollen, dass ich bei einer von ihnen logiere.« Bernhard nickte.

»Ich weiß auch, dass es euch nicht leichtfällt, die Ausbildung von Heinz und mir zu finanzieren.« Klaus sprach jetzt immer schneller. »Aber meinst du, eure Mittel würden es erlauben, mir mit einem Kommilitonen ein Zimmer zu teilen? Es liegt in der Nähe der Universität, würde mir ein gutes Stück Weg ersparen und ist nicht sehr teuer.« Flehend sah er seinen Vater an. »Bitte, Papa!«

Nun goss sich auch Bernhard einen Cognac ein. Ein Gefühl großer Zärtlichkeit durchströmte ihn. Wie gut er seinen Sohn verstand! Der Junge wollte selbstständig über sein Tun und Lassen entscheiden. Er wollte sich die Hörner abstoßen, das gehörte schließlich zum Erwachsenwerden dazu. Er zündete sich umständlich eine Zigarre an. »Selbstverständlich ist das deine Entscheidung. Und wegen des Geldes mach dir keine Sorgen.«

»Danke, Papachen!« Bernhard konnte den Stein förmlich hören, der Klaus vom Herzen fiel. »Jetzt müssen wir das nur noch den beiden alten Damen schonend beibringen.«

»Kannst du das nicht machen?«

»Nein, du Hasenfuß! Da musst du durch.« Er lachte laut auf, als er Klaus' verzweifeltes Gesicht sah. »Also gut, ich werde dir beistehen. Aber was ist noch fragen wollte: Wie heißt denn dein neuer Freund?«

»Ferdinand Gawellke. Er ist sehr nett. Sein Vater ist Forstmeister auf einem Gut in der Nähe von Insterburg. Er hat mir erzählt, dass vorher schon sein Großvater dort war.« Für einen Moment verschlug es Bernhard die Sprache. Er musste unbedingt mit Josefine sprechen, bevor Klaus ihr diese Neuigkeit mitteilte.

Wenige Minuten später berichtete er Josefine von den neuesten Ereignissen. Sie nahm die Nachricht erstaunlich gelassen auf. »Das Schicksal geht manchmal seltsame Wege, findest du nicht auch, Liebster? Wir sind machtlos dagegen. Also lassen wir ihm einfach seinen Lauf.«

Bernhard nahm sie in die Arme. »Weißt du eigentlich, wie sehr ich dich liebe?«

Sie lächelte. »Ich ahne es.«

Kurz darauf hatte Bernhard einen Tag in Königsberg zu tun. Er entschloss sich, Klaus die Bürde doch abzunehmen und Innegrit und Alexa bei dieser Gelegenheit Klaus' Entscheidung mitzuteilen. »Aber warum denn?«, fragte Innegrit enttäuscht. »Es ist doch euer Haus, in dem ich wohne. Klaus hat quasi ein Recht darauf.«

Und Alexa stampfte wütend mit dem Fuß auf. »Und meins gehört euch auch praktisch schon! Ich habe es euch vermacht, für den Fall, dass ich sterbe. Nur, dass ihr das wisst!« Er lächelte sie an. »Das ist wirklich sehr lieb von dir, Alexa. Aber nun beruhigt euch doch, ihr beiden.« Bernhard goss sich und den beiden einen Schnaps aus Alexas schier unerschöpflichem Vorrat ein. »Klaus und ich haben die Entscheidung gemeinsam getroffen. Das Zimmer liegt nahe der Universität, und er teilt es sich mit einem Kommilitonen. Also entstehen keine hohen Kosten. Bitte macht es Klaus nicht allzu schwer. Ihr wisst doch beide, wie gern er euch hat.«

»Meinst du, er kommt uns wenigstens ab und zu besuchen?« Alexa stand die Enttäuschung ins Gesicht geschrieben.

Bernhard war erleichtert, dass es keine weitere Diskussion gab. »Na, was denkt du denn? Ein Junge in dem Alter hat immer Hunger. Wahrscheinlich kommt er öfter, als es euch lieb ist. Ich würde euch raten, immer genug zu essen im Haus zu haben.«

»Vielleicht bringt er ja seinen Kommilitonen mal mit«, sagte Innegrit hoffnungsvoll. »Je mehr Jugend im Haus, desto besser.«

Bernhard seufzte. »Da ist noch etwas, was ich euch sagen muss.«

Innegrit hielt ihm sofort ihr Glas hin. »Das klingt, als bräuchte ich noch einen Schnaps.« Er füllte erneut ihr Glas. »Und nun sag schon, Bernhard, worum geht es?«

»Der Kommilitone ist Peter Gawellkes Enkelsohn!«

»Gütiger Gott!« Innegrit stürzte ihr Glas in einem Zug hinunter. »Warum hast du das nicht verhindert?«

Bernhard ließ sich in einen Sessel fallen. »Ja wie denn? Welchen Grund hätte ich denn angeben können?« Natürlich hätte er sagen können, dass es billiger wäre, bei einer von ihnen zu wohnen. Aber er konnte Klaus ja so gut verstehen.

Alexa war entsetzt. »Und was sagt Finchen dazu?«

»Sie nimmt es erstaunlich gelassen. Sie meint, das wäre Schicksal.« Bernhard blickte die beiden Damen eindringlich an. »Wir, Josefine und ich, haben eine große Bitte an euch: Sagt bitte kein Wort zu Klaus, dass ihr die Gawellkes oder Gut Haffingen kennt. Es wird alles kommen, wie es kommen soll. Ich bin da mit Josefine einer Meinung: Lassen wir dem Schicksal seinen Lauf.«

In gespielter Verzweiflung hielt Innegrit sich die Hand an die Stirn. »Lieber Gott, lass mich den Ausgang dieses Dramas noch erleben.«

»Dann musst du wohl aufhören, so viel zu fressen und zu saufen«, lautete Alexas wenig damenhafter Kommentar.

1887 – 1890

Klaus war im zweiten Studienjahr. Die Bildung einer Wohngemeinschaft mit Ferdinand Gawellke, genannt Ferdi, hatte sich als hervorragende Entscheidung erwiesen. Die beiden waren schnell enge Freunde geworden, lernten zusammen und zogen gemeinsam mit anderen Kommilitonen durch die Königsberger Studentenkneipen. Sie redeten viel, auch über ihre Familien, und bald meinte Klaus, Gut Haffingen zu kennen. Ferdi erzählte von der wunderbaren Umgebung, von seinem Großvater, der der beste Freund von Baron von Ehrenberg gewesen war und über dessen Frau, die nun alt und verbittert allein im Herrenhaus lebte. »Mein Ohmchen lebt noch. Sie redet immer noch davon, dass die Tochter des Barons, Finchen hieß sie, plötzlich spurlos verschwunden ist. Die war nämlich eng mit meinem Vater und seiner Schwester befreundet.«

»Das ist ja lustig. Finchen ist auch der Kosename meiner Mutter. Na ja, so heißen ja ziemlich viele«, sagte Klaus. Er erzählte von seinen Eltern und von Heinz, seinem Bruder, der im Alter von sechs Jahren zu ihnen gekommen war. »Großeltern habe ich leider nicht. Sie sind schon lange tot.«

»Irgendwann musst du mal mit zu mir kommen«, sagte Ferdi.

»Und du zu mir«, meinte Klaus.

Er hielt sein Versprechen und besuchte seine alten Tanten regelmäßig. Als er seinen Freund Ferdi zum ersten Mal zum Mittagessen mitbrachte, verschlug es Alexa fast die Sprache, die meinte, ihren Bruder mit seinem besten Freund Peter vor sich zu haben. An die Ähnlichkeit von Klaus mit Hubertus hatte sie sich inzwischen gewöhnt, aber auch dieser Junge war ein Ebenbild seines Großvaters. Er hatte die gleiche gerade, kräftige Nase, die blonden gewellten Haare und leuchtend blauen Augen. Nur der Backenbart fehlte, er trug seitlich die modernen Koteletten. Während des Essens war Alexa ungewöhnlich still, während Innegrit den jungen Mann ungeniert ausfragte. »Du bist also Ferdi. Ich darf doch du sagen?«

»Selbstverständlich, Frau Gräfin.« Er verbeugte sich leicht.

»Klaus hat uns schon viel von dir erzählt. Du kommst woher genau?«

»Das weißt du doch, Tante Innegrit. Aus Insterburg«, unterbrach sie Klaus.

»Direkt aus Insterburg?«, insistierte Innegrit. Alexa schwitzte Blut und Wasser. War ihre Freundin denn von allen guten Geistern verlassen?

»Nein, nicht direkt. Mein Vater ist Forstmeister auf Gut Haffingen. Das liegt dort in der Nähe.«

»Soso. Auf Gut Haffingen. Gehört das nicht den von Ehrenbergs? Ich erinnere mich, in meiner Jugend dort einmal auf der Jagd gewesen zu sein.«

»Ach, wirklich?« Ferdi sah sie erfreut an. »Mein Vater ist schon in der dritten Generation dort Forstmeister, und wahrscheinlich werde ich ihm irgendwann nachfolgen.«

»Leben denn die alten Ehrenbergs noch? Hatten sie nicht eine Tochter?« Alexa starrte ihre Freundin an.

»Der alte Baron ist schon lange tot, genauso wie mein Großvater«, redete Ferdi unbefangen weiter. »Aber die alte Baronin lebt noch. Ihre Tochter ist vor langer Zeit verschwunden, und keiner weiß, wohin. Das hat meinen Vater und meine Tante sehr traurig gemacht. Sie waren eng mit der Baroness befreundet und reden immer wieder davon.«

Alexa war einer Ohnmacht nahe, mühte sich aber, die Contenance zu bewahren. »Nun ist aber Schluss mit der Ausfragerei, Innegrit! Der Junge kommt ja gar nicht zum Essen.«

Innegrit biss sich wütend auf die Lippen. Das war mal wieder typisch Alexa. Dabei lief es doch gerade so gut. Was hätte sie nicht noch alles erfahren können!

Das Gespräch drehte sich in der Folge um allgemeine Themen, und als die beiden jungen Männer sich verabschiedet hatten, sagte Alexa: »Hab ich dir schon mal gesagt, dass du unmöglich bist, Innegrit? Tu mir das bitte nie wieder an!«

Im März 1888 starb Kaiser Wilhelm I. mit einundneunzig Jahren, dieser allseits beliebte Herrscher, von dem Bismarck sagen sollte: »Er war kein Großer, aber ein Guter.« Schon lange war bekannt, dass sein Sohn und Thronfolger, Friedrich III., an Kehlkopfkrebs erkrankt war. Er starb bereits im gleichen Jahr nach einer kurzen Regentschaft von nur neunundneunzig Tagen. Ihm folgte kurz darauf sein Sohn Wilhelm II auf den Thron, und so sollte das Jahr als das »Drei-Kaiser-Jahr« in die Geschichte eingehen. Monatelang waren die Zeitungen voll von diesem Thema, und auch in den Salons sprach man von nichts anderem. Zumindest über fast nichts anderes, denn bei ihrem nächsten Besuch in Allenstein hatten Innegrit und Alexa anderen aufregenden Klatsch zu berichten. »Finchen, erinnerst du dich an Baron von Harden?«

»Ja, das war dieser kleine Dicke, der immer so geschwitzt und mich so merkwürdig angesehen hat. Seine junge Frau soll sich doch vor einiger Zeit das Leben genommen haben. Was ist mit ihm?«

»Stell dir vor: Er hat letzte Woche Feodora von Troyenfeld geheiratet! Du weißt schon, die Tochter von Leopold von Troyenfeld.«

Josefine sah ihre Tante ungläubig an. »Ich kenne Leopold von Troyenfelds Tochter nicht. Aber sie muss ungefähr in Klaus' Alter sein, oder sogar ein paar Jahre jünger. Und der Mann ist doch uralt!«

»Das *ur* hättest du dir sparen können.« Innegrit machte ein beleidigtes Gesicht, lachte dann aber. »Natürlich ist er ein alter Dackel, und dazu ein schrecklicher Parvenu.«

»Diese grässliche Natascha soll ihre Tochter an ihn verschachert haben. Stellt euch das mal vor.« Alexa war empört. »Carla von Harvich – habe ich dir überhaupt erzählt, dass ihr Mann kurz vor seiner Rückkehr aus Neuseeland gestorben ist?« Josefine schüttelte stumm den Kopf. »Also Carla von Harvich hat es Lissy erzählt, und die hat es mir natürlich sofort geschrieben.«

»Feodora von Troyenfeld war doch sicher nicht begeistert von dieser Verbindung«, sagte Josefine ernst. »Wieso hat ihr Vater das denn zugelassen?«

»Leopold hat sich von der Krise nie erholt und angefangen, zu spielen. Man munkelt, dass Baron von Harden alle seine Schuldscheine aufgekauft hat und ihn damit erpresst.«

»Das arme Mädchen!« Sie kannte die Frau zwar nicht, empfand aber tiefes Mitleid mit ihr. Niemand wusste besser als sie, wie es sich anfühlte, einen ungeliebten Mann heiraten zu müssen.

In der Folge drehte sich das Gespräch wieder um den neuen Kaiser und um das, was man unter seiner Regentschaft zu erwarten hatte. Es war bereits ein offenes Geheimnis, dass Otto von Bismarck nicht besonders viel von ihm hielt.

Klaus hatte sich entschlossen, in diesem Sommer in den Ferien eine Arbeit anzunehmen. Die Kneipenbesuche kosteten mehr, als ihm zur Verfügung stand, und keinesfalls wollte er seinen Vater um mehr Geld bitten. Bereits zwei Mal hatte er Heinz angepumpt, der kurz vor seiner Gesellenprüfung stand und schon kleine eigene Aufträge erledigen durfte. »Du musst es mir nicht wiedergeben, alter Lorbas«, hatte sein Bruder abgewunken. »Was brauche ich hier schon groß? Erzähl mir lieber von deinen Abenteuern in der Großstadt. Hier ist es ohne dich todlangweilig.« Auf dem Anschlagbrett in der Universität, wo Studenten für kleinere Arbeiten gesucht wurden, fand Klaus die Annonce einer Stelle als Pferdeknecht auf einem Gut in den Masuren. Die Bezahlung war nicht schlecht, und auf ein kurzes Bewerbungsschreiben, in dem er darauf hinwies, dass er seit seiner Kindheit reite und sich mit Pferden besonders gut auskenne, erhielt er postwendend Antwort, dass man ihn in einer Woche erwarte. Seinen Eltern schickte er eine kurze Note, dass er sie erst gegen Ende der Semesterferien besuchen könne, da er für seinen Beruf auf einem Gut etwas Praxis sammeln wolle. Die letzten Tage vor den Semesterferien waren ausgefüllt mit Prüfungen, und so blieb keine Zeit, sich persönlich von den beiden Tanten zu verabschieden. »Ferdi, würdest du mir einen Gefallen tun?«, fragte er seinen Freund am Tag seiner Abreise. »Könntest du meinen Tanten den Brief bringen? Ich verpasse sonst womöglich noch meinen Zug.« Weder hier noch in den Briefen an seine Eltern kam ihm in den Sinn, den Namen des Gutes niederzuschreiben, auf dem er in den nächsten Wochen seine Zeit verbringen würde. Er ahnte nicht, dass er dadurch seiner Familie vorerst einige Aufregung ersparte.

Bei seiner Ankunft auf Gut Eichen fragte Klaus einen Knecht, der gerade ein Pferd an einem Trog tränkte, nach dem Stallmeister. »Den Kröger findst im Stall, hab ihn jrade mit dem Baron reingehen sehn.« Klaus machte sich sogleich auf den Weg. Vor einer Box, in der eine Stute mit aufgeblähten Nüstern und weit aufgerissenen Augen unruhig hin und her tänzelte, stand ein großer Mann mittleren Alters, der sich mit einem kleinen, dicklichen Herrn Mitte sechzig unterhielt. »Honey ist immer noch sehr nervös«, hörte Klaus den Mann sagen, vermutlich der Stallmeister. »Aber sie sollte in den nächsten Tagen eingeritten werden.«

»Da bin ich vollkommen Ihrer Meinung, Kröger. Aber lassen Sie es behutsam angehen. Honey gehört zu den wertvollsten Exemplaren meines Gestüts.«

»Ich weiß, Herr Baron.« In diesem Moment entdeckte er Klaus, der in einiger Entfernung wartete. »Ach, da ist ja unser Student.« Er gab Klaus ein Zeichen, näher zu treten.

»Klaus Kreuzner«, stellte er sich vor.

»Klaus wird uns in seinen Semesterferien im Stall zur Hand gehen«, fügte der Stallmeister hinzu.

»Soso, du bist das.« Der Baron musterte ihn mit seinen wässrigen blauen Augen und wischte sich mit einem riesigen Taschentuch die schweißnasse Stirn. »Kennst du dich auch wirklich mit Pferden aus?«

»Ja, Herr Baron, ich reite seit meiner frühen Kindheit und habe bereits einige Pferde eingeritten.«

»Gut, Kröger, dann weisen Sie den jungen Mann mal ein.« Der Baron sah auf seine goldene Taschenuhr. »Ich muss aufbrechen. Meine Frau erwartet mich zum Tee.«

Während der Stallmeister den Baron hinausbegleitete, streichelte Klaus die Nüstern der Stute und sprach leise auf sie ein.

»Ja, so ist es gut«, flüsterte er. »Ganz ruhig, Honey. Ganz ruhig.« Es dauerte nur wenige Augenblicke, da hörte das Tänzeln auf, das Tier stand still und ließ sich von Klaus die Blesse streicheln.

»Donnerwetter!« Kröger war unbemerkt hinter Klaus getreten. »Du verstehst tatsächlich etwas von Pferden. Ich werde dich hier gut gebrauchen können.«

Der Stallmeister führte Klaus herum, der tief beeindruckt war von dem Besitz des Barons. Noch nie hatte er eine solche Ansammlung von Rassepferden gesehen, außerdem gehörten ihm die Felder, Wälder und Seen im Umkreis von vielen Kilometern.

Am nächsten Morgen, als Klaus gerade eine Box ausmistete, betrat eine sehr junge, sehr schöne Frau den Stall, begleitet von einem braunen Labrador, der aufgeregt um sie herumsprang. Sie trat an die Box von Honey, und das Pferd begrüßte sie mit einem freudigen Schnauben. »Na, meine Schöne«, sagte sie leise. »Wann werde ich dich denn endlich reiten können?«

Der Stallmeister war hinter sie getreten. »Eine Weile werden Sie sich noch gedulden müssen, Frau Baronin. Bis dahin muss ich wohl weiter Attila für sie satteln lassen.«

»Danke, Kröger.« Sie wandte sich zum Gehen. »Komm, Rex, dann woll'n wir mal.«

Ihr Blick fiel auf Klaus, und für einen Moment trafen sich ihre Blicke. Sollte das der neue Stallbursche sein, von dem Heinrich ihr erzählt hatte? *Ein hübscher Kerl*, schoss es ihr durch den Kopf. *Er sieht gar nicht aus wie ein Stallbursche, irgendwie feiner.* Die schwarzen Locken und ungewöhnlich blauen Augen fielen ihr noch auf, dann wandte sie sich ab, um den Stall zu verlassen.

Klaus starrte hinter ihr her. Was für eine schöne Frau! Sollte das etwa die Frau des alten Barons sein? Er konnte es nicht fassen. *Sie sieht nicht glücklich aus*, dachte er. Kurt, der Stalljunge, mit dem er das Zimmer teilte, unterbrach seine Gedanken. »Na, was is? Haste 'nen Jeist jesehn?«

»Nein. Nein. Aber war das wirklich die Frau vom Baron?«

»Ja, da staunste, was? Hibsch isse, die junge Baronin.«

»Das ist ja wohl untertrieben. Weißt du, wie sie heißt?«

»Feodora, glaub ich. Aber was jeht dich das äijentlich an?« Am Abend in der Gesindestube wurden zahlreiche Schnäpse gekippt. Plötzlich rief Kurt: »Unser Neuer hat sich in die junge Jnädje verguckt.« Daraufhin ertönte dröhnendes Gelächter, die Gläser wurden neu gefüllt, und alle riefen: »Na denn man prrrost!«

Klaus war empört. »Kurt, bist du verrückt geworden? Ich habe nur gesagt, dass ich sie hübsch finde.«

»Ja, ja, hibsch … und wissen wolltst, wie se heißt.«

Als die Frotzeleien kein Ende nahmen, stand er auf. »Ach lasst mich doch in Ruhe. Ich bin müde, war ein langer Tag heute. Gute Nacht allerseits.« Noch einige Zeit hörte Klaus lautes Gegröle aus der Gesindestube, dann fielen ihm die Augen zu. In dieser Nacht träumte er von Feodora.

In der nächsten Zeit beachtete Feodora ihn kaum, wenn sie vor ihren Ausritten Honey besuchte, und auch er versuchte, möglichst nicht aufzufallen. Er spürte, dass man ihn beobachtete, und wollte auf keinen Fall seine Arbeit verlieren. An seiner Begeisterung für die junge Baronin änderte das nichts, er fand sie hinreißend, aber er tröstete sich damit, dass er sie nach seiner Rückkehr nach Königsberg schon vergessen werde. Bald hörte das Gerede auf. Was blieb, war der Tratsch über den Baron und seine junge Frau, die er erst vor kurzem geheiratet hatte. Schrecklich unglücklich sei sie, und von ihren Eltern verschachert worden. Die Hausdame, Fräulein Kastner, hasse sie, hatte sie doch jahrelang darauf gehofft, dass der Baron sie heiraten würde. Klaus' erster Eindruck war also richtig gewesen. Die Baronin war zutiefst unglücklich.

Ein weiteres Thema, das Klaus beschäftigte, war Honey. Keiner der erfahrenen Knechte, die seit Jahren die jungen Pferde einritten, wurde mit der Stute fertig. Sie warf alle ab, kaum dass sie aufgestiegen waren. Einer brach sich dabei das Schlüsselbein, ein anderer die rechte Hand. Auch Kröger war ratlos. Wie lange würde er die Baronin noch vertrösten können? Klaus hatte immer still neben dem Stallmeister am Gatter gestanden und die missglückten Versuche beobachtet. Er hatte seine eigene Idee, wie man vorgehen könnte, wagte aber keinen Vorstoß. Erst am Tag vor seiner Abreise fragte er mutig: »Soll ich es mal versuchen? Es wäre nicht das erste Tier, mit dem ich fertig geworden bin.« Kröger zögerte einen Moment. »Mehr als runterfliegen kannst du auch nicht«, sagte er schulterzuckend. »Also probier'n wir's einfach. Hals- und Beinbruch.«

Klaus atmete tief durch und stieg in die Manege. Honey stand zitternd am anderen Ende, ihre Flanken bebten, und der Schweif peitschte hin und her. Vorsichtig näherte sich Klaus dem Tier. »Ruhig, Honey … ganz ruhig … ich bin es. Du kennst mich doch, Honey«, wiederholte er mit ruhiger Stimme, bis er zwei Meter vor dem Pferd stand. »Honey … alles ist gut … hörst du mich?« Klaus trat noch einen Meter näher. Das Pferd hatte aufgehört, zu zittern, und drehte langsam seinen Kopf in seine Richtung. »So ist es fein, Honey.« Klaus ergriff die Zügel und schwang sich mit einem Satz in den Sattel. Das Pferd bäumte sich kurz auf, dann ging es im Schritt eine Runde und noch eine, als hätte es nie etwas anderes getan. Inzwischen hatten sich um das Gatter alle versammelt, die nicht unbedingt auf dem Hof gebraucht wurden. Niemand wollte sich entgehen lassen, wie der junge Student in das Sägemehl flog. Doch nun, während er auf Honey die zweite Runde vollendete, herrschte absolute Ruhe. Dann brauste Beifall auf.

»Doll, Jungchen!« rief Eberhard, der alte Kutscher. Allgemeines bewunderndes Gemurmel war zu hören. »Bravo, Junge.« Kröger klopfte Klaus anerkennend auf die Schulter. »Ich hätte es wissen müssen, du verstehst was von Pferden. Wenn du willst, komm doch zur Saujagd wieder.«

Klaus nahm das Angebot dankend an und machte sich schweren Herzens auf den Weg nach Königsberg. Doch dort fiel es ihm zunehmend schwerer, sich auf sein Studium zu konzentrieren. Der Grund dafür war einfach: Er war verliebt. Jede Nacht träumte er von Feodora, und auch tagsüber beherrschte sie seine Gedanken.

»Ist was mit dir?«, fragte Ferdi ihn nach ein paar Tagen.

»Nein, es ist nichts. Was soll denn sein?« Zu gerne hätte Klaus sich ihm mitgeteilt, aber wenn er ihm gestand, dass er in eine verheiratete Baronin verliebt war, würde sein Freund ihn für verrückt erklären. Doch Ferdi ließ nicht locker, und schließlich rückte Klaus mit der Wahrheit heraus. »Es gibt da eine Frau …«

»Wusste ich's doch!« Ferdi schlug ihm auf die Schulter.

»Und wo ist das Problem? Hast du schon …?«

»Um Himmels willen, nein«, fiel Klaus ihm ins Wort.

Erstaunt sah sein Freund ihn an. »Du bist doch sonst nicht so zimperlich. Wer ist es denn?«

Klaus zögerte. »Die Frau des Barons auf Gut Eichen«, sagte er schließlich. »Ach Ferdi, sie ist so schön! Ich kann an gar nichts Anderes mehr denken.«

Ferdi schüttelte ungläubig den Kopf. »Hast du den Verstand

verloren? Daraus kann doch gar nichts werden. Und wenn, vielleicht eine kurze Affäre. Jetzt reiß dich zusammen und vergiss sie, auf der Stelle!«

Weihnachten versammelten sich wie jedes Jahr alle im Hause Kreuzner. Immer, wenn Innegrit und Alexa zu Besuch waren, herrschte Trubel. Es wurde mehr gegessen und getrunken als sonst, und gleich am ersten Abend saßen alle bis nach Mitternacht zusammen, spielten Karten und genossen den neuesten Klatsch aus der Hauptstadt. Am meisten aber amüsierten sich alle über das harmlose Gezänke der beiden alten Damen. Trotz ihres fortgeschrittenen Alters waren sie immer noch ungeheuer unterhaltsam, und auch wenn die müden Knochen manchmal streikten, war ihr Geist noch rege. Nur Heinz fiel auf, dass Klaus stiller war als sonst. Als sie zu Bett gingen, folgte er ihm in sein Zimmer. »Was ist mit dir, alter Lorbas?«, fragte er. »Dich bedrückt doch irgendwas.«

Klaus drehte ihm den Rücken zu, während er seine Sachen ordentlich auf einen Stuhl legte. »Es ist nichts.«

»Das glaube ich nicht. Mir kannst du nichts vormachen, das weißt du doch. Also, was ist? Hast du etwas angestellt?«

»Nein.« Klaus sank auf die Bettkante und vergrub seinen Kopf in beiden Händen. »Ich bin einfach nur unglücklich verliebt.«

Heinz brach in schallendes Gelächter aus. Er schlug sich vor Vergnügen auf die Schenkel. »Ich fasse es nicht! Mein Bruder, der alles flachlegt, was ihm gefällt, ist unglücklich verliebt!«

»Also sooo witzig finde ich das nun eigentlich nicht.«

»Aber ich. Wo ist denn überhaupt das Problem?«

Klaus seufzte. »Sie ist verheiratet mit dem Baron, bei dem ich während der Semesterferien gearbeitet habe.«

»Ja und? Eine verheiratete Frau macht doch keine Probleme, also ran an den Speck.«

»Ach Heinz, das verstehst du nicht. Es ist alles viel komplizierter, als du dir vorstellen kannst.« Er umarmte seinen Bruder und schob ihn dann aus der Tür. »Kein Wort darüber, verstehst du? Kein Wort!«

Am nächsten Tag, man hatte üppig zu Abend gegessen und nahm den Mokka im Salon, fragte Alexa: »Klaus, wo warst du eigentlich in den Semesterferien?«

»In den Masuren. Du wirst es nicht kennen: auf Gut Eichen.«

»Hach!« Innegrit stieß einen Schrei aus. »Sag bloß, bei dem schrecklichen Baron von Harden, diesem grässlichen Parvenu?«

Ungläubig sah Klaus sie an. »Du kennst ihn?«

»Kennen ist zu viel gesagt. Aber er ist mir vor vielen Jahren ein paar Mal über den Weg gelaufen.« Als sie Josefines entsetztes Gesicht sah, stockte sie kurz. »Ich weiß allerdings gar nicht mehr so genau, wo.« Josefine entspannte sich merklich.

»Er hat doch erst vor kurzem die kleine von Troyenfeld geheiratet.« Alexa sah nicht, wie Josefine leicht den Kopf schüttelte. Neugierig fuhr sie fort. »Ist sie dir je begegnet, mein Junge? Sie soll außerordentlich hübsch sein.«

Klaus blickte zu Heinz, der ihm beruhigend zublinzelte. »Ich habe sie einige Male im Stall gesehen. Sie ist wirklich außergewöhnlich schön.«

»Ja, und schrecklich unglücklich, wie ich von Lissy weiß. Stell dir vor, ihre Eltern haben sie an diesen Mann verschachert. Hast du etwas darüber gehört?«

»Nein. Wie denn auch, Tante Alexa?« Klaus wurde jetzt ungeduldig. »Ich habe dort im Stall gearbeitet und mich nicht mit den privaten Angelegenheiten beschäftigt. Aber die Pferde des Barons ...« Er begann, von dem prachtvollen Gestüt zu schwärmen, was keinen interessierte, und bald ging man zu anderen Themen über, bevor man zu Josefines Erleichterung zum Whisttisch schritt.

Am Heiligen Abend barg das Geschenk von Heinz die größte Überraschung. Kurz nach elf, die Bescherung war schon lange vorbei, verschwand er für eine Weile. Doch plötzlich stand er wieder im Salon, Mütze und Mantel voller Schnee. Ein erstauntes »Ja, wo kommst denn du her?«, gefolgt von einem »Wo warst du denn so lange?« war zu hören. »Ich habe etwas für euch, was ich nicht mit ins Haus bringen kann«, sagte er. »Also zieht euch warm an, und kommt mit in die Scheune.«

»Es wird doch wohl nicht das liebe Jesuskind sein«, sagte Innegrit augenrollend, woraufhin Alexa zischte: »Kannst du nicht einmal ernst sein?«

Unter allgemeinem Gelächter schlüpfte man in Stiefel und Mäntel, zog Mützen und Handschuhe an. Es herrschte starkes Schneetreiben, und als sie bei der Scheune ankamen, waren alle mit Schnee bedeckt. Heinz öffnete das Tor und gab den Blick frei auf einen großen, sechssitzigen Schlitten mit einem Kutschbock. Bernhards altes Kutschpferd war eingespannt und scharrte mit den Hufen. Einen Moment schwiegen alle überrascht. Bernhard fasste sich als Erster. »Mein Gott, Heinz, das ist ja fantastisch! Hast du das etwa selbst gebaut?«

»Ja, es ist mein Gesellenstück, und der Meister hat schon mehrere Aufträge für dieses Modell. Deshalb durfte ich es behalten.« Er glühte vor Stolz. »Es ist mein Geschenk für die ganze Familie.« Josefine nahm ihn in den Arm. Sie hatte Tränen in den Augen. »Danke, mein Junge. Das ist wirklich wunderbar.« Klaus schlug seinem Bruder anerkennend auf die

Schulter. »Das hätte ich dir gar nicht zugetraut, altes Haus. Doll! Wirklich doll.« Bevor Innegrit und Alexa auch noch etwas sagen konnten, rief Heinz: »Nun lasst uns bloß nicht rührselig werden. Steigt alle ein zur Jungfernfahrt. Ich bringe euch jetzt zur Christmette.«

Obwohl Heinz und auch Ferdi versuchten, ihn davon abzuhalten, fuhr Klaus bereits zur Saujagd erneut nach Gut Eichen. Zu groß war seine Sehnsucht, Feodora wiederzusehen. Während seines Aufenthaltes begab er sich ab und an in ihre Nähe, grüßte kurz und machte sich dann wieder an seine Arbeit. Doch die junge Frau schenkte ihm keine Beachtung, sie schien in sich gekehrt und gedankenverloren.

Den Rest des Winters widmete Klaus sich seinem Studium, auch wenn es ihm schwerfiel. Er versuchte, Feodora aus seinen Gedanken zu verbannen und erwähnte sie auch nicht mehr, weder bei Heinz noch bei Ferdi. Beide waren erleichtert, Klaus schien im Leben zurück.

Doch an einem Wochenende nach Ostern, als keine Prüfungen anstanden, entschloss sich Klaus, für ein paar Tage nach Gut Eichen zu fahren. Kröger hatte ihm beim letzten Mal angeboten, er könne jederzeit kommen, Arbeit hätte er immer für ihn. »Ich bin wieder ziemlich klamm«, erklärte er Ferdi. »Und die Bezahlung ist wirklich gut. Das bisschen, was ich versäume, kannst du später mit mir durchgehen.«

»Klar«, sagte Ferdi, der zweifelte, dass Klaus allein aus finanziellen Gründen reiste. »Aber mach keinen Unsinn.«

»Versprochen.« Und damit nahm das Schicksal seinen Lauf.

»Du bist also Klaus?« Feodora war schlecht gelaunt, mehr noch, sie kochte vor Wut. Eben hatte ihr reizender Ehemann darauf bestanden, dass sie, nachdem ihr Pferd im Winter einmal auf einer Eisplatte ausgerutscht war, nur noch in Begleitung eines Stallburschen ausreiten durfte.

»Ja, Frau Baronin.« Klaus machte eine leichte Verbeugung. »Der Stallmeister hat mich beauftragt, Sie zu begleiten. Der Baron sorgt sich …«

»Das ist mir hinlänglich bekannt! Also, reiten wir«, unterbrach sie ihn schroff. Sie schwangen sich auf die Pferde und trabten schweigend durch den Eichenwald. Feodora war immer noch wütend. Heinrich ging entschieden zu weit in seiner Bevormundung. Sie würde heute Abend mit ihm sprechen, auch wenn das vermutlich nicht von Erfolg gekrönt sein würde. Wie eigentlich alle Gespräche über Dinge, die sie störten, aussichtslos waren. Ihr Schicksal schien schlicht und ergreifend unabänderlich. Der endlos lange Winter, die zahlreichen Hausgäste – allesamt schrecklich langweilige alte Menschen, die ihrem ungeliebten Mann die Zeit vertrieben –, all das hatte sie schlicht zur Verzweiflung gebracht. Sollte das ihr Leben sein? Sie war doch erst achtzehn Jahre alt!

Klaus bog jetzt in einen Pfad ein, den sie nicht kannte. Als sie aus dem Schatten der Bäume heraustraten, sah sie in einiger Entfernung einen kleinen See, dessen ruhiges Wasser in der Sonne glitzerte. »Wollen wir um die Wette reiten? Wer als Erster am Ufer ist«, rief Klaus und gab seinem Pferd die Sporen.

Feodora gefiel die Idee. »Los, Honey«, flüsterte sie über den Hals des Pferdes gebeugt. »Dem Jungen werden wir es zeigen.« Nebeneinander überflogen sie Felder, übersprangen Zäune und schmale Gräben. Fast gleichzeitig erreichten sie ihr Ziel, Pferde und Reiter gleichermaßen außer Atem.

Feodora setzte sich auf einen Baumstumpf. Zum ersten Mal seit ihrer Ankunft auf Gut Eichen empfand sie so etwas wie Freude. »Du hättest mich nicht gewinnen lassen müssen«, sagte sie lachend. »Hast du gedacht, ich wäre eine schlechte Verliererin?«

»Sie sind die Frau Baronin.« Er sah sie mit seinen freundlichen Augen unbefangen an. »Aber eine fabelhafte Reiterin, wirklich, das sind Sie.«

»Danke, Klaus. Das ist ein schönes Kompliment.« Sie deutete auf einen Baumstumpf neben sich. »Die Pferde müssen ein wenig verschnaufen. Auch uns tut eine kleine Pause gut. Setz dich.«

Klaus ließ sich in einiger Entfernung von ihr nieder. In ihm tobte ein Sturm der Gefühle. Seiner Angebeteten so nahe zu sein, dazu allein mit ihr … in seinen kühnsten Träumen hätte er sich das nicht auszudenken vermocht. Dabei war schon der ganze Tag wie ein Traum gewesen. Als der Stallmeister ihm am Morgen den Auftrag gegeben hatte, das Pferd der Baronin zu satteln und sie in Zukunft auf ihren Ausritten zu begleiten, hatte ihm einen Moment der Atem gestockt. »Guck nicht so erstaunt. Der Baron hat ausdrücklich nach dir gefragt«, hatte Kröger lachend bemerkt. Und nun saß er tatsächlich hier. Er warf Feodora so unauffällig wie möglich einen Blick von der Seite zu.

Sie ließ ihren Blick über die Umgebung schweifen und schien von seiner Verwirrung nichts zu bemerken. »Es ist schön hier«, sagte sie nach einer Weile. »Kommst du oft hierher?«

»Bisher war ich immer hier, wenn ich auf Gut Eichen war. Vor allem im Sommer häufig zum Schwimmen.«

»Und wo bist du, wenn du nicht auf Gut Eichen bist?«, fragte sie neugierig.

»Ich studiere in Königsberg Land- und Forstwirtschaft. In den Semesterferien komme ich her und helfe im Stall. Damit finanziere ich einen Teil meines Studiums.«

»Wie alt bist du denn?«

»Einundzwanzig.« Er lächelte. »Haben Sie mich jünger geschätzt?«

»Ich weiß nicht.« Feodora schien mit einem Mal unsicher. Ihre Finger spielten mit den Falten ihres Rockes, und sie hielt den Blick gesenkt. Dieser Junge hatte etwas an sich, was sie beunruhigte. »Wir sollten zurückreiten«, sagte sie schließlich. »Mein Mann macht sich immer so übertriebene Sorgen um mich.«

Schweigend galoppierten sie nach Hause.

Klaus tat in dieser Nacht kein Auge zu. Unruhig wälzte er sich hin und her, während seine Gedanken um die junge Baronin kreisten, von der er wusste, dass sie für ihn unerreichbar war. Im Morgengrauen fasste er einen Entschluss: Er würde abreisen, dass wäre sicher das Beste. Aber als er den Stall betrat, um sich von Kröger zu verabschieden, stand Feodora neben ihrem gesattelten Pferd und rief: »Auf geht es, Klaus. Mein Mann besteht darauf, dass du mich begleitest.« Und damit waren all seine guten Vorsätze vergessen.

Von da an ritten sie fast täglich gemeinsam aus. Klaus zeigte ihr Stellen, die sie allein nie entdeckt hätte und erklärte ihr Käfer und Insekten, von deren Existenz sie bisher keine Ahnung gehabt hatte. Manchmal berührten sich versehentlich ihre Hände oder Arme, dann durchströmte Feodora eine noch nie gespürte Welle von Leidenschaft. Klaus' Abreise war längst überfällig, und eines Morgens, sie hatten an ihrer Stelle am See Rast gemacht, sagte er: »Ich muss morgen zurück nach Königsberg.« Feodora, die gerade ihr Pferd besteigen wollte, glitt wieder herunter und drehte sich langsam um. »Und wann kommst du wieder?«

»Voraussichtlich in ein paar Monaten.«

»Lass mich nicht zu lange allein.« Sie hauchte ihm einen Kuss auf die Wange. Klaus umschlang sie mit seinen Armen und drückte sie einen Moment fest an sich. Er wagte nicht, sie zu küssen, obwohl er in diesem Moment nichts auf der Welt lieber wollte. Dann ließ er sie abrupt los, sprang auf sein Pferd und galoppierte davon. Er ritt durch den Wald, ohne das Tempo zu verringern. Herunterhängende Zweige zerkratzten ihm das Gesicht, doch er achtete nicht darauf. Sein Herz klopfte, als wollte es zerspringen. Seine Gedanken rasten. Irrte er sich oder sollte sie tatsächlich etwas für ihn empfinden? Er ahnte nicht im Entferntesten, dass er soeben eine verwirrte, vor Verlangen atemlose junge Frau zurückgelassen hatte. Es war allgemein bekannt, dass der Baron rasend eifersüchtig war und als gewalttätig galt. Er wusste aber auch, dass er sie niemals vergessen würde. Noch keine Frau vorher hatte er so schmerzlich begehrt wie Feodora. Es konnte nur in einer Katastrophe enden. Am Abend verließ er Gut Eichen mit der festen Absicht, nie mehr dorthin zurückzukehren.

An einem heißen Tag im August stürmte Feodora in den Stall. »Kröger!«, rief sie. »Ist Honey schon gesattelt? Ich bin ein wenig spät.«

»Wenn es der Frau Baronin recht ist, werde ich sie heute begleiten.«

Feodoras Herz schlug bis zum Hals, als sie die vertraute Stimme vernahm. »Klaus, du bist wieder da!« Es gelang ihr nur mit äußerster Mühe, ihm nicht in die Arme zu fallen. »Na dann man los«, sagte sie betont beiläufig. »Wir haben Hausgäste. Ich bin schon etwas spät, und mein Mann erwartet mich pünktlich zum Mittag zurück.« Eilig schwangen sie sich in die Sättel und ritten schweigend durch den Wald, bis Klaus wie beim ersten Mal rief »Wer als Erster am See ist!« und losgaloppierte. Dieses Mal war er es, der gewann. »Es ist so heiß«, sagte er lächelnd. »Ich muss schwimmen. Kommst du mit?« Wie selbstverständlich war ihm das Du über die Lippen gekommen. In Windeseile hatte er Hemd und Hose abgestreift und sprang in das glasklare Wasser. Feodora zögerte nicht einen Moment. Davon hatte sie geträumt! Monatelang hatte sie gehofft, dass er wiederkommen und sie noch einmal in den Arm nehmen würde. Seit einiger Zeit hatte sie im Stall nach ihm Ausschau gehalten, aber nicht gewagt, Kröger nach ihm zu fragen. Ihr war durchaus bewusst, dass Ostern über sie und Klaus getratscht worden war und dass Fräulein Kastner die treibende Kraft dahinter gewesen war. Und nun war er endlich wieder da! Sie entledigte sich ihrer Kleidung und stieg ins Wasser. Sie zitterte am ganzen Körper, vielleicht wegen des kalten Wassers, vielleicht wegen dieser nie zuvor gespürten Erregung. Sie schwammen eine Weile nebeneinander, sprachen nicht, ruhten nur hin und wieder im Blick des anderen. Feodora konnte seinen Körper, seine harten Muskeln und das feste Fleisch neben sich förmlich spüren. Plötzlich tauchte er unter, glitt an ihr hoch und streifte zart ihre Brüste. »Du frierst ja«, sagte er leise. »Komm, wir schwimmen zurück.«

Hand in Hand kletterten sie ans Ufer, und Klaus führte sie zu einer mit weichem Moos bewachsenen Stelle, wo die ausladenden Zweige einer Trauerweide sie vor der sengenden Sonne schützte. Klaus dachte an nichts Anderes, als dass sie ihm gehören würde, die Frau, die er mehr als alles auf der Welt begehrte. Sollte der Baron doch kommen und ihn erschießen, es war ihm egal. »Leg dich hin«, flüsterte er sanft. »Ich werde dich trocknen.« Zärtlich strichen seine Finger über ihre feuchte, zarte Haut. *Wie schön sie ist*, dachte er und ließ seine Hände langsam über ihren Körper gleiten.

Feodora hielt die Augen geschlossen und bewegte sich nicht, obwohl jede Faser ihres Körpers vor Verlangen schrie. Endlich würde sie erfahren, was sie nur aus den Liebesromanen von Eugenie Marlitt kannte, heimlich nachts bei Kerzenlicht verschlungen, bebend vor Aufregung. Sie spürte seine Lippen auf ihrem Gesicht, dann glitten sie weiter über ihren Hals, küssten ihre Brüste und saugten an den harten, kleinen Knospen. Sein Kopf glitt tiefer, seine Zunge fuhr über ihren Bauch, liebkoste ihre Scham. Feodora begann zu stöhnen. Was für eine Wonne! Instinktiv spreizte sie die Schenkel, spürte sein hartes Glied und stöhnte auf, als er endlich in sie drang. Er bewegte sich langsam, dann schneller. Feodora meinte zu vergehen, Wellen der Erregung liefen durch ihren Körper, etwas in ihr zerschmolz. Ihre kleinen spitzen Schreie vermischten sich mit seinem Keuchen, bis sie schließlich gemeinsam zum Höhepunkt kamen.

Lange lagen sie anschließend eng umschlungen im Moos. Nach einer Weile flüsterte Klaus: »Ich liebe dich, Feodora. Vom ersten Augenblick, an dem ich dich sah.«

Sie strich ihm über die nassen Locken. »Ich liebe dich auch, mein Geliebter.«

Klaus schwebte auf Wolken. Bei seiner Arbeit sang er, und wenn Feodora in den Stall kam, begannen seine Augen zu leuchten. Sein Traum war wahr geworden. Sie liebte ihn! Nachdem er sie zwei Tage hintereinander beim Ausritt begleitet hatte, nahm ihn der Stallmeister zur Seite. »Jungchen, ich muss mit dir reden.« Klaus fuhr der Schrecken in die Glieder. »Was ist, sind Sie mit mir nicht mehr zufrieden?«

»Im Gegenteil, aber man fängt an zu tratschen über dich und die Frau Baronin.«

Klaus sah ihn entsetzt an. »Aber wieso denn? Wie kommen Sie denn darauf?«, stammelte er entsetzt.

»Du bist über beide Ohren verknallt in sie.« Er lachte gutmütig. »Das sieht doch ein Blinder mit Krückstock. Also reiß dich am Riemen.« Auch Feodora hörte von ihrer Zofe, dass es wieder Redereien gab. Also beschlossen sie, dass Klaus sich an manchen Tagen freiwillig für andere Arbeiten einteilen lassen oder sich frei nehmen sollte, um für seine Prüfungen zu lernen. Wie selbstverständlich ritt Feodora dann mit einem der anderen Stallburschen aus, scherzte und lachte mit ihnen, ohne sich ihre Enttäuschung anmerken zu lassen.

Klaus war ein wundervoller Liebhaber. Sie liebten sich, wann immer es ging, auf versteckten Lichtungen, im hohen Schilf an einem der zahllosen Masurischen Seen, in leeren Fischerhütten oder auf Hochsitzen im Wald. Sie waren verrückt aufeinander und hatten nur den einen Gedanken, dass es niemals enden sollte.

Doch irgendwann musste Klaus zurück nach Königsberg und versprach, wie im letzten Jahr zur Saujagd wiederzukommen.

Und so geschah es auch. »Da bist ja wieder, Jungchen«, begrüßte ihn der Stallmeister eines Morgens im Januar. »Is ja bastig kalt heut.« Er begleitete Klaus in die Gesindestube, wo er ihm einen heißen Punsch anbot. »Nu wärm dich erst mal auf. Siehst janz schubbrich aus.«

»Vielen Dank. Das ist sehr nett von Ihnen.« Klaus wärmte sich die klammen Hände an dem warmen Becher. »Ja, es ist wirklich saukalt. Vor allem der aasige Wind geht einem durch und durch.«

»Tja, so is das man im ostpreuß'schen Winter. Da muss man durch.« Gutmütig schlug er Klaus auf die Schulter, den er offensichtlich in sein Herz geschlossen hatte. »Wenn'st aufjetaut bist, jeh rüber zu den Jägern. Es jibt reichlich Arbeit für dich. In ein paar Tagen is Saujagd, das Haus wie immer voller Jäste. Na ja weißt ja, wie das is.«

Nach drei Tagen auf Gut Eichen hatte er Feodora noch nicht einmal zu Gesicht bekommen. Wusste sie überhaupt, dass er da war? Sie hatte ihm von ihrer Gewohnheit erzählt, dass sie Honey auch im Winter immer morgens eine Möhre bringen würde, aber immer, wenn die Zeit dafür gekommen war, wurde er zu einer Arbeit außerhalb des Stalles eingeteilt. Als er am Abend vor der Saujagd vom Stall hinüber zum Gesindehaus ging, tauchte plötzlich eine kleine Gestalt neben ihm auf und steckte ihm ein Kuvert zu. »Von der Frau Baronin«, flüsterte sie. Eine Sekunde später war sie von der Dunkelheit verschluckt. Klaus' Herz machte einen Sprung. Dem Wohlwollen des Stallmeisters hatte er zu verdanken, dass er eine Kammer für sich allein hatte, und so konnte er unbeobachtet im Schein einer flackernden Kerze die sehnlichst erwartete Nachricht lesen.

Mein Geliebter,

ich weiß, dass Du da bist. Ich habe absichtlich vermieden, Dir im Stall zu begegnen, um Tratschereien zu vermeiden. Komm morgen früh, wenn die Jagdgäste weg sind, zu mir. Irma, meine Zofe, wird Dich am Hintereingang erwarten und zu mir bringen. Ich verzehre mich nach Dir.

Immer Dein, F

Klaus machte in der Nacht kein Auge zu. Endlich würde er sie, seine Geliebte, wieder in den Armen halten. Er wusste, dass es nicht ohne Risiko war, die Gefahr, entdeckt zu werden, war groß. Aber es kümmerte ihn nicht, er würde alles tun, nur um sie zu sehen. Es war noch stockfinster, als er half, die Pferde vor die Schlitten zu spannen und Gewehre und Felldecken aufzuladen. Der Ostwind wehte eisig, und alle Jäger waren fast bis zur Unkenntlichkeit vermummt, mit Schals vor dem Gesicht, die Mützen tief ins Gesicht gezogen. Es herrschte eine fröhliche Geschäftigkeit, bis die Gäste laut lachend auf die einzelnen Schlitten verteilt waren und endlich der Befehl zur Abfahrt gegeben wurde. Unter lautem »Waidmanns Heil« und »Guten Anlauf« setzten sich die Schlitten in Bewegung, und nach kurzer Zeit war nur noch das Pfeifen des Windes zu hören. Es gelang Klaus, sich in der Dunkelheit unbemerkt zum Hintereingang des Herrenhauses zu schleichen. In diesem Moment setzte ein heftiges Schneetreiben ein, seine Spuren würden in Windeseile nicht mehr zu sehen sein. Er klopfte leise, und sofort öffnete sich die Tür einen Spalt, durch den er hineinhuschte. Schweigend folgte er der kleinen Gestalt, die hin und wieder, wenn sie Schritte hörte, stehen blieb und den Finger vor den Mund legte. Im ersten Stock klopfte sie an eine Tür, die sich sofort öffnete. Feodora zog Klaus hinein. »Dreh den Schlüssel um«, flüsterte sie. Dann lagen sie sich in den Armen. Sie liebten sich, als gäbe es kein Morgen. Es war das erste Mal, dass kein Grashalm oder Käfer störte. Ein hell lodernder Kamin spendete wohlige Wärme und tauchte das hübsche, mit Biedermeiermöbeln eingerichtete Zimmer in ein sanftes Licht. Sie wälzten sich in weichem Bettzeug und erkundeten gegenseitig ihre Körper. Es gab keine Stelle an ihr, die Klaus nicht mit seinen Lippen berührte. Wenn er gekommen war, blieb er in ihr, küsste zart ihre Augen, ihren Mund und ihren Hals. Wenn sie sich ihm entgegendrängte, spürte sie, wie er wieder in ihr wuchs, stark wurde, und wieder verging sie, stöhnend vor Seligkeit. Hin und wieder legte Klaus Holz nach und trank einen Schluck Wasser. Es wurde bereits hell, als sie in einen unruhigen Schlaf fielen. Geräusche klingelnder Schlitten ließen sie bald darauf hochschrecken. Die Wanduhr zeigte erst zehn, irgendetwas musste passiert sein. Klaus schlüpfte in seine Sachen. »Ich werde nachsehen«, sagte er leise, als es auch schon laut gegen die Tür trommelte. »Feda, wach auf.« Es war Irma. Ihre Stimme überschlug sich.

»Schnell! In die Ankleide«, flüsterte Feodora und schob ihn in den anschließenden kleinen Raum. Dann fragte sie mit schläfriger Stimme: »Was ist denn los, Irmchen? Was soll dieser Lärm?« Gähnend öffnete sie die Tür. Kreidebleich und mit vor Schreck weit aufgerissenen Augen stand die Zofe vor ihr. »Der Baron ist tot. Er ist erschossen worden.« Sie begann, hemmungslos zu weinen. »Und jetzt suchen se Klaus überall«, schluchzte sie. »Die Kastner behauptet, nur er könnt et jewesen sein.«

Feodora hörte die Worte, ohne aber ihren Inhalt zu begreifen. »Was sagst du da … Heinrich ist tot?« Ungläubig schüttelte sie den Kopf.

»Hörst du, Feda!« Irma senkte ihre Stimme zu einem Flüstern. »Sie suchen Klaus. Wir müssen ihn warnen.«

Feodora zog sie in ihr Zimmer und schloss die Tür. »Er kann es nicht gewesen sein. Er war die ganze Zeit bei mir. Klaus, komm heraus.«

»Seid ihr denn völlig verrückt geworden?« Fassungslos sah Irma von einem zum anderen. »Ich hab jedacht, er is längst wieder auf seiner Stube. Jetzt wird man ihn erst recht verdächtijen. Klaus, du musst hier weg! Sofort!«

»Aber ich war es doch nicht, das wisst ihr doch. Und wo soll ich denn hin?« Verzweifelt fasste er sich an den Kopf, lief aufgeregt hin und her.

Feodora versuchte, ihre Gedanken zu ordnen. Einen Moment später hatte sie ihre Fassung wiedererlangt. »Irmchen hat recht, man wird uns nicht glauben«, sagte sie nachdenklich. »Du musst für eine Weile untertauchen. Nimm ein schnelles Pferd und verschwinde bei Dunkelheit. Und du, Irmchen, versteckst ihn bis dahin in deiner Kammer, hast du verstanden? Dort wird ihn niemand vermuten.« Sie griff in eine kleine Schublade ihres Sekretärs. »Hier, nimm das, Liebster. Es sind ein paar hundert Goldmark, sie werden dir helfen, dich in Sicherheit zu bringen.« Irma rang verzweifelt die Hände. »Ach Gottchen, wenn das man jut jeht!«

Feodora warf sich an Klaus' Brust und begann, hemmungslos zu weinen. Noch eine verzweifelte Umarmung, dann verschwanden Irma und Klaus im Dunkel des langen Ganges. In diesem Moment hörten sie eilige Schritte und verbargen sich in einer kleinen Wandnische. »Das is die Kastner«, flüsterte Irma. »Den Stechschritt kenn ich!« Sie hörten, wie sie, ohne anzuklopfen, in Feodoras Zimmer stürmte. »Sie wissen es offensichtlich bereits«, rief sie, als sie Feodoras tränenüberströmtes Gesicht sah. »Dann wissen Sie ja wohl auch, dass man den Stallburschen … diesen Klaus bereits sucht.« Ihre Stimme wurde jetzt leiser, offensichtlich bewegte sie sich von der Tür weg, trotzdem konnten die beiden jedes Wort verstehen. »Vielleicht versteckt er sich ja hier bei Ihnen.«

»Erbarmerche!« Irma schlug die Hände vors Gesicht, und Klaus atmete stoßweise.

»Das ist ja ungeheuerlich!«, stieß er leise hervor. Nur mit Mühe konnte Irma ihn davon abhalten, zu Feodora zu laufen, die in diesem Moment laut rief: »Sie wagen es …?« Ihre Stimme steigerte sich zu einem Stakkato. »Ich bin gerade Witwe geworden, und Sie wagen es, mich der Untreue zu bezichtigen? Sie sind entlassen, Fräulein Kastner. Und zwar fristlos.«

»Aber Frau Baronin …« Die Haushälterin schien fassungslos. »Das akzeptiere ich nicht.«

Irma gab Klaus ein Zeichen. »Warte hier, ich bin gleich zurück.« Einen Moment später hörte er sie laut zu der Haushälterin sagen: »Das wer'n Se wohl müssen. Hab'n Se nich jehört? Raus! Ich bin Zeugin für Ihr unjlaubliches Benehmen.«

Fräulein Kastner verließ eiligen Schrittes den Raum. Als ihre Schritte verklungen waren, brachte Irma Klaus unentdeckt auf ihre Kammer.

Die Zeit bis zur Dunkelheit erschien Klaus endlos. Einmal kam Irma, brachte ihm einen Becher Rum und etwas zu essen und berichtete, was sie in Erfahrung gebracht hatte. »Die Polizei war da«, erzählte sie aufgeregt. »Die Mamsell hat jesagt, das muss so sein.« Sie schüttelte bekümmert den Kopf. »Das Fedachen is völlig mit den Nerven zu Fuß. Sie suchen dich, obwohl der Herr Fichtel, das is … war der beste Freud vom Baron … der Polizei janz klar bestätigt hat, dass et ein Jagdunfall war. Aber die Kastner hat dem Oberinspektor jesagt, dass se das nie nich jlaubt. Se is überzeugt, dass du der Mörder bist.« Sie seufzte. »So was musste ja kommen, wo das Fedachen ihr doch entlassen hat.«

»Meinst du, ich soll mich stellen? Du und Feodora, ihr wisst doch, dass ich es nicht war.«

»Erbarmerche … nu nei nich! Was willste denn sagen, wo de warst? Nei ne, hau du man lieber ab.«

Es war spät am Abend, als Irma in die Kammer huschte und leise sagte: »Alle auf dem Gang schlafen. Auch im Stall isses still.« Sie reichte ihm einen warmen Mantel und einen Schal, eine Mütze und ein Paar feste Stiefel. »Zieh das an und dann komm. Ich bring dich raus.« Klaus war dankbar für die Sachen, so würde er auf seiner Flucht wenigstens nicht erfrieren. Woher sie die Sachen hatte, war ihm egal. Zum Abschied drückte Irma ihm die Hand. »Mach es jut, Jungchen«, flüsterte sie und schloss leise die Tür hinter sich.

Klaus stand allein in der Finsternis. Es herrschte wildes Schneetreiben. Er hatte den ganzen Tag Zeit gehabt, zu überlegen, wie er am besten vorgehen sollte. In der Dunkelheit und bei dem Wetter zu reiten, war zu gefährlich. Das Pferd würde womöglich in einer Schneewehe stecken bleiben, und er kannte sich. Niemals würde er ein hilfloses Tier allein zurücklassen. Also musste er sich zu Fuß durchschlagen und irgendwie bis nach Hause kommen. Er zweifelte nicht einen Moment daran, dass seine Eltern und Heinz ihm glauben würden. Sie wussten sicher, was zu tun war. Angespannt horchte er in die Dunkelheit hinein, aber außer dem leisen Muhen einer Kuh aus einem der entfernt liegenden Ställe war kein Laut zu hören. Er wandte sich nach Norden und kämpfte sich mühsam durch den tiefen Schnee. Der beißende Wind raubte ihm fast den Atem, doch verwehte der seine Spuren in Windeseile und bedeckte den Boden mit dicken Flocken. Nach mehr als zwei Stunden suchte er in einer einsam gelegenen Scheune Unterschlupf. Er fürchtete, im Kreis zu laufen und wollte warten, bis der Morgen graute. Augenblicklich fiel er in einen bleiernen Schlaf. Als er aufwachte, sah er durch das schadhafte Dach einen stahlblauen Himmel. Eilig ging er hinaus. Es war noch früh, im Osten war gerade die Sonne aufgegangen und wies ihm die Richtung, die er einschlagen musste.

Nach vier endlos langen Tagen erreichte er endlich Allenstein. Die meiste Zeit war er gewandert, meist durch unbewohnte Gegenden, nachts hatte er sich in Scheunen oder Hütten versteckt. Wenn er an einem Hof vorbeikam, wartete er, bis es dämmerte. Die Angst, entdeckt zu werden, war übermächtig. Einmal hatte ihn ein Milchwagen mitgenommen, dessen gutmütiger Kutscher sein Brot mit ihm teilte, worauf Klaus ihm heimlich eine Goldmark in die Jackentasche steckte.

Josefine saß mit Bernhard und Heinz beim Abendessen, als es an der Tür klopfte. »Erwartet einer von euch Besuch?«, fragte sie erstaunt. Beide schüttelten den Kopf, und Heinz stand auf, um nachzusehen. Aber da schrie Franzi bereits: »Schnell, schnell! Helfen Sie! Das Kläuschen …« Die Drei stürzten hinaus.

»Um Himmels willen, Junge, was ist denn passiert?« Entsetzt ergriff Josefine Klaus' eiskalten Hände, während Heinz ihn hochhob und im Salon auf das Sofa legte.

»Er ist ohne Besinnung, Mama.« Die Angst war Heinz' Stimme deutlich anzuhören. Josefine streichelte fassungslos das blau gefrorene Gesicht ihres Sohnes. Sie war außer sich vor Sorge, genau wie Bernhard, der unruhig im Salon auf- und abging. Was war denn bloß geschehen? Heinz begann, seinem Bruder die steif gefrorenen Sachen auszuziehen. »Franzi«, sagte er zu dem Dienstmädchen, das zitternd neben ihm stand. »Hol heiße Steine und koch eine große Kanne Tee. Außerdem brauche ich heißes Wasser und Handtücher für warme Umschläge. Danach wärm das Bettzeug von Klaus am Herd.« Franzi lief sofort in Richtung Küche. »Und vergiss nicht, sein Zimmer einzuheizen«, rief er ihr nach. Als Klaus bis auf die Unterhose entkleidet war, wickelte Heinz ihn in eine Felldecke und begann, dessen Füße zu massieren. »Es muss etwas Schreckliches passiert sein«, sagte er ruhig. »Aber Klaus wird uns sicher alles erklären können. Papa, würdest du uns allen bitte einen Schnaps einschenken. Ich glaube, den können wir jetzt gebrauchen.« Abwechselnd wachten Josefine und Heinz an Klaus' Bett. Einmal öffnete er kurz die Augen und wollte etwas sagen, aber Heinz legte ihm den Finger auf den Mund. »Ruhig, Bruderherz. Schlaf dich erst mal aus. Dann kannst du uns erzählen, was passiert ist.« In der ersten Nacht bekam Klaus hohes Fieber, sein Kopf glühte, und er begann zu fantasieren. »Ich war es nicht«, rief er und ein andermal: »Warum verfolgt ihr mich? Ich habe doch nichts getan.« Heinz konnte sich keinen Reim darauf machen. Offensichtlich warf man seinem Bruder etwas vor, aber was mochte das bloß sein? Er sprach mit leiser Stimme beruhigend auf ihn ein, obwohl er nicht wusste, ob der ihn hörte. »Du bist in Sicherheit, alter Lorbas. Du brauchst keine Angst zu haben. Ich bin ja bei dir.« Hin und wieder kam Franzi und fragte, ob sie helfen könne, aber Heinz schüttelte nur den Kopf. »Leg dich hin, Franzi. Wenn ich etwas brauche, rufe ich nach dir.« Am nächsten Tag riefen sie den Arzt, aber der konnte, nachdem er keine besorgniserregenden Geräusche in der Lunge hörte, auch nur raten, kalte Umschläge zu machen, ihm heiße Hühnerbrühe einzuflößen und ansonsten abzuwarten. Vier Tage verbrachte die Familie in der Angst, Klaus zu verlieren. Heinz ging nicht zur Arbeit, und Bernhard eilte nach dem Unterricht sofort nach Hause. Bereits an der Tür rief er jedes Mal: »Wie geht es ihm? Ist er aufgewacht?«

Und jedes Mal schüttelte Josefine traurig den Kopf. »Nein, mein Herz. Wir müssen Geduld haben.« Dann endlich begann das Fieber zu sinken, und Klaus erwachte aus seiner Ohnmacht. Heinz saß an seinem Bett. »Willkommen zurück im Leben, Bruderherz.«

Verwirrt sah Klaus sich um. »Wie komme ich denn hierher?« Er richtete sich leicht auf. »Ich habe einen brüllenden Hunger.«

»Mama! Papa!« Heinz rannte zur Tür. »Kommt schnell, Klaus ist aufgewacht. Und er hat Hunger! Franzi soll was zu essen bringen.«

Nachdem Klaus einen großen Teller Suppe zu sich genommen hatte, lehnte er sich in den Kissen zurück und erzählte seinen Eltern und seinem Bruder vom Tode des Barons und von den Mordvorwürfen gegen ihn persönlich. Alle drei waren zutiefst erbost. »Der Baron wurde erschossen, und du sollst ihn umgebracht haben? Das ist ja lächerlich!«, rief Heinz, und Bernhard meinte aufgebracht: »Wer behauptet denn so was? Das muss sofort aufgeklärt werden. So etwas kannst du doch nicht auf dir sitzen lassen.« Klaus sah keine andere Möglichkeit, als nach und nach mit der gesamten Wahrheit herauszurücken.

»Na, da hast du dir ja was Schönes eingebrockt mit deiner Baronin. Ich hoffe, sie war es wert«, sagte Heinz. Klaus schloss müde die Augen. Was sollte er auch darauf antworten? Ja, sie war es wert, tausendmal! »Ich liebe sie«, sagte er ruhig. »So einfach ist das. Und ich kann sie nicht kompromittieren. Das gäbe nicht nur einen schrecklichen Skandal, sondern man würde mir wahrscheinlich noch tatsächlich ein Mordmotiv unterstellen.« Josefine, die auf seinem Bettrand saß, drückte seine Hand. »Ich weiß, mein Kind, was Liebe vermag.«

Bernhard warf ihr einen zärtlichen Blick zu, erstarrte aber bei Klaus' folgenden Worten, die erstmals den Namen des Barons nannten. »Es war ein Jagdunfall, das wurde auch von Baron von Hardens Freund bestätigt.«

Josefine sprang auf und starrte Klaus entgeistert an. »Was? Es ist Baron von Harden? Mein Gott, seine Frau ist doch die kleine Troyenfeld …« Sie schlug die Hände vors Gesicht.

»Beruhige dich, Liebste.« Bernhard nahm sie in den Arm.

»Du kennst sie?« Klaus schüttelte ungläubig den Kopf. »Woher denn?«

»Das ist eine lange Geschichte, mein Junge« sagte Bernhard. »Irgendwann wirst du sie erfahren müssen, aber jetzt ruh dich erst einmal aus. Wir müssen in Ruhe überlegen, was zu tun ist.« Eine Stunde berieten Bernhard und Heinz über die Möglichkeiten, Klaus aus seiner misslichen Lage zu befreien, doch ihnen fiel nichts ein, was die Sache nicht noch verschlimmert hätte. »Was hältst du davon, Papa, wenn ich nach Darkehmen fahre und mich dort umhöre? Ich habe kürzlich einen Schlitten dorthin geliefert.«

Bernhard atmete erleichtert auf. »Ja, tu das mein Junge.«

Heinz machte sich sofort auf den Weg. Nach zwei Tagen kam er niedergeschlagen zurück. »Ich habe keine guten Nachrichten«, sagte er traurig. »Nach dir wird gefahndet, Klaus. Kennst du ein Fräulein Kastner?«

»Ja, das ist oder besser war, die Haushälterin der von Hardens, die ...«, es fiel ihm sichtlich schwer, ihren Namen auszusprechen. »... Feodora am Tag des Unfalls entlassen hat.« Er holte tief Luft. »Sie hat es doch tatsächlich gewagt, sie zu beschuldigen, mich in ihren Räumlichkeiten zu verstecken.« Er schluckte. »Ich habe es mit meinen eigenen Ohren gehört.«

»Na ja, so ganz unrecht hatte sie ja nicht«, grinste Heinz, wurde aber gleich wieder ernst. »Also: Es ist tatsächlich so, dass ein Jagdunfall als Todesursache aufgenommen und bestätigt wurde, nachdem auch alle Bediensteten befragt worden waren. Aber ein paar Tage später erschien besagtes Fräulein Kastner auf dem Revier und erstattete Anzeige gegen dich und die Baronin.«

»Oh mein Gott!« Klaus schloss verzweifelt die Augen. »Und nun?«

»Der Verdacht gegen die Baronin wurde inzwischen fallen gelassen, aber nach dir, mein Armer, wird gefahndet. Deine Flucht hat dich natürlich verdächtig gemacht.« Heinz goss sich einen weiteren Schnaps ein, den dritten. »Das ist nun einmal eine Tatsache. Ehrlich gesagt bin ich ratlos.« Er blickte seinen Bruder traurig an. »Ich fürchte, du musst für längere Zeit untertauchen, bis Gras über die Sache gewachsen ist.« Eine Weile herrschte betroffenes Schweigen. Alle hingen ihren Gedanken nach, als Josefine plötzlich sagte: »Ich werde meine Mutter um Hilfe bitten.« Klaus und Heinz starrten sie entgeistert an. »Seit wann habe ich denn eine Großmutter?«, stieß Klaus hervor. Josefine winkte ab. »Das erkläre ich dir später.«

Bernhard hingegen schüttelte zweifelnd den Kopf. »Wie kommst du darauf, dass sie dir helfen wird?« Er versuchte halbherzig, Josefine von ihrem Plan abzubringen, doch irgendwann sagte sie bestimmt: »Sie wird mir helfen. Ich weiß es.« Und damit war die Diskussion beendet.

Heinz schlug vor, Josefine und Klaus am nächsten Morgen vor Sonnenaufgang mit dem Schlitten nach Gut Haffingen zu bringen. »Ihr könnt unmöglich mit dem Zug fahren«, sagte er. »Die Strecke verläuft durch Darkehmen. Wenn man Klaus erkennt, wird er sofort verhaftet. Also keine Widerrede!«

Bis spät in die Nacht erzählten Bernhard und Josefine ihren Söhnen von ihrem früheren Leben. Keiner fand anschließend so recht in den Schlaf, zu aufgewühlt waren sie. Vor allem Klaus brauchte lange, das alles zu begreifen. Sein Freund Ferdi war der Enkel des besten Freundes seines Großvaters, und Ferdis Vater der Jugendfreund seiner Mutter. Er konnte es nicht fassen.

Am nächsten Morgen in aller Frühe brachen sie auf. Nach zwei Tagen erreichten sie Gut Haffingen. Als sie durch die

Lindenallee hindurch die breite Auffahrt auf das imposante Herrenhaus zufuhren, rief Heinz: »Donnerlüttchen, Mama, das nenn ich aber hochherrschaftlich!« Josefine stiegen die Tränen in die Augen, doch sie zwang sich, nicht zu weinen. Über zweiundzwanzig Jahre war es her, dass sie bei Eis und Schnee ihr Elternhaus verlassen hatte. Plötzlich stiegen Zweifel in ihr hoch. Würde ihre Mutter sie überhaupt empfangen oder ihr womöglich die Tür weisen? Sollten sie besser umkehren? Aber da hielt der Schlitten bereits an der großen Freitreppe, und Kuno trat heraus, um nachzusehen, welche Gäste da so plötzlich unangemeldet vor der Tür standen. *Er ist alt geworden*, schoss es Josefine durch den Kopf. Gestützt von ihren beiden Söhnen schritt sie die Treppe hinauf. Kuno rieb sich die Augen, als glaube er, nicht richtig zu sehen. Dann rief er: »Ach Jottchen! Baronesschen! Was für eine Freude aber auch!«

»Ich freu mich auch, dich zu sehen, Kuno. Ist meine Mutter zuhause?«

»Die Frau Baronin nimmt gerade ihren Mokka in der Bibliothek. Soll ich das Baronesschen anmelden?«

»Ne, lass man. Den Weg kenne ich noch. Aber würdest du meinen Söhnen bitte etwas Warmes zu trinken geben, und Hunger haben sie sicher auch. Das kleine Speisezimmer ist doch hoffentlich geheizt … Und lass bitte das Pferd versorgen. Wir haben eine lange Fahrt hinter uns.«

»Aber natürlich … sofort … wenn die Herren mir folgen wollen«, stotterte Kuno.

»Geht mit Kuno«, sagte Josefine ruhig. »Wenn ich mit meiner Mutter gesprochen habe, lasse ich euch rufen.«

»Können wir dich wirklich allein mit ihr lassen?« Heinz sah sie zweifelnd an. »Also, was wir da alles von ihr gehört haben … ich weiß ja nicht.«

Josefine lachte. »Nun geht schon. Sie wird mich schon nicht umbringen.« Nachdem sie sich alle aus ihren warmen Sachen geschält hatten, folgten die beiden Jungen Kuno, der völlig aufgelöst vor ihnen herlief. Josefine atmete tief durch und klopfte an die Tür der Bibliothek.

»Wer ist da gekommen, Kuno?«, fragte eine brüchige Stimme. »Ich bin nicht in der Lage, zu empfangen.«

»Ich bin es, Mama«, sagte Josefine ruhig. Ihre Mutter saß mit dem Rücken zur Tür in einem großen Ohrensessel. Josefine sah nur eine kleine, knochige Hand mit einer Mokkatasse, die heftig anfing zu zittern. Josefine trat auf sie zu und nahm ihr vorsichtig die Tasse aus der Hand. Dann kniete sie vor ihr nieder. Anneliese saß da, in sich zusammengesunken, klein und zart, als wäre sie geschrumpft. Das Spitzenhäubchen auf dem schlohweißen Haar war verrutscht. Sie zitterte am ganzen Körper, und aus ihren geschlossenen Augen quollen Tränen. »Sieh mich an, Mama. Bitte.« Josefine strich ihr zart über den Kopf. »Ich bin gekommen, weil ich deine Hilfe brauche.«

Die beiden Frauen verbrachten die folgenden zwei Stunden allein in der Bibliothek. Das Gespräch war voller Emotionen, es gab Vorwürfe und Tränen, aber als alles gesagt war, lagen sie sich in den Armen. Josefine fragte leise: »Wirst du uns helfen, Mama?«

»Ja, mein Kind, das werde ich. Ich weiß nur noch nicht, wie.«

Die Jungen hatten derweil ausgiebig gegessen und getrunken. Zweimal hatten sie Kuno gebeten, nachzusehen, ob alles in Ordnung sei. Jedes Mal kam er mit der Nachricht zurück, dass die Damen nicht gestört werden wollten. Es war schon fast dunkel, als Anneliese nach Kuno klingelte. Augenblicklich stand er im Raum. »Bring meine Enkel zu mir«, sagte sie freundlich. »Ich will sie endlich kennen lernen.«

Wie ein Lauffeuer hatte sich auf Gut Haffingen die Nachricht verbreitet, dass Josefine zurückgekommen war. »Erbarmerche«, rief Lisa mehrmals laut hintereinander. »Dass ich das noch darf erleben! Dem Herrgottche sei Dank.« Jedem, der in die Küche kam, spendierte sie zur Feier des Tages ein Schlubberchen ›Weißen‹, sogar der neuen Küchenhilfe, die Lisa kurz vorher noch wüst beschimpft hatte, weil ihr etwas runtergefallen war. Bis spät in die Nacht saßen die alten Bediensteten zusammen und sprachen über das an diesem Tag geschehene Wunder.

Anneliese ging früh zu Bett. »Ich bin ein wenig erschöpft. Vor allem muss ich nachdenken, und das kann ich am besten allein. Wir sehen uns morgen zum Frühstück.«

Sie wandte sich an Kuno, der bereits ohne Anweisung Josefines altes Mädchenzimmer und zwei der schönsten Gästezimmer lüften und heizen lassen hatte. »Ich möchte doch sehr bitten, dass anständig aufgefahren wird. Meine Enkel sind viel zu dünn.« An der Tür drehte sie sich um. »Josefine, soll ich dir Hanna schicken, damit sie dir beim Auskleiden hilft?«

»Nein danke, Mama. Ich werde sie morgen begrüßen.« Sie lächelte. »Auskleiden kann ich mich inzwischen allein.«

In ihrem Zimmer ließ Anneliese den Tag Revue passieren. Sie hatte sich ihren Schock beim Anblick von Klaus nicht anmerken lassen. Im ersten Moment hatte sie gedacht, Hubertus vor sich zu haben. Nur die blauen Augen waren wohl von Josefine. Sie hatte sich auf ihren Stock stützen müssen, um nicht umzufallen, sich dann aber schnell wieder in der Gewalt gehabt. Das Schicksal nahm schon seltsame Wege. Noch vor ein paar Tagen war sie überzeugt gewesen, bald einsam und verlassen sterben zu müssen und hatte fast gehofft, dass es schnell gehen möge. Doktor Grüben hatte angedeutet, dass ihr starker

Gewichtsverlust wohl auf ihre kranke Leber zurückzuführen sei und er keinerlei Möglichkeit sehe, ihr Leiden zu lindern. Und nun hatte sie auf einmal eine Familie!

Während Hanna ihr die dünn gewordenen Haare bürstete, sagte diese plötzlich: »Ich bin ja so froh, dass dat Baronesschen wieder da is.«

Auf Annelieses Gesicht erschien seit langer Zeit wieder ein Lächeln. »Ich auch, Hannchen, ich auch.«

Bis tief in die Nacht saß Josefine mit ihren Söhnen in der Bibliothek. Sie waren zu aufgewühlt, um schlafen zu können. Nach dem Abendessen hatte Josefine Kuno gebeten, gleich am nächsten Tag in der Frühe eine Depesche an ihren Mann aufzugeben. Er musste so schnell wie möglich erfahren, dass sich alles zum Guten wenden würde. Dann sagte sie: »Du kannst jetzt zu Bett gehen, Kuno. Wir brauchen dich nicht mehr. Und grüß Lisa von mir. Ich werde sie und die Anderen morgen begrüßen.«

Kuno verbeugte sich tief. »Wenn ich mir erlauben darf … Baronesschen … jnädje Frau … im Namen der gesamten Dienerschaft: herzlich willkommen zuhause.«

»Danke, Kuno. Und gute Nacht.« Klaus und Heinz wechselten einen erstaunten Blick. Ihre Mutter schien über Nacht eine andere Frau geworden zu sein.

Kuno hatte den Frühstückstisch festlich gedeckt. Das war schon lange nicht mehr vorgekommen, und deshalb hatten er und Lisa am Abend vorher noch das schwarz angelaufene Silber geputzt. Die ›Jnädje‹ aß ja kaum noch etwas, und schon seit Jahren kamen kaum noch Gäste. Seit die von Anhausens nach München zu ihrem Sohn gezogen waren, kam außer den von Beldows fast niemand mehr.

Als Heinz und Klaus fast gleichzeitig die Treppe herunterliefen, wehte ihnen der Duft von frischem Kaffee und gebratenem Speck entgegen. Ihre Mutter saß bereits am Frühstückstisch, der sich unter wahrlichen Köstlichkeiten bog. Beim Anblick von frisch Geselchtem, Hasen- und Gänseleberpasteten, verschiedenen Würsten, frisch gebackenem Brot und Körben voll weich gekochter Eier lief ihnen das Wasser im Mund zusammen. »Meine Güte, wer soll das denn alles essen?«, fragte Klaus leise. Heinz lachte. »Wart's nur ab, Bruderherz. Ich habe Hunger wie ein Löwe.« Sie begrüßten Josefine mit einem Kuss auf die Wange, als die Tür aufflog und eine ältere Dame hereinstürmte. Sie schien völlig aufgelöst und fiel ihrer Mutter um den Hals. »Finchen! Endlich! Mein Gott, was haben wir dich vermisst.«

»Tante Lissy!« Josefine war zu Tränen gerührt. »Seit wann weißt du …?«

»Dass du da bist? Schon seit gestern Abend. Du kennst doch die Buschtrommel hier. Am liebsten wäre ich sofort gekommen, aber Arndt hat mich zurückgehalten. Er meinte, hier gäbe es erst einiges zu klären. Aber jetzt musst du mir alles erzählen! Wie ist es dir ergangen in all den Jahren? Mein Gott, ich kann es noch gar nicht fassen.« Sie unterbrach ihren Redeschwall und drehte sich um zu den beiden jungen Männern, die vor ihren Stühlen standen und begehrlich auf all die Köstlichkeiten starrten. Als sie Klaus sah, stutzte sie. »Sind das deine Söhne?«

»Ja, Klaus und Heinz.« Sie lachte. »Jungs, das ist Lissy von Beldow, eine gute Freundin von mir.« Die beiden begrüßten sie mit einem Handkuss, und Josefine sagte fröhlich: »Nun setzt euch schon, ihr beiden. Ihr seht ja aus, als würdet ihr gleich verhungern.«

Nach dem üppigen Frühstück machten sich Heinz und Klaus auf den Weg, um sich vom Stallmeister den Hof und die Ställe zeigen zu lassen. Derweil fragte Lissy Josefine immer noch aus. »Ich will alles wissen, alles! Alexa hat ja kaum was rausgelassen.« Erst als Anneliese erschien, wie immer sehr spät, endete ihr Redefluss abrupt.

»Ach Lissy, du mal wieder.« Der Ton war so anklagend, dass Josefine zusammenzuckte.

Lissy hingegen schlug die Augen gen Himmel. »Anneliese, ich war doch vorgestern erst hier. Hast du das vergessen?«

Josefine beobachtete ihre Mutter besorgt. Als sie sah, dass Anneliese den Toast nur zur Hälfte aß und auch ihr Ei nicht anrührte, fasste sie ihre Sorge in Worte: »Bist du krank, Mama?«

»Es ist nichts. Ich habe nur seit einiger Zeit keinen großen Appetit.« Ihre Hand zitterte, als sie einen Schluck Tee nahm. »Ich habe übrigens Rechtsanwalt Kölichen eine Depesche geschickt und dringend um seinen Besuch gebeten. Ich denke, er wird morgen hier sein.«

Lissy blickte fragend von einer zur anderen. »Gibt es dafür einen besonderen Grund?«

»Du musst nicht alles wissen, meine Liebe.« Anneliese schnippte einen Krümel von der Tischdecke. Dann wurde ihre Stimme freundlicher. »Kommt doch heute Abend zum Essen, du und Arndt. Er wird meine Enkel doch sicher auch kennen lernen wollen.«

Am Abend erschrak Josefine, als sie Arndt von Beldow sah. Er war alt geworden, ging langsam und leicht gebeugt und stützte sich auf einen Stock. Josefine lief ihm entgegen und nahm ihn in den Arm. Für einen Moment hielt er sie fest. »Mein Gott, Finchen, dass ich das noch erleben darf«, flüsterte er.

»Onkel Arndt! Wie schön, dich zu sehen.« Josefine war gerührt. »Darf ich dir meine Söhne vorstellen?«

»Donnerwetter!«, rief er. »Das sind ja zwei Prachtexemplare.« Wie alle anderen durchzuckte ihn beim Anblick von Klaus ein Déjà-vu. Lissy hatte nicht übertrieben: Die Ähnlichkeit mit Hubertus war tatsächlich verblüffend. Nachdem Arndt sich von der Anstrengung des Fußweges erholt und seine kalten Hände am Feuer gewärmt hatte, sagte er: »Ja, Finchen, dein Onkel Arndt is ja man schon mächtig klabastrich. Die Gicht, weißt du. Diese aasige Kälte bekommt mir gar nicht. Ich werde mir wohl bald einen Nachfolger suchen müssen. Die Arbeit strengt mich doch sehr an.«

»Du würdest mir einen Gefallen tun, wenn du damit warten würdest, bis ich unter der Erde bin«, warf Anneliese ein. »Nach mir die Sintflut.«

»Ob ich dir den Gefallen tun kann, meine Liebe«, lachte Arndt, »das bezweifle ich.«

Kuno servierte Champagner, und nach dem dritten Glas war von der »Klabastrichkeit« Arndts kaum noch etwas zu spüren. Er unterhielt sich angeregt mit den beiden Jungen und war erstaunt, als Klaus erwähnte, dass Ferdi Gawellke sein Freund sei und sie sich in Königsberg ein Zimmer teilten. »Was studierst du denn, mein Junge? Ich darf doch du sagen?«

»Aber natürlich. Ich studiere Land- und Forstwirtschaft.«

Arndt war erfreut. »Das habe ich auch studiert, zusammen mit deinem Großvater. Und sag, wann bist du fertig?«

Klaus zögerte. Mit einem Schlag wurde ihm bewusst, dass er vorläufig wohl nicht zurück nach Königsberg konnte. »Noch ein Semester«, sagte er ausweichend. Zu seiner Erleichterung wandte Arndt sich jetzt an Heinz. »Und du, mein Junge, was studierst du?«

»Ich studiere nicht. Ich habe meine Meisterprüfung als Schreiner gemacht.« Josefine sah das indignierte Gesicht ihrer Mutter, doch bevor Arndt etwas dazu sagen konnte, rief sie: »Heinz will Möbel entwerfen und bauen. Er hat uns bereits während seiner Lehrzeit einen Schlitten gebaut, den müsst ihr euch einfach ansehen. Er ist eigentlich schon ein Meisterstück, mit seinen Schnitzereien und Verzierungen.«

»Ja«, sagte Klaus, dem die angespannte Stimmung nicht entgangen war. »Wir sind mit ihm hierhergekommen. Ich bin jederzeit zu einer Führung bereit. Er steht in der Remise.«

Arndt, der Annelieses offensichtliche Missbilligung nicht bemerkt hatte, war begeistert. »Du willst also Möbel bauen. Donnerwetter, das finde ich fabelhaft. Den Schlitten will ich sehen. Vergesst nicht, mich bei einer Führung mitzunehmen.«

Der Abend wurde lang und feucht. Die beiden Jungen übernahmen es, Arndt und Lissy sicher nach Hause zu bringen, die beide sturzbetrunken waren.

Der folgende Tag sollte das Leben von Klaus grundlegend verändern. Rechtsanwalt Kölichen kam mit dem Mittagszug aus Königsberg, und Anneliese zog sich sofort mit ihm allein in die Bibliothek zurück. Vorher hatte sie zu Josefine gesagt: »Ich habe eine Idee, von der ich nicht weiß, ob man sie verwirklichen kann.« Und dann hatte sie ungewöhnlich liebevoll hinzugefügt: »Mach dir keine Sorgen, Finchen. Wir werden eine Lösung finden.«

Josefine waren Tränen in die Augen getreten. Sie konnte sich nicht erinnern, wann ihre Mutter sie das letzte Mal bei ihrem Kosenamen genannt hatte. Um sich abzulenken, machte sie mit den Jungen einen Spaziergang zu den Gawellkes. Franz war nicht da, aber Josefine lernte seine Frau Karin kennen. Als Klaus sich vorstellte, rief diese aufgeregt: »Du bist doch Ferdis Freund aus Königsberrch! Nu nei nich, so äine Überraschung aber auch.« Karin lud sie ein, zum Kleinmittag zu bleiben. »Franzche is janz bald zurick.«

Aber Josefine war zu unruhig. »Ich komme bestimmt noch einmal vorbei, bevor ich abreise«, versprach sie.

Und Klaus fügte hinzu: »Ich werde nicht abreisen, bevor ich den Vater meines besten Freundes kennengelernt habe.«

Kuno empfing sie in der Halle. »Die Frau Baronin und der Herr Kölichen erwarten das Baronesschen zusammen mit dem Herrn Klaus in der Bibliothek.«

»Gut«, sagte Heinz. »Dann werde ich jetzt rübergehen zu den Beldows und mich erkundigen, wie sie das Besäufnis überstanden haben. Vielleicht will Arndt sich ja mit mir den Schlitten ansehen.« Er schlug Klaus aufmunternd auf die Schulter. »Halt die Ohren steif. Wird schon alles gut gehen.«

In der Bibliothek streckte Josefine Rechtsanwalt Kölichen die Hand hin. »Wie schön, Sie zu sehen.« Er nahm sie in den Arm. »Das kann ich nur aus vollem Herzen erwidern, Baroness.« Er ließ seinen Blick zu Klaus gleiten. »Und das ist also Ihr Sohn.« Die beiden Männer schüttelten sich die Hand. »Baroness, Ihre Mutter hat mich bereits über alles informiert. Zufällig habe ich vor ein paar Tagen Fichtel in Königsberg getroffen, und der hat mir vom Tod des Barons von Harden erzählt. Es war eindeutig ein Jagdunfall.« Er wandte sich an Klaus. »Nur die Tatsache, dass ein Fräulein Kastner Sie angezeigt hat und Sie unauffindbar waren, hat Sie verdächtig gemacht. Wollen Sie mir sagen, warum Sie bei Nacht und Nebel verschwunden sind?«

»Nein«, sagte Klaus bestimmt. »Das kann ich nicht.«

»Mein Mann und ich und natürlich meine Mutter kennen den Grund«, warf Josefine ein. »Mein Sohn kann ihn nicht nennen. Bitte verstehen Sie das.«

Rechtsanwalt Kölichen zündete sich umständlich eine Zigarre an. »Gut, das muss ich akzeptieren. Außerdem ist es eigentlich nicht relevant. Dass er unschuldig ist, steht außer Frage. Tatsache ist, Baroness, dass Ihr Sohn für eine Weile von hier verschwinden muss. Und zwar möglichst weit weg.«

»Ja.« Sie nickte traurig. »Das ist uns klar.«

Er wandte sich wieder an Klaus. »Ich habe gehört, Sie haben nur noch ein Semester zu studieren. Ich würde dafür Berlin vorschlagen.« Er zog genüsslich an seiner Zigarre. »Außerdem wäre es für die Zukunft am sichersten, wenn Sie einen anderen Namen tragen würden. Ich meine, Sie wollen ja irgendwann wiederkommen.«

»Wie soll das denn gehen?«, riefen Josefine und Klaus wie aus einem Mund.

»Indem ich ihn adoptiere«, sagte Anneliese. »Ich habe nur eine Bedingung: dass du diese Frau niemals wiedersiehst.«

Klaus bat sich Bedenkzeit aus. »Ich möchte mit meinem Vater reden und mit Heinz.« »Es ist aber Eile geboten«, warf Kölichen ein, und Josefine sagte: »Sprich mit Heinz, mein Junge. Ich bin sicher, dein Vater wird nichts dagegen haben. Es geht hier hauptsächlich um dich und deine Sicherheit.« Währenddessen schlug Horst Kölichen vor, für die Adoption einen jungen Kollegen hinzuzuziehen. »Der Sohn von Mathias und Amalie Lackner … Sie erinnern sich an sie, Baroness?« Josefine nickte stumm. »Also Albert hat sich vor kurzem in Insterburg niedergelassen. Er hat ein fabelhaftes Examen abgelegt und kennt sich mit den neuesten Gesetzen besser aus als ich. Wenn Sie einverstanden sind, werde ich ihn nachher aufsuchen und alles Weitere besprechen.«

»Sollten wir nicht erst Klaus' Entscheidung abwarten?«

»Selbstverständlich. Aber ich fürchte, er hat keine andere

Wahl«, unterbrach Anneliese sie, und Rechtsanwalt Kölichen nickte. »Das denke ich auch.«

Klaus war hin- und hergerissen. Was sollte er bloß tun? Er hätte so gern auch seinen Vater um Rat gefragt, aber Josefine und Heinz schlugen alle seine Einwände in den Wind und überzeugten ihn, dass der Vorschlag seiner Großmutter das Beste für ihn sei.

Josefine und Heinz reisten nach ein paar Tagen wieder ab, nicht ohne zu versprechen, bald wiederzukommen. Keiner ahnte, dass das schon sehr bald sein sollte.

Albert Lackner erwies sich als erstklassige Wahl. Er hatte noch darum gebeten, ein schriftliches Einverständnis von Josefine und Bernhard zu bekommen. Bernhard hatte auch an Klaus geschrieben, dass er einer Meinung mit Josefine und Heinz sei, dass er keine andere Möglichkeit sehe, ihn vor weiterer Verfolgung zu bewahren. *Du bleibst doch weiter unser Sohn, mein Junge,* schrieb er, *egal, welchen Namen du trägst.* Innerhalb von drei Wochen waren alle Formalitäten erledigt, und aus Klaus Kreuzner war Klaus Baron von Ehrenberg geworden. In dieser Zeit hatte er Arndt bei seiner Arbeit unterstützt, die Buchhaltung gemacht, Rechnungen bezahlt und Bestände kontrolliert – all die Dinge, die im Winter erledigt werden mussten, weil im Sommer dafür keine Zeit war. »Ach Gottchen, Jungchen, bin ich froh, dass du da bist«, sagte Arndt immer wieder. »Meine Augen wollen nicht mehr so richtig, und die Schmerzen …« Er knetete fortwährend seine gichtgeplagten Hände. »Manchmal sind sie kaum zu ertragen.«

Auch Anneliese veränderte sich. Sie nahm die Mahlzeiten zusammen mit Klaus ein, fragte ihn nach seinem Vater und Heinz und nach dem Leben in Allenstein aus und spielte an den Abenden mit ihm Canasta. Sie hatte seit Jahren wieder Freude am Leben und war jetzt traurig, dass es wohl nicht mehr lange währen sollte.

Der junge Anwalt Lackner, der nur ein paar Jahre älter war als Klaus, brachte den neuen Ausweis persönlich vorbei. »Es ist schneller gegangen, als ich dachte«, sagte er stolz. »Ich hoffe, es war in Ihrem Sinne, dass ich in Berlin schon ein Quartier besorgt habe: eine kleine Bleibe in der Nähe der Humboldt-Universität.« Er reichte Klaus lachend ein Papier mit der Adresse. »Nur Immatrikulieren müssen Sie sich selbst.«

Anneliese war hocherfreut. »Das haben Sie gut gemacht, Albert. Grüßen Sie bitte Ihre Eltern von mir, und richten Sie ihnen aus, ich würde mich freuen, wenn sie mich mal wieder besuchen kämen.«

»Das mache ich gern. Und Ihnen alles Gute, Klaus. Leben Sie wohl.«

Klaus reiste nur sehr ungern ab. Natürlich hatte er längst bemerkt, dass es Anneliese gesundheitlich nicht gut ging. Sie aß fast nichts und eigentlich auch nur, wenn er ihr gut zuredete, und von Lissy hatte er erfahren, dass sie schon seit längerem starke Schmerzmittel nahm. In der Zwischenzeit hatte er sie tatsächlich liebgewonnen. Es war ihm unvorstellbar, dass sie einmal eine so böse Frau gewesen sein sollte. »Soll ich nicht hierbleiben, Großmutter?«, hatte er wiederholt gefragt. »Dann kann ich mich besser um dich kümmern. Das Studium läuft mir doch nicht weg.« Aber Anneliese hatte darauf bestanden. Am Tag seiner Abreise umarmte sie ihn. »Zu Weihnachten bist du ja wieder da, mein lieber Junge. Dann feiern wir gemeinsam mit deinen Eltern und deinem Bruder. Und nun beeil dich. Dein Zug wartet nicht.«

Berlin war aufregend. Seine so genannte »kleine Bleibe« entpuppte sich als elegant eingerichtete Dreizimmerwohnung eines Mannes, der ein Jahr auf Weltreise war. Die Portiersfrau hatte den Auftrag, die Wohnung zu putzen und wurde von seiner Großmutter bezahlt. Klaus fand schnell Anschluss, zog so manche Nacht mit seinen Kommilitonen durch die Berliner Kneipen, und nicht selten endeten die Touren dann bei ihm zuhause. Doch vier Wochen vor Weihnachten erhielt er plötzlich eine Depesche von Arndt.

Sofortige Rückkehr erforderlich – stop – deine Großmutter schwer erkrankt – stop – rechnen mit dem Schlimmsten.

Klaus reiste mit dem nächsten Zug ab. Als er am folgenden Tag spät am Nachmittag ankam, fand er seine Eltern mit Heinz und den von Beldows im großen Salon, alle in Schwarz gekleidet. Auch Alexa war gekommen. Nachdem er alle begrüßt hatte, fragte er: »Wie geht es Großmutter? Ist es wirklich so schlimm?«

»Ja.« Josefines Gesicht war vom Weinen gezeichnet. »Doktor Grüben ist gerade bei ihr. Er meint, es wird nicht mehr lange dauern.«

»Ist sie bei Bewusstsein? Kann ich zu ihr?«

»Sie ist vollkommen klar im Kopf.« Josefine verbarg ihr Gesicht in beiden Händen. »Nur ihre Schmerzen müssen schrecklich sein.« In dem Moment betrat der Arzt den Salon. »Ich fürchte, es geht zu Ende. Anneliese möchte Sie alle noch einmal sehen.«

»Uns auch?«, fragte Lissy erstaunt.

»Ja, Sie auch. Sie hat etwas auf dem Herzen, das sie loswerden will. Hanna macht sie nur noch ein wenig zurecht. Sie erwartet Sie in ein paar Minuten.«

Leise betraten sie wenig später das Schlafzimmer, und die Zofe huschte eilig hinaus. Von großen Kissen gestützt, saß Anneliese in ihrem Bett, bekleidet mit einem eleganten hellrosa Negligee, auf dem Kopf ein gleichfarbiges Spitzenhäubchen. Hanna hatte sie sorgfältig zurechtgemacht, ihr Puder und Rouge aufgelegt und die Lippen leicht nachgezogen. Überall im Raum brannten Kerzen. »Großmutter, was machst du denn für Sachen?« Klaus trat zu ihr und fasste ihre Hand.

»Wie schön, dass du da bist, mein lieber Junge. Ich habe nur noch auf dich gewartet. Setz dich zu mir.« Sie zog ihn auf die Bettkante. »Und ihr Anderen … kommt näher.« Bernhard legte Josefine den Arm um die Schultern und drückte sie fest an sich. Tränen strömten aus ihren Augen. Auch Lissy schluchzte leise. »Ich gehe jetzt zu Hubertus. Dort, wo er ist, werden wir endlich glücklich sein. Finchen, komm her zu mir.« Sie deutete auf die andere Seite des Bettes. »So, nun habe ich meine beiden liebsten Menschen ganz nah bei mir.« Josefine brach jetzt in haltloses Schluchzen aus, und auch Klaus begann zu weinen. »Ihr müsst nicht traurig sein.« Annelieses Stimme wurde brüchig. »Ich verlasse diese Welt als glücklicher Mensch. Die letzten Monate waren die schönsten in meinem Leben.« Sie streichelte Josefines Gesicht. »Ich danke dir so sehr, mein Kind, dass du mit deinen Sorgen zu mir gekommen bist. Ich habe so lange gewartet.« Sie atmete schwer. »Wärest du doch nur früher gekommen.«

»Ach Mama …«, Josefine konnte nicht weitersprechen. Es ging ein Ruck durch Annelieses Körper, als sammle sie ihre letzte Kraft, um weitersprechen zu können. »Ich habe mich schändlich benommen«, sagte sie schließlich mit erstaunlich fester Stimme. »Als dein Vater starb, habe ich das Testament an mich genommen. Ich bitte dich inständig, mir zu verzeihen. Auch du, Alexa.« Die hielt sich ihr Taschentuch vor den Mund, um nicht in lautes Schluchzen auszubrechen. »Es liegt in der Bibliothek im Schreibtisch, zusammen mit einem Brief, in dem ich alles aufgeschrieben habe, auch die Legate für das altgediente Personal. Friedrich ist ja nun schon lange tot, aber Hanna, Kuno und Lisa habe ich noch einmal besonders bedacht. Sie müssen furchtbar unter mir gelitten haben.« Sie schloss für einen Moment die Augen. Dann fuhr sie fort. »Arndt, Lissy … ihr wart mir so treue Freunde. Ihr sollt lebenslanges Wohnrecht auf Gut Haffingen haben mit vollem Gehalt für dich, Arndt. Ich bin mir sicher, dass mein Enkel …«, sie drückte leicht die Hand von Klaus, »dich noch oft um Rat fragen wird.« Es fiel ihr sichtlich schwer, zu sprechen. »Und Lissy, bei dir möchte ich mich auch entschuldigen. Du warst immer so lieb, und ich war manchmal wirklich ekelhaft zu dir.« Lissy verbarg weinend ihren Kopf an Arndts Brust. »Bernhard.« Anneliese begann jetzt stoßweise zu atmen. »Du hast mein Kind glücklich gemacht. Dafür danke ich dir.« Die letzten Worte waren nur noch ein Hauch, dann sank ihr Kopf zur Seite, und Anneliese Baronin von Ehrenfeld war hinübergegangen in eine andere Welt.

Anneliese wurde unter großer Anteilnahme aller alten Freunde neben Hubertus auf dem hauseigenen Friedhof beigesetzt. Auf dem anschließenden Empfang, bei dem Kuno und Anton in den Salons Getränke und einen kleinen Imbiss reichten, bat Josefine plötzlich um Aufmerksamkeit. Kuno musste zweimal den Gong schlagen, bis die Gespräche verstummten. »Ich möchte Ihnen etwas mitteilen« sagte Josefine laut. Erstauntes Gemurmel war zu hören. »Sie alle wissen, dass ich über zwanzig Jahre nicht in diesem Haus war. Kurz vor dem Tod meiner

Mutter habe ich wieder zurückgefunden.« Die Stimme drohte, ihr zu versagen, und sie schluckte schwer. »Ihr letzter Wunsch war, dass der Name Ehrenberg weiterlebt. Deshalb hat sie meinen Sohn Klaus adoptiert.«

»Donnerwetter ...«

»Was für eine fabelhafte Idee« und »Hubertus wäre überglücklich«, lauteten die allgemeinen Reaktionen. Rechtsanwalt Kölichen drückte ihr anerkennend die Hand. »Besser und einleuchtender hätte man das gar nicht bekannt machen können«, flüsterte er.

Am Tag darauf beschloss Klaus, vorerst nicht nach Berlin zurückzukehren. »Was haltet ihr davon, wenn ich mein Studium erst nach dem Frühjahrssemester beende?«, fragte er seine Eltern.

»Ich finde das eine fabelhafte Idee.« Josefine war begeistert. »Hilf Arndt noch ein paar Monate, er wird glücklich sein.«

Alexa begann, natürlich in Begleitung von Innegrit, wieder zwischen Haffingen und Königsberg zu pendeln. Weihnachten feierten Alexa und Innegrit gemeinsam mit den Familien Kreuzner und von Beldow, und es war fast wie früher.

Im folgenden Jahr, am 2. Mai 1890, heiratete Rechtsanwalt Albert Lackner Ida Henkiel, die Tochter von Georg Henkiel. Klaus schrieb an diesem Tag seine letzte Klausur und fand die Einladung zur Hochzeit auf Klein Darkehmen erst nach der Rückkehr aus Berlin vor. Als er erfuhr, dass Feodora von Harden Idas Trauzeugin gewesen war, sagte er zu seiner Mutter: »Das ist Schicksal, Mamachen. Ich sollte sie nicht wiedersehen, und ich werde den Schwur, den ich Großmutter gegeben habe, niemals brechen.«

In den folgenden Jahren sah man ihn nur selten auf den häufig stattfindenden Gesellschaften, und wenn er einmal eine

Einladung annahm, vergewisserte er sich, dass Feodora von Harden dort nicht erscheinen würde. Ihre wochenlangen Reisen und ständig wechselnden Liebhaber sorgten für Klatsch in und um Königsberg, und es brach ihm fast das Herz, wenn er von ihrem ausschweifenden Leben hörte. Aber er blieb stark. Erst als er erfuhr, dass Feodora für immer Deutschland verlassen hatte, begann er wieder ein für einen jungen Mann normales Leben zu führen und beschloss, sich eine Frau zu suchen.

Nachwort

Wen das Schicksal von Albert und Ida Lackner interessiert, sollte *Und Wunder gibt es doch* lesen. Das von Feodora von Harden ist nachzulesen in *Solang es Träume gibt*.

Beide Romane sind von Maja Schulze-Lackner, erschienen im Verlagshaus Bastei Lübbe.

Eine Geschichte, die das alte Ostpreußen wieder lebendig werden lässt

Maja Schulze-Lackner
UND WUNDER GIBT ES DOCH
Die Geschichte einer ostpreußischen Familie
240 Seiten
mit zahlreichen Abbildungen
ISBN 978-3-404-61582-7

Insterburg in Ostpreußen: Schlittenfahrten durch den eisigen Wald, glückliche Kindergesichter am Weihnachtsabend, heiße Sommer, die lebensnotwendige Ernte und rauschende Feste - daran richtet sich das Leben der Familie Lackner aus. Ein Idyll, das jäh zerbricht, als die Eltern Ida und Albert eines Tages aus dem Leben gerissen werden. Ihre Kinder sind plötzlich zu Waisen geworden, sie wachsen getrennt voneinander auf.
Doch die Kinder scheinen einen Schutzengel zu besitzen, sie überstehen den Ersten Weltkrieg und es scheint nicht unmöglich, dass sie sich eines Tages wiedersehen ...

Bastei Lübbe

Königsberg, Mitte des 19. Jahrhunderts

Maja Schulze-Lackner
HIMMEL ÜBER
OSTPREUSSEN
Schicksalsjahre
einer Familie
368 Seiten
ISBN 978-3-404-60670-2

Unbeschwert wachsen die Cousinen Aglaia und Tanya auf dem prachtvollen Landgut Wallerstein auf. Lange Ausritte sommers über saftige Wiesen, winters über glitzernde Schneefelder, rauschende Feste, fröhliche Nachmittage mit Bergen an Kuchen. Doch in Tanyas Vergangenheit gibt es ein dunkles Geheimnis, das sie einzuholen droht, als ihr Verlobter Selbstmord begeht und sie mit ihrem ungeborenen Kind zurücklässt …

Bastei Lübbe

BASTEI LÜBBE
www.luebbe.de